Das Buch
England, 1471. Alle Dorfbewohner von Sutton Courteny wissen, daß der kleine Matthias der Sohn des örtlichen Pfarrers ist – was ihn zum Außenseiter macht. Sein einziger Freund ist ein alter Eremit. Plötzlich geschehen in der Umgebung des Dorfes zwei seltsame Morde, den Opfern wurde durch zwei Löcher im Hals alles Blut ausgesaugt. Als angeblich Schuldiger wird der alte Eremit hingerichtet. Mit schrecklichen Folgen für das Dorf: Kurz darauf metzelt ein Sekretär des Königs aus Rache für den Tod des Eremiten alle Dorfbewohner nieder. Nur Matthias wird verschont.
15 Jahre später, in Oxford, beginnen die seltsamen Morde erneut. Wieder scheint Matthias der Schlüssel zu den mysteriösen Geschehnissen zu sein. Als er in seinem Freund Santerre den alten Eremiten wiedererkennt, offenbart ihm dieser endlich einen Teil der Wahrheit:
Er ist der Rosendämon, der jeweils in Gestalten aus Matthias' Umgebung schlüpft, um ihm, den er liebt, nahe zu sein. Doch warum verfolgt er Matthias, und was hat die Notiz in dem Brevier seines Vaters zu bedeuten?

Der Autor
Der Historiker Paul Doherty, geboren in Middlesex/England, ist unter diesem Namen sowie unter den Pseudonymen Paul Harding und Michael Clynes als Autor historischer Romane und Krimis bekannt. Paul Doherty lebt heute mit seiner Familie in London.
Ebenfalls im Wilhelm Heyne Verlag erschienen: *Die Maske des Ra* (01/13003).

PAUL DOHERTY

DER GEFALLENE ENGEL

Roman

Aus dem Englischen
von Nina Bader

WILHELM HEYNE VERLAG
MÜNCHEN

HEYNE ALLGEMEINE REIHE
Nr. 01/13072

Die Originalausgabe
THE ROSE DEMON
erschien 1997 by Headline Book Publishing

Umwelthinweis:
Das Buch wurde auf chlor- und säurefreiem
Papier gedruckt.

Deutsche Erstausgabe 1/2000
Copyright © 1997 by P. C. Doherty
Copyright © der deutschsprachigen Ausgabe 2000
by Wilhelm Heyne Verlag GmbH & Co. KG, München
Printed in Germany 2000
Umschlaggestaltung: Nele Schütz Design, München,
unter Verwendung des Gemäldes »Klosterruine Oybin«
von Caspar David Friedrich, um 1810
Satz: Buch-Werkstatt GmbH, Bad Aibling
Druck und Bindung: Pressedruck, Augsburg

ISBN 3-453-16139-4

http://www.heyne.de

Zum Andenken an
Colonel Gilland Wales Corbitt
(U.S.A.F.) D.F.C.

»Die Rose ist das Parfüm der Götter.«
— Anakreon, Ode 51C, 6. Jhdt. v. Chr.

»Die Quantenmechanik behauptet, daß das Bewußtsein oder der Geist nicht unbedingt an den Körper gebunden sein müssen, den sie bewohnen.«
Hans J. Eysenck & Com. Sargent
»Explaining the Unexplained«, Prion 1993

»Ein und derselbe böse Geist kann als Sukkubus einem Mann und als Inkubus einer Frau beiwohnen.«
Charles René Billuart, *»Abhandlung über Engel«*, 1746

HISTORISCHER HINTERGRUND

Im Jahre 1453, als die ottomanischen Türken Konstantinopel einnahmen, den Kaiser töteten und sein Reich unter ihre Herrschaft brachten, wurde die bedeutende byzantinische Zivilisation zerstört. Trotz Unterstützung seitens der Venezianer und religiöser Ritterorden, wie dem der Hospitaliter, sowie kampferfahrener Söldner aus dem Abendland war das Schicksal Konstantinopels besiegelt.

In England wurde diese Katastrophe nur am Rande wahrgenommen, da das Land in zwei Lager gespalten war: das des Hauses York und das des Hauses Lancaster. Ein erbitterter Bürgerkrieg erschütterte England und erreichte im Jahr 1471 seinen Höhepunkt, als die Lancasterianer vernichtend geschlagen, ihr König Henry VI. getötet, seine Frau Margaret von Anjou ins Exil verbannt und die meisten Befehlshaber ihrer Armee hingerichtet wurden. Die Yorkisten behielten die Übermacht, bis Henry Tudor 1485 in der Schlacht von Bosworth ihren König Richard III. besiegte. Doch dieser Sieg von Henry VII. war kein endgültiger, und in den darauffolgenden Jahren wurde seine Herrschaft immer wieder von mächtigen Thronanwärtern aus dem yorkistischen Lager in Frage gestellt.

In Spanien wurden zur selben Zeit Aragon und Kastilien durch die Heirat von Ferdinand und Isabella vereint. Dieser erfolgreiche Zusammenschluß beider Königreiche führte zur Verwirklichung eines langgehegten Traumes: der Vertreibung der Mauren, der Besetzung ihrer Hauptstadt Granada und der Gründung eines katholischen Spaniens.

In Italien träumte währenddessen der genuesische Kapitän und Kartograph Christoph Kolumbus davon, auf Entdeckungsfahrt zu gehen, um einen sichereren und kürzeren Weg nach Indien zu finden …

PROLOGE

EINS

Konstantinopel, 29. Mai 1454

*Die Rosa Mundi
ist im Herzen vergiftet.
Ihre Blütenblätter schweben wie gefallene Engel
von den himmlischen Gefilden zur Erde herab.*

»Tag des Zornes
Tag der Trauer,
Des Propheten Warnung erfüllt sich,
Himmel und Erde zerfallen zu Asche.«

Die Anfangszeilen des Dies Irae hallten durch die marmornen Mittelschiffe der Kirchen. Die prächtig gekleideten Priester, eingehüllt in dichte Weihrauchschwaden, erhoben die Hände gen Himmel und flehten den Allmächtigen an, den Bürgern von Konstantinopel gegen die Welle des Terrors beizustehen, die gegen die mächtigen Mauern, Türme und Festungen der Stadt brandete. Mohammed II., selbsternannter Stellvertreter Gottes auf Erden, war mit seiner Flotte ums Goldene Horn gesegelt. Kurz nach Einbruch der Morgendämmerung hatten seine gelbhäutigen Janitscharen zum letzten Angriff geblasen. Es war ihnen gelungen, Breschen in die Stadtmauern zu schlagen, und nun stand der endgültige Fall des Byzantinischen Reiches unmittelbar bevor. Schon wurden die violetten Banner des Kaisers weiter und weiter in das Innere der Stadt zurückgedrängt, und Schreie der Verzweiflung erfüllten die Straßen und Gassen der kaiserlichen Hochburg. Schon bald würden die siegreichen Eroberer triumphierend in die Paläste der byzantinischen Adeligen einziehen.

Das Unheil war nicht unvorbereitet über die Stadt hereingebrochen. Unheimliche Vorzeichen hatten die Einwohner schon lange vorher in Angst und Schrecken versetzt. So war Satan in Gestalt einer riesigen Fledermaus mit ausgebreiteten Schwingen und mächtigen adlerähnlichen Klauen am Himmel schwebend gesehen worden. Und waren nicht Dämonen im Hippodrom aufgetaucht und hatten ihre roten Klauenhände zum Himmel emporgestreckt, während um Mitternacht hohle Grabesstimmen Schrecken und Entsetzen prophezeiten?

In seinem Privatgemach im Blachernenpalast, nicht weit vom Kampfgetümmel entfernt, machte sich Konstantin Palaiogolos, der letzte römische Kaiser, bereit, das schützende Gebäude zu verlassen und auf den Stadtmauern zu sterben. Im Vorzimmer lehnten seine Leibwächter, deren langes, blondes Haar ihnen bis auf die Hüften fiel, an den Marmorwänden und lösten die Schnallen ihrer Kettenhemden. Hin und wieder tranken sie einen Schluck Wein, wohl wissend, daß sie erst dann wieder welchen zu kosten bekommen würden, wenn sie in Gottes Reich eingegangen waren. Auch sie waren dem Tod geweiht. Jeder von ihnen hatte den Bluteid geschworen, also würden sie bis zum letzten Atemzug für ihren Herrn kämpfen und niemals die Knie vor den ottomanischen Türken beugen.

Ungeduldig fieberten sie dem Tod entgegen, und tauschten trotzdem geflüsterte Mutmaßungen darüber aus, was ihren Kaiser in dieser schicksalhaften Stunde wohl noch beschäftigen mochte. Er hatte sich zusammen mit dem alten Priester Eutyches und den beiden abendländischen Hospitaliterrittern Raymond und Otto Grandison hinter den mit Elfenbein eingelegten Türen seines Gemachs verschanzt. Die Brüder Grandison hatten Rhodos verlassen, um ihre Schwerter in den Dienst des Kaisers zu stellen und ihm bei seinem letzten Gefecht zur Seite zu stehen. Die Leibwächter stimmten einhellig darin überein, daß die beiden Brüder tapfere, standhafte Krieger waren – im Gegensatz zu den Söldnern aus dem Abendland, die sich des Nachts davongestohlen hatten, um Schutz und Zuflucht bei der venezianischen Flotte zu suchen, die hilflos abwartend draußen vor dem Hafen lag.

In seinem Gemach saß Kaiser Konstantin zusammengesunken auf seinem aus getriebenem Gold gefertigten, mit violettem Brokat bezogenen Thron und starrte auf die beiden vor ihm knienden Ritter hinab. Das schwarze Haar hing ihnen um die dunklen, unrasierten Gesichter, ihre Rüstungen starrten vor Blut, und die ledernen Gamaschen wiesen große Schweißflecke auf. Beide stützten sich schwer auf ihre langen Zweihänder. Zwischen ihnen stand der in das Prachtgewand eines byzantinischen Priesters gekleidete Eutyches. Ein goldbestickter Umhang hing um seine schmalen, gebeugten Schultern und wurde vorne von einer Silberkette zusammengehalten. In seinen weißbehandschuhten Händen hielt er einen Hostienbehälter mit dem heiligen Sakrament.

»Ich muß sterben«, erklärte der Kaiser, aus seiner Versunkenheit erwachend. »Noch vor Mittag werde ich tot sein. Aber ich beabsichtige, wie ein römischer General zu sterben, mit dem Schwert in der Hand, das Gesicht dem Feind zugekehrt.«

»Dann, Exzellenz, laßt uns mit Euch sterben«, sagte der ältere der beiden Ritter. »Deswegen sind wir ja in unseren Orden eingetreten; dafür leben wir. Wir wollen für Christus, die Heilige Mutter Gottes und den christlichen Glauben unser Leben geben.«

Konstantin schüttelte den Kopf.

»Mein Reich ist dem Untergang geweiht«, murmelte er. »Es wird sich nie wieder erheben. Diese Stadt ist zwölfhundert Jahre alt.« Er lächelte verhalten und wischte sich Staub aus dem Gesicht. »Unsere Eroberer werden auf so manches Geheimnis stoßen – das läßt sich nicht verhindern –, nur eines dürfen sie nie entdecken. Wie schon mein Vater vor mir habe ich einen Eid auf die heiligen Reliquien geschworen, daß, sollte diese Stadt jemals fallen, meine letzte Tat auf Erden darin bestehen wird, das personifizierte Böse zu vernichten.« Er beugte sich vor. »Deshalb befindet Ihr Euch in Konstantinopel. Denn ihr müßt mir dabei helfen.«

Die beiden Hospitaliter starrten ihn an. Es waren noch junge Männer mit von der Sonne verbrannten Gesichtern und kampfeslustig blitzenden Augen. Sie sahen sich ungemein ähnlich – das schwarze Haar war säuberlich gestutzt, ihr Blick ernst und aufrichtig. Der Kaiser gestattete sich erneut ein kleines Lächeln. Er hatte eine gute Wahl getroffen: Diese auf das Zölibat und bedingungslosen Gehorsam eingeschworenen Männer würden seine Befehle ausführen, ohne sie in Frage zu stellen.

»Erhebt Euch!« befahl er.

Die Ritter standen auf.

»Legt Eure Hände auf das Sakrament.«

Die Ritter streiften ihre schweißgetränkten Handschuhe ab. Jeder legte sacht eine Hand über die des alten Priesters, der mit unbewegtem Gesicht und geschlossenen Augen dastand und seine Gebete murmelte.

»Schwört!« beharrte Konstantin. »Schwört bei allem, was Euch heilig ist, daß Ihr diesen letzten Befehl ausführen werdet, koste es, was es wolle!«

»Wir schwören!«

Konstantin öffnete den violetten Beutel, der an seinem Kriegsgürtel hing, und entnahm ihm einen Ring mit sieben Schlüsseln. Der Bart eines jeden war merkwürdig geformt, die Griffe Kreuzen nachempfunden, in deren Mitte winzige gläserne Reliquienschreine eingelassen waren.

»Dies sind ganz besondere Schlüssel«, erklärte der Kaiser. »Jeder enthält die Reliquie eines großen Heiligen.« Er händigte Sir Raymond den Schlüsselring aus. »Folgt Eutyches. Er wird Euch durch geheime Gänge in das Herz des Palastes führen. Der Weg ist bereits beleuchtet.« Der Kaiser hielt inne und legte den Kopf lauschend zur Seite. »Hört!« flüsterte er.

Der Kampflärm war nun schon deutlicher zu vernehmen.

»Ich muß mich beeilen«, fuhr der Kaiser fort. »Die fünf silbernen Schlüssel öffnen eine Kammer in dem Gewölbe, in das Ihr gelangen werdet. Die zwei goldenen passen in das Schloß des Gegenstandes, den die Kammer enthält.«

»Was ist es?« fragte Sir Otto heiser.

»Ein Sarg«, erwiderte der Kaiser. »Ihr müßt ihn öffnen.

Habt Ihr das getan, dann befolgt Eutyches' Anweisungen. Vergeßt nicht – ihr habt einen Eid geleistet.«

Der Kaiser erhob sich. Sein Kettenhemd klirrte leise, als er zu einer großen goldenen Rose hinüberging, die auf die blaue Marmorwand gemalt war. Er drückte auf einen Punkt genau in der Mitte der Rose, woraufhin sich eine dahinter verborgene Tür auftat. Otto zuckte zusammen, als ein kalter Lufthauch in das Gemach wehte. Beide Ritter, obgleich erfahrene Krieger, verspürten plötzlich einen Anflug von Furcht. Das Blut schien ihnen in den Adern zu gefrieren, als würde die Spitze eines Dolches langsam über ihren Nacken gezogen. Die Brüder blickten sich an, dann sahen sie zu Konstantin hinüber.

»Ihr fühlt dasselbe wie ich«, erklärte dieser.

»Jedem Menschen geht es so.« Eutyches öffnete seine tränenden Augen. Seine Stimme klang tief und volltönend; er bediente sich der Lingua Franca, jener Sprache, die jedermann in Konstantinopel verstande. »Eure Exzellenz«, sagte er mit einer leichten Verbeugung, »wir müssen gehen, die Zeit drängt. Ihr werdet sterben, und sowie ich meine Aufgabe erfüllt habe, muß auch ich mich auf den Tod vorbereiten.«

Konstantin kam auf den Priester zu und kniete vor ihm nieder.

»Dann segnet mich, Vater.«

Der Priester schlug vor dem Kaiser das Kreuzzeichen. Konstantin erhob sich. Er küßte den Priester auf beide Wangen, tauschte auch mit den beiden Hospitalitern den Friedenskuß und verließ dann das Gemach, ohne sich noch einmal umzudrehen. Draußen rief er den Wachposten zu, ihm zu folgen.

Die Ritter hörten, wie die Tür geschlossen und verriegelt wurde. Die Rufe der Leibgarde ließen darauf schließen, daß man sie von außen zudem noch mit aufeinandergetürmten Möbelstücken versperrte.

»Wenn die Türken den Palast stürmen«, erläuterte Eutyches, »dann verschafft uns diese Maßnahme einen ausreichenden Vorsprung. Nun kommt.« Er ging auf den Geheimgang zu, blieb stehen und bedeutete Otto, die Vorhut zu bilden. »Sir Raymond, Ihr haltet Euch hinter uns und schließt die Tür wieder.«

Sir Otto und der Priester verschwanden in der Dunkelheit. Raymond wartete eine Weile, ehe er sein Schwert zog und ihnen folgte. Er befand sich auf dem Absatz einer steilen Treppe, die in die Finsternis hinabführte. An den Wänden über ihm spendeten Pechfackeln ein trübes Licht. Raymond betrachtete sie neugierig und verfluchte seine lebhafte Fantasie. Ihm schien, daß sogar die Flammen vom allgemeinen Unbehagen angesteckt worden waren. Sie flackerten nur schwach und wiesen in der Mitte eine seltsame Blautönung auf.

»Kommt!« befahl Eutyches.

Raymond tastete im Dunkeln herum, fand einen Griff und zog die Tür zu. Sie schloß sich so leicht wie der Deckel eines Sarges. Der Ritter folgte seinen beiden Gefährten die Treppe hinunter. Die Wände zu beiden Seiten bestanden aus kaltem Marmor. Raymond mußte gegen die Schauer ankämpfen, die seinen Körper schüttelten.

»Denkt nicht nach!« Eutyches' Stimme klang hohl. »Betet nur, und schlagt das Kreuzzeichen, um alles Böse abzuhalten.«

Raymond begann, Gebete zu murmeln. Angestrengt spähte er in die Dunkelheit und sah, daß sein Bruder, der vor dem Priester herging, gelegentlich stolperte, als sei er nicht ganz sicher auf den Beinen. Nur auf Eutyches' gezischtes Drängen hin ging er widerstrebend weiter.

Raymond folgte ihnen. Mittlerweile war ihm eiskalt geworden. Plötzlich fuhr er zurück und riß sein Schwert hoch. Er war sicher, daß sich eine eisige Hand um seine Kehle geschlossen und die Schweißtropfen auf seiner Haut hatte gefrieren lassen. Trotzdem setzte er seinen Weg fort und versuchte, sich des Gefühls zu erwehren, daß weitere Hände nach seinen Schultern und seinen Armen griffen. Einmal ließ er sein Schwert fallen. Es fiel klirrend zu Boden, und er mußte sich bücken und die Stufen abtasten, um es wiederzufinden. Dann tauchte direkt vor ihm eine aschgraue Fratze mit einem zu einem Grinsen verzerrtem Maul und gebleckten Reißzähnen auf. Sir Raymond wischte sich mit dem Ärmel seines Wamses über das Gesicht. Eutyches betete nun laut. Seine Worte hallten wie Donner im Gang wider. Dazwischen bedrängte er die beiden Ritter immer wieder, weiterzugehen und nichts von dem zu beachten, was um sie herum geschah.

Endlich erreichten sie das Ende der Treppe. Im Fackelschein wirkte der alte Priester verhärmter und elender als zuvor: Auch er war in Schweiß gebadet, während Otto aussah, als sei er um sein Leben gerannt. Seine Brust hob und senkte sich rasch, er rang nach Atem, und Schweißbäche rannen ihm über das unrasierte Gesicht.

»Wie weit noch?« fragte Raymond.

Der Priester wies den Gang entlang, der sich bis in die Ewigkeit zu erstrecken schien.

»Weiter!« ordnete er an. »Was auch geschieht, bleibt nicht stehen.«

Diesmal gehorchten ihm beide Ritter sofort. Sie waren zu verängstigt, um zu widersprechen. Gelegentlich verschränkten sie krampfhaft die Hände ineinander und unterdrückten den Wunsch, den alten Priester einfach im Stich zu lassen und um ihr Leben zu rennen.

»Wenn Eure Aufgabe erfüllt ist«, Eutyches erhob die Stimme – »und glaubt mir, sie wird nicht viel Zeit in Anspruch nehmen –, dann verlaßt die Kammer. Geht nicht auf diesem Weg zurück, sondern flieht weiter die Galerie entlang. So gelangt Ihr aus der Stadt hinaus.«

»Wir dachten, wir würden in Konstantinopel sterben«, entgegnete Otto.

»Warum kann die Jugend nur den Tod nicht erwarten?« versetzte der Priester trocken. »Am Ende muß ein jeder Mensch einmal sterben.«

Der grimmige Spott lockerte die Anspannung etwas. Gerade als die unbestimmte Angst sie jedoch wieder zu übermannen drohte, beschrieb der Gang eine scharfe Biegung nach links. Eutyches beachtete die düstere Galerie dahinter jedoch nicht. Er blieb vor einer der außergewöhnlichsten Türen stehen, die die Brüder je zu Gesicht bekommen hatten – sie bestand weder aus Holz noch aus Metall, sondern aus massivem Marmor. In die Mitte war ein Kreuz aus Perlmutt eingelassen.

»Schließt auf!« rief Eutyches.

Raymond hantierte ungeschickt mit den Schlüsseln herum. Fünf Schlösser verliefen entlang der Seite der Tür, und es dauerte einige Zeit, den jeweils passenden Schlüssel zu finden. Als Sir Raymond den letzten im Schloß drehte, hörte er das Klicken, mit dem ein ausgeklügelter Mechanismus in Gang gesetzt wurde. Danach stieß er kräftig gegen die Tür. Sie schwang sachte auf, und beiden Brüder verschlug es vor Überraschung den Atem: War die Tür allein schon ein Wunderwerk, so übertraf die dahinter gelegene achteckige Kammer sie noch bei weitem. Deckenschlitze ließen Sonnenstrahlen ein, die den Raum erhellten. Samtbehänge mit goldenen Fransen bedeckten die Wände, die marmorne Decke war leicht gewölbt, und in jede Platte des Marmorfußbodens war ein kleines Glasgefäß eingelassen.

»Reliquien«, erklärte der Priester.

»Wozu?« flüsterte Otto.

Eutyches deutete zur Mitte der Kammer, die aufgrund des Einfallswinkels des Lichts in einen dunklen Schleier gehüllt schien.

Raymond kniff die Augen zusammen. Er konnte den Umriß eines ungefähr drei Fuß hohen und neun Fuß langen Sarges erkennen. Ungläubig hob er den Kopf und sog schnuppernd die Luft ein.

»Rosen!« flüsterte er. »Ich rieche Rosenduft!«

Von Sekunde zu Sekunde roch die Luft süßer. Der herrliche Duft erweckte bei den Brüdern bittersüße Erinnerungen an die üppigen Gärten der Priorei St. John of Jerusalem in London im Hochsommer.

»Wo sind denn hier Rosen?« fragte Otto. »Warum duftet es in dieser Kammer so intensiv danach?«

»Achtet nicht darauf.« Eutyches' Ton kam einem Fauchen gleich. »Wir müssen unseren Auftrag ausführen.«

Die beiden Ritter folgten ihm zu dem Sarkophag hinüber,

der aus kostbarem Holz gefertigt und an jedem Ende mit einem Schloß versehen war. Auf Eutyches' Anweisung hin öffnete Raymond jedes Schloß und klappte dann den Deckel zurück. Der Rosenduft wurde immer stärker. Die Brüder starrten erstaunt in das Innere des Sarges. Dort, unter durchsichtigen Tüchern, lag der Körper einer schönen jungen Frau.

»Zögert nicht unnötig!« befahl Eutyches. »Zieht die Tücher weg!«

Die Männer taten, wie ihnen geheißen. Die außergewöhnliche Schönheit der Frau verschlug ihnen einen Moment lang die Sprache. Ihr dunkles Haar wurde von einem goldenen Schleier umrahmt, ihr Körper war in das silberne Damastgewand einer byzantinischen Prinzessin gehüllt, und ihre Hände steckten in feinen Samthandschuhen. Raymond strich ihr behutsam über die weiche Wange. Sie war warm.

»Sie schläft ja nur!« rief er überrascht.

»Ihr werdet ihr den Mund öffnen«, ordnete der Priester an. »Ich werde eine Hostie hineinlegen, und dann werdet Ihr den Sarg wieder versiegeln.« Er deutete auf einige große tönerne Krüge. »Sie sind mit Öl gefüllt. Wenn der Sarg wieder versiegelt ist, übergießt Ihr ihn damit. Nehmt eine Fackel draußen von der Wand und steckt den Raum dann in Brand.«

Raymond musterte den Priester voller Abscheu. »Das ist Mord«, keuchte er. »Ich bin ein Ritter Gottes, kein feiger Meuchelmörder!«

»Öffnet ihren Mund!« donnerte Eutyches.

Beide Ritter wichen zurück. Die junge Frau bewegte sich, ihre Augenlider flatterten. Eutyches stellte das Hostiengefäß ab und zog einen juwelenbesetzten Dolch aus den Falten seines Gewandes. Sir Raymond trat einen Schritt vor: Die lieblichen blauen Augen standen jetzt offen und lächelten ihn an. Der Hospitaliter machte einen Satz nach vorn, um den Stoß des erhobenen Dolches abzufangen, traf dabei aber Eutyches mit voller Wucht an der Schulter. Der alte Priester taumelte und stürzte zu Boden. Sein Kopf schlug so hart auf dem Marmorboden auf, daß seine Schädeldecke brach. Blut sickerte aus der furchtbaren Wunde. Sir Raymond starrte ihn voller Entsetzen an, drehte sich jedoch um, als jemand sacht seine Wange berührte. Die junge Frau blickte ihn mit ausgestreckten Händen flehentlich an ...

ZWEI

MASADA, OBERHALB DES TOTEN MEERES, JULI 1461

*Am Anfang allen Seins
stahl Rosifer, Luzifers getreuer Gefolgsmann
ein Rose aus den himmlischen Gärten
und stieg zum Paradies hinab, um Eva den Hof zu machen.*

Sir Otto Grandison hatte sich sehr verändert. Nichts mehr erinnerte an den feurigen jungen Ritter von einst. Jetzt trug er einen Kamelhaarumhang und grobe Sandalen an den Füßen. Die auffälligste Veränderung – zumindest äußerlich – war jedoch mit seinem Gesicht vorgegangen: Die einst so glatte olivfarbene Haut war nun von tiefen Falten durchzogen und von der erbarmungslosen Sonne verbrannt. Auch das Haupthaar war ergraut, und ein langer, ungepflegter Bart fiel ihm weit über die Brust.

Sir Otto Grandison, der jetzt ein Eremitendasein führte, stand auf dem Felsen von Masada. Er kniff die Augen zusammen und schaute auf die schimmernde Oberfläche des Toten Meeres hinaus. Es war kurz nach Tagesanbruch, doch die Sonne stand bereits wie ein Feuerball am Himmel, und Grandison spürte die sengende Hitze, die von der unter ihm liegenden Wüste herüberwehte. Die Augen mit der Hand schützend blickte er die steil abfallenden Felsen hinunter. Er hatte schlecht geschlafen, war immer wieder von Alpträumen geplagt worden. Sir Otto drehte sich um und betrachtete die kleine, in den Fels gehauene Höhle. Eine Einsiedlerklause: Sie enthielt lediglich einen Strohsack, der ihm als Nachtlager diente, einen Pflock, an dem ein Paar abgewetzte Satteltaschen hingen, sowie einen Steinkrug, das Geschenk eines gütigen Arabers, mit dem er Wasser aus dem Brunnen schöpfte.

Grandison blickte auf. Geier schwebten am Himmel und

hielten Ausschau nach Aas oder nach im Sterben liegender Beute. Sir Otto bekreuzigte sich. Normalerweise säuberten die Geier hier nur ihre großen gefiederten Schwingen und flogen dann in die Wüste hinaus, aber seit einigen Tagen blieben sie hier und zogen über ihm ihre Kreise. Er fragte sich, ob auch sie das Herannahen des Todes spürten.

Er ließ den Blick müßig über die Ruinen der auf diesen Felsen errichteten Mauern schweifen. Ein Reisender, ein Parfümverkäufer, dem Sir Otto unten im Tal begegnet war, hatte ihm die Geschichte dieser Ruinen erzählt. Demnach war Masada einst eine von Herodes dem Großen erbaute Festung gewesen; desselben Königs, der zur Zeit von Christi Geburt unschuldige Menschen hatte abschlachten lassen. Später hatte sie den Juden als Bollwerk in ihrem erbitterten Kampf gegen die römischen Legionen gedient, und hier hatten sich auch die letzten Verteidiger, entschlossen, sich nicht gefangennehmen zu lassen, gemeinsam mit ihren Frauen und Kindern selbst getötet. Otto fragte sich oft, ob ihre Geister wohl noch diesen Adlerhorst heimsuchten oder ob Herodes der Große, gefangen in seiner eigenen Hölle, die Ruinen seiner früheren Macht abschritt.

Tagsüber war alles in Ordnung. Sir Otto hielt sich vorwiegend in seiner Höhle auf, schlief, betete oder vertiefte sich in die zerlesene Ausgabe der Heiligen Schrift, die er erworben hatte, bevor er Rhodos verließ. Wenn er unten auf der Straße eine Kamelkarawane oder eine Händlergruppe sah, stieg er hinab, um ein paar Münzen oder etwas zu essen zu erbetteln. Als Gegenleistung versprach er stets, für das Seelenheil seiner Wohltäter zu beten. Christen, Türken und Juden behandelten ihn gleichermaßen freundlich. Einige hielten ihn für einen heiligen Mann, andere für einen verrückten Narren, der im Herzen der Wildnis lebte und sich unsinnigerweise innerhalb der gespenstischen Ruinen von Masada aufhielt.

Sir Otto, dem die Hitze zu schaffen machte, zog sich in seine Höhle zurück. Er kniete nieder und blickte das grobgeschnitzte Holzkreuz an, das auf einem Sims neben seinem Lager stand.

»Ich kann es ihnen nicht verdenken, Herr«, murmelte er. »Ich bin, was ich zu sein scheine – ein Sünder, eine verlorene Seele.«

Otto kämmte seinen zottigen, eisengrauen Bart. Sein Bruder würde ihn jetzt schwerlich wiedererkennen. Er trank noch einen Schluck seines kostbaren Wassers und legte sich dann auf seinen Strohsack.

»Gott segne dich, Raymond«, flüsterte er. »Wo immer du auch sein magst.«

Er wußte, daß sie sich nie wiedersehen würden, doch manchmal, ob es nun eine Versuchung des Teufels war oder nicht, wünschte er sich sehnlichst, seinen Bruder noch einmal umarmen zu können, besonders jetzt, wo sein Tod unmittelbar bevorstand. Tief in seinem Inneren war Otto davon überzeugt, daß der Dämon ihn aufgespürt hatte. Er drehte sich auf die Seite und starrte auf den Busch wilder Rosen, der in einer Ecke der Höhle lag. Otto hatte die Blumen vor einer Woche auf einem Stein vor dem Höhleneingang gefunden, als er von einem Spaziergang unten auf der Straße zurückgekehrt war. Wilde Rosen! Er hatte keine Ahnung, woher sie kamen und warum sie in der glühenden Hitze noch nicht verdorrt waren, aber er wußte, sie waren gewissermaßen ein Unterpfand, eine Warnung: Der Rosendämon würde über kurz oder lang erneut in sein Leben treten.

Otto rollte sich auf den Rücken und faltete die Hände. Er war auf den Tod vorbereitet; er hatte für seine furchtbare Sünde gebüßt. Sieben Jahre hatte er hier verbracht: Ein Leben der Sühne und Entsagung zur Strafe dafür, daß er seinen Eid gebrochen und, schlimmer noch, daß er es dem Rosendämon ermöglicht hatte, in die Welt der Menschen zurückzukehren.

Otto konnte den Anblick des mit zerschmettertem Schädel am Boden liegenden Eutyches nie vergessen. Raymond und er hatten die Prinzessin dann aus dem Sarkophag befreit. So schön war sie gewesen, so zierlich, und ihr Körper hatte den Duft erlesenen Parfüms verströmt. Sie hatte nicht viel gesagt, sondern ihnen nur mit sanfter Stimme gedankt und sie um ihren Schutz gebeten, den ihr die beiden Brüder auch feierlich zugesichert hatten.

Dann waren die Türken in den Blachernenpalast eingefallen. Er und Raymond waren, die Prinzessin zwischen sich, die düstere Galerie entlang und eine steile Treppe empor geflüchtet, die sie zu einem Hügel außerhalb der Stadtmauern von Konstantinopel geführt hatte. Ihre Hoffnung, unbehelligt ihr Schiff zu erreichen, wurde zunichte, als ein Schwadron Sipahis, türkische Reiter, ihnen den Fluchtweg abschnitt. Er und Raymond begannen einen fast aussichtslosen Kampf ... doch sie führten ihn nicht zu Ende. Statt dessen hatten sie – Gott allein mochte wissen, warum; vielleicht, weil sie im Grunde ihrer Seelen wußten, daß sie versagt hatten – zugelassen, daß die Sipahis die geheimnisvolle Prinzessin gefangennahmen. Im Gegenzug war ihnen freies Geleit zugesichert worden.

Blutüberströmt und mit Wunden bedeckt hatten Otto und Raymond sich von einem kleinen Boot übersetzen lassen. Als an jenem Tag die Dämmerung hereinbrach, befanden sie sich bereits an Bord einer venezianische Galeere und konnten wie die übrigen Flüchtling nur hilflos zur Küste hinüberblicken, wo dicke Rauchwolken über der Stadt aufstiegen. Für die Venezianer war der Fall Konstantinopels eine Katastrophe, doch für die beiden Brüder bedeutete er eine persönliche Schande. Sie hatten ihren Eid gebrochen, Eutyches war umgekommen ... und die Prinzessin? Otto würde nie den haßerfüllten Blick vergessen, den sie ihnen zugeworfen hatte, als die Sipahis sie gefangennahmen.

»Wir wollten sie nicht ausliefern«, versicherte Raymond später dem Großmeister des Hospitaliterordens, nachdem sie sicher die Insel Rhodos erreicht hatten. »Die Sipahis haben sie mitgenommen. Wir hätten sie unmöglich retten können.«

Der Großmeister jedoch saß mit aschfahlem Gesicht und offenem Mund da und starrte sie nur an. Dann riß er sich zusammen und erhob sich langsam.

»Ihr hättet sie töten sollen«, flüsterte er.

»Warum?« hatte Raymond gefragt.

Der Großmeister nahm auf einem Stuhl am Fenster Platz und barg das Gesicht in den Händen.

»Warum?« Raymond folgte ihm quer durch den Raum. Als der Großmeister wieder aufblickte, war sein Gesicht vor Zorn verzerrt.

»In seinem letzten an mich gerichteten Brief«, er deutete mit dem Finger auf Raymond, »bat mich Seine Kaiserliche Hoheit Konstantin Palaiologos, ihm die Namen zweier Hospitaliter zu nennen, die ich für absolut vertrauenswürdig hielt. Sie sollten eine Aufgabe übernehmen, für die es eines Priesters und eines Soldaten bedurfte. Meine Wahl fiel auf Euch. Ihr habt einen Eid geleistet und ihn gebrochen. Und nun ist aufgrund Eures Treuebruchs nicht nur ein guter, ehrwürdiger Priester umgekommen, sondern auch noch eine weit größere Bedrohung als jede türkische Armee auf die Welt losgelassen worden!«

Raymond war vor dem Großmeister auf die Knie gefallen, hatte den Kopf gesenkt und die Hände gefaltet. Otto tat es ihm gleich.

»Vater«, gestand Raymond, »wir haben vor dem Himmel, vor der Erde und Euch gesündigt.«

»Das habt Ihr«, gab der Großmeister zurück, ihnen den Rücken zukehrend. »Und um der Gerechtigkeit Genüge zu tun, werde ich Euch auch über Eure Sünde aufklären. Seit Jahren hütet dieser Orden ein Geheimnis. Einzelheiten darf ich Euch allerdings nicht verraten.« Er schüttelte den Kopf. »Es gibt in England eine Frau, die die ganze Geschichte kennt, die eine teuflische Sage des Bösen erzählt. In den Gewölben des Blachernenpalastes in Konstantinopel wurde ein mächtiger Dämon, Rosifer, der Rosenträger, in einem menschlichen Körper gefangengehalten.« Der Großmeister seufzte geräuschvoll. »Dieser Rosifer ist Inkubus und Sukkubus zugleich; einer der bedeutendsten Dämonen der Hölle. Als Fürst der Finsternis kann er von einem Körper in den anderen schlüpfen, ungeachtet dessen, ob es sich um einen Mann oder eine Frau handelt, und ihn vollständig in Besitz nehmen. Nur das heilige Sakrament und ein von einem Priester geweihtes Feuer kann ihn vernichten und in die Hölle zurückschicken.«

Otto kniete mit offenem Mund fassungslos da, während sein Bruder die Hände vor das Gesicht schlug und leise zu schluchzen begann.

»In seinem Brief bat mich der Kaiser um Hilfe«, fuhr der Großmeister barsch fort. »Seinen Worten zufolge wurde dieser Dämon Rosifer, Luzifers Gefolgsmann, von Abendländern unbeabsichtigt nach Konstantinopel gebracht, wo er von einer byzantinischen Prinzessin Besitz ergriff. Der damalige Kaiser wollte sie als Hexe verbrennen lassen, doch ihr Vater und ihre Freunde baten um ihr Leben. Ich kann mir nicht erklären, was genau geschehen ist, aber sie wurde mittels Drogen in einen Dauerschlaf versetzt und in dem Gewölbe eingeschlossen. Der Kaiser entschied, daß sie dort solange sicher verwahrt werden solle, wie das Kaiserreich bestünde. Seine Nachfolger leisteten den feierlichen Eid, daß erst wenn die Stadt dem Untergang geweiht wäre, das getan werden sollte, was man bereits zu Anfang hätte tun müssen.«

»Und wir haben versagt?«

»Ja«, knurrte der Großmeister, während er sich umdrehte. »Ihr habt versagt!«

»Vater, was können wir jetzt tun?«

Der Großmeister gab ihnen keine Antwort. Eine Woche später ließ er sie jedoch in die Prioreikirche rufen. Er war sichtlich ruhiger als bei ihrer ersten Unterredung. Mit den beiden Brüdern an seiner Seite ging er schweigend im Querschiff auf und ab. Schließlich blieb er stehen und blickte zu einem Bild empor, das Christus beim göttlichen Strafgericht zeigte. Zu seiner Rechten saßen die Erlösten, links wurden die Verdammten in die Hölle hinabgeschickt.

»Ich bin ein Mann von sechzig Jahren, ein Priester und ein Soldat Christi, und ich habe schon viel gesehen«, begann er schließlich. »Gelegentlich wird die Eintönigkeit unseres Lebens durch ein außergewöhnliches Ereignis wie dieses unterbrochen. Dann erstatte ich dem Heiligen Vater in Rom sowie unserem Generalvikar Bericht. In diesem Fall allerdings kann ich wenig ausrichten.« Er hob eine Hand. »Ich habe Euch bereits alles gesagt, was ich weiß. Großes Unheil wird über die Welt hereinbrechen, und nur Gott der Herr kann sehen, wo es enden wird. Ihr beide seid dafür verantwortlich. So hört denn mein Urteil. Ihr müßt den Orden verlassen.« Er schnitt ihnen mit einer knappen Handbewegung das Wort ab, als sie protestieren wollten. »Einer von Euch wird das Leben eines Eremiten führen; ein Leben der Entsagung, der Buße und des Gebetes, fernab von allem Weltlichen. Der andere muß sein Leben der Suche nach diesem Dämon widmen.« Der Großmeister legte eine Pause ein. »Heute ist Sonntag. Innerhalb von vierzehn Tagen, zum Fest der heiligen Peter und Paul, müßt ihr mir mitteilen, was jeder gewählt hat.«

Die beiden Brüder hatten sich beraten und dann ihre Wahl getroffen. Raymond war nach Europa aufgebrochen, Otto auf einer Pilgerfahrt nach Palästina gekommen, wo er fortan als Einsiedler lebte. Ab und zu war er in die Hafenstädte gewandert – nach Sidon, Tyrus und sogar nach Akkon –, aber von seinem Bruder hatte er nie wieder etwas gehört. Nur einmal hatte ihm ein Händler, der zwischen Zypern und Konstantinopel hin und her reiste, von einer byzantinischen Prinzessin erzählt, die einem von Mohammeds verdienten Offizieren für seinen Harem übergeben worden war. Otto hatte jedoch nie herausfinden können, ob es sich um dieselbe Frau handelte, die er und sein Bruder aus dem Gewölbe unter dem Palast befreit hatten.

»Aber sie hat mich nicht vergessen«, murmelte er. »Wer sonst würde diesen Felsenpfad emporklimmen, um vor meiner Höhle Rosen niederzulegen?«

Er schloß die Augen und sammelte seine Gedanken. Häufig träumte er davon, wieder in diesem Gewölbe zu stehen und den Duft der Rosen einzuatmen, und kürzlich hatte er gemeint, diesen Duft auch hier in der Wüste wahrzunehmen. Aber außer einem Araberjungen, der in der Nähe der Festung seine Ziegen hütete, bekam er ja kaum eine Menschenseele zu Gesicht. Otto hatte auch schon erwogen, nach Rhodos zurückzukehren und den Großmeister um Hilfe zu bitten, aber als er das letzte Mal in Akkon gewesen war, hatte ein Pilger ihm berichtet, der Großmeister sei unter recht mysteriösen Umständen ums Leben gekommen.

Seufzend erhob sich Sir Otto. Er verließ die Höhle und schaute ins Tal hinunter. Der Ziegenhirte führte seine Herde zu einer nahe gelegenen Oase. Die leichte Brise trug Glockengeläut und die hellen Rufe des Jungen zu ihm herüber. Otto kehrte in die Höhle zurück, schlug die Heilige Schrift auf und beschäftigte sich wieder einmal mit der Apokalypse. Er las über eine der Hölle entsprungene teuflische Kreatur, die über die Erde wandelte, um Gottes Schöpfung zu vernichten. Otto schloß die Augen.

»Es ist so schwer zu glauben, Herr«, flüsterte er. »Sie war so jung, so schön, so heiter. Ihre Haut war weich wie Seide, und ihre Augen blickten voller Unschuld.«

Er erinnerte sich, daß die Prinzessin während ihrer Flucht durch die unterirdischen Gänge nie außer Fassung geraten war. Sie hatte mit den Rittern Schritt gehalten, und wenn Raymond vorausgegangen war, um die Lage zu erkunden, hatte sie sich an die Wand gelehnt und mit weicher Stimme ein französisches Lied über eine Rose gesungen, die schon lange vor Beginn der Schöpfung in den himmlischen Gärten geblüht hatte.

Otto schlug die Augen auf und starrte das Kruzifix an. Kürzlich hatte er sich des Nachts eingebildet, dieses Lied erneut zu hören, und er wußte nicht, ob es nur der Wind gewesen war, oder ob ihm sein überreizter Verstand einen Streich gespielt hatte. Dennoch war er aufgestanden, zum Höhleneingang gegangen und hatte draußen schattenhafte Gestalten gesehen, die zwischen den Steinen umherhuschten. Er hatte aufgeschrien, sich bekreuzigt, sein Schicksal in Gottes Hand befohlen und sich wieder hingelegt.

Otto widmete sich erneut seinem Studium der Heiligen Schrift. Eine Weile döste er, dann machte er seiner Gewohnheit entsprechend einen Spaziergang um die Ruinen herum. Als die Sonne zu sinken begann, nahm er Zunder, etwas Reisig und Kameldung, der er unten auf der Straße aufgelesen hatte, und entfachte ein kleines Feuer.

Eine Zeitlang saß er nur da und wärmte sich. Plötzlich erstarrte er. Die Stimme klang so rein, so klar und süß.

»In den himmlischen Gärten, lange vor der Erschaffung der Welt,
wuchs eine mystische Rose.
Aber ich pflückte sie als Geschenk,
für die Tochter Gottes.«

Otto fuhr herum. Im Feuerschein konnte er einen mit einer schlichten weißen Tunika bekleideten Jungen erkennen, der einen Stock in der Hand hielt.
»Wer bist du?« stammelte er.
Der Junge kam näher. Ziegengestank stieg Otto in die Nase. Entsetzt sprang er auf, als der Geruch auf einmal von dem schweren, süßlichen Duft eines Rosengartens verdrängt wurde. Der Junge ging langsam auf ihn zu, wobei er mit dem Stock auf den Lehmboden tappte. Ein breites Grinsen lag auf seinem dunklen Gesicht, die Zähne schimmerten strahlendweiß, und die Augen funkelten vergnügt. Er ließ den Stock fallen und streckte Sir Otto die Hände entgegen.
Der Eremit konnte ihn nur wortlos anstarren, und während er dies tat, bemerkte er in den Augen des Araberjungen denselben Ausdruck, denselben boshaften Glanz, den er vor so langer Zeit in den Augen der byzantinischen Prinzessin gesehen hatte.

DREI

ST. PAUL'S FRIEDHOF, LONDON, MAI 1471

Rosa Mundi, rapta excoelo non munda:
Die Rose der Welt,
die vom Himmel gestohlen wurde,
ist unrein.

Die Menge drängte sich um den buntgekleideten Herold, der am Fuß des riesigen Kreuzes von St. Paul's stand. Er hob eine Hand, woraufhin ein Trompetenstoß den Lärm abebben ließ und Händler, Reisende, Kesselflicker, Priester, Mönche und Ordensbrüder, aber auch die Gauner und Huren der Stadt anlockte. Alle brannten darauf, die neuesten Nachrichten zu hören. Wieder hob der Herold die Hand.

»Mach voran!« brüllte ein stämmiger Kesselflicker von ganz hinten, ehe er einem Taschendieb mit der Faust drohte, weil er seinem Geldbeutel verdächtig nahe gekommen war. »Na los! Was gibt es Neues!«

Der Herold schenkte ihm keine Beachtung, sondern hob erneut eine behandschuhte Hand und schöpfte tief Atem. Er wußte, wie sein heutiger Arbeitstag weiter verlaufen würde: Zuerst mußte er hier bei St. Paul's die Neuigkeiten aus dem Königreich verkünden, wo die Menschen immer schon ungeduldig auf seine Rede warteten. War er hier fertig, würde er noch einmal vor dem Kreuz in Cheapside die Nachrichten verlesen und dann eine Barke besteigen, um flußabwärts zu fahren und vor dem großen Kreuz von Westminster die ganze Prozedur noch einmal zu wiederholen. Schweigen hatte sich über die Menge gelegt. Sogar die Huren nahmen ihre verfilzten roten Perücken ab, reckten die Hälse und ließen die kühle Brise über ihre geschorenen Schädel wehen – erleichtert, eine Weile von dem ewigen Juckreiz, den die flohverseuchten Haarteile auslösten, befreit zu sein.

»Wisset dieses!« hob der Herold an. »Daß Edward IV., durch Gottes Gnaden König von England, Irland, Schottland und Frankreich ...«

»Ja, und auch von jeder Frau in dieser Stadt!« schrie jemand aus dem hinteren Teil der Menge.

»Wisset dieses!« fuhr der Herold ungerührt fort. »Daß der König und seine beiden Brüder, Richard, Herzog von Gloucester, und George, Herzog von Clarence, auf dem Schlachtfeld von Barnet die Armee der Verräter geschlagen haben und nun westwärts ziehen, um die Rebellin Margaret von Anjou zu vernichten. Ja, ebendiese, die sich zu Unrecht Königin nennt, zusammen mit ihrem Gefolge von ausländischen Söldnern, Geächteten, Verbrechern und anderen verräterischen Subjekten, die besagtem Edward die Untertanenpflicht versagen! Wisset dies! Daß ein jeder Mann, der die besagten Rebellen unterstützt oder den Untertanen des rechtmäßigen Königs die Unterstützung verweigert, selbst zum Rebellen erklärt und die volle Härte des Gesetzes zu spüren bekommen wird!«

Der Herold hob die Hand, und wieder erschallten die Trompeten. Dann bestiegen der königliche Bote und seine Trompeter ihre Pferde und ritten quer über den Friedhof in die Pasternoster Row.

Die Menge löste sich jedoch nicht sofort auf, und die Wasserverkäufer mit ihren über die Schulter geworfenen Ledereimern machten ein gutes Geschäft dank der ausgedörrten Kehlen.

»Ich hoffe, daß dieser blutige Krieg bald zu Ende geht!« Ein fahrender Händler drängte sich bis zum Fuß des Kreuzes vor. Er stellte seinen Warensack auf den Boden und blickte herausfordernd die Menge an. »Es ist nicht ungefährlich«, fuhr er fort, »über die Straßen und Wege von England zu wandern, während Armeen das Land durchstreifen, deren Soldaten ehrliche Männer bestehlen. Nicht, daß ich Edward und seinen Männern derartige Schandtaten zutrauen würde ...«

Die Menge nickte beifällig. Der Krieg zwischen den Häusern Lancaster und York betraf sie zwar nicht direkt, aber sie lauschten stets gierig auf das, was die Großen und Mächtigen taten. Nicht weit von hier, im Tempelgarten nahe der Fleet Street, hatten einer beliebten Legende zufolge die Herzöge von York und Lancaster je eine Rose gepflückt; eine weiße für York und eine rote für Lancaster, als Wappensymbol für ihre gegnerischen Armeen. Und das alles, weil ihr König Henry VI. ein Schwächling war. Ein Heiliger auf Erden, gewiß, aber zu kraftlos, um das Land zu regieren. Die beiden Parteien hatten überall in England gegeneinander gekämpft. Momentan lag der Vorteil bei den Yorkisten, die von dem goldhaarigen Edward und seinen beiden kriegerischen Brüdern Richard und George angeführt wurden. Nachdem sie bei Barnet eine Armee Lancasters besiegt hatten, gedachten sie jetzt westwärts zu marschieren, um Margaret von Anjou, Henrys französische Frau, und ihren Sohn zu stellen und zu töten.

Der Händler fuhr mit seiner Tirade fort und rühmte Edwards Tapferkeit in höchsten Tönen. Ein schwarzgekleideter Prediger, der sich gegen einen Pfeiler der Kathedrale lehnte, lächelte hämisch. Er musterte die Kleidung des Händlers, den breiten Ledergürtel, die teuren Stiefel und den Dolch, der in einer bestickten Scheide steckte.

Du bist kein Händler, dachte er, sondern ein Spion der Yorkisten, der auf Geheiß seines Herrn kreuz und quer durch England reist.

Sein Lächeln verblaßte, als ihm einfiel, daß auch er einem Herrn zu dienen hatte. Er strich sich das strähnige schwarze Haar hinter die Ohren zurück, leckte sich über die Lippen und rief einem Wasserverkäufer zu, er möge ihm einen Becher bringen. Der Mann gehorchte. Das Wasser schmeckte zwar etwas brackig, dafür wies der Verkäufer aber den Penny des Predigers zurück.

»Nein, nein, Bruder«, erklärte er. »Ihr seid ein heiliger Mann, das sehe ich sofort.«

Der Prediger widersprach ihm nicht. Schließlich war er ein Bote Gottes, ein Mann, dessen Gesicht von der Sonne und dem Wind gegerbt worden war.

Als Laienbruder des Hospitaliterordens hatte der Prediger die Straßen Europas bereist, um nach jenem mächtigen

Dämon zu forschen, den Sir Raymond Grandison, sein Komtur im Orden, ihm beschrieben hatte. Der Prediger hatte sich inzwischen an seine Aufgabe gewöhnt. Überall an den Ufern des Rheins, auf den Pizzas der großen italienischen Städte und sogar unter dem riesigen Galgen von Montfaucon in Paris hatte er dieselbe Predigt gehalten. Nun würde er sie hier vortragen. Seine Augen wanderten zu einer drallen jungen Kurtisane hinüber. Sie trug ein kostspieliges Gewand aus blauem, golddurchwirktem Seidenstoff, das am Hals von einer schlichten weißen Kordel gehalten wurde. Aufreizend schwenkte sie die Hüften, und als sie spürte, daß sie beobachtet wurde, blickte sie über die Schulter und lächelte dem Prediger verführerisch zu. Der selbsternannte Gottesmann schluckte hart und schaute zur Seite. Die Versuchungen des Fleisches, dachte er, waren allgegenwärtig. Aber die Frau war schön: weiche, goldene Haut, strahlende Augen, Lippen, die zum Küssen einluden, Haare wie flüssiges Feuer. Sie machte Anstalten, auf ihn zuzukommen, doch der Prediger sah, daß der angebliche Händler mit seiner Rede zu Ende war und beeilte sich, dessen Platz auf den Stufen unter dem Kreuz einzunehmen.

»Hört mich an!« rief er, die Arme weit ausbreitend. »Hört mich an, ihr Kinder Gottes, denn ich bin Sein Bote!«

Die Menge, die schon im Begriff war, sich zu zerstreuen, drängte wieder zusammen. Die Leute beglückwünschten sich insgeheim zu diesem unterhaltsamen Morgen, einer willkommenen Abwechslung von ihrem eintönigen Tagewerk. Der Priester wirkte interessant. Er war in schwarzes Sackleinen gekleidet, hatte sich eine schmutzige Kordel um die Leibesmitte geschlungen und trug einfache Holzsandalen. Auch sein Gesicht zog die allgemeine Aufmerksamkeit auf sich: wild flammende Augen loderten in einem dunklen, zerfurchten Antlitz. Er glich einem der Propheten aus dem Alten Testament, deren Bilder an der Wand ihrer Gemeindekirche prangten.

Der Prediger ließ dramatisch die Hände sinken.

»Die Rose der Welt«, begann er heiser, »ist vergiftet und bis ins Mark verfault.«

Die Leute spitzten die Ohren. Der Prediger hörte ein einhelliges Seufzen, als würden seine Zuhörer genüßlich auskosten, was nun kam.

»Der Teufel wandelt auf Erden!« Seine Stimme dröhnte nun wie Donnerhall. »Ich sah seinen Hengst, so schwarz und schnell wie eine Sturmwolke. Satan ist gekommen, um die Schätze der Erde zu rauben.« Er breitete die Arme aus. »Ich habe des Nachts die gehörnten Böcke der Hölle gesehen, die verschrumpelte Hexen auf ihrem Rücken trugen. Ich habe im Geheul des Windes das Krächzen der Krähen und das Zischen der Schlangen vernommen!«

Die Menge nickte. Nichts fesselte sie mehr als das Werk des Teufels und einer Legionen von Dämonen, die durch die Welt zogen, Milch sauer werden ließen, Feuer in Heuschobern verursachten, Krankheiten über die Menschen brachten und das Wasser verdarben.

»Ich habe auch einen gesehen!« brüllte ein alter Mann. »Eine groteske Gestalt mit Augen, die wie Feuer brannten!«

»Da warst du wohl wieder besoffen!« grölte ein anderer zurück.

»Nein, dieser gute Bürger hat recht!« schrie der Prediger. »Seht euch doch nur um! Könige ziehen in den Krieg! Kämpfe branden um uns! Aber das sind nur Vorboten dessen, was noch kommen wird!« Befriedigt stellte er fest, daß sein Publikum ihn mit offenem Mund anstarrte. »O ja«, fuhr er mit rauher Stimme fort, »ein mächtiger Dämon geht auf Erden um. Furchtbar ist sein Wirken! Also seid auf der Hut!«

»Woran sollen wir ihn denn erkennen?« fragte ein Mann besorgt.

»Dieser Dämon trinkt Menschenblut«, entgegnete der Prediger, legte eine Kunstpause ein und wies mit einem Finger gen Himmel. »Um seine Kraft zu erhalten, braucht er unser Blut – und verhöhnt damit unsere heilige Messe.«

Doch er spürte bereits, wie sich sein Magen vor Enttäuschung zusammenkrampfte. Weil er Unglauben in ihren Augen las, wußte er sogleich, daß man zumindest in London noch nie etwas von dem Dämon Rosifer gehört hatte, den Sir

Raymond jagte. Erst zweimal war der Prediger während seiner Europareisen auf Zeugen gestoßen, die bis ins kleinste Detail die gräßlich zugerichteten Leichen beschreiben konnten, die mit aufgeschlitzter Kehle und vollkommen ausgeblutet in einem Graben oder einer Gasse aufgefunden worden waren. Es war immer dasselbe. Der Dämon schien sich von großen Städten fernzuhalten. Der Prediger fügte seinem Sermon noch ein paar Sätze hinzu und warnte die Leute, die Augen offenzuhalten, dann schloß er mit einem Segen und stieg die Stufen wieder hinab.

»Ist das alles wirklich wahr?«

Er drehte sich um. Die hübsche rothaarige Kurtisane stand mit verschränkten Armen da und musterte ihn kühl.

»Es ist wahr, mein Kind.«

Er wollte sich abwenden, aber sie faßte ihn bei der Hand.

»Kommt mit mir«, lud sie ihn ein. »Trinkt einen Krug Ale, um Eure Kehle zu befeuchten.«

Der Prediger überlegte kurz, dann lächelte er und drückte verstohlen ihre Hand.

VIER

Die Wälder von Sutton Courteny, Gloucestershire
Mai 1471

Im Paradies, im Garten Eden,
wurde Eva zweimal in Versuchung geführt:
Erst von Luzifer,
dann von Rosifer, der ihr eine Rose anbot,
die er im Himmel gepflückt hatte.

Edith, die Tochter des Hufschmieds Fulcher, saß auf einer sonnenüberfluteten Lichtung und hörte mit halbem Ohr dem Geschnatter der Frauen zu, die an einem Bach am Fuße des Hügels ihre Wäsche wuschen. Sie hätte ihnen eigentlich dabei helfen sollen, aber Edith war, wie ihr Vater des öfteren bemerkte, eine Tagträumerin. Dies war ihr geheimer Lieblingsplatz: ein kleines Wäldchen, das am Rande eines Hügels lag. Die Bäume bildeten die Mauern ihres Traumschlosses, die grasbewachsene Lichtung einen kostbaren Teppich, und die Blumen, die die Lichtung säumten – Disteln, Vogelfuß, Malven und Holunder – stellten den Schloßgarten dar. Entzückt blickte sie sich um. Zu dieser Jahreszeit war die Lichtung zudem noch mit einer Fülle von Glockenblumen, wilden Rosen, Bingelkraut und Primeln übersät; ein ruhiges, friedliches Fleckchen Erde, wo sie ungestört sitzen und träumen konnte. Edith zählte sechzehn Sommer, vor drei Jahren war sie zum ersten Mal unwohl gewesen, und ihre Mutter hatte sie hinaus in den Garten geschickt, wo sie sich nackt auf das fette Erdreich legen sollte, um es fruchtbar zu machen. Sie war jetzt eine Frau, hatte die Mutter ihr wieder und wieder eingeschärft, und Edith sonnte sich in ihrer neuerworbenen Macht. Erst vor wenigen Wochen hatte ein Trupp Yorkisten im Dorf haltgemacht und sämtliche Zimmer der Schenke ›Zum Hungrigen Mann‹ mit Beschlag belegt.

Selbstverständlich hatten viele ihrer Pferde neue Hufeisen benötigt. Edith hatte dabeigestanden, während ein junger Knappe, der sich Aymer Valance oder so ähnlich nannte, ihrem Vater zusah, wie er den Ofen anheizte und das rotglühende Eisen bearbeitete. Der junge Mann hatte ihr heimlich, aber nachdrücklich den Hof gemacht, und sie hatte ihn zu diesem Ort geführt. Nackt wie bei ihrer Geburt hatten sie unter den Bäumen beieinander gelegen. Er hatte versprochen, wiederzukommen, aber ihr Vater, dem so leicht nichts entging, mußte gespürt haben, daß zwischen ihnen etwas vorgefallen war. Er hatte ihr eine Ohrfeige versetzt und geschrien: »Solche Männer kommen und gehen, Mädchen! Unsereins bedeutet ihnen nichts!«

Edith strich sich mit der Hand über den Bauch und an den Falten ihres schlichten Leinenkleides hinab. Vielleicht würde sie morgen, wenn sich das ganze Dorf nach Sonnenuntergang auf dem Dorfplatz traf, um zu feiern und um den Maibaum herumzutanzen, einen anderen Mann kennenlernen. Ihre Mutter wusch gerade ihr Festtagsgewand und würde es in Kürze über den Zaun hinter der Schmiede hängen, damit es in der Nachmittagssonne trocknen konnte.

Edith hörte, wie hinter ihr ein Zweig knackte. Ihr Kopf fuhr hoch, und die Butterblumen, die sie gepflückt hatte, entglitten ihrer Hand.

»Wer ist da?« rief sie halblaut.

Schnuppernd sog sie die Luft ein und nahm einen Duft wahr, den sie schon einmal gerochen hatte: Rosen. Einmal zu Ostern hatte ihre Mutter ein Bad genommen und Edith erlaubt, hinterher das Badewasser zu benutzen. Sie erinnerte sich noch gut an die Rosenblüten, die im Zuber umhergeschwommen waren, und an deren süßen Duft. Doch jetzt war der Geruch noch um einiges intensiver. Ängstlich sprang Edith auf. Die Geschichten, die vorüberziehende Reisende erzählt hatten, kamen ihr wieder in den Sinn – von gräßlichen Morden an einsamen Orten und von ausgebluteten Leichen wie denen eines jungen Liebespärchens, das man auf einer Wiese in der Nähe von Tewkesbury gefunden hatte.

»Wer ist da?« wiederholte sie unsicher.

Statt einer Antwort stimmte jemand ein leises Lied an. Edith war verwirrt. Die Stimme sang auf französisch. Edith hatte Aymer sich dieser Sprache bedienen hören, aber seltsamerweise konnte auch sie jetzt die Worte verstehen. Sie handelten von einer Rose, die im Himmel geblüht hatte, lang bevor die Welt erschaffen worden war. Edith wich ein Stück zurück, doch der Mann, der jetzt zwischen den Bäumen hervortrat, flößte ihr keine Furcht ein. Er war hochgewachsen, hatte ein dunkles Gesicht und einen freundlichen Mund. Als er lächelte, schimmerten strahlendweiße Zähne. Irgendwie erinnerte er sie an Aymer. Edith lächelte, ging einen Schritt auf ihn zu und streckte ihm die Hände entgegen.

ERSTER TEIL

Sutton Courteny

1471

Das reine Licht der Morgenröte ist nur ein blasser Abglanz der himmlischen Rosengärten.

ERSTES KAPITEL

Matthias Fitzosbert vergewisserte sich, daß der Gürtel, der seine Tunika zusammenhielt, fest geschlossen war, dann stieg er geräuschlos über einen verwitterten Grabstein und huschte durch eine Lücke in der Hecke. Flink wie ein Wiesel rannte er über den ausgetretenen Pfad bis hin zur Hauptstraße des Dorfes Sutton Courteny. Am Straßenrand blieb er unter einer mächtigen Eiche mit weit ausladenden Ästen stehen, drehte sich um und musterte aufmerksam seine Umgebung. Nervös fuhr er sich durch das glänzende schwarze Haar, leckte sich über die Lippen und kratzte sich seine olivfarbene Wange.

Hinter den Bäumen ragte der Glockenturm der Kirche seines Vaters auf. Matthias hoffte, daß man ihn vorerst nicht vermissen würde. Sein Vater hatte erst das Unkraut rund um die Gräber herum gejätet, dann einen Krug Ale geleert und lag nun fest schlafend im Schatten des überdachten Friedhofstores. Seine Frau Christina, Matthias' Mutter, war im kleinen Kräutergarten hinter dem Haus und wässerte die Pflanzen – Kamille, Minze, Thymian und Koriander –, die sie später pflücken, trocknen und in kleinen Tontöpfen in der Speisekammer aufbewahren würde. Überall herrschte Stille. Noch nicht einmal das Zwitschern der Vögel war zu hören; auch sie suchten wohl unter den frischen grünen Blättern Schutz vor der überraschend heißen Maisonne. Nur nektarsuchende Bienen summten ärgerlich umher. Ein schneeweißer Schmetterling flatterte vorbei. Matthias wollte ihn fangen, stolperte aber und fiel zu Boden. Er stieß einen Schmerzensschrei aus, unterdrückte ihn aber sofort, als ihm einfiel, daß er erst sieben Jahre alt war. Es war ihm nicht erlaubt, alleine durch die Gegend zu streifen, geschweige denn durch den Wald zu dem verlassenen Dorf Tenebral zu schleichen.

Matthias rannte weiter. Zum Glück blieb in den Häusern

der Bauern und Handwerker alles ruhig. Männer, Frauen und Kinder hielten sich draußen auf den Feldern auf, um die vielen Vögel und kleineren Tiere zu verscheuchen, die über das Saatgut herfielen.

Vorsichtig duckte sich Matthias in den Schatten eines Hauses und blickte zum ›Hungrigen Mann‹ hinüber, wo die Faulpelze und Tagediebe herumlungerten, ihr Ale schlürften und leise miteinander stritten. Vor diesen Männern mußte er sich in acht nehmen. Sie interessierten sich für alles, was Pfarrer Osbert und seinen illegitimen Sohn betraf.

Osbert war Priester und hätte den Regeln des kanonischen Rechts zufolge eigentlich keusch leben müssen. Als er jedoch vor vierzehn Jahren nach Sutton Courteny gekommen war, hatte er eines Tages während einer Predigt Christina, die Tochter eines wohlhabenden Yeoman, in der Kirche erblickt. Die beiden hatten sich ineinander verliebt, das Keuschheitsgelübde war vergessen, und Matthias war nun die Frucht dieser verbotenen Liebe. Die meisten Gemeindemitglieder nahmen dies inzwischen als gegeben hin, was sie nicht daran hinderte, mit unstillbarer Neugier alles zu verfolgen, was die kleine Familie tat. Matthias hielt es daher für durchaus möglich, daß einer von ihnen auf direktem Weg zur Kirche laufen und Pfarrer Osbert fragen würde, warum sich sein Sohn schon wieder heimlich aus dem Dorf stahl.

Matthias erstarrte, als der stämmige, grobschlächtige Hufschmied Fulcher mit einem Humpen in der Hand aus der Schenke schwankte. Eigentlich hätte der Mann mit den anderen draußen auf den Feldern sein sollen, aber seine Tochter war in den Wälder von Sutton Courteny ermordet aufgefunden worden: barbarisch zugerichtet, mit durchschnittener Kehle, ohne einen einzigen Blutstropfen im Leib. Ihr verstümmelter Leichnam lag nun in der Pfarrkirche neben der Tür zum Lettner aufgebahrt, und Fulcher betrauerte sie auf die einzige Art und Weise, die ihm möglich war.

»Ich werde saufen wie ein Stier!« hatte er verkündet. »So lange, bis der Schmerz vergeht.«

Matthias senkte die Lider. Fulcher wirkte so furchtbar zerquält, und seine Tochter Edith mit ihren verträumten Augen war immer freundlich zu allen gewesen. Wie jedesmal, wenn ein Leichnam im gemeindeeigenen Sarg aufgebahrt wurde, half Matthias seiner Mutter, alles für die Totenmesse vorzubereiten, die abgehalten wurde, ehe man den oder die Verstorbene in ein Leichentuch hüllte und auf dem Friedhof unter den mächtigen Eiben begrub. Matthias fürchtete die Toten nicht. Sie sahen alle gleich aus: steif und kalt, mit bläulich angelaufenen Lippen und halb geöffneten Augen. Diesmal hatte Osbert jedoch darauf bestanden, sich selbst um den Leichnam zu kümmern. Er hatte ihn in ein dickes Leinentuch gewickelt und dann den Sarg zugeschraubt, damit niemand die sterblichen Überreste des Mädchens anstarren konnte, bevor sie beerdigt wurde.

»Edith!« brüllte Fulcher aus vollem Halse, wobei er gefährlich hin und her schwankte. »Edith!«

Piers der Pflüger kam herbei, nahm Fulcher am Arm und führte ihn in die tröstlich kühle Schankstube des ›Hungrigen Mannes‹ zurück.

Matthias lief weiter, huschte wie ein Schatten an der Schenkentür vorbei und durchquerte das Dorf. Bei dem Felsen, auf dem sich Baron Sanguis' Galgen schwarz und drohend gen Himmel erhob, blieb er stehen. Heute baumelte kein Leichnam am Galgen, aber gelegentlich ließ der Lehnsherr einen Verbrecher teeren, mit alten Stricken binden und hängen; als Warnung für alle Geächteten, Wegelagerer und Wilderer, sich von seinem Grund und Boden fernzuhalten.

Schließlich waren die Häuser und Katen außer Sicht. Die Straße verengte sich und führte direkt in den dunklen Wald hinein. Matthias zögerte: Sein Vater und seine Mutter hatten ihm schon oft befohlen, sich von diesem Ort fernzuhalten.

»Dort streifen Männer umher, die so grausam sind wie reißende Wölfe.« Das gutmütige Gesicht des Pfarrers war sehr ernst geworden. »Und dort hausen Dämonen. Denk an diese furchtbaren Morde!« Pfarrer Osbert hatte sein erkahlendes Haupt geschüttelt. »Außerdem ziehen Truppen durch das Land, und wo Soldaten marschieren, da folgen Mord und Vergewaltigung auf dem Fuß. Stimmt es nicht, Mutter?«

Christina hatte sich ihr dichtes blondes Haar aus dem Gesicht gestrichen und ihren Sohn mit totenblassem Gesicht gemustert. Matthias, so jung, wie er noch war, konnte sich unter Mord und Vergewaltigung nichts vorstellen, aber die Worte klangen interessant. Was ihn viel mehr verstörte, war die Tatsache, daß seine Mutter seit einiger Zeit grau und erschöpft wirkte. Die sonst so fröhliche, lebhafte, immer zum Lachen aufgelegte Christina war in den letzten Wochen still und in sich gekehrt geworden und schien sich ständig Sorgen zu machen. Erst in der vergangenen Nacht war Matthias aufgewacht und hatte sie in ihrem Nachthemd, eine Decke um die Schultern, neben seinem Lager vorgefunden. Im Licht der Talgkerze, die sie in der Hand hielt, hatte ihr Gesicht noch verhärmter ausgesehen als sonst. Als er sich bewegt hatte, war sie auf den Rand seiner Lagerstatt gesunken und hatte ihm sanft über das Gesicht gestrichen.

»Matthias?«

»Ja, Mutter?«

»Du gehst heimlich in den Wald, nicht wahr? Du gehst den Eremiten besuchen, in seiner Klause in Tenebral.«

Matthias war schon im Begriff gewesen, mit einer Lüge zu antworten, aber da seine Mutter ihn so furchterfüllt anblickte, hatte er nur langsam genickt. Christina hatte sich abgewandt und ihm gesagt, er solle weiterschlafen, aber als er ihr gute Nacht sagen wollte, waren ihm die Tränenspuren auf ihren Wangen aufgefallen.

Nachdenklich nagte Matthias an seiner Unterlippe; der Wald war in der Tat ein finsterer und geheimnisvoller Ort. Er erinnerte sich an die Geschichten, die die Dorfbewohner erzählten, wenn sie sich um das große Feuer in der Schankstube des ›Hungrigen Mannes‹ versammelten. Sie berichteten von dem Zwergenkönig, der unterhalb der uralten Grabhügel tief im Wald hauste, und vom Wilden Edric und seinem dämonischen Reitergefolge, die an den Ufern des Severn jagten.

Über ihm im Geäst begann ein Vogel zu kreischen. Matthias fielen die Strigoi ein; große Raubvögel mit gebogenen

Füßen und messerscharfen Klauen – Ausgeburten der Hölle, die alle Jungen und Schwachen jagten. Und dann war da noch die in Federn gekleidete Hexe, deren Bauch vom Blut ihrer Opfer angeschwollen war. Trotzdem mußte er weiter! Der Eremit wartete auf ihn, und Matthias liebte den Eremiten, der viele magische Tricks beherrschte, voller Geschichten steckte und immer guter Laune war. Der Junge holte einmal tief Atem, schloß die Augen und rannte in den Schatten der Bäume hinein. Seine Hände schlugen leise klatschend gegen seine Hüften. Er bemühte sich, die Geräusche zu ignorieren, die aus dem Unterholz an sein Ohr drangen. Auch an Old Bogglebow wollte er nicht denken. So nannte er Margot, die Hexe mit dem bösen Blick, die im Herrenhaus des Barons Sanguis lebte und die, so munkelten die Dörfler, auf Geheiß ihres Herrn Schwarze Magie ausübte. Matthias hatte Angst vor Old Bogglebow mit ihren eingefallenen Wangen, der krummen Nase und den scharfen Zähnen, die wie Grabsteine auf einem vom Mondlicht beschienenen Friedhof aus ihrem verrotteten Gaumen wuchsen.

Er öffnete die Augen wieder und lächelte, als er feststellte, daß er den Rand des Waldes schon fast erreicht hatte. Einen Baumstamm umrundend hastete er weiter, die Augen fest auf den Pfad gerichtet. Das Atmen fiel ihm schwer, trotzdem versuchte er, ein Lied zu summen, das Christina ihn gelehrt hatte. Seine Angst wurde immer stärker, denn sobald er den Wald hinter sich gelassen hatte, befand er sich in Tenebral.

Die Einwohner dieses Dorfes waren samt und sonders vom Großen Tod dahingerafft worden, der vor ungefähr hundert Jahren im Tal des Severn gewütet hatten. Die Alten sprachen immer noch davon, wie die Toten damals in ihren Betten, unter den Tischen oder auf den Feldern gelegen hatten, die starren Hände manchmal noch um den Pflug gekrallt. Tenebral war ein Geisterdorf, verwunschen und unheimlich. Matthias blieb stehen und holte tief Atem. Aber der Eremit lebte hier, und er würde ihn beschützen. Also lief er weiter, wobei er mit den Augen sorgfältig seine Umgebung absuchte, bis er den geheimen Weg entdeckte, den der

Eremit ihm gezeigt hatte. Matthias folgte ihm. Die Bäume lichteten sich, und plötzlich stand er am Rand von Tenebral. Einige Häuser säumten immer noch die Hauptstraße; verfallene Ruinen, deren Wände große Risse aufwiesen und deren Dächer teilweise fehlten. Die Holztüren, die Fenster sowie alles andere, was sich noch gebrauchen ließ, war schon vor langer Zeit gestohlen worden.

Wie ein junger Hund kauerte Matthias sich nieder und blickte sich um. Die Straße war von Unkraut überwuchert, Efeu kroch an den Hauswänden empor. Tiefe Stille lag über diesem Dorf, wo alles Leben mit einem Schlag beendet worden war. Sogar die Vögel schienen diesen Ort zu meiden. Am anderen Ende erkannte Matthias den baufälligen Kirchturm. Er eilte weiter, blieb jedoch vor dem Friedhofstor stehen und betrachtete das Hauptgebäude der Kirche. Die hölzernen Portale waren schon längst verschwunden, die Wände mit Efeu und Flechten bedeckt. Matthias hatte genug Mut bewiesen. Er war stolz darauf, so weit gekommen zu sein, aber hier würde er jetzt warten.

»Eremit!« rief er laut. »Ich bin es, Matthias. Ihr habt mich hierherbestellt!«

Nur eine einsame Krähe, die über der Kirche ihre Kreise zog, antwortete ihm mit einem heiseren Krächzen. Matthias vergaß seine Furcht und lief auf die Kirche zu. Im Eingang blieb er stehen; zu seiner Linken befand sich das Taufbecken. Er blickte nach oben. Das Dach existierte schon lange nicht mehr, und der Altarbereich am anderen Ende war sowohl von innen als auch von außen von Buschwerk überdeckt, das in die Höhe geschossen war und so einen natürlichen Baldachin bildete. Der Junge schluckte hart. Eigentlich hätte der Eremit schon längst hier sein sollen. Er schrak zusammen, als eine Ratte über den Boden huschte, dann ging er vorsichtig weiter. Gerade wollte er noch einmal laut nach seinem Freund rufen, als eine warme Hand seinen Hals berührte. Nach Luft ringend wirbelte er herum. Da stand der Eremit, leicht gebückt, mit funkelnden Augen im faltigen Gesicht, die Lippen zu einem Lächeln verzogen.

»Ihr habt mich erschreckt!«

Der Eremit faßte ihn bei den Armen und drückte sie sanft.

»Mich so zu überraschen«, meinte Matthias vorwurfsvoll.

Der Eremit warf den Kopf zurück und lachte, dann zog er Matthias an sich, legte die Arme um ihn und hielt den Jungen einen Moment lang fest. Matthias ließ es geschehen. Sein Vater tat so etwas nie, und der Eremit fühlte sich immer so warm an und roch so süß nach Rosenwasser.

»Ich habe dich ins Dorf kommen sehen«, murmelte er, »und war die ganze Zeit dicht hinter dir.«

»Ich hatte Angst«, gestand Matthias. »Es ist so einsam hier draußen.«

Der Eremit strich ihm leicht über das Haar.

»*Creatura bona atque parva*«, flüsterte er.

»Was heißt das?«

Der Eremit hielt ihn ein Stück von sich ab und betrachtete ihn mit gespieltem Ernst. »Das ist Latein, Matthias, und es bedeutet, daß du mein kleines, gutes Geschöpf bist.«

»Ich bin aber nicht Euer Geschöpf. Das klingt ja, als wäre ich eine Fledermaus!«

Wieder lachte der Eremit und wiegte sich dabei vor und zurück. Matthias beobachtete ihn gebannt. Am liebsten hätte er den Eremiten den ganzen Tag lang angeschaut. Er war hochgewachsen und kräftig, sein eisengraues Haar trug er nach Art der Mönche sauber gestutzt, und sein sonnenverbranntes Gesicht war glattrasiert, freundlich und offen. Er schien häufig zu lächeln. Oft blitzte Humor in seinen Augen auf, seine großen braunen Hände waren warm und sanft, und immer, wenn er Matthias berührte, stieg ein Gefühl von Frieden und Geborgenheit in dem Jungen auf.

»Wie lange kennen wir uns nun schon, Matthias?«

»Ihr seid im März hergekommen«, erwiderte Matthias langsam. »Kurz vor Mariä Verkündigung.«

»Also kennst du mich schon seit zwei Monaten«, gab der Eremit zurück. »Und wenn du herkommst, hast du trotzdem immer noch Angst. Laß dich nie von deiner Angst beherrschen, Matthias. Sie gleicht einem dunklen Wurm in deinem Herzen.« Er dämpfte seine Stimme zu einem Flüstern. »Und je mehr du diesen Wurm fütterst, desto fetter wird er.«

»Habt Ihr denn nie Angst?« erkundigte sich Matthias.

»Doch, vor manchen Dingen schon. Vor Menschen und Tieren aber nie.«

»Oh, das kommt daher, weil Ihr ein Soldat seid. Ihr wart doch einmal Soldat, nicht wahr?«

»Ja, ich war Soldat, Matthias. Ganz am Anfang war ich Soldat.«

Wie schon bei früheren Gelegenheiten huschte plötzlich ein Ausdruck von Trauer über das Gesicht des Eremiten. Matthias betrachtete seinen Mund. Die Lippen waren halb geöffnet.

»Habt Ihr viele Menschen getötet?« fragte er dann.

Der Eremit seufzte und erhob sich. »Das Töten ist ein fester Bestandteil der Natur, Matthias. Der Falke tötet die Henne, der Fuchs den Hasen. Ein jedes Geschöpf ernährt sich von einem anderen.«

»Wenn Ihr keine Angst habt«, fuhr Matthias fort, »warum kommt Ihr dann nie zu uns ins Dorf?«

Der Eremit bückte sich und berührte Matthias' Nasenspitze mit einem Finger.

»Erklär du es mir, Matthias Fitzosbert. Warum gehe ich niemals in das Dorf?«

»Die Leute haben Angst vor Euch.«

»Warum? Wie können sie vor jemandem Angst haben, den sie gar nicht kennen?«

»Sie sagen, Ihr wärt früher schon einmal hier gewesen«, erwiderte Matthias. »Vor ungefähr acht Jahren, kurz vor meiner Geburt.«

»Aber ich habe den Leuten nichts zuleide getan. Ich habe sogar einige ihrer Kranken gepflegt. Trotzdem jagten sie mich davon, als ich sie um etwas zu essen bat.«

»Warum seid Ihr dann zurückgekommen?«

Statt einer Antwort schwang der Eremit Matthias hoch in die Luft. »Weil ich eben zurückgekommen bin«, erwiderte er geheimnisvoll. »Doch jetzt, Matthias, werde ich dir etwas zeigen.« Er stellte den Jungen vorsichtig wieder auf die Füße.

»Einen Trick?« fragte Matthias. Seine Augen wurden vor Staunen ganz rund.

»Einen Trick? Was für einen Trick? Das wäre ja Zauberei«, entgegnete der Eremit mit gespielter Entrüstung. »So wie die weiße Taube, die auf einmal in deinem Ohr steckt.«

»Macht Euch nicht ...«

Der Eremit streckte die Hand aus, und Matthias spürte, wie etwas Warmes, Fedriges sein Ohr berührte. Mit einer dramatischen Geste zog der Eremit die Hand wieder zurück, und der Junge starrte verblüfft auf die kleine weiße Taube, die sich in die Handfläche des Eremiten schmiegte. Der Eremit strich ihr sacht mit den Fingern über das Gefieder, woraufhin der Vogel leise zu gurren begann.

»Sieh, wie sie fliegt«, flüsterte der Eremit.

Er warf den Vogel in die Luft, und die weiße Taube schwebte mit ausgebreiteten Flügeln davon und stieg zum Himmel empor. Matthias sah ihr entzückt nach, schrie aber erschrocken auf, als plötzlich ein schwarzer Schatten aus dem Nichts auftauchte und weiße Federn, gefolgt von ein paar Blutstropfen, zu Boden fielen. Als er wieder zum Himmel hochblickte, war der Falke mit seinem Opfer verschwunden. Auch der Eremit schaute mit unbewegtem Gesicht nach oben. Er sagte ein paar Worte in einer Sprache, die Matthias nicht verstand, und vollführte mit einer Hand eine knappe Geste.

»Leben nährt sich von Leben«, verkündete er. »Komm, Matthias, ich möchte dir noch etwas zeigen.«

Er nahm den Jungen bei der Hand und führte ihn aus der Kirchenruine hinaus und die verfallene Hauptstraße entlang. Nun, da der Eremit seine Hand festhielt, verspürte Matthias auch keine Angst mehr. Ab und zu blieben sie stehen, damit der Eremit ihm Namen und Eigenschaften verschiedener Blumen erklären konnte: Lilien, Schlüsselblumen, die gefährlichen Tollkirschen und der blaublühende Eisenhut.

»Hüte dich vor letzteren beiden, Creatura. In ihren Adern

kreist ein tödliches Gift. Aber schau nur!« Er deutete auf einen Busch. »Da, dort sitzt ein Stieglitz, und dort, ein bißchen weiter hinten, ruht sich ein Eisvogel aus, ehe er zu seinem Teich zurückkehrt. Nun, heute habe ich noch eine besondere Überraschung für dich.«

Er führte den Jungen in einen Hinterhof, der einst zur Dorfschenke von Tenebral gehört haben mußte, und legte einen Finger auf die Lippen.

»Verhalte dich ganz ruhig.«

Auf Zehenspitzen schlichen sie auf eines der Nebengebäude zu. Matthias spähte hinein. Zuerst konnte er nichts erkennen, aber dann bemerkte er, daß sich an der gegenüberliegenden Wand in einem Alkoven, der wohl als Aufbewahrungsort für Weinfässer gedient hatte, etwas bewegte – kleine, rötlich schimmernde Fellbündelchen. Er begriff, daß der Eremit ihn zu einem Fuchslager geführt hatte. Die Fähe, die die Zuschauer offenbar nicht gewittert hatte, leckte eines ihrer Jungen ab, während die anderen knurrend und fauchend umhertollten und miteinander balgten. Matthias hatte schon viele Füchse gesehen. Er hatte auch oft gehört, wie sich die Dorfbewohner nach der Sonntagsmesse lauthals darüber aufregten, daß einer dieser Räuber einen Hahn oder eine Gans aus ihrem Stall gestohlen hatte. Aber dies war neu für ihn. Noch nie hatte er junge Füchse aus solcher Nähe beobachtet. Er wollte näher an sie herangehen, aber der Eremit legte ihm eine Hand auf die Schulter.

»Nein, laß sie in Ruhe.«

Eine Weile blieben sie still stehen und sahen den Tieren zu. Plötzlich blickte die Fähe jäh auf und starrte in Richtung der Tür. Ängstlich stieß sie die Jungen in den Alkoven zurück, rollte sich dann vor ihnen zusammen, legte den Kopf auf die Pfoten und jaulte leise. Der Eremit zog Matthias mit sich.

»Komm, Creatura, es wird Zeit, einen Bissen zu essen.«

Auf dem Rückweg zur Kirche verschwand der Eremit einmal im Gebüsch, stieß eine triumphierenden Schrei aus und brachte einen Hasen zum Vorschein, den er in einer Schlinge gefangen hatte. Er warf sich den Kadaver über die

Schulter, nahm Matthias bei der Hand und ging leise pfeifend weiter, aufmerksam dem fröhlichen Geplapper des Jungen lauschend.

Wieder in der Kirche angelangt führte er Matthias zum alten Hauptaltar. Der Junge blickte sich neugierig um. Von den feierlichen Handlungen, die hier sicherlich einst stattgefunden hatten, waren keine Spuren mehr zu sehen. Ein aus Stoffresten hergerichtetes Lager und ein Holzstuhl deuteten darauf hin, daß hier jemand hauste. Der Boden war sauber gefegt. Einige Farbtöpfe standen in einer Ecke, und während der Eremit den Hasen abhäutete und ausnahm, starrte Matthias voller Ehrfurcht auf die riesige Rose, die sein Freund an die Wand gemalt hatte. Sie glich keiner anderen Rose, die er je gesehen hatte: die Blütenblätter schimmerten tiefrot, das Herz golden, und der Stengel war silbern. Der Junge streckte die Hand danach aus. Er war sicher, daß er, wenn er die Rose berührte, die weiche Glätte unter den Fingerspitzen spüren und ihren süßen Duft wahrnehmen könnte.

»Gefällt sie dir, Creatura?« fragte der Eremit.

»Sie ist wunderschön«, erwiderte der Junge begeistert. »Und so groß.«

»Sie veranschaulicht die Welt«, erklärte der Eremit. »Jedes Blatt, jedes Blütenblatt bildet einen eigenständigen Teil des Ganzen. Deshalb habe ich sie gemalt.«

»Aber sie hat ja gar keine Dornen.«

»Die Rose ist die Blume des Paradieses«, deklamierte der Eremit. »Damals, als sie noch in den himmlischen Gärten wuchs, brauchte sie keine Dornen. Die entwickelte sie erst, als sie in die Hände böser Menschen fiel.«

Matthias hörte Zunder zischen und blickte über seine Schulter. Der Hase war abgezogen, ausgenommen und von einem kleinen Bratspieß durchbohrt worden, den der Eremit nun über eine Grube mit glühenden Kohlen legte. Matthias zwinkerte. Er hatte seine Mutter und seinen Vater schon häufig ein Feuer anfachen sehen, aber noch nie so rasch und so geschickt. Der Eremit verfügte über eine ganze Reihe erstaunlicher Fertigkeiten. Jetzt winkte er dem Jungen zu, während er den Spieß zu drehen begann, gleichzeitig das

Fleisch mit Kräutern bestreute und etwas Öl aus einem kleinen Krug darüberstrich.

»Sieh dir die Rose an, Matthias. Was empfindest du dabei?«

»Es kommt mir so vor, als könnte ich sie riechen.«

»Dann tu es ... geh schon!« drängte der Eremit.

Matthias drückte lachend die Nase an die Wand.

»Ich rieche gebratenes Hasenfleisch«, kicherte er, leicht die Nase rümpfend. »Und das Mauergestein stinkt nach Moder und Verfall.«

»Nein, denk an die Rose, Matthias. Schnuppere noch einmal.«

Der Junge gehorchte und stieß einen überraschten Schrei aus: ein süßer, betörender Duft ging plötzlich von dem Bild aus. Er klatschte vor Freude in die Hände. »Ich kann es riechen! Ich kann es riechen! Es duftet herrlich.«

Der Eremit lachte und fuhr fort, den Bratspieß zu drehen. Matthias faßte die Wand genauer ins Auge. Diesmal berührte er auf Geheiß des Eremiten auch eines der Blütenblätter, das sich glatt und kühl anfühlte.

»Das ist ein Trick, nicht wahr?« rief er.

»Ja, Creatura, es ist ein Trick.«

Der Junge bemerkte auf einmal einige merkwürdige Zeichen an der Wand. Sie ähnelten den Buchstaben in seiner Fibel, wirkten aber eigentümlich verdreht und verzerrt.

»Was ist das?« fragte er.

»Runen«, erklärte der Eremit. »Schriftzeichen aus alter Zeit.«

»Und was bedeuten sie?«

»Nicht so viele Fragen auf einmal, Creatura. Alles nacheinander.« Der Eremit deutete auf einen kleinen Korb in der Nähe des alten Altars. »Das Essen ist gleich fertig. Lauf und schau, was du in dem Korb finden kannst.«

Matthias hob den geflochtenen Deckel und verschluckte sich beinahe vor Staunen: Da lagen in ein Leinentuch eingewickelte frische Weißbrote, ein kleiner Tiegel mit Butter und ein Topf Honig.

»Wo habt Ihr all das her?«

»Aus Tredington«, antwortete der Eremit. »Ich gehe manchmal hinüber.«

»Kennt Ihr dort auch einen Jungen?« wollte Matthias wissen.

»Außer dir kenne ich überhaupt keinen Jungen, Creatura. Jetzt bring die Sachen her.«

»Ihr solltet nicht nach Tredington gehen«, bemerkte Matthias. »Vater sagt, die Leute dort sind unsere ...«

»Feinde?«

Matthias schüttelte den Kopf.

»Rivalen?«

»Genau! Wir liegen im Streit mit ihnen, wegen der großen Wiese und dem Holzrecht in den Wäldern.«

»Und dabei ist doch genug für alle da«, entgegnete der Eremit. »Sag, liebst du deinen Vater?«

Matthias kauerte am Feuer nieder und nickte gedankenverloren.

»Aber er ist ein Priester«, neckte der Eremit. »Er hat geschworen, nie geschlechtlichen Umgang mit einer Frau zu pflegen.«

Matthias zwinkerte verständnislos.

»Werdet Ihr ...«, lenkte er ab, auf die verblaßte Darstellung verschiedener Engel am anderen Ende der Wand deutend, »werdet Ihr die auch neu malen?«

Der Eremit blickte über seine Schulter zu den Bildern hinüber: eine Gruppe von Engeln, jeder mit einem Instrument in der Hand – Laute, Flöte, Harfe, Schalmei und Rebec.

»Was soll denn das sein?« spottete er.

»Na, Engel natürlich!« erwiderte Matthias entrüstet.

»Tatsächlich?« Die Augen des Eremiten umflorten sich. »Ich sage dir eines, Matthias – sie sehen nicht im entferntesten aus wie Engel.«

Er nahm den Hasen vom Spieß, zerteilte ihn mit den Fingern und reichte Matthias die saftigsten Stücke. Der Junge knabberte genüßlich an dem weichen, süßlichen Fleisch.

»Was wißt Ihr denn über Engel?«

Der Eremit blickte ihn voller Trauer an.

»Ganz am Anfang«, erklärte er, »existierten nur die Engel

vor dem Antlitz des Allmächtigen. Stell sie dir als eine Armee körperloser Gestalten vor, Matthias, bestehend nur aus Licht, Kraft und Willen. Unübertroffen an Schönheit und Macht waren die großen Fünf, die Erzengel.« Er legte sein Stück Fleisch beiseite und zählte die Namen an den Fingern ab. »Michael, Gabriel, Raphael, Luzifer …«

»Und?« fragte Matthias gespannt.

Der Eremit starrte ins Feuer. Matthias fröstelte in dem kalten Windhauch, der durch die Kirche wehte.

»Und wer noch?« flüsterte er.

»Rosifer.« Tränen standen in den Augen des Eremiten. »Sie alle waren so wunderschön«, murmelte er. »Prächtig wie eine Armee in Schlachtaufstellung, glorreiche Führer eines glorreichen Heeres.«

»Luzifer ist der Teufel«, unterbrach Matthias rasch. Er wollte sowohl die plötzliche Spannung brechen als auch sein Wissen unter Beweis stellen.

»Luzifer ist Luzifer.« Der Eremit wiegte sich auf den Fersen vor und zurück. »Bruder, Seelenverwandter, Freund und Waffengefährte von Rosifer.«

»Wer ist das?« fragte Matthias.

»Ach, Creatura, er war der Rosenheger. Der Gärtner Gottes, der für Adam und Eva das Paradies angelegt hat.«

»Sie haben gesündigt, nicht wahr?« erkundigte sich Matthias, dem ein Gemälde in der Pfarrkirche einfiel. »Deswegen kam auch Jesus auf die Erde – um uns von unseren Sünden zu befreien«, fuhr er hastig fort. »Glaubt Ihr daran?«

Der Eremit blickte zum Himmel empor, der sich langsam rot färbte. Bald würde die Sonne untergehen.

»Schau, Matthias«, flüsterte er. »Siehst du, wie Christi Blut am Firmament erscheint?«

Matthias musterte ihn neugierig und entsann sich, daß er den Eremiten noch nie beten oder zur Messe hatte gehen sehen.

»Aber Ihr glaubt doch an Jesus?«

»An *Den Geliebten*?« erwiderte der Eremit. »O ja.«

»Und an Seine Mutter Maria?« Matthias wiederholte unbewußt den Katechismus, den ihm sein Vater beigebracht hatte.

»Gottes reine Kerze«, meinte der Eremit. »Die der Welt das Licht gebracht hat.«

»Glaubt Ihr«, fragte Matthias weiter, wobei er den Tonfall imitierte, in den sein Vater während seiner Predigten verfiel, »daß uns der Herr Jesus geschickt wurde, um uns von unseren Sünden zu befreien?« Der Junge knabberte an einem weiteren Fleischstück und sah den Eremiten erwartungsvoll an.

»Er ist nicht gekommen, um uns von unseren Sünden zu befreien«, antwortete dieser lächelnd. »Am Ende bleibt nur eines, Creatura, vergiß das nie: Alles beginnt und endet mit der Liebe. Alles geschieht um der Liebe willen. Sowohl gute als auch schlechte Taten werden im Namen der Liebe begangen. Himmel und Hölle sind keine Orte, sondern Zustände, beruhend auf der Gemütsverfassung und der Willenskraft des einzelnen.« Seine Stimme sank zu einem Flüstern herab. »Liebe wird ewig angeboten und ewig zurückgewiesen. Vergebung wird ewig erfleht und niemals gewährt. Aus Gründen der Liebe gelangt man in den Himmel, und aus Gründen der Liebe wird man wieder daraus vertrieben.«

»Wovon sprecht Ihr? Möchtet Ihr noch etwas Honig?«

Der Eremit blinzelte, streckte die Hand aus und zerzauste Matthias das schwarze Haar.

»Ich liebe dich, Creatura. Aber komm, bald wird es dunkel, und ich möchte dir noch etwas zeigen. Also iß auf.«

Matthias tat, wie ihm geheißen, und blickte sich dabei argwöhnisch in der verfallenen Kirche um. Bald wurde es dunkel, und er mußte nach Sutton Courteny zurückkehren. Rasch stopfte er sich noch ein Stück Fleisch in den Mund, gefolgt von Brot, Butter und Honig. Er versuchte, etwas zu sagen, doch der Eremit legte ihm lachend einen Finger auf die Lippen.

»Scht, man versteht ja kein einziges Wort.« Er stand auf, klopfte sich die Krümel von seinem braunen Gewand und stapfte durch die Kirche.

Matthias warf noch einen Blick auf die Rose an der

Wand – sie schien zu glühen, als ob hinter ihr ein großes Feuer brennen würde. Kopfschüttelnd sprang er auf und trottete seinem Freund hinterher. Der Eremit nahm ihn bei der Hand und führte ihn aus dem Dorf hinaus. Er ging so schnell, daß Matthias Mühe hatte, mit ihm Schritt zu halten. Als er stolperte und stehenblieb, um Atem zu schöpfen, hob der Eremit ihn hoch und setzte ihn sich auf die Schultern. Nun erinnerte sich Matthias an eine Statue, die er einmal gesehen hatte – an den heiligen Christopherus, der das Jesuskind trug. Sie erreichten den Gipfel des Hügels hinter dem Dorf. Der Wind zerrte an ihrem Haar, und Matthias mußte husten, als der Eremit ihn absetzte. Verwundert blickte er in die rasch hereinbrechende Dunkelheit.

»Wo sind wir hier?« fragte er.

Der Eremit hockte sich neben ihn. »Folge meinem Finger, Matthias, und sage mir, was du siehst.«

Matthias kniff die Augen zusammen und spähte in die Ferne. Zuerst konnte er nichts erkennen, doch dann sah er etwas Farbiges aufblitzen und begriff nach längerem Hinschauen, daß dort im Schutz der Bäume eine große Truppe von Pferden, bewaffneten Männern und Karren durch das unter ihnen liegende Tal zog. Gelegentlich erhaschte er im Licht der sinkenden Sonne einen Blick auf eine blinkende Rüstung oder ein buntes Banner, das in der Abendbrise wehte.

»Die Armee Margaret von Anjous«, erklärte der Eremit. »Die Lancasterianer befinden sich auf dem Rückzug. Die Königin und ihre Generäle – Edmund Beaufort, Herzog von Somerset, Lord Wenlock und Lord Raymond Grandison, der Prior des Hospitaliterordens – fliehen, um ihr Leben zu retten.«

»Ich weiß«, unterbrach Matthias. »Sie ist die rote Rose, nicht wahr?«

»Ja, so könnte man es nennen. Sie flüchten vor den Anhängern der weißen Rose.« Der Eremit deutete weiter ins Tal. »Edward von York und seine Kriegerbande sind ihnen auf den Fersen.«

»Was wird geschehen?« fragte Matthias. Sein Magen krampfte sich vor Aufregung zusammen.

»Margaret von Anjou und ihre Armee sind erschöpft. Sie haben versucht, den Severn zu überqueren, aber die Brücken sind entweder besetzt oder zerstört. Sie können nicht mehr weiter. All diese Männer in ihren blitzenden Rüstungen, mit ihren stolzen Bannern in prunkvollen Farben – morgen werden sie in einem See von Blut ertrinken.«

»Es wird einen Kampf geben?« fragte Matthias.

»Ja, es wird einen Kampf geben. Königin Margaret muß in Tewkesbury haltmachen.«

Matthias dachte an die mächtige Abtei hoch oben auf einem Hügel, die die gesamte Marktstadt überblickte.

»Woher wißt Ihr das?«

Der Eremit winkte ab. »Ich mag zwar jetzt unter anderem ein Zauberer sein, aber ich war auch einst Soldat, Matthias«, sagte er heiser. »Die Armee der Königin ist am Ende ihrer Kraft. Sie werden hier haltmachen, um sich in der Abtei mit Vorräten zu versorgen, und Beaufort, ihr oberster General, hält es mit Sicherheit für einen Vorteil, im Kampf den Severn im Rücken zu haben.«

»Ich habe noch nie einen Kampf gesehen.«

»Möchtest du bei diesem gern zuschauen?«

Matthias' Augen wurden groß. »Darf ich wirklich?«

»Komm morgen bei Tagesanbruch zu mir.« Der Eremit ergriff Matthias' Arme und drückte sie sanft. »Schleich dich vor dem ersten Tageslicht aus dem Haus und komm her.« Er lächelte, zog Matthias an sich und küßte ihn auf die Augenbraue. »Diesmal werde ich dir keinen Streich spielen. Ich werde da sein und auf dich warten.«

»Warum wollt Ihr denn den Kampf sehen?« fragte Matthias neugierig.

Das Gesicht des Eremiten umwölkte sich plötzlich. Er blickte über seine Schulter und starrte in die Dunkelheit hinaus auf die im Rückzug begriffene Armee.

»Edward von York kommt schnell näher«, murmelte er. »Der Boden wird unter den Hufen seiner Kavallerie erzittern. Geboren zum Töten, das ist er. Die Lancasterianer sind schon so gut wie besiegt.« Er schaute Matthias an. »Ich habe einen Freund, den ich gern wiedersehen möchte. Jemanden, der schon lange nach mir sucht. Ich möchte ihn wiedersehen, und dich auch, Matthias. Also versprich mir, daß du ...«

»Sie sagen, es sei gefährlich.«

»Was denn, Creatura?«

»Ach, nicht der Kampf. Aber in der Nähe von Tredington und Tewkesbury sind doch so viele Menschen ermordet worden.«

Der Eremit entgegnete nichts darauf, sondern erhob sich schweigend.

Matthias schnitt eine Grimasse. Die Erwachsenen brachen das Gespräch immer dann einfach ab, wenn sie über ein Thema nicht mehr reden wollten.

ZWEITES KAPITEL

Der Eremit führte Matthias durch das verlassene Dorf zurück an den Rand des Waldes. Dort blieb er stehen und beugte sich zu dem Jungen hinunter.

»Denk daran, was du heute gelernt hast, *Creatura bona atque parva*. Leben nährt sich von Leben. Der Hase frißt Gras, und wir essen den Hasen. Die Taube frißt Korn, und der Falke tötet sie, um selbst zu leben. Sogar auf geistiger Ebene kann nur das Leben selbst den Geist bei Kräften halten.«

Matthias nickte feierlich. Der Eremit lächelte. Ein Hauch von Schabernack blitzte in seinen Augen auf.

»Du verstehst mich nicht, stimmt's, Creatura?«

»Es tut mir leid, aber ich verstehe Euch wirklich nicht«, stammelte der Junge verlegen.

»Geh.« Der Eremit küßte ihn auf beide Wangen. »Geh jetzt, Matthias. Lauf wie der Wind, und wenn du meine zweite Lektion nicht vergißt, dann brauchst du nichts und niemanden zu fürchten.«

Matthias trottete den Pfad hinab bis in den Wald. Er war so damit beschäftigt, über die Worte des Eremiten nachzudenken, daß er schon tief in die Dunkelheit vorgedrungen war, ehe ihm bewußt wurde, wo er sich befand. Wie angewurzelt blieb er stehen. Warum war der Eremit nicht mitgekommen? Matthias starrte zu dem Baldachin aus Zweigen und Ästen empor, das ihm die Sicht auf den Himmel nahm. Sein Freund hätte ihn doch wirklich bis in den Wald begleiten können, dachte er. Plötzlich vernahm er ein Rascheln im Unterholz, das Flattern von Vogelflügeln und weitere geheimnisvolle, unverwechselbare Laute der Nacht. All seine Ängste kehrten mit Macht zurück. Angeblich gab es hier Hexen, die wie die Fledermäuse von Sonnenuntergang bis Sonnenaufgang in den Bäumen hingen. Und die Geister verstorbener Frauen, die nur darauf warteten, sich auf die Hälse ahnungsloser Wanderer zu stürzen.

»Du kannst sie nur daran erkennen«, hatte Joscelyn, der Wirt des ›Hungrigen Mannes‹, einmal behauptet, »daß ihre Füße nach hinten gedreht sind.«

Matthias eilte weiter. Seine Gedanken kreisten nun um die Geschichten vom Schwarzen Vaughan und seinen schaurigen Spießgesellen, die die Wälder des Severntales unsicher machten. Furchterfüllt schloß er die Augen, aber da er sofort stolperte, riß er sie wieder auf. Vor ihm im Mondlicht erstreckte sich der schmale Pfad, der durch den Wald führte, und er dachte voller Unbehagen daran, was sein Vater und seine Mutter zu seinem langen Ausbleiben sagen würden. Da knirschte es im Farndickicht, und schattenhafte Gestalten sprangen aus der Dunkelheit auf ihn zu: Zwei Männer, allem Anschein nach Soldaten, versperrten ihm den Weg. Sie stanken nach Schweiß, Urin und schalem Wein, ihre Lederjacken starrten vor Schmutz, und ihre engen Beinkleider wiesen zahlreiche Risse und Löcher auf. Dagegen waren sie hervorragend bewaffnet; breite lederne Kriegsgürtel schlangen sich um ihre Hüften. Mühelos packten sie den Jungen und hoben ihn hoch. Eine schmutzige, übelriechende Hand legte sich über seinen Mund und hinderte ihn am Schreien. Er wurde vom Pfad in den Wald geschleift, an Händen und Füßen gefesselt und auf ein provisorisches Lager aus Farnkraut geworfen. Angestrengt blinzelte er ins Dunkel, konnte seine Peiniger aber nur als schattenhafte Silhouetten mit bärtigen Gesichtern ausmachen.

»Dann laß uns mal sehen, was wir da haben.«

Eine Kerze flackerte auf. Matthias hätte die Dunkelheit vorgezogen; im Kerzenschein wirkten die schmutzbedeckten, unrasierten Gesichter der Soldaten teuflisch verzerrt. Nackte Bosheit glitzerte in ihren Augen. Einer von ihnen griff nach Matthias' Genitalien.

»Wir haben einen Jungen erwischt, Petain! Ein keckes kleines Bürschchen, noch frisch und unverdorben!«

Rauhe Hände betasteten Matthias' Arme und Wangen. Der andere Soldat drehte ihn auf den Bauch, und Matthias, vor Entsetzen wie gelähmt, stöhnte leise, als der Mann einen Finger zwischen seine Hinterbacken bohrte.

»Glatt und fest«, knurrte er. »In der Not frißt der Teufel Fliegen, was, Kamerad?«

»Still!«

Beide Soldaten verstummten. Nun konnte auch Matthias das Geräusch hören. Jemand kam auf sie zugerannt.

»Matthias!« Die Stimme gehörte unzweifelhaft einem jungen Mädchen. »Matthias, wo bist du?«

»Doppeltes Glück«, murmelte einer der beiden Soldaten. »Halt ihn gut fest, Petain.«

Matthias wurde wieder auf den Rücken gerollt. Einer der Männer zückte sein Messer und verschwand in Richtung der Stimme. Der andere, der die Kerze hielt, bückte sich und gab Matthias einen Rippenstoß.

»Deine Schwester?« flüsterte er. »Ist wohl gekommen, um auch ein bißchen Spaß zu haben, wie?« Seine Zähne waren gelb und verrottet, und sein Atem stank faulig. »Den soll sie haben. Wir werden ein bißchen Bäumchen-wechsel-dich mit euch spielen.«

»Ich habe keine Schwester ...!« schrie Matthias, da zerriß ein markerschütternder Schrei die Stille.

»In Satans Namen!«

Der Soldat gab Matthias eine Ohrfeige und rannte davon. Wimmernd wie ein junger Hund blieb der Junge liegen. Er hörte, wie der Soldat durch das Gehölz stolperte. Vorsichtig drehte er sich auf die Seite und sah einen riesigen schwarzen Schatten, der ihn an einen gigantischen Falken erinnerte, über den Bäumen schweben. Die Geräusche, die der zweite Soldat verursachte, brachen abrupt ab, und wieder ertönte ein gräßlicher Schrei. Matthias begann zu zittern, schloß die Augen und versuchte zu beten. Etwas Warmes berührte seine Wange. Der Eremit beugte sich über ihn. Er hielt die Talgkerze in der Hand, die der Soldat fallen gelassen hatte. Sein Gesicht spiegelte tiefe Besorgnis wider.

»Bist du verletzt, Creatura?« fragte er leise. »Haben Sie dir etwas angetan?«

»Sie haben mich angefaßt«, stammelte Matthias. »Und sie wollten ... sie wollten ...« Er begann am ganzen Leib zu zittern.

Der Eremit befestigte die Kerze auf einem Baumstumpf, dann schnitt er Matthias' Fesseln durch, hob den Jungen hoch wie eine Mutter ihr Baby und wiegte ihn sacht hin und her. Schließlich hob er den Kopf und sprach ein paar scharfe Worte in einer Sprache, die Matthias nicht verstand. Es klang, als würde ein Wolf den Mond anknurren. Matthias blickte erschrocken auf.

»Hab keine Angst, mein Kleiner«, beruhigte ihn der Eremit. »Ich habe diese beiden Schurken verflucht. Sie werden nie wieder Furcht und Entsetzen verbreiten, wo immer sie auch hingehen. Aber jetzt komm.«

Er setzte Matthias eine Zinnflasche an die Lippen. Sie enthielt einen süß schmeckenden Saft, der in Matthias' Körper alsbald eine wohlige Wärme verbreitete. Er fühlte sich so erfrischt wie nach einem Bad an einem heißen Sommertag.

»Ich muß gehen.« Er sprang auf.

»Und diesmal werde ich mit dir gehen.«

Der Eremit löschte die Kerze, nahm ihn bei der Hand und führte ihn auf den Pfad zurück. Trotz des Überfalls war Matthias seltsam ruhig und gelassen. Der Eremit erklärte ihm verschiedene Sternbilder, und Matthias hüpfte fröhlich neben ihm her. Als sie den Rand von Sutton Courteny erreichten, bückte sich der Eremit und umarmte den Jungen noch einmal.

»Nun geh, Creatura«, flüsterte er. »Lauf durch das Dorf. Aber vergiß nicht, daß ich morgen nach Tagesanbruch auf dich warte.«

Der Junge flitzte davon. Die Tür des ›Hungrigen Mannes‹ war geschlossen, und durch die halb geöffneten Fenster drangen Musik und Lichtschein ins Freie. Gelegentlich kläffte ein Hund. Matthias verspürte immer noch keine Angst. Als er an der Kirche anlangte, schob er das Friedhofstor auf und nahm die Abkürzung über den Friedhof, was er sonst des Nachts geflissentlich vermied. Die Dorfbewohner erzählten stets die abenteuerlichsten Geschichten über die Geister und Gespenster, die dort hausten. Und dann war da natürlich noch die Glocke.

Vor Jahren hatte Maud Brasenose, die Witwe eines wohlhabenden Bauern, große Angst davor geäußert, lebendig begraben zu werden. Also hatte sich der damalige Priester einverstanden erklärt, eine kleine Glocke auf ihrem Grab aufzustellen, die Schnur durch ein Loch im Sarg zu leiten und um ihre Hand zu binden. Folglich brauchte sie, sollte sie im Sarg wieder erwachen, nur die Glocke zu läuten, um Hilfe herbeizuholen. Die Glocke, inzwischen verrostet, stand auch heute noch auf dem Grab, und jedesmal zum Mittsommernachtsfest oder zu Samhain, wenn die Feuer entzündet waren, pflegte irgendein aletrunkener Narr auf den Friedhof zu gehen, um sich einen Spaß daraus zu machen, seine Mitmenschen zu erschrecken. Unheimlich wirkte auch der schwarze Engel, der das Grab von Thomas Pepperel zierte, eines reichen Gewürzhändlers, der von Tredington nach Sutton Courteny gezogen war, um dort seine letzten Lebensjahre zu verbringen. Pfarrer Osbert behauptete, der Engel sei anfangs schneeweiß gewesen, aber der Steinmetz habe Pepperel betrogen und Stein minderwertiger Qualität verwendet, der im Laufe der Jahre schwarz angelaufen wäre. Und nun sah es so aus, als bewache an Stelle eines Engels ein unheimliches Koboldwesen das Grab des armen Pepperel.

Matthias' Weg führte ihn über die Mauer und in den kleinen Gemüsegarten, der vor dem Haus des Priesters lag. Die Läden an den Fenstern waren geschlossen, und durch die Ritzen konnte er Lichtstrahlen erkennen. Immer noch guten Mutes klopfte er an die Tür. Sandalen schlurften über den Boden, die Tür wurde geöffnet, und sein Vater blickte auf ihn herab.

»Matthias, wo bist du nur gewesen?«

»In Tenebral.« Der Junge hielt es für angeraten, nicht zu lügen.

»Komm herein. Deine Mutter und ich ...«

Pfarrer Osbert faßte seinen Sohn bei der Hand und führte ihn durch einen mit Steinen gepflasterten Gang in die kleine Wohnstube. Matthias' Mut begann zu sinken, doch war er froh, wieder daheim zu sein, in seiner vertrauten Umgebung. Das Stroh auf dem Boden war frisch, sauber und mit Fenchel und Rosmarin durchsetzt. Kleine Binsenlichter brannten in glänzend polierten Metallhaltern. Die Stube war warm und gemütlich. Öllampen hingen an dem mächtigen Deckenbalken, der der Länge nach durch den ganzen Raum verlief. Ein Feuer flackerte in dem großen Kamin, und der Kessel, der über den Flammen an einem Haken hing, verströmte den appetitanregenden Duft gekochten Fleisches.

Christina, seine Mutter, saß im Licht einer Laterne an ihrem Spinnrad. Sie tat so, als sei sie völlig in ihre Arbeit vertieft, aber Matthias bemerkte, daß ihr Gesicht noch immer ungewöhnlich blaß war und dunkle Schatten unter ihren Augen lagen. Sie legte die Spindel beiseite und streckte die Arme aus. Matthias lief zu ihr, preßte sein Gesicht in ihr Wollkleid und sog den Geruch ein, der seine Mutter stets umgab; eine vertraute Mischung aus Kochdünsten, Schweiß und dem Kräuterwasser, mit dem Christina sich zu waschen pflegte. Ihre schmalen, kühlen Hände strichen über seine erhitzten Wangen.

»Ich habe mir Sorgen gemacht, Matthias. Große Sorgen sogar.«

Christina ließ ihn los und stand auf, um seinen Vater anzusehen. Osbert blickte traurig auf ihn herab. Matthias stellte mit einemmal fest, daß sein Vater zu altern begann. Der Hals war faltig, die Wangen wirkten eingefallen, und feine Linien umgaben die freundlichen Augen.

»Da du nun endlich zu Hause bist, Matthias, können wir vielleicht essen.«

Der Vorwurf in Christinas Stimme entging Matthias nicht. Hastig stammelte er eine Entschuldigung; heilfroh, gerade während der Vorbereitungen für das Abendessen zurückgekommen zu sein. Er wusch sich die Hände in der Wasserschüssel, die vor der Speisekammer stand, dann deckte er den Holztisch mit Schneidebrettern, Messern, Hornlöffeln, Zinnschüsseln und einem großen Krug mit dem starken Ale, das er aus dem Faß zapfte, welches, sorgfältig mit Tüchern bedeckt, auf einem kleinen Stuhl unter dem Fenster stand.

Sein Vater brummte, er wolle noch in der Kirche nach dem Rechten sehen und stapfte hinaus.

Christina öffnete den kleinen Schrank neben der Feuerstelle und entnahm ihm ein Tablett voll frischgebackener weißer Brötchen, deren würziger Duft sofort den Raum erfüllte. Sie wickelte sie in ein Leinentuch und legte sie auf den Tisch, dann hockte sie sich vor das Feuer und rührte den vor sich hinköchelnden Eintopf mit einem Schöpflöffel um. Matthias, der seine Arbeit getan hatte, setzte sich an den Tisch und sah sie an.

»Du warst draußen in Tenebral, um den Eremiten zu besuchen, nicht wahr?« fragte sie.

Matthias nickte.

»Dein Vater hat sich Sorgen gemacht«, fuhr sie fort, auf die Stundenkerze deutend, die in ihrer Nische brannte. »Ein Ring weiter, und er wäre in den ›Hungrigen Mann‹ gegangen, um Hilfe zu holen.« Sie drehte sich um, den Schöpflöffel noch in der Hand. »Er hatte Angst um dich«, beharrte sie. »In diesem Gebiet wimmelt es von Soldaten und Söldnern, und das sind Wölfe in Menschengestalt.«

»Mir ist nichts geschehen«, stotterte Matthias. Er war klug genug, der Furcht seiner Mutter nicht weitere Nahrung zu geben.

»Und was macht der Eremit?« fragte sie, ihm den Rücken zukehrend.

»Er war sehr nett zu mir.« Matthias hatte schon lange gelernt, seinen Eltern möglichst nur das zu erzählen, was sie hören wollten, um sie nicht unnötig zu beunruhigen. »Er hat mir Blumen gezeigt.«

»Hat er mit dir über die Rose gesprochen?« Christina hörte plötzlich auf, in dem Kessel herumzurühren.

»Was für eine Rose denn?« Pfarrer Osbert kam in die Küche, zog seine Stiefel aus und schleuderte sie in eine Ecke. Weder Christina noch Matthias gaben eine Antwort. »Die Kirche ist abgeschlossen.« Osbert klatschte lächelnd in die Hände. »Und auf dem Friedhof liegen auch keine Liebespaare im Gras. Wie ich meinen Pfarrkindern immer predige, ist der Gottesacker für diejenigen da, die in Frieden ruhen, und nicht zum Stillen der Fleischeslust.«

Normalerweise hätte diese Bemerkung Christina veranlaßt, eine hitzige Diskussion zu beginnen, doch heute schwieg sie. Osberts Lächeln verblaßte.

»Dann wollen wir essen. Matthias, erzähl mir, was du heute alles angestellt hast.«

Nachdem das Tischgebet gesprochen worden war, füllte Matthias das Schweigen mit seinem eifrigen Geplapper, hauptsächlich über die Füchse. Er erwähnte weder die Rose noch die kryptischen Sprüche des Eremiten, und eingedenk seiner morgigen Verabredung verlor er auch kein Wort über die beiden Soldaten, die ihn im Wald überfallen hatten.

»Kann ich morgen wieder hingehen?«

Seine Mutter ließ ihren Löffel fallen. Sie lächelte entschuldigend und hob ihn rasch wieder auf.

»Bitte, kann ich morgen wieder hingehen?« bettelte Matthias.

»Warum?« wollte sein Vater wissen.

»Der Eremit will mir einen Eisvogel zeigen.«

Matthias zwinkerte, um die Tränen zurückzuhalten. Er haßte es, seinen gütigen Vater und seine Mutter anzulügen, die so furchtbar verhärmt wirkte. Dennoch kamen ihm die Worte leicht über die Lippen. Wie sollte er ihnen auch die Wahrheit beibringen? Sie würden sich nur aufregen.

»Nein, du bleibst hier.« Sein Vater wischte seine Schüssel mit einem Stück Brot aus und schob es in den Mund. »Es ist zu gefährlich.« Er griff nach der Hand seines Sohnes und fuhr hastig fort: »Ein Händler hat uns die Neuigkeiten berichtet. Königin Margaret und ihre Armee ziehen sich entlang des Severn zurück. Der König und sein Gefolge folgen ihr dicht auf. Sie lechzen nach Lancaster-Blut. Gott weiß, was geschehen wird, wenn die Armeen aufeinandertreffen.«

Matthias wollte schon Einwände erheben, wollte hoch und heilig versprechen, nicht in die Nähe des Schlachtfeldes zu gehen, aber sein Schuldbewußtsein hemmte seine Zunge.

»Laß den Jungen gehen.« Christina hob den Kopf und blickte Osbert an. »Laß den Jungen gehen«, wiederholte sie.

Matthias bemerkte, daß ihr Gesicht noch blasser war als zuvor. Die vollen Lippen glichen nun zwei schmalen Strichen, und ihre Augen blicken verhangen.

»Ihm wird nichts geschehen«, sagte sie, erhob sich und begann die Zinnschüsseln einzusammeln. »Der Eremit ist Soldat – oder er war zumindest einer. Nun ist er ein Mann Gottes. Er wird auf den Jungen aufpassen.« Keinerlei Gemütsbewegung schwang in ihrer Stimme mit.

Matthias fiel auf, daß sie ihm beim Sprechen den Rücken zukehrte. Sein Vater gab seine Hand frei und beugte sich vor.

»Nun gut, dann geh«, gab er nach. »Aber vor Einbruch der Dunkelheit bist du wieder zurück.«

Matthias war so froh, seines Vaters Einwilligung erlangt zu haben, daß er beinahe den Tisch umgestoßen hätte. Um sein schlechtes Gewissen zu beschwichtigen, beschloß er, sich nützlich zu machen, indem er den Tisch abräumte, die Speisereste in die Vorratskammer brachte und den Boden fegte. Seine Mutter kam zu ihm und nahm ihn in die Arme. Sie drückte ihn an sich und sprach über seine Schulter hinweg mit seinem Vater, der am Tisch saß und sein Stundenbuch in den Händen hielt.

»Ich gehe zu Bett«, sagte sie leise. »Ich bin müde.« Sie küßte Matthias noch einmal und verließ dann den Raum.

Matthias ließ sich auf einen Stuhl sinken. Alle Fröhlichkeit schien mit einem Schlag erstorben zu sein. Das Feuer spendete plötzlich keine Wärme mehr, die Kerzen und Öllichter flackerten nur noch schwach, und sein Vater, der mit geschlossenen Augen seinen eigenen Gedanken nachhing, wirkte kühl und abweisend.

»Was hat Mutter denn?« fragte Matthias vorsichtig.

Osbert öffnete die Augen, seufzte und ließ das Stundenbuch sinken.

»Ich weiß es nicht.« Er zögerte und lauschte mit leicht geneigtem Kopf auf etwaige Geräusche aus der Kammer über ihm. »Ich weiß es nicht, Matthias. Als ich hierherkam, war ich noch ein junger Priester.« Er strich mit der Hand über die glatte Oberfläche des Tisches. »Am Tag, als ich die Kanzel bestieg, um meine erste Predigt zu halten, sah ich sie unten in der Bank sitzen. Sie ist schön, Matthias, aber an jenem Morgen fiel das Sonnenlicht durch die Fenster auf ihr Gesicht, und sie erschien mir wie ein Engel.« Er winkte seinen Sohn zu sich und faßte ihn bei den Handgelenken. »Wenn du älter bist, Matthias, werden dir im Dorf viele häßliche Gerüchte zu Ohren kommen. Ich bin Priester, ich hätte nie mit einer Frau zusammenleben dürfen. Was ich getan habe, wird von der Kirche verdammt. Ich bin trotz meines Keuschheitsgelübdes mit einer Frau verbunden, aber Gott ist mein Zeuge«, seine Augen füllten sich mit Tränen, »daß ich sie mehr als mein Leben liebe und den Himmel zugunsten der Hölle aufgeben würde, wenn ich sie nur dort wiederfände.«

»Aber was stimmt denn nicht mit Mutter?« Matthias zitterte am ganzen Leib. »Ist sie krank?«

»Ich weiß es nicht.« Sein Vater rieb sich die Augen. »Manchmal fragt sie sich, ob wir gesündigt haben und ob dieser Ort deswegen verflucht ist.«

Er lächelte schief und deutete auf eine kleine Öffnung in der Wand, direkt unterhalb des Fensters. Darin lag ein vergilbter, uralter Totenschädel. Niemand wußte, warum das so war. Das Haus des Priesters stand seit der Regierungszeit des ersten Edward hier, also seit nunmehr fast zweihundert Jahren. Der Schädel war in die Wand eingemauert worden; Matthias konnte nur die Zähne, die Gesichtsknochen und die dunklen Höhlen sehen, wo einst die Augen gewesen waren. Osbert nagte an seiner Lippe. Christina entwickelte neuerdings wunderliche Ideen. Sie behauptete, der Schädel sei die Quelle allen Übels. Er hatte sie beruhigen wollen, hatte ihr erklärt, der Schädel sei eine heilige Reliquie und stamme von einem Priester, der vor vielen Jahrhunderten hier von dänischen Plünderern getötet worden wäre.

»Vater? Vater, was ist denn?«

Der Priester blickte in das blasse, gespannte Gesicht seines Sohnes. Eine Welle der Zuneigung überflutete ihn. Vielleicht bin ich kein guter Priester, dachte er, aber mit Matthias bin ich wahrlich gesegnet worden.

»Deine Mutter ist einfach nur erschöpft, mein Junge. Nun komm, wir wollen unsere Gebete sprechen.«

Matthias senkte den Kopf, faltete die Hände und bewegte

lautlos die Lippen, während er das Vaterunser und das Ave Maria aufsagte.

Pfarrer Osbert starrte das schwarze Kruzifix an der Wand an. Was stimmte mit seiner Frau nicht? Sie schien bedrückt, ging stets wie im Traum umher, als wäre ihr Körper zwar hier, ihr Geist jedoch ganz woanders. Ein grimmiger Ausdruck trat auf sein Gesicht. Er wußte, wo seine Feinde in der Gemeinde saßen. Da war zum Beispiel Fat Walter Mapp, der Schreiber, der sich nicht scheute, während der Sonntagsmesse ein Stück Pergament von Hand zu Hand gehen zu lassen, auf dem gehässige Fragen standen, zumeist des Inhalts, warum ihr Pfarrer ihnen Entsagung predigte, aber eine Frau und einen illegitimen Sohn bei sich hatte, die der Gemeinde zur Last fielen. Osbert schloß die Augen und betete um Vergebung. Er war an sich ein gutmütiger Mensch und hatte noch nie jemanden wirklich gehaßt, aber Mapp mit seinen Schweinsäuglein, der fleischigen Nase und dem sabbernden Mund ... Osbert bekreuzigte sich und sprach rasch ein Gebet für Walter Mapp.

»Vater, ich habe meine Gebete gesprochen. Soll ich jetzt zu Bett gehen?«

Der Priester lächelte. »Und was mußt du als letztes sagen, bevor du einschläfst, Matthias? Und was als erstes, wenn du morgens aufwachst?«

Matthias holte tief Atem.

»Wenn du es richtig aufsagst«, fügte sein Vater hinzu, »findet sich in der Speisekammer vielleicht noch etwas zum Naschen ...«

Matthias schloß die Augen. »Bedenke dies, meine Seele, und bedenke es wohl.« Seine Stimme wurde lauter und kräftiger. »Der Herr ist dein Gott, der Herr allein, und Er ist heilig.« Er zögerte, versuchte, sich an die Worte zu erinnern. »Du sollst den Herrn, deinen Gott, lieben von ganzem Herzen, von ganzer Seele und mit all deiner Kraft. Und du sollst deinen Nächsten lieben wie dich selbst.«

Der Pfarrer küßte ihn auf die Stirn. »Ein richtiger kleiner Heiliger«, lächelte er. »Nun hol dir deine Belohnung, und dann geh in deine Kammer.«

Matthias brachte das Zuckerstückchen in einer Backentasche unter, hüpfte die schmale, gewundene Treppe empor und stellte sich dabei vor, er wäre ein Ritter, der eine Schloßmauer erklimmt, um eine Prinzessin zu retten. Im Gegensatz zu anderen Jungen seines Alters hatte er eine Kammer ganz für sich allein, eine kleine Mansarde direkt unter dem Dach. Sie wies eine Pritsche, einen Tisch, eine abgewetzte Ledertruhe sowie einige Haken an der Wand auf, an denen seine Kleider hingen. Das kleine Flügelfenster, das auf den Friedhof hinausging, war mit Wachspapier bespannt. Seine Mutter hatte es offengelassen, und die Luft im Raum war frisch, aber kalt. Matthias kletterte auf das Bett. Er wollte gerade das Fenster schließen, als er unten auf dem Friedhof im Mondlicht einen Schatten unter einen der Eiben entdeckte, der zu ihm hinaufzuschauen schien. Doch als er noch einmal genauer hinsah, war der Schatten verschwunden.

In Margaret von Anjous Lager in unmittelbarer Nähe der großen Abtei von Tewkesbury hielten die Königin von Lancaster und ihre Generäle noch bis spät in die Nacht hinein Kriegsrat. Anwesend waren Sir Raymond Grandison, Prior des Hospitaliterordens, Sir Thomas Tresham, John Wainfleet und die beiden Oberbefehlshaber der Königin, Edmund Beaufort und Herzog von Somerset sowie Lord Wenlock. Sie alle saßen an dem behelfsmäßigen Tisch, den man hastig im kostbaren Seidenzelt der Königin aufgebaut hatte. Überall standen Truhen, Kisten und Körbe herum, teilweise mit geöffneten Deckeln. Raymond Grandison betrachtete das Durcheinander, dann blickte er seine Gefährten prüfend an. Sie erörterten hitzig die Frage, welche Schritte als nächstes in die Wege geleitet werden sollten. Sir Raymond wußte jedoch tief in seinem Inneren, daß die Sache bereits entschieden war. Am Kopf des Tisches saß Margaret von Anjou, einst eine gefeierte Schönheit, zusammengesunken in ihrem Stuhl. Ihr Schleier saß schief, und ihr einst so dichtes, schimmernd blondes Haar war strohig und ausgebleicht und überdies von zahlreichen eisengrauen Strähnen durchzogen. Das längliche Gesicht wirkte ausgezehrt, und die Augen zeigten einen unnatürlichen Glanz, so daß sich der Hospitaliter fragte, ob die Königin wohl an einer fiebrigen Erkrankung litte. Sie spielte unaufhörlich mit den Ringen an ihren Fingern oder schob die Pergamentbögen auf dem Tisch hin und her. Neben ihr saß ihr Sohn Prinz Edward mit ungekämmtem blondem Haar und einem mürrischen Ausdruck auf seinem glattrasierten, weichlichen Gesicht. Sir Raymond warf Lord Wenlock einen geringschätzigen Blick zu. Er traute diesem kleinen, dicklichen Heerführer nicht über den Weg, der im Laufe der Jahre sowohl für York als auch für Lancaster gekämpft hatte. Wenlock war stets bestrebt, für sich selbst den größtmöglichen Vorteil herauszuschlagen, und der Hospitaliter hegte ernsthafte Zweifel an seiner Zuverlässigkeit. Gelegentlich streckte die Königin den Arm aus und berührte Beaufort leicht mit der Hand. Grandison fielen die Gerüchte wieder ein, welche wissen wollten, daß Beaufort nicht nur ihr Kommandant, sondern auch ihr Liebhaber und vielleicht sogar der wahre Vater von Prinz Edward war.

Beaufort hustete und sah ihn an. »Sir Raymond, welchen Rat gebt Ihr uns?«

Der Hospitaliter nahm das Stück Pergament entgegen, das Beaufort ihm hinschob: eine grob gezeichnete Karte, die die hinter ihnen liegende Abtei und den Fluß Severn westlich von ihnen zeigte. Er kämpfte gegen die wachsende Verzweiflung an, die ihn zu überwältigen drohte, während die Männer auf seine Antwort warteten.

»Nun, Sir Raymond, Ihr seid Berufssoldat. Was schlagt Ihr also vor?«

Beaufort strich sich das rote Haar aus dem Gesicht und trommelte mit den Fingern auf dem Tisch herum. Er war sichtlich erregt und leckte sich ständig über die Lippen; unter seinem rechten Auge zuckte ein verräterischer kleiner Muskel.

Raymond überflog die provisorische Karte. »Unsere Situation ist prekär, Mylord. Im Osten sind unsere Truppen unter dem Grafen von Warwick vernichtend geschlagen worden. Die Städte und Dörfer zwischen unserem momentanen Lager und London sind fest in den Händen der Yorkisten. Richtung Westen führt der Severn Hochwasser, und die Brücken sind entweder zerstört oder werden energisch verteidigt, also können wir den Fluß nicht überqueren, um die Freunde in Wales zu erreichen. Unsere Männer sind zu erschöpft, um noch weiter nordwärts zu marschieren. Sie desertieren in Scharen. Außerdem werden unsere Vorräte knapp. Und von Süden her verfolgt uns Edward von York mit seiner Armee wie ein Rudel Jagdhunde den Fuchs.«

»Viel Hoffnung macht Ihr uns nicht.« Margarets Stimme klang barsch. Aus halbgeschlossenen Augen stierte sie den Hospitaliter an; diesen Mann, der aus unerklärlichen Gründen beschlossen hatte, sein Schicksal mit dem ihren zu verknüpfen.

»Madam, ich kann die Lage nur so darstellen, wie sie ist, und nicht, wie sie sein sollte.«

»Und wie lautet nun Euer Rat?« fragte Beaufort gebieterisch.

»Was auch immer wir tun«, entgegnete Sir Raymond bedächtig, »wir können einer Konfrontation mit Edward von York nicht ausweichen. Früher oder später wird er uns stellen.«

»Und den Kampf verlieren?« quäkte Wenlock.

Raymond starrte auf den Pergamentbogen hinab. Auch er benötigte noch mehr Zeit, nur ein wenig mehr Zeit. All seine Reisen, seine ganze Suche hatte zu einem Ergebnis geführt: Rosifer, der mächtige Dämon, den er vor so vielen Jahren aus dem Gewölbe unterhalb des Blachernenpalastes befreit hatte, hielt sich irgendwo in England auf. Raymond beschäftigte überall in Europa ein ganzes Heer von Spionen, die ihm ständig Informationen zukommen ließen. Alle Hinweise deuteten auf England, möglicherweise auf ein Dorf im Süden des Landes. Er konnte nur beten, daß der Prediger ihn erreichte, bevor er von einem Mahlstrom aus Blut und Tränen mitgerissen wurde.

»Sir Raymond, wir warten.« Beaufort klopfte auf den Tisch. »Ihr habt noch keinen konkreten Vorschlag gemacht, sondern uns nur erklärt, daß unsere Männer am Ende ihrer Kraft sind und daß man ihnen nicht mehr trauen kann.«

»Mein Vorschlag lautet wie folgt«, erwiderte der Hospitaliter langsam. »Wir sollten uns die Vorteile dieses Landstriches zunutze machen, die Wälder, die kleinen Hügel, die vielen Hecken. Wir müssen den Eindruck erwecken, als bereiteten wir uns auf eine Schlacht vor. Laßt eine Scheinarmee hier Stellung beziehen, während der Rest unserer Männer sich Richtung Norden zurückzieht und eine Möglichkeit sucht, den Severn zu überqueren. Ist uns das gelungen, liegt nur noch ein Tagesmarsch vor uns, bis wir in Wales sind, wo Tudor und andere Freunde der Königin uns Zuflucht und Beistand gewähren werden. Dort können wir uns ausruhen, Verpflegung bekommen, neue Männer anwerben und uns zu einem späteren Zeitpunkt dem Kampf stellen.«

Wenlock schnaubte verächtlich und winkte ab. »Sollen wir wie ungezogene Kinder vor Edward von York weglaufen?«

»Wenn wir uns morgen auf einen Kampf einlassen«, entgegnete der Hospitaliter hitzig, »dann werden wir unterliegen!«

»Ich bin geneigt, Euch zuzustimmen«, erklärte Beaufort. »Madam, wenn wir drei- oder vierhundert Fußsoldaten und einen kleinen Teil der Kavallerie hierlassen ... Sir Raymond hat recht, wir können den Gegner bis zur Abenddämmerung hinhalten und dann im Dunkeln nordwärts ausweichen.«

Andere erhoben Einwände. Sir Raymond lehnte sich zurück. Er war so tief in seine Gedanken versunken, daß er zusammenschrak, als ein Diener seine Schulter berührte.

»Sir Raymond«, flüstert er. »Draußen wartet ein Bote auf Euch, der sich der Prediger nennt.«

Sir Raymond stand auf, entschuldigte sich, verneigte sich vor der Königin und folgte dem Diener hinaus in die Dunkelheit. Die vertrauten Geräusche eines Feldlagers drangen an sein Ohr: Pferde wieherten, Waffenschmiede hämmerten auf provisorischen Ambossen Schwerter zurecht, Wachposten riefen sich gegenseitig etwas zu. Sir Raymons Besorgnis wuchs, als er an den Lagerfeuern vorbeikam. Die meisten Männer hatten sich auf dem Boden ausgestreckt und schliefen wie die Toten. Diejenigen, die noch wach waren, saßen mißgelaunt vor ihren Schüsseln mit kaltem Essen oder hielten Becher mit verwässertem Ale in der Hand. Im Feuerschein wirkten ihre Gesichter grau und erschöpft. Nur wenige hoben den Kopf, als er vorüberging.

Er fand den Besucher in seinem eigenen schäbigen Zelt vor. Der Prediger saß auf einem umgedrehten Faß und verzehrte schmatzend eine Mahlzeit aus Trockenfleisch und Brot.

»Gottes Gnade sei mit Euch.« Er stopfte sich einen weiteren Bissen in den Mund und spülte ihn mit Wein hinunter.

Sir Raymond zog sich einen Stuhl heran und setzte sich.

»Ich bin zunächst von London nach Gloucester gereist«, begann der Prediger. »Die guten Mönche dort boten mir Unterkunft und freie Kost an, aber als ich hörte, daß Margaret von Anjou nordwärts zieht, setzte auch ich meinen Weg fort. Ich wußte, daß ich Euch hier finden würde.«

»Schon gut, schon gut«, meinte der Hospitaliter gereizt. »Habt Ihr Neuigkeiten für mich?«

»Ich habe ihn gefunden.« Der Prediger setzte den Becher ab und lächelte ob der Überraschung auf Sir Raymonds Gesicht. »Er hält sich schon seit sieben oder acht Jahren im Land auf, gibt sich als Einsiedler aus und haust in den Ruinen verlassener Dörfer.« Er zählte die Orte an den Fingern ab. »Stroud, Berkeley, Gloucester, Tredington, Tewkesbury. Im Augenblick versteckt er sich in einem verfallenen Dorf in der Nähe von Sutton Courteny.«

»Welche Beweise habt Ihr dafür?«

»Was erwartet Ihr denn?« gab der Prediger zurück. »Die Leute mögen ihn. Sogar die Ordensbrüder in Tewkesbury erinnern sich an ihn – ein Mann des Gebets, sagten sie, ein ehemaliger Soldat von gepflegtem Äußeren und mit angenehmen Manieren.«

Sir Raymond musterte die schmierigen Finger des Predigers und verbiß sich eine scharfe Bemerkung.

»Aber Ihr wißt noch mehr, nicht wahr?«

»O ja.« Der Prediger nippte an seinem Weinbecher. »Im Verlauf der letzten acht Jahre sind immer wieder Leichen gefunden worden, mit durchgeschnittener Kehle und ohne einen Tropfen Blut im Leib. In den meisten Fällen handelte es sich bei den Opfer um Reisende, Händler, Hökerweiber und fahrende Kesselflicker, aber ab und an erlitt auch einer der Dorfbewohner denselben gräßlichen Tod.« Er seufzte. »Die Schuld wurde stets anderen Personen zugeschoben. In Stroud verbrannte man sogar einen alten Mann mit der Begründung, er sei ein Hexenmeister, aber dennoch ging das Morden weiter. In Berkeley behauptete ein Büttel, unseren Gegner auf der Straße getroffen zu haben – er sei auf dem Weg nach Sutton Courteny gewesen. Und dort wurde einige Wochen später ein junges Mädchen auf dieselbe blutige Weise getötet.« Der Prediger beugte sich vor. »Er ist es, den wir suchen, nicht wahr, Sir Raymond?«

Sir Raymond starrte durch einen Riß in der Zeltwand.

»Er ist es«, bestätigte er.

»Warum kommt Ihr dann nicht mit mir?«

Sir Raymond erhob sich, um sich selbst einen Becher Wein einzugießen und dem Prediger nachzuschenken.

»Weil ich mich hier im Lager von Margaret von Anjou befinde«, erklärte er. »Obwohl Gott allein weiß, daß ich mich keinen Deut um das Haus Lancaster schere – um das von York übrigens auch nicht.«

»Warum flieht Ihr dann nicht?«

»Weil ich mein Wort gegeben, weil ich eine Entscheidung getroffen habe. Sowie ich erfuhr, daß sich mein Wild in England aufhält, wußte ich, daß ich die Autorität der Krone benötigen würde, um die Jagd zu einem erfolgreichen Ende zu bringen. Es war ein reines Glücksspiel. England war zwischen Lancaster und York gespalten. Ich wählte Lancaster, und ich werde verlieren.« »Dann flieht doch!«

»Dazu ist es zu spät«, entgegnete der Hospitaliter müde. »Beaufort hat einen Befehl erlassen, aufgrund dessen ein jeder, der zu desertieren versucht, sofort hingerichtet wird. Außerdem glaube ich nicht, daß ich weit kommen würde. Selbst wenn mir die Flucht gelänge, würden die Yorkisten mir gegenüber keine Gnade walten lassen. Und wenn ein Wunder geschieht und Margaret von Anjou morgen den Sieg davonträgt, müßte ich mit lebenslanger Verbannung rechnen.« Er nahm wieder Platz. »Nein, mein Bester, es besteht eine geringe Chance, daß ich morgen abend am anderen Ufer des Severn bin, in Wales.«

»Und was wird aus mir?«

Sir Raymond griff in seinen Geldbeutel und entnahm ihm zwei Münzen.

»Hier habt Ihr gutes Silber. Geht nach Sutton Courteny, spürt unseren Feind auf und tut, was Ihr tun müßt. Aber handelt klug.« Der Hospitaliter blickte in die fanatisch funkelnden Augen des Predigers und fürchtete, daß dieser Rat auf taube Ohren gestoßen war. »Laßt Euch nicht von Eurem Überschwang hinreißen. Ihr sollt ihn nur im Auge behalten. Geht erst dann gegen ihn vor, wenn Ihr hieb- und stichfeste Beweise habt.« Er ging zu einem kleinen Schreibpult hinüber und kritzelte ein paar Worte auf ein Stück Pergament. »Zeigt dies den Wachposten. Sie werden Euch anstandslos ziehen lassen.«

Der Prediger nahm das Silber und das Pergament entgegen, trank seinen Wein aus und schlüpfte lautlos in die Nacht hinaus.

Sir Raymond blieb sitzen und zog seinen Umhang enger um sich. Die Nacht war kalt geworden. Einerseits war er froh, daß er fast gefunden hatte, was er nun schon so lange suchte. Andererseits mißfiel es ihm, nun, da er dem Ziel so nahe war, nicht selbst in das Geschehen eingreifen zu können. Er mußte an Otto denken. Sein Bruder hatte sich entschieden, Eremit zu werden, und war nach Outremer gereist, wo er sich bei den Ruinen von Masada oberhalb des Toten Meeres niedergelassen hatte. Vor sieben Jahren hatte Sir Raymond intensive Nachforschungen angestellt, da er nicht wußte, ob sein Bruder überhaupt noch am Leben war. Der Hospitaliterorden pflegte mit einigen in diesem Gebiet ansässigen Kaufleuten freundschaftliche Kontakte, und ihre Nachrichten hatten Sir Raymond wie ein Schlag getroffen. Demnach war Otto vor einigen Jahren auf mysteriöse Weise aus seiner Höhle verschwunden. Zur selben Zeit hatte man einen jungen Ziegenhirten tot am Fuß der Felsen aufgefunden. Der Verdacht hatte sich auf seinen Bruder gerichtet, was Sir Raymond kaum glauben konnte. Otto würde niemals einem Kind etwas zuleide tun. Alle weiteren Versuche seinerseits, den Aufenthaltsort seines Bruders zu ermitteln, waren jedoch fehlgeschlagen. Otto schien wie vom Erdboden verschluckt zu sein. Raymond war zu dem Schluß gekommen, daß sein Bruder an irgendeinem einsamen Ort gestorben und begraben worden wäre, und hatte sich wieder voll und ganz der Suche nach jenem finsteren Wesen gewidmet, das er aus dem Gewölbe unter dem Blachernenpalast befreit hatte.

Inzwischen war auch der Großmeister, der Raymond seit der Flucht der beiden Brüder aus Konstantinopel immer hilfreich zur Seite gestanden hatte, unter merkwürdigen Umständen ums Leben gekommen; während eines Ausrittes ohne Begleitung war er vom Pferd gestürzt. Seine Ordensbrüder hielten Raymond für einen rätselhaften Exzentriker. Sie konnten nicht verstehen, daß er von der Vergangenheit und von der Suche nach einer geheimnisvollen byzantinischen Prinzessin so besessen war. Doch Sir Raymond hatte sich im Laufe der Zeit Stück für Stück langsam der Wahrheit genähert – wenn es auch Jahre dauerte, bis er sie akzeptieren konnte. Diese Wahrheit hieß Rosifer.

Raymond nahm einen Schlüssel aus seinem Beutel und öffnete den Kasten, in dem er seine Papiere aufbewahrte. Er holte einen vergilbten Pergamentbogen heraus und studierte die mit grünblauer Tinte geschriebenen Worte. Das Schriftstück war ungefähr zehn Jahre alt und stammte von einem armenischen Sklavenhändler, den der Orden für die Suche nach jener byzantinischen Prinzessin bezahlt hatte.

Der Händler hatte sorgfältige Nachforschungen angestellt und herausgefunden, daß tatsächlich eine solche Prinzessin, eine seltsam gekleidete Frau von einzigartiger Schönheit, an einen Sipahi-Kommandanten verkauft worden war. Der Türke hatte sie in seinen Palast in Adrianopel gebracht. Ungefähr drei Monate nach dem Fall von Konstantinopel hatte man diesen Kommandant sowie seine gesamte Familie auf höchst rätselhafte Weise ermordet aufgefunden: die Kehlen waren durchgeschnitten oder durchbohrt worden, die

Leiber vollkommen blutleer. Von der Prinzessin fehlte jede Spur. Suchtrupps hatten ihren Leichnam dann in einem Zypressenwald in der Nähe des Hauses entdeckt. Ihr Körper wies keinerlei Anzeichen von Gewaltanwendung auf, und die Todesursache konnte nicht festgestellt werden. Sir Raymond hatte den Bericht des Armeniers wieder und wieder gelesen und es schließlich als gegeben hinnehmen müssen, daß er kein Geschöpf aus Fleisch und Blut jagte, sondern einen überaus grausamen und gerissenen Dämon.

DRITTES KAPITEL

Sir Raymond schob das Pergament zur Seite. Der Wein hatte ihn schläfrig gemacht. Er legte sich auf sein Lager, um sich ein paar Minuten Ruhe zu gönnen, ehe er in Margaret von Anjous Zelt zurückkehrte, doch kaum hatte er es sich halbwegs bequem gemacht, als er auch schon in einen tiefen Schlaf fiel, aus dem ihn ein königlicher Bote unsanft wachrüttelte.

»Sir Raymond, kommt! Die Königin erwartet Euch!«

Der Hospitaliter grunzte und erhob sich langsam. Er griff nach einer Wasserflasche, spritzte sich den Inhalt ins Gesicht und folgte dem Mann, nachdem er sich mit seinem Umhang abgetrocknet hatte, durch das Lager zurück zum königlichen Zelt. Sowie er eintrat und Wenlocks triumphierendes Lächeln sah, wußte er, daß man seinen Rat in den Wind geschlagen hatte.

»Sir Raymond«, Beaufort vermochte ihm nicht in die Augen zu sehen, »Ihre Majestät die Königin hat ihre Entscheidung getroffen. Wir werden vor Morgengrauen angreifen, mit dem Rücken zur Abtei. Die Armee wird in drei Divisionen geteilt. Devon befehligt den linken Flügel, ich den rechten, und Lord Wenlock wird gemeinsam mit Prinz Edward die Mitte halten.« Er schob Sir Raymond eine Karte hin, die während seiner Abwesenheit gezeichnet worden war. »Ihr, Sir Raymond, werdet bei Lord Wenlock bleiben«, erklärte Beaufort. »Ich möchte mit meinen Truppen«, ein Wurstfinger fuhr über die Karte und zeichnete eine Linie nach, »versuchen, hinter Yorks linke Flanke zu gelangen. Sie werden denken, daß sie sowohl von vorne als auch von hinten angegriffen werden. Daraufhin wird Wenlock in das Geschehen eingreifen.« Er lächelte trübe. »Panik wird ausbrechen, und die Yorkisten werden die Flucht ergreifen.«

»Das ist Wahnsinn!« fauchte Sir Raymond, die Königin anfunkelnd. »Madam, was auch immer Ihr von Edward von

York halten mögt – er ist ein fähiger General und ein guter Stratege. Nicht zufällig hat er schon bei Barnet Eure Armee besiegt. Mit Sicherheit hat er die Umgebung auskundschaften lassen und ist auf jedweden Hinterhalt vorbereitet.«

»Wir können nicht zum Rückzug blasen«, entgegnete die Königin scharf. »Sir Raymond, ich habe nie so recht verstanden, warum Ihr Euch auf meine Seite geschlagen habt. Doch wie dem auch sei, Ihr habt meinen Stern aufgehen und fallen sehen. Ich bin erst kürzlich aus Frankreich gekommen, und ich habe es satt, von Ludwig abhängig zu sein.« Sie tippte auf den Pergamentbogen. »York wird mit jedem Tag stärker. Wir müssen ihn und die Seinen ein für allemal vernichten.«

»Und wenn Euer Plan fehlschlägt?« fragte Sir Raymond verzweifelt. Panik überkam ihn. »Nur ein paar Meilen von hier wartet Edward mit seinen beiden Brüdern, Richard von Gloucester und George von Clarence. Auch sie sind erfahrene Kämpfer und haben sich den vollkommenen Sieg auf ihre Fahnen geschrieben.« Sir Raymond richtete sich auf. »Wenn wir morgen unterliegen, dann haben wir endgültig verloren.«

Ohne auf ihn zu achten, erhob sich die Königin und legte ihrem schmollenden, verzogenen Sohn eine Hand auf die Schulter. Auch die anderen Kommandanten standen auf und wollten gehen. Sir Raymond blickte sich um. Wir sind schon so gut wie tot, dachte er. Wir sollten unsere Seelen Gott empfehlen und unsere Körper dem Feind überlassen. Ich muß sterben, ohne meine Aufgabe beendet zu haben.

»Gentlemen«, die Königin schob die voluminösen Puffärmel ihres braunroten Gewandes zurück, »unsere Beratung ist beendet. Wir brechen morgen vor dem ersten Tageslicht auf.« Sie rauschte aus dem Zelt, und die Männer folgten ihr.

Sir Raymond seufzte. Er blieb noch eine Weile sitzen und betrachtete Beauforts primitiv gezeichnete Karte. Plötzlich brach draußen ein Tumult los; Männer brüllten nach dem Hauptmann der Wache. Sir Raymond ging hinaus. Im flackernden Feuerschein konnte er zwei Pferde sehen, über deren Rücken man je einen Leichnam gebunden hatte. Eine Gruppe Schaulustiger hatte sich um sie herum versammelt und wurde von den herbeieilenden Offizieren mit der flachen Klinge zurückgedrängt. Sir Raymond bahnte sich einen Weg durch die Menge; die Leichen wurden gerade losgebunden und nebeneinander auf die Erde gelegt.

»Was ist hier los?« wollte Raymond wissen.

Der Offizier senkte seine Fackel, und Sir Raymonds Herz schlug schneller. Die Hälse der beiden Soldaten waren säuberlich durchbohrt worden, die Vorderseite ihrer Wämser blutdurchtränkt. Ihre Gesichter schimmerten fahlweiß, und in den blicklos zum Himmel starrenden Augen lag noch im Tode ein Ausdruck unbeschreiblichen Entsetzens.

»In Gottes Namen!« murmelte einer der Männer. »Das sind zwei unserer Kundschafter.« Er wies in die Dunkelheit hinaus. »Sie wollten in den Wäldern von Sutton Courteny jagen und die Gegend erkunden.«

»Ich habe sie gefunden«, mischte sich eine andere Stimme ein. »Sie lagen im Wald, mit dem Gesicht nach unten, und jeder hatte sein Messer gezückt, aber es gab keine Spuren eines Kampfes.«

»Was soll das heißen?« Der Hospitaliter sah ihn forschend an.

»Nun, sechs von uns schwärmten aus«, erwiderte der Soldat. »Wir beschlossen, uns an einer bestimmten Stelle zu treffen, um dann gemeinsam ins Lager zurückzukehren. Diese beiden schlugen sich in die Wälder. Ich ging zu einem verlassenen Dorf, fand dort jedoch nichts von Bedeutung. Als meine beiden Kameraden nicht zurückkamen, machte ich mich auf die Suche nach ihnen.« Er kratzte sich am Kinn. »Sie lagen einfach so da. Kein Feind war zu sehen.«

Der Offizier stieß mit der Fußspitze leicht gegen einen Leichnam. »Was für eine Waffe könnte solche Wunden verursachen? Schaut doch nur. Stammen sie vielleicht von einem Dolch?«

»Oder es sind Bißwunden«, fügte ein anderer hinzu. »Von einem großen Wolf zum Beispiel.«

Sir Raymond erhob sich. Er fühlte sich zittrig und unsicher, sein Mund war vor Furcht wie ausgetrocknet. Während seiner Reisen durch Europa hatte er derartige Wunden schon zu Gesicht bekommen. Der Offizier gab Anweisung, die Leichen der beiden Männer in einer Grube zu verscharren, und Sir Raymond ging langsam zu seinem Zelt zurück. Er atmete tief und gleichmäßig durch, um seiner Ängste Herr zu werden, schob ein Stück Zeltbahn zur Seite und trat ein. Als er sich einen Becher Wein einschenkte, bemerkte er plötzlich zwei weiße Rosen, die auf einer Truhe lagen. Sie waren noch nicht dagewesen, als er das Zelt verlassen hatte. Jede Rose war mit kleinen Blutstropfen besprizt. Raymond trank gierig von seinem Wein, dann warf er die Blumen auf die Erde und zermalmte sie unter seinem Stiefel.

»Das Böse ist sehr nahe«, murmelte er. »Genau wie mein Tod.«

Er schleuderte den Becher achtlos in eine Ecke des Zeltes, ging hinaus und machte sich auf die Suche nach einem Priester, der ihm die Beichte abnehmen und die Absolution erteilen sollte. In dieser Nacht fand er keinen Schlaf, sondern verbrachte die Stunden bis Tagesanbruch im Gebet und mit dem Ordnen seiner Angelegenheiten. Er schrieb einen Brief an seinen Vorgesetzten, bat den Priester, bei dem er gebeichtet hatte, eine Messe für seine Seele zu lesen und seine Habseligkeiten unter den Ärmsten im Lager zu verteilen. Danach rasierte und wusch er sich, besuchte den Gottesdienst, empfing das Sakrament und nahm dann ein wenig trockenes Brot sowie etwas Wein zu sich.

Sir Raymond war zum Kampf gerüstet, als die Trompeten erschallten, die Banner entrollt wurden und die Feldwebel die Männer ihren Fähnlein zuteilten. Er holte sein Streitroß, hängte den Helm an den Sattelknauf und ritt durch das Lager, um nach den goldenen Leoparden des jungen Prinzen Edward Ausschau zu halten.

Trotz seiner bösen Vorahnungen wurde er von Erregung gepackt, als er an den bevorstehenden Kampf dachte. Sein Pferd wieherte und schüttelte unruhig den Kopf. Sir Raymond beugte sich hinunter, streichelte seinen Hals und sprach beruhigend auf das Tier ein. Dann tastete er nach seinem Schwert und überprüfte, ob es sich mühelos aus der Scheide ziehen ließ. Einer von Wenlocks Gefolgsleuten packte seine Zügel und führte ihn zur vordersten Front, wo sich Wenlock und die anderen Kommandanten um den jungen Prinzen scharten. Der Himmel wurde allmählich hell, und die kühle Nachtluft machte der zunehmenden Wärme der aufgehenden Sonne Platz. Die Männer unterhielten sich angeregt und lachten nervös, um ihr Unbehagen zu verbergen. Raymond blickte nach links, wo die weißbemantelten Männer des Grafen von Devon aufmarschierten. In der Mitte vor ihnen bezogen Ritter hinter einer Mauer aus Bogenschützen und Fußsoldaten Stellung, und rechts erblickte er die schwarzen Kreuze von Somersets Dreifaltigkeitsbanner.

Sir Raymond stellte sich in den Steigbügeln auf. Der Flußnebel, der seit der Morgendämmerung über dem Tal lag, begann sich aufzulösen. Der Hospitaliter konnte nun deutlich sehen, wie uneben die Landschaft war. Wiesen und Felder wurden häufig von Gräben durchzogen und von Hecken unterbrochen.

Plötzlich donnerten Geschütze, und große Steine prasselten auf die Bogenschützen nieder, die verwirrt auseinanderstoben. Der völlig überraschte Wenlock galoppierte zur Seite, und Sir Raymond starrte entsetzt in die Nebelschwaden. Edward von Yorks Armee war ihnen näher gewesen, als sie gedacht hatten, und rückte nun unaufhaltsam gegen sie vor. Kanoniere rollten ihre Geschütze hinter die Linien der Bogenschützen. Der Hospitaliter schrak zusammen, als das Feuer erneut eröffnet wurde. Die Bogenschützen Yorks drängten sich zwischen die Reihen; einige standen aufrecht, andere knieten, und auf einen gebrüllten Befehl hin schwirrten die Pfeile von den Sehnen und gingen als todbringender Hagel auf die Armee Lancasters nieder. Hier und da wurde ein Ritter, der noch keine Zeit gefunden hatte, seinen Helm aufzusetzen, ins Gesicht oder in den Hals getroffen. Margaret von Anjous Männer bemühten sich, ihrerseits zum Angriff überzugehen, aber es herrschte bereits zu große Verwirrung. Sir Raymond stülpte sich hastig den Helm über, zog sein Schwert und lenkte sein Schlachtroß neben das von Wenlock.

»Um Himmels willen, Mann!« schrie er durch die Helmschlitze. »Wir müssen vorrücken!«

»Der Herzog von Somerset wird mit seinen Truppen den Feind einkreisen«, entgegnete Wenlock. »Wir müssen nur die Stellung halten.«

»Wir müssen angreifen!« fauchte ein anderer Kommandant.

Wenlock jedoch, der sein Visier hochgeklappt hatte, wirkte wie ein Mann, der vor Furcht nicht mehr wußte, was er tat. Mit aschfahlem Gesicht zerrte er an den Zügeln und trieb sein Pferd zur Seite. Sir Raymond stellte sich wieder in den Steigbügeln auf; er konnte bereits erkennen, daß ihre linke Flanke sich aufzulösen begann. Die Männer rannten entweder auf die Mitte zu oder quer über die Felder in Richtung Tewkesbury. Somersets rechter Flügel stand noch in Position; Tresham, sein Oberbefehlshaber, wendete jetzt sein Pferd und galoppierte auf sie zu, wobei er wüste Beschimpfungen gegen Wenlock ausstieß, und mit dem Arm auf die feindlichen Linien deutete. Doch plötzlich geriet sein Pferd ins Stolpern; die Vorderbeine knickten weg, Tresham wurde aus dem Sattel geschleudert, überschlug sich mehrmals und blieb dann reglos liegen.

Die durch ihren Erfolg ermutigten Bogenschützen Yorks rannten vorwärts und rückten näher. Hinter ihnen folgte die geballte Masse von Edward von Yorks Kavallerie und Fußsoldaten. Ihre Banner wehten im Wind: blau, golden und rot, der schwarze Löwe von Hastings und der weiße Löwe von Howard. Wenlock zauderte noch immer. Rechts von ihnen ertönte lautes Gebrüll. Sir Raymond starrte ungläubig auf das Bild, das sich ihm bot. Somersets Reihen lichteten sich. Die Männer warfen ihre Waffen weg und rannten wie die Hasen davon, den hinter ihnen liegenden Hügel empor. Ein Melder ritt durch das Getümmel; ein verschwitzter, staubbedeckter Bogenschütze mit rotgeränderten Augen, dessen Stimme einem Krächzen glich. Er wies auf die flüchtenden Soldaten zu ihrer Rechten.

»Der Herzog von Somerset hat zum Rückzug geblasen«, keuchte er. »Er konnte den Feind nicht einkreisen, sondern ist Richard von Gloucester direkt in die Arme gelaufen. Schaut, dort könnt Ihr seine Banner sehen!«

Wenlocks Kommandanten hoben ihre Visiere und blickten nach rechts. Somersets Männer flüchteten vom Schlachtfeld, und in der Ferne tauchten bereits die Banner mit Richards Wappen auf; einem weißen, sich aufbäumenden Bären. Sir Raymond packte Wenlock am Arm.

»Bleibt und kämpft!« donnerte er. »Verteidigt Euch, wenn Ihr schon nicht angreift!«

Wie zur Antwort erklang von der Front her eine Trompetenfanfare. Raymond wandte den Kopf zur Seite. Er wußte, daß der Kampf verloren war. Edward von York hatte zum letzten Schlag gegen seine Gegner ausgeholt. Seine Armee rückte unaufhaltsam näher; eine undurchdringliche Wand soliden Stahls. Wenlock riß sein Pferd herum und floh, und die anderen, Sir Raymond eingeschlossen, taten es ihm gleich. Hinter ihnen gellten die Schreie der Verwundeten und klirrten die Waffen, als die Yorkisten auf das trafen, was von der Frontlinie Lancasters noch übrig war. Oben auf dem Hügel angelangt zügelte Wenlock sein Pferd, nahm den Helm ab und wischte sich mit den Händen den Schweiß vom Gesicht, dann blickte er sich nach allen Seiten um.

»Der Prinz!« kreischte er. »In Gottes Namen, der Prinz!«

»Er ist jedenfalls nicht geflohen!« rief irgend jemand laut.

Sir Raymond und die anderen schickten sich gerade an, weiterzureiten, als Beaufort in Begleitung einiger Männer mit hocherhobenen Bannern auf sie zugejagt kamen. Der Herzog schien vor Wut zu schäumen. Er hatte seinen Helm verloren, sein Haar war verklebt, und Blut rann aus einer Kopfwunde in kleinen Bächen über sein staubverschmiertes Gesicht. Er machte sich nicht die Mühe, sein Tempo zu verlangsamen, sondern donnerte geradewegs auf Wenlock zu, hob seine Streitaxt und zerschmetterte Wenlock mit einem einzigen machtvollen Hieb den Schädel. Dann hob er einen stiefelbekleideten Fuß und versetzte seinem ehemaligen Kommandanten einen Tritt, der ihn aus dem Sattel warf. Die anderen Männer funkelte er voller Zorn an.

»So sollen alle Verräter sterben!« dröhnte er. »Durch Wenlocks Verschulden haben wir den Kampf verloren!«

Aus dem Gewühl am Fuße des Hügels erhob sich ein Schrei: »Der Prinz ist gefallen! Der Prinz ist gefallen!«

Raymond blickte sich um. Ein Windstoß vertrieb die Staubwolke über dem Schlachtgetümmel, und er sah, daß das Banner des Prinzen mit den goldenen Leoparden verschwunden war. Dafür waren die Fahnen der Yorkisten allgegenwärtig, und der klägliche Rest der Armee Lancasters wurde rasch dahingemetzelt.

»Wir müssen fliehen!« rief Beaufort. »Sucht im Kloster Zuflucht!«

Der Hospitaliter jedoch starrte mit offenem Mund auf das Schlachtfeld. Eine Gestalt hatte sich aus der Masse gelöst und kam nun auf ihn zu, ein hochgewachsener Mann mit stahlgrauem Haar und sonnenverbranntem Gesicht, der sich sehr aufrecht hielt. Unbeirrt ging er zwischen den kämpfenden und sterbenden Soldaten hindurch. Zum Zeichen der Freundschaft hob er die Arme. In einer Hand hielt er eine weiße Rose, in der anderen eine rote.

»Otto?« flüsterte Sir Raymond. »Mein Bruder? Was tust du denn ...?«

Er spürte, wie ihn jemand am Arm faßte. Einer von Beauforts Leuten sah ihn flehentlich an.

»Sir Raymond, wir müssen fliehen.«

Der Hospitaliter blickte über seine Schulter. Seine Fantasie mußte ihm einen Strich gespielt haben; die Vision war verschwunden. Jetzt sah er nur noch einen Trupp Männer, der auf ihn zueilte. Er packte die Zügel fester, gab seinem Schlachtroß die Sporen und galoppierte, den anderen folgend, über die Wiese auf Tewkesbury zu.

Matthias erwachte kurz vor Tagesanbruch. Das Haus war still; sein Vater und seine Mutter schliefen noch. Er kleidete sich rasch an, und da ihm der Angriff letzte Nacht wieder in den Sinn kam, legte er zusätzlich noch seinen Gürtel um, an dem ein kleines Messer hing. Leise schlich er sich in die Küche, wo er etwas Brot und gesalzenen Schinken aß und dazu mit Wasser versetztes Ale trank. Eine Weile lauschte er: Nichts war zu hören, nur ein paar Vögel zwitscherten unter dem Dach. Er ging zum Fenster hinüber und öffnete die Läden. Der Tag versprach strahlend schön zu werden. Matthias biß sich auf die Lippen. Er fühlte sich schuldig. Eigentlich hätte er auf seine Eltern warten müssen, aber sie hatten ihm ihre Erlaubnis bereits gegeben, und er wußte, wie leicht Erwachsene ihre Meinung ändern konnten. Er schaute zu dem Kruzifix an der Wand hinüber, trank sein Ale aus, und da er immer noch ein schlechtes Gewissen hatte, kniete er nieder und blickte zu dem Gesicht des gekreuzigten Jesus auf. Er wollte wenigstens noch seine Gebete sprechen.

»Bedenke dies, meine Seele, und bedenke es wohl. Der Herr ist dein Gott, der Herr allein, und Er ist heilig. Du sollst den Herrn, deinen Gott, lieben von ganzem Herzen, von ganzer Seele und mit all deiner Kraft.«

Matthias hielt inne, als er über sich den Holzfußboden knarren hörte, griff nach seinem kleinen Lederbeutel, der etwas Brot und Früchte enthielt, und lief zur Tür hinaus. Er kletterte über die Friedhofsmauer und rannte durch das hohe Gras. Der Morgentau benetzte seine Hände, und die kühle Morgenbrise strich über seine erhitzte Haut.

Nach kurzer Zeit befand er sich mitten im Dorf. Die Hauptstraße lag verlassen da. Ein Hund kam kläffend aus einem Hof geschossen, trollte sich aber, als er Matthias sah. Zwei fette Sauen, die in einem Misthaufen wühlten, blickten auf und grunzten, ehe sie sich wieder ihrer vorherigen Tätigkeit zuwandten. Die Türen und Fensterläden des ›Hungrigen Mannes‹ waren fest verschlossen. Einige Bauern hatten sich bereits auf den Weg zu ihren Feldern gemacht, um die Arbeit möglichst früh zu beginnen. Fulchers jüngere Tochter Ethelina kam vorbei. Sie trug ein Joch über der Schulter, an dem zwei Milcheimer hingen. Der Hufschmied war ein wohlhabender Mann und besaß eine eigene kleine Weide mit ein paar gutgenährten Milchkühen. Zu jeder anderen Zeit wäre Matthias stehengeblieben und hätte das Mädchen um einen Becher Milch gebeten, doch heute befürchtete er, jemand könne bemerken, wo er hinwollte, und beschließen, Pfarrer Osbert zu informieren.

Matthias eilte weiter und verlangsamte seine Schritte erst, als er die alte Frau unter dem Galgen sitzen sah, einen Korb mit Kräutern auf dem Schoß; Old Bogglebow, die alte Hexe Margot aus Baron Sanguis' Herrenhaus. Niemand wußte, warum der Gutsherr sie dort duldete, aber man munkelte, daß Baron Sanguis, der sich für Schwarze Magie interessierte, sie gebeten hatte, ihm vorherzusagen, wer den Krieg gewinnen würde – York oder Lancaster. Erst danach hatte die Familie Sanguis ihre Entscheidung getroffen und all ihre Hoffnung auf Edward von York gesetzt. Vor sechs Wochen war der Baron in Begleitung seines Sohnes mit zwölf Yeomen und sechs Kriegern ostwärts über die große Straße nach London marschiert, um sich in den Dienst der Yorkisten zu stellen.

Old Bogglebow kam nur selten ins Dorf, und wenn, dann um zu betteln. Häufiger streifte sie im Wald umher und sammelte Blumen und Kräuter, aus denen sie ihre Salben und Elixiere herstellte. Niemand wagte es, diese einäugige alte Vettel zu beleidigen, deren Gesicht einer runzeligen Wurzel glich und deren Zunge vor Gift und Galle troff. Matthias hatte Margot manchmal gesehen, wenn sie wie eine Spinne durch das Dorf huschte. Betont gemächlich schlenderte er weiter – Old Bogglebow sollte nicht merken, daß er sich vor ihr fürchtete. Er wollte sich an ihr vorbeistehlen und hatte es auch schon fast geschafft, als sie ihn ansprach.

»Matthias, nicht wahr? Der Bastard des Priesters. Wie geht es deinem Vater und der schönen Christina?«

Matthias blieb stehen und schaute sich um. Die alte Frau musterte ihn prüfend. Ihr gesundes Auge glänzte wie ein frisch gewaschener schwarzer Kieselstein, das andere war nur ein leere, von losen Hautfalten bedeckte Höhle. Ihr Gesicht und ihr Haar waren schneeweiß, und der Junge fragte sich insgeheim, ob sie wohl beides gepudert hatte. Ihre blutleeren Lippen verzogen sich zu einem hämischen Grinsen. Sie hielt eine der Blumen in der Hand, die der Eremit ihm gestern erklärt hatte. Matthias erkannte den giftigen Eisenhut.

»Aye, Matthias«, raunte die Alte. »Wo will der Junge denn hin?«

»Das ist meine Angelegenheit.«

Margot stand auf und hinkte auf ihn zu. Matthias entsann sich, daß sie mit einem Klumpfuß zur Welt gekommen war.

»Ein gewitztes Bürschchen«, erklärte sie, den Kopf schlangengleich vorstoßend. »Alle sagen das. Sie sagen, daß du ein gescheiter Bub bist.« Eine dünne, kalte Klauenhand schoß vor und berührte seine Wange. Matthias fühlte Ekel in sich aufsteigen, zuckte jedoch mit keiner Wimper. »Ich weiß, wo du hingehst, mein Junge. In das Totendorf, um deinen Freund, den Eremiten zu besuchen.«

Sie versuchte, sich liebenswürdig zu geben, aber Matthias entging der giftige Unterton nicht, der in ihrer Stimme mitschwang. Mit ihrem gesunden Auge betrachtete sie ihn so eindringlich, als wolle sie sich seine Gesichtszüge auf ewig einprägen.

»Kann ich mit dir gehen?« quengelte sie.

»Der Eremit ist nicht dein Freund«, entgegnete Matthias. »Wenn du ihn sehen willst, geh selber hin.«

»Man braucht eine Einladung, um vor das Angesicht eines großen Herrn treten zu dürfen«, spottete sie. »Aber erwähne ihm gegenüber meinen Namen, ja, mein Junge? Leg ein gutes Wort für die arme Margot ein. Erzähl ihm, wie gern ich dich habe.« Sie rückte vertraulich näher, so daß der Gestank ihres ungewaschenen Körpers Matthias in die Nase stieg. »Ich bin deine Dienerin, Matthias. Von mir bekommst du alles, was du willst. Eine Salbe vielleicht, oder einen Zaubertrank ...« Sie packte ihn bei der Schulter. Spitze Nägel bohrten sich in sein Fleisch.

Matthias wand sich unbehaglich. »Laß mich sofort los!« schrie er. »Du tust mir weh! Das sage ich ...« Er wollte eigentlich sagen »meinem Vater«, brach aber mitten im Satz ab, weil eine auffällige Veränderung mit Margot vorgegangen war.

Sie verschränkte die Hände ineinander, verneigte sich und vollführte kleine zittrige Gesten, wie Matthias es andere alte Frauen vor dem Ewigen Licht hatte tun sehen.

»Erzähl es nicht dem Eremiten«, flüsterte sie. »Bitte nicht. Ich wollte dir nicht weh tun, sondern dir nur dienen. Schau!« Wieder hob sie eine klauengleiche Hand.

Diesmal wartete Matthias nicht ab. Er rannte in Windeseile den Pfad entlang, der ihn in den Wald führte. Nur einmal blieb er stehen, genau an der Stelle, wo ihn die Soldaten letzte Nacht überfallen hatten. Furchtsam schaute er auf das Unterholz. Er konnte sehen, wo Gras und Pflanzen niedergetrampelt worden waren, aber sonst nichts. Hastig eilte er weiter.

Der Eremit hatte Wort gehalten. Matthias sah ihn vor dem alten, verfallenen Friedhofstor stehen.

»Ich dachte schon, du kommst nicht mehr.«

Der Eremit bückte sich, zog den Jungen an sich, drückte ihn leicht und strich ihm mit der Hand über das Haar.

»Es ist schön, dich zu sehen, Creatura«, murmelte er. »Geht es dir gut?«

»Diese Soldaten«, sprudelte der Junge hervor, »diese schlechten Männer letzte Nacht ...«

»Ich bin dir gefolgt«, sagte der Eremit. »Ich wollte dir zeigen, daß du nichts zu fürchten brauchst.«

»Aber die Soldaten! Und diese Stimme!«

»Die Soldaten sind fort.« Der Eremit grinste. »Und ich bin ein ausgezeichneter Stimmenimitator.«

»Habt Ihr sie getötet?«

»Sie sind fort.« Der Eremit erhob sich. »Sie werden dich nie wieder behelligen, Creatura.« Er warf dem Jungen einen Blick voll gespielter Entrüstung zu. »Du bist spät dran.«

»Ich habe Margot getroffen, die alte Hexe aus dem Herrenhaus. Old Bogglebow. Sie möchte, daß ich Euch an sie erinnere. Sie war seltsam. Sie wollte Euch sehen und sagte, sie wäre meine Freundin, aber ich glaube nicht, daß sie es ehrlich meint.«

»Nein, das tut sie auch nicht.« Der Eremit griff nach einem Stab, der an der Wand lehnte. »Menschen wie sie sind einfach nur lästig, Creatura. Sie maßen sich mehr an, als ihnen zukommt, und sie experimentieren mit Dingen herum, von denen sie besser die Finger lassen sollten. Ich kann nicht behaupten, daß ich Margot sehr schätze. Aber nun komm, wir müssen so schnell wie möglich in Tewkesbury sein.«

»Gehen wir dorthin?«

»Nein. Ich habe eine Überraschung für dich.«

Der Eremit führte Matthias einen schmalen Pfad entlang. Der Junge staunte immer wieder, wie gut er sich in dieser Gegend auskannte. Sie gelangten auf eine kleine Lichtung, auf der ein gesatteltes und aufgezäumtes Pferd angebunden war und friedlich graste. Es war ein schöner, hochbeiniger Rotbrauner. Der Eremit strich ihm über die Nüstern und flüsterte ihm leise etwas ins Ohr.

»Wo habt Ihr das Pferd her?« fragte Matthias, als der Eremit ihn in den Sattel hob und hinter ihm aufstieg.

»Du stellst zu viele Fragen, Creatura. Ich habe es zufällig im Wald gefunden. Vermutlich gehört es einem der Soldaten. Sitzt du bequem?«

Matthias genoß den Ritt. Der Untergrund war hart, und das frische, ausgeruhte Pferd trottete in einem gleichmäßigen Trab dahin. Der Eremit verhielt sich ungewöhnlich schweigsam. Ab und zu hielt er auf einem Hügel an, starrte nachdenklich ins Tal hinunter, murmelte etwas vor sich hin und ritt dann weiter.

Als sie Tredington umgangen hatten und die Straße nach Tewkesbury entlangritten, bemerkte Matthias, daß etwas nicht stimmte. An Markttagen hatten ihn seine Eltern manchmal hierher mitgenommen. Er war an die Karren und Stände gewöhnt, an die Händler und Marktschreier, an das fröhliche Geschwätz der Menschen, die auf gute Geschäfte hofften. Heute jedoch sah alles ganz anders aus: die Menschen auf den Straßen eilten mit grimmigen Gesichtern und gesenkten Köpfen dahin, als könnten sie es nicht erwarten, wieder sicher in ihren eigenen vier Wänden zu sein, weit weg von allem, was noch geschehen mochte. Zweimal trafen sie auf berittene Soldaten, die an ihnen vorbeigaloppierten. Ihre Kleider starrten vor Schmutz und weiße Schaumflocken troffen aus den Mäulern der erschöpften Pferde. Zwei Fußsoldaten, Deserteure vermutlich, zogen ihre Schwerter und kamen auf den Mann und den Jungen zu, aber als der Eremit sich umdrehte und sie finster ansah, wandten sie sich ab und suchten das Weite.

Gerade als die Glocken des großen Klosters zum Morgengebet riefen, ritten sie in Tewkesbury ein. Die Straßen und Gassen lagen wie ausgestorben da. Reisende und Händler hielten sich in den Schenken auf, deren Türen und Fenster fest verschlossen und verriegelt waren. Kein einziges Kind spielte im Freien, und sogar die Schweine und Hunde, die sonst unbehelligt draußen herumliefen, waren in ihre Ställe gesperrt worden. Eine Begräbnisprozession zog an ihnen vorbei. Die Trauergäste gingen so schnell, daß der alte Priester, der die Gebete sprechen sollte, außer Atem geriet und die Worte nur noch stammelnd hervorbrachte.

»Was ist denn hier los?« erkundigte sich Matthias.

»Es findet eine Schlacht statt«, erwiderte der Eremit. »Ich habe dir doch gesagt, daß Blut fließen wird. Armeen werden untergehen, Prinzen werden fallen. Die Raben erwartet heute abend ein festliches Mahl. Frauen werden zu Witwen, Kinder zu vaterlosen Halbwaisen. Heute ist ein trauriger Tag.« Seine Stimme klang sehr ernst. »Denk daran, Creatura – Leben nährt sich von Leben. So, und jetzt muß ich jemanden aufsuchen.«

Sie ritten durch die kleine Stadt bis auf das Klostergelände. Dort stiegen sie ab, und der Eremit führte das Pferd am Zügel hinter sich her. Ein Laienbruder kam auf sie zu, gefolgt vom Gästemeister, um sie zu begrüßen. Letzterer schien den Eremiten zu kennen, denn er schüttelte ihm freundlich die Hand, während sein Gefährte das Pferd zu den Ställen brachte.

»Es tut gut, Euch zu sehen.« Ein Lächeln huschte über das abgespannte Gesicht des alten Mönchs. »Und wer ist das?« Er deutete auf Matthias.

»Mein Freund und Weggefährte Matthias Fitzosbert. Sein Vater ist Priester in Sutton Courteny.«

Das Lächeln des Mannes erstarb. »Ja, ja, ich erinnere mich. Und was wollt Ihr hier?«

»Im Kloster beten.«

Der Gästemeister zwinkerte und leckte sich über die trockenen Lippen.

»Heute seid Ihr in Tewkesbury nicht sicher, mein Freund. Unser Abt hat Neuigkeiten vom Schlachtfeld erhalten. Es gab einen furchtbaren, blutigen Kampf. Edward von York treibt seine Gegner vor sich her. Die ganze Nacht lang sind Männer der Armee Lancasters desertiert und haben bei uns an die Tür geklopft.«

»Ich möchte nur beten«, erwiderte der Eremit.

»Ja, ja, natürlich.« Der Mönch beugte sich vor. »Die Morgenandacht ist vorüber, die Messe gelesen. Wünscht Ihr Speise und Trank aus unserem Refektorium?«

Der Eremit schüttelte den Kopf, nahm Matthias bei der Hand und betrat durch eine Seitentür das imposante Hauptschiff. Matthias sah sich voller Staunen um. Riesige Säulen zogen sich durch die ganze Kirche bis hin zu einem prächtig geschmückten Altar, und das geschnitzte Dach hoch über ihm schien von Zauberhand gehalten zu werden. Verzückt betrachtete er die vielfarbigen Glasfenster, die im Sonnenlicht wie Juwelen funkelten.

»O Herr, wie habe ich die Schönheit Deines Hauses geliebt, den Ort, wo Deine Herrlichkeit erstrahlt«, flüsterte der Eremit. »Dies, Matthias, ist das Tor zum Himmel – und in der Tat ein schrecklicher Ort.«

»Es ist wunderschön hier«, murmelte Matthias.

Sein Vater hatte ihn nie hierher mitgenommen, und vor lauter Begeisterung wußte er gar nicht, wo er zuerst hinschauen sollte. Die prachtvollen Wandgemälde faszinierten ihn besonders: reichgekleidete Engel, satyrgesichtige Dämonen, die von der Hölle ausgespien wurden; Christus, der über die Sünder zu Gericht saß; der heilige Antonius, wie er den Fischen predigte; Lazarus, den Abraham an seine Brust zog.

»Schaut nur!« rief er entzückt, doch der Eremit war bereits weitergegangen. Er starrte auf ein Gemälde an der anderen Wand. Matthias rannte neugierig zu ihm hinüber. Seine Sandalen verursachten auf dem steinernen Fußboden schlurfende Geräusche. Er inspizierte das fragliche Bild genau. Es zeigte eine schöne Frau, deren nackter Körper alabasterweiß schimmerte und deren Haar an gesponnenes Gold erinnerte. Sie stand unter einem Baum, bedeckte mit einer Hand ihre Brüste, mit der anderen ihren Unterleib und blickte einen in Sonnenlicht gehüllten jungen Mann mit olivfarbener Haut und großen, seelenvollen Augen an, der ihr eine Rose hinhielt. Matthias fiel auf, daß diese Rose keine Dornen hatte. Als er seinen Freund anschaute, stellte er fest, daß ein Ausdruck tiefer Trauer auf seinem Gesicht lag und stille Tränen über seine Wangen rannen. Der Eremit streckte die Hände aus und berührte erst die gemalte Rose, dann den Körper der Frau. Er murmelte etwas, das Matthias nicht verstand, verschränkte die Arme vor der Brust und ließ sich am Fuß einer Säule nieder, um seinen Gedanken nachzuhängen.

VIERTES KAPITEL

Der Rückzug der Streitkraft Lancasters nach Tewkesbury wuchs sich zu einem blutigen Gemetzel aus. Der größte Teil der Armee Margaret von Anjous war quer durch das offene Land geflüchtet, nur um auf den weitläufigen Wiesen, die sich bis zum Severn erstreckten, gnadenlos niedergestreckt zu werden. Somerset und die anderen Kommandanten, Sir Raymond eingeschlossen, entschieden sich, im Kloster von Tewkesbury Zuflucht zu suchen. Sie mußten sich den Weg in die Stadt Schritt für Schritt freikämpfen, da die Yorkisten versuchten, ihren Rückzug zu vereiteln. Sir Raymond verteidigte sich wie ein Löwe, angespornt von seiner rasenden Wut und seiner Frustration darüber, daß es ihm nicht mehr vergönnt sein würde, seine Aufgabe zu erfüllen. Am Stadtrand trafen sie auf einen Trupp berittener Yorkisten, doch es gelang dem Hospitaliter, ihren Angriff abzuwehren und seine Kameraden durch die feindlichen Linien zu führen. Er befestigte die Zügel an seinem Gürtel, zückte sein Schwert und hieb auf die haßverzerrten Gesichter und gierigen Hände ein, die ihn aus dem Sattel zerren wollten. Die Klinge zuckte durch die Luft, fraß sich durch Rüstungen und Kettenhemden hindurch und mähte Gegner um Gegner nieder. Blut floß in Strömen über die gepflasterten Straßen und verwandelte die verschlafene Marktstadt in einen einzigen riesigen Schlachthof. Schließlich gelang ihnen der Durchbruch, aber sie hatten drei ihrer Männer verloren; zwei waren getötet, einer gefangengenommen worden.

Als sie das Kloster erreichten, waren sie von Kopf bis Fuß mit Blut bedeckt. Edmund Beaufort, Herzog von Somerset, hatte all seinen Hochmut eingebüßt. Er war nur noch ein geschlagener, entmutigter Mann, der von seinem Pferd sprang und im Laufschritt auf die kleine Tür zurannte, die zum Hauptschiff der Kirche führte. Dort ließ er sein Schwert zu Boden fallen, riß sich seine Rüstung stückweise vom Leib und warf seine blutgetränkten Handschuhe in das dunkle Querschiff. Andere folgten seinem Beispiel, wohl wissend, daß nur noch das Gotteshaus ihnen Zuflucht und Schutz vor einer Massenhinrichtung bieten konnte. Allmählich füllte sich der Raum mit Verwundeten. Einige stöhnten vor Schmerz, während sie versuchten, ihre furchtbaren Bauch- oder Schulterverletzungen notdürftig zu versorgen, andere fahndeten fieberhaft nach ihren Kameraden oder nach Angehörigen. Viele verfluchten Somerset aus tiefster Seele – einer spie ihm sogar mitten ins Gesicht –, andere schienen befriedigt darüber, daß wenigstens Wenlocks Feigheit sofort gebührend bestraft worden war. Überall lagen Männer auf dem Boden oder lehnten sich an die Pfeiler. Sir Raymond stand in der Mitte des Hauptschiffs und starrte den prachtvollen Lettner an. Er kniete nieder, bekreuzigte sich, schloß die Augen und begann, ein inbrünstiges Gebet zu sprechen. Er hatte das Ave Maria halb hinter sich gebracht, als er draußen auf dem gepflasterten Hof Hufgetrappel vernahm, gefolgt von gellendem Geschrei. Einer von Somersets Leuten kam in die Kirche gerannt. Blut sickerte aus einer Schnittwunde an seinem Arm.

»Yorkisten!« kreischte er.

Die vollkommen entkräfteten Lancasterianer griffen nach den Waffen und formierten sich. Eine Gruppe versuchte, die Tür zu verrammeln, aber die yorkistischen Soldaten brachen nach kurzer Zeit in die Kirche ein. Der Kampf entflammte von neuem, und alsbald war die Kathedrale erfüllt vom Geklirr der Schwerter und den Schreien der Verwundeten und Sterbenden. Weder wurde um Gnade gebeten, noch wurde diese gewährt. Sir Raymond lehnte sich mit dem Rücken gegen einen Pfeiler und wehrte zwei yorkistische Bogenschützen ab. Ihre Köcher waren zwar leer, aber sie hielten noch ihre Schwerter und Speere in den Händen und gingen wie zwei raubgierige Wölfe schnaubend und geifernd auf ihn los. Sir Raymond tötete den ersten durch einen Hieb in die Brust. Der zweite stolperte über den Leichnam seines Gefährten und gab dem Hospitaliter so Gelegenheit, ihm mit einem einzigen mächtigen Streich den Kopf abzuschlagen, der das Hauptschiff hinunterrollte, während sich Sir Raymond angewidert von dem blutigen Torso abwandte. Der Kampf steigerte sich zu einer wilden Raserei. Überall entlang des Hauptschiffs wurden Zweikämpfe ausgetragen oder fochten die Männer in kleinen Gruppen gegeneinander.

Sir Raymond wollte gerade Somerset zu Hilfe eilen, als die große Glocke der Kathedrale erscholl. Vom Altar her näherte sich eine Prozession von Mönchen unter der Führung ihres Abtes, der sein Kruzifix in der einen und eine kleine Glocke in der anderen Hand trug. Der Abt stieß das Kreuz aus Eisen heftig auf den Steinboden und begann, die Glocke zu läuten. Der Kampflärm erstarb allmählich. Die eben noch in tödliche Auseinandersetzungen verstrickten Männer wichen zurück und starrten voller Ehrfurcht auf die augenfällige Demonstration der Macht der Kirche. Wie immer bei wichtigen Anlässen trug der Abt sein prächtiges, goldenes, mit Perlmutt verziertes Meßgewand und dazu die aus demselben Material gefertigte Mitra. Erneut läutete er die Glocke.

»Ihr befindet euch hier im Hause Gottes!« Seine Stimme dröhnte durch die Kirche. »Und ihr habt es mit dem Blut eurer Brüder besudelt! Also hört mich an! Jeder Mann, der an diesem heiligen Ort noch einmal im Zorn die Hand gegen seinen Nächsten erhebt, soll auf der Stelle mit der Exkommunikation für seinen Frevel bestraft werden!«

Seine Worte brachten die Menge endgültig zum Schweigen.

»Verflucht sei der, der sich meinem Befehl widersetzt!« verkündete der Abt weiter. »Verflucht sei er im Leben! Verflucht sei er im Tod! Er soll sterben, ohne die Absolution zu empfangen, auf daß ihm im Jenseits die Gnade Christi verwehrt werde!«

Er reichte die Glocke an einen der Mönche weiter. Beaufort trat vor und kniete vor ihm nieder.

»Vater Abt, wir bitten um Asyl.«

»Das Kloster hat nicht das Recht, Rebellen und Verrätern Asyl zu gewähren!« brüllte einer der Yorkisten.

Der Abt blickte nachdenklich auf Beaufort hinunter. Sir Raymond, der sich unauffällig zu ihnen gesellt hatte, hörte, wie er dem Herzog etwas zuflüsterte.

»Er spricht die Wahrheit, Mylord Somerset – ich weiß, daß Ihr es seid –, ich darf Euch hier kein Asyl gewähren. Edward von York hat die Schlacht gewonnen. Er ist unser rechtmäßiger König, und seine Anwälte werden anführen, daß Ihr Verräter seid, die kein Recht auf Asyl haben.«

»Sollen wir denn wie Vieh abgeschlachtet werden?« stieß Somerset wütend hervor.

Der Abt hob den Kopf. »Asyl hin, Asyl her – keinem Mann ist es erlaubt, im Haus Gottes eine Waffe zu heben. Lord Somerset und seine Leute sind meine Gäste. Die anderen werden sich zurückziehen, oder sie müssen mit ihrer unverzüglichen Exkommunikation rechnen.«

Die Yorkisten erhoben zunächst noch Einwände, aber das ernste Gesicht des Abtes sowie die unübersehbare wilde Entschlossenheit der Lancasterianer, auf Leben und Tod zu kämpfen, brachten sie zu der Einsicht, daß es im Moment klüger war, widerspruchslos nachzugeben. Unter gemurmelten Drohungen und Verwünschungen sammelten sie ihre Toten und Verwundeten ein und verließen dann die Kirche. Auf die Aufforderung des Abtes hin stapelten die Lancasterianer ihre eigenen Waffen in einer Ecke auf einem großen Haufen. Laienbrüder brachten Brot und Wein aus dem Refektorium, während der Krankenpfleger mit seinen Assistenten die Verwundeten versorgte. Somerset ließ sich auf eine Bank nahe des Lettners sinken und barg den Kopf in den Händen. Sir Raymond nahm neben ihm Platz.

»Der Vater Abt hat recht«, begann der Hospitaliter. »Edward von York wird uns gegenüber keine Gnade walten lassen.«

Beaufort hob den Kopf. »Die Königin muß in Gefangenschaft geraten sein«, meinte er müde. »Der Prinz ist tot, Warwick ebenfalls, und das Haus Lancaster ist am Ende. Welche Chance bleibt dem Schwächling Henry Tudor denn noch?« Er bot dem Hospitaliter den Weinkelch an, den er in der Hand hielt. »Sir Raymond, ehe wir alle sterben, möchte ich Euch noch eine Frage stellen. Warum habt Ihr, ein Ritter der Kirche, Euch auf die Seite Margaret von Anjous gestellt?«

»Ich dachte, Ihr würdet siegen. Ich war sogar davon

überzeugt, und wenn dieser Fall eingetreten wäre, Mylord Somerset, dann hätte ich Euch um Eure Hilfe bei der Jagd nach einem Dämon gebeten.«

Sir Raymond erhob sich und ging in die menschenleere Marienkapelle hinüber. Er kniete auf dem Betschemel vor der Statue der Heiligen Jungfrau nieder und wollte sich gerade in seine Gebete vertiefen, als ihm jemand auf die Schulter tippte. Er drehte sich um und wäre beinahe in Ohnmacht gesunken, als er seinen Bruder Otto erkannte. Weiter unten im Querschiff, halb im Schatten verborgen, stand ein kleiner Junge mit vor den Mund gepreßter Faust und großen, dunklen Augen in einem blassen Gesicht.

»Otto!« Sir Raymond schloß seinen Bruder in die Arme. »Otto!«

Sein Bruder jedoch blickte ihn ohne jegliche Gemütsregung an.

»Seht mich an, Sir Raymond. Schaut mir in die Augen!«

Der Hospitaliter folgte der Aufforderung, und das Blut schien ihm in den Adern zu gefrieren. Das Haar, das Gesicht, die Arme, der Körper, all das gehörte zu seinem Bruder – aber diese Augen! Sie blickten ihn ebenso haßerfüllt an wie damals die der byzantinischen Prinzessin.

»Du!« flüsterte er entsetzt. »Du bist es!«

Er wäre zusammengebrochen, wenn ihn der Eremit nicht aufgefangen und auf den gepolsterten Betschemel niedergedrückt hätte.

»Ihr habt mich verfolgt«, erklärte der Eremit dann. »Otto ist nun fort, und an seiner Stelle bin ich hier. Ich sehe durch seine Augen. Ich spreche mit seiner Stimme, und sein Herz schlägt für mich.«

Sir Raymond wandte sich ab.

»Wie ist das möglich?« fragte er schwach.

»Habt Ihr die Heilige Schrift nicht sorgfältig genug studiert?« spottete der Eremit nachsichtig. »Sonst wüßtet Ihr nämlich, daß ein Dämon in den Körper eines jeden Menschen schlüpfen und ihn in Besitz nehmen kann.«

»Aber warum …?«

»Das geht Euch nichts an.«

»Nein, warum haßt du mich so?«

»Ich hasse Euch nicht, Sir Raymond. Im Gegenteil, ich bin Euch dankbar. Ihr habt mich immerhin aus dem Gewölbe befreit, aber dann habt Ihr mich im Stich gelassen. Ihr habt Euer Wort gebrochen und zugelassen, daß man mich gefangennimmt. Und schlimmer noch – Ihr habt mich verfolgt und mir Eure Leute kreuz und quer durch Europa hinterhergehetzt. Ich lasse nicht zu, daß man meine Pläne durchkreuzt.«

Sir Raymond bemerkte die Wut, die in den Augen des Eremiten loderte.

»Ich bin kein Hase oder Fuchs, den man jagen kann. Merkt Euch eines, Sir Raymond – wenn Ihr der Hölle den Krieg erklärt, dann erklärt die Hölle auch Euch den Krieg.«

Er hob einen Finger, wischte Sir Raymond ein paar Tropfen Blut aus dem Gesicht und leckte sie langsam ab.

»Hier in Gottes Haus!« Raymond spürte, wie sein Mut zurückkehrte. »Du wagst es, Gottes Haus zu betreten?«

»Ihr kennt die Heilige Schrift wirklich nicht gut, Sir Raymond«, spöttelte der Eremit wieder. »Lest das Buch Hiob. Satan wurde es gestattet, vor Gottes Thron zu treten, und dem Evangelium zufolge wurde er sogar in Christi Gegenwart geduldet.« Er wies auf die Wandgemälde. »Denkt Ihr, wir wären alle so, Sir Raymond? Haarige kleine Kobolde mit Affengesichtern oder Ziegenköpfen? Begreift Ihr denn nicht, daß wir den puren Willen und die pure Macht verkörpern? Wir haben uns nicht vom Himmel losgesagt, sondern der Himmel hat uns ungerechterweise verstoßen.« Er hätte Sir Raymonds Gesicht erneut berührt, wäre der Hospitaliter nicht sofort zurückgewichen. »Himmel und Hölle sind eins. Denkt darüber nach, bevor Ihr sterbt.«

»Und der Junge?« fragte Sir Raymond. »Gehört er auch zu deinen Opfern?«

»Er ist mir heiliger als das Leben selbst«, erwiderte der Eremit. »Ihr braucht Euch nicht um ihn zu sorgen.«

Der Hospitaliter erhob sich, fest gewillt, sich nicht einschüchtern zu lassen.

»Es gibt noch mehr von uns«, sagte er.

»Ach, Ihr meint den Prediger?« Der Eremit zuckte die Schultern. »Ich werde mich um ihn kümmern, wie ich mich schon um andere gekümmert habe. Ist er erst einmal tot, so geht auch die Jagd zu Ende. Lebt wohl – Bruder.«

Der Eremit machte auf dem Absatz kehrt und verschwand in den Schatten, wo der Junge auf ihn wartete.

Sir Raymond widmete sich wieder seinen Gebeten. Ihm war kalt, und er wunderte sich, daß sein Herz überhaupt noch schlug. Auf seine Kameraden, die unablässig Spekulationen über ihr mögliches Schicksal anstellten, achtete er überhaupt nicht. Statt dessen nutzte er die Zeit, um sich auf den Tod vorzubereiten. Auch als die Yorkistenhauptmänner später am Tag mit dem Befehl wiederkehrten, alle Männer gefangenzunehmen, leistete Sir Raymond im Gegensatz zu den anderen keinerlei Widerstand, sondern ließ sich willig die Hände auf den Rücken binden. Er blinzelte in das grelle Sonnenlicht, als er zum Hauptportal hinausgestoßen wurde.

Auf dem Klostergelände war ein großer, mit grünem Flanelltuch überzogener Tisch aufgestellt worden. Dahinter erhob sich ein mächtiges Schafott, auf dem bereits der Henker stand. Sein Gesicht war hinter einer Maske verborgen. Er hielt eine große zweischneidige Axt in der Hand und stützte einen Fuß auf den Block, neben dem ein Weidenkorb bereitstand. Eine gewaltige Menschenmasse drängte sich um die Hinrichtungsstätte und mußte von Bogenschützen, die die königliche Uniform trugen, zurückgehalten werden. Jeder Gefangene wurde vor den Tisch geführt, an dem zwei Männer saßen: Richard, Herzog von Gloucester, und sein Gefolgsmann John Howard von Norfolk. Beider Gesichter wiesen noch Spuren des jüngst überstandenen Kampfes auf. Somerset wurde als erster verhört. Seine Richter überhäuften ihn mit Fragen und deuteten immer wieder anklagend mit den Fingern auf den besiegten Herzog, doch Somerset schüttelte auf alle Beschuldigungen hin lediglich den Kopf. Gloucester, dessen schmales, verkniffenes Gesicht von rotem Haar umrahmt wurde, sprang wütend auf und beschuldigte die Sippe der Beauforts, für den Tod seines Vaters verantwortlich zu sein. Somerset warf stolz den Kopf zurück, räusperte sich vernehmlich und spie Gloucester mitten ins Gesicht. Gloucester bückte sich, hob eine der erbeuteten Standarten Margaret von Anjous auf und wischte sich damit die Wange ab, dann winkte er gebieterisch mit der Hand. Seine Soldaten packten Somerset und schleiften ihn die Stufen zum Schafott empor. Der Herzog lehnte die Augenbinde ab, die der Henker ihm anbot, und legte freiwillig den Kopf auf den Block.

Sir Raymond sah, wie die Axt erhoben wurde. Die Klinge blitzte im Sonnenlicht auf, sauste dann herab und durchtrennte den Nacken Somersets. Der Hospitaliter wandte sich ab, als der Henker den Kopf hochhob und der begeisterten Menge zeigte. Weitere Verhandlungen folgten. Einige Gefangene baten um Gnade und wurden davongeführt. Andere wurden, wie Sir Raymond mit bitterer Belustigung feststellte, wie lange verschollene Freunde begrüßt und von ihren Fesseln befreit, was darauf schließen ließ, daß sich Verräter in den Reihen der Lancasterianer befunden hatten. Nur wenige weigerten sich wie Somerset, das Knie vor den neuen Herren zu beugen, und bald schwamm das Schafott hinter dem behelfsmäßigen Gerichtshof in Blut.

Schließlich kam auch Sir Raymond an die Reihe. Er wurde von zwei Bogenschützen vor den Tisch geführt und blickte in die katzenhaften Augen Richard von Gloucesters. Die spröden Lippen des Herzogs bildeten nur noch eine dünne, blutleere Linie in dem mit Schrammen übersäten Gesicht; seine rechte Hand war mit Bandagen umwickelt.

»Ein Hospitaliter.« John von Norfolk lümmelte sich in seinem Stuhl, kratzte seine rotgeäderte Wange und schaute Sir Raymond aus seinen wäßrigen Augen verächtlich an. »Was tut ein Hospitaliter bei den Truppen der Lancasterianer?«

»Was tut ein Landwirt aus Norfolk bei denen der Yorkisten?« gab Sir Raymond zurück.

Norfolk richtete sich in seinem Stuhl auf, zückte seinen Dolch und rammte ihn in den grünen Flanellstoff.

»Ihr seid nicht in der Position, derartige Rede zu führen, Hospitaliter.«

»In welcher dann?« konterte Sir Raymond.

»Nun, nun, nun ...« Richard von Gloucester rang sich ein Lächeln ab. »Ihr seid Sir Raymond Grandison, nicht wahr? Wollt Ihr das Knie beugen und den König um Gnade ersuchen?«

»Von jetzt an«, entgegnete Sir Raymond langsam, »werde ich das Knie weder vor einem York noch vor einem Lancaster beugen. Möge ein Fluch Eure beiden Häuser treffen!«

»Ihr wollt also sterben?« giftete Norfolk.

Sir Raymond lächelte. »Ja, das will ich.«

»Warum?« erkundigte sich Gloucester neugierig.

»Ich habe meinen Schwur gebrochen«, erklärte der Hospitaliter, zu dem Henker emporblickend. »Ich habe den Schwur gebrochen, den ich vor einem besseren Prinzen als Euch, vor meinem Vorgesetzten und vor meinem Gott geleistet habe. Ich habe versagt, und ich verdiene den Tod. Auf dieser Welt gibt es für mich nichts mehr tun.«

Richard von Gloucester lehnte sich in seinem Stuhl zurück und zuckte ob der Feindseligkeit, die in den Augen des Hospitaliters aufleuchtete, unwillkürlich zusammen.

»Ihr und die Euren«, fügte Sir Raymond sanft hinzu, »seid ohnehin dem Untergang geweiht. Ihr zankt Euch um den Pferch und merkt dabei gar nicht, daß die Schafe gerade von den Wölfen gerissen werden.«

»Genug!« Gloucester schlug mit der Faust auf den Tisch. »Sir Raymond Grandison, Ihr seid ein Verräter, der sich gegen den König erhoben hat. Ihr konntet nichts zu Eurer Verteidigung vorbringen.« Sein Gesicht verlor etwas von seiner Härte. »Gott allein weiß, warum Ihr sterben wollt, aber Gott ist auch mein Zeuge, daß ich Euch nicht daran hindern werde. Führt ihn ab!«

Sir Raymond wurde die Stufen zum Schafott hochgeführt. Es war höher, als er gedacht hatte; über die Köpfe der Menge hinweg wehte von den Wiesen her eine leichte Brise zu ihm herüber. Er blickte zum Himmel empor.

»Es wird ein schöner Abend werden«, murmelte er, als der Henker ihn auf die Knie zwang.

Sir Raymond schloß die Augen und sprach ein rasches

Gebet. Er hörte, wie jemand ihn beim Namen rief, blickte auf und ließ den Blick über die Menge schweifen. Der Eremit stand in der vordersten Reihe vor dem Schafott und hatte eine Hand auf die Schulter des neben ihm stehenden Jungen gelegt, den Sir Raymond in der Dunkelheit nur undeutlich hatte sehen können. Raymond starrte das Paar an und spürte, wie ihm der Schweiß ausbrach.

»Das kann doch nicht wahr sein«, flüsterte er.

»Ist es aber«, gab der Henker ungerührt zurück.

Er zwang den Verurteilten, sich hinzukauern. Sir Raymond schloß die Augen, sah aber noch immer das Gesicht des Eremiten und das des kleinen Jungen vor sich. Dann hörte er ein lautes Jubelgeschrei, und die Axt sauste herab.

»Warum habt Ihr mich hierhergebracht?« Matthias drehte sich im Sattel und schaute dem Eremiten ins Gesicht.

»Ich sagte dir doch schon, daß ich jemanden vor seinem Tod noch einmal sehen wollte.«

»Aber woher wußtet Ihr, daß er in Tewkesbury, in der Kathedrale sein würde? Habt Ihr dieselbe Gabe wie die alte Margot? Könnt Ihr in die Zukunft sehen?«

Der Eremit lachte glucksend und strich Matthias sacht über das Haar.

»Creatura, Creatura, ich würde dir ja zu gerne sagen, daß ich tatsächlich in die Zukunft schauen und dir vielleicht vorhersagen kann, was du zum Geburtstag bekommst.« Seine Stimme wurde ernst. »Aber es trifft nicht zu. Margaret von Anjous Niederlage war unvermeidlich. Das Haus von York ist stark, solange Edward die Zügel in den Händen hält, aber auch das muß nicht mehr so lange dauern, wie manche Leute meinen. Ich wußte, daß die Lancasterianer die Schlacht verlieren würden. Es war unsinnig, sich auf diesen Kampf einzulassen, aber sie haben es trotzdem getan und konnten, als sie den drohenden Untergang erkannten, nur in das Kloster fliehen und um Asyl bitten. Deshalb habe ich dort gewartet.«

Matthias schloß die Augen. Diesen Tag würde er nie vergessen, und er würde seinen Eltern auch nicht erzählen, was er gesehen hatte. Dieser entsetzliche, blutige Kampf im Hauptschiff der Kirche, all die Männer, die schreiend aufeinander einschlugen! Und dann noch die Hinrichtungen! Zwar hatte er schon zuvor Männer sterben sehen; Wilddiebe und Wegelagerer, die an Baron Sanguis' Galgen baumeln mußten, aber noch nie war eine Hinrichtung mit so viel Blutvergießen verbunden gewesen.

»Ich weiß, was du mich fragen willst, Creatura«, sagte der Eremit, während er das Pferd über den Waldweg lenkte. »Warum mußtest du all das mitansehen? Nun, Kämpfen und Sterben sind feste Bestandteile des Lebens. Überall um uns herum wird um das Überleben gerungen. Der Tod des einen Tieres bedeutet das Leben für ein anderes. In der Welt der Menschen verhält es sich nicht viel anders.«

»Werdet Ihr mich jetzt nach Tenebral bringen?«

»Nein, heute abend nicht. Du bist gestern schon zu spät nach Hause gekommen, das darf heute nicht wieder geschehen. Wirst du deinen Eltern erzählen, was du heute erlebt hast?«

Matthias schüttelte stumm den Kopf.

»Das ist vermutlich auch besser so«, meinte der Eremit trocken.

»Wer war denn der Mann?« wollte Matthias wissen. »Der, mit dem Ihr gesprochen habt und der später hingerichtet worden ist.«

»Jemand, den ich von früher her kannte«, gab der Eremit zurück. »Ich mußte ihm Lebewohl sagen.« Er wies den Pfad entlang. »Schau einmal da.«

Matthias spähte in den langen Tunnel, den die überhängenden Äste der Bäume bildeten, und sah am Ende eine kleine, am Wegrand gelegene Schenke. Das Gebäude war aus Holz und Flechtwerk erbaut. Davor standen zwei an einen Pfosten gebundene Pferde.

»Wir werden hier haltmachen«, erklärte der Eremit. »Ich könnte einen Humpen Ale vertragen, und du hast sicher auch Durst. Möchtest du etwas Süßes dazu, Matthias?«

Augenblicklich vergaß der Junge seine Erlebnisse in Tewkesbury und klatschte begeistert in die Hände. Als sie bei der

Schenke angelangt waren, hob der Eremit ihn vorsichtig aus dem Sattel und wies ihn an, draußen auf einer Bank sitzen zu bleiben. Er band das Pferd an und betrat dann den kleinen Schankraum. Kurze Zeit später kam er mit einer Platte süßen, in Honig gebackenen Brotes und einem Trunk mit Kräutern und Wasser versetztem Ale zurück und stellte alles neben Matthias auf die Bank.

»Bleib hier«, sagte er. »Es dauert nicht lange.«

Er verschwand in der Schenke. Matthias lehnte sich gegen die Wand und verzehrte langsam den süßen Leckerbissen. Dazu nippte er an dem Zinnbecher, blickte sich träge um und beobachtete die Eichhörnchen, die an den Baumstämmen hinaufliefen, während im Geäst über ihnen eine Elster ihr zänkisches Geschrei anstimmte. Die Sonne brannte noch immer warm auf ihn herab. Matthias merkte, wie seine Lider schwer wurden, aber weil er neugierig war, was der Eremit in der Schenke zu tun hatte, schob er die Platte beiseite, rieb sich die Augen und spähte vorsichtig durch das Fenster.

Der Schankraum war nur schwach erleuchtet, aber nachdem Matthias' Augen sich an das Dämmerlicht gewöhnt hatten, konnte er den Eremiten deutlich erkennen. Er saß mit dem Rücken zu ihm an einem Ecktisch und unterhielt sich mit zwei Unbekannten. Einer sah aus wie ein Mönch; er trug eine Kutte mit Kapuze. Ihm gegenüber saß die schönste junge Frau, die Matthias je gesehen hatte. Sie hatte üppig glänzendes, flammendrotes Haar. Lange Ohrringe glitzerten bei jeder ihrer Bewegungen, und ein funkelndes Halsband lag um den schwanengleichen Hals. Sie sprach ernst auf den Eremiten ein und hielt gelegentlich inne, um sich zustimmungsheischend an ihren vermummten Gefährten zu wenden. Der nickte nur, woraufhin die Frau etwas zu dem Eremiten sagte, was ihn zum Lachen brachte. Dann drehte sie sich um und entdeckte den wie gebannt durch das Fenster starrenden Matthias. Sie hob eine Hand und winkte ihm zu. Matthias errötete, wandte sich ab und widmete sich wieder seinen Süßigkeiten. Nach kurzer Zeit kam der Eremit heraus, band, ohne eine Wort zu sagen, das Pferd los und hob Matthias in den Sattel.

»Ehe du fragst, Creatura«, neckte er den Jungen dann lächelnd«, während sie dahintrabten, »verrate ich dir lieber gleich, daß das Bekannte von mir waren.«

»Wie heißt denn die Frau?«

»Ihr Name ist Morgana. Sie ist halb englischer, halb spanischer Abstammung.«

»Sie ist wunderschön«, plapperte Matthias. »Wie eine Prinzessin, die ich einmal gesehen habe – in einem Stundenbuch, das Baron Sanguis meinem Vater geliehen hat. Eine schöne Prinzessin, die von einem wilden Drachen angegriffen wurde. Aber ein tapferer Ritter kam und rettete sie.«

»Und ich bin der Drache?« fragte der Eremit.

»Nein«, erwiderte Matthias ernst und lehnte sich gegen die Brust seines Freundes, »Ihr seid der Ritter.«

Er starrte auf den Weg hinunter. Das leicht dahintrabende Pferd, die tröstliche Körperwärme des Eremiten sowie das Getränk, das er bei der Schenke zu sich genommen hatte, machten ihn schläfrig. Er kämpfte gegen die Müdigkeit an, fiel aber trotzdem rasch in eine tiefen, von Träumen erfüllten Schlaf: schöne Prinzessinnen tummelten sich darin, blutüberströmte Ritter, die um ihr Leben kämpften, Drachen, Henker, Verbrecher und schließlich die in grünes Lincolntuch gekleideten Outlaws, die in den Wäldern lebten. Ruckartig erwachte er wieder. Es wurde schon dunkel, sie befanden sich inzwischen bereits im Wald vor Sutton Courteny. Der Eremit zog die Zügel an.

»Alles in Ordnung, Matthias? Du hättest ruhig weiterschlafen sollen, die Dämmerung ist schon hereingebrochen.«

»Ich muß aber ganz dringend pinkeln«, erklärte Matthias. »Sonst mache ich mir noch in die Hose.«

Der Eremit lachte und ließ ihn zu Boden gleiten. Der Junge rannte in die Büsche und verrichtete sein Geschäft. Als er fertig war, erschauerte er. Er war froh, daß der Eremit ihn jetzt nach Hause brachte. Es wurde dunkel und kalt, und er hatte genug gesehen. Er wollte zu seiner Mutter, wollte seine Gebete aufsagen und dann mit seinem Vater am Feuer sitzen und sich über ganz alltägliche Dinge unterhalten. Schnell drehte er sich zu dem Eremiten um, und während er ihn ansah, verspürte er zum erstenmal, seit er ihn kannte, eine ungewisse Furcht vor ihm. Im Dämmerlicht wirkte er größer und düsterer, so, als ob Pferd und Reiter zu einem Geschöpf zusammengewachsen wären.

»Was hast du denn, Matthias?«

Der Junge wich unwillkürlich einen Schritt zurück. Er konnte sich seine plötzliche Angst nicht erklären.

»Ich will nach Hause«, antwortete er kläglich. »Ich fürchte mich hier.«

Der Eremit stieg ab und kam auf ihn zu. Als Matthias stocksteif stehenblieb, beugte er sich zu ihm hinunter. Der Junge entspannte sich ein wenig, als er in die vertrauten, freundlich zwinkernden Augen blicke.

»Du fürchtest dich doch nicht etwa vor mir, oder, Matthias?«

»Ich weiß nicht. Es war so seltsam.« Der Junge rückte näher. »Es ist so dämmrig, und der Wald ist so still.«

»Dies ist die gefährlichste Zeit des Tages«, entgegnete der Eremit, griff nach Matthias' Hand und streichelte sie tröstend. »Dies und die Zeit kurz vor der Morgendämmerung.«

»Davon habe ich einmal gehört!« rief Matthias, dem die Predigt wieder einfiel, die sein Vater am letzten Palmsonntag gehalten hatte. »Es heißt, Christus wäre kurz vor der Abenddämmerung beerdigt worden und kurz vor Tagesanbruch wieder auferstanden. Also gehen zu diesen Zeiten die Geister um.«

Der Eremit führte ihn zum Pferd zurück. »Zu diesen Zeiten sollten kleine Jungen auch zu Hause sein und in ihrem Bett liegen«, meinte er.

Sie setzten ihren Weg fort. Der Eremit versuchte, Matthias wieder zum Schlafen zu bewegen, aber der Junge war inzwischen hellwach.

»Mach lieber die Augen zu«, sagte der Eremit schließlich, »und hab keine Angst vor dem, was du vielleicht sehen wirst.«

Das Pferd trottete weiter, und Matthias behielt die Augen natürlich weit offen. Er fühlte, wie ein leichter Wind einsetzte und die Blätter leise rascheln ließ, dann sah er in der hereinbrechenden Dunkelheit eine Gestalt näher kommen.

»Wer das wohl ist?« murmelte er zu sich selbst.

Wieder blinzelte er in das Dämmerlicht. Es war nicht nur eine, sondern zwei, drei, vier, fünf Figuren, die langsam im Gänsemarsch auf sie zukamen. Matthias begann zu zittern. Irgend etwas stimmte mit ihnen ganz und gar nicht. Sie schlurften seltsam einher und setzten nicht wie normale Menschen einen Fuß vor den anderen. Er spürte, wie der Eremit sich straffte.

»Schau weg, Matthias«, flüsterte er. »Sieh sie nicht an, wenn sie vorüberziehen. Sie können uns nichts tun.«

Er versuchte, dem Jungen eine Hand über die Augen zu legen, doch Matthias stieß sie weg. Diese Gestalten flößten ihm Unbehagen ein. Er hatte oft in diesem Teil des Waldes gespielt und wußte, daß niemand sich im Dunkeln hierher wagte, wenn er nicht einen triftigen Grund dafür hatte. Reisende und Händler übernachteten immer im Dorf, und er konnte sich nicht vorstellen, warum sich die Gemeindemitglieder seines Vaters zu dieser Stunde hier herumtreiben sollten. Und warum bildeten sie eine Schlange, so wie Trauergäste bei einer Begräbnisprozession? Außerdem war der Wald so still ... Vögel hätten munter zwitschern, Hasen, Füchse, Hermeline und Wiesel umherhuschen sollen. Auch das Pferd wurde unruhig und begann schnaubend zu tänzeln. Der Eremit schob Matthias sacht zur Seite und flüsterte dem Tier einige seltsame Worte zu, woraufhin es ein wenig fügsamer wurde, aber stets bereit blieb, bei dem kleinsten Anlaß zu scheuen. Die Gestalten kamen näher. Matthias blickte hoch. Das Gesicht des Eremiten wirkte vollkommen ungerührt, die Augen waren halb geschlossen. Dann war die unheimliche Prozession auf einer Höhe mit ihnen. Matthias schaute die Gestalten an. Sein Mund wurde trocken, und sein Herz hämmerte auf einmal wie wild.

»Edith!« rief er ungläubig.

Die Tochter des Hufschmieds war eine aus der Reihe. Mit schneeweißem Gesicht und blicklosen, schwarz umschatteten Augen ging sie hinter jemandem her, den Matthias nicht kannte. Dafür erkannte er aber in einem anderen Gesicht die Züge jenes Mannes, mit dem der Eremit im Kloster von Tewkesbury gesprochen hatte. Auch seine Haut war so weiß wie ein Leichentuch, die Augen kohlschwarz. Und kamen danach nicht die beiden Soldaten? Die, die ihn vergangene Nacht überfallen hatten? Nur sahen sie jetzt noch furchteinflößender aus. Sie hatten das Kinn hoch erhoben, und er konnte Schnittwunden an ihren Hälsen sehen. Dann begann das Pferd zu scheuen und stieg vorne hoch, als Matthias die Hände vor das Gesicht schlug und zu schreien anfing.

Einen Moment lang herrschte heilloses Durcheinander. Das Pferd bäumte sich auf und gebärdete sich wie wild, die gräßlichen Gesichter starrten ihn an. Der Eremit blieb jedoch Herr der Lage. Er sprach rasch ein paar Worte, und diesmal erkannte Matthias, daß es sich um Latein handelte.

Mit einem Schlag war alles wieder ruhig. Das Pferd blieb stehen und ließ ermattet den Kopf hängen. Matthias fror am ganzen Leibe, doch er spürte, daß der Eremit ihm liebevoll den Nacken streichelte. Hoch oben in den Bäumen erklang Vogelgezwitscher. Matthias nahm die Hände vom Gesicht. Der Wald lag wieder verlassen da. Niemand war zu sehen, nur ein Hase hoppelte vor ihnen quer über den Weg, und irgendwo im Gebüsch stimmte eine Nachtigall ihr liebliches Lied an. Der Eremit sprach beruhigend auf ihn ein und fuhr fort, ihn zu streicheln, bis er sich entspannte, und das flaue Gefühl in seinem Magen nachließ. Er drehte sich um, wobei er sich den Oberschenkel am Sattelknauf stieß, und schaute fragend zu dem Eremiten hoch.

»Was war das nur?« fragte er verwirrt. »Ich habe Edith gesehen, obwohl sie tot ist. Und der Mann, der Mann aus Tewkesbury, der ist auch tot. Ediths Leichnam liegt doch in der Kirche vor dem Altar aufgebahrt. Morgen wird sie beerdigt.«

»Mach den Mund auf, Matthias.«

Der Junge gehorchte, und der Eremit schob ihm eine Zuckermandel hinein. Matthias kaute genüßlich. Seine trockene Kehle wurde langsam wieder feucht, und die köstliche Süße schien seinen ganzen Mund zu erfüllen.

»Schmeckt es dir?« fragte der Eremit.

Der Junge nickte lächelnd.

»Es ist nichts geschehen«, fuhr der Eremit in einem betont sachlichen Tonfall fort. »Überhaupt nichts. Es war ein langer Tag, und vielleicht habe ich dir ein bißchen viel zugemutet. Im Halbschlaf spielt einem der Verstand manchmal seltsame Streiche, besonders bei diesem Dämmerlicht.«

»Aber das Pferd hatte auch Angst ...«

Der Eremit ergriff die Zügel und trieb das Tier an.

»Es hat gespürt, daß du Angst hattest, Matthias«, meinte er beschwichtigend. »Creatura, du hast laut genug geschrien, um Tote aufzuwecken.« Er lachte leise in sich hinein.

»Sehe ich Euch morgen wieder?« fragte Matthias.

»Abwarten. Aber heute abend setzt du dich ans Feuer, schlägst dir den Bauch mit Suppe und Brot voll und genießt die Wärme.«

Sie ritten weiter. Am Dorfrand zügelte der Eremit das Pferd und ließ Matthias zu Boden gleiten.

»Lauf nach Hause, Creatura.«

Der Junge blickte hoch. Er wußte, daß dem Eremiten Tränen in den Augen standen. Er konnte sie glitzern sehen, und er schämte sich, weil er auf einmal Angst vor seinem Freund gehabt hatte, als er im Wald aufgewacht war.

»Ich bin gern mit Euch zusammen«, stammelte er. »Es ist immer so aufregend.«

Der Eremit beugte sich hinunter und strich Matthias sanft über den Kopf.

»Und ich liebe dich, Creatura. Jetzt lauf wie der Wind. Deine Mutter wartet sicher schon auf dich.«

FÜNFTES KAPITEL

Sowie er das Dorf betrat, wußte Matthias, daß etwas nicht stimmte. Überall herrschte Totenstille; die Türen und Fensterläden des ›Hungrigen Mannes‹ waren fest verschlossen, obgleich Lichtstrahlen durch die Ritzen drangen. Matthias hörte ein Knarren, spähte angestrengt in die Dunkelheit und sah, daß ein Leichnam am Galgen hing, der in der Abendbrise sacht hin und her schwang. Er schloß die Augen und rannte weiter, so schnell er konnte. Weiter oben an der Straße, in der Nähe der kleinen, mit Holzplanken abgedeckten Senkgrube, trat er auf ein Stück von einer Rüstung, das direkt neben dem leicht erhöhten Rand der Grube lag. Ängstlich lief er weiter, blieb aber wie angewurzelt stehen, als er die Friedhofsmauer erreicht hatte. Zwischen den Bäumen konnte er Fackelschein erkennen. Stimmengewirr drang an sein Ohr, und er beschloß, Vorsicht walten zu lassen und statt seiner üblichen Abkürzung lieber den längeren Weg zu nehmen. Die Eingangstür seines Elternhauses war nicht verriegelt. Er stieß sie auf und lief in die Stube.

»Mutter! Mutter!«

Christina saß neben der Feuerstelle. Sie sah besser aus als am Abend zuvor, ihre Wangen hatten wieder Farbe bekommen. Zärtlich nahm sie ihren Sohn in die Arme und streifte mit den Lippen über sein Haar. Matthias roch den Weindunst in ihrem Atem und bemerkte den unnatürlichen Glanz in ihren Augen.

»Du hättest hierbleiben sollen«, tadelte sie, ihn sanft von sich schiebend. »Es hat eine große Schlacht gegeben.«

Matthias biß sich auf die Lippen, damit ihm nicht versehentlich entschlüpfte, wie nah er am Ort des Geschehens gewesen war.

»Wirklich eine große Schlacht«, fuhr Christina aufgeregt fort. »Reiter und Soldaten sind aus dem Wald zu uns gekommen. Einige waren verwundet, andere hatten noch nicht einmal einen Kratzer.« Sie legte die Stickerei beiseite, an der sie arbeitete, ein Altartuch für die Marienkapelle. »Und dann tauchten einige ihrer Verfolger auf. Sie erwischten einen von Königin Margarets Männern und knüpften ihn ohne viel Federlesens am Galgen auf. Am anderen Ende des Dorfes konnten sie drei weitere stellen und töten. Dein Vater und der Prediger haben alle Hände voll zu tun, um die Gräber auszuheben.«

»Der Prediger? Wer ist denn das?« wollte Matthias wissen.

Christinas Lächeln verblaßte. »Ein Wandermönch, Ordensbruder oder Priester – ich kann es nicht genau sagen.« Sie winkte gereizt ab. »Er kam vor ungefähr drei Stunden hier an und bespricht sich seitdem mit deinem Vater. Simon, der Vogt, und der Büttel John waren auch hier.« Sie kicherte verschämt. »Wir haben Wein getrunken und dabei anscheinend des Guten zuviel getan. Jetzt geh und wasch dir die Hände in der Regentonne.«

Matthias gehorchte. Die gekünstelte Fröhlichkeit seiner Mutter irritierte und erschreckte ihn. Sie deckte den Tisch und trug eine Platte getrocknetes Schweinefleisch, Zwiebeln, Lauch in Sahnesauce und hartbackenes Brot auf. Unlustig begann Matthias zu essen. Seine Mutter sagte, sie sei müde und werde sich eine Weile hinlegen. Matthias hörte, wie sie nach oben ging. Nachdem er seine Mahlzeit beendet hatte, räumte er den Tisch ab, ließ sich dann auf dem Stuhl seiner Mutter neben dem Feuer nieder und döste ein wenig vor sich hin. Als sein Vater geräuschvoll die Tür aufstieß und die Stube betrat, schrak er zusammen. Er sprang auf, und sein Vater umarmte ihn vorsichtig.

»Ich habe mich noch nicht gewaschen.« Osbert schob seinen Sohn zur Seite und hob seine mit Erde und Lehm verschmierten Hände.

Matthias starrte den Prediger an, der auf der Schwelle stehengeblieben war. Sein Herz schlug plötzlich schneller. Er rang sich ein Lächeln ab, obwohl er den Mann auf den ersten Blick verabscheute. Sein schwarzes Haar fiel ihm in schmierigen Locken bis auf die Schultern, sein Gesicht war dunkel und hager, mit stechenden, grausamen Augen und einer gekrümmten Nase. Er erinnerte Matthias an einen von Baron Sanguis' Jagdfalken.

»Guten Abend, Matthias. Gott sei mit dir.« Der Prediger ergriff Matthias' Hand und drückte sie leicht.

Der Junge meinte, das Lächeln müsse ihm auf dem Gesicht gefrieren. Er war erleichtert, als der Prediger endlich seine Hand freigab und er zu seinem Stuhl zurückgehen konnte, obgleich er bemerkte, daß der Mann den Blick nicht von ihm wandte.

»Was ist denn geschehen, Vater?«

Matthias, der sich in Gegenwart des Predigers äußerst unwohl fühlte, wollte unbedingt verhindern, daß sein Vater zur Regentonne im Garten ging und ihn mit dem Fremden allein ließ.

»Hat deine Mutter dir denn nichts erzählt? Einige der Soldaten haben sich hierher geflüchtet. Sie wurden getötet; einer baumelt immer noch am Galgen. John, der Büttel, wird ihn abschneiden und später ordentlich begraben.« Pfarrer Osberts Gesicht wirkte erschöpft. »Wir sind Menschen, keine Wölfe. Wir können die Leichen doch nicht einfach in einem stinkenden Graben verrotten lassen. Leider mußte ich die anderen beerdigen, ohne ihre Namen zu kennen. Morgen werde ich ein Gebet für sie sprechen, wenn ich die Totenmesse für die arme Edith halte.« Der Pfarrer deutete auf den Prediger. »Unser Gast hier hat mir geholfen. Ihr habt starke Arme, Sir. Aber jetzt sollten wir gehen und uns den Schmutz abwaschen.«

Der Prediger folgte Osbert ins Freie, um sich Gesicht und Hände zu waschen. Christina kam mit verquollenen Augen wieder herunter und setzte sich auf einen Stuhl. Matthias' Unbehagen verstärkte sich. Irgend etwas würde geschehen, aber was? Sein Vater kehrte mit dem Prediger zurück, und Christina goß ihnen Wein ein. Matthias fiel auf, daß sie ihre besten Zinnbecher benutzte. Eine Zeitlang saßen sie in einem Halbkreis vor dem Feuer und sprachen über die Schlacht; der Prediger rühmte Pfarrer Osberts Großzügigkeit.

Dann begann er, von seinen Reisen zu erzählen. Matthias

lauschte mit offenem Mund, als er die großen Städte entlang des Rheins beschrieb; die türkischen Galeeren auf dem tiefblauen Meer; die weißen Marmorpaläste mitten in der goldenen Wüste gelegener Königreiche. Die ganze Zeit behielt er Matthias unauffällig im Auge und beobachtete ihn aufmerksam.

»Und nun«, schloß er, »bin ich nach Sutton Courteny gekommen.«

»Der Prediger hat von dem Mord an der jungen Edith erfahren«, erklärte Osbert. »Ihm sind auch weitere Mordfälle in der näheren Umgebung bekannt; im Tal außerhalb von Tredington, in der Gegend um Berkeley, Gloucester und sogar weit im Süden, in Bristol ...«

»Erzähl mir von dem Eremiten, Matthias«, unterbrach der Prediger ihn barsch. »Du kennst ihn doch, nicht wahr, mein Junge?«

Matthias nickte.

»Dann laß dir doch nicht die Würmer aus der Nase ziehen. Was treibt er denn so?«

Matthias blickte hilfesuchend zu seiner Mutter hinüber, die zusammengesunken auf ihrem Stuhl saß und ins Feuer starrte. Er begriff, daß er sich auf gefährlichem Boden bewegte.

»Nun mach schon den Mund auf, Junge.« Osbert drückte aufmunternd die Schulter seines Sohnes.

»Er ist ein heiliger Mann«, verkündete Matthias bestimmt, »der in der alten Kirche von Tenebral lebt. Dort malte er eine riesige Rose an die Wand. Außerdem liebt er Tiere und Vögel; er hat mir auch junge Füchse gezeigt, und er weiß, wo der Dachs seinen Bau hat.« Der Ausdruck von Abscheu auf dem Gesicht des Predigers mißfiel ihm sehr.

»Hat er dir jemals etwas zuleide getan, Junge?«

»Natürlich nicht. Ich darf ihn begleiten; dabei unterhalten wir uns.«

»Worüber denn?«

»Über Gott und über Christus.«

Matthias fuhr sich mit der Zunge über die Lippen. Seine Gedanken überschlugen sich. Was meinte der Prediger denn, worüber sie sprechen würden? Ihm wurde plötzlich klar, daß der Eremit sein Freund war und ihm näherstand als jeder der Dorfjungen, näher sogar – bei diesem Gedanken keimten Schuldgefühle in ihm auf – als seine Mutter oder sein Vater. Seine Eltern hatten sich ihm gegenüber stets ein wenig gleichgültig verhalten, sie waren zu sehr miteinander beschäftigt. Sicher, auf ihre Weise liebten sie ihn, aber er kam für sie erst an zweiter Stelle.

»Und was sagt er dazu?« bohrte der Prediger weiter.

»Daß der Herrgott ...«, Matthias entsann sich der Lektionen, »... daß der Herrgott Himmel und Erde geschaffen und daß er seinen Sohn zu uns gesandt hat, um uns von unseren Sünden zu befreien.«

»Hat er jemals Schwarze Magie oder Hexerei ausgeübt?«

»Still jetzt«, mischte sich Osbert ein. »Der Junge hat von derlei Dingen keine Ahnung.«

»Der Teufel knüpft ein weites Netz«, gab der Prediger zurück.

»Er ist doch noch ein Kind.« Christina richtete sich auf einmal kerzengerade in ihrem Stuhl auf. »Und ein sehr müdes noch dazu. Matthias, es wird Zeit, zu Bett zu gehen.« Sie blickte trotzig zu dem Prediger hinüber. »Er ist mein Sohn, er ist noch ein Kind, und er ist todmüde.«

Matthias war heilfroh, das heikle Gespräch abbrechen zu können. Er küßte seine Mutter und seinen Vater, nickte dem Prediger kurz zu und verließ fluchtartig den Raum.

Am nächsten Morgen wurde er kurz nach Tagesanbruch von dem Läuten der Kirchenglocke geweckt. Er sprang erschrocken aus dem Bett, wickelte sich in seine Decke und eilte nach unten. Die Küche war sauber gefegt und aufgeräumt. Seine Mutter stand mit blassem Gesicht vor einem Kessel mit Hafergrütze, der über dem schwachen Feuer blubberte.

»Was ist denn geschehen?« rief Matthias.

»Dein Vater hat beschlossen, die ganze Gemeinde zu einer Versammlung in die Kirche zu rufen, ehe er die Totenmesse für Fulchers Tochter liest.«

»Warum denn?«

»Beeil dich und zieh dich an, Matthias. Wir beide gehen auch hin.«

Matthias tat, wie ihm geheißen. Er wusch sich, legte seine Sonntagskleidung an und ging dann wieder in die Küche hinunter, um zu frühstücken. Sein Vater und der Prediger kamen herein. Osbert trug jetzt ein dunkelbraunes Gewand, das von einer weißen Kordel zusammengehalten wurde. Er hatte sich ebenfalls gewaschen und frisch rasiert, im Gegensatz zu dem Prediger, der noch genauso schmuddelig aussah wie am Vortag. Ein Ausdruck unterschwelliger Erregung lag auf seinem mit Bartstoppeln übersäten Gesicht, eine Art stiller Vorfreude auf das Kommende. Sie setzten sich zu Tisch und verzehrten schweigend ihr Frühstück. Nur ab und an wurde die Stille durch Klopfen an der Tür unterbrochen, wenn Dorfbewohner wissen wollten, was das Glockengeläut zu bedeuten hatte. Pfarrer Osbert wies einen jeden an, sich zur Kirche zu begeben, dann verließ er gemeinsam mit dem Prediger das Haus. Christina löschte das Feuer, nahm Matthias bei der Hand, ging mit ihm quer über den Friedhof und betrat durch eine Seitentür das Hauptschiff der Kirche.

Matthias machte sich von ihr los, schlüpfte unbemerkt zur Tür hinaus und lief zum Friedhof zurück – dem Gottesacker, wie sei Vater oft zu sagen pflegte. Dort lehnte er sich an eine mächtige Eibe und beobachtete die Dorfbewohner, die auf den Friedhof strömten. Viele der Bauern machten ihrem Unmut darüber Luft, von ihren Feldern ferngehalten zu werden, aber nach den Ereignissen des gestrigen Tages befürchteten sie, es könne noch mehr Unheil geschehen. Die Dorfgesetze waren unmißverständlich: Wenn die Kirchenglocke außerhalb der Gottesdienstzeiten geläutet wurde, hatte jedermann die Pflicht, sich unverzüglich in der Kirche einzufinden. Die Männer legten ihre Sensen und Hacken auf einen großen Haufen in die Ecke, blickten zum Himmel empor und beklagten den Verlust eines vielversprechenden Arbeitstages, während ihre Frauen sich schnurstracks in das Hauptschiff begaben. Schweigen legte sich über die Menge, als Fulcher mit seiner Frau und seinen verbliebenen Kindern über den Friedhofsweg geschritten kam. Die Familie des Hufschmieds trug ihre Sonntagsgewänder und hatte zum Zeichen der Trauer schwarz eingefärbte Bänder an ihre Kleider genäht. Die Menschen bildeten eine Gasse, um sie durchzulassen, und alle murmelten Worte des Beileids, ehe sie dem Hufschmied in die Kirche folgten. Matthias blickte sich auf dem Friedhof um und entdeckte frische Grabhügel. Dort mußte sein Vater die Unglücklichen begraben haben, die gestern getötet worden waren. Der Junge knabberte nachdenklich an seinem Daumennagel. Er wußte nicht recht, ob er bleiben oder nach Tenebral laufen sollte. Der Prediger führte Böses gegen den Eremiten im Schilde, und es war eigentlich seine Pflicht, den Freund zu warnen. Matthias streckte sich. Man würde ihn sicherlich nicht vermissen.

»Matthias!«

Der Junge drehte sich langsam um. Christina stand vor ihm.

»Matthias, komm jetzt mit, dein Vater hat dich schon gesucht.«

Seufzend folgte Matthias seiner Mutter in die Kirche. Christinas fester Griff um seine Hand verriet ihm, daß sie keinen Ungehorsam dulden würde. Außerdem beunruhigte ihn die Art, wie sie ihn ansah. Ob sie Bescheid wußte? Ahnte sie, was er vorgehabt hatte? Das Hauptschiff wimmelte von Menschen. Sämtliche Einwohner von Sutton Courteny, alt wie jung, drängten sich in der kleinen Kirche. Fulcher saß mit seiner Familie in der ersten Reihe, direkt vor dem Sarg, der auf einem mit schwarzen Tüchern verhängten Gestell stand. Sechs violette Kerzen beleuchteten ihn. Wieder erklang die Kirchenglocke, und die Gespräche erstarben. Sowie die Glocke schwieg, kam Pfarrer Osbert in einem schwarzen Meßgewand aus dem Lettner. Der Prediger folgte ihm. Die Dörfler beäugten ihn voller Interesse. Der Wunsch, auf die Felder hinauszugehen, oder vor dem ›Hungrigen Mann‹ den neuesten Klatsch durchzuhecheln, war vergessen und machte wachsender Aufregung Platz. Irgend etwas lag in der Luft; etwas, was sie vorübergehend aus ihrem eintönigen Alltagstrott herausreißen würde. Osbert stieg die Stufen zur Kanzel empor.

»Brüder und Schwestern!« Seine Stimme dröhnte durch die Kirche. »Heute werden wir für ein Kind unseres Dorfes, für Edith, die Tochter des Hufschmieds Fulcher, die Totenmesse lesen und die Trauerfeierlichkeiten abhalten.« Er hielt inne, weil Fulchers Frau die Hände vor das Gesicht schlug und laut zu schluchzen begann. »Die vergangenen Tage haben den Frieden und die Harmonie unseres Dorfes nachhaltig getrübt. Vor Tewkesbury hat eine große Schlacht stattgefunden. Wieder machen Soldaten unsere Straßen unsicher, aber darüber hinaus gibt es noch mehr zu fürchten. Edith ist nicht die einzige, die unter ebenso furchtbaren wie rätselhaften Umständen ermordet wurde. Ich habe erfahren, daß man überall in der Grafschaft ähnliche Todesfälle gemeldet hat. Dieser Prediger hier«, Osbert deutete auf den hageren Mann, der am Fuß der Kanzel stand, »... dieser Mann Gottes kann uns mehr darüber berichten. Unter normalen Umständen hätte ich wohl Baron Sanguis aufgesucht, aber unser Lehnsherr ist noch immer abwesend, und diese Angelegenheit duldet keinen Aufschub.«

Pfarrer Osbert bekreuzigte sich und kam die Stufen heruntergeschritten. Der Prediger nahm seinen Platz auf der Kanzel ein. Matthias beobachtete ihn erwartungsvoll. Der seltsame Fremde schien ihm größer, kräftiger und mächtiger als in der Nacht zuvor. Ein paar Sekunden lang blickte sich der Prediger wortlos in der Kirche um.

»Satan!« donnerte er dann so unvermittelt los, daß Matthias zusammenzuckte. »Satan wandelt über die Erde, wie es in der Bibel geschrieben steht, und sucht nach Opfern, die er verschlingen kann!«

Die Dorfbewohner starrten zu ihm empor. Anspielungen auf den Teufel oder die Kräfte der Hölle verfehlten ihre Wirkung nie.

»Der Mord an diesem Mädchen«, fuhr der Prediger fort, »ist nicht das blutige Werk eines gewöhnlichen Sterblichen. Wie Pfarrer Osbert schon sagte, sind auch in anderen Gegenden derartige Todesfälle aufgetreten. Ich bitte euch nun, in eurem Gedächtnis zu forschen. Erinnert sich jemand daran, ob sich Ähnliches bereits früher hier in der Umgebung ereignet hat?«

Mit seinen auf die Kanzel gestützten Händen glich der Mann mehr denn je einem zum Zustoßen bereiten Falken, fand Matthias.

»Vor Jahren hat es hier mehrere Tote gegeben.« Der Schankwirt Joscelyn ergriff das Wort. »Nicht direkt im Dorf, sondern zwischen hier und Tewkesbury.«

»Gräßliche Morde!« rief ein anderer dazwischen. »Die Leichen hatten durchschnittene Kehlen und waren vollkommen ausgeblutet. Aber damals hielten wir es für das Werk von Strauchdieben.«

Mit einer Handbewegung gebot der Prediger der aufgeregt durcheinanderschwatzenden Menge Schweigen. »Und nun frage ich euch«, er genoß seine Rolle sichtlich, »wer hat sich damals außer euch noch im Dorf aufgehalten?«

Wieder herrschte Stille. Matthias verkrampfte sich vor Nervosität. Er sah seine Mutter an. Sie war schneeweiß im Gesicht und saß unbeweglich wie aus Stein gemeißelt da, ohne den Blick auch nur ein einziges Mal von dem Prediger zu wenden. Matthias schloß die Augen, um zu beten.

»Der Eremit!«

Matthias riß erschrocken die Augen auf.

»Der Eremit!« brüllte Joscelyn. »Er war damals auch hier! Er lebte genau wie jetzt in der Kirchenruine von Tenebral.«

»Aber er ist ein heiliger Mann.« Simon, der Vogt, erhob sich.

»Heilig?« konterte der Prediger, den Vogt von der Kanzel herab finster musternd. »Außer Gott ist niemand heilig.«

»Ich meine …« Simon schluckte hart. Er war es gewohnt, bei derlei Versammlungen das große Wort zu führen und dachte gar nicht daran, so schnell klein beizugeben. Schließlich war er ein gebildeter, des Lesens und Schreibens kundiger Mann, dessen Meinung im Dorf Gewicht hatte. Es gefiel ihm nicht, daß sich dieser hergelaufene Fremde anmaßte, ihm Vorschriften machen zu wollen. Aber die Augen des

Predigers schienen sich bis in sein Herz zu brennen. »Ich meine«, stotterte er endlich, »er hat doch niemandem etwas Böses getan, sondern nur um Essen gebeten.«

»Still! Hört mich an!« Der Prediger dämpfte seine Stimme, lehnte sich gegen den Rand der Kanzel und spreizte die Finger. »Vor acht Jahren, als die Morde begannen, hielt sich der Eremit hier in der Gegend auf.« Er stieß einen Finger in die Luft. »Acht Jahre später taucht er wieder auf, und das Morden beginnt von neuem. Der Eremit kann kommen und gehen, wie es ihm beliebt. Niemand weiß, wo er hin will oder was er vorhat.« Er deutete auf das Kruzifix hinter sich. »Und wenn er ein so gläubiger Mann ist, warum besucht er dann an Feiertagen nicht diese Kirche? War er Weihnachten hier? Oder zu Ostern, zu Mariä Verkündigung und zu Pfingsten?«

Die Stimme des Predigers dröhnte nun durch die ganze Kirche. Matthias war es, als müsse er jeden Moment laut losschreien. Er konnte nicht glauben, was hier geschah! Sein Freund ein Mörder? Der Mann, der Tauben aus seinem Ohr zaubern konnte? Der immer freundlich und gütig war? Matthias hätte lauthals gegen die Anschuldigungen protestiert, wenn ihm seine Mutter nicht eine Hand über den Mund gelegt und warnend auf ihn herabgeblickt hätte. Als er diesen Blick sah, wußte Matthias, daß seine heile Welt aus den Fugen geraten war.

»Dann laßt uns gehen und ihn festnehmen«, schlug der Vogt vor.

»Das ist uns nicht gestattet«, gab John, der Büttel, zu bedenken. »Baron Sanguis ist unser Lehnsherr. Er allein hat das Recht, Urteile zu fällen und zu vollstrecken.«

»Der Weg nach Gloucester ist aber viel zu weit«, schrie jemand dazwischen. »Und wenn wir Pech haben, hält uns der dortige Sheriff bis zum Michaelistag fest.«

Der Prediger hob beide Hände »Ihr irrt«, erklärte er. »Ihr habt das Recht auf eurer Seite *Vox populi est vox Dei*. Volkes Stimme ist Gottes Stimme. Dies ist keine Angelegenheit der Krone, sondern die der heiligen Mutter Kirche. Wie steht es schon in der Bibel? Du sollst nicht dulden, daß ein Hexer am Leben bleibt! Wir können ihn also unbesorgt festnehmen.«

Die Dorfbewohner nickten beifällig und flüsterten miteinander. Fulcher, der Hufschmied, erhob sich gleichfalls. Der große, stämmige Mann verneigte sich vor dem Prediger und wandte sich dann an die Gemeinde.

»Der Prediger spricht die Wahrheit«, verkündete er. »Denkt doch nach, Leute. Wer könnte die arme Edith auf so barbarische Weise ermordet haben? Eine Frau ganz bestimmt nicht, und die Männer waren alle auf den Feldern, um die Ernte vorzubereiten.«

Fulchers Worte riefen allgemeine Zustimmung hervor. Matthias spürte, wie ihm der Schweiß ausbrach. Sein Herz schlug schneller, als er es je für möglich gehalten hätte. Seine Mutter packte ihn mit eisernem Griff am Handgelenk.

»Wie dem auch sei«, fuhr Fulcher fort, »meine Tochter liegt noch hier in der Pfarrkirche aufgebahrt. Ihre Seele ist bei Gott; ihr Leib wartet darauf, der Erde übergeben zu werden. Laßt uns denn vollenden, wozu wir uns hier versammelt haben. Ich bin der Meinung, daß erst die Totenmesse gelesen werden sollte, ehe wir gemeinsam einen Plan ausarbeiten. Morgen kurz nach Tagesanbruch werden wir uns dann auf den Weg nach Tenebral machen.«

Die Dorfbewohner klatschten einhellig Beifall und erhoben sich. Der Prediger nickte lächelnd; hocherfreut darüber, so rasch Macht über diese ihm völlig fremden Menschen gewonnen zu haben.

»Aber was, wenn ihn jemand warnt?« tönte eine Stimme aus dem Hintergrund.

»Wer sollte ihn wohl warnen?« gab der Prediger zurück, wobei sein Blick jedoch rasch Matthias streifte. »Ich schlage vor, daß ein paar junge Männer den Weg bewachen, der durch den Wald nach Tenebral führt. Das sollte dann ausreichen.«

Wieder ertönten zustimmende Rufe. Osbert zog sich in die Sakristei zurück, um sich umzukleiden und die Totenmesse für die arme Edith zu lesen. Sowie er geendet hatte, luden sich Fulcher und fünf andere Männer ihren Sarg auf die Schultern und trugen ihn zum Friedhof hinaus. Der Deckel wurde aufgeschraubt, der in ein Leichentuch gehüllte Körper herausgehoben und rasch der Erde übergeben. Osbert segnete Ediths letzte Ruhestätte und besprengte sie mit Weihwasser, ehe sie wieder mit Erde aufgefüllt und mit einem schlichten Holzkreuz geschmückt wurde. Danach verließen die meisten Gemeindemitglieder den Friedhof und begaben sich ins Dorf, um im ›Hungrigen Mann‹ ihr Fasten zu brechen und über die jüngsten Ereignisse zu klatschen.

Osbert und der Prediger schlossen sich ihnen an. Christina dagegen eilte, Matthias noch immer fest an der Hand haltend, zu ihrem Haus zurück. Drinnen schloß sie die Tür, verriegelte sie sorgfältig und führte Matthias in die Wohnstube, wo sie gleichfalls Tür und Fensterläden schloß. Matthias bekam es mit der Angst zu tun. Der Raum war jetzt dunkel, und seine Mutter benahm sich so seltsam; sie murmelte unaufhörlich leise vor sich hin. Ab und zu hielt sie inne, um sich das Gesicht zu kratzen. Dann riß sie sich mit einem Mal den Schleier vom Kopf und hakte ihr burgunderrotes Kleid vorne auf, als sei es ihr zu heiß in der Stube. Auf dem Fensterbrett stand ein kleiner Wasserkrug, aus dem sie die Blumen in ihren Holzkästen zu gießen pflegte. Christina griff danach und begann, sich mit dem Wasser den Nacken zu kühlen. Matthias rannte zu ihr hinüber.

»Mutter!«

Christina starrte ihn nur ausdruckslos an.

»Mutter!« beharrte Matthias. »Was hast du denn? Was wird nun geschehen?«

Christina preßte beide Hände auf die Magengegend und holte tief Atem.

»Matthias, dein Vater und ich haben gestern ein ernstes Gespräch miteinander geführt. Du wirst nicht noch einmal nach Tenebral gehen, und du wirst auch den Eremiten nie wiedersehen.«

»Aber warum denn nicht?« protestierte Matthias. »Der Prediger hat unrecht. Er lügt!«

»Tu einfach, was man dir sagt!« schrie Christina ihn an. Die Haut über ihren Wangenknochen wirkte zum Zerreißen gespannt. »Oh, Matthias, widersprich mir bitte nicht. Halt dich von diesem Mann fern!«

Sie lief zur Tür, hantierte mit dem Riegel herum, stieß die Tür auf und rannte den Gang entlang. Der am ganzen Leibe zitternde Matthias folgte ihr zögernd. Als er sie in einer Ecke leise schluchzen hörte, schlich er sich aus dem Haus und huschte über den Friedhof zu seinem Geheimplatz, dem kleinen steinernen Totenhaus am anderen Ende der Kirche. Er schlüpfte hinein, kauerte sich auf den Boden und versuchte zu begreifen, was um ihn herum geschah. Sicher, der Eremit war ein seltsamer Mann. Er sagte Dinge, die Matthias nicht verstand. Aber war er auch ein Mörder? So gewalttätig wie jene Soldaten? Matthias schloß die Augen.

»Bedenke dies, meine Seele«, murmelte er, »und bedenke es wohl. Der Herr ist dein Gott, der Herr allein, und Er ist heilig.« Dann beendete er das Gebet. »Und du sollst deinen Nächsten lieben wie dich selbst.«

Er schlug die Augen wieder auf. Vielleicht lag die Antwort auf all seine Probleme in diesen Worten verborgen. Was würde der Eremit von ihm erwarten? Wie sollte er sich verhalten?

Matthias hörte, wie seine Mutter nach ihm rief. Ihre Stimme hallte schwach über den Friedhof. Der Junge reagierte nicht darauf, sondern legte sich auf das Lager aus Farn, das er sich früher einmal zurechtgemacht hatte, verschränkte die Arme vor der Brust und zog die Knie an. Er war müde und fröstelte leicht. Seine Lider wurden schwer, und er fiel in einen unruhigen Schlummer, aus dem er mit einem Ruck hochschreckte, als sich Vögel draußen im Gebüsch zu zanken begannen.

Schnell verließ der Junge sein Versteck, reckte sich und genoß die warmen Sonnenstrahlen auf seiner Haut. Er hatte seine Entscheidung getroffen. Flink kletterte er über die Friedhofsmauer, aber statt die Hauptstraße zu benutzen, schlug er einen schmalen Pfad ein, der sich hinter den Dorfkaten vorbeischlängelte. Immer wieder sah er sich verstohlen nach allen Seiten um und hielt sich gelegentlich die Nase zu, wenn die am Ende eines jeden Grundstückes angelegten Jauchegruben gar zu säuerlich stanken. Als er die Rückseite des ›Hungrigen Mannes‹ erreichte, mußte er noch größere Vorsicht walten lassen, weil Joscelyn und zwei seiner Söhne damit beschäftigt waren, neue Fässer aus dem Keller zu holen und in die Schankstube zu schaffen. Sobald sie außer Sicht waren, setzte Matthias seinen Weg fort. Gleich darauf befand er sich mitten im Wald, aber diesmal verspürte er nicht die geringste Furcht. Er konnte die Wachposten sehen, die die Dorfbewohner am Wegesrand aufgestellt hatten, die waren jedoch mit einem Fäßchen Ale beschäftigt und schienen einzig und allein daran interessiert zu sein, es langsam zu leeren, während sie miteinander plauderten. Matthias schlug einen Bogen um sie und kroch durch die Büsche. Seine Hände und sein Gesicht brannten, weil er viele Nesseln berührte, und das stachelige Gestrüpp riß seine Haut auf. Schließlich hatte er die Männer hinter sich gelassen, bahnte sich einen Weg durch das Unterholz und gelangte wieder auf den Pfad, der ihn nach Tenebral führte.

Bald näherte er sich der verlassenen Kirche und rief laut den Namen seines Freundes. Als er keine Antwort erhielt, schlüpfte er unter dem verfallenen Tor hindurch, betrat das Hauptschiff und blieb voll ungläubigen Staunens stehen. Der Eremit kniete mit ausgestreckten Händen vor der gemalten Rose an der Wand. Matthias hielt den Atem an. Ein kräftiges rotes Licht, ähnlich der Färbung des Himmels kurz vor der Morgendämmerung, ging von dem Gemälde aus und tauchte den Eremiten in einen geheimnisvollen Glanz. Und der Eremit selbst? Er schien ein gutes Stück vom Boden entfernt in der Luft zu schweben, während er das Bild der Rose betrachtete. Kein Laut war zu hören. Es gab nur dieses helle, rosafarbene Licht und den Eremiten, der darin badete. Matthias trat einen Schritt zurück. Ein Stück trockenen Reisigs knackte unter seinem Fuß und zerriß die Stille. Entsetzt blickte Matthias zu Boden. Als er wieder wagte, den Kopf zu heben, war das Licht erloschen, und der Eremit stand vor ihm und lächelte auf ihn hinab.

»Creatura, ich wußte nicht, daß du kommen wolltest. Du bewegst dich so leise wie eine Katze.«

»Was war das für ein Licht?« erkundigte sich Matthias neugierig.

»Was für ein Licht?« gab der Eremit belustigt zurück. »Matthias, du würdest einen großartigen Dichter oder Troubadour abgeben.« Er bemerkte die Verwirrung, die sich in dem Gesicht des Jungen widerspiegelte. »Ein Troubadour ist ein Sänger, ein Träumer und ein Geschichtenerzähler zugleich«, erklärte er.

»Seid Ihr ein Mörder?« fragte Matthias ohne Vorwarnung.

»Aber Creatura!«

Der Eremit ließ sich am Fuß eines zerbröckelnden Pfeilers nieder und lehnte den Kopf gegen die Efeuranken, die sich darum wanden. Dann straffte er sich und musterte den Jungen unter halbgeschlossenen Lidern forschend.

»Sie sagen, Ihr wäret einer«, sprudelte Matthias hervor, einen Schritt nähertretend. »Sie sagen, Ihr hättet Edith und noch einige andere umgebracht. Jetzt und auch vor acht Jahren.«

»Wer behauptet das?«

»Der Fremde. Ein Prediger.« Matthias rannte auf seinen Freund zu und zupfte an dessen Gewand. »Sie wollen morgen früh herkommen und Euch festnehmen. Sie sagen, Ihr wäret ein Hexenmeister. Sie haben sogar am Weg durch den Wald Wachen postiert.«

»Und du bist gekommen, um mich zu warnen?« Der Eremit streckte die Beine aus und klopfte auf seinen Schoß. »Setz dich her zu mir, Matthias.«

Der Junge folgte der Aufforderung, und der Eremit legte die Arme um ihn.

»Ich dürfte eigentlich gar nicht hiersein. Meine Mutter hat mir verboten, Euch zu besuchen.«

»Aber du bist trotzdem gekommen, nicht wahr, Matthias?« flüsterte der Eremit ihm ins Ohr. »Ich sehe doch die

Kratzer auf deinen Händen und in deinem Gesicht. Du bist gekommen, um mich zu warnen, ist es nicht so?« Er streichelte Matthias' Haar. »Komm mit mir, Creatura.« Er erhob sich und führte Matthias zu dem Gemälde hinüber.

Matthias starrte auf die Rose an der Wand, die ihm noch prachtvoller und atemberaubender erschien als je zuvor. Darunter waren noch mehr Runen und merkwürdige Zeichen eingemeißelt worden. Der Eremit wies ihn an, auf einem Stein Platz zu nehmen. Er selbst setzte sich ihm gegenüber auf den Boden und musterte den Jungen aufmerksam.

»Ich werde dir jetzt einiges erzählen, was du wohl noch nicht verstehen kannst.« Der Eremit lächelte. »Aber in ein paar Jahren wirst du es begreifen. Schau dich einmal um, Matthias. Alles, was du siehst, ist eine verfallene Kirche. Aber ich habe dir ja schon einmal gesagt, daß es eine Wirklichkeit gibt, die über das Leben als solches und über das, was man sehen, spüren und berühren kann, hinausgeht. Im Himmelreich«, er blickte nach oben, »habe ich Seelen gesehen, so zahlreich wie Schneeflocken, und doch bildete jede für sich ein strahlendes Licht. Ich habe die Engel und Erzengel gesehen, die sich vor Gottes Thron tummelten.« Er berührte leicht Matthias' Wange. »Ich sagte eben, daß du manchmal redest wie ein Dichter. Nun, vor langer Zeit lebte in Italien einmal ein bedeutender Poet.« Er beugte sich vor, und seine Augen leuchteten vor Begeisterung. »Ein Mann namens Dante. Er schrieb ein Gedicht über Erde, Himmel und Hölle.« Der Eremit deutete über seine Schulter auf die Rose. »Wenn man Dante Glauben schenken darf, dann muß jeder Mensch, ehe er vor das Angesicht Gottes, des Einen und Allerheiligsten tritt«, er hob die Hand, »das Rosenparadies durchqueren, wo die Heilige Dreifaltigkeit – Vater, Sohn und Heiliger Geist – bis in alle Ewigkeit meditiert und über das Schicksal der ...«

»Habt Ihr es selbst gesehen?« unterbrach Matthias. Er verstand nicht ganz, worauf der Eremit hinauswollte, aber seine Worte riefen Erinnerungen in ihm wach. Er dachte an die Predigten seines Vaters und an die Gemälde in der Pfarrkirche, die die Engel beim Verrichten ihrer göttlichen Werke zeigten.

Der Eremit fixierte nun einen Punkt oberhalb von Matthias' Kopf.

»Wie Dante habe auch ich das Rosenparadies gesehen«, erwiderte er langsam. »Wie er habe auch ich die Liebe Gottes erfahren.« Er hielt inne. »Man sagt, Gott wäre die Verkörperung der Liebe schlechthin, aber die Prediger und Priester, die das behaupten, wissen überhaupt nicht, was Liebe wirklich ist. Ein griechischer Schriftsteller, der vor mehreren Jahrhunderten lebe, kam der Wahrheit da schon erheblich näher. Er sagte, Liebe sei lediglich das Streben nach Harmonie.« Die Augen des Eremiten füllten sich mit Tränen. »Die Priester befinden sich im Irrtum, Matthias. Sie schwatzen gedankenlos über Liebe, ohne auch nur im entferntesten zu ahnen, wovon sie da reden.« Sein Blick heftete sich fest auf das Gesicht des Jungen. »Du kannst um der Liebe willen aus dem Himmel verstoßen werden, du kannst um der Liebe willen verdammt werden, und du kannst dich um der Liebe willen für alle Ewigkeit von Gott abwenden. Liebe ist das einzige auf dieser Welt, was sich weder erzwingen noch beeinflussen läßt. Du kannst einen Menschen dazu bringen, dich zu hassen. Du kannst ihn der Folter unterziehen, um ihn zu zerbrechen, du kannst ihn an den Galgen bringen oder aber ihn mit Gold und Silber bestechen. Aber was du auch tust – du kannst niemanden dazu zwingen, dich zu lieben.« Er seufzte so laut, daß das Echo in der ganzen Kirche widerzuhallen schien. »Und wenn du liebst, dann kann dich niemand, noch nicht einmal der Herrgott selbst, dazu bringen, diese Liebe aufzugeben oder zu verraten – sogar dann nicht, wenn sie nicht erwidert wird oder wenn sie einen schmerzhaften, unstillbaren Hunger in dir auslöst. Also sag mir nur eines, *Creatura bona atque parva* – liebst du mich?«

»Ja«, antwortete Matthias, ohne zu zögern. Ihm lag eine Vielzahl von Fragen auf der Zunge, aber dies war weder der richtige Zeitpunkt noch der richtige Ort, um sie zu stellen.

»Dann denk daran, was der Apostel Paulus gesagt hat.«

Matthias entging der humorvolle Unterton in der Stimme des Eremiten nicht.

»Liebe entschuldigt viele Sünden.« Er richtete sich halb auf und breitete die Arme aus. »Komm her, Matthias, und umarme mich ein letztes Mal; hier, an unserem geheimen Platz.«

Diesmal drückte der Eremit ihn so fest an sich, daß der Junge die Tränen des Mannes auf einen Wangen spüren konnte. Nach einer Weile gab er ihn frei.

»Und nun geh, mein Kleiner. Lauf los.« Er klatschte in die Hände. »Zeig mir einmal, wie schnell du rennen kannst.«

Matthias gehorchte. Ein dicker Kloß saß in seiner Kehle. Er wäre für sein Leben gern noch geblieben. Am Tor blieb er stehen und schaute sich um, aber der Eremit war nicht mehr zu sehen. Matthias lief in den Wald und folgte dem Pfad, der ihn ins Dorf zurückführte. Wieder umging er die Wachposten, die jetzt eine lautstarke Unterhaltung führten, während sie die Humpen kreisen ließen. Das Gespräch schien sich hauptsächlich um den seltsamen Vortrag des Predigers zu drehen. Matthias achtete nicht weiter auf sie, sondern eilte ins Dorf zurück und stahl sich in sein Elternhaus. Dort flüchtete er sofort in seine Kammer, warf sich auf das Bett und überlegte, was wohl mit dem Eremiten geschehen würde.

In Tenebral bereitete sich der Eremit, der sich vorübergehend des Namens Otto Grandison bediente, schon auf die Ereignisse des kommenden Tages vor. Er lag mit dem Gesicht nach unten lang ausgestreckt auf dem Boden neben dem Altar. Tränen strömten über seine Wangen, und sein Körper wurde von Schluchzern geschüttelt, während er leise in die Dunkelheit flüsterte.

»Ich habe geliebt, und ich werde nicht so leicht aufgeben«, murmelte er. »Der Weg, den ich eingeschlagen habe, hat sich als falsch erwiesen. Ich habe versagt, ja, aber ich werde zurückkehren.«

Er blieb stocksteif liegen und wartete auf eine Antwort,

aber all seine Gedanken waren plötzlich von dem Bild der wunderschönen Frau mit den aus Sonnenstrahlen geflochtenen Haaren erfüllt, die die Hände ausstreckte, um nach der dornenlosen Rose zu greifen.

Dann wurde dieses Bild von einem anderen verdrängt; dem schmalen, dunklen Gesicht des Jungen, dem Beweis dafür, daß auch ihm Liebe zuteil würde, wenn er nur lange genug danach suchte.

SECHSTES KAPITEL

Der Chronist von Tewkesbury beschrieb den Angriff der Dorfbewohner auf den in Tenebral hausenden Eremiten in den leuchtendsten Farben. Die Aufzeichnungen des alten Mönches, der sich ständig auf die wunden Knöchel blies, während seine Feder über das Pergament kratzte, besagten, daß in der Nacht davor zahlreiche böse Vorzeichen gesichtet worden waren. Ein Komet mit einem langen, feurigen Schweif war am Himmel erschienen, Blut war von den Sternen herabgetropft, und der Schrei einer Schleiereule in den Wäldern hatte die Dörfler erschreckt. Groteske Gestalten tauchten aus der Nacht auf: Männer mit Hundeköpfen und Geisterreiter, die durch den Wald jagten. Auch der schwarze Vaughan galoppierte mit seiner dämonischen Schar über die vom Mondlicht beschienenen Weg. Ein Engel thronte hoch oben auf der Kirchturmspitze; auf dem Friedhof trieben Geister ihr Unwesen, graue, durchsichtige Schatten, die zwischen den Grabsteinen und den mit Flechten überzogenen Kreuzen umherhuschten. Unheimliche Klopfzeichen wurden an Türen gehört, unsichtbare Füße trappelten in den Häusern umher. Als die Sonne aufging, war Tenebral in den glühendrote Abglanz des Höllenfeuers getaucht.

Doch dies waren natürlich nur Ammenmärchen. In Wirklichkeit verlief die Festnahme des Eremiten undramatisch, gab den Dorfbewohnern allerdings auch kaum Grund, sonderlich stolz auf sich zu sein. Matthias, dem strengstens untersagt worden war, noch einmal das Haus zu verlassen, hatte sich am vorangegangenen Abend sowohl von seinem Vater als auch von seiner Mutter ferngehalten und die Gesellschaft des Predigers gemieden, dessen Anblick ihm einen kalten Schauer über den Rücken jagte. Am Morgen waren die Männer des Dorfes dann, mit Armbrüsten, Langbögen, Speeren, Äxten, Messern und Dolchen bis an die Zähne bewaffnet, nach Tenebral marschiert wie eine Phalanx über das Schlachtfeld. Der Eremit stand schon an dem morschen Friedhofstor und erwartete sie. Er leistete keinen Widerstand, als ihm die Hände gefesselt wurden. Auch als einige der jüngeren Männer mit Stöcken auf ihn eindroschen, bis ihm das Blut aus Mund und Nase lief, setzte er sich nicht zur Wehr. Das andere Ende des Strickes wurde am Sattel von Fulchers großem Pferd festgebunden und der Eremit wie ein Sack Abfall in das Dorf geschleift.

Der Prediger hatte die Leitung des Geschehens an sich gerissen. Osbert konnte nur noch hilflos dastehen und von Mitleid und den angestammten Rechten des Gefangenen schwafeln, aber niemand hörte auf ihn. Die Bauern waren zu keiner Diskussion bereit, sie lechzten jetzt nach dem Blut des Eremiten.

Christina kam an diesem Morgen gar nicht erst herunter, sondern blieb im Bett. Matthias hörte den Aufruhr, als die Männer den Eremiten in das Hauptschiff der Kirche zerrten. Er stahl sich aus dem Haus und gesellte sich zu den Frauen und Kindern des Dorfes, die sich in die Kirche drängten, um sich nur ja keine Szene des Schauspiels entgehen zu lassen. Eine Jury wurde zusammengestellt. Sie setzte sich aus zwölf Geschworenen zusammen; unbescholtenen, aufrichtigen Bürgern, die die zwölf Apostel versinnbildlichen sollten, welche sich einst an Christus angeschlossen hatten. Dem Prediger haftete allerdings wenig von der Güte Christi an. So sehr Osbert auch die Hände rang und die Gewaltbereitschaft seiner Gemeindemitglieder verurteilte, er konnte den Lauf der Dinge nicht mehr beeinflussen. Der Prediger fungierte als Richter und Ankläger zugleich. Die Geschworenen saßen sich auf den Bänken im Hauptschiff gegenüber, der Gefangene war an einen Pfeiler gefesselt, und der Prediger dominierte das Geschehen von der Kanzel aus. Walter Mapp, der Schreiber, hatte einen kleinen Tisch aus der Sakristei herbeigeschafft, da er die Rolle des Protokollführers übernehmen wollte. Mit wichtigtuerischer Geste legte er sich Pergamentbögen, Tintenhörner, Bimsstein und das scharfe kleine Messer zurecht, mit dem er seine Federn spitzte.

Der Prediger klatschte dreimal in die Hände.

»*Vox populi est vox Dei!*« intonierte er. »Volkes Stimme ist auch Gottes Stimme.« Er deutete auf ein Wandgemälde, eine lebhaft dargestellte Szene, die Christus beim Jüngsten Gericht zeigte, wo er die Schafe von den Ziegen trennte. »Christus ist unser Zeuge«, begann er dann. »Wir haben uns hier an dieser heiligen Stätte zusammengefunden, um über diesen Mann zu Gericht zu sitzen, der der Hexerei, der Ausübung teuflischer Praktiken und des Mordes beschuldigt wird. Was sagt ihr dazu?«

Ein allgemeines Gebrüll erhob sich in der Kirche, das dem Röhren eines wilden Tieres glich. Männer, Frauen und Kinder stampften mit den Füßen auf und streckten die Hände aus, wie sie es bei Gerichtsverhandlungen zu tun pflegten, wenn sie Gerechtigkeit forderten.

»Wie lautet Euer Name?« erkundigte sich der Prediger gebieterisch.

»Wie lautet der Eure?« erwiderte der Eremit kühl und warf hochmütig den Kopf zurück.

Der Prediger geriet sichtlich außer Fassung. »Mein Name geht Euch nichts an.«

»So hat Euch der meine auch nicht zu interessieren«, gab der Eremit zurück.

Der Prediger blickte mit vor Wut hochrot angelaufenem Gesicht auf den Schreiber hinunter. »Nehmt sorgsam alles zu Protokoll, was der Angeklagte von sich gibt!«

»Ich bitte darum«, entgegnete der Eremit. »Denn später werden die Aufzeichnungen gegen Euch sprechen. Eure eigenen Worte und Taten werden sich gegen Euch wenden.«

Der Prediger straffte sich. Der kaum verhohlene Spott, der in der Stimme des Eremiten mitschwang, verwirrte ihn immer mehr.

»Was meint Ihr damit?« Die Frage war ihm kaum entschlüpft, da hätte er sich am liebsten die Zunge abgebissen.

»Kraft welcher Befugnis sitzt Ihr über mich zu Gericht?« begehrte der Eremit zu wissen. »Ihr seid weder ein Einwohner dieses Dorfes noch ein Pächter des hier ansässigen Lehnsherrn. Ihr habt weder eine Vollmacht der Krone noch eine der Kirche. Also erklärt mir, wieso Ihr es Euch anmaßt, über mich zu Gericht zu sitzen. Mit welchem Recht führt Ihr diese Verhandlung? Wie dürft Ihr es wagen, sowohl das Amt des Richters als auch das des Anklägers auszuüben?«

Die Worte des Eremiten riefen ein zustimmendes Gemurmel hervor. Die Dörfler blickten einander besorgt an, dann schauten sie zu dem Prediger empor. Sie erkannten die Wahrheit, die in der Rede des Gefangenen lag. Alle Gemeindemitglieder hegten eine geradezu ehrfürchtige Scheu vor dem geschriebenen Wort, vor versiegelten Urkunden und Vollmachten und vor alten Gesetzen und Gebräuchen. Darüber hinaus waren sie nicht sicher, was Baron Sanguis zu alldem sagen würde, wenn er zurückkam. Lehnsherren pflegten ihre Rechte oft eifersüchtig zu verteidigen.

Auch der Prediger oben auf der Kanzel wirkte besorgt. Wenn es ihm nicht gelang, seine Autorität wieder herzustellen, dann würde diese Verhandlung zu einer bloßen Farce degradiert werden. Er griff in seine Tasche, förderte eine vergilbte, schmierige Pergamentrolle zutage, entrollte sie und hielt sie so, daß sein Publikum den unregelmäßig gezackten Rand und das große violette Wachssiegel sehen konnte, das darauf prangte.

Ein Seufzer der Erleichterung lief durch die Menge.

»Was soll denn das sein?« höhnte der Eremit.

»Eine Vollmacht der heiligen Mutter Kirche!« fauchte der Prediger. »Die offizielle Befugnis des großen Hospitaliterordens, Gottes Wort zu verkünden, das Ketzertum auszurotten und Übeltäter ihrer gerechten Strafe zuzuführen.«

»Diese Vollmacht hat hier keine Gültigkeit«, entgegnete der Eremit.

»Meint Ihr wirklich?« schnurrte der Prediger mit seidenweicher Stimme.

Er kam die Stufen von der Kanzel heruntergeschritten, da er erkannte, daß es ein grober Fehler gewesen war, diese als Bühne für seinen Auftritt zu wählen. Damit hatte er eine zu große Distanz zu den Menschen geschaffen, denen er seinen Willen aufzwingen wollte. Der Prediger übergab das Schriftstück dem Schreiber, der es mit gewichtiger Miene studierte und dann nickte.

»Dieses Schreiben beweist, daß Ihr im Namen der heiligen Mutter Kirche handelt«, log er.

»Und warum hat man mich gefesselt?« Der Eremit schien entschlossen, dem Prediger so viele Steine in den Weg zu legen wie nur möglich.

Der Prediger nickte Simon, dem Vogt, auffordernd zu. Er wollte verhindern, daß der Gefangene allzu großes Mitgefühl bei seinen Häschern erweckte. Die Stricke wurden durchgeschnitten. Der Eremit rieb sich die Handgelenke, streckte die Arme und trat in die Mitte des Hauptschiffes. Matthias, der sich mittlerweile bis ganz nach vorne durchgeschlängelt hatte, verfolgte das Geschehen mit offenem Mund. Der Eremit fing seinen Blick auf, lächelte schwach und blinzelte ihm zu.

Der Prediger entschied sich, keine Zeit mehr zu verlieren. »Ich beschuldige Euch hiermit des Mordes an Edith, der Tochter des Hufschmieds Fulcher!«

»Welche Beweise habt Ihr dafür?«

»Ihr streitet die Tat also nicht ab?«

Der Prediger schritt im Gang auf und ab und konzentrierte sich fast ausschließlich auf sein Publikum.

»Ihr habt mich eines schweren Verbrechens beschuldigt«, konterte der Eremit. »Und ich frage Euch nach Beweisen für Eure Behauptung. Wenn Ihr hieb- und stichfestes Beweismaterial vorlegen könnt, dann werde ich Euch antworten.«

Der Prediger versuchte, seine Taktik zu ändern und noch andere Fälle ins Spiel zu bringen, erhielt jedoch jedesmal dieselbe schneidende Antwort. Matthias blickte hilfesuchend zu seinem Vater hinüber, aber Osbert hatte jegliche Kontrolle über den Lauf der Dinge verloren. Mit hängenden Schultern und abgehärmtem Gesicht saß er auf den Stufen der kleinen Marienkapelle, hatte die Augen niedergeschlagen und wagte ganz offensichtlich nicht, den Kopf zu heben. Zum erstenmal in seinem Leben schämte sich Matthias seines Vaters. Warum benahm er sich wie ein jämmerlicher Feigling und ließ diesen Fremden nach Belieben schalten und walten? Der Prediger selbst schaute gelegentlich zu dem Priester hinüber, um dessen Zustimmung zu erheischen, aber auch er konnte Osbert keine Reaktion entlocken.

Schließlich legte der Prediger einen Finger vor die Lippen und ging eine Weile schweigend auf und ab. Die Verhandlung verlief nicht so, wie er gehofft hatte. Statt seine Unschuld zu beteuern, berief sich der Eremit auf seine Rechte und forderte Beweise und konkrete Zeugenaussagen. Der Prediger begriff, daß dieser Mann wesentlich mehr vom Rechtswesen verstand als er selbst. Was hatte ihm Sir Raymond Grandison doch gleich geraten, falls er nicht mehr weiter wußte? Abrupt blieb er stehen.

»Ihr beruft Euch auf Eure Rechte und fordert Beweise«, bellte er. »Seid Ihr denn überhaupt ein treuer und gläubiger Sohn der heiligen Mutter Kirche?«

»Es ist an Euch, den Gegenbeweis anzutreten«, gab der Eremit zurück.

»Rezitiert das Glaubensbekenntnis!« befahl der Prediger schroff.

Der Eremit drehte sich um und faßte die Dorfbewohner ins Auge.

»*Credo in Unum Deum, Patrem omnipotentem, facotrem caeli et terrae.*«

Der Prediger schnitt ihm mit einer Handbewegung das Wort ab. Seinem Widersacher war ein Fehler unterlaufen. Er hatte das Nizänum heruntergeleiert, welches der Priester jeden Sonntag auf lateinisch vorbetete – die sich ständig wiederholende Lobpreisung des Glaubens an die Heilige Dreifaltigkeit, den fleischgewordenen Gott und die Kirche.

»Ihr betet also gar nicht«, warf der Prediger ihm vor.

»Woher wollt Ihr das wissen?« erwiderte der Eremit.

»Ihr pflegt Umgang mit liederlichen Weibern.«

»Ich wußte gar nicht, daß es hier in der Gegend welche gibt«, erfolgte die rasche Antwort, die bei den Zuhörern unterdrücktes Gekicher hervorrief. »Dies hier ist Sutton Courteny«, fuhr der Eremit gewandt fort, »und nicht der Kirchhof von St. Paul's.«

Der Prediger war aus dem Konzept geraten. Er versuchte, seine Verwirrung zu verbergen und warf dem Eremiten einen verstohlenen Blick zu. Die Augen seines Gegners funkelten spöttisch. Ich kenne dich, schienen sie zu sagen, ich weiß um deine geheimen Sünden und um deine Schwäche für die Freuden des Fleisches.

Wieder schluckte der Prediger hart und schaute zu den Geschworenen hinüber. Was er dort sah, gefiel ihm ganz und gar nicht. Nicht einer der Männer vermochte seinem Blick standzuhalten. Zwei oder drei scharrten gar unruhig mit den Füßen. Der Prediger wandte sich zum Altar und starrte erst auf das Kruzifix, dann auf das rote Licht, das neben dem Hostienbehälter brannte, welcher das heilige Sakrament enthielt. Die Worte Sir Raymonds kamen ihm wieder in den Sinn. Er verwünschte sein unbedachtes Handeln, während er das flackernde rote Lämpchen betrachtete.

»Geht Ihr regelmäßig in die Kirche, Eremit?« fragte er, ohne sich umzudrehen.

»Ich lebe in einer«, erwiderte der Angeklagte, was einen erneuten Heiterkeitsausbruch zur Folge hatte.

»Besucht Ihr die heilige Messe?« fuhr der Prediger fort. »Empfangt Ihr das Sakrament?«

Er mußte seinen Gegner nicht ansehen, um zu bemerken, daß er einen wunden Punkt getroffen hatte. Zum erstenmal seit Beginn der Verhandlung gab der Eremit keine Antwort.

»Nun? Nun?« Der Prediger verschränkte herausfordernd die Arme und drehte sich um. »Ein Eremit, der in einer Kirche lebt und ständig Beweise für dieses und Beweise für jenes fordert, wird doch auf eine so einfache Frage wohl eine einfache Antwort geben können! Empfangt Ihr den Leib und das Blut unseres Herrn Jesus Christus?«

Der Eremit hielt den Blick gesenkt.

»Nun? Antwortet mir!«

»Ich bin unwürdig.«

»Das sind wir in den Augen Gottes alle«, entgegnete der Prediger knapp. »Aber die Lehre der Kirche ermutigt die Gläubigen, das Abendmahl zu sich zu nehmen. Warum verweigert Ihr dies?«

»Ich habe Eure Frage beantwortet. Mehr gibt es dazu nicht zu sagen.«

Der Prediger ließ den Blick vielsagend über die Menge schweifen, ehe er mit erhobenen Armen auf sie zutrat.

»Die eucharistische Gabe ist das Herzstück unseres Glaubens«, verkündete er. »Der Angeklagte pocht andauernd auf irgendwelche Gesetze. Nu, einem alten Brauch zufolge kann ein Mann seine Unschuld beweisen, indem er den Leib und das Blut unseres Herrn zu sich nimmt. Zu Zeiten König Edward des Bekenners empfing der verräterische Graf Godwin die Hostie, verschluckte sich und erstickte qualvoll daran. Ich fordere daher«, seine Stimme dröhnte nun wie Donnerhall, »ein Gottesurteil!«

Er drehte sich auf dem Absatz um, griff, ohne auf den Protest Pfarrer Osberts und das unwillige Gemurmel der Dorfbewohner zu achten, nach dem Hostienbehälter, stellte ihn auf den Altar und fiel davor auf die Knie. Dann erhob er sich wieder, öffnete das Behältnis, entnahm ihm eine Hostie und ging damit betont langsam auf den Gefangenen zu.

»*Ecce Corpus Christi!*« deklamierte er.

Der Gefangene wandte den Kopf ab.

»Empfangt den Leib Christi!« wiederholte der Prediger. Er wandte sich an den Büttel John. »Nehmt einige Männer, packt ihn und öffnet den Mund.«

»Das könnt Ihr nicht tun«, widersprach der Eremit. »Es verstößt gegen Gottes Gesetz, einem Menschen das Sakrament aufzuzwingen.«

»Er spricht die Wahrheit.« Pfarrer Osbert erhob sich, ließ die Hände aber schlaff herunterhängen. Er hatte sich die Augen gerieben, bis sie rot angelaufen waren. »Genug ist genug«, flüsterte er dem Prediger zu. »Wenn er das Sakrament verweigert, so muß man seinen Willen respektieren, so lautet das Gesetz der Kirche. Zwingt Ihr ihn, begeht Ihr einen gotteslästerlichen Frevel.«

Der Prediger blickte sich finster in der Kirche um. Immerhin hatte er den Sieg davongetragen. Er legte die Hostie wieder in den Behälter zurück, schritt durch das Hauptschiff und blieb vor den Geschworenen stehen.

»Wie lautet Euer Urteil?«
»Schuldig.«

»Und das Eure?«
»Schuldig.«
Die anderen Männer gaben dieselbe Antwort.
»Und was sagt Ihr?« wandte er sich an die Menge.
»Schuldig! Schuldig! Schuldig!«
Der Lärm schwoll an und erfüllte die ganze Kirche. Der Prediger klatschte in die Hände.
»Welche Strafe soll der Angeklagte erleiden?«
»Tod durch Feuer!«
Die Antwort erfolgte einstimmig, laut und deutlich. Die Männer stampften erneut mit den Füßen auf, während sie die Worte wiederholten, und kosteten die unheilvolle Drohung aus, die darin mitschwang.

Matthias fühlte, wie eine eiskalte Hand nach seinem Herzen griff. Er konnte nicht glauben, was hier geschah. Der Prediger, dessen Lippen zu einem höhnischen Grinsen verzogen waren, drehte sich zu dem Eremiten um.

»Habt Ihr noch etwas zu sagen?«
»Ja.« Das Gesicht des Eremiten war aschfahl geworden, aber er hielt sich sehr gerade und hatte den Kopf stolz erhoben. Er trat auf die Dorfbewohner zu. »Ihr habt mich ohne stichhaltige Beweise verurteilt. Laßt mich euch etwas ins Gedächtnis rufen. Ich bin vor acht Jahren zum erstenmal hierhergekommen, das ist richtig. Und ist nicht seit meinem ersten Aufenthalt hier bis heute Sutton Courteny von allem Übel verschont geblieben? Keine marodierenden Soldaten, keine Plünderungen, keine Brandschatzungen? Habt ihr nicht immer reiche Ernten eingebracht? Ist euer Vieh nicht fett geworden und hat sich ständig vermehrt?«

Verblüfftes Staunen malte sich auf den Gesichtern der Dörfler ab.

»Hufschmied Fulcher, sind deine Gewinne nicht so reichlich ausgefallen, daß du daran denkst, ein größeres Haus zu bauen? Und ist es dir nicht möglich, deine verbleibenden Töchter mit einer großzügigen Mitgift auszustatten? Vogt Simon, trägst du dich nicht mit Plänen, mehr Weideland zu erwerben? Und denkt Baron Sanguis nicht daran, dich als Partner in seinen Schafzuchtbetrieb aufzunehmen? Büttel

John, Gerber Fulke, Dachdecker Watkin – florieren eure Geschäfte nicht wie nie zuvor? Joscelyn, du verkaufst dein Bier und dein Ale doch inzwischen bis nach Stroud und Gloucester, nicht wahr?«

Die Dorfbewohner hörten ihm schweigend zu. Ein oder zwei nickten beifällig, andere musterten den Eremiten aus schmalen Augen. Sie begriffen nicht, wie er so viel von ihnen wissen konnte, aber seine Worte entsprachen der Wahrheit. Im Verlauf der letzten acht Jahre war Sutton Courteny zu einem der wohlhabendsten Dörfer in der Gegend erblüht und hatte den Neid sämtlicher Nachbarortschaften erregt. Kein Krieg, keine Hungersnot, keine Seuche hatte die Idylle zunichte gemacht.

»Und du?« Der Eremit fuhr herum und deutete auf den Schreiber. Matthias bemerkte, wie ein bösartiger Ausdruck in die Augen seines Freundes trat. »Sind nicht deine Lagerräume bis obenhin mit erstklassigen Häuten gefüllt? Und betreibst du nicht einen lukrativen Handel mit dem Skriptorium des Klosters von Tewkesbury?«

Der Eremit trat einen Schritt auf ihn zu. Der Schreiber hob abwehrend seine Feder. Er fürchtete diesen Mann, dessen Augen anscheinend bis auf den Grund seiner Seele blicken konnten.

»Ihr lebtet im Wohlstand«, erklärte der Eremit vernehmlich. »Ihr konntet es euch leisten, Tag für Tag in der Schenke zu sitzen und euch die Körper junger, hübscher Frauen zu kaufen.« Er wischte sich einen Speichelfleck aus dem Mundwinkel. »Aber all das war euch wohl noch nicht genug.«

»Ihr habt soeben selbst unter Beweis gestellt, daß Ihr Hexerei betrieben habt«, warf der Prediger ein, der befürchtete, der Eremit könne zu guter Letzt doch noch die Oberhand gewinnen.

»Ganz im Gegenteil. Der Schluß liegt doch wohl nahe, daß sich das ganze Dorf der Hexerei schuldig gemacht hat.«

Der Prediger ignorierte den Einwurf, wandte sich an die Dorfbewohner und rief laut: »Ist einer unter euch, der für ihn sprechen will?«

Tödliches Schweigen antwortete ihm.

»Ich frage euch noch einmal – hier, im Angesicht Gottes: Gibt es unter euch einen Mann, eine Frau oder ein Kind, das für diesen Gefangenen eintreten will?«

»Ich!«

Matthias hatte sich zu Wort gemeldet, ohne nachzudenken. Er sprang auf und trat vor. Sein Vater rang die Hände und schüttelte hilflos den Kopf. Matthias kümmerte sich nicht darum. Er konnte den Prediger nicht ausstehen, und der Eremit tat ihm leid. Dasselbe Gefühl überkam ihn oft, wenn er und andere Kinder, statt still in der Kirche zu sitzen und ihre Fibeln zu studieren, hinaus auf den Friedhof liefen, um sich die Zeit mit »Wer will mit wem spielen?« zu vertreiben. Matthias empfand immer Mitleid mit demjenigen, der am Ende alleine zurückblieb. Nichts anderes fand hier statt. Er ging zu dem Eremiten hinüber und schaute zu ihm hoch. Sein Freund erwiderte den Blick. Tränen rollten über seine Wangen.

»*Oh, Creatura bona atque parva!*« flüsterte er. »Du bist ein tapferer kleiner Mann.«

»Ein kleines Kind schwingt sich zur Verteidigung dieses Mannes auf?« schnaubte der Prediger verächtlich.

»Er war freundlich zu mir«, erwiderte Matthias. »Er kann Tauben in die Hand nehmen und kennt die Namen aller Blumen. Er hat mir junge Füchse gezeigt und mir einen Hasen gefangen und gebraten.«

Als er das Gelächter der Dorfbewohner hörte, errötete er.

»Es ist aber wahr! Es ist aber wahr!« schrie er wütend und stampfte mit dem Fuß auf.

Der Prediger ahmte ihn nach, woraufhin sich die Menge vor Lachen kaum noch halten konnte. Matthias drehte sich um und rannte mit hochrotem Gesicht durch die Kirche, hinaus auf den Friedhof und auf direktem Weg nach Hause. Er lief die Stufen hoch und stürmte in das Zimmer seiner Mutter. Sie lag auf dem kleinen vierpfostigen Bett und hatte das Gesicht in den Kissen vergraben. Matthias zupfte sie an der Hand.

»Mutter, sie wollen ihn wegbringen und auf dem Scheiterhaufen verbrennen!«

Christina hob ihr schlafverquollenes Gesicht aus den Kissen. Matthias sah, daß sie geweint hatte.

»Es ist vorbei«, flüsterte sie. »Du kannst nichts mehr für ihn tun. Möge Gott uns allen beistehen.«

Sie ließ seine Hand fallen, sank wieder in die Kissen zurück und starrte zu dem blaugoldenen Baldachin über dem Bett empor.

»Hat sich dein Vater für ihn eingesetzt?«

»Er hat es versucht.« Matthias verbiß sich die böse Bemerkung, die ihm auf der Zunge lag. »Es hat aber nichts genützt.«

Er verließ langsam das Zimmer, schloß leise die Tür hinter sich und ging die wackeligen Stufen hinunter. Eine Weile saß er nur vor dem Kamin und stocherte mit einem Stock in der kalten Asche herum. Vom Friedhof her erklangen die Schreie und Jubelrufe der Dorfbewohner. Die Tür ging auf, und sein Vater betrat die Stube. Matthias nahm keine Notiz von ihm. Er blieb einfach sitzen, stach auf die Aschehäufchen ein und wünschte sich, das Gesicht des Predigers vor sich zu haben.

»Sie haben ihn in das Totenhaus geschafft«, sagte Pfarrer Osbert. »Der Prediger und noch ein paar andere bewachen ihn. Sie sagen ...«, er leckte sich über seine trockenen Lippen. »Der Prediger sagt, das Urteil muß vor der Abenddämmerung vollstreckt werden. Fulcher und der Rest sammeln schon fleißig Holz und Gestrüpp und schichten es auf dem Platz auf, wo sonst die Bärenhatz stattfindet.« Seine Stimme nahm einen sachlichen Ton an. »Du weißt doch, das ist ganz in der Nähe des Galgens. Matthias?«

Der Junge fuhr fort, auf die Asche einzustechen. Sein Vater kam zu ihm und kniete neben ihm nieder.

»Matthias, warum hast du dich öffentlich für ihn eingesetzt?«

Sein Sohn drehte sich zu ihm um. Osbert schien an diesem Morgen stark gealtert; seine Wangen wirkten eingesunken, und er zwinkerte ständig mit den Augen.

»Ich weiß es nicht«, erwiderte Matthias leise.

»Er möchte uns sehen«, fuhr sein Vater fort. »Das war

seine letzte Bitte. Er möchte mich, dich und Christina noch einmal sehen, ehe er stirbt.«

»Das dachte ich mir schon.«

Osbert fuhr herum. Christina stand, in eine leichte Wolldecke gehüllt, auf der Schwelle.

»Christina, geht es dir gut?«

Der Pfarrer ging zu seiner Frau hinüber und ergriff ihre Hände. Sie fühlten sich so leblos und kalt an wie die einer Toten. Eine ungesunde Blässe lag auf ihrem Gesicht, und das sonst so glänzende Haar wirkte stumpf und ungepflegt.

»Du mußt nicht mitgehen, wenn du nicht willst«, sagte er.

»Er muß sterben, nicht wahr? Wir werden ihm etwas Wein und Brot bringen.« Wie eine Schlafwandlerin stieg sie die Treppe wieder empor.

Pfarrer Osbert ging zu dem kleinen Pult hinüber, auf dem das Meßbuch lag. Er schlug es auf und gab vor, sich in das dem Tag gewidmete Kapitel zu vertiefen. Der Gedanke an das Verhalten des Predigers verursachte ihm Übelkeit. Sie alle hatten überstürzt gehandelt. Baron Sanguis würde höchst unwillig sein, wenn er zurückkehrte.

Christina kam wieder in die Stube. Sie hatte ein Kleid über ihr Leinenhemd gestreift und ihr Haar zurückgebunden und mit einem Schleier bedeckt. Holzsandalen klapperten an ihren Füßen. Sie holte einen kleinen Weinkrug und ein Weißbrot aus der Speisekammer und verließ wortlos das Haus. Osbert und Matthias folgten ihr hastig. Der Friedhof glich inzwischen einem Feldlager. Frauen und Kinder saßen im Gras oder auf umgestürzten Grabsteinen und verzehrten den mitgebrachten Proviant. Die Männer stolzierten auf und ab und brüsteten sich mit ihren rostigen Schwertern, Dolchen, Speeren, Schilden und was sie sonst noch so mitgebracht hatten. Unter der Anleitung des Predigers bezog eine Gruppe junger Burschen vor dem Totenhaus Wache. Als Osbert mit seiner Familie näher kam, hob der Prediger warnend die Hand, aber Osbert hatte seinen Mut zurückgewonnen.

»Dies ist meine Kirche, und dies ist mein Friedhof!« donnerte er. »Ich verwehre mich schärfstens gegen Euer Verhalten! Der Gefangene benötigt geistlichen Beistand!«

Achselzuckend trat der Prediger zurück, und einer der jungen Männer schob die Riegel zur Seite. Osbert bückte sich und trat ein. Er blieb nicht lange, und als er wieder herauskam, schüttelte er den Kopf. Christina nahm Brot und Wein und verschwand als nächste in dem kleinen Steinhaus. Matthias sah sich unterdessen müßig auf dem Friedhof um. Er entdeckte einen Busch wilder Rosen, zückte sein Messer und schnitt eine Blüte ab. Sie war voll erblüht und noch feucht vom Morgentau. Die Tür zum Totenhaus flog auf, Christina stürzte mit tränenüberströmtem Gesicht ins Freie, stieß ihren Mann beiseite und rannte über den Friedhof davon.

»Jetzt gehst am besten du hinein, mein Junge«, flüsterte Osbert. »Aber halte dich nicht so lange auf.«

»Wird dem Jungen auch nichts passieren?« erkundigte sich einer der Männer.

»Wenn der Eremit ihm etwas zuleide tun wollte«, entgegnete Osbert unwirsch, »so hätte er das längst getan.«

Im Inneren des Totenhauses war es dunkel. Matthias wartete, bis die Tür hinter ihm zugefallen war, dann rannte er auf den in einer Ecke sitzenden Eremiten zu, der ihn liebevoll umarmte.

»Du hast für mich gesprochen, Matthias«, murmelte er. »Du hast für mich gesprochen.«

Scheu hielt der Junge ihm die Rose hin. »Die habe ich für Euch gepflückt. Ich dachte, sie würde Euch gefallen. Sie ist leider nicht so schön wie die, die Ihr in der Kirche an die Wand gemalt habt.«

Der Eremit nahm die Rose, legte sie auf den Boden, kam mit einer katzengleichen Bewegung auf den Jungen zu und kniete sich vor ihm nieder.

»Weine nicht um mich, Matthias. Versprich mir, daß du nicht um mich weinst.«

Der Junge starrte ihn verblüfft an.

»Und nun geh.« Der Eremit lächelte. »Hab keine Angst, Matthias. Der Tod ist niemals das Ende von allem. Bitte, sie werden an der Tür horchen. Geh jetzt, sonst schöpfen sie nur Verdacht.«

Matthias trat ins Freie. Sein Vater war fort; jemand sagte ihm, er sei in der Kirche. Dafür kamen einige der Dorfjungen auf ihn zu. Matthias stöhnte innerlich. Sie würden ihn nur wegen dem, was heute geschehen war, gnadenlos hänseln. Flink wie ein Hase huschte er zwischen den Grabsteinen hindurch, kletterte über die Friedhofsmauer und rannte zum anderen Ende des Dorfes. Hier schlängelte sich ein Weg hinter den Hecken vorbei bis zu der großen Straße, die Richtung Süden nach Bristol führte.

Eine Weile versteckte sich Matthias in einem Graben, um über die jüngsten Ereignisse nachzudenken. Gelegentlich blickte er zum Himmel empor. Fetter schwarzer Qualm stieg über dem Dorf auf. Sein Magen begann vernehmlich zu knurren, also schlich er sich nach Hause zurück. Die Küche war unordentlich, das Geschirr nicht abgewaschen, und von seinen Eltern fehlte jede Spur.

Matthias holte sich gesalzenen Schinken und ein Stück Brot aus der Speisekammer, verzehrte hastig seine Mahlzeit und lief dann zum Friedhof zurück, der verlassen dalag. Die Tür zum Totenhaus stand weit offen. Matthias schlenderte ins Dorf. Der Geruch verkohlten Holzes stieg ihm in die Nase, gemischt mit noch einem anderen, weitaus unangenehmeren Gestank, der an verbranntes Fett denken ließ. Er bog um die Ecke und starrte voller Entsetzen auf das Bild, das sich ihm bot. Fulcher hatte ganze Arbeit geleistet. Den alten Pfosten, an dem früher die Bären angebunden worden waren, hatte man herausgerissen und auf einem kleinen provisorischen Podest befestigt. Man hatte den Eremiten an den Pfahl gefesselt, trockenes Holz um ihn herum aufgeschichtet und es in Brand gesetzt. Die Flammen züngelten in die Höhe. Matthias bahnte sich verzweifelt einen Weg durch die Menge. Er konnte nur das Gesicht des Eremiten hinter der aufflackernden Feuerwand erkennen, aber spürte, daß etwas nicht stimmte. Die Flammen schlugen höher und höher, aber der an den Pfahl gebundene Gefangene wand sich weder in seinen Fesseln, noch fing er an zu schreien. Auch die Zuschauer verfielen in Schweigen.

»Ist er tot?« fragte jemand schließlich.

»Hat er die Besinnung verloren?«

Matthias schnüffelte und rümpfte die Nase. Er verstand gar nichts mehr – die Flammen mußten den Körper des Eremiten doch schon längst erfaßt haben!

»Ist er ohnmächtig geworden?« brüllte ein anderer.

Wie zur Antwort begann der Eremit plötzlich zu singen. Seine Stimme klang laut und klar durch die Flammen. Ein Schauer überlief die vor dem Scheiterhaufen versammelte Menge. Männer, die bereits im Krieg gedient und ihre Mitmenschen auf die unterschiedlichsten, furchtbarsten Arten hatten sterben sehen, starrten sich nun entgeistert an. Die Flammen loderten auf und verdeckten das Gesicht des Eremiten. Sein Lied jedoch war deutlich zu verstehen: die erste Strophe auf französisch, ›*La Rose du Paradis*‹, die zweite dann auf englisch. Der liebliche Schmelz der Stimme beschwor das Bild eines Mannes herauf, der sich an einem sonnigen Nachmittag das Herz aus dem Leibe singt. Einige der Dorfbewohner ergriffen Hals über Kopf die Flucht, andere bekreuzigten sich, ein paar fielen sogar auf die Knie. Allmählich erstarb der Gesang, und der Gestank verbrannten Fleisches wurde schier unerträglich. Matthias riß sich von Joscelyn los, der ihn an der Schulter gepackt hatte, und floh.

Er rannte blindlings die Straße entlang und blieb erst stehen, als er sich im Wald befand. Am Fuß eines Baumes hockte er sich kurz nieder, um Atem zu schöpfen, dann machte er sich auf den Weg nach Tenebral und betrat die Kirche. Überall fand er traurige Erinnerungen an seinen Freund: ein Stück Leder, Überreste einer Mahlzeit, kalte Asche. Die armseligen Habseligkeiten des Eremiten waren längst von den Dorfbewohnern gestohlen worden. Matthias betrachtete ehrfürchtig die große Rose an der Wand. Neue Runen und Schriftzeichen waren darunter in den Stein geritzt; so viele, daß der Eremit seine gesamte letzte Nacht auf Erden mit dieser Arbeit verbracht haben mußte. Matthias ging langsam wieder ins Freie. Ein leichter Wind strich über sein Gesicht und schien ihm zuzuflüstern: »*Oh, Creatura bona atque parva!*«

Er blickte sich nach allen Seiten um. Keine Menschenseele war zu sehen.

Langsam machte er sich auf den Heimweg, nachdem er sich geschworen hatte, nie mehr hierher zurückzukehren. Er rannte um eine Wegbiegung und wäre fast mit dem Prediger zusammengeprallt, der, ein Bündel auf dem Rücken und ein festen Eschenstab in der Hand, munter dahergeschritten kam.

»Mörder!« kreischte der Junge.

Der Prediger zog die Nase hoch, spie aus und verfehlte Matthias' Gesicht nur um Haaresbreite.

»Dein Freund ist tot. Ich bin auf dem Weg nach Tewkesbury, wo die guten Brüder mir Unterkunft und Verpflegung gewähren werden.«

Hinter dem sich entfernenden Prediger machte Matthias eine obszöne Handbewegung. Er wußte nicht genau, was sie bedeutete, aber er hatte sie den Gästen des ›Hungrigen Mannes‹ abgeschaut, die damit Steuereintreiber und Beamte der Krone bedachten. Insgeheim hoffte er, der Prediger werde sich noch einmal umdrehen, aber der Mann setzte seinen Weg unbeirrt fort.

Als Matthias ins Dorf zurückkehrte, war das Feuer erloschen. Simon, der Vogt, kehrte die Asche zu einem großen Haufen zusammen.

»Wir werfen sie am besten in eine der Senkgruben«, erklärte er, ohne den Jungen anzublicken.

Matthias ging zu einem Grasstreifen hinüber, pflückte einige der dort wachsenden Wildblumen und warf sie auf die noch glimmende Asche. Die Blütenblätter bogen sich am Rand ein und fingen Feuer. Matthias überlegte, ob er weitere Blumen folgen lassen sollte, aber als er inmitten der Schlacke einen gelbschwarz versengten Knochen entdeckte, wandte er sich schaudernd ab und schlenderte davon.

Der ›Hungrige Mann‹ war brechend voll. Die Dorfbewohner jubelten und feierten so ausgelassen, als hätten sie einen überragenden Sieg errungen. Sie sprachen dem frischgebrauten Ale des Wirtes reichlich zu, um die Erinnerung an diesen Tag schneller loszuwerden. Matthias entdeckte seinen Vater mitten unter den Gästen, mit gerötetem Gesicht und glasigen Augen. Osbert winkte seinen Sohn zu sich, aber Matthias bedachte ihn nur mit einem wütenden Blick und eilte weiter.

Am darauffolgenden Abend verließ der Kesselflicker Thurston mit seiner hübschen Frau Mariotta die Stadt Tewkesbury. Ihr kleiner Handkarren war mit Metallschrott, Rüstungsteilen und anderen Gegenständen beladen, die sie nach der Schlacht aufgelesen hatten. Mariotta zog den Karren hinter sich her; die Stricke schnitten tief in ihre Schultern ein. Ihr stark angetrunkener Ehemann torkelte neben ihr her, aber Mariotta störte sich nicht an seinem Zustand. Der Tag war ausgesprochen erfolgreich gewesen. Sie konnten die Rüstungsteile zu einer Schmiede schaffen, flachklopfen lassen und dann weiterverkaufen. Mariotta war froh, aus der Stadt fortzukommen. Die Leichen der im Kampf gefallenen Soldaten lagen nun nackt auf den Stufen der Kirchen und erinnerten an tote weiße Tiere. Überall in der Stadt baumelten Leichname an den Wirtshausschildern und an den Galgen in der Nähe des Marktkreuzes. Abgetrennte Köpfe staken auf den Spießen über den Stadttoren.

»Der ganze Ort stank nach Tod«, murmelte Mariotta. Sie blieb stehen, um sich einen Moment auszuruhen, strich ihr braunes Kleid glatt und bewunderte die neuen Sandalen an ihren staubigen Füßen. Dann warf sie ihrem Mann einen verstohlenen Blick zu. Sie hatte die Schuhe erstanden, während er schnarchend in der Gosse gelegen hatte. Der junge Edelmann, der in der Schenke hinter ihr hergewesen war, hatte sich nach dem Schäferstündchen äußerst großzügig gezeigt. Mariotta schloß die Augen. Zum Glück ahnte ihr rotgesichtiger, jähzorniger Mann nicht, welch geheimer Quelle sie ihren Wohlstand verdankten. Er schwankte unsicher hin und her, rülpste vernehmlich und klopfte sich auf den Bauch.

»Wir übernachten am besten irgendwo hier in der Gegend«, meinte Mariotta.

Thurston wollte schon das große Bündel zu Boden fallen lassen, das er auf dem Rücken trug, aber sie hinderte ihn gerade noch rechtzeitig daran.

»Wir können doch nicht hier auf dem Weg bleiben«, tadelte sie ihn scharf, schob ihn vorwärts, nahm die Stricke wieder auf und setzte den Karren in Bewegung. Ein Stück weiter wegaufwärts entdeckte sie eine Lücke in der Hecke, die den Blick auf eine kleine Wiese freigab. Schafe grasten friedlich, und ein schmaler Bach glitzerte einladend im Licht der sinkenden Sonne. Thurston insgeheim verwünschend, zwängte Mariotta den Karren durch die Lücke und schob ihn auf die Wiese. Er taumelte hinter ihr her. Die Schafe hoben kaum den Kopf. Nachdem sie einen geeigneten Platz für ihr Nachtlager gefunden hatte, verschwand Mariotta zwischen den Bäumen, um Feuerholz zu sammeln. Thurston setzte sich ins Gras, ließ den Kopf sinken und schloß die Augen. Ein Geräusch ließ ihn wieder hochschrecken. Fröstelnd blickte er sich um.

»Mariotta!« rief er. Als keine Antwort erfolgte, legte er sein Bündel beiseite und stolperte auf die Bäume zu. »Mariotta!« brüllte er. »Wo steckst du denn?«

Plötzlich fiel das Gelände steil ab, und Thurston erkannte, daß er am Rand einer Senke stand. Er konnte nicht glauben, was er sah. Mariotta lag mit abgewandtem Kopf im Gras. Eine Gestalt beugte sich über sie, bewegte sich … In Mariottas Kehle klaffte eine gräßliche Wunde. Schreiend rannte Thurston auf sie zu. Der Edelmann, den Mariotta in der Schenke kennengelernt hatte, drehte sich um, und der unselige Thurston rannte geradewegs in einen gezückten Dolch.

SIEBTES KAPITEL

Die Nachricht vom Mord an Thurston und Mariotta sowie von weiteren Leichenfunden an verborgenen Plätzen im Wald entlang des Severn erschütterte ganz Sutton Courteny. Denjenigen, die an der Hinrichtung des Eremiten beteiligt gewesen waren, wurde das Herz schwer. Im ›Hungrigen Mann‹ hörte man bald geflüsterte Bemerkungen, man habe das Blut eines Unschuldigen vergossen. Nachbarn zerstritten sich, Freundschaften zerbrachen, und ein lähmendes Gefühl gemeinsamer Schuld senkte sich auf das Dorf hinab. Pfarrer Osbert, von dem viele sagten, an seinen Händen klebe kein Blut, litt am meisten unter dem Bewußtsein seines Versagens. Zwar hatte er als einer der wenigen nicht direkt den Tod des Eremiten gefordert, aber er hatte es versäumt, etwas dagegen zu unternehmen.

Schon bald waren die Dorfbewohner mehr oder weniger einhellig der Meinung, Gott habe sich von Sutton Courteny abgewandt. Christina, Osberts Frau, erkrankte schwer und mußte als bleiches Abbild ihrer früheren Schönheit das Bett hüten. Der Hufschmied Fulcher wurde von einem auskeilenden Hengst in die Lendengegend getroffen, und gerade zu der Zeit, wo jedermann seine Pferde beschlagen lassen wollte, blieb seine Schmiede tagelang kalt. Simon, der Vogt, wurde von einem Bullen auf die Hörner genommen. Zwar kam er noch verhältnismäßig glimpflich davon, aber auch er war lange zur Untätigkeit verdammt und hatte somit reichlich Zeit, über seine Sünden nachzudenken. Auch der Büttel John sah sich vom Pech verfolgt – er wurde von einer Horde Outlaws, ehemaligen Soldaten der besiegten lancasterianischen Armee, überfallen und übel zugerichtet. Der Wirt Joscelyn entwickelte eine gefährliche Vorliebe für seine eigenen Erzeugnisse. Eines Nachts brach in seinem Keller ein Feuer aus, das seine gesamten Wein-, Met- und Alevorräte vernichtete. Weiteres Unglück ließ nicht lange auf sich warten. Die Sonne brannte für die Jahreszeit ungewöhnlich heiß vom Himmel und versengte die Felder. Rätselhafte Brände brachen auf der großen Wiese und an anderen Stellen rund um das Dorf aus. Die Menschen zeigten sich zunehmend gereizter, die Gemüter gerieten leichter in Wallung, die Messer saßen lockerer als sonst, und einmal kam es sogar direkt vor der Kirche zu einer wüsten Schlägerei.

Anfang Juni brach ein heftiges Unwetter über das Land herein. Gewaltige Blitze zuckten über den Himmel, spalteten Bäume in zwei Teile und setzten Heuschober in Brand. Darauf folgte ein Sturzregen, der die Getreideernte zerstörte und die Felder in Schlammwüsten verwandelte. Die Gerüchte, Gottes Strafe habe das Dorf getroffen, wurden immer lauter. Die allgemeine Stimmung verbesserte sich auch nicht gerade, als junge Mädchen von Träumen berichteten, in denen die Teufel aus der Erde gekrochen waren. Zudem ließen Kobolde und Elfen die Milch sauer werden, und des Nachts erklang in den Wäldern ein unheimliches Geheul, welches die Kinder erschreckte und Rinder und Schafe in Panik versetzte.

Aber es sollte noch schlimmer kommen. In der zweiten Juniwoche kehrten Baron Sanguis und sein grimmiger Sohn aus dem Krieg zurück. Der Lehnsherr ritt durch das Dorf. Ein Standartenträger lief vor ihm her, sein Sohn hielt sich ein Stückchen hinter ihm. Ihnen folgte eine ganze Schar bewaffneter Männer, ganz zu schweigen von den Sekretären, Verwaltern und Schreibern, die zum Haushalt des Barons gehörten. Der Lehnsherr selbst mit seinem eisengrauen Haar und dem harten, sonnenverbrannten Gesicht schaute weder nach rechts noch nach links. Trotz der Hitze trug er seine Rüstung und ritt, kerzengerade im hohen Sattel seines Streitrosses sitzend, wie ein heldenhafter Eroberer über die Hauptstraße des Dorfes.

Die Dorfbewohner versammelten sich am Galgenplatz; sie hatten kleine Gaben mitgebracht, um ihren Lehnsherr zu begrüßen. Baron Sanguis jedoch ritt weiter, ohne sie eines Blickes zu würdigen, und ihre Zuversicht schwand: Sanguis wußte oder ahnte, daß während seiner Abwesenheit etwas vorgefallen war. Das Herrenhaus lag nordwestlich vom Dorf; ein weitläufiges, von einem Graben umgebenes Gebäude, das von einer hohen Mauer geschützt wurde und eigentlich ein kleines Dorf in sich bildete. Baron Sanguis war seit dem vergangenen Herbst fort gewesen, und nach seiner Rückkehr erwachte das Haus zu neuem Leben. Weitere Männer aus seinem Gefolge trafen ein und brachten Karren voller Beutestücke und anderer Besitztümer mit. Drei Tage lang herrschte Ruhe vor dem Sturm, dann kamen Sanguis' Sekretäre und Verwalter in das Dorf, um Schulden einzutreiben, Abgaben einzufordern und Steuern auf dies und das zu erheben. Wer hatte unbefugterweise Äpfel in Baron Sanguis' Obstgarten gepflückt? Wer hatte die Schweine in den Wald getrieben und sich dort satt fressen lassen. Und wie stand es mit dem Zehnten, der der Kirche zukam? Hatten die Dorfbewohner auch nicht vergessen, daß sie einem alten Brauch gemäß dazu verpflichtet waren, diesen Herbst auf den Feldern ihres Lehnsherrn zu arbeiten? Wer hatte inzwischen geheiratet? Waren Kinder zur Welt gekommen? Waren alle fälligen Sonderabgaben entrichtet worden? Die Sekretäre mit ihren allwissenden Augen kannten die Rechte ihres Herrn genau und setzten sie rücksichtslos durch, während sie mit Federn, Tintenhörnern und Kontobüchern bewaffnet von Haus zu Haus zogen.

Pfarrer Osbert hielt sich zumeist in seinen eigenen vier Wänden auf. Matthias blieb bei ihm. Seit dem Tod des Eremiten hatte sich zwischen dem Jungen und seinem Vater eine schier unüberwindbare Kluft aufgetan. Sie sprachen kaum noch miteinander. Die apathische Mattigkeit seiner Frau schien auf den Priester übergegangen zu sein, und wenn sich Blanche, eine immer gutgelaunte Witwe aus dem Dorf, nicht des Haushaltes angenommen hätte, wären weder die Kleider gewaschen noch geregelte Mahlzeiten zubereitet noch das Haus gesäubert worden. Christina hatte sich völlig in sich selbst zurückgezogen, lag fast nur noch im Bett und mußte von ihrem Mann oder Blanche regelrecht zum Essen gezwungen werden. Sie machte kaum noch den

Mund auf, sondern lag nur da, starrte blicklos ins Leere und bewegte lautlos die Lippen; gefangen in ihrer eigenen privaten Hölle.

Nun, da Baron Sanguis zurückgekehrt war, hatte sich Pfarrer Osberts Furcht ständig verstärkt, und an einem Sonntag, zwei Wochen nach der Ankunft des Barons, traf die gefürchtete Aufforderung ein. Osbert nahm all seinen Mut zusammen.

»Bald feiern wir das Fronleichnamsfest«, erklärte er Matthias lächelnd. »Also werde ich baden und meine Kleider wechseln, denn bei der Gelegenheit kann ich gleich Baron Sanguis aufsuchen.«

Alsbald setzte er seine Worte in die Tat um, rasierte sich sorgfältig und rieb sogar ein wenig Öl in sein schütter werdendes Haar.

»Willst du mich nicht begleiten, Matthias?« Eine unausgesprochene Bitte lag auf Osberts Gesicht.

»Natürlich, Vater«, erwiderte der Junge pflichtschuldig.

Pfarrer Osbert stieß einen Seufzer der Erleichterung aus. Den Grund dafür kannte Matthias genau. Aus irgendeinem unerklärlichen Grund hegte Baron Sanguis eine besondere Vorliebe für den illegitimen Sohn des Priesters. Wenn Matthias dabei war, würde der Lehnsherr seinen Zorn vielleicht bezähmen.

Als sie die geräumige Halle des Herrenhauses betraten, drohte Osbert an seiner Furcht zu ersticken. Er hielt Matthias' Hand so fest umklammert, daß der Junge vor Schmerz zusammenzuckte. Der Priester blieb auf der Schwelle der mächtigen Flügeltür stehen. Sein Lehnsherr thronte hinter dem großen Tisch auf einem Podest am anderen Ende des Raumes, das Gesicht von einem prachtvollen, reich verzierten silbernen Salzfaß halb verdeckt. Die langen Tische zu beide Seiten der Halle waren leer. Zur Rechten des Barons, der eine majestätische Würde ausstrahlte, saß sein einziger Sohn Robert, zur Linken sein Majordomus Taldo. Osbert sah auf den ersten Blick, daß sein Lehnsherr vom Sieg der Yorkisten profitiert hatte. Glaser hatten die Fenster der Halle mit neuen Scheiben versehen, die im hellen Sonnenlicht glänzten wie Morgentau auf einer Wiese. Die Wände waren blaßrosa gestrichen worden, die von den Deckensparren herabhängenden Banner prunkten mit leuchtenden Farben, und die Schilde und Waffen, die die Wände schmückten, waren alle frisch geputzt worden.

»Tretet nur näher!« dröhnte Baron Sanguis.

Der Priester ging mit raschen Schritten durch die Halle, ohne dabei Matthias' Hand loszulassen. Er kam sich merkwürdig fehl am Platze vor. Der Boden war nicht mit Binsen, sondern mit dicken türkischen Teppichen belegt, die jedes Geräusch dämpften. Osbert fühlte sich wie ein Schlafwandler. Aber wenn dem so war, dachte er, als er vor dem Podest stehenblieb und sich ehrerbietig verneigte, dann war Baron Sanguis sein ganz persönlicher Alptraum. Der Lehnsherr saß aufrecht in seinem hochlehnigen Stuhl und stützte die Ellbogen auf die Armlehnen. Sein Haar war vor kurzem geschnitten worden, was eine scharfen Züge noch betonte; dazu kamen stechende Augen und eine schmale Hakennase. Der Baron strich sich über seinen langen grauen Schnurrbart, der ihm bis aufs Kinn fiel. Er spielte ständig mit den Ringen an seinen Fingern oder nestelte an der goldenen Medaille herum, die an einer Silberkette auf seiner Brust baumelte. Sein Sohn, ebenso aufgeputzt wie sein Vater, blickte auch ebenso finster drein, Majordomus Taldo dagegen, ein Freund des Priesters, lächelte schwach und verdrehte die Augen gen Himmel. Baron Sanguis blickte zu dem Banner empor, das seine Insignien trug: drei schwarze Krähen auf einem goldenen Feld.

»Mein Sohn hat dieses Banner in die Schlacht von Barnet getragen!« Die Stimme des Barons klang schneidend. »Wo ich für meinen Herrn und König kämpfte!«

Pfarrer Osbert verbeugte sich. »Sir Henry, ich bin sehr froh, daß Ihr heil und unversehrt zurückgekehrt seid und Euch zudem noch in den Schlachten so verdient gemacht habt.«

»Aber während ich fort war ...«, der Lehnsherr beugte sich über den Tisch, »... während ich fort war, haben sich meine Pächter Rechte angemaßt, die ihnen nicht zustehen, diesen Herren der Scholle!« Zur Bekräftigung schlug er mit der Faust auf den Tisch. »Wer hat ihnen gestattet«, brüllte er, »in Eurer Kirche eine Gerichtsverhandlung abzuhalten und einen Mann zum Tode zu verurteilen? Wer hat ihnen gestattet, das Recht in ihre eigenen Hände zu nehmen? Wißt Ihr eigentlich, daß sie und Ihr dem Gesetz zufolge einen Mord begangen habt? Ich könnte Euch hängen lassen!«

»Mein Vater war ja gar nicht einverstanden damit!« rief Matthias empört dazwischen.

Baron Sanguis wandte den Kopf und atmete tief ein. Seine Nasenflügel bebten. Dann wurde sein Gesicht weich, und er streckte die Hand aus, als wollte er Matthias über das Haar streichen. Sogar Robert lächelte ein wenig, während Taldo über das ganze Gesicht strahlte; heilfroh, daß die Spannung im Raum gebrochen war.

»Mein Vater hat dieser Verhandlung nie zugestimmt«, betonte Matthias. »Es war alles die Schuld des Predigers.«

»Du!« Voll gespielter Empörung richtete Baron Sanguis einen Finger auf Matthias. »Du solltest wahrhaftig zum Ritter geschlagen werden.«

Osbert schloß die Augen und dankte Gott insgeheim dafür, daß er Matthias mitgenommen hatte. Baron Sanguis kehrte gern den rauhbeinigen Soldaten heraus, aber der Priester wußte, daß er im Grunde genommen ein gutes Herz hatte und seine Wut rasch abflaute. Der Lehnsherr griff in seinen Geldbeutel und schob ein paar Pennies über den Tisch.

»Das ist für dich, mein Junge«, sagte er lächelnd. »Kauf dir etwas zum Naschen. Ach ja«, er winkte mit der Hand ab, »ich weiß recht gut, daß Ihr, Osbert, vergeblich Einwände gegen die unrechtmäßige Vorgehensweise Eurer Gemeindemitglieder erhoben habt und daß Euer Sohn als einziger den Mut aufbrachte, öffentlich für den Angeklagten einzutreten.« Er verzog das Gesicht. »Also hört schon auf zu zittern.« Er wies auf das Ende der Tafel. »Setzt Euch lieber. Ich lasse sofort Wein kommen.« Er lächelte Matthias zu. »Der Junge bekommt einen Becher Apfelmost.« Mit gedämpfter Stimme fuhr er, an Matthias gewandt, fort: »Er kommt aus dem Keller und ist kalt und sehr stark, also trink nicht zuviel davon.«

Sowie sie Platz genommen hatten, berichtete Pfarrer Osbert seinem Lehnsherr haarklein, was vorgefallen war. Der Baron hörte ihm aufmerksam zu, trommelte dabei mit den Fingern auf dem Tisch herum und flüsterte seinem Sohn gelegentlich etwas zu. Robert gab stets eine knappe Antwort. Als Osbert geendet hatte, nippte er bedächtig an dem Weißwein, den Taldo serviert hatte. Der Lehnsherr schlug erneut heftig mit der Faust auf den Tisch.

»Ich habe meine Entscheidung getroffen, Priester. Die Dorfbewohner werden eine Geldstrafe von zwanzig Schilling zahlen. Euch bleibt diese Summe erlassen. Ferner habe ich bereits einen Boten nach London geschickt, zu einem guten Freund von mir.« Er spreizte sich ein wenig. »Zu Lord Hastings, der ja bekanntlich zum königlichen Hof gehört.«

Osbert verneigte sich. Hastings war ein enger Freund des Königs und nach dessen Brüdern Richard und George einer der mächtigsten Männer Englands.

»Ich habe ihn gebeten, mir einen Sekretär herzuschicken, der die Angelegenheit offiziell untersuchen soll. Der eigentlich Schuldige ist der Prediger.« Baron Sanguis zählte die Punkte, die gegen ihn sprachen, an den Fingern ab. »Er hatte kein Recht, eine Gerichtsverhandlung einzuberufen. Er hatte auch kein Recht, eigenmächtig ein Urteil zu fällen.« Dramatisch ließ er die Hände sinken. »Und woher wollen wir denn wissen, ob der Prediger selbst nicht zugleich auch der Mörder ist?«

Matthias' Herz machte einen Freudensprung. Zum ersten Mal seit dem Tod des Eremiten begann er zu lächeln. Leider vergaß er aber den Rat des Barons, stürzte seinen Apfelmost zu schnell hinunter und mußte von seinem Vater nach Hause getragen werden.

Rahere, der königliche Sekretär, stolzierte die Stufen von Westminster hinunter und ging an Bord der wartenden Barke. Die Fährleute warfen nur einen einzigen Blick auf den

Amtsring an seiner linken Hand und die rotversiegelte Vollmacht in der anderen und komplimentierten ihn sofort zu der gepolsterten Sitzbank im Heck der Barke, als wäre er der König persönlich. Sekretäre der Krone waren mit beachtlichen Machtbefugnissen ausgestattet. Sie waren des Königs Anwälte und Geldeintreiber sowie die Vollzugsbeamten seiner Befehle. Sie handelten im Auftrag der Staatskanzlei, und auf ihr Betreiben hin konnte der Stern eines Mannes steigen – oder aber auch rasch sinken. Dieser Mann sah überdies noch beeindruckend aus: hochgewachsen und auffallend elegant gekleidet. Er trug eine weiche wollene Tunika, gleichfarbige Kniehosen aus demselben Material und hochhackige Saffianlederstiefel. Während er seinen Platz einnahm, schlang er seinen Umhang enger um sich. Gelegentlich wandte er den Kopf, um eine spanische Karavelle, einen Zweimaster der Hanse oder eine der langen, wolfsähnlichen venezianischen Galeeren zu bewundern, die die Themse hinauf- und hinunterfuhren.

Rahere war ein noch junger, äußerst ehrgeiziger Mann. Mit seinem rabenschwarzen Haar, dem glatten olivfarbenen Gesicht und den leuchtenden Augen hatte er sogar schon die Aufmerksamkeit der Königin, Elizabeth Woodville, auf sich gezogen. Rahere gehörte zu ihrem Gefolge und wurde in geheimer Mission kreuz und quer durch das Land geschickt. Nun lag ein neuer Auftrag vor ihm. Er war zum Sonderbevollmächtigten für die westlichen Grafschaften ernannt worden und sollte in dieser Eigenschaft herausfinden, wer für die furchtbaren Morde verantwortlich war, die in der Gegend um Tewkesbury begangen worden waren. Den Schuldigen würde er seiner gerechten Strafe zuführen.

Rahere spielte mit dem Saum seines wollenen Umhangs und klopfte ein paar Krümel von seiner burgunderroten Tunika. Ich werde meiner neuen Rolle gerecht werden, dachte er voller Vorfreude. Ich werde mir das schnellste und beste Pferd sowie ein ausdauerndes Packpony aus den königlichen Ställen holen und durch die Grafschaften reiten wie einer der obersten Justizbeamten des Königs. Rahere lächelte in sich hinein. Er würde ohnehin bald zu den engsten Vertrauten des Herrschers zählen. Dann mußte jeder Mann, jede Frau und jedes Kind im Land das Knie vor ihm beugen.

Rahere blickte zum Himmel empor. Langsam zog der Sommer ins Land. Er würde seine Beförderung in Southwark mit einem schmackhaften Mahl gebührend feiern; mit gutem Wein und in Burgunder gekochtem Wildbret – und danach? Verstohlen strich sich Rahere mit der Hand über seine Lendengegend. Danach eine frische, saubere Hure aus einem der Bordelle, eine junge Stute, die er entkleiden, besteigen und die ganze Nacht reiten konnte. Ein nackter Mädchenkörper, der sich zuckend unter ihm wand ... Rahere leckte sich genüßlich über die Lippen.

»Strengt euch gefälligst ein bißchen mehr an, sonst kommen wir nie ans Ziel!« bellte er.

Die Fährmänner beugten sich tiefer über ihre Ruder und verwünschten insgeheim diesen hochnäsigen jungen Lord, der so überheblich auf sie herabsah. Die Barke schlingerte und glitt zwischen den Proviantbooten hindurch, die sich wie immer um die großen Schiffe drängten. Hier konnten die Seeleute alles erstehen, was ihr Herz begehrte: Früchte, Mandeln, Konfekt, gebratene Hühner, Äpfel, Birnen und vieles mehr. Wenn die Beamten ein Auge zudrückten, konnten sie sogar die Gunst einer der grellgeschminkten Huren kaufen, die eigens dafür zahlten, von diesen Booten aus ihre Dienste anbieten zu dürfen. Rahere musterte sie flüchtig, dann wandte er seine Aufmerksamkeit einer der königlichen Koggen zu. Edward versammelte seine Flotte nach und nach auf der Themse. Nun, da der Krieg vorüber war, zeigte er sich entschlossen, den Franzosen eine nachhaltige Lektion zu erteilen, damit sie nie wieder auf die Idee kämen, die Feinde Englands zu unterstützen.

Schließlich erreichte die Barke Southwark und legte zwischen einer Schenke namens ›Bischof von Winchester‹ und der Priorei St. Mary Overy an. Zu einer Linken sah Rahere die mächtige London Bridge und die langen Pfähle, auf denen die abgeschlagenen Köpfe der Verräter des Hauses Lancaster steckten. Rahere lächelte. Der Beruf eines Sekretärs brachte einen unschätzbaren Vorteil mit sich. Welche Seite auch immer aus einem Machtkampf siegreich hervorgehen mochte, Männer wie er wurden stets hoch geschätzt – Schriftgelehrte aus Oxford oder Cambridge, die die Gesetze kannten und in die Geheimnisse der englischen Staatskanzlei eingeweiht waren. Rahere warf dem Fährmann eine Münze zu, stieg die feuchten Stufen empor und mischte sich unter die Menge, die den Kai bevölkerte.

Er liebte Southwark, das von Spitzbuben und Gaunern nur so wimmelte. Hier fanden sich Halsabschneider, Taschendiebe, Schmuggler, Betrüger und Kuppler, und es gab auch Huren jeden Alters in Hülle und Fülle, die nur zu gerne bereit waren, einem jungen Lord wie ihm auch die delikatesten Wünsche zu erfüllen. Rücksichtslos stieß er einige Leute beiseite, bahnte sich einen Weg durch das Gewimmel und betrat die Schenke ›Zur grauen Gans‹. Der Wirt und die Schankkellner begrüßten ihn wie einen Prinzen. Der Koch wußte genau, wie er seine Mahlzeiten zubereitet haben wollte: das Wildbret scharf angebraten, aber innen noch rosig, die Sauce sämig und mit Pilzen und Zwiebeln angereichert. Mit Wasser versetzter Wein oder solcher minderer Qualität kam für ihn nicht in Frage, er bestellte stets besten Gascogner.

Ehrerbietig führte ihn der Wirt zu seinem Stammplatz am Fenster. Sein Essen wurde kochendheiß serviert, und zwar nicht etwa auf einem schmuddeligen Brett, sondern auf frischpolierten Zinnplatten. Dazu wurde ihm ein Hornlöffel in einer Lederhülle gebracht.

Rahere verzehrte seine Mahlzeit und sprach dem Wein reichlich zu. Er blickte gerade in den Garten hinaus und stocherte dabei in seinen Zähnen herum, als er leichte Schritte hinter sich vernahm. Als er sich umdrehte, beschleunigte sich sein Herzschlag. Vor ihm stand eine junge Frau von atemberaubender Schönheit. Sie hatte dichtes, flammendrotes Haar, alabasterweiße weiche Haut und leicht schräggestellte grünschimmernde Augen. Die vollen roten Lippen verzogen sich zu einem verführerischen Lächeln ...

Matthias saß in der Kirchenruine von Tenebral, betrachtete die an die Wand gemalte Rose und ließ seinen Tränen freien

Lauf. Über ihm unterbrach das Gurren einer Waldtaube die Stille des Sommernachmittags. Matthias fühlte sich entsetzlich einsam. Er erkannte, daß er eigentlich immer allein gewesen war, von den Stunden, die er mit dem Eremiten verbracht hatte, einmal abgesehen. So lange er denken konnte, hatten ihn die Dorfkinder lediglich geduldet und ihn um seine Lese- und Schreibkünste beneidet – nur war ihm das früher nie bewußt geworden. Er wußte allerdings, daß sie ihn hinter seinem Rücken oft verspottet und abfällig aus ›Priesterbastard‹ bezeichnet hatten. Auch Zuhause blieb er allein. Sein Vater und seine Mutter gingen vollkommen ineinander auf, und manchmal kam es ihm so vor, als ob seine bloße Gegenwart sie in Verlegenheit brachte. Sein Vater war gütig und großzügig, Christina dagegen eine in ihre Gedanken versponnene Träumerin, die in Matthias' kindlicher Fantasie oft die Rolle einer in einem Elfenbeinturm gefangenen Märchenprinzessin spielte. Die Freundschaft zu dem Eremiten war eine ganz neue Erfahrung für ihn gewesen, weil er zum ersten Mal in seinem Leben wirkliche menschliche Nähe erfahren hatte. Nun, da der Eremit nicht mehr da war, änderte sich alles, einschließlich seiner eigenen Person. Matthias war immer noch aufgewühlt, trotzdem fühlte er sich, als wäre er innerlich stärker und gefestigter geworden, während er sich von seinen Eltern täglich weiter entfernte. Christina hatte sich tief in ihr Schneckenhaus zurückgezogen und sein Vater wirkte so hilflos wie ein alter Mann. Trotz ihres erfolgreich verlaufenen Besuches bei Baron Sanguis hatte sich die Stimmung des Priesters nicht verbessert, und was die Lage im Dorf betraf, so jagte eine Katastrophe die andere.

Sigherd, ein alleinstehender Kleinbauer, der ein bescheidenes Anwesen besaß, sprach eines Abends dem Ale zu reichlich zu, fiel in den Mühlteich und ertrank. Peterlinus, einer der Söhne des Bäckers, stürzte von einem Baum und brach sich den Arm. Eine Horde Outlaws überquerte den Severn und überfiel die Handwerker und Händler, die die Straße nach Sutton Courteny benutzten. Trotz aller Versuche von seiten des Barons Sanguis, der Lage Herr zu werden, hielt diese Verbrecherbande Reisende und Kaufleute vom

Dorf fern. Des Nachts trieben Teufel rund um Sutton Courteny herum ihr Unwesen. Der Tod in höchsteigener Person war einmal langsam auf einem dunkelvioletten Pferd durch das Dorf geritten; einen Totenkopfhelm auf dem skelettierten Schädel und eine mächtige Sense in der Hand. Hinter ihm, so behauptete es das Gerücht, war eine ganze Schar Kobolde einhergetanzt, um mit den Menschen ihren Schabernack zu treiben.

Matthias verschränkte die Arme und spitzte die Ohren. Er war sicher, Hufgetrappel gehört zu haben, konnte aber niemanden entdecken. Manchmal, wenn er hier seinen Gedanken nachhing, besonders in der Zeit kurz vor Sonnenuntergang, meinte er, die Gegenwart des Eremiten fast greifbar zu spüren; hörte die Stimme, die ihn *Creatura bona atque parva* rief. Doch war Matthias schon lange zu dem Schluß gekommen, daß ihm seine Sinne einen Streich spielten, weil er sich so verzweifelt nach seinem Freund sehnte.

Er widmete sich wieder der Betrachtung der Rose und dachte über das nach, was innerhalb der letzten Tage im Dorf geschehen war. Jeder wußte, daß Baron Sanguis ihn ausgezeichnet hatte. Nun respektierten ihn alle, ja, sie fürchteten ihn sogar. Die Leute erinnerten sich nur zu gut daran, daß einzig und allein Matthias für den Eremiten eingetreten war. Auch Baron Sanguis war von dem Unglück betroffen worden, das über das Dorf hereingebrochen war. Die alte Margot war tot am Fuße des Turms des Herrenhauses aufgefunden worden. Einige behaupteten, sie sei ausgerutscht und habe sich den Hals gebrochen; andere wiederum erzählten, sie sei seit Tagen von einem Dämon in Gestalt eines riesigen schwarzen Schattens verfolgt worden, der sie schließlich gepackt und die Stufen hinuntergeschleudert habe. Zudem hatte man die Fischteiche des Barons geplündert. Die Leute machten die Outlaws dafür verantwortlich, die in den königlichen Wäldern wilderten und durchaus nicht abgeneigt waren, sich gelegentlich zu einem fetten Karpfen oder einer saftigen Schleie zu verhelfen.

Baron Sanguis hatte Vergeltung geschworen, aber sein Zorn richtete sich hauptsächlich gegen den Prediger, der es gewagt hatte, seine feudalherrschaftlichen Rechte zu mißachten. Dieses Wild hatte er auch bereits zur Strecke gebracht. Der Prediger hatte bei den Mönchen von Tewkesbury Zuflucht gesucht, wo sein Benehmen den Vater Abt aufs höchste bestürzte. Er hatte völlig den Verstand verloren und behauptete ständig, von einem Teufel besessen zu sein – was ihn allerdings nicht vor der Rache des Barons bewahrt hatte. Er war an einem Strick um den Hals durch das Dorf geschleift und in eines von Baron Sanguis' Verliesen geworfen worden. Nun erwarteten die Dorfbewohner voller Spannung die Ankunft eines mit besonderen Vollmachten ausgestatteten Sonderbeauftragten des Königs, der aus London erwartet wurde. Er sollte die Angelegenheit untersuchen und den Prediger vor Gericht bringen.

Matthias schrak zusammen: Das waren nun eindeutig Pferdehufe, die er da hörte! Er schlich zum Kirchenportal und spähte hinaus. Ein Reiter näherte sich dem Friedhofstor. Er war hochgewachsen und saß sehr aufrecht in einem glänzenden roten Ledersattel. Sein weiter Umhang bauschte sich um seinen Körper, und der Schwertgurt, der sich um seine Hüften schlang, war kostbar bestickt. Bei dem Pferd handelte es sich um ein Schlachtroß, ein edel wirkendes Tier mit schöngeschwungenem Hals und glänzendem Fell. Satteldecke und Zaumzeug wiesen den Besitzer als wohlhabenden Lord aus, das weiche Leder war von bester Qualität, die Steigbügel auf Hochglanz poliert, so daß sie im Sonnenlicht blinkten. Der Reiter blickte sich zu seinem Packpony um und stieg dann ab. Die Sporen seiner hochhackigen Reitstiefel klirrten leise. Matthias bemerkte, daß das eingeölte schwarze Haar des Mannes im Nacken zu einem Zopf gebunden war. Er ging zu dem Pony hinüber und hob eines seiner Vorderbeine an. Matthias hörte, wie er beruhigend auf das Tier einsprach.

Fasziniert verließ der Junge die Ruine und schlich den laubbedeckten Pfad entlang. Das Schlachtroß schnaubte und scharrte unruhig mit den Hufen, das Pony warf den Kopf zurück und wieherte laut. Etwas schwirrte über Matthias' Kopf hinweg und schlug hinter ihm in die Mauer ein. Er blickte sich um, konnte aber nur eine kleine Staubwolke dort sehen, wo der Gegenstand den Stein getroffen hatte.

»Du solltest dich nicht so an Fremde heranpirschen, mein Sohn.«

Matthias wirbelte herum. Der Mann stand jetzt am Friedhofstor. Er hielt eine Armbrust in der Hand, in die er gerade einen zweiten Bolzen einlegte. Matthias' Herz schlug schneller. Er hob entschuldigend die Hand.

»Es tut mir leid!« rief er. »Ich habe mich hier versteckt. Das tue ich oft. Niemand reitet sonst hier entlang.«

Der Fremde kam auf ihn zu. Er bewegte sich so elegant und geschmeidig wie eine Katze – ein Mann, der Selbstbewußtsein ausstrahlte und sich seiner Macht bewußt war. Er blieb vor dem Jungen stehen und betrachtete ihn aus seinen dunkelblauen Augen forschend. Noch immer hielt er die Armbrust auf ihn gerichtet.

»Wer sagt mir denn«, fragte er, »daß du kein Outlawbalg bist?«

»Und woher soll ich wissen, daß Ihr kein Outlaw seid?« konterte Matthias prompt.

Der Mann lächelte. Er entspannte die Sehne, entfernte den Bolzen und verstaute ihn in einem kleinen Beutel, der an seinem Gürtel hing. Dann bückte er sich, so daß seine Auge auf gleicher Höhe wie die von Matthias waren. Er hatte ein angenehmes, freundliches Gesicht. Wenn er lächelte, zeigten sich um seine Augen herum feine Fältchen, und auf den glattrasierten Wangen erschienen Grübchen. Er machte den Eindruck eines Mannes, der das Leben liebte, es aber stets aus einer gewissen spöttischen Distanz betrachtete.

»Gut, wenn du nicht zu den Outlaws gehörst, wer bist du dann?« Er streifte seine goldgesäumten Handschuhe ab.

»Ich bin der Sohn von Osbert, dem Priester von Sutton Courteny«, erwiderte der Junge. »Mein Name ist Matthias.«

Der Mann stand auf und streckte ihm die Hand hin.

»Und ich bin Rahere, Sekretär der Staatskanzlei.« Seine Hand fühlte sich warm und weich an, als er die von Matthias sacht umschloß.

»*Ihr* seid der Sekretär?« entfuhr es Matthias verblüfft.

»Ich bin der Sekretär«, äffte der Mann ihn nach. »Von seiner Majestät dem König auf Wunsch von Baron Sanguis hierher entsandt, um der Gerechtigkeit Genüge zu tun.« Er blickte sich um. »Ich habe bewußt einen kleinen Umweg gemacht.« Er deutete auf die Kirche. »Dies ist wohl eines der alten Dörfer, deren Einwohner der Seuche zum Opfer gefallen sind. Ist die Kirche dein Versteck?«

»Nein, hier hat ein Freund von mir gelebt«, erklärte Matthias. »Er war Eremit. Die Dorfbewohner haben ihn gefangengenommen und als Hexenmeister verbrannt. Jetzt hat Baron Sanguis aber den eigentlich Schuldigen in den Kerker werfen lassen.«

Rahere nickte und schlug sich mit dem Handschuh gegen den Schenkel. Hin und wieder schweifte sein Blick zu der Kirche hinüber, und ein verstohlenes Lächeln spielte um seine Lippen.

»Mochtest du den Eremiten denn gerne?«

»Er war mein bester Freund«, erwiderte Matthias. »Er war seltsam, sehr seltsam sogar, aber zu mir war er immer freundlich. Ich komme oft hierher, weil ich ihn so schrecklich vermisse.« Seine Stimme schwankte. »Ich bin seitdem immer traurig.«

Wieder beugte sich Rahere zu ihm hinunter. »Du solltest aber nicht traurig sein, Matthias. Nicht an einem so schönen Sommertag wie heute.«

»Er hat mir Füchse gezeigt«, fuhr Matthias fort, und seine Unterlippe zitterte bedenklich. »Und er hat nie jemandem etwas zuleide getan. Dort drüben hat er gewohnt.« Mit dem Daumen wies er auf die verfallene Kirche. »Und er hat eine wunderschöne Rose an die Wand gemalt.«

Rahere richtete sich auf. »Nun, ich bin gekommen, um denjenigen zur Rechenschaft zu ziehen, der seinen Tod verschuldet hat«, verkündete er. »Also, Matthias, die Zeit verrinnt. Zeig mir den Weg nach Sutton Courteny.«

»Ich dachte, Euer Pony lahmt?« fragte Matthias, als sie zum Friedhofstor zurückgingen.

»Ach, es hatte nur einen kleinen Stein im Hufeisen.«

Ohne viel Federlesens hob der Sekretär Matthias hoch,

setzte ihn in den Sattel und stieg hinter ihm auf. Er nahm die Zügel und schnalzte mit der Zunge, woraufhin sich das Pferd gehorsam in Bewegung setzte. Das Pony trottete hinterher. Matthias schnupperte. Der Sekretär benutzte ein Duftwasser, das angenehm frisch roch. Der Junge fühlte sich warm und geborgen, obgleich er sich wunderte, daß ein solcher Mann Waldwege statt der Straße benutzte.

»Ehe ich meinen Auftrag ausführe«, sagte Rahere, der Matthias' Gedanken gelesen zu haben schien, »reite ich gerne ein wenig herum, spreche mit Leuten und mache mich mit der Umgebung vertraut, in der ich arbeiten muß. Auf diese Weise erfahre ich oft interessante Dinge. Also, Matthias, erzähle mir als Gegenleistung für den Ritt etwas über Sutton Courteny.«

Der Junge begann fröhlich drauflozuschwatzen. Er erzählte von seinem Vater, dem Priester, und daß seine Mutter Christina krank darniederläge; berichtete von den Unfällen, die sich seit dem Tod des Eremiten ereignet hatten, von dem Prediger, den er haßte, von dem netten Baron Sanguis und von Old Bogglebow, der Hexe, die unter so mysteriösen Umständen ums Leben gekommen war.

Der Sekretär hörte aufmerksam zu und stellte gelegentlich einmal eine Frage. Matthias war so in das Gespräch vertieft, daß er die Wegelagerer erst bemerkte, als es zu spät war. Genau dort, wo der Pfad sich verengte, kurz bevor er eine Biegung beschrieb, lösten sich sieben Outlaws aus dem Schatten der Bäume und verstellten ihnen den Weg. Sie waren mit Schwertern und Dolchen bewaffnet; zwei hielten zudem noch lange Bögen auf sie gerichtet. Der in schmutziges grünes Tuch gekleidete Anführer, der eine Kopfbedeckung aus Tierhäuten trug, stolzierte auf sie zu.

»Ein Reisender und ein Junge.« Seine Stimme klang rauh. »Steigt ab!«

»Verhalte dich ganz ruhig«, flüsterte der Sekretär Matthias ins Ohr.

»Wir hätten euch auch aus dem Schutz der Bäume heraus erschießen können«, fuhr der Outlaw fort, betrachtete seine Opfer und pfiff leise durch die Zähne. »Aber das Pferd sieht wertvoll aus, wir wollten es nicht verletzen und natürlich auch eure Kleider nicht beschädigen.« Er lachte laut und winkte seinen Kumpanen zu. »Nichts ruiniert ein gutes Hemd so gründlich wie Blutflecken. Also steig ab, du feiner Pinkel, und heb den Jungen vom Pferd. Wir nehmen uns deine Kleider, deinen Geldbeutel, deine Waffen und dein Pferd. Wenn ihr tut, was wir euch sagen, lassen wir euch beide ausnahmsweise am Leben.« Er hob die Hände. »Ich bin heute nämlich in äußerst großherziger Stimmung.«

»Du versprichst mir, daß du uns nicht tötest?« entgegnete Rahere.

»Bei der Ehre meiner Mutter. Oder lieber bei der deines Vaters.« Der Outlaw lachte gröhlend. »Das heißt, wenn du überhaupt einen hast.«

»Wenn ich dich loslasse«, murmelte Rahere Matthias zu, »dann lauf wie der Wind.«

Er ließ Matthias langsam zu Boden gleiten. Der Junge verschwand augenblicklich im Unterholz. Als er das Pferd hinter sich schnauben hörte, blieb er stehen und drehte sich um. Der Sekretär hatte blitzschnell die Sporen in die Flanken des Schlachtrosses gegraben, woraufhin das mächtige Tier wütend vorne hochgestiegen war und den Anführer der Outlaws mit einem Hufschlag niedergestreckt hatte. Die Bogenschützen hatten aus dieser geringen Entfernung ihre Pfeile nicht abschießen können, rückten aber nun bedrohlich näher. Matthias preßte entsetzt eine Hand vor den Mund, als er sah, wie sie mit Schwertern und Dolchen auf den Sekretär zustürmten und als er ihre triumphierenden Schreie hörte, die allerdings rasch verstummten, da Rahere sein Pferd herumriß und auf sie zugeritten kam. Mit hocherhobenem Schwert mähte er die Outlaws nieder wie ein Racheengel. Das schlachterprobte Roß, das den Geruch von Blut witterte, keilte wie wild um sich. Einer der Outlaws wurde von den schweren Hufen getroffen, schlug die Hände vor das Gesicht und taumelte schreiend zurück. Blut tropfte zwischen seinen Fingern hervor. Matthias stand wie angewurzelt da. Er hatte Baron Sanguis' Ritter schon bei Turnieren beobachtet, aber keiner hatte so rasch und geschickt agiert wie dieser Sekretär. Eine Zeitlang durchschnitten Waffengeklirr, Schreie und Flüche der in einen tödlichen Kampf verstrickten Männer die Stille des Waldes.

Und dann war es vorbei. Der Sekretär saß immer noch auf seinem Pferd. Schweiß strömte ihm über das Gesicht, seine Brust hob und senkte sich heftig, und sein Schwert war von oben bis unten mit Blut bedeckt. Fünf Outlaws lagen tot am Boden, einer kniete wimmernd daneben und hielt sich noch immer den Kopf. Ein anderer krümmte sich vor Schmerz, als er versuchte, sich wieder aufzuraffen. Der Sekretär trieb sein Pferd zu ihnen hinüber. Zweimal sauste sein Schwert durch die Luft, dann rührten sich auch die beiden überlebenden Outlaws nicht mehr. Rahere stieg ab, säuberte das Schwert mit dem Umhang eines der Getöteten, nahm eine Wasserflasche vom Sattelknauf und spritzte sich etwas Wasser in das Gesicht und über die Hände. Dann untersuchte er die Pferde.

»Ihnen ist nichts geschehen!« rief er über die Schulter. »Sie sind gut geschult und an Schlachten gewöhnt, Matthias. Ist dir aufgefallen, daß das Packpony stocksteif stehengeblieben ist, während das Streitroß gekämpft hat wie ein richtiger Krieger?«

Rahere nahm sein Schwert auf, das er neben einer der Leichen abgelegt hatte, schob es in die Scheide zurück und schlenderte gemächlich den Pfad entlang. Dann löste er das schmale rote Band von seinem Zopf und schüttelte sein Haar, bis es ihm locker um die Schultern fiel, so wie es Matthias Mutter oft tat. Danach zog er einen Kamm aus der Tasche und begann sich zu frisieren, wobei er Matthias die ganze Zeit unverwandt ansah.

»Ein blutiges Tagewerk, nicht wahr?«

Der Junge schaute auf die Leichen nieder. Alles war so schnell gegangen. Eben waren diese Männer noch am Leben gewesen und hatten sie bedroht, nun lagen sie wie Schlachtvieh tot am Boden.

»Leben und Tod liegen nah beieinander«, deklamierte der Sekretär.

»Aber sie haben Euch verwundet«, sagte Matthias. »Ich

sah, wie sie mit Schwertern und Dolchen auf Euch losgegangen sind.«

»Du hast mir wahrscheinlich das Leben gerettet«, erwiderte Rahere. »Sie hatten es zwar auf meine Habseligkeiten abgesehen, aber einer von ihnen hatte sich wenigstens noch einen Funken Menschlichkeit bewahrt und scheute davor zurück, ein Kind zu töten.«

»Sie haben Euch verwundet«, wiederholte Matthias.

Der Sekretär band sich das Haar wieder im Nacken zusammen und klopfte sich den Staub von seinem Umhang und seinem Wams.

»Zwei Dinge mußt du wissen, Matthias. Erstens: Wenn du gegen einen auf einem Pferd sitzenden Mann einen Schwertstreich führst, mußt du mit dem Schwert von unten nach oben schlagen, und dabei verliert der Hieb viel von seiner Wucht. Und zweitens ...«, er warf den Umhang zurück und zog sein Wams ein Stück hoch. Matthias sah ein feinmaschiges Kettenhemd darunter aufblitzen. »Mailänder Stahl«, erklärte der Sekretär. »Leicht wie eine Feder, aber äußerst fest. Jetzt komm, mein Sohn. Wir wollen zu deinem Dorf reiten. Ich bringe dich nach Hause, und dann werde ich Baron Sanguis aufsuchen. Er soll dafür sorgen, daß seine Wälder von diesem menschlichen Ungeziefer gesäubert werden.«

Sie setzten ihren Weg fort. Erst als sie Sutton Courteny erreicht hatten, fiel Matthias auf, welche Worte der Sekretär gebraucht hatte. ›*Lauf wie der Wind*‹. Genau das hatte der Eremit auch immer zu ihm gesagt.

ACHTES KAPITEL

Als der Chronist von Tewkesbury auf die furchtbaren und blutigen Ereignisse zu sprechen kam, die sich 1471 um Allerheiligen herum im Sutton Courteny zugetragen hatten, stellte er fest, daß die Verhandlung gegen den Prediger in der Pfarrkirche des Dorfes am Tag des hl. Benedikt der Anfang vom Ende gewesen war. Diesmal ging man ganz anders vor als bei dem Prozeß gegen den Eremiten. Baron Sanguis thronte auf einem Stuhl direkt vor dem Eingang zum Lettner. Rechts neben ihm saß sein Sohn, der eine grimmige Miene zur Schau trug, links Marjordomus Taldo. In einer Ecke hockte einer der Schreiber des Barons auf einem Schemel vor einem Tischchen. Eine neue Geschworenenjury war zusammengestellt worden.

Der Sekretär Rahere hatte die Leitung übernommen. Er war von Kopf bis Fuß in tiefes Schwarz gekleidet. Ein silberner Gürtel schlang sich um seine schmalen Hüften, an dem ein Schwert und ein Dolch hingen. Außerdem trug er an seinen schwarzen Lederstiefeln noch immer die Sporen, die bei jedem Schritt leise klirrten. Seine hochgeschlossene Tunika wurde unter dem Kinn von weißen Leinenbändern zusammengehalten, und das schwarze, eingeölte Haar fiel ihm bis auf die Schultern.

Matthias betrachtete ihn, während er auf und ab ging und sich abwechselnd an Baron Sanguis, die Geschworenen und die Menge wandte, die fasziniert jede seiner Bewegungen verfolgte. Er fand, daß der Sekretär einer geschmeidigen schwarzen Katze glich, die eine Gruppe von Mäusen hypnotisierte. Die Dorffrauen warfen ihm brennende Blicke zu und tuschelten miteinander. Es war längst allgemein bekannt, daß dieser junge, gutaussehende Beamte ein Auge für hübsche Gesichter hatte und süße Worte im Munde zu führen wußte. Rahere entging die Wirkung nicht, die er auf sein Publikum ausübte. Wie ein Hauptdarsteller in einem Schauspiel wählte er seine Worte ganz bewußt und spann die Zuschauer in sein Netz ein. Zuerst beschrieb er sich und seine Funktion und zeigte seine auf cremefarbenes Pergament geschriebene Vollmacht vor, die das rote Wachssiegel des Königs trug. Er tadelte die Dorfbewohner für ihr eigenmächtiges Handeln, mahnte sie, nie wieder das Recht in ihre eigenen Hände zu nehmen und hielt dann inne, damit Baron Sanguis die Geldstrafe verhängen konnte. Die Leute nickten; erleichtert, daß sich ihr Lehnsherr unter diesen Umständen erstaunlich großmütig gezeigt hatte. Matthias blickte zu seinem Vater hinüber. Wie schon bei der vorigen Verhandlung saß er auf den Stufen der Marienkapelle. Diesen Morgen hatte Osbert sich dazu aufgerafft, sich zu waschen, zu rasieren und seine Kleider zu wechseln, aber er wirkte immer noch blaß und vergrämt.

Rahere nahm den Faden wieder auf und zählte die gräßlichen Todesfälle auf, die in der näheren Umgebung aufgetreten waren. Er sprach ein ausgezeichnetes, gewähltes Englisch und bediente sich zwischendurch immer wieder einiger in der Gegend gebräuchlichen Ausdrücke. Matthias sah Baron Sanguis und seinem Sohn an, daß sie von dem Mann äußerst angetan waren. Schließlich beendete der Sekretär seinen Vortrag und deutete auf die Tür.

»Meiner Meinung nach werden wir gleich dem wahren Täter gegenüberstehen; dem Mörder, der unschuldiges Blut vergossen hat«, erklärte er. »Bringt ihn herein!«

Taldo erhob sich und eilte zur Tür. Kurze Zeit später kehrte er mit zwei von Baron Sanguis' stämmigen Büttelin zurück. Sie hatten den Prediger in die Mitte genommen, roh an den Armen gepackt und zerrten ihn nun in die Kirche, wo er gezwungen wurde, niederzuknien und die Dorfbewohner anzusehen. Matthias musterte ihn befremdet. War dies wirklich derselbe Mann, der ihm einst Angst eingejagt hatte? Das Haar des Predigers wies nun zahlreiche graue Strähnen auf, sein Gesicht war hager und eingefallen, Speichelflocken klebten in dem ungepflegten Bart, und sein Mund stand halb offen. Mit leeren Augen blickte er sich in der Kirche um, während Rahere die einzelnen Anklagepunkte zusammenfaßte; als er auf die Beschuldigungen antworten sollte, brachte der Prediger nur ein Kopfschütteln zustande.

»Ich war krank«, winselte er. Seine Hände, inzwischen von den Fesseln befreit, zitterten heftig, als er sich gegen den Kopf tippte. »Ich kann mich nicht mehr erinnern, wo ich war und was ich getan habe. Mir ist, als hätte ich lange, lange Zeit geschlafen.«

»Hast du etwas zu deiner Verteidigung vorzubringen?« fragte Rahere knapp.

»Ich weiß nicht, wer ich bin oder wo ich war.« Der Prediger hustete trocken. »Ich habe Böses getan, viel Böses.«

»Der Mann, den du verurteilt hast, der Eremit – war er unschuldig?«

»Ja, o ja, aber ich bin so durcheinander.«

Rahere zuckte die Schultern und schaute Baron Sanguis an.

»Was sagt Ihr?«

Der Baron wandte sich an die Geschworenen.

»Schuldig!« riefen diese im Chor.

»Und das Urteil?« fragte Rahere.

»Er soll am Galgen baumeln!« bellte Baron Sanguis. »Knüpft ihn auf und laßt ihn hängen, als Warnung für alle, die glauben, sie könnten herkommen und sich Rechte anmaßen, die nur mir zustehen.«

Die Dorfbewohner beklatschten seine Worte jubelnd.

»Das Urteil soll unverzüglich vollstreckt werden«, fügte Baron Sanguis hinzu.

Der Prediger ließ den Kopf sinken und begann zu schluchzen. Die Geschworenen erhoben sich und beglückwünschten sich gegenseitig. Matthias, der sich bis nach vorn durchgedrängelt hatte, sah, wie Rahere sich bückte, seine Finger in das Haar des Predigers krallte und dessen Kopf zurückzog. Sein Gesicht war nur eine Handbreit von dem des Gefangenen entfernt. Vielleicht hörte nur Matthias das entsetzte Wort »DU!«, das über die Lippen des Predigers kam, ehe er wie ein Hund auf alle viere niedersank.

Baron Sanguis' Büttel traten vor. Der Gefangene wurde

auf den Friedhof hinausgeschafft, wo ein Pferd bereitstand, das eine aus Holz und Leder gefertigte Trage hinter sich herzog. Der Prediger wurde darauf festgebunden, nachdem man ihn bis auf seine Kniehosen entkleidet hatte. Rahere nahm das Pferd am Zügel und führte es langsam über die Hauptstraße bis hin zu dem hohen Galgen. Pfarrer Osbert blieb in der Marienkapelle zurück und barg das Gesicht in den Händen.

Matthias beschloß, der Menge zu folgen. Die Leute bewarfen den auf die provisorische Trage gefesselten wehrlosen Prediger mit Abfällen, Kot und Unrat. Er wurde auf dem unebenen Boden auf- und abgeschleudert, bis er vor Schmerz zu brüllen anfing. Beim ›Hungrigen Mann‹ blieb Matthias stehen. Er wollte nicht mehr weiter mitgehen. Statt dessen kletterte er auf einen Tisch vor der Schenke und verfolgt das Geschehen von diesem erhöhten Standort aus. Die Menge erreichte den Galgen, und der Prediger wurde losgebunden. Die Büttel fesselten ihm die Hände auf den Rücken, hoben ihn auf das Pferd und legten ihm eine Schlinge um den Hals.

»Vollstreckt das Urteil!« Raheres Worte durchbrachen die Stille. »Im Namen des Königs und der Gerechtigkeit!«

Das Pferd erhielt einen Schlag auf die Kruppe, so daß es einen Satz nach vorn machte. Der Prediger tanzte wie eine zerbrochene Puppe an dem Strick, drehte sich um die eigene Achse und strampelte mit den Beinen. Matthias konnte den Anblick nicht länger ertragen und flüchtete sich in den Schankraum des ›Hungrigen Mannes‹. Dort saß er auch noch, als die Männer vom Galgen zurückkehrten. Er war gerade im Begriff, sich unauffällig davonzustehlen, da legte sich eine Hand auf seine Schulter. Er blickte auf. Rahere lächelte ihn an.

»Es mußte sein, mein Junge«, murmelte er. »Es mußte sein.« Er beugte sich zu Matthias hinunter. »Aber für heute ist es genug«, sagte er leise. »Zeigst du mir jetzt die Wälder?«

»Morgen.« Matthias trat zurück. Er fühlte sich schwach und zittrig, und sein Magen rebellierte. »Morgen früh«, versprach er. »Jetzt muß ich nach Hause. Mein Vater braucht mich.«

Rahere klopfte ihm auf die Schulter. »Ein ergebener Sohn ist immer ein Segen«, bemerkte er.

Matthias verließ den ›Hungrigen Mann‹ und lief die Hauptstraße entlang. Er fand seinen Vater in der Küche, wo er vor dem Herd saß und in die Asche starrte, neben sich bereits seinen zweiten Becher Wein. Matthias sprach ihn vorsichtig an, doch sein Vater schüttelte nur abwehrend den Kopf. Verzagt schlicht Matthias die Stufen empor. Die Tür zum Schlafzimmer seiner Eltern stand offen. Er ging hinein. Der Raum war düster, die Luft roch abgestanden. Er kniff die Augen zusammen, um besser sehen zu können. Seine Mutter lag mit dem Rücken zu ihm auf dem Bett. Er ging zu ihr hinüber.

»Mutter? Mutter, ich bin's, Matthias.« Er tippte sie an, doch sie rührte sich nicht. »Mutter, ich bin es. Geht es dir nicht gut?«

Wieder erhielt er keine Antwort. Auf Zehenspitzen verließ er den Raum und begab sich in seine eigene kleine Kammer, wo er sich auf sein Bett legte. Bilder zogen an ihm vorbei. Der Eremit streckte die Arme nach ihm aus – der Prediger tanzte an dem Seil auf und ab – Rahere lächelte auf ihn hinunter. Matthias fiel in einen unruhigen Schlummer, aus dem er unsanft geweckt wurde. Seine Mutter packte ihn an der Schulter und schüttelte ihn so grob, daß sein Kopf immer wieder gegen das federgefüllte Kissen schlug. Matthias starrte sie entgeistert an. Christinas Gesicht war so weiß wie ein Laken. Bläuliche Schatten lagen auf ihren Wangen, und schwarze Ringe umgaben ihre blutunterlaufenen Augen. Sie schaute blicklos auf ihn herab. Ihre Lippen bewegten sich lautlos.

»Mutter!« stöhnte Matthias. »Mutter, was hast du denn? Du tust mir weh!«

Christina gebärdete sich wie eine Wahnsinnige. Ihre Nägel gruben sich so tief in Matthias' Schulter, daß der Junge die Augen schloß und zu weinen anfing. Von der Treppe her kamen Schritte, dann war sein Vater bei ihm, zerrte Christina von ihm weg und schloß die Arme fest um sie.

Christina wehrte sich, begann gleichfalls zu schluchzen und gab plötzlich nach. Ihr Körper wurde schlaff. Osbert ließ sie sanft zu Boden gleiten und lehnte sie mit dem Rücken gegen die Wand. Dort blieb sie sitzen, die Beine ausgestreckt, mit nackten, schmutzigen Füßen und verschränkten Armen. Ein Speichelfaden lief aus ihrem Mundwinkel. Sie hob den Kopf und sah ihren Mann aus verquollenen Augen an.

»Es tut mir leid«, flüsterte sie. »Es tut mir sehr leid, Matthias.« Sie hielt Osbert die Hand hin. »Bring mich in mein Bett zurück«, bat sie. »Gib mir etwas zu essen und nimm mir dann die Beichte ab.«

Zu Tode erschrocken wollte Matthias hochspringen.

»Du bleibst hier!« befahl Osbert. Er hob seine Frau auf und trug sie die Treppe hinunter.

Matthias wartete eine Weile und blickte müßig aus dem Fenster. Er hatte länger geschlafen als beabsichtigt, und da er hungrig war, ging er in die Küche, aß etwas Obst und Käse, und trank dazu den Wein, den sein Vater übriggelassen hatte; dann kehrte er in seine Kammer zurück. Der Wein und der Schock über das Benehmen seiner Mutter bewirkten, daß er sich wie ausgehöhlt vorkam. Noch nie zuvor hatte er eine solch abgrundtiefe Müdigkeit verspürt. Seine Arme und Beine wurden bleischwer, er warf sich auf sein Bett und fiel sofort in einen tiefen, traumlosen Schlaf.

Kurz nach Tagesanbruch erwachte er durchgefroren und vollkommen steif, fühlte sich aber erfrischt und ausgeruht. Er ging nach unten. Sein Vater saß im Stuhl seiner Mutter. Matthias erstarrte. Osbert war gealtert, sein Gesicht wirkte blaß und abgezehrt, und er wiegte sich wie ein Kind vor und zurück, wobei er mit den Fingern an den Ärmeln seines Gewandes herumnestelte. Matthias bekam es mit der Angst zu tun. Plötzlich wünschte er sich verzweifelt, auf dem Absatz kehrtmachen und fliehen zu können.

»Deine Mutter ist tot.« Osbert drehte sich noch nicht einmal zu ihm um. »Ich habe ihr letzte Nacht die Beichte abgenommen. Sie starb in den frühen Morgenstunden.« Er ließ die Hände sinken. »Fort«, fügte er hinzu. »Sie ist einfach fort, erloschen wie eine Kerze im Wind.«

Matthias begann zu zittern. Er verstand die Welt nicht mehr. Die Mutter war tot, und der Vater saß da, und redete mit sich selbst, als habe er den Verstand verloren.

»Vielleicht schläft sie ja nur«, schlug er zaghaft vor.

Etwas besseres fiel ihm nicht ein. Osbert wandte den Kopf und verzog die Lippen zu einem verächtlichen Grinsen.

»Sie schläft nur? Du dummer kleiner Taugenichts, sie ist tot! Meine Christina ist tot! Deine Mutter ist tot, und du stehst da und behauptest, sie würde nur schlafen.« Osberts Schultern bebten. Er vergrub sein Gesicht in den Händen und begann, haltlos zu schluchzen.

Matthias zog sich in Richtung Tür zurück. Er begriff überhaupt nichts mehr. Seine Mutter würde doch nie sterben und ihn allein lassen! All das mußte ein böser Traum sein.

»Wo willst du hin?« Der Priester erhob sich schwankend und kam drohend auf ihn zu. »Wo willst du denn hin, du Wechselbalg? Du kleiner Bastard!«

»Vater, was ist denn?« kreischte Matthias.

Der Priester zwinkerte.

»Vater, ich weiß noch nicht, wo ich hingehe!«

Osbert holte tief Atem, schloß die Augen und bekreuzigte sich dreimal.

»Zu deinem Eremiten? Zu deinem verdammten Eremiten?« murmelte er.

»Er ist doch tot«, wimmerte Matthias.

Osbert brummte etwas vor sich hin. »Ich will die alte Kirche selbst sehen«, sagte er dann. »Mach voran, Junge. Hol deinen Umhang und zieh deine Stiefel an.«

Matthias beeilte sich, seinem Vater zu gehorchen. Als er wieder herunterkam, war Osbert zum Aufbruch gerüstet. Er hielt ein mit Wein gefüllte Wasserflasche in der einen und einen speckigen Lederbeutel in der anderen Hand. »Ich habe etwas zu essen und zu trinken mitgenommen«, erklärte er.

Sie gingen zum Stall, und Osbert holte das kleine Reitpferd heraus, das dort untergebracht war. Matthias nahm an, sein Vater werde ihn in den Sattel heben, aber er hängte lediglich den Beutel an den Sattelknauf und stieg selber auf.

»Lauf neben mir her, Junge!«

Auf der Hauptstraße hielt Pfarrer Osbert an und hämmerte gegen die Tür der Witwe Blanche. Er erklärte ihr in kurzen, abgehackten Sätzen, was geschehen war und bat sie, den Leichnam zu waschen, anzukleiden und bei ihm Wache zu halten, bis er zurückkäme. Danach ritt er weiter. Beim Galgen zügelte er sein Pferd und betrachtete kurz die jetzt mit Pech und Teer bedeckte Leiche des Predigers, die an dem rauhen Hanfseil baumelte. Wieder murmelte Osbert Unverständliches vor sich hin, dann ritt er in den Wald hinein und folgte dem Pfad nach Tenebral. Matthias trottete neben ihm her.

Der Junge nahm seine Umgebung kaum zur Kenntnis. Er schien nicht in der Lage zu sein, zu sehen und zu hören, was um ihn herum vorging. Seine Mutter war tot. Nie wieder würde Christina das Wort an ihn richten. Und sein Vater ritt, ohne auf ihn Rücksicht zu nehmen, durch den Wald und zwang seinen eigenen Sohn, wie ein Straßenköter neben ihm herzulaufen.

Matthias' Kopf und Bauch begannen zu schmerzen. Er bemerkte, daß es in der Nacht zuvor geregnet haben mußte. Pfützen bedeckten den Pfad, und von den Bäumen über ihm tropfte immer noch Wasser herab. Er blieb stehen, um wieder zu Atem zu kommen, und wartete darauf, daß die Stiche in seiner Seite nachließen, doch sein Vater ritt weiter, ohne sich um ihn zu kümmern. Schluchzend und keuchend folgte Matthias ihm. Er beschloß, nicht länger zu versuchen, mit ihm Schritt zu halten, sondern schlug seinen geheimen Weg nach Tenebral ein. Morgennebel stieg wie ein feiner Schleier über den verfallenen Häusern auf und hing über der alten Kirche.

Matthias wartete am Friedhofstor, bis sein Vater auftauchte, abstieg und ihn bei der Schulter packte.

»Ich habe dir doch gesagt, du sollst bei mir bleiben!« rügte er den Jungen scharf. »Jetzt kümmere dich um das Pferd.«

Mit diesen Worten ging Osbert auf die Kirche zu. Matthias blieb zurück. Er fürchtete sich, denn er hatte in den Augen seines Vaters einen Ausdruck bemerkt, den er noch nie zuvor bei ihm gesehen hatte. Nachdem ungefähr eine Stunde verstrichen war, verließ sein Vater die Ruine wieder.

»Matthias, komm her zu mir.«

Matthias blieb wie erstarrt stehen. Osbert trat auf ihn zu. Matthias krümmte sich, als er das Gesicht seines Vaters sah.

»Ich bin nicht der, der ich zu sein scheine, mein Junge.« Der Priester bemühte sich, mit betont sanfter und freundlicher Stimme zu sprechen, dennoch witterte Matthias eine furchtbare Gefahr. Er war sicher, daß er die Kirche nicht mehr lebend verlassen würde, wenn er sich überreden ließ, sie zu betreten. Außerdem fiel ihm auf, daß sein Vater seinen Gürtel abgenommen und ihn straff um die rechte Hand gewickelt hatte.

»Es geht um die Runen«, erklärte Osbert, während er sich Matthias langsam näherte. »Ich bin kein so ungebildeter Bauer, wie viele Leute meinen. Ich kann Französisch und Latein lesen, aber was die Rose und die Runen betrifft, so weißt du wohl besser als ich, was sie bedeuten.« Er hob die linke Hand und spreizte die Finger. »Das weißt du doch, nicht wahr, Matthias? Du kannst diese Schriftzeichen lesen. Komm mit und erklär deinem Vater alles.«

Matthias vermochte sich nicht vom Fleck zu rühren. Sein Mund war strohtrocken. Er wich zurück. Das Pferd, das seine Furcht spürte, wurde unruhig und zerrte an den Zügeln.

»Wir sehen uns die Bilder an.« Osbert schob den Kopf vor. Matthias konnte sehen, wie sein Adamsapfel auf und ab hüpfte. »Wir sehen uns die Bilder an, und dann reite ich weiter nach Tewkesbury.«

Er kam näher, die Augen fest auf seinen Sohn gerichtet. Matthias stand noch immer wie angewurzelt da.

»Guten Morgen, Pfarrer Osbert.«

Neben der Kirche, hinter seinem Vater, stand der Sekretär Rahere. Der Priester zögerte. Rahere ging langsam auf ihn zu. Er trug Jagdkleidung; ein dunkelgrünes Wams und Kniehosen in derselben Farbe. Seine Hand ruhte wie zufällig auf dem Griff seines Dolches.

»Guten Morgen, Pfarrer Osbert«, wiederholte er. »Guten Morgen, Matthias.«

Er stellte sich zwischen sie, wobei er Matthias den Rücken zukehrte. Osbert legte einen Finger auf die Lippen. Seine Augen schossen nervös von einer Seite zur anderen, als ob ihm erst jetzt bewußt würde, wo er sich befand und was er zu tun beabsichtigte.

»Ich habe die Nachricht im Dorf gehört«, sagte Rahere. »Mein Beileid zum Tod von Christina. Sie muß eine wundervolle Frau gewesen sein.« Über die Schulter hinweg lächelte er Matthias zu. »Sonst hätte sie wohl kaum einen Sohn wie dich gehabt. Nun, Pfarrer Osbert, Eure Frau liegt bei Euch im Hause aufgebahrt. Was führt Euch denn zu dieser Zeit hier in die Ruine?«

Matthias begriff nicht ganz, was hier geschah, aber sein Vater wirkte plötzlich verängstigt; er wiegte den Kopf hin und her und versuchte, dem Blick des Sekretärs auszuweichen.

»Wir sind auf dem Weg nach Tewkesbury«, stammelte er schließlich. »Und bei der Gelegenheit wollte ich gern einmal Matthias' Lieblingsversteck sehen.«

»Was wollt Ihr denn in Tewkesbury?« erkundigte sich der Sekretär liebenswürdig. »Der Leichnam Eurer Frau ist ja noch nicht einmal kalt.«

»Ich habe dort etwas Wichtiges zu erledigen.« Der Priester war nun sichtlich erregt, leckte sich über die Lippen und trat von einem Fuß auf den anderen. »Ich muß unbedingt weiter.«

Er wich zur Seite, aber Rahere folgte ihm.

»Und Matthias?« fragte er. »Der Junge muß Euch doch sicher nicht nach Tewkesbury begleiten, nicht wahr?«

»Nein, nein, er muß mich nicht nach Tewkesbury begleiten«, echote der Priester.

»Dann solltet Ihr jetzt besser aufbrechen.«

Osbert nickte, drängte sich an dem Sekretär vorbei, griff nach den Zügeln und kletterte auf sein Pferd. Er stieß ihm die Fersen in die Flanken und ritt den Pfad entlang, der ihn zu der großen Straße nach Tewkesbury bringen würde. Rahere sah ihm nach, ehe er sich Matthias zuwandte. Der Junge stellte fest, daß das Gesicht des Sekretärs fahlweiß schimmerte. Auf seiner Stirn glitzerten Schweißtröpfchen.

»Ich habe Angst«, sagte Matthias kläglich. »Mir ist kalt, und ich habe furchtbare Angst.«

Rahere nahm seinen Umhang ab, wickelte den Jungen darin ein, hob ihn auf und trug ihn um die alten Friedhofsmauern herum zu seinem Pferd, das er zwischen einigen Bäumen angebunden hatte.

»Du kommst mit mir nach Sutton Courteny zurück«, bestimmte er. »Ich bewohne das beste Zimmer im ›Hungrigen Mann‹.«

Der Heimritt verlief schweigsam. Als sie die Schenke erreichten, waren die Kellner und Küchenjungen offenbar gerade erst aufgestanden. Die Feuerstellen waren noch kalt. Der Wirt Joscelyn kam herbeigeeilt und betrachtete das Bündel in Raheres Armen neugierig. Der Sekretär flüsterte ihm rasch eine Erklärung zu. Matthias verstand nicht, was er sagte, und es kümmerte ihn eigentlich auch nicht. Er zitterte wie Espenlaub, sein Magen brannte, und seine Kehle war wie zugeschnürt. Rahere hatte das geräumige, helle Zimmer im ersten Stockwerk gemietet, das auf die Hauptstraße hinausging. Er legte Matthias auf das Bett, wühlte in seinen Satteltaschen herum und entnahm ihnen eine kleine Phiole, deren Inhalt er in einen Becher mit Wein tröpfelte. Mit sanfter Gewalt zwang er Matthias, den Becher zu leeren. Der Junge versuchte, sich zu weigern, da er fürchtete, sein Magen könne die Flüssigkeit nicht bei sich behalten, aber der Sekretär hielt ihn fest.

»Mach dir keine Sorgen, mein Sohn«, sagte er. »Schau mir einfach in die Augen.«

Matthias gehorchte, blickte in zwei schwarze Seen ... und alsbald überkam ihn ein ähnliches Gefühl wie das, was er empfand, wenn er zu lange auf die dunkle Wasseroberfläche der Tümpel in den Wäldern um Tenebral starrte. Seine Lider wurden schwer, und er schien in ein tiefes schwarzes Loch zu stürzen ...

Er mußte stundenlang geschlafen haben. Als er erwachte, fühlte er sich erfrischt und sehr hungrig.

»Es ist schon weit nach Mittag«, teilte ihm Rahere mit, der auf einem Stuhl neben dem Bett saß. »Du hast geschnarcht wie ein kleines Schweinchen. Wie geht es dir den? Besser?«

»Mir ist wieder warm«, erwiderte Matthias.

»Ausgezeichnet. Dann hole ich dir jetzt etwas zu essen.«

Er verließ den Raum. Nach einigen Minuten kehrte er mit einem Tablett zurück, auf dem sich eine Zinnschüssel mit geschmortem Wildbret, Käse, weiche weiße Brötchen, ein Tiegel Butter und ein Gericht aus gezuckerten Birnen befanden. Matthias fiel wie ausgehungert über die Speisen her und aß, bis er meinte, jeden Moment zu platzen. Die ganze Zeit über beobachtete der Sekretär ihn aufmerksam.

»Ich glaube, ich gehe jetzt besser nach Hause.« Matthias schob das Tablett beiseite.

»Das halte ich für keine gute Idee«, entgegnete Rahere. »Bleib lieber noch ein wenig hier. Du kannst mir helfen. Ich muß noch ein paar Briefe schreiben – und werde dich daher gleich in die Geheimnisse der Staatskanzlei einweihen.«

Matthias verbrachte einen aufschlußreichen Nachmittag. Er sah zu, wie der Sekretär Briefe an seine Vorgesetzten verfaßte, in denen er ausführlich über die Ereignisse in Sutton Courteny berichtete. Rahere zeigte ihm, wie man eine frische, unbeschriebene Pergamentrolle glätten und vorsichtig mit Bimsstein behandeln mußte, damit die Oberfläche seidenweich wurde. Danach schnitt man das Pergament mit einem speziellen Messer zurecht, wobei man eine Holzleiste zu Hilfe nahm, um eine gerade Linie zu ziehen. Dann lehrte er den Jungen, Tinte herzustellen. Zu diesem Zweck wurden ein schwarzes Pulver und Wasser im richtigen Verhältnis zueinander gemischt und über einer Kerze erwärmt. Die zerbrechlichen Schreibfedern aus Gänsekiele mußten gespitzt werden. Matthias zerbrach drei von ihnen, ehe er begriff, wie er die Sache anstellen mußte. Der Sekretär verfügte über eine schier unendliche Geduld. Niemals tadelte er Matthias wegen eines Mißgeschicks, sondern lobte seine schnelle Auffassungsgabe.

»Du hast ein helles Köpfchen, mein Sohn. Jetzt schau gut zu.«

Er setzte sich an das kleine Schreibpult, tauchte die Feder in die Tinte und begann zu schreiben. Rasch und gleichmäßig glitt die Spitze über das Pergament.

»Kannst du das lesen?«

»Ich kenne nur Kirchenlatein.«

»Das ist kein Latein.« Rahere grinste. »Es ist Anglofranzösisch, die Sprache des Hofes. Der Zungenschlag der Hochwohlgeborenen.«

Er sprang auf und brach in einen französischen Wortschwall aus, wobei er das affektierte Gehabe der Höflinge – Männer wie Frauen – so treffend imitierte, daß Matthias sich vor Lachen bog. Rahere ließ sich wieder auf seinen Stuhl sinken.

»Es ist wundervoll, diese gezierten Gecken zu beobachten, Matthias«, meinte er. »Sie tragen die Nasen so hoch, als würde die Welt ohne sie aufhören zu existieren, aber in Wirklichkeit sind sie nur eine Bande von Hohlköpfen.« Sein Gesicht wurde ernst. »Die meisten von ihnen verfügen nur über eine einzige wahre Begabung – über das Talent zum Töten. Dasselbe läßt sich allerdings von jedem beliebigen Raubtier sagen.«

»Verhält es sich mit den Sekretären denn anders?« fragte Matthias.

»Sie sind nicht besser und nicht schlechter«, erklärte Rahere. »Ein Völkchen von Opportunisten, das ganz genau darauf achtet, wer aufsteigen und wer stürzen wird. So, nun müssen wir das Pergament noch versiegeln.«

Er nahm einen kleinen Kupferlöffel und eine Stange Wachs aus seiner Tasche, zeigte Matthias, wie das Wachs geschmolzen werden mußte, tropfte ein wenig davon auf das Pergament und drückte sein Siegel hinein.

»Und jetzt«, er legte das Pergament auf das Pult, »lassen wir es trocknen, dann rolle ich es auf und binde es zusammen, und dann heuern wir einen ehrlichen wandernden Handwerkergesellen an, damit er das Schreiben nach Westminster befördert. Was dich betrifft, mein Sohn ...«, er trat an das Fenster, »... es wird bald Abend. Dein Vater dürfte jetzt wieder zu Hause sein.«

Matthias verspürte nicht die geringste Lust, wieder heimzugehen, aber der Sekretär bestand darauf, ihn nach Hause zu bringen. Die Witwe Blanche öffnete ihnen die Tür. Ein Ausdruck tiefer Besorgnis lag auf ihrem Gesicht. Pfarrer Osbert saß in der Küche auf einem Stuhl. Der Kopf war ihm auf die Brust gesunken, der Becher, aus dem er getrunken hatte, seinen Händen entglitten. Der Weinkrug neben ihm auf dem Boden war leer.

»Er ist erst vor kurzem zurückgekommen«, flüsterte die Witwe. »In einem solchen Zustand habe ich ihn noch nie zuvor gesehen; übellaunig und gereizt und die ganze Welt verwünschend. Er fragte mich, wo sein Wechselbalg stecken würde.« Mitleidig blickte sie zu Matthias hinüber. »Er hielt einen Stock in der Hand.«

»Und Christina? Die Mutter des Jungen?« fragte Rahere.

»Sie liegt oben. Ich habe sie für die Beerdigung hergerichtet, Gott sei ihr gnädig. Aber nun so etwas?« Kopfschüttelnd murmelte sie etwas Unverständliches vor sich hin.

»Wir gehen zu ihr«, bestimmte Rahere. »Ich werde den Jungen begleiten. Er soll seine Mutter ein letztes Mal sehen.«

Er führte Matthias die Stufen empor. Christina lag, angetan mit ihrem besten Gewand, auf dem Bett. Blanche hatte ihr das Haar gekämmt, das ihr nun weich um die Schultern floß. Ihr Gesicht wirkte heiter und gelöst. Matthias kam es so vor, als müsse er nur die Hand ausstrecken und sie berühren, damit sie wieder aufwachte, aber er tat es nicht. Er fühlte sich schuldig. Sie wirkte im Tod viel jünger, viel mehr im Frieden mit sich selbst, und er wollte seine Mutter so in Erinnerung behalten, wie sie früher gewesen war. So stand er einfach nur da und sah sie an, während ihm die Tränen über die Wangen strömten.

»Sprich deine Gebete«, mahnte Rahere.

Matthias versuchte nachzudenken, konnte aber keinen klaren Gedanken fassen. Ihm fielen nur die Worte ein, die sein Vater ihn gelehrt hatte und die er jeden Morgen wiederholen sollte.

»Bedenke dies, meine Seele, und bedenke es wohl. Der Herr ist dein Gott, der Herr allein, und Er ist heilig. Du sollst den Herrn, deinen Gott, lieben von ganzem Herzen, von ganzer Seele und mit all deiner Kraft.« Er blickte zu Rahere auf. »Mehr weiß ich nicht.«

»Gib deiner Mutter einen Kuß«, flüsterte Rahere.

Matthias kletterte auf das Bett und küßte Christina auf die Wangen und die Augenbrauen. Überrascht sah er zu, wie auch Rahere sich über die Tote beugte und ihre Lippen sacht mit den seinen berührte. Dann strich er ihr liebevoll über das Gesicht.

»Es ist vorbei, Matthias.« Er blickte auf den Jungen hinunter. »Was bleibt, ist nur die Hülle. Die Seele ist längst nicht mehr da.« Rahere hob den Blick zur Decke und murmelte etwas. »Sie ist fort«, sagte er dann, an den Jungen gewandt. »Sie hat viel gelitten, aber trotz ihrer Sünden war sie ein guter Mensch. Keine Einwände sind erhoben worden; es wurde ihr gestattet, in das Reich des Lichts einzugehen.«

Matthias starrte ihn verblüfft an. Rahere zuckte die Schultern, nahm ihn bei der Hand und ging wieder nach unten, wo die Witwe Blanche den schlafenden Pfarrer wie eine besorgte Henne umflatterte.

»Ihr könnt den Jungen in meiner Obhut lassen«, schlug sie vor. »Ich werde ihm etwas zu essen richten.«

»Lieber nicht«, gab Rahere zurück. Seine Augen bohrten sich in die von Blanche. »Ich halte es für besser, wenn der Junge eine Weile bei mir bleibt.« Er streckte die Hand aus und steckte Blanche ein paar Silberstücke zu.

»Da stimme ich Euch voll und ganz zu, Sir«, erwiderte sie. »Pfarrer Osbert ist vor Kummer nicht mehr bei Sinnen.«

Matthias erhob keine Einwände; er wollte ohnehin nicht hierbleiben.

»Wird Vater sich wieder erholen?« fragte er, als er mit dem Sekretär das Haus verließ.

»Ich weiß es nicht«, antwortete Rahere. Er blickte zum Himmel empor. »Aber ich glaube es nicht. Manche Krankheiten kann man nicht heilen.«

Die Worte des Sekretärs erwiesen sich als prophetisch. Baron Sanguis mußte einen Priester aus Tredington kommen lassen, um die Totenmesse für Christina zu lesen, da Osbert dazu nicht in der Lage war. Matthias wohnte ihr zusammen mit den anderen Dorfbewohnern bei. Mitleid mit seinem Vater keimte in ihm auf, als er ihn, gestützt von der alten Blanche und dem Vogt Simon, in seiner Bank kauern sah.

Der Tag von Christinas Begräbnis war grau und trübe. Dicke Regenwolken zogen am Himmel dahin. Sowie der in ein Tuch gehüllte Leichnam in die Grube herabgelassen und wieder mit Erde bedeckt worden war, flüchteten sich die Trauergäste auch schon in ihre Häuser, um vor dem heftigen Regen Schutz zu suchen. Matthias kehrte mit Rahere in den ›Hungrigen Mann‹ zurück. Er fühlte sich dort wohl. Entweder half er dem Sekretär, oder er erledigte für Josceyln kleinere Arbeiten rund um die Schenke.

Die Dorfbewohner gewöhnten sich an die Gegenwart des Sekretärs, und im Verlauf der Zeit akzeptierten sie ihn als ihren Führer und Ratgeber. Pfarrer Osbert, der sich ständig im Zustand der Trunkenheit befand, wurde als Verrückter abgetan, der über kurz oder lang von seinem Leid erlöst werden würde. Der Sekretär zeigte seinerseits wenig Lust, wieder abzureisen, und als Baron Sanguis und andere ihn einmal darauf ansprachen, leugnete er die Notwendigkeit, schon jetzt nach Westminster zurückzukehren.

»Ich muß erst ganz sicher sein, daß hier in der Gegend keine weiteren Todesfälle mehr auftreten«, erklärte er. »Der Leichnam des Predigers mag ja am Galgen verrotten, aber wer sagt uns denn, daß nur ein Mörder am Werk war? Er könnte Mitglied einer ganzen Bande gewesen sein.«

All dies erläuterte er den Dorfbewohnern, als sie sich spätabends in der Schenke versammelten, nachdem sie die Ernte eingebracht hatten. Die Leute scharten sich um ihn.

»Ihr habt recht, Sir«, stimmte Fulcher zu. »So viele Leichen sind gefunden worden, und niemand konnte bisher genau sagen, was dahintersteckt.«

»Ich verstehe nicht recht.« Rahere lehnte sich zurück und legte einen Arm um Matthias' Schulter.

»Na ja, zum Beispiel, meine Edith«, erklärte der Hufschmied hastig. »Warum ist sie ermordet worden? Warum war kein Tropfen Blut mehr in all diesen Leichen?«

»Vielleicht solltet ihr einmal den Prediger fragen«, scherzte Rahere.

Die in der Schenke versammelten Männer und Frauen lachten unsicher.

»Und was wird aus dem Jungen?« Schreiber Mapp deutete auf Matthias. »Ich meine, wenn Ihr das Dorf verlaßt.«

»Oh, er kann mich begleiten.«

Matthias verbarg sein Erstaunen, was ihm allerdings nicht schwerfiel. Innerhalb der letzten Wochen hatte er sich angewöhnt, seine Gefühle zu verbergen. Er hatte ohnehin schon beschlossen, nicht länger hierzubleiben, wenn der Sekretär abreiste, aber wohin er gehen wollte, hatte er sich noch nicht überlegt.

»Werdet Ihr noch lange bleiben?« fragte der Pflüger Piers.

Obwohl er sich ein Lächeln abrang, klang seine Stimme ängstlich besorgt. Er und die anderen Männer zeigten sich zunehmend beunruhigt über die Anziehungskraft, die dieser gutaussehende, elegante Sekretär auf ihre Frauen ausübte. Rahere stützte die Ellbogen auf den Tisch und strich sich mit den Fingern nachdenklich über das Kinn.

»Ich werde euch sagen, was ich tue«, verkündete er. »Ich werde bis Samhain hierbleiben, bis zum Allerheiligenfest.« Er kicherte in sich hinein. »Und ich verspreche euch, daß man sich an dieses Samhain noch lange erinnern wird.«

NEUNTES KAPITEL

Im Skriptorium des Klosters von Tewkesbury überlegte der Chronist, wie er die entsetzlichen Ereignisse beschreiben sollte, die sich im Herbst des Jahres 1471 in Sutton Courteny zugetragen hatten. Der alte Mönch kratzte sich mit seiner Feder die Wange. Er hatte mit seinen Ordensbrüdern gesprochen. Baron Sanguis hatte veranlaßt, daß die Überlebenden in das Kloster gebracht wurden, wo er sie im Refektorium hatte befragen können. Alle waren aschfahl im Gesicht gewesen und schienen nicht fassen zu können, was geschehen war. Viele standen unter Schock. Einige hatten sogar den Verstand verloren und stierten mit irrem Blick vor sich hin. Diejenigen, die ansprechbar waren, berichteten von einer Versammlung im Schankraum des ›Hungrigen Mannes‹ am 14. September, dem Fest der Kreuzeserhöhung. Der Sekretär Rahere war dabei anwesend, lachte, scherzte und lud die Dörfler großzügig zu Ale und Wein ein, während sie über die Vorbereitungen für Allerheiligen und das Samhainfest sprachen.

Samhain war die Nacht, in der das Tor zwischen dieser Welt und dem Jenseits geöffnet wurde und die Geister der Toten auf der Erde wandeln durften. Die Dorfbewohner beschlossen, zu diesem Anlaß ein großes Fest im ›Hungrigen Mann‹ zu feiern. Die Arbeit würde ruhen, das Vieh in den Ställen bleiben. Die Häuser wollten sie mit Ebereschen- und Holunderzweigen schmücken, und natürlich würden rund um das Dorf herum Feuer entzündet werden, wie es Brauch war, um die bösen Geister fernzuhalten. Die Dorfbewohner waren mit sich und der Welt zufrieden. Das Unheil, welches sie nach dem Tod des Eremiten getroffen hatte, schien abgewendet. Sicher, Pfarrer Osbert schlurfte immer noch wie geistesabwesend über den Friedhof und saß oft stundenlang an Christinas Grab, aber sein Sohn, der jetzt von Rahere betreut wurde, war offensichtlich wieder guter Dinge. Die Leute hatten sich daran gewöhnt, ihn im ›Hungrigen Mann‹ anzutreffen.

Matthias behielt jedoch seine Gedanken und Gefühle für sich. Er hatte noch nicht zu seinem inneren Gleichgewicht zurückgefunden. Den Tod seiner Mutter konnte er weder begreifen noch akzeptieren, und sein Vater hatte sich in einen verwahrlosten Fremden verwandelt, dem der Wahnsinn aus den Augen blickte. Er vernachlässigte seinen Sohn und gab sich ganz der Trauer um seine verstorbene Frau hin. Rahere tat alles, um den Jungen auf andere Gedanken zu bringen. Er unternahm lange Ausflüge mit ihm, bei denen Matthias sein Wissen über die Tier- und Pflanzenwelt unter Beweis stellen konnte, weihte ihn in die Geheimnisse seines Berufsstandes ein und erzählte ihm amüsante Geschichten über das Leben bei Hof. Er deutete sogar an, daß Matthias vielleicht selbst den Beruf eines Sekretärs ergreifen könnte, wenn er die Klosterschule besuchte und später, falls er sich als begabt genug erwies, nach Oxford ginge. Matthias nickte dazu, denn er fühlte sich in Sutton Courteny nicht mehr heimisch. Die Dorfbewohner waren Fremde für ihn, und er fragte sich manchmal, was aus ihm werden sollte, wenn Rahere plötzlich nach London zurückkehrte.

Dann zeigte der Herbst seine Krallen. Ein kalter Wind blies über das Land und beraubte die Bäume ihrer Blätter. Kalte, harte Tage unter einem eisengrauen Himmel brachen an. Die Dorfbewohner, die gedacht hatten, die Serie von Unglücksfällen sei vorüber, wurden eines besseren belehrt. Simon, der Vogt, war der erste, der auf tragische Weise ums Leben kam. Er war damit beschäftigt, seine Felder zu pflügen. Sein Sohn ging hinter ihm her und vertrieb die räuberischen Krähen mit der Schleuder. Simon schritt hinter dem großen Pflug her und sah zu, wie die eiserne Pflugschar die fette, dunkle Erde aufriß. Er liebte diese Jahreszeit, wo sich die Erde öffnete, um neues Saatgut aufzunehmen. Dennoch verspürte er heute ein zunehmendes Unbehagen. Die Bäume, die das Feld säumten, hatten in dem heftigen Sturm vor einer Woche sämtliche Blätter eingebüßt und standen nun wie bedrohliche graue Wächter da. Simon verhielt und kratzte sich am Kopf. Am Abend zuvor hatte er entschieden zuviel getrunken, um seine Sorgen zu betäuben. Seine junge Frau Elizabeth mit ihrem schwarzem Haar, der warmen braunen Haut und den fröhlichen Augen schien diesem arroganten Sekretär Rahere ein bißchen zu sehr zugetan zu sein. Simon waren bereits Gerüchte zu Ohren gekommen, daß Elizabeth häufig ohne Grund das Haus verließ und oft stundenlang ausblieb.

»Ich muß wirklich einmal ein ernstes Wörtchen mit ihr reden«, brummte er halblaut.

Elizabeth war seine zweite Frau, sehr viel jünger als er selbst, und Simon wußte nur zu gut, daß niemand mehr Hohn und Spott auf sich zog als ein gehörnter Ehemann. Er packte den Griff des Pfluges und hieb mit der Peitsche auf die Ochsen ein. Aber was, wenn seine Befürchtungen zutrafen …?

Hinter ihm begann sein Sohn, fröhlich zu pfeifen. Simon wollte auf einmal allein sein.

»Lauf nach Hause zurück!« rief er über die Schulter. »Sag Elizabeth, sie soll mir Brot, Käse und einen Krug Ale bringen. Wenn sie nicht da ist, suchst du sie!«

Der Junge hörte auf zu pfeifen. Er sah, daß sein Vater verärgert war, und da Simon die Fäuste locker saßen, wenn er die Beherrschung verlor, rannte er wie ein Hase über den Acker und schwor sich, so lange wegzubleiben wie irgend möglich. Simon fuhr mit seiner Arbeit fort. Er ertrug den Gedanken nicht, daß Elizabeth mit diesem jungen Schnösel aus London herumhurte. Seine Frau war eine leidenschaftliche Bettgenossin, die sich stöhnend unter ihm wand, während sich ihr Gesicht vor Lust verzerrte und sie unaufhörlich nach mehr verlangte. Was, wenn der Sekretär all diese Freuden ebenfalls genossen hatte?

Die Ochsen blieben plötzlich stehen, und Simon blickte auf. Es war schon später Nachmittag, und vom Wald her begann Nebel herüberzuwabern. Er zog den Ochsen kräftig die Peitsche über den Rücken, aber die Tiere rührten sich nicht von der Stelle. Seufzend löste Simon den Strick um seine Taille. Vielleicht hing der Pflug fest? Er bückte sich, um ein etwaiges Hindernis zu entfernen, da hörte er jemanden pfeifen. Simon kannte die Melodie. Er hatte sie schon einmal gehört, aber wo? Das Pfeifen wurde lauter, und der Vogt erinnerte sich wieder. Dieses Lied hatte der Eremit auf dem Scheiterhaufen gesungen!

Simon richtete sich auf und blickte über die Köpfe der Ochsen hinweg. Eine Gestalt löste sich aus dem Nebel und kam auf ihn zu; ein in eine Kutte mit Kapuze gekleideter Mann. Simon zwinkerte verwirrt. Er glaubte nicht, was er da sah. Die Gestalt glitt dahin, ohne daß ihre Füße den Boden berührten. Und sie kam immer näher. Die Ochsen wurden unruhig. Simons Herz begann zu hämmern, als der Unbekannte die zerlumpte Kapuze zurückschlug. Eisige Furcht stieg in ihm auf.

»Das kann nicht sein!« stöhnte er, sich entsetzt bekreuzigend. Er sah den Eremiten vor sich, den Mann, der im Feuer gestorben war! Mit leeren Augen und höhnisch lächelndem Mund kam er auf den Vogt zu, um ihn zu begrüßen. Wie ein verängstigtes Kind duckte sich Simon hinter die Ochsen und betete, daß die Erscheinung nur ein Trugbild sein möge, das ihm ein überreiztes Hirn vorgaukelte. Die Ochsen wichen zurück, und Simon stieß einen gellenden Schrei aus, der zu einem würgenden Gurgeln erstarb, als die Ochsen plötzlich einen Satz nach vorne machten und dabei den Pflug aus der Erde rissen. Simon wurde zu Boden geschleudert und versuchte in Panik, sich zur Seite zur rollen, aber schon grub sich das scharfe Metall tief in seine ungeschützte Kehle. Als Elizabeth und sein Sohn eine Stunde später auf dem Feld eintrafen, zitterten die Ochsen immer noch vor Furcht. Sie waren mehrmals über Simon hinweggetrampelt und hatten seinen Körper zu einem blutigen Brei aus Fleisch und Knochen zerstampft.

Drei Tage später kletterte Joscelyn auf das Dach seiner Schenke. Er schäumte vor Wut. Es ging doch nicht an, daß Dachziegel, die erst im vergangenen Jahr gelegt worden waren, sich schon gelockert hatten, so daß es nun in die Gästezimmer hineinregnete. Joscelyn dachte gar nicht daran, dem Dachdecker ein zweites Mal gutes Silber für schlechte Arbeit zu bezahlen. Er würde die Reparatur selbst ausführen. Ohne auf die Einwände seiner Frau zu achten robbte er bis zur Spitze des steilen Daches und tastete nach dem losen Ziegel. Als er ihn gefunden hatte, grunzte er zufrieden.

»Da haben wir den Übeltäter«, knurrte er.

Der Dachdecker hatte ihn nicht richtig befestigt, und nun war er verrutscht und hatte dabei auch andere Dachziegel gelockert. Joscelyn streckte sich und lehnte sich bedenklich weit nach vorne. In diesem Moment hörte er Flügelrauschen und blickte auf. Ein Rabe schwebte mit weit ausgebreiteten schwarzen Schwingen direkt auf ihn zu. Joscelyn riß die Hände hoch, um sein Gesicht vor den messerscharfen Klauen zu schützen, verlor dabei das Gleichgewicht und stürzte vom Dach. Die scharfe Eisenleiste neben der Tür, an der sich die Gäste den Schmutz von den Stiefeln kratzten, schnitt tief in seinen Nacken, und Joscelyn war auf der Stelle tot.

Spät am Abend des gleichen Tages gab sich Walter Mapp lüsternen Gedanken hin. Der Schreiber hatte sich noch nicht vollständig von seiner Verletzung erholt, fühlte sich aber schon wieder recht wohl. Er hatte vor, nach Gloucester zu reisen, ehe das Wetter umschlug und die Straßen unpassierbar wurden, weil er ein paar Nächte in dem im Schatten der großen Kathedrale gelegenem Wirtshaus ›Zum lustigen Eber‹ verbringen wollte. In Gloucester kannte man ihn nicht, also konnte er für die Dauer seines Aufenthaltes in eine andere Haut schlüpfen. Er würde seine sorgsam gehüteten Silberstücke dazu nutzen, wie ein Lord zu leben, gut zu speisen, reichlich zu trinken und die Dienste des flachshaarigen Zimmermädchens zu kaufen, das dort arbeitete. Voller Vorfreude kratzte sich Mapp in der Leistengegend und stellte sich vor, wie er ihr langsam das Mieder aufschnürte, ihr das Kleid vom Leibe reißen und sich in der kleinen, mit einem Kohlebecken beheizten Kammer nach Herzenslust mit ihr vergnügen würde. Immer noch in seinen Träumen gefangen, nahm Mapp ein Wachsstäbchen zur Hand und trat ans Feuer. Es war düster im Raum geworden, und er wollte es heller haben. Als das Stäbchen hell aufflackerte, entzündete er die Kerzen in dem dreiarmigen Leuchter, der auf seinem Schreibtisch unter dem Fenster stand.

Zuerst begriff er gar nicht, was mit ihm geschah. Er wollte die Flamme ausblasen, doch statt zu verlöschen, loderte sie immer heller auf und fraß das Wachsstäbchen mit rasender Schnelligkeit auf. Mapp wollte es fallen lassen, stellte aber fest, daß das Wachs an seinen Fingern festklebte. Ein paar Sekunden stand er vor Entsetzen wie gelähmt da und starrte die unheimliche Flamme an. Draußen, dicht neben dem Fenster, hörte er jemanden singen. Mapp kam das Lied irgendwie bekannt vor. Die Flamme näherte sich seinen Fingern. Dem Schreiber fiel der kleine Wasserkrug ein, den er in der Speisekammer aufbewahrte. Er drehte sich um, verfing sich aber mit dem Fuß im Gurt einer Satteltasche, rutschte aus und schlug zu Boden. Das Feuer erreichte seine Finger und erfaßte die wollenen Fäustlinge, die er trug. Schreiend versuchte er, sie zu löschen, indem er mit der Hand auf den Boden schlug, die Flammen setzten jedoch die trockenen Binsen sofort in Brand, und ehe er den Ernst der Lage begriff, brannte auch schon sein Umhang. Die Flammen tanzten überall um ihn herum, und innerhalb weniger Minuten verwandelte sich der Schreiber in eine lebende menschliche Fackel.

Am folgenden Abend schlüpfte Fidelis, die Frau des Wirtes Joscelyn, in die verlassene, kalte Pfarrkirche, wo ihr Mann aufgebahrt war. Fidelis hatte sich noch nicht damit abgefunden, daß er so plötzlich gestorben war. Sie kniete auf dem Schemel nieder, der für jeden bereitstand, der bei dem Toten zu wachen wünschte, barg das Gesicht in den Händen und begann zu weinen – nicht so sehr um Joscelyn als vielmehr um sich selbst. Alles hatte sich so gut angelassen. Seit der Ankunft des Sekretärs waren ihre Gewinne beträchtlich gestiegen, denn das Dorfleben konzentrierte sich seither auf die Schenke und nicht mehr auf die schmutzige, kahle Kirche, deren Pfarrer nicht mehr bei Sinnen war. Fidelis fühlte sich schuldig. Sie wußte, daß ihre Nachbarn sie ohnehin für heißblütig und zügellos hielten, und sie hatte tatsächlich dem gutaussehenden Rahere mit seinen glühenden Augen und den sanften Lippen nicht lange widerstehen können. Mehrmals hatte sie sich ihm in einer Kammer unter dem Dach hingegeben. Die Erinnerung an diese Stunden ließ sie erröten. War der Tod ihres Mannes die Strafe für ihre Sünde?

Fidelis hörte ein Geräusch, blickte auf und zwinkerte. Sie traute ihren Augen nicht. Am Kopf des Sarges stand jetzt eine Gestalt, die ihr den Rücken zukehrte. Trotz des Dämmerlichtes in der Kirche erkannte sie ihren Mann. Sie sprang hoch und lief auf ihn zu. Angst verspürte sie keine, zumindest nicht, bis er sich umdrehte. Dann schnappte Fidelis nach Luft, preßte eine Hand vor den Mund und wich einen Schritt zurück. Joscelyns Kopf war merkwürdig verdreht, und in dem schwachen Licht wirkte er mit seiner totenblassen Haut und den rotgeränderten, starren Augen so furchterregend, daß sie leise aufschrie. Seine Lippen bewegten sich, formten das Wort »Ehebrecherin«, dann streckte er die Hand nach ihr aus. Fidelis begriff erst jetzt, daß dies kein Alptraum war. Sie taumelte zurück, doch das Trugbild folgte ihr, starrte sie aus seinen hervorquellenden Augen an und öffnete und schloß den Mund wie ein Fisch auf dem Trockenen, während er versuchte, mit den Finger über ihre Wange zu streicheln. Fidelis prallte rücklings gegen einen Pfeiler. Sie zitterte am ganzen Leibe. Die gräßliche Gestalt kam immer näher. Gestank stieg ihr in die Nase; schaler, widerlicher Grabgeruch.

»Du bist doch tot!« flüsterte sie. »Gott steh mir bei, du bist doch tot!«

Die eiskalte Hand ihres Mannes berührte ihre Wange.

»So wie gleich auch du.«

Pfarrer Osbert unternahm einen heroischen Versuch, sich von den Dämonen zu befreien, die ihn heimsuchten. Die Todesfälle im Dorf, besonders der von Fidelis, brachten ihn zu der Einsicht, daß seine Gemeindemitglieder, für die er eigentlich immer da sein sollte, in tödlicher Gefahr schwebten. Er wusch und rasierte sich und bat Blanche, zurückzukommen und das Haus gründlich zu säubern. Einen Abend rührte er keinen Wein an, sondern saß lediglich am Feuer und hing seinen Gedanken nach. Nur zu gerne wäre er in den ›Hungrigen Mann‹ gegangen, hätte seinen Sohn umarmt und ihm versichert, alles würde wieder gut. Er betete um die Kraft, den Gang auf sich zu nehmen, aber er schaffte es nur bis zur Haustür, ehe ihn der Mut verließ und er kehrtmachte, um sich erneut an den Kamin zu setzen.

Draußen brach die Nacht herein. Osbert schloß die Augen. Heute war der Tag der Apostel Simon und Judas. In drei Tagen hatten sie Allerheiligen, und er würde wie schon in den vorangegangenen Jahren seinen Gemeindemitgliedern gestatten, an den heidnischen Samhainriten teilzunehmen. Am 2. November war dann Allerseelen, wo jedermann für seine verstorbenen Ahnen betete. Auch er sollte Gebete sprechen, für Christina, für sich selbst – und vor allem für Matthias.

Pfarrer Osbert erhob sich, nahm seinen Rosenkranz aus dem Beutel und ließ die Perlen durch die Finger gleiten. In seiner Trunksucht und Arroganz hatte auch er gesündigt, und ehe er Frieden mit seinem Sohn schloß, sollte er wohl besser seinen Frieden mit Gott machen.

Osbert verließ das Haus, überquerte den Friedhof, schloß die Kirchentür auf und trat ein. Das Gotteshaus wirkte verwahrlost. Die Steinplatten mußten geschrubbt, die Bänke poliert und die Spinnweben entfernt werden. Er richtete sich auf und holte tief Atem. Er selbst wollte Gottes Haus säubern. Er würde mit sich selbst ins reine kommen, sich mit seinem Sohn versöhnen und der Zukunft entschlossen entgegentreten, ganz egal, was sie bringen mochte. Der Priester ging durch die dunkle Kirche und zündete die Kerzen in ihren eisernen Leuchtern an. Dann kniete er vor dem Lettner nieder, aber er war innerlich zu aufgewühlt, um beten zu können. Immer wieder trieben seine Gedanken in die Vergangenheit zurück, als Christina noch lebendig, fröhlich und lebhaft gewesen war. Und nun? Osbert bereute bitterlich, sich mit dem Prediger eingelassen zu haben. Alles hatte genau hier begonnen, in dieser Kirche, als er wie ein verängstigtes Kaninchen dagesessen und zugelassen hatte, daß der

Prediger seine Kanzel bestieg. Osbert erhob sich und stieg selbst die Stufen empor. Er blickte das schlichte Kruzifix an, das über ihm an der Wand hing.

»Ich werde eine Versammlung einberufen«, flüsterte er. »Ich werde die ganze Gemeinde hier zusammenrufen und zugeben, daß ich gefehlt habe.«

Plötzlich hörte er ein Geräusch und fuhr herum. Gestalten standen im Schatten im hinteren Teil der Kirche.

»Wer ist da? Zeigt euch!«

Dunkle Silhouetten schlurften langsam auf ihn zu. Osbert schlug beide Hände vor den Mund und starrte sie voller Entsetzen an. Acht oder neun Personen, alle in grobe Tücher gehüllt, alle ihren Gräbern entstiegen: Edith, Simon der Vogt, der Wirt Joscelyn! Osbert schrie auf, eilte die Stufen hinunter und flüchtete hinaus in die Dunkelheit.

Der Morgen des Allerheiligenfestes war grau und unwirtlich. Dicke schwarze Regenwolken ballten sich über Sutton Courteny zusammen, und am frühen Vormittag setzte ein heftiger Regen ein. Noch nicht einmal die ältesten Einwohner des Dorfes konnten sich an derartige Wolkenbrüche erinnern. Der Regen fiel wie eine undurchdringliche nasse Wand auf die Erde herab, und der ohnehin schon angeschwollene schmale Bach trat über die Ufer und verwandelte die Straßen und Wege in schlammigen Morast. Das Dorf war förmlich von der Außenwelt abgeschnitten, und auch die Vorbereitungen für das abendliche Fest fielen buchstäblich ins Wasser. Die rund um das Dorf aufgetürmten Holz- und Reisighaufen für die Freudenfeuer waren triefnaß. Heute würden sich die bösen Geister nicht von den Flammen abschrecken lassen. Gegen Mittag hatte sich die Situation sogar noch verschlechtert. Feldarbeit war nicht mehr möglich, die Menschen mußten sich gezwungenermaßen in ihren Häusern aufhalten.

Im Schankraum des ›Hungrigen Mannes‹ spürte Matthias, daß der Höhepunkt des Geschehens unmittelbar bevorstand. Knisternde Spannung lag in der Luft. Rahere saß, in einen Umhang gehüllt, grübelnd in einer Ecke und starrte aus dem Fenster. Er hatte kaum ein Wort gesprochen, seit er früh am Morgen aufgestanden war. Matthias versuchte, ihn in ein Gespräch zu verwickeln, aber der Sekretär schüttelte lediglich den Kopf und fuhr fort, zum Himmel emporzublicken.

In den letzten Wochen hatte sich Rahere zusehends von den Dorfbewohnern distanziert. Einst ihr Wortführer, ja, sogar ihr Held, betrachteten sie ihn heute mit Mißtrauen, was Rahere nicht weiter störte. Matthias wußte, daß der Sekretär diesem Tag entgegenfieberte, kannte aber den Grund dafür nicht; Rahere hatte dafür gesorgt, daß er ständig beschäftigt war. Zwar hatte Matthias von den seltsamen Todesfällen gehört, aber jeglicher Wunsch, nach Hause zurückzukehren, war alsbald erstorben, als ihm zu Ohren kam, sein Vater sei immer noch ständig betrunken und benähme sich äußerst merkwürdig. Irgend etwas würde geschehen, und Matthias begriff, daß er nur abwarten und hilflos zuschauen konnte.

Im Verlauf des Tages kam gelegentlich einer der Dorfbewohner vorbei, um Ale zu holen, aber die Atmosphäre in der Schenke blieb trostlos. Fulcher, der den Betrieb übernommen hatte, fehlte das umgängliche Wesen und die Betriebsamkeit Joscelyns. Außerdem erinnerte die Schenke zu sehr an die Tragödien, die innerhalb der vergangenen Tage über die Leute hereingebrochen waren.

Rahere stand abrupt auf. »Der Regen wird stärker«, stellte er fest. »Fulcher, was ist mit den Planwagen?«

Der Hufschmied kam aus der Spülküche geeilt und wischte sich die Hände an einem schmutzigen Tuch ab.

»Er steht draußen im Hof«, sagte er.

»Heute abend fällt das Fest aus«, verkündete Rahere. »Aber ich habe mit Baron Sanguis besprochen, daß wenigstens den Kindern die Enttäuschung erspart bleibt.« Er nahm ein Goldstück aus seinem Geldbeutel, und Fulchers mißmutiges Gesicht hellte sich auf. »Ich möchte, daß Ihr durch das Dorf fahrt, ehe die Straße zum Herrenhaus ganz aufgeweicht ist«, sagte er. »Sammelt alle Kinder ein und bringt sie zu Baron Sanguis. Er hat eine kleine Feier für sie vorbereitet, mit Spielen, Apfelsaft und Süßigkeiten.«

Er warf Fulcher das Geldstück zu. Der Hufschmied fing es geschickt auf.

»Kommt der Junge auch mit?« Fulcher deutete zu Matthias hinüber, der ihn mit großen, erwartungsvollen Augen ansah.

Rahere lächelte. »Nein, nein, er bleibt hier.«

Fulcher verließ den Raum. Matthias hörte draußen Stimmen murren und schimpfen, während die Pferde angespannt wurden.

»Kommt aber gleich zurück!« rief Rahere Fulcher nach. »Ich habe noch eine Überraschung für Euch!«

»Warum kann ich denn nicht mitgehen?« beschwerte sich Matthias und ging quer durch den Raum auf den Sekretär zu.

Rahere legte ihm die Hände auf die Schultern. Seine Augen funkelten.

»Schlaf, Matthias«, beschwor er ihn. »Für dich ist es am besten, wenn du eine Weile schläfst.«

Er ging in die Speisekammer und kehrte mit einem Becher zurück.

»Das ist mit Wasser versetzter Wein«, erklärte er und hielte Matthias den Becher an die Lippen, ehe der Junge Einwände erheben konnte.

Matthias nippte an der Flüssigkeit. Er wollte sich ans Feuer setzen und Rahere fragen, was eigentlich los wäre, aber da überwältigte ihn schon die Müdigkeit. Er kletterte die Stufen hinauf, rollte sich wie ein junger Hund auf dem Bett des Sekretärs zusammen und sank in einen tiefen Schlaf.

Während Matthias schlief, kehrte Fulcher zurück. Der Hufschmied war in Eile. Er hatte die Kinder bei Baron Sanguis abgeliefert und danach Mühe gehabt, den Planwagen wieder nach Sutton Courteny zurückzubringen, weil die Pferde scheuten. Fulcher hatte Angst. Es war erst früher Nachmittag, aber die Wolken hingen so tief, daß sie kaum noch Tageslicht durchließen. Während er die Pferde aus dem Geschirr befreite, stellte er fest, daß der Wind auffrischte. Die Türen der Nebengebäude knarrten, lose Gegenstände rollten wie von einer unsichtbaren Hand gelenkt über den Hof. Schon bald steigerte sich der Wind zu einem heftigen Sturm. Die Dorfbewohner bekamen es mit der Angst zu tun. Es regnete auch weiterhin in Strömen, während dieser gespenstische Wind an ihren Türen und Fenstern rüttelte und dabei heulte wie eine Seele im Fegefeuer.

Die ersten Unfälle ereigneten sich. Der Büttel John wagte sich ins Freie, um sich davon zu überzeugen, daß seine Dachziegel sich nicht gelockert hatten, und wurde dabei von einem Stück Mauerwerk getroffen, das seinen Hinterkopf zerschmetterte. Im Haus des Pflügers wehte der Wind Funken aus dem Kamin in die Stube und setzte die Binsen in Brand, die den Fußboden bedeckten. Die Flammen breiteten sich rasch aus und schlossen Piers und seine Frau in ihrer Schlafkammer ein, wo sie Schutz gesucht hatten. Fulcher sah, wie ein Stallknecht auf der Suche nach einem Unterschlupf von einem Bleirohr zu Boden gestreckt wurde, das der Wind losgerissen hatte. Ähnliche Szenen ereigneten sich überall im Dorf, und nur wenige Leute wagten es trotz Regen und Sturm den Elementen zu trotzen. Den Glücklicheren unter ihnen gelang es, sich in das Herrenhaus zu flüchten, andere retteten sich in den ›Hungrigen Mann‹. Sie waren naß bis auf die Haut, hielten ein paar armselige Besitztümer umklammert und drängten sich wie Schafe im Schankraum aneinander.

»Ihr könnt hier nicht bleiben«, schimpfte Fulcher. »Oben liegt ein schwerverletzter Stallknecht.«

Die in der Schenke versammelten Männer und Frauen zitterten, als sie den Wind hörten. Er heulte um das Gebäude wie eine wilde Bestie, die sie gejagt hatte und nun entschlossen war, ihre Beute auch in die Fänge zu bekommen. Der Sturm und der Lärm aus der Schankstube weckten Matthias aus seinem totenähnlichen Schlaf. Mühsam riß er die Augen auf. Der Sekretär saß am Fuß des Bettes und beobachtete ihn aufmerksam.

»Was ist denn?« murmelte der Junge, die Knie anziehend.

»Nur ein Sturm«, beruhigte ihn Rahere. »Die Dorfbewohner flüchten. Nur wenige harren in ihren Häusern aus.« Er spielte mit dem Ring an seinem Finger, ohne dabei den Blick von Matthias zu wenden. »Einige haben das Herrenhaus erreicht, aber die meisten sind unten.«

»Und was machen wir jetzt?« Matthias nagte an seiner Lippe. Er hätte eigentlich Angst haben müssen, fühlte sich aber nur verschlafen und benommen.

»Wir gehen in die Kirche, Matthias. Mach dir keine Gedanken. Dir wird nichts geschehen. Zieh jetzt deine Stiefel an und nimm deinen Umhang.«

Matthias bemerkte, daß der Sekretär seinen Umhang bereits umgelegt und mit einer Kette am Hals geschlossen hatte. Das weite Kleidungsstück hüllte ihn vollständig ein, aber als er sich bewegte, hörte der Junge das Klirren von Waffen und des Kettenhemds, das er unter seinem Wams trug. Rahere half ihm, sich anzukleiden. Gemeinsam gingen sie in den Schankraum hinunter. Ihre Ankunft ließ den Lärm verstummen und verhinderte gerade noch rechtzeitig den Ausbruch eines erbitterten Disputes. Der Sekretär stieg auf einen Stuhl und klatschte in die Hände.

»Hier können wir nicht länger bleiben!« rief er mit schallender Stimme.

In diesem Moment flog die Tür auf, und Pfarrer Osbert stürmte wild um sich blickend in den Raum und wischte sich Regentropfen von seinem unrasierten Gesicht.

»Ihr solltet alle in die Kirche kommen!« Osbert schwankte ein wenig. »Ich gestehe, daß ich euch im Stich gelassen habe Ich habe viel zuviel getrunken.« Sein Blick kreuzte den von Matthias. »Ich habe vor dem Himmel und vor euch allen gesündigt, aber ich sage euch, dieser Sturm hat keine natürliche Ursache. Es ist die Strafe Gottes für unsere Missetaten, und deshalb sollten wir auch in Gottes Haus Schutz suchen.«

»Der Mann hat recht«, stimmte Rahere zu. »Die Kirche ist aus solidem Stein erbaut. Fulcher, holt ausreichend Proviant aus der Speisekammer.«

Der Hufschmied beeilte sich, den Auftrag auszuführen, dann führte Osbert seine Gemeinde auf die Hauptstraße hinaus. Der Weg zur Kirche, den sie alle schon so oft zurückgelegt hatten, erwies sich diesmal als kaum zu bewältigen. Der Wind hämmerte mit Riesenfäusten auf die Leute ein. Einer der Knechte des ›Hungrigen Mannes‹ wurde von einer Dachpfanne am Kopf getroffen und sank bewußtlos zu Boden, aber niemand kam ihm zu Hilfe. Wenig später ereilte eine alte Frau dasselbe Schicksal. Die anderen wagten nicht, auch nur einen Moment lang stehenzubleiben. Sie mußten ihre Gesichter vom Wind abwenden, um überhaupt atmen zu können. Pfarrer Osbert jedoch, entschlossen, nicht wieder zu versagen, trieb sie unbarmherzig weiter.

Matthias wurde von dem Sekretär getragen, und langsam dämmerte ihm, daß etwas Furchtbares geschehen würde. Gelegentlich blickte Rahere auf ihn hinab. Denselben Ausdruck hatte Matthias oft in den Augen des Eremiten gesehen: weich, liebevoll und ein wenig traurig. Er bemerkte gleichfalls, daß der Sturm dem Sekretär nichts anzuhaben schien; er schritt so mühelos aus wie an einem lauen Sommertag.

Die Prozession erreichte das Friedhofstor. Fast alle Kreuze und Grabsteine waren umgestürzt. Trotz des Sturmes blieb Fulcher einen Moment stehen und betrachtete den verwüsteten Friedhof. Er öffnete den Mund, brachte aber keinen Ton über die Lippen. Unsicher stapfte er weiter. Eine eisige Hand hatte sich um sein Herz geschlossen. Er war sicher, daß der schwarze Engel auf dem Grab des alten Pepperel nun mit weit ausgebreiteten Flügeln dastand wie ein der Hölle entsprungener Dämon. Fulcher verwünschte die Unmengen Wein, die er getrunken hatte, und drängte sich hinter den anderen durch das Hauptportal in die schützende Kirche.

Osbert verschloß und verriegelte die Türen. Dann machte er einen Rundgang durch die Kirche und schloß mit Raheres Hilfe sämtliche Fensterläden, bis der große Raum nahezu stockfinster war. Schließlich entzündete er, seine Furcht überwindend, die Kerzen im Hauptschiff, der Marienkapelle und zuletzt die auf dem Hochaltar. Zunächst lagen die Dorfbewohner keuchend auf dem Boden und versuchten, wieder zu Atem zu kommen und ihre Haare und Kleider notdürftig zu trocknen. Der Kerzenschein wurde freudig begrüßt, bis der durch die Ritzen pfeifende Wind die Flammen tanzen ließ und die Kirche in ein unheimliches Gewölbe voller gespenstischer Schatten verwandelte.

Fulcher hatte Weinschläuche und Lederbeutel mit Brot, Trockenfleisch und Käse mitgebracht. Die Lebensmittel wurden verteilt, und für eine Weile hob sich die Stimmung. Die Leute äußerten ihre Freude darüber, die Kirche unversehrt erreicht zu haben und ihre Kinder bei Baron Sanguis im Herrenhaus in Sicherheit zu wissen; bestimmt würde auch der Sturm bald abflauen. Doch dies war nicht der Fall. Der Wind heulte mit unverminderter Kraft um die Kirche und rüttelte an Türen und Fensterläden. Sogar die schwere Kirchturmglocke geriet in so heftige Bewegung, daß sie zu läuten begann.

Langsam wurde es dunkel, und mit einemmal ebbte der Sturm ab. Die Dorfbewohner verspeisten den Rest der Vorräte und sprachen davon, bald in ihre Häuser zurückzukehren.

Der Hufschmied Fulcher, entschlossen, seine übervolle Blase zu erleichtern, öffnete die Seitentür und trat auf dem Friedhof hinaus. Er hatte kaum seinen Hosenlatz aufgeknöpft und ein zufriedenes Grunzen ausgestoßen, als er ein Geräusch hörte, sich umblickte und dann zurücktaumelte, ohne darauf zu achten, daß er seine Stiefel und seine Kleidung benäßte. Schattenhafte, in zerschlissene Tücher gehüllte Gestalten bevölkerten den Friedhof. Eine stand unter einer Eibe, eine andere auf einem umgestürzten Grabstein. Ungläubig rieb sich Fulcher die Augen, aber als er erneut hinsah, waren die unheimlichen Erscheinungen immer noch da. Der Hufschmied stieß einen entsetzten Schrei aus, floh in die Kirche zurück und verriegelte hastig die Tür hinter sich.

Osbert, dem die Angst des Mannes nicht entgangen war, schob den kleinen Sehschlitz in der Tür auf und spähte hinaus. Auch er sah die Gestalten und begriff, daß seine Gemeinde die Kirche nicht mehr lebendig verlassen würde. Er schloß den Schlitz wieder. Auf Fulcher, der schluchzend am

Fuß eines Pfeilers kauerte, achtete er nicht weiter. Bislang war niemandem sonst aufgefallen, daß etwas nicht stimmte. Osbert blickte über seine Schulter und entdeckte Matthias ein Stück weiter unten im Hauptschiff. Der Sekretär Rahere flößte ihm gerade etwas zu trinken ein. Osbert schloß die Augen und schlug das Kreuzeszeichen.

»Ich gestehe von Gott dem Allmächtigen und vor euch, meine Brüder und Schwestern, daß ich in Gedanken, Worten und Taten schwer gesündigt habe«, murmelte er.

Er brach ab, als Rahere an ihm vorbei in die Sakristei eilte, und seufzte tief. Er war bereit. Das, woran er die letzten drei Tage gearbeitet hatte, würde er jetzt an seinen Sohn weitergeben. Wieder bekreuzigte er sich, nahm eine Pergamentrolle aus seiner Tasche und ging zu seinem Sohn hinüber, der jetzt an einer Säule lehnte. Der Junge wirkte blaß und schläfrig, zuckte aber nicht zurück, als sein Vater neben ihm niederkniete.

»Matthias.«

Matthias blickte auf und schaute ihn benommen an.

»Matthias, ich liebe dich.«

Der Junge lächelte schwach.

»Es tut mir leid.« Bewußt ignorierte er das Klopfen an den Fensterläden und sprach hastig weiter. »Es tut mir leid, was ich getan habe, aber ich liebe dich trotzdem, und auch Christina hat dich geliebt. Ich kann dir nicht sagen, was uns bevorsteht.« Unwillig winkte er ab, als die Leute um ihn herum ihn auf die Klopfzeichen aufmerksam machen wollten. »Du wirst überleben«, fuhr Osbert fort, Matthias das Pergament in die Hand drückend. »Paß gut darauf auf, mein Junge. Nein, sieh es dir jetzt nicht an, sondern stecke es in deinen Beutel.«

Osbert nahm den Kopf seines Sohnes in beide Hände und küßte ihn auf die Stirn.

»Möge der Herr Seine schützende Hand über dich halten.« Er segnete seinen Sohn, erhob sich und ging auf den Altar zu.

Fulcher vertrat ihm den Weg.

»Hört Ihr diese Geräusche denn nicht?« keuchte er.

Osbert blieb stehen. Das Klopfen an den Fensterläden war immer lauter geworden, aber nun schrillte ihm auch noch das Läuten der kleinen Glocke in den Ohren, die auf dem Grab der alten Maud Brasenose stand. Der Priester schluckte hart und drehte sich zu seiner Gemeinde um. Das Klopfen steigerte sich zu einem fordernden Gehämmer. Peter, der Flickschuster, blickte aus dem Fenster, kreischte auf, wich zurück und schlug die Hände vor den Mund.

»Sie sind auf dem Friedhof! Überall!« keuchte er. »Gestalten in Leichentüchern! Die Toten sind aus ihren Gräbern gekrochen und wollen uns holen!«

Die in der Kirche versammelten Dorfbewohner schrien entsetzt auf und scharten sich angsterfüllt um ihren Priester.

»Auch ich kann nichts ausrichten«, gestand Osbert. »Aber ich bitte euch ...«, er blickte sich in der Kirche um, »... ich bitte euch, jetzt eure Sünden zu bereuen. Ich werde euch allen die Absolution erteilen.«

Ohne auf das allgemeine Protestgeschrei zu achten, sprach er die Gemeinde von ihren Sünden los. Er hatte gerade geendet, als Fulcher voller Schrecken auf etwas direkt hinter ihm starrte. Langsam drehte Osbert sich um. Rahere stand vor dem Lettner. Er hatte seinen Umhang abgelegt und das Haar im Nacken zu einem Knoten geschlungen. In der einen Hand hielt er ein Schwert, in der anderen eine Axt. Osbert zog sein Messer und drang schreiend auf ihn ein ...

ZWEITER TEIL

1486–1487

Die Rose weiß ihr Geheimnis zu bewahren.
– Altes englisches Sprichwort.

*Ehe sie dahinwelken,
wollen wir uns mit Rosen bekränzen.*
– Buch der Weisheit

ERSTES KAPITEL

Die Hure Amasia, die in der Schenke ›Zum blauen Eber‹ bei Carfax in Oxford ihrem Gewerbe nachging und nebenbei als Schankmädchen arbeitete, richtete sich auf ihrem schmalen Lager auf und blickte auf den neben ihr schlafenden Mann hinab. Er lag auf dem Rücken, hatte den Kopf leicht zur Seite gewandt und atmete tief und gleichmäßig. Gelegentlich bewegten sich seine Lippen, als wäre er in einem Traum gefangen. Amasia hüllte sich in das schmuddelige Laken und strich mit einem Finger sacht über sein Gesicht. Sie mußte zugeben, daß Matthias Fitzosbert ein gutaussehender junger Mann war. Er hatte ein dunkles, schmales, glattrasiertes Gesicht, seine Augen schimmerten hellgrün, und wenn er lächelte, erschienen Lachfältchen in den Augenwinkeln und milderten den ernsten Ausdruck, den er gewöhnlich zur Schau trug. Sein Haar war tiefschwarz und bereits mit ersten grauen Strähnen durchsetzt. Amasia betrachtete das silberne Kreuz, das Matthias an einer Kupferkette um den Hals trug. Er nahm es, soweit sie das beurteilen konnte, niemals ab. Vorsichtig berührte sie es mit der Fingerspitze.

Amasia war erst siebzehn Jahre alt. Zu ihren Stammfreiern gehörten viele Studenten, doch Matthias und ein Freund, der junge Franzose Santerre, standen in ihrer Gunst am höchsten. Das Mädchen verzog das Gesicht und schürzte die Lippen. Nun, so ganz traf das ja nicht zu. Santerre mit seinem verwegenen Lächeln, der totenblassen Haut und dem roten Haarschopf lag ihr weniger; er hatte eine spitze Zunge, und sie wurde das Gefühl nicht los, daß er sich heimlich über sie lustig machte. Amasia konnte Leute nicht ausstehen, die hinter ihrem Rücken über sie lachten. Wenn sie eines von Matthias gelernt hatte, dann das: Auch eine Hure hatte das Recht auf menschenwürdige Behandlung. Eines Abends vor ungefähr vier Monaten hatte er ihr das klargemacht, während er einen stockbetrunkenen Viehtreiber von ihr wegriß, der seine schmutzige Hand in ihr Mieder geschoben und roh ihre Brüste geknetet hatte. Matthias, nicht etwa der Wirt, war ihr zu Hilfe gekommen, hatte dem Kerl eine Tracht Prügel verpaßt, die er so schnell nicht vergessen würde, und ihn dann in die schmutzige Gasse hinausgestoßen.

Amasia lehnte sich mit dem Rücken gegen die rissige Wand, die ihre verschwitzte Haut etwas kühlte. Angewidert blickte sie sich in der winzigen Kammer um. War das vielleicht eine menschenwürdige Behausung? Feuchte, abbröckelnde Mauern, ein spärlich mit Binsen bedeckter Boden, ein Tisch in der Ecke, auf dem eine gesprungene Waschschüssel nebst Krug standen, darunter ein großer, schmutziger Nachttopf. Amasia schloß die Augen. Sie fragte sich, ob Matthias sie wohl später einmal aus dieser Umgebung herausholen würde. Manchmal ließ er derartige Andeutungen fallen. Aber wohin wollte er gehen? Sie wußte so wenig von ihm, und obwohl sie ihn oft wegen seiner Geheimniskrämerei aufzog, hatte sie nicht viel aus ihm herausbekommen. Er hatte die Klosterschulen in Tewkesbury und Gloucester besucht, bevor sein Gönner, Baron Sanguis, ihm ein Studium in Oxford ermöglichte. Schwerer noch wog, daß Matthias gar nicht wußte, was er mit seinem Leben anfangen sollte. Manchmal sprach er davon, Sekretär oder gar Priester zu werden, doch dann wurden seine Lippen schmal, seine Augen verengten sich, und er schob störrisch das Kinn vor, als habe er eine Entscheidung getroffen, über die er nicht sprechen wollte. Seufzend schlug Amasia die Augen wieder auf. Wenn er sich doch nur etwas gesprächiger zeigen wollte ...

»Werden sie dich unten im Schankraum nicht vermissen?«

Amasia schrak zusammen. Matthias grinste sie an.

»Wie lange bist du denn schon wach?« fauchte sie, beugte sich über ihn und zwickte ihn in die Nase.

Lachend stieß der Student ihre Hand beiseite und richtete sich ebenfalls auf.

»Möchtest du denn gehen?« fragte sie spitz.

»Ich muß«, entgegnete er. »Noch ist es hell genug.«
Er wies zum Fenster auf der anderen Seite der Kammer.
»Aha.« Amasia schlug die Laken zurück, schwang ihre langen Beine über die Bettkante, stand auf und streckte sich, wobei sie Matthias verstohlen musterte. Sie wußte, daß Männer solch katzenhafte Gesten liebten. Als Matthias nach ihr greifen wollte, lächelte sie und wich einen Schritt zurück.
»Ich muß gleichfalls gehen«, neckte sie ihn. »Agatha ist nämlich nicht mehr ...«
»Ach ja«, unterbrach Matthias sie, »die kleine Agatha Merryfeet.«
»Das ist bestimmt nicht ihr richtiger Name«, giftete Amasia.
»Ich glaube schon«, erwiderte Matthias, dem der eifersüchtige Unterton in ihrer Stimme nicht entging. Um sie zu ärgern, fuhr er mit undurchdringlicher Miene fort: »Aber tanzen kann sie hervorragend, das muß man ihr lassen.«
»Aber ja!« keifte Amasia zurück. »Auf den Tischen herumhüpfen und sich vor den Männern zur Schau stellen!« Gereizt griff sie nach ihrem Hemd und streifte es sich über den Kopf. »Nun, hier wird sie ihre Schau nie wieder abziehen. Sie ist nämlich tot. Mausetot«, fuhr sie fort. »Ihr Leichnam ist ins Totenhaus der Kreuzbrüder geschafft worden. Auf der Kirchwiese haben sie sie gefunden, mit seltsamen Wunden am Hals. Zwei Löcher, hat der Bezirksbüttel gesagt. Angeblich sehen sie so aus, als hätte jemand einen Nagel in ihre Kehle getrie ...«
Sie brach ab, als Matthias sie bei der Schulter packte und ihr die Finger tief in das Fleisch grub. Amasia versuchte ihn abzuschütteln, vergaß aber den Schmerz, als sie Matthias' Gesicht sah. Das war nicht länger der ruhige, sanfte Student, den sie kannte! Er war aschfahl geworden, die Haut spannte sich straff über den Wangenknochen, und die Augen glänzten irr. Er öffnete den Mund, brachte aber kein Wort hervor, sondern schluckte nur hart.
»Matthias!« Sie gab ihm einen Schlag auf das Handgelenk.
Der Student lockerte seinen Griff nicht.

»Matthias, du tust mir weh!«

Er gab sie frei und sank auf das Bett. Amasia trat zurück und beobachtete ihn aufmerksam. Von Männern wie ihn hatte sie schon gehört; stillen Wassern, die gewalttätig wurden, wenn sie sich mit einer Frau allein in einer Kammer befanden, weil sie nur aus dem Schmerz des Opfers Befriedigung zogen. Aber gehörte Matthias wirklich dazu? Sie bemerkte, daß ihm feine Schweißtröpfchen über die Wange rannen und seine Brust sich so hastig hob und senkte, als sei er gerade eine längere Strecke gerannt. Er starrte zur Decke. Ab und zu verzog sich sein Mund zu einer Grimasse, und er schüttelte den Kopf, als würde er sich mit einem für sie unsichtbaren Gesprächspartner unterhalten. Sie griff nach dem Weinkrug, den er mitgebracht hatte, setzte sich neben ihn und hob ihm den Krug an die Lippen. Er trank gierig, dann hustete er, begann zu würgen und lief, eine Hand vor den Mund gepreßt, quer durch den Raum zu dem Nachttopf, um sich heftig zu übergeben. Danach wischte er sich mit der Hand über die Lippen und kauerte sich auf den Boden.

»Matthias bist du krank?«

Amasia bekam es mit der Angst zu tun. Im letzten Sommer war Oxford vom Schweißfieber heimgesucht worden. Es hieß, die Seuche sei von Henry Tudors Soldaten eingeschleppt worden, als sie nach ihrem Sieg über Richard III. bei Bosworth durch die Stadt gezogen waren. Amasia wußte alles über diese Schlacht. Zwei Schankkellner des ›Blauen Eber‹ hatten auf Seiten der Yorkisten gekämpft und waren nicht zurückgekehrt. Amasia erhob sich. Vielleicht sollte sie nach unten gehen und Goodman, den Wirt, um Rat fragen ...

»Mir geht es gut«, murmelte Matthias. »Mach dir keine Sorgen.«

Er stand auf, nahm den Wasserkrug und spülte sich gründlich den Mund, dann kam er zum Bett zurück.

»Du siehst blaß aus, Matthias.«

»Nein, nein.« Er schüttelte den Kopf, nahm sie am Arm und zwang sie mit sanfter Gewalt, sich neben ihn zu setzen.

»Erzähl mir noch einmal alles von vorn«, bat er. »Was ist mit Agatha geschehen?«

Amasia erfüllte ihm seinen Wunsch.

»Du bist immer so in deine Bücher vertieft, Matthias«, schloß sie. »Hast du denn nichts von den anderen Todesfällen gehört? Menschen wie Agatha und ich, Huren, Zimmermädchen und so weiter. Keiner vermißt uns, keiner interessiert sich für unser Schicksal. Außer dir«, fügte sie hinzu. »Warum eigentlich? Hat Agatha einmal für dich getanzt?«

Matthias stand auf und begann, sich anzukleiden.

»Wo, sagtest du, hat man den Leichnam hingebracht? Ach ja, zu den Kreuzbrüdern.«

Amasia schlang das Laken um sich und sah zu, wie der Student in Hose, Leinenhemd und den Rock schlüpfte, der das Wappen seiner Universität Exeter in der Turl Street trug. Er schlug die Kapuze hoch, schnallte seinen Ledergürtel um und tastete nach dem Heft des Dolches, der in einer bestickten Scheide steckte.

»Vergiß deine Stiefel nicht«, neckte sie ihn.

Matthias hörte gar nicht zu. Er stieg in die Stiefel und verließ ohne Abschiedsgruß und ohne sich noch einmal umzudrehen den Raum.

»Zeit, die Studien wieder aufzunehmen?« begrüßte ihn der Wirt, der einen Humpen aus einem Faß neben der Tür füllte, als Matthias durch den Schankraum ging. Nur zu gerne hätte er den jungen Mann in ein Gespräch verstrickt. Eines Tages, wenn die Zeit reif war, wollte Goodman selbst Amasia zu einem Stelldichein überreden. Inzwischen kostete er die Vorfreude darauf aus.

»Wie lange wird Agatha schon vermißt?« fragte Matthias barsch.

»Seit drei Tagen.« Der Wirt richtete sich auf. »Ihre Tanzkünste fehlen uns allen sehr. Ich meine ...« Die schmutzige Bemerkung, die ihm auf der Zunge lag, schluckte er lieber hinunter. Das blasse Gesicht und die harten, stechenden Augen des Studenten schüchterten ihn ein. »Ich habe zu tun.« Er wandte sich ab. »Und ich bin froh, daß diese Schlampe Amasia endlich wieder ihren anderen Pflichten nachgehen kann!«

Matthias trat in die Gasse hinaus. Ohne nach rechts und links zu blicken, schritt er zielstrebig voran. Die Kapuze fest über den Kopf gezogen achtete er nicht auf die Rufe und Grußworte seiner Bekannten. Er war blind und taub für seine Umwelt, für die fette Sau, die seinen Weg kreuzte, die Hühner, die vor ihm Staub scharrten und den Hund, der hechelnd auf ihn zukam und seine Aufmerksamkeit auf seinen Herrn, einen einbeinigen Bettler, lenken wollte, der im Rinnstein saß. Auch die Stände der Händler, Handwerker und Kesselflicker lockten ihn nicht. Rücksichtslos bahnte er sich mit Hilfe der Ellbogen einen Weg durch die Menge, ohne sich darum zu scheren, wen er beiseite stieß: Gutgekleidete Bürger, Studenten in schäbigen Überröcken und sogar die Magister und Gelehrten, denen jeder Student mit Respekt zu begegnen hatte – zumindest in der Öffentlichkeit.

Matthias starrte unverwandt zu Boden. Am liebsten wäre er schreiend davongerannt und hätte sich in einem dunklen Loch verkrochen, um über das nachzudenken, was Amasia ihm erzählt hatte. Bilder zogen an ihm vorbei: Edith, die Tochter des Hufschmieds Fulcher, in ihrem Sarg vor dem Hochaltar in der Kirche seines Vaters; die gespenstischen Gestalten, die über die Pfade von Sutton Courteny huschten; der Eremit, der auf dem Scheiterhaufen sang; Christina, wie sie ihn anschrie; Rahere dessen aufmerksamen Blick nichts entging; die letzten Worte seines Vaters; der seltsame Tiefschlaf in der Pfarrkirche. Matthias blieb stehen, schloß die Augen und atmete tief durch. Vielleicht sollte er lieber in seine Unterkunft zurückkehren und Santerre suchen? Matthias rieb sich die Schläfen. Ihm war, als müsse sein Schädel zerspringen. Die Tür, hinter der er die Alpträume der Vergangenheit weggeschlossen hatte, öffnete sich langsam wieder.

»Ihr steht im Weg!«

Matthias schlug die Augen auf. Ein Marktaufseher; ein Angehöriger der Händlervereinigung, die die Preise auf dem städtischen Markt bestimmte, kam auf ihn zu. Er hielt seinen weißen Amtsstab wie einen Speer in die Höhe.

»Ihr steht im Weg!« wiederholte er.

Matthias' Hand fuhr zu dem Dolch in seinem Gürtel.

»Tretet zur Seite, dann gehe ich weiter«, schnarrte er.

Der Aufseher sprang mit einem Satz zurück, und Matthias ging weiter die High Street entlang, passierte die Kirche St. Mary und die Stein- und Holzbauten von All Souls und hielt auf der Magdalen Bridge kurz inne, um in die gurgelnden, schäumenden Wasserfluten hinabzuschauen. Das Wetter war schön, viele seiner Kommilitonen saßen am Ufer im Gras, schliefen, unterhielten sich, aßen und tranken. An jedem anderen Tag hätte sich Matthias zu ihnen gesellt. Doch heute – konnte er nur beten, daß Amasia sich geirrt hatte.

Er spazierte weiter und erreichte schließlich die hohe, schmale Steinkirche der Kreuzbrüder. Die Tür stand offen, er trat ein, durchquerte das Hauptschiff und verließ das Gebäude durch die Seitentür eines der Querschiffe wieder. Ein Ordensbruder, der im Kreuzgang saß und ein Manuskript studierte, wies über den Klosterhof, nachdem Matthias sein Anliegen vorgebracht hatte. »Das Totenhaus befindet sich dort drüben«, sagte er. »Aber Ihr müßt die Erlaubnis des Bruder Infirmarius einholen.«

Matthias setzte seinen Weg fort, die neugierigen Blicke der geschäftig über den Hof eilenden Klosterbrüder nicht beachtend. Er kam durch einen kleinen Garten und gelangte schließlich zu einem großen Gebäude ganz am anderen Ende des Geländes. Oxford war eine weltoffene Stadt, die Besucher aus Italien, Frankreich, Deutschland und anderen Ländern anzog. So war es nicht weiter verwunderlich, daß häufig unbekannte Leichen gefunden wurden, und die Mönche sahen es als ihre Christenpflicht an, diesen Fremden ein angemessenes kirchliches Begräbnis zukommen zu lassen. Agatha war eine von ihnen, eine Hure ohne Familie, nach der niemand fragte. Ihr Leichnam würde drei oder vier Tage im Totenhaus aufgebahrt werden, in der Hoffnung, daß jemand kam und sie identifizierte, danach konnte der Coroner sein Urteil sprechen, und man würde sie auf dem alten jüdischen Friedhof in Paris Mead, einem weitläufigen Landstück, das sich bis zum Fluß Cherwell erstreckte, zur letzten Ruhe betten.

Matthias klopfte an die Tür, woraufhin ein schmaler Sehschlitz geöffnet wurde.

»Was wollt Ihr?« knurrte eine unfreundliche Stimme.

»Bei Euch liegt der Leichnam eines Mädchens namens Agatha«, erwiderte Matthias. »Ich will sie sehen.«

»Sie wird heute abend beerdigt«, krächzte die Stimme.

»Ich kannte sie«, beharrte Matthias. »Ich möchte ihr die letzte Ehre erweisen.«

Der Schlitz wurde geschlossen, der Riegel zurückgeschoben, und die Tür schwang auf. Matthias betrat einen langen, höhlenähnlichen Raum, der ihn mit seinen weißgetünchten Wänden und breiten Deckenbalken an eine Scheune erinnerte. Trotz der über den frischgeschrubbten Steinboden verstreuten Kräuter stieg Matthias der Verwesungsgestank der Seite an Seite in ordentlichen Reihen aufgebahrten Leichen in die Nase. Er blickte den Laienbruder an.

»Wo ist Agatha?« fragte er.

»Das arme Mädchen.« Der Mönch kratzte seinen ungepflegten Bart. »So jung, so hübsch, und doch geknickt wie eine Blume auf dem Feld.«

Matthias wühlte in seiner Börse und entnahm ihr einen Penny, nach dem der Laienbruder gierig griff und Matthias dann durch den Raum führte, um schließlich vor einer Pritsche stehenzubleiben. Er zog die dunkle Wolldecke zurück. Matthias schluckte, um die aufkeimende Übelkeit niederzukämpfen. Zu Lebzeiten war Agatha ein fröhliches, lebenslustiges Mädchen gewesen. Matthias hatte sie tanzen sehen. Sie konnte um brennende Kerzen herumwirbeln, ohne daß ihre nackten Füße von den Flammen versengt wurden, während ihr Publikum sie begeistert johlend anfeuerte. Nun lag sie vor ihm, immer noch in ihr dunkelblaues Gewand gekleidet, aber ihr Gesicht hatte all seine Schönheit eingebüßt. Ein grünlicher Schimmer lag auf ihren eingesunkenen Wangen, der Kopf war leicht zur Seite gedreht, die Augen halb geschlossen, die Lippen blutverklebt. Aber es waren die Wunden an ihrem Hals, die Matthias am meisten abstießen – zwei große Löcher zu beiden Seiten der Kehle.

»So ist sie gefunden worden«, erklärte der Laienbruder,

ebenfalls neben der Pritsche niederkniend. »Diejenigen, die sie entdeckt haben, sagen, sie sei ausgesaugt worden wie eine saftige Orange.«

Matthias zuckte zusammen. Seine eigenen Alpträume kehrten mit Macht zurück und drohten ihn zu überwältigen.

»Da war noch etwas.« Der Bruder erhob sich. »Überall um sie herum lagen Rosenblätter, so als hätte sie ›Er liebt mich, er liebt mich nicht‹ gespielt. Sieht so aus«, fuhr er vorsichtig fort, »als hätte der Angebetete sie nicht geliebt – oder vielleicht zu sehr.«

Matthias konnte es nicht länger ertragen. Er sprang auf, warf dem verdutzten Laienbruder einen weiteren Penny zu und floh aus dem Totenhaus. Fast war er schon wieder in der Stadt angelangt, als sein Kopf langsam klar wurde.

Die Sonne war verschwunden, der Himmel hatte sich bleigrau gefärbt, und die dunklen Wolken verhießen baldigen Regen. Die Standbesitzer zogen bereits Planen über ihre Buden. Matthias lockerte sein Wams und ließ den kühlen Wind über seinen erhitzten Nacken streichen. Eine Weile wanderte er zwischen den Ständen umher, vorbei an Tuchhändlern, Walkern, die den rauhen Stoff glätteten, und Kissenmachern mit hochbeladenen Karren. Ein Lehrling kam aus einem Laden gerannt und wollte Sporen an Matthias' Stiefeln befestigen, aber nach einem Blick auf dessen Gesicht ließ er von seinem Vorhaben ab und hastete davon.

Matthias hatte gehofft, die altvertraute Atmosphäre dieses Getümmels würde den Aufruhr in seinem Inneren lindern, doch ein junger Mann mit einem Falken auf der Hand erinnerte ihn prompt an den Eremiten, ein Priester, der einen Begräbniszug anführte, an Osbert. Eine junge Frau mit einem Kleinkind, das mit einer Schweinsblase spielte, hätte Christinas Doppelgängerin sein können. Und saß dort in der Schenke nicht der Hufschmied Fulcher und schaute aus dem Fenster?

Matthias bog in die Inn Lane ein, eine breite Gasse, die zu einer seiner Lieblingschenken führte, dem ›Mörser und Stößel‹. Doch auch hier kam er sich vor wie in einem Alptraum gefangen. Auf halbem Weg zur Schenke hatte man einen provisorischen Galgen errichtet, an dem der Leichnam eines überführten Verbrechers baumelte. Das Schild um seinen Hals besagte, daß er dreimal beim Einbruch ertappt worden war. Einige betrunkene Studenten standen um ihn herum und grölten aus vollem Halse den beliebten Gassenhauer ›Jove cum laude‹. Sie wollten Matthias dazu bewegen, mitzumachen, doch er drängte sich einfach an der Gruppe vorbei und ging weiter. Der Anführer, ein goldblonder junger Mann mit einem Babygesicht, schrie ihm Obszönitäten nach. Matthias betrat eilig den Schankraum des ›Mörser und Stößel‹. Erst nach zwei Bechern Wein legte sich seine Panik langsam.

Am anderen Ende des Raumes versuchte ein Quacksalber, ein Mann mit rotem, vom Alkohol aufgedunsenen Gesicht und langen, silbergrauen Haaren, den Gästen seine Tränke und Wunderheilmittel anzudrehen. Einer alten Frau mit trüben Augen und grauviolett verfärbter Haut bot er ein Mittel gegen Zahnschmerz an – eine in das Blut einer Spinne getauchte Kupfernadel –, einer anderen eine Stück spanische Jade, das angeblich Leibschmerzen lindern sollte. Als er die Frauen nicht zum Kauf überreden konnte, ergriff er ein Tablett, ging damit auf Matthias zu und pries seine Auswahl an Heilkräutern: Kapuzinerkresse, Mariendistel, Sauerklee, Salbei, Lebermoos und Fenchel.

»Außerdem«, tönte er, mit seinen Spinnenfingern schnippend, »habe ich noch einen Liebestrank, gebraut aus Rosenöl und …« Er brach mitten im Satz ab und starrte auf die Dolchspitze vor seiner Nase. Sein Mund verzog sich zu einem schiefen Lächeln. »Der junge Herr möchte nichts kaufen?«

»Ganz gewiß nicht«, gab Matthias zurück. »Und jetzt nimm deinen Kram und verpiß dich!«

Der Quacksalber sammelte hastig seine Waren ein und huschte wie ein verschrecktes Eichhörnchen zur Tür hinaus. Die restlichen Gäste, die des Scharlatans schon längst überdrüssig geworden waren, klatschten Beifall, doch Matthias schob nur den Dolch in die Scheide zurück und versank wieder in Gedanken.

Der Alptraum war zurückgekehrt! Er hatte gedacht, dieser Schrecken gehöre der Vergangenheit an, seit er an jenem Morgen in Baron Sanguis' Herrenhaus aufgewacht war und eine ganze Schar von Dienstmägden an seinem Bett vorgefunden hatte. In ihren Augen konnte er lesen, daß etwas Furchtbares passiert sein mußte. Matthias öffnete seinen Beutel und zog einen Pergamentbogen hervor. Es war nicht derselbe, den sein Vater ihm in der Pfarrkirche übergeben hatte, aber eine recht gute Kopie. Wieder und wieder hatte er die Zitate studiert, die Osbert auf diesen schmierigen Pergamentfetzen gekritzelt hatte.

Das erste stammte aus der Genesis, Kapitel 6, Vers 2: »Da sahen die Gottessöhne, wie schön die Töchter der Menschen waren, und sie nahmen sich zu Frauen, welche sie wollten.« Dann ein Text aus dem Buch Jesaja: Auch du bist schwach geworden wie wir, und es geht dir wie uns. Deine Pracht ist herunter zu den Toten gefahren ... Wie bist du vom Himmel gefallen, du schöner Morgenstern! Wie wurdest du zu Boden geschlagen.«

Das nächste Zitat war dem Buch Tobias entnommen und handelte von einer jungen Frau namens Sarah: »Sie war mit sieben Männern verheiratet gewesen, doch der böse Dämon Aschmodai hatte sie alle getötet, bevor sie bei ihr gelegen hatten.« Den Abschluß bildete ein kurzer Text aus dem Johannes-Evangelium, der mit den anderen kaum etwas gemeinsam hatte. Es waren die Worte Christi an seine Jünger: »Wer mich liebt, der wird auch von mir geliebt werden, und mein Vater wird ihn lieben. Und mein Vater und ich werden kommen und Wohnung bei ihm machen.«

Seufzend rollte Matthias das Pergament zusammen und schob es in den Beutel zurück. Er hatte nie voll und ganz verstanden, was sein Vater ihm mit diesen Sätzen hatte sagen wollen. Im Laufe der Jahre war Matthias' Interesse an Dämonologie und Hexenkunde immer stärker geworden. Tief in seinem Herzen wußte er, daß sich das, was sich innerhalb weniger Monate des Jahres 1471 in Sutton Courteny ereignet hatte, nicht mit menschlichen Maßstäben erklären ließ. Während seines Studiums hatte Matthias jedes geheime

Buch über Dämonen und ihre Erscheinungsformen zu Rate gezogen, dessen er habhaft werden konnte. In Oxford hatte er dann zahlreiche Vorlesungen gehört und die Werke von Peter dem Lombarden, Abelard und Bonaventura studiert, den Weisen auf dem Gebiet der Philosophie, Theologie und Bibelkunde. Außerdem kannte er auch Abhandlungen, die ihn, sollte je jemand davon erfahren, leicht in den Verdacht bringen konnten, ein Häretiker oder Hexenmeister zu sein. Er hatte die Schriften des Alchimisten John de Meung verschlungen, die ›Opera‹ des Okkultisten Arnaud de Villeneuve und die Aufsätze über die jüdische Geheimlehre, verfaßt von Simon bar Jochai. Diese Gelehrten vermittelten ebenso wie orthodoxe Schriftkundige, etwa Aquinas oder Augustinus, ein schlichtes Schwarzweißbild der Wirklichkeit, die in ihren Augen ein ewiger Kampf zwischen Gut und Böse war. Satan und die Höllenfürsten führten einen unaufhörlichen Krieg gegen die Geschöpfe Gottes.

Matthias hatte das Gelesene mit einer Mischung aus Zynismus und Verwirrung aufgenommen. Das meiste war ohnehin einer allzu lebhaften Vorstellungskraft entsprungen. Sogar in Oxford ließen sich viele Studenten nur allzu gerne in satanischen Riten verstricken; ein bloßer Vorwand, um nackt im Wald unter dem Sternenhimmel herumzutanzen und mit willigen Huren Orgien zu feiern. Außerdem lieferten ihm auch all diese Schriften keine plausible Erklärung für die Ereignisse in Sutton Courteny. Warum hatte das Entsetzen gerade dieses Dorf heimgesucht? Was war so besonderes an einem verschlafenen kleinen Flecken in Gloucestershire, daß es zum Schauplatz so vieler gräßlicher Todesfälle auserkoren worden war? Inzwischen kursierten viele Geschichten und Legenden über die damaligen Vorfälle, aber Matthias hatte noch niemanden getroffen, er ihm das Wie und Warum genau hätte auseinandersetzen können. Abgesehen von ihm selbst war jeder tot, der sich in der Kirche aufgehalten hatte. Und er war mit Drogen betäubt worden und hatte das ganze Massaker verschlafen.

Niemand wußte, warum gerade er überlebt hatte. Viele

glaubten, Osbert habe ihm eine betäubende Arznei eingeflößt und ihm so das Leben gerettet. Matthias hatte sich auch schon oft über die Freundschaft gewundert, die ihm sowohl Rahere als auch der Eremit entgegengebracht hatten. Warum gerade ihm? Waren diese beiden Männer wirklich verantwortlich für all die blutleeren Leichen, und wenn ja, warum hatten sie auf eine so barbarische Art gemordet? Wie kam es, daß der Eremit und der Sekretär, die einander nie begegnet waren und hinsichtlich Herkunft und Auftreten so verschieden voneinander waren wie Feuer und Wasser, dennoch ein Spiegelbild ein- und derselben Persönlichkeit dargestellt hatten? Was war der Auslöser für die Veränderung gewesen, die mit seinem Vater und seiner Mutter vorgegangen war? In welcher Beziehung hatten sie zu dem Eremiten gestanden? Diese und ähnliche Fragen quälten Matthias häufig, aber weder der Lauf der Jahre noch seine Studien hatten ihm eine Antwort darauf beschert.

Nachdem Matthias in den Haushalt von Baron Sanguis aufgenommen worden war, hatte sich nichts Rätselhaftes mehr ereignet. Erst als man ihn kurz nach seinem vierzehnten Geburtstag bei den Mönchen von Tewkesbury einquartierte, hatten einige Brüder behauptet, daß man auf der Galerie vor dem Schlafsaal der Jungen, wo auch Matthias schlief, den schweren, süßen Duft von Rosen wahrnehmen könne, obwohl es tiefer Winter sei. Matthias hatte dazu geschwiegen, wie er es in diesen Winterwochen des Jahres 1478 immer tat. Er war krank geworden, hatte sich aber wieder erholt, und sein Leben war weitergegangen. Nur seine Jugend und der eintönige Trott der Jahre nach jenem furchtbaren Allerheiligenfest hatten ihn davor bewahrt, den Verstand zu verlieren. Matthias hatte nie gewagt, seine Ängste anderen zu offenbaren, und manchmal glaubte er fast schon selbst, alles sei nur ein böser Traum gewesen. Daran hatte er sich bislang geklammert. Er versuchte, sich selbst zu heilen, indem er sich bemühte, die Tür zu jenem dunklen Kapitel seiner Vergangenheit möglichst fest verschlossen zu halten.

Matthias schloß die Augen. Warum sprang diese Tür gerade heute, gerade jetzt einen Spalt auf?

Er öffnete die Augen wieder und leerte seinen Becher. Langsam spürte er die Wirkung des Alkohols und fühlte sich ein wenig besser. Er würde seinen Freund und Kommilitonen Santerre suchen. Vielleicht gab es ja doch eine rationale Erklärung für all die Vorfälle. Matthias trat ins Freie. Es war inzwischen dunkler, als er angenommen hatte, die Gasse lag still da, die betrunkenen Studenten waren längst verschwunden, nur der Leichnam hing noch an dem provisorisch zusammengezimmerten Galgen und drehte sich im auffrischenden Abendwind. Matthias blieb stehen und sprach rasch ein Gebet; dasselbe, das sein Vater ihn vor langer Zeit gelehrt hatte.

»Bedenke dies, meine Seele, und bedenke es wohl. Der Herr ist dein Gott, der Herr allein, und er ist heilig ...«

Dann setzte er seinen Weg fort. Irgendwo tief im Herzen der Stadt rief eine Glocke zur Komplet. Ein Straßenköter stimmte ein wütendes Gekläff an, und Matthias schrak zusammen, als ihm eine empört fauchende Katze direkt vor die Füße lief. Als er an dem Galgen vorbeikam, wandte er die Augen ab.

Das unheimliche Gerüst lag schon fast hinter ihm, als er eine Stimme flüstern hörte: »*Creatura bona atque parva!* Matthias, mein Kleiner ...«

Die Stimme des Eremiten! Kalter Schweiß trat Matthias auf die Stirn. Langsam drehte er sich um, eine Hand um das Kruzifix zu seinen Hals, die andere um den Griff seines Dolches geklammert.

»*Oh, Creatura bona atque parva!*«

Matthias blieb wie angewurzelt stehen und starrte den Leichnam an. Hatte der Tote zu ihm gesprochen? Er trat einen Schritt zurück, rieb sich die Augen und atmete tief durch, doch statt des fauligen Gestanks der Gasse stieg ihm der süße Duft voll erblühter Rosen in die Nase.

»Wer ist da?« rief er laut.

Der Rosenduft ließ nach, und Matthias wurde sich seiner Umgebung wieder bewußt – des Unrats, der Abfälle im Rinnstein und des an seinem Strick tanzenden Leichnams. Er machte auf dem Absatz kehrt, floh Hals über Kopf die

Straße entlang und prallte kurz darauf mit einer Gruppe Studenten zusammen, die lachend und johlend um die Ecke kamen.

Matthias murmelte eine Entschuldigung und trat zur Seite. Die jungen Männer hätten ihn wohl nicht weiter behelligt, wenn sich nicht einer aus der Gruppe gelöst hätte und auf ihn zugekommen wäre. Matthias erkannte den goldblonden Studenten mit dem Babygesicht, der ihn früher am Tag so übel beschimpft hatte.

»Sieh an, sieh an.« Goldlocke stieß Matthias gegen eine Mauer. »Wen haben wir denn da? Einen Mann, der mit geschlossenen Augen durch die Gegend stolpert, seine Mitbürger grundlos anrempelt und sich überdies noch weigert, in ein kleines Liedchen mit einzustimmen!«

»Laß ihn doch in Ruhe.«

»Ich denke gar nicht daran.« Der Student zog sein Messer und hielt die Spitze an Matthias' Kinn. »Jemand muß diesem ungehobelten Burschen endlich Manieren beibringen.«

»Es tut mir leid«, sagte Matthias leise. »Ich wollte niemanden beleidigen.«

»Er wollte niemanden beleidigen!« äffte Goldlocke ihn nach.

Auch die anderen Studenten scharten sich nun um Matthias. Ihre Gesichter waren vom übermäßigen Alkoholgenuß aufgequollen, und ihr Atem stank nach schalem Ale.

»Ich weiß, was wir machen«, erklärte Goldlocke. Seine blauen Augen rundeten sich in gespielter Unschuld. »Unser junger Freund hier wollte nicht vor dem Galgen und dem Gehängten singen. Das zeugt doch von sehr schlechten Manieren, nicht wahr?«

»Allerdings«, stimmte ein anderer zu.

»Er muß lernen, den Toten Respekt zu erweisen. Also werden wir folgendes tun«, fuhr Goldlocke fort. »Wir schaffen ihn zum Galgen zurück und binden ihn für ein paar Stunden an dem lieben Dahingeschiedenen fest. Eine kleine Lektion in Sachen Anstand! Wie würde dir das gefallen?« lispelte er, an Matthias gewandt.

Dieser stieß Goldlockes Messer zur Seite und schmetterte

dem Mann die Faust so hart ins Gesicht, daß das Nasenbein brach und Blut hervorschoß. Goldlocke taumelte zurück und griff schluchzend nach seiner Nase. Matthias versuchte, seinen Dolch zu ziehen, aber die anderen hatten ihn bereits umringt, droschen aus Leibeskräften auf ihn ein und schleiften ihn, ohne auf ihren wimmernden Kameraden zu achten, die Gasse entlang. Einer fand einen alten Strick im Abfall, ein anderer nahm Matthias den Gürtel ab.

»Laß sie uns zusammenschnüren wie ein Liebespaar!« schrie einer. »Kennt ihr das Gedicht von Villon? Das über den Mann, der Lipp' an Lipp' und Aug' an Aug' an den Leichnam eines Freundes gefesselt wird?

Die anderen stimmten kreischend vor Lachen zu, doch Matthias, der mittlerweile verzweifelte Angst verspürte, setzte sich heftig zur Wehr und trat mit den Füßen nach seinen Widersachern. Goldlocke, der sich wieder zu der Gruppe gesellt hatte, versetzte ihm einen Fausthieb gegen die Schläfe. Gemeinsam zerrten die Studenten Matthias zum Galgen, fest entschlossen, ihren Plan in die Tat umzusetzen. Über ihnen öffnete sich ein Fenster, und eine Frauenstimme keifte, sie werde die Wache verständigen. Ein paar junge Männer klaubten Kotklumpen aus einem Misthaufen und bewarfen sie damit, worauf das Fenster eilig geschlossen wurde.

Matthias nahm den süßlichen Verwesungsgeruch wahr, der den Leichnam wie eine fette Wolke umgab. Er wußte, daß es keinen Sinn hatte, seine Peiniger um Gnade zu bitten. Sogar im dämmrigen Licht konnte er die verzerrten Gesichtszüge des Toten erkennen. Er schloß die Augen und preßte die Lippen aufeinander. Den Schmerz, der durch seinen Körper raste, bemerkte er gar nicht.

»Das reicht jetzt!«

Mit einem erleichterten Seufzer entspannte Matthias sich ein wenig. Die Studenten drehten sich um und blickten bestürzt auf die schwarze Gestalt, die mit zurückgeschlagenem Umhang und gezücktem Degen kampfbereit dastand.

»Fahr zur Hölle!« brüllte Goldlocke.

Die Gestalt machte einen Satz auf ihn zu und bohrte die

Spitze des Degens tief in Goldlockes Schulter. Santerre tänzelte sofort zurück und ließ die Klinge elegant durch die Luft sausen. Die Studenten, die erkannten, daß sie es mit einem erfahrenen Fechter zu tun hatten, gaben Matthias widerstrebend frei.

»Und jetzt macht, daß ihr wegkommt!« Santerres Augen funkelten vor Wut. »Laßt meinen Freund in Ruhe und haut ab!«

Die Gruppe ergriff geschlossen die Flucht.

Matthias spürte noch, wie der Franzose ihn stützte, dann wurde ihm schwindlig, und er verlor das Bewußtsein.

ZWEITES KAPITEL

Am nächsten Morgen erwachte Matthias schon sehr früh. Sein ganzer Körper fühlte sich steif und wund an, und eine Stelle seines Gesichts pochte heftig. Vorsichtig richtete er sich auf, stieß die Kissen beiseite und kletterte stöhnend die Leiter hinunter, die zu seiner schmalen Schlafstätte führte. Santerre schlief noch auf seinem Strohsack unter dem Fenster. Sein rotes Haar war zerzaust, sein Mund stand halb offen. Der Franzose hatte sich nicht die Mühe gemacht, seine Stiefel auszuziehen, sondern lag völlig bekleidet auf den schmuddeligen Laken. Seinen Degengurt hatte er achtlos zu Boden fallen lassen. Matthias stakste unsicher zur Waschschüssel hinüber. Darüber war ein poliertes Metallstück angebracht, das als Spiegel diente. Erfreut stellte er fest, daß sein Gesicht weniger Schaden gelitten hatte als zunächst befürchtet. Er wusch und rasierte sich, trocknete sich ab und blickte sich dann in der Kammer um, wie um sicherzugehen, daß er nicht träumte. Da waren der bröckelige gemauerte Herd, die Wand darüber rußgeschwärzt; die kleinen, mit Schweinsblasen bespannten Fenster; die niedrigen Deckenbalken; die spärliche Möblierung, bestehend aus einem Tisch, einigen Holzstühlen, Truhen, Kisten und Haken an der Wand, an denen seine Kleider hingen. In einem großen Schrank bewahrte er seine Vorräte sowie Töpfe, Krüge, Schüsseln und einen Humpen auf, den Santerre in einer Schenke gestohlen hatte. Matthias öffnete die Tür. Das Brot und der Käse, den er vor einiger Zeit hineingelegt hatte, waren verschwunden. Achselzuckend ließ er sich auf einen Stuhl sinken und rief sich die Ereignisse der letzten Nacht noch einmal ins Gedächtnis.

»Ich sollte wirklich besser mit meinen Studien fortfahren«, murmelte er. »Das wird mich ablenken.«

»Heute wirst du all deine Vorlesungen ausfallen lassen, *mon ami*.«

Matthias blickte über die Schulter. Santerre saß auf dem Rand seines Lagers. Sein langes, blasses Gesicht war noch vom Schlaf verquollen, aber die scharfen grünen Augen beobachteten Matthias aufmerksam.

»Danke für deine Hilfe letzte Nacht.« Matthias ging zu ihm hinüber.

»Es war mir ein Vergnügen.« Santerres Englisch war fehlerfrei, nur ein leichter Akzent verriet den Ausländer.

»Wenn du nicht genau im richtigen Moment aufgetaucht wärst«, erwiderte Matthias, »dann hätte ich die Nacht in inniger Umarmung mit einem Leichnam verbringen müssen.«

»Und wie fühlst du dich jetzt?«

»Müde, ein bißchen angeschlagen und vor allem hungrig.«

»Dann komm mit.«

Santerre sprang auf, spritzte sich etwas Wasser ins Gesicht und trocknete sich flüchtig mit einem Lappen ab, den er dann in eine Ecke warf. Er führte Matthias aus dem Raum und die schmale Wendeltreppe hinunter. Matthias war immer noch etwas durcheinander. Alles ging so schnell, aber der vor ihm hergehende Santerre schüttelte nur den Kopf, als Matthias ihm eine Frage stellen wollte.

»Denk an die Worte Bonaventuras!« rief er über seine Schulter hinweg. »Wenn die Sprache eine Gottesgabe ist, ist Schweigen eine Tugend.«

Sie traten zur Seite, als eine Gruppe von Studenten in schäbigen braunen Überröcken die Stufen emporkam. Jeder trug ein kleines Bündel bei sich und hatte Tintenhorn und einen Beutel mit Schreibfedern am Gürtel befestigt. Sie nickten Santerre und Matthias zu, beachteten sie aber ansonsten nicht weiter. Normalerweise störte sich Matthias an der Gleichgültigkeit seiner Kommilitonen nicht, aber heute wurde ihm schlagartig klar, daß sich sein Leben in Oxford durch nichts von dem in Tewkesbury unterschied. Auch hier war er ein unerwünschter Eindringling, ein Außenseiter, der von anderen nach Möglichkeit gemieden wurde.

»Hör auf zu träumen!« rief ihm Santerre vom Fuß der Treppe aus zu.

Matthias eilte weiter. Nach dem feuchten Fäulnisgeruch

des Treppenhauses kam ihm die Luft draußen frisch und klar vor. Die Straße war in warmes Sonnenlicht getaucht; die Mistsammler hatten Unrat und Abfälle der vergangenen Nacht fortgeschafft, und bis auf die ersten schlaftrunkenen Lehrlinge, die die Stände aufbauten oder die Läden ihrer Bretterbuden öffneten, war keine Menschenseele zu sehen. Matthias und Santerre überquerten die Broad Street und verschwanden durch eine Seitentür im ›Silbernen Drachen‹. Der Wirt näherte sich ihnen. Santerre flüsterte ihm etwas zu, und der Mann händigte ihm einen Schlüssel aus.

»Drittes Zimmer im ersten Stock«, sagte er. »Ich schicke das Essen gleich hoch.«

Santerre ging voran, und Matthias folgte ihm erstaunt. Das Zimmer war sauber, die Wände frisch getüncht, duftende Binsen bedeckten den Boden. Tisch und Stühle sahen aus, als seien sie gerade mit heißem Wasser abgeschrubbt worden. Das Gitterfenster stand offen, so daß der süße Duft des darunterliegenden Gartens hereinwehen konnte. Ein Schankbursche brachte ihnen Becher mit Wein, zwei Platten mit Röstfleischstreifen in einer dicken, mit Knoblauch und Pfeffer gewürzten Sauce, kleine Brotlaibe und Töpfe mit Butter und Honig.

»Warum das alles?« fragte Matthias.

»Warum nicht?« gab Santerre zurück und bedeutete Matthias, ihm gegenüber Platz zu nehmen. »Letzte Nacht habe ich alles arrangiert. Wir müssen einmal miteinander reden.«

Matthias zog seinen Hornlöffel aus der Tasche und wischte ihn geistesabwesend an seinem Ärmel ab.

»Worüber denn?«

Der Franzose sah ihn ernst an. »Das weißt du sehr gut, Matthias. Master Ambrose Rokesby, Lehrer der Philosophie und selbsternannter Experte auf dem Gebiet der Theologie, hat sich über dich beschwert.«

Matthias stöhnte. »Rokesby ist nicht nur ein Lehrer, sondern auch ein Lüstling«, spottete er. »Ich habe ihn einmal vor all meinen Kommilitonen herausgefordert.«

»Ich weiß. Es ging um seine Theorie hinsichtlich Luzifers und der gefallenen Engel.«

Santerre grinste. Matthias fiel auf, wie weiß und ebenmäßig seine Zähne waren. Er schätze die Reinlichkeit des Franzosen und hatte noch nie verstanden, warum so viele Studenten meinten, mangelnde Körperhygiene und schlechter Atem gehörten zum Leben einfach dazu. Auch Rokesby mit seinem teigigen, verlebten Gesicht, dem Sabbermaul und den trüben Augen, die von langen, durchzechten Nächten zeugten, fiel unter diese Kategorie. Rokesby hatte erbost in seinem fettigen Haar herumgewühlt, als Matthias es gewagt hatte, ihn in eine Diskussion über seinen Kommentar zu Aquinas' Abhandlung über den Fall des Erzengels Luzifer zu verwickeln.

»Du hättest nicht so weit gehen dürfen«, meinte Santerre dazu.

»Ich habe nur gesagt«, erinnerte ihn Matthias, ein Fleischstück aufspießend, »daß die Hölle kein Ort, sondern ein Zustand ist – und daß Luzifer vielleicht gedacht hat, sich noch im Himmel zu befinden, obwohl er schon längst in der Hölle war.«

»Rokesby bezeichnet diese Äußerung als Ketzerei«, neckte Santerre ihn, dann wurde sein Gesicht ernst. »Aber was viel schlimmer ist – der fette kleine Scheißkerl hat den Archivar der Bibliothek über deinen bevorzugten Lesestoff ausgehorcht und sich gestern abend im ›Blauen Eber‹ über dein unnatürliches Interesse an allem, was mit dem Teufel und seinen Werken zusammenhängt, ausgelassen.«

»Und? Ich bin schließlich Student«, konterte Matthias.

»Und das beinhaltet das Studium von Werken, die auf der schwarzen Liste der Universität stehen? Solche wie zum Beispiel die Bücher von John Hus?«

»Hus war ein großer Gelehrter.«

»Die Kirche hält ihn für einen Ketzer. Hier in England wird von Wyclif und seinen Anhängern, den Lollarden, genau dasselbe behauptet. Rokesby deutete auch an, du könntest vielleicht zu ihnen gehören.«

Matthias schloß die Augen und stöhnte. Santerre hatte recht: Die Lollarden waren wegen ihrer Auslegung der Heiligen Schrift in Bedrängnis geraten, sie kritisierten die Allmacht der Priester und einen Teil der kirchlichen Lehren, die sich mit Hölle und Fegefeuer befaßten. Wenn Rokesby ihn öffentlich beschuldigte, mit ihnen zu sympathisieren, würde Matthias sich vor Gericht verantworten müssen.

»Wir sollten das Land verlassen.«

Matthias blickte überrascht auf. Santerre hielt ein Stück Brot in der Hand und musterte es nachdenklich. Sein Gesicht wirkte angespannt.

»Wir sollten das Land verlassen«, wiederholte der Franzose und legte das Brot beiseite. »Matthias, wie lange kennst du mich nun schon?«

»Seit über drei Jahren, seit ich nach Oxford kam.«

»Das ist richtig. Mein Name lautet Henri de Santerre, meine Familie besitzt Schlösser und fruchtbare Weinberge im Tal der Loire, und ich habe in Paris an der Sorbonne studiert, ehe ich nach Oxford ging.«

Matthias nickte. Der Franzose erzählte oft von seinem Familiengut, dem Sonnenschein, den Weinreben und den braunhäutigen Mädchen seiner Heimat.

»Wir könnten ein neues Leben anfangen«, beschwor ihn Santerre. »Komm mit mir nach Frankreich. Mein Vermögen reicht für uns beide.«

»Hast du mich letzte Nacht gesucht, um mir diesen Vorschlag zu unterbreiten?« fragte Matthias.

»Unter anderem. Ich wollte dich auch vor Rokesby warnen.«

Matthias verzog das Gesicht und schob seine Platte weg. Er hatte auf einmal keinen Hunger mehr.

»Rokesby ist ein ekelhafter, geiler alter Bock, sonst nichts. Er hockt im ›Blauen Eber‹ herum und beobachtet Amasia wie eine Katze die Maus. Und wann immer er dazu Gelegenheit bekommt, faßt er ihr unter den Rock oder greift ihr an die Brüste.« Matthias erhob sich, trat zum Fenster und blickte in den Garten hinaus. »Agatha ist tot«, sagte er, ohne sich umzudrehen. »Du kanntest sie, das kleine blonde Mädchen, das tanzen konnte wie ein Leuchtkäfer. Sie wurde auf der Kirchwiese tot aufgefunden.«

»Ja, ich habe davon gehört.« Santerre schenkte ihnen beiden Wein nach. »Rokesby hat gestern abend davon gesprochen.«

»Mich interessiert sein Geschwafel nicht«, unterbrach ihn Matthias unwirsch. »Außer wenn es mir, wie in diesem Fall, Erinnerungen zurückbringt.« Er blickte über seine Schulter. »Was weißt du denn von mir, Franzose?«

Santerre schnitt eine Grimasse.

»Ich meine, was weißt du wirklich über mich?« beharrte Matthias. »Immerhin hast du hier ein Zimmer gemietet, weil Rokesby zur Hetzjagd auf mich bläst. Und du möchtest, daß ich mit dir nach Frankreich fliehe.«

»Von Flucht kann keine Rede sein«, berichtigte ihn der Franzose. »Letzten Herbst habe ich meine Abschlußprüfung abgelegt. Wo ich weiterstudiere und was ich tue, ist ganz allein meine Sache. Ich wollte sowieso im Sommer in meine Heimat zurückkehren.«

Matthias wurde das Herz schwer. Von diesen Plänen hatte er nichts gewußt. Der Franzose war der einzige wirkliche Freund, den er hatte. Wieder starrte er auf den unter ihm liegenden Kräutergarten hinab.

»Ich wurde in einem Dorf namens Sutton Courteny in der Grafschaft Gloucester geboren«, begann er dann stokkend. »Meine Eltern starben, als ich ein kleiner Junge war. Baron Sanguis, der Lehnsherr des Dorfes, nahm mich bei sich auf und schickte mich in die Klosterschulen von Tewkesbury und Gloucester.«

»Und dann kamst du nach Oxford?«

»Ja, dann kam ich nach Oxford. Ich beherrsche fließend Latein und Anglofranzösisch und verstehe sogar etwas Griechisch. Ich kann mich mit jedem beliebigen Sekretär oder Höfling unterhalten, gelte als begabter Student und bin in der Lage, mit jedermann um die Wette zu singen, egal ob es sich um das ›*Veni Creator Spiritus*‹ oder um provenzalische Gassenhauer handelt. Außerdem spiele ich die Leier und den Rebec. Manchmal trinke ich allerdings zuviel.« Seine Stimme sank zu einem Flüstern herab. »Aber das bin nicht eigentlich ich.«

»Wer bist du dann?«

Matthias kam zum Tisch zurück, setzte sich, trank einen großen Schluck Wein und erzählte Santerre dann in allen Einzelheiten, was sich in Sutton Courteny zugetragen hatte. Der Franzose saß unbeweglich da und hörte zu. Die Speisen auf dem Tisch waren vergessen, nur an seinem Becher nippte Matthias immer wieder. Manchmal unterbrach er seinen Bericht, wenn seine Stimme zu versagen drohte und ihm die Tränen über die Wangen rannen. Er sprach in kurzen, abgehackten Sätzen über den Eremiten, die Schlacht bei Tewkesbury, den Prediger und die Ankunft des Sekretärs Rahere. Als er am Ende die Ereignisse am Allerheiligenfest des Jahres 1471 beschreiben mußte, schloß er die Augen und kämpfte die aufsteigende Panik nieder. Er stellte fest, daß sein Gesicht schweißnaß war, während sich seine Hände kalt und klamm anfühlten. Mitten im Satz hielt er plötzlich inne.

»Und was geschah dann?«

Matthias schlug die Augen wieder auf und lehnte sich auf die Tischkante. Santerre war aufgestanden, hatte ihm den Rücken zugekehrt und schaute aus dem Fenster. Dann drehte er sich um und lächelte.

»Erzähl weiter, Matthias.«

»Was danach geschah, weiß ich nicht mehr. Gott ist mein Zeuge, Santerre, ich weiß es nicht mehr. Rahere flößte mir einen Trank ein, den er wohl mit einem starken Schlafmittel versetzt hatte. Als ich erwachte, fand ich mich in Baron Sanguis' Herrenhaus wieder. Der alte Lord und sein Sohn kamen zu mir. Ihre Gesichter und die der Dienerschaft verrieten, daß etwas Furchtbares geschehen sein mußte. Ich wollte nach Hause zurück, aber Baron Sanguis ließ mich nicht gehen. Er sagte, das Dorf sei wie ausgestorben, und seine Pächter würden nicht dahin zurückkehren. Sie hätten bereits eine Bittschrift eingereicht, und er habe den Plänen zur Errichtung eines neuen Dorfes zugestimmt.«

Matthias leerte seinen Becher und war froh, daß der Wein mit Wasser gemischt war, weil er ihn so schnell hinunterstürzte. Er schob sich ein Stück Fleisch in den Mund, stellte aber fest, daß er kaum kauen, geschweige denn schlucken konnte.

»Ich wurde im Herrenhaus regelrecht gefangengehalten. Oh, mir fehlte es an nichts, ich bekam alles, was ich nur wollte: Spielsachen, Bücher, sogar einen eigenen Hauslehrer. Schließlich kam der Sheriff von Gloucester herüber, das muß ein paar Tage vor Weihnachten gewesen sein. Er und ein mausgesichtiger Schreiber fragten mich, woran ich mich erinnern könne, und ich sagte ihnen, daß mein Vater und die anderen Gemeindemitglieder in der Kirche vor dem Sturm Zuflucht gesucht hätten. Sie ihrerseits haben mir aber nie gesagt, was *sie* wußten. Erst viel später, so um Mariä Lichtmeß herum, begannen Gerüchte durchzusickern.«

Er lächelte verkniffen. »Anscheinend sind Baron Sanguis und seine Männer am ersten November, also zu Allerheiligen, zur Kirche hinuntergeritten. Zuvor mußten sie aber das ganze Dorf durchqueren und fanden es verlassen vor. Eine ganze Reihe der Bewohner hatte noch rechtzeitig fliehen können. Die, die geblieben waren ...« Matthias schüttelte den Kopf. »Es muß ein grauenhafter Anblick gewesen sein. Überall lagen Leichen herum, Opfer des Sturms, wie es schien. Auf dem Friedhof stand kein Kreuz und kein Grabstein mehr an seinem Platz, und einige der Gräber sahen aus, als seien sie mutwillig geöffnet worden.«

»Und die Kirche?« erkundigte sich Santerre.

»Die Kirche? Die barg den größten Schrecken. Die Fensterläden waren geschlossen, die Türen verriegelt.« Matthias schloß die Augen. »Nur ein einziges Fenster stand einen Spaltbreit offen – das, das zur Sakristei führte. Einer von Baron Sanguis' Männern stieg hinein. Gleich darauf hörten sie ihn schreien. Er war vor Entsetzen so außer sich, daß er kaum die Riegel wegschieben und die Schlüssel umdrehen konnte. Als die anderen hereinstürzten sahen sie, weshalb ihr Kamerad so aus der Fassung geraten war. Mindestens zwei Dutzend Menschen, Männer wie Frauen, hatten in der Kirche Schutz gesucht, und alle waren von Kopf bis Fuß mit Wunden übersät. Die Kirche stank nach Blut; stellenweise watete man knöcheltief darin. Überall im Hauptschiff lagen

Leichen; einige noch mit Messern in den Händen. Manche hatten sich wohl zu verteidigen versucht, andere hatten sich versteckt, doch dem oder den Mördern konnte keiner entkommen.«

»Was war mit dir?«

»Ich lag, in eine Decke gehüllt, in einem der Querschiffe und schlief tief und fest. Zuerst hielten sie mich für tot oder ohnmächtig. Meinen Vater fanden sie in der Nähe des Altars.« Matthias blickte auf. »Er war der Gemeindepfarrer. Ich, mein Lieber, bin ein Priesterbastard. Er muß schnell gestorben sein, durch einen Axthieb in den Kopf.«

»Wer war für all das verantwortlich?«

»Sie meinten, es wäre der Sekretär Rahere gewesen. Manche behaupteten, der Sturm müsse ihn um den Verstand gebracht haben. Aber wie sollte ein einzelner Mann so viele Menschen töten können?«

»Was ist mit ihm geschehen?«

»Er ist durch besagtes Fenster aus der Kirche geflohen. Ein Kesselflicker fand seine Leiche im Wald – übersät mit Wunden. Wie gesagt, einige der Gemeindemitglieder meines Vaters hatten sich heftig zur Wehr gesetzt.« Matthias hielt inne. »Weißt du, Santerre, ich war seither nie wieder dort.«

»Wie bist du denn damit fertig geworden?«

»Ich habe einfach mein Leben gelebt. Man lernt sehr schnell, jeden Tag so zu nehmen, wie er kommt, und nicht über die Vergangenheit nachzugrübeln. Hätte ich mich nicht daran gehalten, dann wäre ich wohl wahnsinnig geworden.«

Santerre drehte sich um, lehnte sich gegen die Wand und verschränkte die Arme vor der Brust.

»Und woran glaubst du jetzt?«

»Ich weiß es nicht. Ich besuche zwar die Messe, aber ich komme mir vor, als würde ich einem Fremden beim Beten zuschauen. Ich höre zu, wenn die Priester über Gottes unendliche Güte schwafeln, und dann muß ich immer an meine Eltern denken. Christina war eine gebrochene Frau, und mein Vater wanderte ständig betrunken über den Friedhof. Ich erinnere mich an all die Toten, ausgelöscht wie Kerzen im Wind.« Matthias hielt inne. »Wenn ich durch die Straßen gehe oder über die Felder reite, dann beneide ich die Menschen, an denen ich vorbeikomme. Sie genießen das Leben, sie heiraten und gründen Familien, und sie sind zufrieden mit dem, was sie tun.«

»Selbstmitleid ist gefährlich, Matthias.«

»Ich bemitleide mich nicht selbst, ich bin nur furchtbar verwirrt. Das ist auch einer der Gründe, weshalb ich nach Oxford gekommen bin. Ich hoffte, an dieser Stätte des Lernens vielleicht ein paar Antworten zu finden, aber ich weiß immer noch nicht, was damals in Sutton Courteny geschah und warum. Baron Sanguis hat nie mit mir darüber gesprochen. Der Sheriff hat wohl einen Bericht nach London geschickt, aber ansonsten schien jedermann bestrebt, das Ganze so schnell wie möglich zu vergessen.«

»Aber du kannst nicht vergessen?«

»Nein.« Matthias nippte an seinem Wein. »In Sutton Courteny muß etwas vorgefallen sein, was weit über unser Begriffsvermögen hinausgeht. Ich möchte wissen, was dahintersteckt. Ich glaube nicht, daß Geister in Form von kleinen Kobolden auftreten oder Satan in Gestalt eines Ziegenbocks mit Pferdefuß und schwarzem Umhang. Das sind Ammenmärchen, mit denen man Kinder erschreckt. Aber ich bin auf eine Legende von einem Inkubus gestoßen; einem Dämon, der von einem menschlichen Körper in den nächsten schlüpfen kann, die Persönlichkeit des Betroffenen auslöscht und vollständig von ihm Besitz ergreift.«

»Besessenheit?«

»Vielleicht. Mein Vater hat mir ein paar auf Pergament gekritzelte Texte hinterlassen; hat sie mir in der Nacht seines Todes in die Hand gedrückt. Ich glaube, er kannte die Wahrheit. Eines der Zitate stammt aus dem Johannes-Evangelium.« Matthias zuckte die Schultern. »Es geht darum, daß Christus versprochen hat, mit seinem Vater zu jedem zu kommen und Wohnung bei jedem zu nehmen, der ihn liebt. Wenn nun Gott von unseren Herzen und unseren Seelen Besitz ergreifen kann, warum sollte es dann ein Dämon nicht fertigbringen?«

»Aber die Morde?« gab Santerre zu bedenken.

»Die bleiben mir auch ein Rätsel. Nur etwas ist mir aufgefallen. Es ist ein Naturgesetz, daß ich essen und trinken muß, wenn ich leben will. Die Kirche lehrt, daß es für mein Seelenheil unerläßlich ist, den lebendigen Leib und das Blut Christi zu mir zu nehmen. Ist es nicht möglich, Santerre, daß dieser Inkubus tötet, weil er menschliches Blut trinken muß? Sozusagen eine diabolische Umkehr der kirchlichen Lehren?«

»Und du glaubst, etwas derartiges ist auch Agatha zugestoßen?«

»Allerdings.« Matthias biß sich auf die Lippen. »All das sind bloße Vermutungen«, seufzte er. »Manchmal denke ich, nichts paßt zusammen, besonders was meine Person angeht. Warum haben der Eremit und der Sekretär sich gerade für mich interessiert?«

»Komm doch mit mir.« Santerre setzte sich, beugte sich über den Tisch und ergriff Matthias' Hand. »Fang noch einmal von vorne an, Matthias, und laß all diese Alpträume hinter dir.«

Matthias erhob sich und streckte sich, dann legte er Santerre eine Hand auf die Schulter.

»Ich habe noch nie jemandem erzählt, was mir in Sutton Courteny zugestoßen ist. Entweder hätte man mich ausgelacht oder mich für verrückt erklärt. Oder, schlimmer noch, mich bei der Kirchenbehörde angezeigt. Ich danke dir für deine Hilfe letzte Nacht und für dein Angebot, aber warum sollte ich fliehen? Weil Rokesby ein paar finstere Drohungen ausgestoßen hat? Oder weil ein Mädchen auf der Kirchwiese ermordet wurde?«

»Hör mir einmal zu!« Santerres Augen leuchteten. »Wenn dieser sogenannte Inkubus zurückgekehrt ist, um dich zu verfolgen, und wenn ich deiner Theorie, daß er jetzt wieder einen menschlichen Körper bewohnt, Glauben schenke – was, wenn er von Rokesby Besitz ergriffen hat?«

»Unmöglich!« gab Matthias scharf zurück.

»Wirklich?« meinte Santerre gedehnt. »Er scheint eine Menge über dich zu wissen – was du liest, wo du hingehst. Er zeigt mir zuviel Interesse an deinen Angelegenheiten.«

»Ja, weil es ihn nach Amasia gelüstet und weil ich ihn vor seinen Schülern lächerlich gemacht habe.« Matthias rieb sich über den Mund und blickte aus dem Fenster. Er hatte Santerres Vorschlag kurzerhand als Unsinn abgetan, aber was, wenn er ein Fünkchen Wahrheit enthielt?

»Vielleicht ist er ja auch in mich gefahren«, ulkte Santerre.

»Das glaube ich nicht.« Matthias ging zur Tür, öffnete sie und schaute auf den Flur hinaus. »Ich kenne dich jetzt seit drei Jahren, und ich habe mehr als einmal gesehen, daß du bei der Messe das Sakrament empfängst. Das gehört nämlich zu den Dingen, an die ich mich ganz genau erinnere – der Eremit tat es nie, und wenn ich so zurückdenke, auch Rahere nicht.«

»Was meinst du, was nach dem Tod des Sekretärs mit diesem Wesen geschehen sein könnte?«

»Ich weiß es nicht. Der Philosoph Albertus Magnus sagt, ein Inkubus müsse innerhalb einer bestimmten Zeit einen neuen Wirt finden – eine sehr schlichte Theorie, wenn du mich fragst. Aber noch nicht einmal da bin ich mir ganz sicher.« Matthias lehnte sich gegen die Tür. »Laut Aquinas sollen ja Tausende und aber Tausende von Engeln zusammen mit Luzifer gefallen sein. Und aus dem Evangelium wissen wir, daß es einmal einen Mann gab, der von unzähligen Dämonen zugleich besessen war. Das stimmt nicht mit meinen Erfahrungen überein. Das Wesen, das ich meine, wanderte von dem Eremiten zu Rahere und bewohnt nun irgendeinen anderen Körper.« Matthias sog zischend den Atem ein. »Ich habe vor, auch weiterhin so zu leben wie bisher und jeden Tag zu nehmen, wie er kommt. Agatha wurde ermordet, aber ich habe mit ihrem Tod nichts zu tun. Mit Rokesby verhält es sich anders. Ich kann nicht zulassen, daß er gegen mich intrigiert. Wie spät ist es, Santerre?«

»Ungefähr zehn Uhr.«

Matthias strich sich über das Gesicht. »Ich habe ein bißchen zuviel getrunken, und mir tun von der Schlägerei gestern noch alle Knochen weh. Am besten gehe ich nach Hause und versuche, noch ein wenig zu schlafen. Rokesby dürfte jetzt ohnehin an der Universität sein, aber heute nachmittag treffe ich ihn sicher daheim an. Wo wohnt er übrigens?«

»Ich weiß es nicht«, erwiderte Santerre. »Aber ich werde es herausfinden.« Er blickte Matthias besorgt an. »Was hast du vor?«

»Ich werde Rokesby zur Rede stellen und, wenn möglich, Frieden mit ihm schließen.«

»Und der Mord an diesem Mädchen?«

»Was kann ich schon tun?« Matthias hob die Schultern. »Nur abwarten.«

Am späten Nachmittag rüttelte der Franzose Matthias wach.

»Komm mit«, lächelte er. »Ich weiß jetzt, wo Rokesby haust. Er hat ein Zimmer nicht weit von hier, an der Ecke Vinehall Street, direkt neben dem Peckwater's Inn. Vor knapp einer Stunde kam er dort herausgetorkelt. Hatte vermutlich mehr Ale in seinem Wanst als ein Braumeister im Faß. Bist du sicher, daß du ihn aufsuchen willst?«

Matthias stieg aus dem Bett und kletterte flink hinter Santerre die Leiter hinab. Er setzte sich auf einen Stuhl, zog seine Stiefel an und spritzte sich etwas Wasser ins Gesicht.

»*Carpe diem!*« spöttelte er. »Nutze den Tag. So schlimm kann er nicht werden. Rokesby ist ein überhebliches Schwein, den beschwichtigt man nur, indem man ihm Honig ums Maul schmiert.«

Sie traten auf die High Street hinaus und bahnten sich einen Weg durch die Menge der Studenten, die sich nun, da der Unterricht zu Ende war, vor den geöffneten Schenkentüren drängten oder an den Verkaufsständen vorbeistrichen – sehr zum Verdruß der Besitzer, die die zerlumpte Schar mißtrauisch im Auge behielten. Die Studenten waren wegen ihrer flinken Finger und ihrer Geschicklichkeit beim Stehlen berüchtigt. An der Ecke der Vinehall Street war einer von ihnen erwischt worden, woraufhin zwischen den Universitätsbeamten und Büttcln und einer Gruppe von Händlern ein heftiger Streit ausbrach, weil letztere forderten, den ertappten Dieb sofort in das Bocardo, das städtische Gefängnis, zu schaffen. Die Auseinandersetzung ließ den tiefverwurzelten Zwist zwischen Bürgerschaft und Studentenschaft wieder aufflammen. Weitere mit rostigen Degen und Dolchen bewaffnete junge Burschen stießen dazu, während die Händler ihren Lehrlingen zubrüllten, auf der Stelle Bauernspieße und Knüppel herbeizuschaffen. Taschendiebe und Betrüger hielten nach leichter Beute Ausschau. Ein paar Huren mit grell geschminkten frechen Gesichtern kamen gleichfalls langsam näher, denn wo sich die Gemüter erhitzten, fanden sich anschließend reichlich Kunden, die sich anderweitig abreagieren wollten.

Santerre drängte sich rücksichtslos durch das Gewühl und packte Matthias am Gürtel, als sie getrennt zu werden drohten.

»Wie immer deine Entscheidung ausfallen mag, Engländer«, meinte er, »für mich ist es allerhöchste Zeit, dieser Stadt den Rücken zu kehren. Und ich wünschte, du würdest mich begleiten.«

Sie gelangten an das Ende der Straße. Santerre bog in eine schmale Gasse ein und führte Matthias über einen mit Unkraut überwucherten Hof. Eine alte Vettel saß auf einem Stuhl, sonnte sich und schmatzte leise mit ihren zahllosen Kiefern. Sie deutete auf eine Treppe.

»Ihr findet Master Rokesby in seiner Kammer«, schrillte sie. »Angeblich arbeitet er, aber in Wirklichkeit ist er betrunken wie Davids Sau.«

Die beiden Männer dankten ihr und stiegen die Stufen empor. Rokesbys Zimmertür stand halb offen. In der Kammer roch es muffig; auf dem Fußboden waren Manuskripte aufgestapelt, staubige Wandbehänge bedeckten die kahlen Mauern, schmutzige Kleider lagen überall herum. Immerhin war die Kammer mit Stühlen und Truhen von guter Qualität reich möbliert, aber alles sah aus, als sei es seit Monaten nicht mehr gesäubert worden. Rokesby saß an einem Tisch unter dem Fenster und döste. Matthias hustete. Er wollte seinen Lehrer nicht erschrecken, weil er dessen reizbares Temperament nur zu gut kannte. Wieder hustete er.

»Master Rokesby!« brüllte Santerre. »Ich habt Besuch!«

Rokesby fuhr zusammen und blickte auf. Sein vom Ale aufgedunsenes Gesicht war mit Bartstoppeln bedeckt. Er zwinkerte verwirrt.

»Wer ist da?« murmelte er.

»Matthias Fitzosbert, Domine. Ich möchte mit Euch sprechen.«

Rokesby quälte sich keuchend und schnaufend auf die Füße. Er erinnerte Matthias an eine fette Kröte; seine Augen glitzerten boshaft, und er leckte sich ständig die Lippen.

»Was wollt Ihr?«

»Nun, Sir, ich bin gekommen, um mit Euch Frieden zu schließen.«

Rokesby verzog höhnisch das Gesicht, knöpfte seinen Hosenlatz auf, watschelte quer durch den Raum, hob einen Nachttopf auf und erleichterte sich geräuschvoll. Matthias zog es vor, diese obszöne Beleidigung zu ignorieren. Als Rokesby fertig war, stellte er den Topf beiseite und knöpfte seine Hose wieder zu. Seine Augen wirkten jetzt klarer. Ein schaler Geruch nach Ale schlug Matthias entgegen.

»So, der Priesterbastard ist gekommen, um mit mir zu sprechen, wie?« Rokesby piekte Matthias in die Brust. »Schlaue kleine Jungen sollten den Mund halten, sonst wird ihnen der Hintern versohlt. Das ist übrigens eine gute Idee.« Er kratzte sich die stoppelige Wange. »Ich sollte Euch öffentlich mit der Rute züchtigen lassen, um Euch und Euren Gesinnungsgenossen eine Warnung zu erteilen. So verfährt man doch mit Ketzern, nicht wahr?«

»Ich bin kein Ketzer«, protestierte Matthias hitzig.

»O doch. Ich weiß eine Menge über Euch, Master Fitzosbert. Ihr stammt aus Gloucester, oder? Ein Günstling des mächtigen Baron Sanguis, das seid Ihr. Nun, von Sanguis' einstiger Macht ist nicht mehr viel zu spüren, wenn ich mich nicht irre.« Rokesby schob den Kopf vor und verschränkte die Hände im Nacken wie ein ärgerlicher Schulmeister, der einen unfähigen Schüler ausschilt. »Baron Sanguis gehörte zu den Yorkisten, schön und gut, aber wo sind die Yorkisten heute? Wo ist der große König Edward? An einem Schlaganfall gestorben und fault seit drei Jahren im Grab. Und seine

Söhne, die Prinzen?« Rokesby hob eine Hand und schnippte mit den Fingern. »Dahingeschwunden wie Nebel an einem Sommertag.« Er leckte sich über die Lippen. »Und der große Clarence? Wurde von seinem eigenen Bruder Richard von Gloucester ermordet. Na ja, was mit dem geschehen ist, wissen wir ja alle.«

Matthias starrte den bösartigen kleinen Mann mit seinem höhnisch verzogenen, schmierigen Gesicht nur an.

»Was hat das alles mit mir zu tun?« fragte er wütend.

»Euer Wohltäter Baron Sanguis ... sein Sohn hat doch bei Bosworth auf Seiten Richards gekämpft und wurde anschließend als Verräter hingerichtet«, fauchte Rokesby. »Am Hofe Henry Tudors ist der Name Sanguis nicht sehr beliebt. Viele wären hocherfreut zu hören, daß sein Protegé in Oxford Ketzerei und Okkultismus betreibt.«

»Halt den Mund, du fette Wanze!«

Rokesbys Augen glitten zu Santerre. »Sieh an, unser französischer Freund hat die Sprache wiedergefunden. Master Matthias' Puppenjunge!«

Santerre trat vor. »Was wollt Ihr eigentlich von meinem Freund? Warum schikaniert Ihr ihn andauernd?«

»Oh, ich würde ihn unter bestimmten Bedingungen schon in Ruhe lassen.« Rokesby biß sich auf die Lippen, als habe er zuviel gesagt. »Für eine Nacht mit Amasia zum Beispiel. Ein netter kleiner Käfer ist das. Wie stellt sie sich im Bett denn so an? Es heißt, sie würde quieken wie ein abgestochenes Schwein.«

Matthias hätte auf dem Absatz kehrtgemacht, aber Santerre hielt ihn am Ärmel fest.

»Wißt Ihr, daß die Mädchen im ›Blauen Eber‹ über Euch reden, Master Rokesby?« höhnte er. »Sie sagen, Eure Männlichkeit sei gerade mal so groß ...« Er wackelte mit dem kleinen Finger. »Aber nun, nachdem ich Euch habe pinkeln sehen, muß ich feststellen, daß das übertrieben war.«

Rokesbys Gesicht verzerrte sich vor Wut. Er zog den Dolch aus seinem Gürtel und ging auf Santerre los. Der Franzose packte sein Handgelenk, verdrehte es und entwand ihm die Waffe. Dann faßte er Rokesby am Wams, zog ihn zu sich heran und schlitzte dem Mann mit einer einzigen raschen Bewegung den Bauch auf. Alles geschah so schnell, daß der überraschte Matthias nicht mehr eingreifen konnte.

Santerre hielt den Dolch so, daß Rokesby ihn sehen konnte, dann ließ er ihn fallen. Rokesby preßte die Hände gegen seinen Bauch und taumelte vorwärts. Er wollte etwas sagen, hustete aber nur einen Klumpen Blut aus und sank dann langsam auf die Knie. Santerre versetzte ihm einen kräftigen Fußtritt, woraufhin Rokesby über die schmutzigen Binsen rollte und im Todeskampf zuckend liegenblieb. Matthias starrte ihn entsetzt an.

»Gott steh uns bei, Santerre«, murmelte er. »Dafür werden wir beide hängen.«

»Nein, das werden wir nicht.« Santerre lächelte auf den Leichnam hinab. »Er hat gelebt wie ein Schwein, und nun ist er auch wie eines gestorben. Es kann Tage dauern, bis man ihn findet, und bis dahin sind wir längst über alle Berge.«

Er schob Matthias aus dem Raum, schlug die Tür zu, packte Matthias am Arm und zog ihn die Treppe hinunter.

Sie eilten durch das spätnachmittägliche Treiben zurück zur Exeter Hall. Matthias fühlte sich so benommen, daß er kaum sprechen konnte. Er sah noch immer Rokesbys haßerfülltes Gesicht vor sich und wie rasch und geschickt Santerre ihn getötet hatte.

In seiner Kammer angelangt, kletterte Matthias auf sein Bett und blieb dort, den Kopf in den Händen vergraben, eine Zeitlang sitzen. Rokesby hatte die Wahrheit gesagt. Baron Sanguis hatte den Usurpator Richard III. unterstützt, und jeglicher Einfluß, den er einst bei Hof gehabt haben mochte, war nach der Schlacht von Bosworth im vergangenen August dahingeschwunden. Der gute Baron schickte Matthias zwar noch immer regelmäßig Geld, aber er war alt geworden, von der Trauer um seinen Sohn gebeugt, und er mißtraute dem neuen König, bei dem er in Ungnade gefallen war. Matthias verabscheute sich für seine Selbstsucht, aber er wußte auch, daß ihm außer Sanguis niemand helfen konnte.

Er blickte nach unten. Santerre hatte seine Flöte aus der Truhe genommen und spielte so unbekümmert darauf, als sei nichts geschehen. Als der Franzose merkte, daß Matthias ihn beobachtete, legte er eine kurze Pause ein, dann stimmte er Töne an, die Matthias noch nie gehört hatte. Mit einemmal veränderte sich die Melodie, und Matthias gefror das Blut in den Adern. Er hörte dasselbe Lied, das der Eremit in jener schrecklichen Nacht gesungen hatte, als die Bewohner von Sutton Courteny ihn auf dem Scheiterhaufen verbrannten.

DRITTES KAPITEL

»Warum?« Matthias saß Santerre gegenüber, doch der Franzose wandte das Gesicht von ihm ab. »Wer bist du?« Matthias' Mund und Kehle fühlten sich strohtrocken an. Er mußte alle seine Kraft aufbieten, um die aufkeimende Panik zu unterdrücken. Kalter Schweiß brach ihm am ganzen Körper aus. »Wer bist du?« wiederholte er.

»*Oh, Creatura bona atque parva!*«

Matthias stiegen die Tränen in die Augen. Die Stimme war das genaue Echo jener, die ihn durch seine Kindheit begleitet hatte. Sie brachte ihm unverhofft eine Flut von Erinnerungen zurück. Sonnenüberflutete Lichtungen, das Haus und die Kirche seines Vaters, das einsame Tenebral, eine Taube, die am blauen Himmel dahinschwebte.

Santerre wandte ihm den Kopf zu, und in diesem Moment erkannte Matthias, daß er nicht träumte. Das Gesicht war immer noch das seines Freundes, aber die Augen hatten sich verändert. Denselben Ausdruck, den er jetzt bemerkte, hatte er schon in den Augen des Eremiten und denen des Sekretärs Rahere gesehen: sanft und versponnen, als wolle ihm die dahinter verborgene Seele etwas mitteilen, könne aber nicht die richtigen Worte finden.

»Nenn mich nicht so!« stieß Matthias hervor. »Gib mir einfach eine Antwort! Warum?«

»Weil ich dich liebe.«

»Im Körper eines Menschen?«

»Das Fleisch ist nichts, der Geist ist alles«, erwiderte Santerre gelassen. »Glaubst du wirklich, daß Liebe eine rein körperliche Angelegenheit ist? Liebe hängt nicht nur von dem ab, was sich zwischen den Beinen befindet.« Er tippte sich an die Schläfe. »Auf den Geist kommt es an, auf den Geist und auf die Seele.«

»Warum gerade ich?«

»Ich werde es dir zu gegebener Zeit erklären.«

Matthias zwang sich zur Ruhe. Santerre blickte ihn unverwandt an; nicht nur, um ihm etwas mitzuteilen, sondern, genau wie der Eremit damals, um ihn einzulullen und ihm seine Ängste zu nehmen.

»Aber ich habe doch gesehen, wie du das Sakrament empfangen hast«, stotterte er dann.

»Die Zeiten ändern sich, Matthias.« Santerre lächelte. »Wir kennen uns doch schon seit Jahren.«

Matthias wandte den Blick ab.

»Du bist ein Mörder!«

Santerre ließ sich nicht aus der Ruhe bringen.

»Leben nährt sich von Leben. Der Falke tötet die Taube, der Fuchs den Hasen, der Mensch alles, was er wünscht. Denk an Tewkesbury, Matthias. Männer wurden erbarmungslos hingerichtet, nur weil sie für einen anderen Herrn gekämpft haben. Oder Baron Sanguis – er schickt dir regelmäßig Geld, aber wo kommt es her, Matthias? Es wurde mit dem Blut und Schweiß anderer verdient.«

»Die Dorfbewohner«, sagte Matthias langsam, »mein Vater und all die anderen ...«

»Was sollte ich machen? Sie haben ihr Schicksal selbst herausgefordert.« Santerres Gesicht wurde hart. »Ich kam in ihr Dorf, und meine Anwesenheit bescherte ihnen Wohlstand, obgleich sie es nicht wußten. Aber dann wandten sie sich gegen mich – gegen mich, der ich ihnen nie etwas zuleide getan hatte.«

»Du hast Fulchers Tochter getötet.«

»Das stimmt.« Santerres Gesichtszüge entspannten sich. »Was sagst du immer, Matthias? Wie lautet dein Lieblingsgebet? Bedenke dies, meine Seele, und bedenke es wohl. Der Herr ist dein Gott, der Herr allein, und Er ist heilig ...«

»Was hat das denn damit zu tun?« Matthias wollte vermeiden, daß der Franzose vom Thema abschweifte.

Santerre hob beide Hände und spreizte die Finger. »Denk an die Zehn Gebote, Matthias. Lautet nicht das erste: ›Du sollst keine anderen Götter haben neben mir?‹ Und beten nicht eure Priester die falschen Götzen Reichtum und Macht an? Sie führen den Namen des Herrn eitel im

Munde. Sie predigen Gehorsam, üben ihn aber selber nicht aus.«

»Und du glaubst, das rechtfertigt dein Tun?«

»Nein, Matthias, aber es erklärt einiges. Ich töte nur, wenn ich muß.« Nun schlug Santerre doch die Augen nieder. »Ich brauche Nahrung. Das ist der Preis, den ich zu zahlen habe.«

»Du hast Gottes Gebote übertreten.« Matthias' Neugier war geweckt. Er begriff, daß er zum ersten Mal seit den Ereignissen in Sutton Courteny Gelegenheit hatte, das Wesen zu befragen, das seine Kindheit zerstört hatte.

»Zwei Dinge zählen im Leben, Matthias. Nur zwei Dinge: Liebe und der freie Wille. Ich kann dich töten; ich kann dich zum Lachen oder zum Weinen bringen; ich kann dir Schmerz zufügen; ich kann dich glücklich machen oder dich ins Unglück stürzen.« Seine Augen füllten sich mit Tränen. »Ich könnte alle Macht im Himmel und auf Erden haben. Es gibt jedoch eines, wozu du kein Lebewesen zwingen kannst, Matthias: Du kannst niemanden dazu bringen, dich zu lieben. Auch Gott der Herr selbst stößt hier an seine Grenzen.«

»Du sprichst von Gott, du sprichst von der Heiligen Schrift!« Matthias sprang auf. »Du schwafelst von Liebe und dem freien Willen, aber du gibst mir keine Erklärung. Weißt du, daß kein Tag vergeht, an dem ich nicht an meinen Vater, an Christina und an die Bewohner von Sutton Courteny denken muß?«

»Warum suchst du ständig nach Entschuldigungen für all diese Leute?« Santerres Stimme klang ärgerlich. »Osbert war Priester, nicht wahr? Er hat geschworen, sich an das Zölibat zu halten und keusch zu leben. Diesen Schwur hat er gebrochen und somit Gottes Gebot übertreten. Er lag bei einer Frau. Er hat Unzucht getrieben. Wo liegt der Unterschied zwischen der Mißachtung des siebenten Gebotes ›Du sollst nicht ehebrechen‹ und des sechsten ›Du sollst nicht töten‹? Warum verurteilst du mich, aber nicht ihn?«

»Er hat Christina geliebt.«

Santerre lächelte. »Also sind wir wieder einer Meinung.

Liebe ist eine Rechtfertigung. Liebe ist ein plausibler Grund für viele Taten. Ich liebe dich, Matthias Fitzosbert.« Santerres Gesicht wurde weich. »Ich habe Pfarrer Osberts Tod nicht gewünscht, aber er wußte über gewisse Dinge Bescheid. Er griff mich an. Mir blieb keine andere Wahl.«

»Keine andere Wahl?« empörte sich Matthias. »Es war deine Entscheidung, die Dorfbewohner zu töten!«

»Sie haben mich verfolgt und gejagt«, erwiderte Santerre. »Aber es war kein Racheakt. Unerwiderte oder vereitelte Liebe ist ein viel tieferes, leidenschaftlicheres und aufwühlenderes Gefühl als Zorn, Haß oder Rachedurst.«

Matthias lehnte sich gegen die Wand. Er war ruhiger geworden und sprach mit entschiedener Stimme.

»Ich fragte, wer du bist.«

»Ich bin Rosifer«, entgegnete Santerre langsam. »Der Rosenheger oder Rosenträger; ein Lichtgeschöpf, das liebte, wo ihm zu lieben verboten war. Ich habe den Preis dafür bezahlt. Der Liebe wegen stürzte ich vom Himmel herab, der Liebe wegen wurde ich verbannt, die Liebe peinigte mich ...«

»Wenn du so mächtig bist«, unterbrach Matthias, »warum benutzt du dann deine Macht nicht gegen mich?«

»Aber geh, Matthias.« Santerre wirkte nun sichtlich belustigt. »Ich habe dich während der Vorlesungen ständig gängige Theorien hinterfragen sehen. Ich habe soeben von Liebe und dem freien Willen gesprochen. Liebe erfordert Gegenliebe, das ist sogar Gottes große Schwäche. Liebe muß dem Menschen aus freien Stücken entgegengebracht werden, sonst ist es keine wahre Liebe. Sicher, ich kann meine Macht mittels magischer Tricks unter Beweis stellen, um zu beeindrucken. Zweimal bin ich bislang in dein Leben getreten«, fuhr er fort. »Einmal, als du sieben Jahre alt warst; alt genug, um gewisse Dinge zu begreifen, und jetzt. Jetzt bist du ein erwachsener Mann, Matthias, du hast dein einundzwanzigstes Lebensjahr vollendet. Aber ich habe dich während der ganzen Zeit dazwischen nie verlassen. Ich war immer in deiner Nähe.«

»Noch einmal: Warum?« fragte Matthias.

»Das wirst du schon herausfinden. Alles braucht seine Zeit.«

»Meinetwegen hast du auch Rokesby umgebracht, nicht wahr?« Matthias ließ sich wieder auf dem Stuhl nieder. »Du wußtest, daß ich ihn provozieren würde.«

Santerre zuckte die Schultern. »Rokesby hat sein eigenes Todesurteil unterzeichnet. Du bist hier in Oxford erledigt, Matthias.«

»Und das nennst du Freiheit?«

Santerre legte einen Finger auf die Lippen.

»Mir blieb keine andere Wahl. Ich mußte dich beschützen. Rokesby war viel gefährlicher, als du gedacht hast. Er hätte dich vernichtet. Matthias, du bist ein naives Unschuldslamm. Du bist immer noch der kleine Junge, der sich über den geheimen Pfad nach Tenebral geschlichen hat. Begreifst du denn nicht?« Er stand auf, ging zum Fenster und deutete mit dem Finger auf die Straße unter ihnen. »Ist dir noch nicht klargeworden, Matthias, unter was für Leuten du dich bewegst? Mich verdammst du für das, was ich bin und was ich tue, aber überall um dich herum wimmelt es von verabscheuungswürdigen Subjekten, die um ein vielfaches schlimmer sind als ich. Du hast Rokesby lächerlich gemacht. Du, ein Student, hast einen Lehrer dem allgemeinen Spott ausgesetzt. Er hätte dich drangsaliert und in Verruf gebracht, wo er nur konnte, und bei der erstbesten Gelegenheit hätte er dich vernichtet.« Santerre hob seinen Degengurt auf und schnallte ihn um. »Gibt es einen größeren Liebesbeweis, als sein Leben für einen Freund zu geben, Matthias?«

»Was meinst du damit?«

Santerre winkte ab. »Du stellst viele Fragen, Matthias, aber jetzt ist nicht die richtige Zeit für Antworten. Ich bitte dich, tu mir einen Gefallen.« Er griff nach Matthias' Umhang. »Kennst du die Schenke ›Zur goldenen Leier‹ auf der Straße nach Holywell?«

Matthias nickte.

»Geh dorthin und warte auf mich. Wenn du hierbleibst, wirst du sterben. Frag den Wirt nach Morgana.« Santerre grinste. »Ein hübscher Name, nicht wahr? Er stammt aus einer berühmten Sage. Morgana ist meine Freundin. Tu unbedingt alles, was sie dir sagt.«

Matthias wollte Einwände erheben.

»Bitte geh!« drängte Santerre. »Geh, oder man wird dich festnehmen.«

Matthias nahm seinen Umhang, legte die Hand auf dem Türriegel und drehte sich dann noch einmal um.

»Du hast meinen Vater umgebracht, und trotzdem stehe ich hier und diskutiere mit dir, als wäre nichts geschehen.«

»Pfarrer Osberts Blut klebt nicht an meinen Händen«, erklärte der Franzose. »Er wollte sterben. Vergiß das nicht, Matthias. Er wollte sterben. Mir blieb keine Wahl.« Er schob Matthias sacht zur Tür hinaus. »Was willst du denn, Matthias?« flüsterte er. »Auge um Auge, Zahn um Zahn, Leben um Leben? Du weißt, daß das keine Lösung ist. Was auch immer du von mir halten magst, ich bin dein Freund. Ich bitte dich, mir diesen einen Gefallen zu tun.« Mit diesen Worten schloß Santerre die Tür hinter ihm.

Matthias stolperte die Stufen hinunter. Als er unten angekommen war, fiel ihm auf, wie still es im Haus war. Dann erinnerte er sich, daß heute in der Nähe von Abingdon ein großer Jahrmarkt abgehalten wurde. Er trat auf die Straße hinaus. Wie im Traum drängte er sich durch die Menge; völlig in Gedanken über das soeben Gehörte versunken, sich aber zugleich seiner Umwelt viel deutlicher als sonst bewußt. Ein blinder Hausierer hockte in einer Ecke. Seine Augen glichen zwei schwarzen Höhlen, sein Gesicht starrte vor Schmutz, und er war in armselige Lumpen gehüllt. In einem monotonen Singsang pries er den Krimskrams an, den er verhökerte. Eine alte Hure war von einem Universitätsbüttel festgenommen worden, der sie nun in den Bock schloß und ihre schlaffen Hinterbacken entblößte, um sie auszupeitschen. Zwei Jungen spielten mit einem zahmen Dachs und ärgerten ihn mit einem Fleischstück. Vom Stand eines Apothekers, der Salben, Tränke und andere Arzneien feilbot, hingen getrocknete Häute von Fröschen, Kröten, Molchen und anderem Getier herab, und aus einem zu ebener Erde gelegenen Fenster ertönte die Stimme eines jungen Mannes, der das alte Liebeslied ›Je t'aime, je pense‹ schmetterte.

Schließlich erreichte er die ›Goldene Leier‹, ein geräumiges Gasthaus, das an der belebten Zufahrtsstraße nach Oxford lag. Sowie er den Namen Morgana erwähnte, überschlug sich der Wirt geradezu vor Diensteifer und geleitete Matthias wie einen Lord eine gewundene Treppe hinauf zu einer Tür im zweiten Stock. Die Frau, die auf sein Klopfen hin öffnete, war atemberaubend schön. Flammendrotes Haar türmte sich auf ihrem Kopf und wurde von einem spinnwebfeinen Schleier bedeckt; ihr seegrünes Kleid war aus weicher Lammswolle gewebt, und eine goldene Kette schlang sich um ihre schmale Taille. Ihr Gesicht war herzförmig, die Haut schimmerte elfenbeinfarben, die vollen roten Lippen lächelten, und in den bernsteingelben, leicht schräggestellten Augen tanzte ein übermütiger Funke.

»Da bist du ja, Matthias«, begrüßte sie ihn mit weicher Stimme. »Man hat mir schon gesagt, daß du kommst.«

Eine weiche, kühle Hand berührte die seine, und schon stand er mitten im Zimmer; die Tür fiel hinter ihm ins Schloß. Die Frau trat einen Schritt zurück und deutete auf einen Sessel unter dem Fenster, das zum Hinterhof der Schenke hinausging. Matthias bemerkte, wie elegant und geschmeidig sie sich bewegte. Er ließ sich in den Sessel sinken, nahm den Becher Weißwein entgegen, den sie ihm reichte, und blickte sich benommen um. Offensichtlich bewohnte Morgana das beste Zimmer des Gasthauses. Die Holzbalken schimmerten tiefschwarz, die Wände waren frisch getüncht und mit bunten Behängen bedeckt, und ein prachtvoller rotgoldener Baldachin wölbte sich über dem mächtigen Bett.

»Santerre …«, begann Matthias stockend, »Santerre schickt mich her. Ich soll hier auf ihn warten.« Unter dem forschenden Blick der Frau fühlte er sich unbehaglich.

»Kein Grund zur Eile«, erwiderte sie lächelnd. »Bleib nur eine Weile hier.« Sie stieß mit ihm an. »Auf bessere Zeiten, Matthias.«

Matthias trank einen Schluck. Der Wein war kühl und prickelte auf der Zunge. Eine leise Erinnerung regte sich.

»Ich habe Euch schon einmal gesehen«, keuchte er. »Vor vielen Jahren, in einer kleinen Bierschenke.«

Sie stieß ein tiefes, kehliges Lachen aus, kam zu ihm hinüber und setzte sich neben ihn. Matthias' Unbehagen wuchs. Er begann zu bedauern, so überstürzt auf Santerres Vorschlag eingegangen zu sein.

»Ihr seid überhaupt nicht gealtert.« Da ihm das Sprechen schwerfiel, nahm er rasch noch einen Schluck.

»Was ist Alter? Was ist Zeit?« erwiderte Morgana.

Matthias spürte, wie seine Lider schwer wurden.

»Ich habe schon so lange darauf gewartet, dich endlich kennenzulernen«, fuhr sie fort.

Matthias blickte fragend auf seinen Becher.

»Ja, der Wein ist mit Drogen versetzt«, erklärte sie gelassen. »Du sollst schlafen, Matthias. Du mußt schlafen, deswegen hat Santerre heute getan, was er getan hat. Rokesby wollte dich umbringen lassen. Er kannte dich besser, als du gedacht hast. Während alle anderen Studenten, Santerre mit eingeschlossen, sich in Abingdon vergnügten, würde der ruhige, verschwiegene Matthias in seiner Kammer sitzen und studieren. Die gedungenen Mörder werden kommen, aber sie werden nicht dich dort vorfinden, sondern Santerre.« Sie berührte seine Braue. Es fühlte sich so an, als tupfe ihm jemand die Stirn mit eiskaltem Wasser ab. »*Monseigneur* möchte dir zeigen, wie sehr er dich liebt.«

Matthias wollte aufstehen, aber sie drückte ihn in den Sessel zurück, als wäre er ein Kind. Der Becher entglitt seinen Händen, sein Kopf sank nach vorne, und er fiel in tiefen Schlaf.

Als er erwachte, lag er vollständig bekleidet auf dem Bett. Er fühlte sich erfrischt und entspannt. Einen Moment lang starrte er verwirrt zu dem Baldachin empor, dann fiel ihm wieder ein, wo er sich befand und was geschehen war. Er richtete sich auf. Die Vorhänge, die das Bett umgaben, wurden zurückgezogen, und Morgana steckte den Kopf herein.

»Schlaf weiter«, drängte sie. »Morgen früh beim ersten Tageslicht brechen wir auf.«

»Wohin?«

»Erst einmal nach Sutton Courteny.«

Matthias lehnte sich zurück, blickte an sich herunter und stellte fest, daß er noch immer seine Stiefel trug. Er sprang aus dem Bett.

»Matthias, was hast du vor?«

»Die Latrine zu suchen. Ich will mir auch etwas zu essen und zu trinken besorgen.«

Er war zur Tür hinaus, ehe sie ihn zurückhalten konnte. Sie rief ihm etwas nach, doch er rannte unbeirrt die Treppe hinunter. Seiner Vermutung nach mußte es kurz vor Mitternacht sein. Er eilte durch die Straßen und stieß hin und wieder einen Bettler oder einen Betrunkenen beiseite. Zwar hatte der tiefe Schlaf ihn erfrischt, aber der Gedanke, daß dieser Schlaf durch ein Opiat hervorgerufen worden war, rief Erinnerungen an die furchtbare Nacht in der Kirche von Sutton Courteny in ihm wach. An der Ecke Turl Street blieb er stehen; von hier aus konnte er den Eingang zur Exeter Hall unauffällig im Auge behalten. Irgend etwas mußte vorgefallen sein. Ein Beamter trat gerade durch das Tor und wechselte ein paar Worte mit den beiden bewaffneten Posten, die davor Wache standen. Matthias zog sich in den Schatten zurück. Auf seinem Weg von der ›Goldenen Leier‹ hierher war er an mehreren Soldaten vorbeigekommen, die die Uniform der Stadt trugen. Sie hatten die Straßen, die zum Haupttor und den Seitenpforten der Stadt führten, mit Ketten abgesperrt, ihn jedoch nicht weiter behelligt. Matthias begriff jetzt, daß sie mehr daran interessiert waren, die Leute anzuhalten und zu befragen, die Oxford verließen, als die, die hereinkamen.

Sich vorsichtig im Schatten haltend huschte Matthias durch die Gassen, bis er den ›Blauen Eber‹ erreichte. Dort wartete er bei dem Schweinestall hinter dem Gebäude auf Amasia. Wie er gehofft hatte, kam sie nach einiger Zeit mit einem Eimer voll Abfällen zur Hintertür heraus. Er rief ihren

Namen, und sie kam näher, zögerlich zuerst, doch als Matthias sich zu erkennen gab, stellte sie den Eimer ab, rannte auf ihn zu und zog ihn in den Schatten zurück.

»Matthias Fitzosbert.« Ihr Gesicht war blaß, die Augen blickten verängstigt. Matthias sah, daß sie geweint hatte. »Santerre ist tot!«

Matthias schloß die Augen. Gehörte das auch zum Plan? fragte er sich. Wäre Santerre schließlich in der ›Goldenen Leier‹ aufgekreuzt – oder jemand ganz anderer?

»Er wurde ermordet in deiner Kammer aufgefunden«, fuhr Amasia fort. »Zusammen mit zwei anderen Leichen. Ich habe es von einem Gast gehört; die Nachricht verbreitet sich schon wie ein Lauffeuer durch die Stadt.«

»Wer sind die anderen beiden?« fragte Matthias.

»Gedungene Mörder, zwei ehemalige Soldaten. Gott weiß, daß sich genug von diesem Gesindel herumtreibt.« Sie ergriff seine Hände. »Matthias, es heißt, du wärst dafür verantwortlich.«

»Ich soll Mörder angeheuert haben?«

»Nein. Angeblich hängt alles mit dem Tod von Rokesby zusammen. Er ist ebenfalls erstochen in seinem Zimmer gefunden worden. Eine alte Frau sah dich und Santerre früher am Tag zu ihm hinaufgehen. Die Beamten haben Rokesbys Papiere durchsucht und Informationen über dich entdeckt. Dantel« – Amasia sprach von einem Studenten, den sie beide kannten – »Dantel sagt, sie haben einen Haftbefehl gegen dich ausgestellt.«

Matthias blickte zu den Sternen empor und verwünschte seine eigene Dummheit. Jetzt bedauerte er, nicht auf Santerre gehört zu haben. Wenn er versuchte, in die ›Goldene Leier‹ zurückzukehren, würde man ihn verhaften.

»Kannst du mich verstecken?« Er packte Amasia bei den Schultern. »Ich schwöre dir, daß ich unschuldig bin. Allerdings kann ich dir nicht sagen, was hier vor sich geht.« Er zog sie an sich und streichelte ihr Haar. »Amasia, ich schwöre bei allem, was mir heilig ist, daß ich weder für Rokesbys noch für Santerres Tod verantwortlich bin.«

»Aber Rokesby soll dich der Ketzerei und der Ausübung

Schwarzer Magie verdächtigt haben. Der Schankraum schwirrt vor Gerüchten.«

»Kannst du mich verstecken?«

Amasia drehte sich um und deutete auf eine Außentreppe.

»Geh dort hoch«, sagte sie. »Die Treppe führt zum obersten Stock. Du kannst vorerst bei mir in meiner Kammer bleiben. Ich gehe voraus und schließe die Tür auf.«

Sie eilte in die Schenke zurück. Matthias wartete, bis sie außer Sicht war, dann stieg er die wackeligen Stufen empor. Er klopfte an die Tür, erhielt jedoch keine Antwort. Erneut klopfte er, diesmal etwas lauter.

»Da ist er!«

Matthias wirbelte herum. Unten am Fuß der Treppe sah er einen schwachen Lichtkegel, und dahinter stand der Wirt, flankiert von seinen Küchenjungen und Schankkellnern. Alle waren mit Knütteln, Schwertern oder Dolchen bewaffnet; einer schwang sogar ein Brecheisen. Matthias begriff, daß Amasia ihn verraten hatte. Er wollte sich zur Flucht wenden, doch der Wirt und seine Helfer stürmten auf ihn los und verstellten ihm den Weg. Matthias' Hand fuhr zum Griff seines Dolchs, woraufhin einer der Kellner einen Bogen hob und die Sehne spannte. Hinter ihm stand Amasia. Sie wagte nicht, Matthias ins Gesicht zu sehen.

»Du bist ein verlogenes Luder, Amasia! Ich dachte, ich könnte dir vertrauen!«

»Sie bekommt ihren Teil von der Belohnung ab!« rief Goodman, der Wirt, höhnisch. »Und sie weiß, wem sie ihr Dach über dem Kopf zu verdanken hat.« Der Mann leckte sich über die Lippen und hob die Laterne, die er in der Hand hielt. »Amasia gehört jetzt mir, Master Studiosus. Von heute an hat sie andere Pflichten.« Er kam auf Matthias zu und richtete einen langen Dolch auf dessen Brust. »Jetzt nimm deinen Gürtel ab und komm mit, ohne Widerstand zu leisten, sonst machen wir kurzen Prozeß mit dir. Tot oder lebendig, der Preis für dich bleibt der gleiche.« Er nickte den hinter ihm stehenden Männern zu. »Aber die Jungs sagen, du warst ein guter Kunde, deshalb geben wir dir die Chance, dich freiwillig zu ergeben.«

Matthias löste seinen Gürtel und ließ ihn fallen. Im gleichen Moment drangen die Männer auf ihn ein, traten nach ihm und verprügelten ihn; dann banden sie ihm die Hände hinter dem Rücken zusammen und führten ihn triumphierend durch den Schankraum, wo er mit Essensresten beworfen wurde, ehe sie ihn in die dunkle Gasse hinausstießen. Er wurde grob durch die Straßen gezerrt, bis seine Häscher endlich ein mächtiges, bedrohlich wirkendes Gebäude mit vergitterten Fenstern erreichten – das Bocardo, das städtische Gefängnis.

Hier nahm ein Wärter Matthias in Gewahrsam und schob den Wirt und seine Horde wieder um Tor hinaus, nachdem er ihnen zugerufen hatte, sie sollten sich wegen der ihnen zustehenden Belohnung ins Rathaus begeben. Sowie sie verschwunden waren, droschen der Wärter und ein paar Schließer ihrerseits auf Matthias ein, bis ihre Hände schmerzten. Matthias krümmte sich unter den Schlägen zusammen. Er wußte, daß gerade Studenten die beliebtesten Opfer dieser Männer waren. Endlich ließen sie von ihm ab und nahmen ihm Stiefel, Wams und Geldbeutel weg. Durchgefroren und zerschlagen wie er war, wurde er dann durch ein Labyrinth von Gängen und einige verrottete Stufen hinuntergeschleift und in eines der unter dem Gebäude liegenden Verliese geworfen. Mit einem dumpfen Knall schloß sich die eisenbeschlagene Tür.

Die Zelle war feucht, kalt und stank nach Kot und Unrat. Es gab weder ein Fenster noch irgendwelche Möbelstücke. Stroh und Binsen auf dem Boden waren schwarz vor Fäulnis und glitschig. Fette, langschwänzige Ratten huschten darin herum. Durch einen schmalen Schlitz in der Tür drang ein wenig Licht von dem fackelerleuchteten Gang herein, wo der Wärter an einem Tisch saß.

Matthias fegte das Stroh beiseite, kauerte sich in eine Ecke und schlang die Arme um den Oberkörper. Was steckte nur hinter den merkwürdigen Ereignissen des heutigen Tages? Erst brachte ihn Santerre in diese Schenke, dann das Treffen mit Rokesby, dann diese schöne, rätselhafte Frau in der ›Goldenen Leier‹. Matthias begriff, daß alles von Anfang an geplant gewesen war. Einerseits zürnte er Santerre, der ihm all das eingebrockt hatte, andererseits spürte er, daß dieses Wesen, wer oder was auch immer es sein mochte, sich zu seinem Beschützer aufgeschwungen hatte. Rokesby hatte einen tiefen Groll gegen ihn gehegt. Früher oder später wäre er wohl unweigerlich überfallen, zusammengeschlagen oder gar getötet worden. Oder man hätte ihn aufgrund verleumderischer Beschuldigungen vor Gericht gestellt und der Hexerei bezichtigt.

Eine Weile döste er vor sich hin. Draußen im Gang blieb alles ruhig. Endlich brachte ihm der Gefängniswärter eine Schale Gemüsesuppe, erklärte, Matthias sei zur Zeit sein einziger Gast und fragte höhnisch, ob es ihm auch an nichts fehle.

»Könnte ich eine Kerze bekommen?« bat Matthias.

»Aber selbstverständlich.« Ein breites, falsches Lächeln erschien auf dem Gesicht des Wärters. »Vielleicht auch noch etwas Wein, ein saftiges Stück Wildbret und ein weiches Himmelbett?«

Kichernd watschelte er den Gang entlang und ließ sich wieder auf seinen Stuhl sinken.

»Ihr seid hier nicht an der Universität, junger Herr!« grölte er. »Morgen tritt das Gericht zusammen und verhandelt Euren Fall. Und dann werdet Ihr baumeln!«

Matthias überließ sich wieder seinen Gedanken. Er wußte, man würde ihn an der Universität nicht vermissen. Santerre war sein einziger Freund gewesen. Aber er weigerte sich, auch nur daran zu denken, daß er am Galgen von Carfax, der großen Kreuzung im Zentrum von Oxford, sein Leben aushauchen könnte. Als jedoch die Zeit verging, sank sein Mut, und die Verzweiflung begann an seiner Seele zu nagen. Welche Hoffnung blieb ihm denn noch?

Kurz nach Tagesanbruch erhielt er Besuch von einem der Universitätsbeamten, einem jungen Mann mit sandfarbenem Haar und teigigem Gesicht, der offenbar eine Heidenangst vor dem Wärter hatte, so nervös und eingeschüchtert wie er wirkte. Er stellte Matthias hastig ein paar Fragen und machte dann, daß er wieder fortkam. Matthias erhielt einen Kanten trockenes Roggenbrot und einen Krug brackigen Wassers zum Frühstück. Die Schläge der Stadtglocken drangen schwach bis in seine Zelle. Er schätzte, daß es kurz nach neun war, als der Wärter und zwei Schließer ihn aus dem Verlies holten und ihm eine Kapuze über den Kopf zogen. Er wurde über den Hof gestoßen, grob hochgehoben und wie ein Sack Lumpen auf einen Karren geworfen. Obwohl er angestrengt lauschte, hörte er nur die Hufe und Schreie der Höker und das gleichmäßige Gemurmel der Menge auf den Straßen. Matthias schloß die Augen und betete – nicht so sehr darum, am Leben zu bleiben, sondern er bat Gott vielmehr, ihn nicht qualvoll an einem Strick enden zu lassen, während der Pöbel johlend das Schauspiel beklatschte.

Schließlich hielt der Karren an. Die Wärter nahmen Matthias die Kapuze ab und führten ihn in die Kirche St. Mary. Die Bänke waren aus dem Kirchenschiff entfernt und ein großer Tisch vor dem Lettner aufgestellt worden, hinter dem drei Richter thronten. Zwei Schreiber hielten sich zu beiden Seiten des Tisches bereit. Der Öffentlichkeit war es erlaubt worden, der Verhandlung beizuwohnen, und die Leute drängten sich in den Querschiffen, um sich nur ja nichts entgehen zu lassen. Soldaten und städtische Büttel waren damit beschäftigt, mittels langer weißer Seile eine quadratische Fläche abzuteilen. Matthias mußte eine Zeitlang warten, und die Männer, die ihn bewachten, nutzten dies, um ihm die tröstliche Versicherung zuzuflüstern, gerade diese drei Richter seien nicht dafür bekannt, Gnade walten zu lassen oder auch nur Toleranz zu üben. Der Beamte mit dem sandfarbenen Haar kam schüchtern auf ihn zu und bot Matthias seine Hilfe an. Der warf einen Blick auf die wäßrigen Augen, die laufende Nase und die schlaffen Lippen des Mannes und schüttelte abwehrend den Kopf.

»Ich verteidige mich selbst«, erklärte er.

Schließlich stolzierte ein Gerichtsdiener durch das Kirchenschiff und läutete seine Glocke.

»Hört mich an! Hört mich an!« dröhnte er. »Alle, gegen die vor dem Gericht Seiner Majestät des Königs mit Sitz in Oxford Klage zu führen ist, mögen vortreten!«

»Das gilt dir, mein Junge«, flüsterte der Wärter.

Einer der Schreiber erhob sich. »Führt den Gefangenen vor.«

Matthias mußte unwillkürlich an die Verhandlung gegen den Prediger in Sutton Courteny denken. Als er durch das Kirchenschiff gezerrt wurde, warf er einen raschen Blick auf die Gesichter der Zuschauer, entdeckte aber nirgendwo einen Schimmer von Mitgefühl. Für sie bot der Prozeß lediglich eine willkommene Abwechslung vom Alltagstrott, und was aus Matthias wurde, interessierte sie nicht. Ungefähr drei Meter vor dem Richtertisch blieben die Wärter stehen. Matthias musterte die drei Männer, die über sein Schicksal entscheiden sollten; kalte, strenge Kaufleute, vermutlich hohe Würdenträger der Stadt. Der zu Matthias' Rechten stützte den Kopf auf seine Hand und sah aus, als schliefe er; der Richter zur Linken war damit beschäftigt, einen länglichen Pergamentbogen zu studieren. Der oberste Richter in der Mitte, ein weißhaariger Mann mit Adlernase und harten, unerbittlichen Augen, betrachtete Matthias von Kopf bis Fuß.

»Diese Sache dürfte nicht viel Zeit in Anspruch nehmen«, begann er. »Euer Name?«

»Matthias Fitzosbert.«

»Worauf plädiert Ihr?«

»Wie soll ich das wissen? Ich habe keine Ahnung, was man mir zur Last legt.«

Die Bemerkung rief im Querschiff schallendes Gelächter hervor. Alle drei Richter richteten sich in ihren thronähnlichen Stühlen auf. Matthias begriff, daß ihr Urteil bereits feststand, egal, was er zu seiner Verteidigung auch vorbringen mochte.

»Gehört Ihr der niederen Geistlichkeit an?« bellte einer von ihnen.

»Nein.«

»Dann könnt Ihr Euch demnach nicht auf das Vorrecht des Klerus berufen, Euch nur vor einem geistlichen Gericht verantworten zu müssen?«

Matthias zuckte die Schultern.

»Um Himmels willen, so verlest doch endlich die Anklageschrift.«

Einer der Schreiber erhob sich und begann, mit lauter Stimme die einzelnen Anklagepunkte vorzutragen. Matthias' Mut sank. Wer auch immer diese Verhandlung vorbereitet hatte, war offenbar mit größter Eile zu Werke gegangen und hatte Matthias der Einfachheit halber aller nur erdenklichen Verbrechen beschuldigt. Großes Gewicht wurde auf einige Dokumente gelegt, die man in Rokesbys Kammer gefunden hatte. Denen zufolge war Matthias Fitzosbert ein Verräter und ein heimlicher Anhänger des Ursupators Richard III., der später in der Schlacht bei Bosworth gefallen war. Außerdem bezichtigte man ihn, ein Ketzer und Okkultist zu sein, der nicht an die Lehren der heiligen Mutter Kirche glaubte. Er war ein Verschwörer, galt als Anführer eines Geheimbundes und hatte nicht nur den Mord an Ambrose Rokesby, Magister der Philosophie und Lehrer an der Universität von Oxford, sondern auch den Tod des französischen Studenten Henri de Santerre auf dem Gewissen. Schließlich beendete der Schreiber seinen Vortrag. Der in der Mitte sitzende Richter faltete die Hände und beugte sich vor.

»Nun, Fitzosbert, was habt Ihr dazu zu sagen?« Er hob die Augenbrauen.

»Ich habe Santerre nicht umgebracht.«

»Aber in allen anderen Punkten seid Ihr schuldig im Sinne der Anklage?«

»Das habe ich nicht gesagt.«

»Ihr habt es auch nicht abgestritten.«

»Ich streite alles ab!«

»Gott steh mir bei!«

Der Richter zu Matthias' Linken hielt ein Stück Pergament in die Höhe.

»Ist es richtig, daß Ihr Bücher über das Thema Luzifer und Satan gelesen und Abhandlungen über Hexenprozesse studiert habt?«

»Ja, aber ...«

»Und wart Ihr anwesend, als Master Rokesby getötet wurde?«

»Ja, auch das ...« Matthias winkte resigniert ab. »Was soll denn dieser Unsinn?« rief er, wandte sich nach links und ließ den Blick über die im Querschiff zusammengedrängte Menge schweifen. »Ich bin unschuldig, aber Ihr habt mich ja bereits verurteilt, und ich weigere mich, noch länger zur billigen Unterhaltung anderer beizutragen.«

Schweigen legte sich über die Menge. Matthias blickte nach rechts. Ihm war eine Bewegung aufgefallen. Eine Gestalt trat hinter einem Pfeiler hervor, eine in weite Gewänder gehüllte Frau, die die Kapuze ihres Umhangs für ein paar Sekunden zurückschlug und flammendrotes Haar freigab. Matthias erkannte Morgana. Sie verschwand wieder im Schatten, dafür erregte aber ein anderes Gesicht Matthias' Aufmerksamkeit; das Gesicht eines kleinen, vierschrötigen Mannes mit kantigem Kinn, der nach Art der Priester eine Tonsur trug. Er war in ein dunkelblaues, mit Eichhörnchenpelz gesäumtes Gewand gekleidet und starrte Matthias so intensiv an, als fasziniere ihn, was er da sah. Dann trat auch er wieder in die Menge zurück.

»Matthias Fitzosbert!«

Matthias blickte die Richter an. Alle drei hatten ihre Köpfe jetzt mit einem schwarzen Seidentuch bedeckt. Ein Schauer lief ihm über den Rücken. Er wußte, daß Henry Tudor seinen Justizbeamten umfassende Vollmachten zubilligte, welche ihnen gestatteten, gleichzeitig Ermittlungen anzustellen, Urteile zu verkünden und auch das jeweilige Strafmaß festzusetzen, aber er hätte nie gedacht, daß man gerade in seinem Fall auch mit solch akribischem Eifer vorgehen würde.

»Matthias Fitzosbert, hört Ihr mich?« fragte der vorsitzende Richter befremdet. »Wir haben das Beweismaterial sorgfältig geprüft, und wir haben festgestellt, daß Ihr nicht viel zu Eurer Verteidigung vorbringen konntet. Unser Urteil steht fest. Ihr seid ein Verräter, ein Ketzer und ein Mörder. Daher werdet Ihr auf dem Scheiterhaufen in Carfax bei lebendigem Leibe verbrannt. Das Urteil wird innerhalb von acht Tagen nach der Verhandlung vollstreckt.«

Matthias' Augen weiteten sich vor Entsetzen. Tod auf

dem Scheiterhaufen! Angebunden an diesen rußgeschwärzten Pfahl! Er mußte wieder an den Eremiten und dessen schreckliches Ende denken, schloß die Augen und begann leicht zu schwanken. Die Wärter packten ihn bei den Armen.

»Möge Gott Eurer armen Seele gnädig sein«, fügte der Richter hinzu. »Schafft ihn weg!«

VIERTES KAPITEL

Matthias wurde ins Bocardo zurückgebracht. Da er nun ein rechtskräftig verurteilter Verbrecher war, legte man ihm schwere Ketten an, ehe er auf den Karren gestoßen wurde. Das Urteil war so hart ausgefallen, daß selbst die rohen, abgestumpften Gefängniswärter Mitleid mit ihm empfanden.

»Wenn Ihr etwas Geld auftreiben könnt«, bot ihm der eine an, während er einen Laib Brot mit ihm teilte, »dann besorgen wir einen Beutel Schießpulver und binden ihn Euch um den Hals. In der Hitze explodiert er, und Ihr sterbt schneller und spürt nicht, wie Euer Fleisch Blasen wirft und Eure Augen langsam schmelzen.«

»Oder«, fügte sein Kumpan hinzu, »wir warten, bis der Qualm dicht genug ist, und dann kommt einer von uns und erdrosselt Euch.«

Matthias konnte nicht länger an sich halten. Er warf den Kopf zurück und brach in dröhnendes Gelächter aus, bis ihm die Tränen über die schmutzigen Wangen rannen. Die Wärter zuckten mit keiner Wimper. Der todernste Ausdruck auf ihren Gesichtern machte alles nur noch schlimmer – Matthias konnte sich überhaupt nicht mehr beruhigen. Es war lange her, daß er zuletzt so von Herzen gelacht hatte.

»Es tut mir leid«, keuchte er, sich den letzten Rest Brot in den Mund stopfend. »Aber versetzt Euch nur einmal in meine Lage, Gentlemen. Ich bin zu einem gräßlichen Tod verurteilt worden, für Verbrechen, die ich nicht begangen habe, und der einzige Trost, der mir angeboten wird, ist ein Beutel Schießpulver oder der Draht einer Garotte. Trotzdem bin ich Euch sehr dankbar«, fügte er hastig hinzu, als er den ärgerlichen Ausdruck in den Augen der Männer bemerkte, und starrte über ihre Köpfe hinweg. »Aber ich habe so ein Gefühl, als würde ich nicht sterben.«

»Wie kommt Ihr denn darauf?« fragte einer der Wärter gereizt und zog sich ein Stück zurück, da ihm einfiel, daß

Matthias angeblich über magische Kräfte verfügen sollte. »Ihr rechnet doch wohl nicht damit, begnadigt zu werden? Das bezweifle ich nämlich stark.«

Matthias lehnte sich gegen die Mauer. »Ich stimme Euch zu. Ich glaube auch nicht an eine Begnadigung.« Er lächelte den Wärtern zu. »Aber wir werden ja sehen.«

Später bereute er diese Bemerkung, denn von nun an war der Wärter von tiefem Mißtrauen erfüllt. Matthias wurden Handfesseln angelegt, und die Zellentür blieb stets offen, so daß sein Bewacher ihn von seinem Tisch am Ende des Ganges aus genau im Auge behalten konnte. Seine Fußketten saßen zum Glück locker und waren so lang, daß sich Matthias innerhalb der Zelle bewegen und die neugierig schnüffelnden Ratten verscheuchen konnte, wenn sie gar zu dreist wurden. Dennoch begann er zu zweifeln, als ein Tag in den anderen überging. Er tat sein Bestes, dieses Gefühl zu unterdrücken, indem er sich in seine Kindheit zurückversetzte und sich liebevollen Erinnerungen an Christina und Osbert hingab. Es war jedoch der Eremit, mit dem er sich in Gedanken am häufigsten beschäftigte. Immer wieder sah er ihn vor sich, wie er ihm die Füchse zeigte, die Taube in der verfallenen Kirche freiließ und mit ihm von Tewkesbury nach Hause ritt.

Am dritten Abend nach der Urteilsverkündung zeigte sich der Aufseher – vielleicht um den Gefangenen ruhigzustellen – ungewohnt großzügig mit Wein, und Matthias fiel in einen tiefen Schlaf. Alpträume plagten ihn. Er war wieder in Tenebral und stand im Schiff der Kirchenruine. Der Himmel darüber glühte tiefrot, wie von einem riesigen Feuer erleuchtet. Eine Reitergruppe kam den Pfad entlanggejagt. Ihre Schlachtrösser waren schwarz wie die Nacht, Köpfe und Gesichter hinter Eisenhelmen verborgen. Überall rund um ihn herum ertönte lauter Gesang, als ob eine ganze Armee das Dies Irae anstimmte. Die Reiter verlangsamten ihre Geschwindigkeit, und die Banner, die sie bei sich führten, flatterten im Wind. Der Anführer, der einen mit einem Falken geschmückten Helm trug, hielt an und legte Matthias eine mit einem stählernen Handschuh bekleidete

Hand auf die Schulter, während er mit der anderen Hand das Visier seines Helms hochschob. Matthias kämpfte gegen den Griff an und bemühte sich, dem unheimlichen Reiter nicht das Gesicht zuzuwenden. Am liebsten hätte er sich auch noch die Ohren zugehalten, denn der düstere Gesang schwoll immer stärker an. Er schlug mühsam die Augen auf. Der Wärter rüttelte ihn heftig an der Schulter. Die Fackel, die er in der Hand hielt, verströmte einen beißenden Gestank.

»Master Fitzosbert, dem Herrn sei Dank! Ich hielt Euch für tot. Ihr habt Besuch. Ein Priester ist gekommen, um Euch die Beichte abzunehmen.«

Matthias richtete sich auf und blickte in den Gang hinaus. Im Dämmerlicht erkannte er die Umrisse des Mannes, den er kurz vor der Urteilsverkündung in St. Mary gesehen hatte.

»Wollt Ihr mit dem Priester reden?« fragte der Wärter, sich zu Matthias niederbeugend. »Manchmal hilft es. Wenn sie kommen, um Euch zu holen, seid Ihr innerlich gefestigter.«

Er sprang zur Seite, als der Priester die Zelle betrat und ihm im Vorbeigehen eine Münze in die Hand drückte.

»Schließt die Tür«, murmelte er. »Die Beichte eines Mannes geht nur ihn und Gott etwas an.«

Die Tür flog zu, der Schlüssel wurde von außen herumgedreht. Ungeachtet seines feinen wollenen Umhangs ließ sich der Priester neben Matthias auf den Binsen nieder.

»Es ist sehr gütig, daß Ihr gekommen seid«, sagte Matthias leise.

Der Priester blickte ihn nur schweigend an, und Matthias musterte seinen Besucher verstohlen. Es war ein noch junger Mann, dessen kastanienbraunes Haar zu einer säuberlichen Tonsur ausrasiert worden war. Aber aus der Nähe betrachtet wirkten seine Züge weit weniger angenehm als vor kurzem in der Kirche; über dem energischen Kinn sah man dünne, verbittert verzogene Lippen und kleine, eng beieinanderstehe Augen. Der Mann machte den Eindruck, als mißbillige er alles, was er sah oder hörte.

»Pater, seid Ihr wirklich gekommen, um mir die Beichte abzunehmen?« fragte Matthias. »Und wenn ja – woher soll ich wissen, daß Ihr wirklich ein Priester seid?«

Der Mann öffnete seinen weiten Umhang. Eine lange, schwarze Soutane und ein Silberkreuz an einer Kupferkette kamen zum Vorschein. Aus dem großen Beutel an seinem Gürtel zog er einen Brief hervor. Der Wärter hatte die in der Zelle angebrachte Pechfackel angezündet, und Matthias ging kettenrasselnd hinüber, um im Lichtschein einen genaueren Blick auf das Dokument zu werfen. Es handelte sich um eine vom Bischof von London unterschriebene und mit einem Siegel versehene Lizenz, welche besagte, daß ein gewisser Richard Symonds berechtigt war, in London und in den Bezirken Oxford und Berkshire zu predigen, die Messe zu lesen und die Beichte abzunehmen.

»Habt Ihr eine eigene Gemeinde, Pater?«

»Nein, ich bin Erzieher im Haushalt von Lord Audley.« Er dämpfte seine Stimme zu einem Flüstern. »Und Ihr habt recht, ich bin nicht hier, um Euch die Beichte abzunehmen. Ich bin gekommen, um Euch um Hilfe zu bitten.«

Matthias hob seine gefesselten Hände. Die Ketten klirrten leise.

»Pater, ich starre vor Schmutz, bin unrasiert und werde in vier Tagen auf einem Scheiterhaufen verbrannt. Wie könnte ich Euch helfen?«

»Ich habe der Verhandlung beigewohnt. Es hieß, Ihr wäret ein Yorkist.«

»Es hieß gleichfalls, ich wäre ein Mörder und ein Hexenmeister.«

»Aber Ihr verfügt über eine bestimmte Macht, nicht wahr?«

Symonds schob den Kopf vor. Seine Augen glühten, die Lippen waren halb geöffnet. Matthias fragte sich, ob der Mann ganz bei Sinnen war. Der Ausdruck seiner Augen und der stets leicht zur Seite geneigte Kopf gaben ihm zu denken. Ein verschwiegener, schwer zu durchschauender Mann, überlegte er; einer, der ständig in dunkle Pläne und Intrigen verstrickt war.

»Pater, wenn ich diese Macht hätte, säße ich jetzt nicht hier.«

»Sie hat mir schon gesagt, daß Ihr kein Selbstvertrauen habt.«

Matthias' Herz schlug schneller.

»Morgana. Sie kam nach der Verhandlung auf mich zu und erklärte mir, Ihr wäret zwar ein Yorkist, aber kein Mörder, und Ihr würdet über große Macht verfügen.«

»Was schlagt Ihr also vor?« fragte Matthias müde. »Und sprecht leise, der Wärter mißtraut mir ohnehin schon.« Er lächelte schwach. »Er denkt nämlich, ich würde mir Flügel wachsen lassen und davonflattern.«

»Macht Euch wegen dem keine Sorgen. Er hat mich bereits durchsucht und ist um zwei Silberstücke reicher.«

Symonds rückte näher. »Ich will Euch sagen, worum es geht. Edward IV. starb vor drei Jahren, möge er in Frieden ruhen. Zwei Jahre später wurde sein Bruder Richard von Gloucester, der sich die Krone angeeignet hatte, von Henry Tudor bei Market Bosworth vernichtend geschlagen.«

»Und soweit ich weiß, starb George, Herzog von Clarence, der dritte Bruder, unter ziemlich mysteriösen Umständen im Tower«, fügte Matthias trocken hinzu. »Ebenso wie Edwards zwei Söhne, die jungen Prinzen. Die Leute munkelten damals, ihr Onkel Richard habe sie ermorden lassen, um die letzten Erben des Hauses York auszurotten.«

»Dazu kann ich weiter nichts sagen«, erwiderte Symonds. »Das Schicksal der Prinzen bleibt ein Rätsel, aber Henry Tudor ist ein Thronräuber.« Er richtete sich auf. Seine Augen sprühten Feuer. Ein Fanatiker, dachte Matthias, ein Mann, der von seiner Sache vollkommen besessen ist.

»Die Yorkisten sind vernichtet«, erklärte er. »Und Henry Tudors Macht zeigt sich überall. Ihr habt es ja bei meiner Verhandlung gesehen.«

»Ein Prinz aus dem Hause York ist aber noch am Leben«, hauchte Symonds dramatisch. »Und zwar Edward von Warwick, Clarence' Sohn.«

Das Treiben der Könige und Prinzen hatte Matthias noch

nie sonderlich interessiert, aber er versuchte, sich an das zu erinnern, was Baron Sanguis ihm erzählt hatte.

»Er sitzt im Tower!« rief er. »Warwick ist erst von seinem Onkel Richard und dann von Henry Tudor gefangengehalten worden!«

»Im Tower sitzt ein Doppelgänger«, fauchte Symonds. »Der echte Warwick ist entkommen. Ihm wird die Unterstützung der yorkistischen Lords zuteil, und er befindet sich wohlbehalten in einem Haus außerhalb von Oxford.« Symonds klatschte in die Hände. »Ich beabsichtige, ihn nach Dublin zu bringen. Die irischen Lords unter Führung des Grafen Kildare werden sich erheben, um ihm beizustehen. Auch englische Adelige, unter anderem John de la Pole, Graf von Suffolk, und Lord Lovell werden sich uns anschließen. Seine Tante Margaret, die Herzogin von Burgund, will uns mit Söldnern und Gold versorgen.«

»Wozu braucht Ihr mich, einen Studenten, der auf dem Scheiterhaufen enden soll?«

»Morgana sagt, Ihr verfügt über verborgene Kräfte. Ihr werdet unserer Sache nützlich sein; seid sozusagen ein Talisman für unseren Erfolg.« Der Priester erhob sich. »Und Euch bleibt in dieser Angelegenheit wohl kaum eine Wahl.«

Matthias schüttelte den Kopf. »Alles in besser, als auf dem Scheiterhaufen zu brennen.«

»Ich komme dann morgen nacht wieder.«

»Ich werde Euch frisch rasiert und reisefertig erwarten«, versetzte Matthias trocken.

Der Priester grinste, winkte zum Abschied und rief nach dem Wärter.

Matthias verbrachte die ganze Nacht damit, über Symonds nachzudenken. War der Mann wahnsinnig oder einfach nur ein verblendeter Narr.

Spät am darauffolgenden Abend kam Amasia. Auch sie hatte den Wärter bestochen, der sie lüstern angaffte und sagte, er würde die Zellentür offenlassen. Amasias Gesicht war halb von ihrer Kapuze verdeckt. Sie setzte sich in die Ecke der Zelle, die am weitesten von Matthias entfernt war.

»Was willst du hier?« fragte er sie unfreundlich. »Dich

über mich lustig machen? Oder mir sagen, daß es dir leid tut? Genausogut könntest du zum Hinrichtungsplatz gehen und in die Flammen spucken.

»*Oh, Creatura bona atque parva!*«

Matthias' Kopf fuhr herum. Die Stimme war unverkennbar die von Amasia, dunkel und wohlklingend, aber Worte und Tonfall gehörten zu dem Eremiten!

»Reg dich nicht auf«, flüsterte Amasia, das Gesicht abwendend. »Der Tölpel am Ende des Ganges beobachtet uns. Ich weiß, was du jetzt fragen willst. Wie und warum?« Amasia spielte mit einer Haarsträhne. »Wenn eine Seele stirbt, begibt sie sich sehr rasch auf eine weite Reise, eine Reise in die Ewigkeit. Bei mir verhält es sich anders: Ich bin kraft meines Willens und meiner Liebe imstande, auf einer Ebene der Ewigkeit zu verharren. Alles was ich sehe und womit ich umzugehen habe, ist das ewige Jetzt. Stell dir vor, Matthias«, ihre Stimme klang plötzlich seidenweich, »stell dir vor, du wärst wieder in Sutton Courteny. Zu beiden Seiten der Hauptstraße ziehen sich Häuser entlang, und du kannst jedes betreten und darin tun, was dir beliebt – essen, trinken, was auch immer. Genau das ist meine Fähigkeit.«

»Und was ist mit Amasia?« fragte Matthias. »Wo ist das Mädchen, das ich gekannt habe?«

»Es gibt Menschen«, erwiderte sie gedehnt, »die aufgrund ihrer Willensstärke und ihres Seelenzustandes in der Lage sind, sich mir zu widersetzen, so wie ein entschlossener Hausherr seine Türen und Fenster verriegelt, um unerwünschte Eindringlinge fernzuhalten. Und dann gibt es andere, in die ich hineinschlüpfen kann wie ein Dieb in der Nacht. Amasia ist schwach geworden, Matthias. Denk an die Bibel, da heißt es: ›Was hülfe es dem Menschen, wenn er die ganze Welt gewönne und nähme doch Schaden an seiner Seele?‹ Hast du dich schon einmal gefragt, wie es möglich ist, etwas zu verlieren, was doch für die Ewigkeit bestimmt ist?« Amasia blickte flüchtig in den Gang hinaus und beugte sich vor. »Dabei ist es ganz einfach, Matthias. Amasia verlor ihre Seele in dem Moment, wo sie dich verriet.« Sie lächelte.

»Wie steht es doch gleich im Evangelium: ›Als Judas Ischariot Jesus verriet, fuhr der Satan in ihn.‹«

»Warum ergreifst du dann nicht von mir Besitz?« höhnte Matthias.

Amasia wandte den Blick ab.

»Warum nicht?« wiederholte Matthias, mit den Ketten rasselnd. Er lehnte sich zurück, als er sah, daß der Wärter aufgestanden war und zu ihnen hinüberstarrte. »Du kannst es gar nicht, nicht wahr?« flüsterte er. »Irgendwer, irgend etwas hält dich zurück.«

Amasia hob den Kopf. Tränenspuren glitzerten auf ihren Wangen.

»Denk an das, was um dich herum vorgeht«, sagte sie fast unhörbar. »Überall auf der Erde finden ständig Kämpfe statt. Dasselbe gilt auch für meine Welt, wo ein ewigwährender Krieg zwischen den Herren der Lüfte herrscht. Aber das ist es nicht allein, Matthias. Ich will nicht von dir Besitz ergreifen. Kontrolle ist keine Liebe; Macht und Liebe liegen so weit voneinander entfernt wie Ost und West.« Sie wischte sich über die Augen. »Ich möchte, daß du das weißt.«

»Wenn ich bei Morgana geblieben wäre – wohin wären wir dann geflohen?«

»Das weiß nur der Himmel.« Amasia lachte leise, als koste sie einen guten Witz aus. »Im Augenblick kann ich die Ereignisse nicht kontrollieren, sondern muß mich von ihnen treiben lassen wie ein Schwimmer im Fluß. Ich wußte, daß Rokesby dir schaden wollte, deswegen mußte er als erster sterben. Ich wußte auch, daß die Stadtbehörden versuchen würden, dich unter irgendeinem fadenscheinigen Vorwand festzunehmen, also schickte ich dich zu Morgana. Und nun ist dieser dämliche Priester Richard Symonds der Schlüssel zu deiner Freiheit.«

»Liegt es denn nicht in deiner Macht, mir hier herauszuhelfen?« spottete Matthias.

»Du kennst die Antwort bereits, Matthias«, entgegnete sie. »Du kannst den Willen eines Menschen nicht beeinflussen, es sei denn, dieser Mensch liefert sich dir aus. Aber das ist eine andere Sache.«

»Du zitierst ja die Heilige Schrift!« stellte Matthias verwundert fest.

»Warum nicht?« Wieder spielte ein Lächeln um ihre Lippen. »Auch böse Menschen können Bibelzitate verwenden, um ihre Taten zu rechtfertigen.«

»Was geht da vor?« Der Wärter starrte finster herüber.

»Ich muß gehen«, sagte Amasia. »Wir sehen uns wieder, Creatura.«

Den Rest des Abends verbrachte Matthias im Zustand nervöser Anspannung, er versuchte aber wohlweislich, sich dem Wärter gegenüber nichts anmerken zu lassen.

»Der Scheiterhaufen in Carfax ist bereits errichtet«, verkündete der Kerl grinsend. »Das Pflaster ist gefegt, der Pfahl eingeschlagen und Reisig und trockenes Holz zusammengetragen worden.« Er kniff ein Auge zu und musterte Matthias. »Ihr solltet Gott danken, daß es nicht regnet«, fügte er hinzu. »Sonst könnte es nämlich Stunden dauern, das Feuer zum Lodern zu bringen.«

Mit diesen tröstlichen Worten drehte er sich um und schlurfte zu seinem Tisch zurück.

Später, lange nach der Sperrstunde, als der Wärter es sich gerade bequem machen wollte, hörte Matthias Stimmen am Ende des Ganges, gefolgt von dem Klimpern von Münzen und sich entfernenden Schritten. Die Tür flog auf, und Symonds trat ein. Er trug seine Soutane, hatte sich eine Stola um die Schultern gelegt und hielt eine kleine brennende Kerze in der Hand.

»Schließt die Tür!« rief er gebieterisch. »Und kümmert Euch ein wenig um meine liebe Schwester!«

Der Wärter gehorchte bereitwillig.

»Er ist gut bezahlt worden«, lächelte Symonds, an Matthias gewandt. Er blies die Kerze aus und öffnete die silberne Pyxis, die er bei sich hatte. Statt einer Hostie enthielt das Gefäß einen merkwürdig geformten Schlüssel.

»Das Werk eines hervorragenden Schlossers«, erklärte er, die Hand- und Fußfesseln lösend. Innerhalb von Sekunden war Matthias frei. Zufrieden lehnte sich Symonds gegen die Wand, zog einen kleinen Weinschlauch unter seinem Umhang hervor, nahm einen Schluck und reichte den Schlauch dann an Matthias weiter. Der Rotwein war stark und würzig und verbreitete eine wohlige Wärme in seinem Inneren. Eine Weile saß er nur da und rieb sich Arme und Beine, um die Blutzirkulation wieder in Gang zu bringen. Symonds hatte auch etwas Brot, Käse und geräucherten Schinken mitgebracht. Heißhungrig schlang Matthias die Speisen hinunter. Plötzlich hörte er vom Ende des Ganges her ein Geräusch. Es klang wie ein unterdrückter Schrei.

»Was war das?« fragte er zwischen zwei Bissen.

»Ich würde sagen, Mistreß Morgana hat ihre Aufgabe gelöst«, schnaubte Symonds.

Die Geräusche am Ende des Ganges erstarben, und die Zellentür schwang mit einem dumpfen Knarren auf. Morgana lächelte auf Matthias hinab. Ihr Haar war leicht zerzaust, und Strohhalme klebten an ihrem dunklen Gewand und ihrem Umhang. In der einen Hand hielt sie einen Dolch mit blutbefleckter Klinge, in der anderen einen Schlüsselring.

»Es wird Zeit, dieses Loch zu verlassen.«

Symonds packte Matthias am Arm und schob ihn in den Gang hinaus. Er hob den Umhang des Gefängniswärters auf und warf ihn ihm zu. Der rechtmäßige Besitzer des Kleidungsstücks lag mit heruntergelassener Hose auf einer Strohmatratze. Seine Kehle war von einem Ohr zum anderen aufgeschlitzt worden.

»Hier gibt es aber noch andere Aufseher und Schließer«, murmelte Matthias.

»Aye, und die werden tief und fest schlafen«, spöttelte Symonds. »Es gibt doch nichts Besseres als ein kleines Fäßchen besten Rotweins mit einer reichlichen Dosis Baldrian darin, um die Leute ihre Sorgen vergessen zu lassen.«

Sie stiegen die Stufen empor und betraten den großen Vorraum. Die wenigen Wärter, die Nachtdienst versahen, hingen betrunken schnarchend um einen Tisch herum, der mit umgeworfenen Bechern und Krügen übersät war. Als sie sich jedoch der Seitentür näherten, stürzte plötzlich ein Soldat auf sie zu. Symonds hob den schweren Eschenholzknüttel, der ihm als Spazierstock diente, und versetzte dem

Mann damit einen kräftigen Schlag gegen die Schläfe. Rasch probierte er die Schlüssel durch und öffnete die Tür. Sie überquerten den kleinen Hof und schlüpften durch eine Seitenpforte hinaus in eine schmale Gasse.

»Niemand kann aus dem Bocardo entkommen, sagt man.« Symonds blieb stehen und bedachte Matthias mit einem wölfischen Grinsen. »Dabei ist es nicht schwieriger, als ein leerstehendes Haus zu verlassen.«

»Pferde?« fragte Matthias.

»Doch nicht hier«, wehrte Symonds ab.

Er wollte weitergehen, aber Morgana ergriff Matthias' Hand.

»Matthias, wir sehen uns wieder.« Sie lächelte in die Dunkelheit. »Du hättest bei mir in der ›Goldenen Leier‹ bleiben sollen.«

»Ich hatte keine Wahl«, erwiderte Matthias. »Ich mußte mit eigenen Augen sehen, was geschehen würde.«

Sie küßte ihn sacht auf beide Wangen.

»Hüte dich vor Symonds«, flüsterte sie. »Er ist so verrückt wie ein Märzhase.« Sie schlang ihm die Arme um den Hals und drückte ihn an sich. »Wenn er dich bedroht, zeig ihm die Zähne.« Mit diesen Worten verschwand sie in der Dunkelheit.

Symonds, der schon vorausgegangen war, winkte ihm ärgerlich zu.

»Nun kommt schon!« zischte er.

Matthias folgte ihm durch ein Gewirr dunkler, nach Fäulnis stinkender Gassen. Streunende Katzen flohen fauchend vor ihnen. Ab und an kläffte in einem Hof ein Wachhund oder warf sich jaulend gegen das Tor. In vielen Ecken hockten Bettler und winselten um Almosen.

Symonds schlug bewußt einen Bogen um das Studentenviertel. Sie erreichten das Ende der High Street, betraten den alten Judenfriedhof, stiegen den Hügel hinab und wateten durch den Cherwell. Das kühle Wasser erfrischte Matthias' müde Beine ein wenig. Symonds trieb ihn unerbittlich zur Eile an. Bald befanden sie sich auf dem freien Land und folgten einem vom Vollmond erleuchteten Pfad. Matthias blieb stehen und blickte zu den Sternen empor. Es war eine klare, wunderschöne Nacht, ein leichter Wind wehte, und er schloß die Augen, um Gott für seine gelungene Flucht zu danken.

»Kommt weiter!« drängte Symonds erneut.

Schließlich verließen sie den Weg, überquerten ein offenes Feld und gelangten in ein kleines Gehölz, wo sich maskierte Männer mit weiten Kapuzen über den Köpfen um Matthias scharten und ihn rasch entkleideten. Einer brachte einen Ledereimer und einen Stoffetzen.

»Wascht Euch erst einmal.« Die Stimme klang rauh.

Matthias tat, wie ihm geheißen. Ohne Vorwarnung griff dann ein anderer in sein Haar und begann, es ein Stück kürzer zu schneiden. Matthias erhob keine Einwände, als ihm der Gefängnisschmutz abgewaschen wurde. Man brachte eine Satteltasche die frische Kleider enthielt, außerdem lederne Reitstiefel, einen Schwertgurt mit Schwert und Dolch darin und einen wollenen Umhang mit Kapuze.

Niemand sprach ein Wort. Symonds saß auf einem Baumstumpf und beobachtete ihn. Die Männer brachten ihnen etwas zu essen und Pferde. Symonds schüttelte seinen Helfern zum Dank die Hand, dann führten Matthias und er die Pferde über das Feld zurück auf den Weg, wo sie aufstiegen und mit halsbrecherischer Geschwindigkeit durch die Nacht davonritten. Erst lange nach Tagesanbruch willigte Symonds ein, eine Pause einzulegen, damit die Pferde sich ausruhen konnten.

Der Ritt erwies sich als äußerst anstrengend. Nur gelegentlich hielten sie an, um zu essen, zu trinken und ihre Notdurft zu verrichten. Matthias hatte bislang nur festgestellt, daß sie Richtung Nordwesten ritten. Am späten Nachmittag wechselten sie in einer am Wegesrand gelegenen Schenke die Pferde. Symonds ritt auch dann noch weiter, als es zu dämmern begann. Matthias protestierte, doch der Priester zügelte sein Pferd und schüttelte den Kopf.

»Nein, zum Schlafen bleibt keine Zeit mehr. Wir werden erwartet. Aber es ist nicht mehr weit.«

»Wo reiten wir denn hin?« fragte Matthias.

»Nach Twyford Grange. Mehr kann ich Euch nicht sagen.«

Die Nacht war bereits hereingebrochen, als sie das Gut erreichten; ein altes, verwinkeltes, von verlassenen Feldern umgebenes Herrenhaus. Der Pfad, der zum Haupteingang führte, war mit Unkraut überwuchert, und das Mauerwerk bröckelte überall ab. Die oberen Fenster waren mit hölzernen Fensterläden verschlossen, und die zu ebener Erde wiesen Risse auf und waren vor Staub fast blind. Ein wortkarger Diener nahm ihre Pferde, ein anderer führte sie in die Halle, wo Matthias von Symonds der Lady Elizabeth von Stratford vorgestellt wurde, einer entfernten Verwandten des yorkischen Lords Francis Lovell.

Die Hausherrin war eine große, knochige Frau, deren Haut an vergilbtes Pergament erinnerte, aber ihre Augen blickten freundlich, und ihre Lippen verzogen sich zu einem warmen Lächeln. Sie streckte Matthias eine blutgeäderte, klauengleiche Hand zum Kuß hin und kicherte fröhlich, als sie sah, wie ihr Besucher ihr altmodisches Kleid und den Schleier musterte.

»Ich habe viele Jahre verstreichen sehen, junger Mann«, sagte sie. »Die Hand, die Ihr soeben geküßt habt, ist von vielen großen Männern berührt worden; von Henry V., seinem glücklosen Sohn und vielen yorkistischen Edelleuten.« Ein wehmütiger Ausdruck huschte über ihr Gesicht. »Sie alle sind inzwischen in die Ewigkeit eingegangen. Kommt mit mir.« Sie bat Matthias in den Lichtkreis, den ein großer, an einer Kette von der Decke herabhängender Kerzenleuchter auf den Boden warf. »Ihr seid also ein Freund von Symonds?« Sie betrachtete ihn genauer, und ihre Augen umwölkten sich, als hätte sie hinter Matthias' Schulter etwas gesehen, was ihr nicht behagte.

»Seid Ihr ein Magier?« fragte sie weiter. »Ein Meister der Schwarzen Künste?«

»Madam, ich bin nur ein vom Pech verfolgter Student, sonst nichts. Und wenn ich diesen guten Priester hier nicht hätte, wäre ich vermutlich der einsamste Mann im ganzen Königreich.«

»Ist das wahr, Matthias Fitzosbert?« Die alte Dame trat ein paar Schritte zurück und musterte ihn durchdringend. »Als ich Euch dort zum erstenmal sah«, sie wies auf den im Dämmerlicht liegenden Eingang, »da dachte ich wirklich, Ihr wäret der, für den Ihr Euch auszugeben beliebt, aber nun, im Licht, erkenne ich, daß ich mich getäuscht habe.«

»Was meint Ihr damit, Mylady?« Sichtlich erregt trat Symonds auf sie zu. »Spürt Ihr seine Macht?«

»Ja, das tue ich allerdings.«

Lady Elizabeth wandte sich ab und verließ den Raum.

»Es heißt, Lady Elizabeth hätte das Zweite Gesicht«, flüsterte Symonds aufgeregt, blieb gleichfalls stehen und schaute über Matthias' Schulter. »Ich kann nichts Ungewöhnliches entdecken.«

»Sie hat eine zu lebhafte Fantasie«, erwiderte Matthias schroff, »sonst gar nichts.« Er hörte ein leises Hüsteln und blickte auf.

Lady Elizabeth war zurückgekommen, stand nun auf der Schwelle und schaute sie an. Matthias murmelte eine Entschuldigung, und die beiden Männer folgten ihr in einen Saal, der ebenfalls schon bessere Tage gesehen hatte. Kalte Asche häufte sich im Kamin, die von den Deckenbalken und an den Wänden hängenden Banner und Behänge waren staubig und ausgefranst, Spinnweben bedeckten die Schilde und Waffen, die überall angebracht waren, und die Wandtäfelung war stumpf und teilweise zersplittert. Die Binsen auf dem Boden dufteten jedoch frisch und sauber, und auf dem kleinen Tisch in der Mitte der Halle lag ein reines weißes Leinentuch. Aus der Küche wehten appetitanregende Düfte herüber. Die Männer wuschen sich Gesicht und Hände am Lavarium. Lady Elizabeth zupfte Matthias am Ärmel und zog ihn beiseite.

»Ich habe gehört, was Ihr gesagt habt, Master Fitzosbert.« Sie lächelte, doch ihre Augen blickten hart. »Als Ihr eben in das Licht tratet, da sah ich einen Augenblick eine Gestalt hinter euch; einen Mann mit dem Gesicht eines Ritters, der aber nach Art der Mönche eine lange Kutte trug.«

Matthias trat der kalte Schweiß auf die Stirn.

»Ich konnte ihn wirklich nur einen Augenblick lang sehen«, wiederholte Lady Elizabeth. »Er hatte eine Hand auf Eure Schulter gelegt.« Sie tippte gegen seine Lederjacke. »Ihr verfügt über ungewöhnliche Gaben, Matthias Fitzosbert, obgleich ich fürchte, daß Ihr Euch dessen gar nicht bewußt seid.«

»Habt Ihr denn keine Angst vor mir?« neckte Matthias sie, als sie ihn zum Tisch geleitete.

»Nein, weil ich Euch nichts Böses will.« Sie senkte die Stimme. »Ich hoffe nur, daß dasselbe auch für Symonds gilt.«

»Edward!« rief der Priester in diesem Moment.

Matthias drehte sich um. Ein junger, in ein knielanges burgunderrotes Gewand gekleideter Mann betrat die Halle. Seine weichen Halbstiefel verursachten kaum ein Geräusch auf dem Steinboden. Er trug einen reich bestickten Ledergürtel um den Leib geschnallt, in dem jedoch keine Waffen steckten. Seine Finger waren mit Ringen überladen, und eine Silberkette lag, teilweise von seinem hochgeschlossenen weißen Leinenhemd verborgen, um seinen Hals. Er hatte rotbraunes, sauber gestutztes Haar, ein glattes, rundes Gesicht und freundliche Augen, doch vermittelte er den Gesamteindruck eines Schwächlings, der nur darauf bedacht war, jedermann zu gefallen. Symonds sank auf ein Knie und zog die Hand des jungen Mannes an seine Lippen.

»Ihr solltet niederknien, Matthias«, flüsterte er. »Das ist Prinz Edward, der Sohn des George von Clarence, der aus dem Tower entkommen ist. Er beabsichtigt, mit Gottes Hilfe den Thron zurückzuerobern, der ihm rechtmäßig zusteht.«

Matthias kniete nieder; froh, seine Verwirrung verbergen zu können. Warwick kam auf ihn zu. Seine Hand war klein, weich und duftete zart nach Parfüm. Matthias küßte den Ring, Edward ergriff seine Hand und half ihm wieder auf die Füße.

»Ihr seid mir willkommen, Master Matthias.« Edward von Warwick umarmte ihn, stellte sich auf die Zehenspitzen und gab ihm den Friedenskuß auf beide Wangen. Dann trat er zurück und lächelte. »Master Symonds hat mir einiges über Euch berichtet.« Er klatschte schüchtern in die Hände. »Wenn ich wiedererlangt habe, was mein ist, dann sollt Ihr, Master Fitzosbert, meinem Rat angehören.«

Matthias wahrte seine undurchdringliche Miene, aber sein Herz wurde schwer. Edward von Warwick war ein charmanter, umgänglicher junger Mann mit angenehmen Manieren, aber die unsteten wasserblauen Augen und das einschmeichelnde Lächeln gefielen ihm nicht. Stellte dieser Mann eine echte Bedrohung für die mächtigen Tudors dar? Matthias betrachtete ihn nachdenklich. War er wirklich Clarence' Sohn? Der Neffe von Edward IV. und Richard III.? Oder ein Hochstapler, der die Rolle nur einstudiert hatte? Edward von Warwick grinste Symonds und Lady Elizabeth an. Matthias sah, daß die alte Dame sich schon eine feste Meinung über diesen Prinzen gebildet hatte – sie hielt nicht viel von ihm.

»Können wir jetzt essen?«

Wieder dieses kindische Händeklatschen. Fast wäre Edward von Warwick auch noch zum Tisch hinübergehüpft. Matthias las Mitgefühl in den Augen der alten Dame und fragte sich, ob der Prinz ganz bei Verstand war.

Symonds schien ihn völlig zu beherrschen. Er war es, der Edward zu dem thronähnlichen Stuhl an der Schmalseite des Tisches führte, ihm zuflüsterte, wie er sein Mundtuch zu benutzen habe und seinen Becher nur zu einem Viertel voll Wein schenkte, bevor er ihn mit Wasser auffüllte.

Das Essen war hervorragend. Inzwischen machten sich die nervenaufreibende Flucht und der anstrengende Ritt bei Matthias deutlich bemerkbar. Sein ganzer Körper schmerzte, und seine Augen drohten zuzufallen. Dennoch sprach er dem geschmorten Hasen und dem Wildbret in Pilzsauce herzhaft zu, während er Symonds lauschte, der über ihre Zukunft in Irland und die zu erwartende Unterstützung seitens der englischen Lords sprach. Auf jede dieser Ankündigungen reagierte Edward mit einem heftigen Kopfnicken, aber ansonsten schien ihm mehr daran gelegen zu sein, seinen Magen zu füllen als die Krone von England zu erringen. Er hatte Matthias' Anwesenheit offenbar völlig vergessen.

Nachdem sie ihre Mahlzeit beendet hatten, räumten die Diener Teller und Platten ab und brachten mehr Kerzen. Lady Elizabeth befahl ihnen, den Raum zu verlassen. Ehe sie gingen, stellte einer von ihnen noch ein silbernes Kästchen auf den Tisch.

»Wir werden die Karten befragen«, verkündete die alte Dame.

Matthias schaute sie erwartungsvoll an.

»Seid Ihr einverstanden?« fragte sie den Prinzen.

»O ja, o ja.« Edward von Warwick schlug begeistert die Hände zusammen.

Lady Elizabeth klappte das Kästchen auf und nahm die Karten heraus, die groß und quadratisch und auf der Rückseite vergoldet waren. Sie hielt sie mit dem Bild nach unten und verteilte sie. Eine für Edward, eine für Symonds, eine für Matthias.

»Dreht sie um.« Sie schaute Symonds an. »Ihr zuerst.«

Der Priester gehorchte – rang keuchend nach Atem und schob die Karte wieder zu Lady Elizabeth hinüber. Matthias blickte auf das Bild. Es zeigte Gevatter Tod in Gestalt eines Skeletts in einer schwarzen Rüstung. Es ritt auf einem weißen Pferd und hielt eine lila Standarte mit einer weißen Rose darauf in die Höhe. Totenköpfe mit gekreuzten Knochen zierten Satteldecke und Zaumzeug des Pferdes, das mehrere Personen unterschiedlichen Ranges über den Haufen geritten hatte. Ein König lag ausgestreckt auf dem Boden, die Krone war ihm vom Haupt gefallen; ein Bischof hielt die Hand wie zum Gebet erhoben; ein junges Mädchen wandte entsetzt das Gesicht ab.

»Dummer Aberglaube!« bellte Symonds.

Edward von Warwick drehte seine Karte um und hielt sie lächelnd hoch. Ein Engel mit einem Heiligenschein aus goldenem Haar war darauf zu sehen, der aus den Wolken herabstieg. Er blies auf einer mächtigen Trompete, von der ein weißes Banner mit einem roten Kreuz herabhing.

»Das Gericht«, erklärte Lady Elizabeth. »Und Ihr, Master Fitzosbert?«

Matthias verstand wenig von den Geheimnissen des Tarot und fragte sich, ob sich Lady Elizabeth insgeheim über ihn lustig machte. Er lächelte sie an.

»Was meint Ihr, welche Karte ich habe, Lady? Den Teufel vielleicht?«

»Dreht sie um.« Lady Elizabeth warf Symonds einen vielsagenden Blick zu. »Ihr braucht Euch nicht zu ängstigen. Master Symonds und Mylord Warwick haben schon den Tod und das Gericht gezogen.«

»Dreht sie um! Dreht sie um!« kreischte Warwick aufgeregt.

Langsam wendete Matthias die Karte und hielt sie lächelnd hoch. Sie zeigte einen mit der prächtigen Rüstung der antiken Welt geschmückten Wagenlenker.

»Der Triumphwagen!« rief Lady Elizabeth. »Das deutet auf einen schrecklichen Kampf hin, Master Fitzosbert, und Ihr befindet Euch in dessen Mittelpunkt!«

FÜNFTES KAPITEL

Am nächsten Morgen verließen Symonds, Matthias und Edward von Warwick das Gut und setzten ihre Reise in Richtung Westen fort. Warwick, den Matthias bereits als schwächlichen Narren abgetan hatte, erwies sich zu seiner Überraschung als ausdauernder Reiter und fürsorglicher Gefährte. Er verlangsamte das Tempo, wenn Matthias' Pferd zurückfiel, und machten sie Rast, um einen Imbiß einzunehmen, sorgte er dafür, daß Matthias als erster seinen Anteil erhielt. Matthias rührte die schlichte, großzügige Art des jungen Mannes, Symonds jedoch zeigte sich zunehmend mißmutiger. Die Tarotkarten hatten ihn beunruhigt, und die Zuneigung, die sein Protegé Matthias entgegenbrachte, gefiel ihm nicht. Gelegentlich hielten sie bei abgelegenen Häusern oder Tavernen an, um Pferde und Kleider zu wechseln und sich mit Proviant zu versorgen. Als sie Lancashire erreichten, veränderte sich die Landschaft. Sie wurde rauher, und ein schneidender Wind kündigte das Ende des Sommers an.

Während des Rittes wurde Matthias krank. Er litt unter Magenkrämpfen und stechenden Schmerzen im Kopf und im Rücken. Bald kam auch noch Fieber hinzu, und als sie endlich an der Küste von Lancashire anlangten, schwebte er schon fast zwischen Leben und Tod. Wilde Schmerzattacken marterten seinen Körper, er war in Schweiß gebadet, und sein Magen wollte weder Nahrung noch Wasser bei sich behalten. Nur undeutlich nahm er wahr, daß sie sich am Wasser befanden; die Luft roch nach Salz und Fisch, eine kalte Brise pfiff über das Land, und dunkle Wolken zogen über den grauen Himmel dahin. In einem Schankraum kam er wieder halbwegs zu sich. Schwerbewaffnete Männer saßen an den Tischen und diskutierten über die Windverhältnisse und die Gezeiten. Matthias begriff, daß eine Kogge hier vor Anker lag und darauf wartete, sie nach Dublin zu bringen.

Übelkeit stieg in ihm auf, er taumelte hastig ins Freie, sank auf die Knie und übergab sich würgend, bis sein Magen schmerzte. Edward von Warwick kam herbeigestürzt und half ihm auf. Matthias' Beine knickten weg, der Nachthimmel begann sich um ihn zu drehen, und alles wurde schwarz.

»Bringt hin herein! Bringt hin herein!« rief eine Stimme.

»Hat er die Pest?« grollte jemand.

»Tastet seine Achselhöhlen und seine Leistengegend ab. Findet ihr Beulen, dann schneidet ihm die Kehle durch.«

Matthias zwinkerte. Sein Mund fühlte sich strohtrocken an. Er spürte, wie jemand ihn entkleidete, dann glitten Finger über seinen Körper und suchten nach den verräterischen Pestbeulen, den ersten Anzeichen der Krankheit.

»Nein«, erklärte eine Stimme dann. »Die Seuche ist es nicht, er hat nur hohes Fieber und ist sehr schwach.«

»Tötet ihn!« forderte jemand. Schneidet ihm den Hals durch! Wir können ihn nicht hierlassen.«

Matthias hörte, wie Edward von Warwick heftig protestierte. Ein Becher wurde zwischen seine Lippen gezwängt, eine bittersüße Flüssigkeit füllte seinen Mund, und er glitt in einen fiebrigen Schlaf.

Er wußte nicht, ob er tot oder lebendig, wach oder bewußtlos war. Bilder kamen und gingen: Er wurde in einer Decke über den schlüpfrigen Sand getragen und unsanft in ein Boot geworfen. Ruder knarrten, und das übelkeitserregende Schwanken schien gar nicht enden zu wollen. Schließlich wurde er hochgehoben und auf das Deck eines Schiffes gelegt, Seeleute fluchten, Männer brüllten Befehle ... dann stinkende Dunkelheit und Ratten, die um ihn herumwuselten. Edward von Warwick beugte sich über ihn und tupfte ihm das Gesicht mit einem feuchten Lappen ab.

Matthias versuchte, ein paar dankende Worte hervorzukrächzen. Wieder wurde ihm der bittersüße Trank eingeflößt. Glücklich, die Realität hinter sich lassen zu können, versank Matthias erneut in der alles umfassenden Dunkelheit, doch schon bald stiegen aus der Tiefe seiner Seele Träume auf und marterten sein Hirn.

Er stand in der Kirche von Tenebral und untersuchte die Runen an der Wand. Ein schwerer, süßer Duft schwängerte die Luft. Weiße Tauben flatterten um ihn herum. Die Sonne schien strahlendhell, doch plötzlich wurde sie von einem dunklen Schatten verdeckt. Matthias blickte auf. Ein mächtiger schwarzer Falke schwebte am Himmel und stieß dann mit ausgestreckten Klauen auf ihn nieder. Matthias schrie auf, doch als der Falke näher kam, veränderte er seine Gestalt. Nun war es der Prediger – von Kopf bis Fuß in tiefes Schwarz gehüllt, den Hals noch immer unnatürlich verrenkt –, der die Hände mordgierig nach ihm ausstreckte, während seine Augen wie glühende Kohlen loderten und gelblicher Schaum aus seinen Mundwinkeln troff. Matthias stieß einen gellenden Schrei aus. Der Eremit kam ihm zu Hilfe, aber diesmal in Gestalt einer Frau mit weichem braunem Haar, rötlicher Haut und hellgrünen Augen. Er konnte Weihrauch riechen, ein Becher wurde an seine Lippen gehalten, und die Träume verschwanden. Matthias schlief.

Als er das nächste Mal erwachte, fand er sich zuerst nicht zurecht. Er spürte keinen Pferderücken unter sich und war weder in einem verfallenen Herrenhaus noch in einer schäbigen Schenke an der Küste. Er lag auch nicht in einem schwankenden Boot oder einem feuchten, stinkenden Laderaum, sondern in einem breiten Himmelbett in einer weißgetünchten Kammer. Der Raum wirkte sauber und ordentlich, der Steinfußboden war frisch gefegt. Ein großes Kruzifix hing an der gegenüberliegenden Wand. Truhen, Stühle und andere Möbelstücke standen herum, und im Kamin zu seiner Linken flackerte ein helles Feuer. Zusätzlich befand sich in jeder Ecke des Raumes ein mit glühenden Kohlen gefülltes Becken. Matthias bewegte Hände und Füße und stellte fest, daß er noch immer sehr schwach war. Auf dem Tisch neben seinem Bett entdeckte er eine Glocke und streckte die Hand danach aus, konnte sie aber nicht packen; mit einem lauten Poltern fiel sie zu Boden. Matthias sank in die Kissen zurück und schlief wieder ein. Wie aus weiter Ferne hörte er Stimmen, die sich in einem melodischen Singsang unterhielten.

»Er ist wach, das ist ein gutes Zeichen.«

Wieder wurde ihm ein Trank eingeflößt. Er versuchte, die Augen aufzuschlagen, brachte aber nur ein Blinzeln zustande, ehe alles um ihn herum schwarz wurde. Als er wieder aufwachte, saßen zwei Personen an seinem Bett und beobachteten ihn.

»Matthias Fitzosbert?«

Es war die Frau aus seinen Träumen, die ihn forschend ansah. Sie hatte braunes, schimmerndes Haar, funkelnde grüne Augen und ein kantiges, energisches Gesicht. Der Mann neben ihr war dunkelhaarig und hager. Ein Auge wurde von einer Augenklappe verdeckt, das andere sprühte vor Leben. Ein sardonisches Lächeln spielte um seine Lippen.

»Willkommen im Reich der Lebenden, mein Junge«, sagte er. »Matthias Fitzosbert, wir dachten schon, Ihr wolltet bis zum Jüngsten Tag schlafen.« Seine Stimme klang seinem Äußeren zum Trotz warm und freundlich.

»Wie lange habe ich denn ...«, murmelte Matthias undeutlich.

»Schätzt einmal, Jungchen.« Er griff nach Matthias' Hand. »Mein Name ist Thomas Fitzgerald, ich bin der uneheliche Ableger eines der Kildares, wie man sagt. Außerdem bin ich ein Dichter, ein Soldat, ein Höfling und ein Liebhaber schöner Frauen und roten Weines.«

»Vor allem ist er ein schrecklicher Angeber«, lachte die Frau. »Wenn heiße Luft sich in Goldstücke verwandeln würde, wären wir reich. Ich heiße Mairead, und er betrachtet mich als seine Frau. Und nun ...«, sie strich mit den Fingern über Matthias' Gesicht, »... was denkt Ihr, wie lange Ihr geschlafen habt?«

Matthias schüttelte nur stumm den Kopf.

»Heute ist der letzte Tag des September.«

Matthias' Augen weiteten sich. Er mußte demnach wenigstens sechs Wochen auf dem Krankenlager verbracht haben.

»Was immer Ihr auch hattet«, fuhr Mairead fort, »Ihr wart sehr schwer krank. Wir haben Euch wie ein Baby gepflegt, und Ihr habt auch wie eines geschlafen. Aber die Engel sind meine Zeugen, Ihr habt einige sehr merkwürdige Dinge gesagt.«

Matthias zuckte zusammen und starrte die beiden Fremden an.

»Nun, Jungchen«, Fitzgerald erhob sich und schlug seinen Umhang zurück. Darunter trug er einen ledernen Rock, der bis zur Mitte des Oberschenkels reichte, und eine schwarze Wollhose, die er in die Stiefel gestopft hatte. Die Kleider waren alt und abgetragen, doch der Waffengurt um seine Hüften bestand aus gutem, glänzendem Leder. Drei Dolche in bestickten Scheiden hingen daran. »Macht Euch keine Sorgen«, fuhr er fort, sich einen Fleischfetzen aus den Zähnen polkend, »ihr seid in guten Händen. Der Palast, in dem Ihr Euch hier befindet, gehört keinem Geringeren als dem Erzbischof von Dublin. Auch Euer guter Freund Richard Symonds ist hier untergebracht.« Das gesunde Auge zwinkerte leicht. »Und Euer Prinz, der edle Edward von Warwick, künftiger König von England, Irland, Schottland und Frankreich, bewohnt natürlich standesgemäße Gemächer.«

»Psst, Thomas, dämpfe deine Stimme etwas«, flüsterte Mairead und lächelte Matthias an. »Symonds ist eine hinterhältige Schlange«, zischelte sie, »aber den jungen Edward finde ich sehr charmant.«

»Was geschieht denn nun weiter?« fragte Matthias.

»Irland stand schon immer auf Seiten des Hauses York.« Fitzgerald ging um das Bett herum und ließ sich auf der Kante nieder. »Symonds tat also gut daran, seinen Prinzen herzubringen.«

Die kaum merkliche Pause vor dem Wort ›Prinz‹ war Matthias nicht entgangen.

»Jetzt haben die mächtigsten Lords von Irland ihre Schwerter in den Dienst seiner Sache gestellt; Kildare, Ormond und all die anderen. Auch die Kirche hat ihre Hilfe zugesagt. Aber leider ist es zu spät, um jetzt noch einen Feldzug zu beginnen. Die See ist rauh, und in England gibt es zu dieser Jahreszeit nicht genug Vorräte, um unsere Männer und unsere Pferde zu ernähren.«

»Und nun?« fragte Matthias.

»Und nun, mein Junge, warten wir eine Weile ab; nicht nur auf besseres Wetter, sondern auch auf die Flotte.«

»Die Flotte?«

Fitzgerald lächelte zynisch. »Was nützt es, für die englische Krone zu kämpfen, wenn die Engländer selbst nicht am Kampf teilnehmen? Die Lords des Hauses York versammeln sich bereits im Tiefland. Francis Lovel ist dabei, John de la Pole, Graf von Lincoln, und der Sohn des Herzogs von Suffolk.« Er tippte Matthias gegen die Brust. »Hier kommen meine Wenigkeit und die schöne Mairead ins Spiel. Ich bin ein Söldner«, blökte er prahlerisch. »Ein Kämpfer, Halsabschneider und Frauenverehrer ...«

»Und ein Lügner«, unterbrach Mairead, beugte sich vor und strich die Wolldecke auf dem Bett glatt. »Ich kenne diesen Burschen von Kindesbeinen an. Sein Schwert dient immer dem, der ihm den höchsten Preis bietet. Wir gehören zum Gefolge von John de la Pole, dem Bevollmächtigten des Prinzen hier in Dublin. Bald wird eine Flotte mit den englischen Lords und ihren Anhängern eintreffen ...«

»Und was noch wichtiger ist«, mischte sich Fitzgerald ein, »das sind die tausend Landsknechte, die sich ebenfalls an Bord der Schiffe befinden.«

»Landsknechte?« echote Matthias verwirrt.

»Söldner«, erklärte Fitzgerald. »Geborene Kämpfer, so wie ich einer bin. Ihr Anführer ist ein Deutscher namens Martin Schwartz. Sie sind ein Geschenk der Herzogin Margaret von Burgund, der Schwester des einst so umjubelten Edward IV. und Tante unseres edlen Prinzen, der jetzt hier in all seiner Pracht und Herrlichkeit residiert.«

»Um Himmels willen, sprich leiser!« warnte Mairead.

Matthias richtete sich auf und lehnte sich gegen die Kissen. Fitzgerald und Mairead beeilten sich, ihm zu helfen, und Matthias stieg der leichte, angenehme Duft von Maireads Parfüm in die Nase.

»Ich wollte schon immer gern ein Kind haben«, sagte die Frau leise.

Fitzgerald grinste auf Matthias hinab und tätschelte seine

Hand. »Jetzt betrachtet sie Euch als ihr Kind, müßt Ihr wissen. Sie ist eine Heilkundige, meine Mairead, kennt die Wirkungen der Kräuter und weiß, wie man Arzneien mischt. Eigentlich sollte sie Dank für ihre Kunst ernten«, sein Gesicht verdüsterte sich, »aber statt dessen schimpft man sie eine Hexe.«

»Prinz Edward trug uns auf, für Euch zu sorgen«, erzählte Mairead. »Er gab uns zwanzig Pfund Sterling und stellte uns weitere dreißig in Aussicht, wenn Ihr am Leben bliebet. Ein netter junger Mann – aber auch Ihr glaubt nicht, daß er wirklich Edward von Warwick ist, nicht wahr?«

Matthias warf Fitzgerald einen vielsagenden Blick zu. Der Söldner stand auf, ging zur Tür, öffnete sie einen Spalt und spähte hinaus, dann schloß er sie wieder und schob den Riegel vor.

»Niemand zu sehen«, sagte er, »und die Wände sind dick.« Er ließ sich neben Mairead auf einen Stuhl sinken. »Matthias – ich darf Euch doch so nennen, nicht wahr? –, ich werde Euch die Wahrheit verraten, weil Ihr in Euren Fieberdelirien nicht ein einziges Mal das Haus York erwähnt habt. Also nehme ich an, daß Euch die große Sache genauso wenig bedeutet wie mir.« Er zwinkerte Matthias zu. »Eines Tages müßt Ihr mir einmal erzählen, was Euch eigentlich hierhergeführt hat. Nun, ich bin ein Raufbold aus Leidenschaft, wenn man so will. Ich habe mein Auge in einem Kampf nahe bei Arras verloren, aber meinen Ohren und meinem Verstand fehlt nichts. Edward von Warwick sitzt nach wie vor im Tower von London.« Er grinste, als er Matthias' erstauntes Gesicht sah. »Ich habe den Klatsch unter de la Poles Anhängern aufmerksam verfolgt. Edward von Warwick ist ein Hochstapler; der Sohn eines Oxforder Kaufmannes, und heißt in Wahrheit Lambert Simnel. Er ist eine bloße Galionsfigur für die Yorkisten. Wenn Henry Tudor entmachtet ist, wird der Junge mit Sicherheit einen tödlichen Unfall erleiden, und für den Grafen Lincoln ist dann der Weg zum Thron frei.«

»Wie viele Leute wissen davon?« erkundigte sich Matthias.

»Nur wenige, aber das Gerücht verbreitet sich in Windeseile. Die Tudors haben den echten Warwick aus dem Tower geholt und durch die Straßen von London geführt.« Fitzgerald zuckte die Schultern. »Nun, wir werden ja sehen ...«

»Warum seid Ihr hier?« fragte Mairead Matthias, während sie die Kissen aufschüttelte.

»Das ist eine lange Geschichte. Symonds betrachtet mich als seinen Talisman. Außerdem habe ich gar keine andere Wahl, als hierzubleiben. Wenn ich nach England zurückkehre, hängt man mich als Verräter, Mörder oder Ketzer auf.«

»Bei den Titten einer Seejungfrau!« dröhnte Fitzgerald. »Was habt Ihr denn ausgefressen?«

Matthias hob nur die Schultern.

»Ein wenig habt Ihr uns in Euren Fieberträumen ja schon erzählt«, meinte Mairead. »Ihr habt Namen genannt – Christina, Osbert, Santerre; und Ihr habt zwei namenlose Personen erwähnt, einen Eremiten und einen Prediger.«

Matthias musterte die beiden nachdenklich. Trotz der Freundlichkeit, die sie ihm entgegenbrachten, krampfte sich sein Magen vor Furcht zusammen. Warum halfen sie ihm wirklich? Welchen Beweis hatte er dafür, daß der Fürst der Finsternis, jenes Wesen Rosifer, das nicht von ihm lassen wollte, jetzt nicht in einen seiner Samariter gefahren war?

Mairead mußte sein Mißtrauen gespürt haben.

»Eines Tages könnt Ihr uns alles erzählen«, sagte sie und erhob sich. »Im Moment solltet Ihr Euch besser ausruhen.«

Im Verlauf der nächsten Wochen kam Matthias allmählich wieder zu Kräften. Fitzgerald und Mairead erwiesen sich als angenehme Kameraden, obwohl er sie immer noch mit Argwohn betrachtete. Auch Edward von Warwick kam ihn besuchen. Trotz allem, was Fitzgerald ihm erzählt hatte, sah er in ihm immer noch den Prinzen.

Symonds jedoch hatte sich sehr verändert. Er trug nicht länger die dunklen Barchentgewänder eines Priesters, sondern kleidete sich wie ein eleganter Höfling in wattierte Jacken mit Aufschlägen und Pelzsaum, Samthosen und lange, schmale, mit Halbedelsteinen besetzte Schuhe. Prahlerisch kam er in den Raum stolziert, die Daumen in seinen Brokatgürtel gehakt, und schwang große Reden über die Hilfe, die ihnen zuteil werden würde, und die irischen Stammeshäuptlinge, die angeblich alle auf ihrer Seite stünden.

Als das Jahr sich seinem Ende zuneigte und Matthias seine Gesundheit vollständig wiedererlangt hatte, begann er, den Palast des Erzbischofs zu erkunden; ein großes prächtiges Gebäude mit hohen, polierten Decken, langen hölzernen Galerien, bequemen Kammern und weitläufigen Hallen. Auf Edward von Warwicks kindisches Drängen hin nahm er auch an den Ratssitzungen teil und stellte fest, daß Symonds weitaus gerissener war, als er zunächst angenommen hatte. Englische Exilanten, zumeist ehemalige Anhänger des Hauses York, strömten in Scharen nach Dublin. Sie brachten Pferde, Rüstungen und manchmal noch zwei oder drei bewaffnete Männer mit. Aber die wahre Quelle der Kraft lag bei den irischen Stammeshäuptlingen, die Matthias ungemein faszinierten. Es waren hochgewachsene, grobknochige Männer mit vom beißenden Wind gegerbten Gesichtern, die zur Hälfte von üppigen Bärten überwuchert waren; stolze Krieger, die sich meistens in ihre heimischen Trachten kleideten, manchmal aber auch die stutzerhafte Mode des Hofes auf das Gröbste nachahmten. Sie waren laut, streitsüchtig und großzügig und hatten ein aufbrausendes Temperament. Ihre Stimmung konnte von einer Sekunde auf die andere umschlagen; besonders dann, wenn sie meinten, ihre Ehre wäre beschmutzt worden. Dann fuhren ihre Hände an den Griff ihrer Dolche, und sie schrien sich gegenseitig auf gälisch an.

Fitzgerald war hauptsächlich damit beschäftigt, alle Parteien bei Laune zu halten, und Matthias begriff, warum John de la Pole ihn nach Dublin geschickt hatte. Fitzgerald mochte ein Söldner sein, aber er kannte die irischen Sitten und Gebräuche und verstand den verdrehten gälischen Sinn für Humor. Immer wieder gelang es ihm, bei Ratsversammlungen oder Banketts im Hause des Erzbischofs erboste Häuptlinge zu beschwichtigen oder eine drohende Messerstecherei abzuwenden. Draußen im freien Gelände bekam Matthias oft die wild aussehenden Bauern und Fußsoldaten zu Gesicht, aus denen sich die Gefolge dieser mächtigen Häuptlinge zusammensetzten.

»Sie kämpfen wie die leibhaftigen Teufel«, sagte Fitzgerald, als er zusammen mit Matthias die reifüberzogene Wiese beobachtete, wo die Männer sich an Hammel- und Rindfleisch gütlich taten, das der Erzbischof ihnen aus der Palastküche geschickt hatte. »Schau sie dir doch an, Matthias! Fast nackt wie am Tag ihrer Geburt, und nur mit Schilden und Dolchen bewaffnet. Sie bemalen sich von Kopf bis Fuß mit roter und blauer Farbe, aber das schützt sie kaum vor den Schwertern der Ritter oder dem tödlichen Pfeilhagel der Bogenschützen.«

»In England werden wir doch hoffentlich weitere Hilfe bekommen?« fragte Matthias.

Fitzgerald drehte sich um und schnalzte mit der Zunge. Sein gesundes Auge funkelte boshaft. »Jungchen, du magst ja viel aus Büchern gelernt haben und Hymnen auf lateinisch singen können, aber von Politik hast du keine Ahnung. Du plapperst drauflos wie ein Kleinkind. Ich werde dir sagen, was passieren wird.« Er schloß die Tür und rückte näher an Matthias heran.

»Wir werden in England landen und dann landeinwärts marschieren. Henry Tudor und sein General John de la Vere, der Graf von Oxford, werden gen Norden ziehen und auf unsere Truppen stoßen. Ein Briefwechsel wird einsetzen, in dem sich beide Seiten auf ihre jeweilige königliche Autorität berufen und die Gegenpartei auffordern, die Banner zu streichen. Die Wahrheit sieht so aus, Jungchen, daß niemand wirklich etwas unternehmen wird, ehe er nicht sicher weiß, welche Seite gewinnt.«

»Und wenn wir verlieren?«

Fitzgeralds Gesicht wurde ernst. »Dann möge Gott uns helfen. Als ausländische Armee wären wir besiegte Rebellen auf feindlichem Gebiet. Henry Tudor würde uns gegenüber wohl kaum Gnade walten lassen.« Er schlug Matthias auf den Schenkel. »Aber wenn wir gewinnen, heißt es für uns: London, schöne Häuser mit gutgefüllten Weinkellern, Silber und Gold in Hülle und Fülle. Wir werden leben wie die Könige. Und dann die Weiber, was, Matthias? Zu gerne würde ich mir eine dieser plumpen, verweichlichten, überfütterten Londoner Kaufmannsgattinenn ins Bett nehmen. Wetten, daß die vor Wonne quieken würden?« Er brach ab, als Mairead auf sie zukam. »Aber verrate das ja nicht Mairead«, flüsterte er. »Sie würde mir die Eier abschneiden.«

Wenige Tage später erklärte Mairead, Matthias sei nun völlig geheilt.

»Es muß eine Art Gefängnisfieber gewesen sein, das dein Blut vergiftet hat«, meinte sie. »Aber nun bist du kräftig genug, um dich in der Stadt umzusehen.« Sie küßte Matthias auf beide Wangen. »Wenn du willst, kann ich dir alle Sehenswürdigkeiten zeigen«, flüsterte sie.

Matthias grinste, ging jedoch nie auf ihr Angebot ein. Er mochte Mairead, ahnte aber, daß ihre freche Koketterie ihm Ärger eintragen könnte. Fitzgerald mochte ja mit seinem Erfolg bei Frauen prahlen, wie er wollte, tatsächlich aber liebte er Mairead leidenschaftlich und konnte leicht vor Eifersucht außer sich geraten.

Am nächsten Tag erhielt Matthias frische Kleider und einen neuen Schwertgurt mit einem schimmernden Stahlschwert und einem Dolch mit einem langen, reichverzierten Griff. Er beschloß, die Stadt auf eigene Faust zu erkunden und unternahm seinen ersten Streifzug. Der Winter war ins Land gezogen, und der unaufhörliche Nieselregen hatte die lehmigen Straßen und Gassen in einen einzigen Morast verwandelt. In mancher Hinsicht glich Dublin jeder anderen größeren Stadt. Es gab eine massive, düstere Festung, eine Kathedrale und die üblichen prächtigen Häuser der Kaufleute und Adeligen, neben denen sich die armseligen Lehmhütten der Armen duckten, der Handwerker, Höker und Tagelöhner. Aber Dublin war zugleich auch eine Grenzstadt mit einem lebhaften Hafen, der von Händlern und Kaufleuten aus ganz Europa nur so wimmelte. Kaufleute der Hanse drängten sich an Flamen, Burgundern und Spaniern vorbei. Auch einige Engländer waren darunter, die sich jedoch stets abseits hielten. Die ganze Stadt wußte, daß Edward von

Warwick in dem Palast wohnte. Fitzgeralds Worte erwiesen sich als prophetisch – keiner der Engländer wagte es, seine Sympathien öffentlich zu bekunden.

Zum Westen hin wurde Dublin durch einen abgegrenzten Landstrich gesichert, der direkt der englischen Gerichtsbarkeit unterstand. Dahinter, in den nebligen Tälern, lebten die großen Stämme und die rivalisierenden Clans. Fitzgerald hatte Matthias ermahnt, auf der Hut zu sein, und nun verstand er auch, warum. Die Angehörigen dieser Stämme trugen das Haar lang und hinten im Nacken mit bunten Spangen und Broschen zusammengehalten; sie waren nur mit Lendenschürzen, Stiefeln und buntgemusterten Umhängen bekleidet und hatten sich die Gesichter mit grellen Farben bemalt, was ihnen ein ziemlich bizarres Aussehen verlieh. Einige kamen der Marktstände wegen, die sich durch die engen Straßen und Gassen der Stadt zogen; andere, um sich von Edward von Warwick anheuern zu lassen. Nicht wenige waren auch nur auf eine Rauferei oder auf leichte Beute aus. Sowie das Tagewerk getan war, füllten sich die Schenken und Alehäuser mit diesen Männern, die sich gegenseitig lärmend zu Trinkwettbewerben herausforderten, welche nicht selten mit trunkenen Schwüren ewiger Freundschaft oder blutigen Messerstechereien endeten.

Matthias in seinen schlichten dunklen Kleidern und dem Wappen Fitzgeralds, welches ihm den Schutz der großen irischen Lords zusicherte, wurde kaum behelligt. Er wanderte durch die Stadt, um sich abzulenken, um allein zu sein und um in aller Ruhe über das nachdenken zu können, was ihm die Zukunft bringen mochte. Ob es ihm, falls Symonds' geplante Invasion je stattfand, wohl gelingen würde, sich heimlich aus dem Staub zu machen und vielleicht sogar nach Sutton Courteny zurückzukehren, um bei Baron Sanguis Rat zu suchen? Manchmal überlegte er, ob Rosifer, der Fürst der Finsternis, ihn nicht inzwischen vergessen hatte, bis ihn ein denkwürdiger Abend in der zweiten Adventswoche eines Besseren belehrte.

Matthias war ausgeschickt worden, um einem mächtigen Lord, der am Ufer des Flusses Liffey ein Gut besaß, eine

Nachricht von Edward von Warwick zu überbringen. Der Inhalt war vertraulich, und Edward hatte darauf bestanden, daß Matthias und kein anderer sie überbringen sollte. Auf dem Rückweg kam er durch eine enge Gasse, die zu dem weitläufigen Kathedralengelände führte, als sich plötzlich eine Horde finsterer Gestalten aus dem Schatten löste. Es waren weder Gälen noch Angehörige eines der hier ansässigen Stämme, sondern offensichtlich Seeleute von einem der Schiffe im Hafen, die Schwerter, Knüppel und Dolche trugen. Ihr Anführer, ein stämmiger, kahlköpfiger Bursche, trat vor, sagte etwas in einem Dialekt, den Matthias nicht verstand, und bedeutete ihm mit Handzeichen, seinen Schwertgurt und seine Stiefel herzugeben. Matthias trat zurück und schloß die Hand um den Griff seines Schwertes. Die Kerle folgten ihm und schienen sich über seinen Versuch, sich verteidigen zu wollen, köstlich zu amüsieren.

Plötzlich erstarb ihr Gelächter. Im Licht der Pechfackel, die neben einem Hauseingang brannte, konnte Matthias ihre Gesichter deutlich erkennen. Jegliche Ausgelassenheit war daraus verschwunden; sie blicken mit entsetzt geweiteten Augen und offenen Mündern auf irgend etwas hinter ihm. Matthias fröstelte. Er spürte, wie seine Nackenhaare sich aufstellten. Gerne hätte er sich umgedreht, doch er wagte es nicht, seine Widersacher aus den Augen zu lassen, da er mit einer List rechnete. Die Männer jedoch begannen langsam zurückzuweichen; einer ließ gar seinen Knüppel fallen und bekreuzigte sich. Dann ergriffen sie geschlossen die Flucht. Matthias zögerte, bevor er sich vorsichtig umdrehte. Die Gasse lag verlassen da, aber der Fäulnisgestank wurde nun vom süßen Duft eines Rosengartens in voller Blüte überlagert.

»Bist du da?« rief Matthias leise. »Sag mir, bist du da?«

Keine Antwort. Er ging die Gasse entlang, ohne groß darüber nachzudenken, was seine Angreifer so in Angst und Schrecken versetzt haben könnte, und betrat eine Bierschenke. Der Schankraum war klein und muffig, der Boden mit übelriechender Binsenstreu bedeckt. Das Mobiliar bestand lediglich aus ein paar wackeligen Stühlen und grobgezimmerten Tischen. In einer Ecke stand der Wirt neben seinen Fässern. Matthias brauchte dringend eine Erfrischung; sein Mund und seine Kehle waren wie ausgedörrt. Außerdem mochte er noch nicht heimgehen und Symonds und den anderen von seinem Erlebnis berichten. Ein Mädchen kam auf ihn zu. Sie war barfuß, trug ein zerlumptes Kleid und erinnerte Matthias mit ihren lachenden Augen und dem fröhlichen Mund an Mairead.

»Ale bitte.«

Das Mädchen nickte und brachte ihm einen nicht allzu sauberen Humpen. Matthias ließ sich in einer Ecke nieder, nippte daran und kostete die scharfe Süße des Getränks.

In einer anderen Ecke des Raumes ärgerten zwei junge, offenbar angetrunkene Burschen eine alte Frau, die sich am Feuer wärmte, indem sie sie mit schmutzigen Strohhalmen im Nacken kitzelten. Die Alte kreischte ärgerlich auf und überschüttete sie mit einem Schwall von Verwünschungen. Die Burschen ließen sie eine Weile in Ruhe, dann kehrten sie mit geröteten Gesichtern zurück und nahmen die Quälerei wieder auf. Die Alte erhob sich unsicher und drohte ihnen mit ihrem Stock, was die Burschen nur noch ansportne. Hilfesuchend wandte sich die Frau an den Wirt, der nur gleichgültig die Schultern zuckte und weiter über das Haar des Schankmädchens streichelte, das Matthias bedient hatte. Die jungen Männer fuhren fort, ihr Opfer zu peinigen, bis Matthias, dem das Gezeter der Alten auf die Nerven ging, sein Schwert zog und drohend auf sie zuging. Die beiden hielten inne, brüllten ihm einen Schwall wüster Beschimpfungen zu und verschwanden dann in der Nacht. Matthias füllte den Humpen der Alten nach und warf dem Schankmädchen eine Münze zu. Dann drückte er der Frau den Humpen in die Hand.

»Setz dich, Mütterchen«, sagte er.

Ihr verrunzeltes Gesicht verzog sich zu einem Lächeln. Sie nippte an dem Ale, wobei etwas weißer Schaum an den Haaren auf ihrer Oberlippe hängenblieb, und murmelte einen Dank. Matthias schob sein Schwert in die Scheide und nahm seinen Umhang. Gerade wollte er zur Tür hinausgehen, als die Alte ihm etwas nachrief und mit dem Finger auf ihn deutete.

»Was ist denn, Mütterchen?« fragte er.

Die alte Frau sagte etwas, das er nicht verstand.

»Es tut mir leid, ich verstehe dich nicht«, entschuldigte er sich. »Ich bin Engländer.«

Wieder das zahnlose Lächeln. »Ihr seid gut beschützt, junger Herr.« Die Worte kamen nur stockend hervor.

Matthias tätschelte den Griff seines Schwertes.

»Nein, nein, das meine ich nicht.« Die Alte deutete ins Leere, als stünde jemand neben Matthias. »*Er* beschützt Euch.«

Matthias versuchte, sich sein Unbehagen nicht anmerken zu lassen.

»Die Leute halten mich für eine Hexe.« Die Augen der Alten wurden schmal. »Ihr könnt ihn gar nicht sehen, nicht wahr? Er trägt einen Umhang mit Kapuze, aber er hat ein schönes Gesicht – bis auf die Augen.« Jetzt starrte sie auf einen Punkt hinter Matthias. »Wie Kohlen sind sie, wie glühende Kohlen! Er lächelt mir zu.« Sie humpelte zu ihrem Stuhl zurück. »Und dann die Zähne!« fügte sie hinzu. »Er ist Dearghul.«

»Ein was?« fragte Matthias verwirrt.

»Ein Bluttrinker, Engländer.«

Matthias schluckte, als er seinen Verdacht hinsichtlich dessen, was die Wegelagerer so erschreckt haben könnte, unerwartet bestätigt fand. Die alte Frau kehrte ihm den Rücken zu und warf ihm über die Schulter hinweg einen verschlagenen Blick zu.

»Macht Euch keine Gedanken, Engländer. Jetzt ist er fort. Aber ein Dearghul wie dieser läßt Euch niemals allein.«

SECHSTES KAPITEL

Matthias kehrte zum Palast des Erzbischofs zurück, wo ihn Fitzgerald und Mairead bereits erwarteten.

»Geht es dir gut?« fragte letztere besorgt. »Du bist so blaß.«

»Das liegt nur an der Kälte«, beruhigte Matthias sie. Er entschuldigte sich, ging in seine Kammer und legte sich auf das Bett. Auf dem Tisch neben ihm brannte eine Kerze. Lange lag er da, starrte in die tanzende Flamme und fragte sich, wann der Rosendämon sich wieder zu erkennen geben würde. Vage erinnerte er sich an die Alpträume während seines Fieberdeliriums und rief sich all das ins Gedächtnis zurück, was seit seiner Flucht aus Oxford geschehen war.

»Das ist nun aus mir geworden«, murmelte er halblaut. »Ein bloßer Zuschauer. Ich lebe mein Leben nicht mehr, ich beobachte es nur.«

Er sagte das Gebet aus seiner Kindheit auf, dann fielen ihm die Augen zu. Als er erwachte, war die Kerze erloschen. Das Zimmer lag im Dunkeln; die fest verschlossenen Fensterläden ließen keinen Lichtstrahl und kein Geräusch vom darunterliegenden Hof herein. Matthias lauschte in die Schwärze. Etwas lief über die Decke und berührte sein Bein. Eine Ratte vermutlich, im Palast des Erzbischofs wimmelte es nur so von diesen Biestern. Diese jedoch flüchtete nicht, sondern rannte immer wieder an seinem Bein hinauf und herunter und quiekte dabei laut. Matthias murmelte einen Fluch, richtete sich halb auf und tastete nach Zunder. Mit einiger Mühe gelang es ihm, die Kerze zum Brennen zu bringen. Die Ratte war noch da; ein großes, schwarzes Tier, das den Kopf abwandte und sich in den Falten der Bettdecke verbarg. Matthias stieß einen wütenden Schrei aus und trat mit dem Fuß nach ihr. Die Ratte drehte ihm den Kopf zu, und ihm blieb vor Entsetzen das Herz stehen. Statt der spitzen Schnauze hatte das Tier ein menschliches Gesicht mit glitzernden Augen, einer scharfgeschnittenen Nase und einem schmalen, bitteren Mund. Wie von Sinnen trat er um sich, und als er wieder hinschaute, war die Ratte verschwunden.

Eine Weile saß Matthias schweißgebadet auf der Bettkante. Er wußte nicht, ob er geträumt oder im Halbschlaf ein gräßliches Trugbild gesehen hatte. Mit einem Tuchfetzen trocknete er sich Gesicht und Hals ab und begann prompt zu zittern. Das Feuer war erloschen, die Kohle in den Kupferbecken ebenso – sie zeigte noch nicht einmal einen Schimmer roter Glut, als wäre sie mit Wasser übergossen worden. Der Raum war eiskalt. Matthias vernahm ein Geräusch an der Tür; es klang, als husche jemand leise durch die Dunkelheit – Fußgetrappel und das Knarren von Leder. Er sprang aus dem Bett, packte seinen Schwertgurt, schnallte ihn um, riß das Schwert aus der Scheide und griff nach der Kerze. Ohne auf die beißende Kälte zu achten schlich er, die Kerze vor sich haltend, quer durch den Raum, ständig mit einem unverhofften Angriff rechnend. Das schlurfende Geräusch kam immer noch aus Richtung der Tür. Als er dort anlangte, rann ihm der Schweiß in Strömen über die Haut, und er rang keuchend nach Atem. Er leuchtete mit der Kerze in alle Ecken, konnte jedoch nichts Ungewöhnliches feststellen. Alles schien in bester Ordnung zu sein.

Matthias war schon im Begriff, zum Bett zurückzugehen, als er plötzlich stockstaksteif stehenblieb. Wer auch immer sich noch im Raum aufhalten mochte, er war jetzt dicht hinter ihm und atmete heftig. Matthias drehte sich um. Eine dunkle Gestalt war undeutlich zu erkennen. Er hob die Kerze und starrte die Erscheinung ungläubig an. Da stand der Sekretär Rahere – doch es war nur noch ein Zerrbild seines früheren höfischen Selbst. Sein Haar war von grauen Strähnen durchzogen, das Gesicht eingefallen, die Haut mit Pusteln übersät, die Augen rotgerändert, die Lippen mit Blut bedeckt. Das schmutzstarrende Hemd stand am Hals offen und gab den Blick auf zahlreiche schwärende Wunden frei. Es sah aus, als wäre der Mann von einem Bär oder Wolf angefallen worden. Matthias wich einen Schritt zurück.

»In Gottes Namen!« keuchte er. »Wer oder was bist du?«

Rahere trat näher. Seine Oberlippe kräuselte sich wie die eines angriffslustigen Hundes. Die Zähne waren lang und weiß, die Eckzähne standen vor wie die eines Mastiffs.

»Du!« Die Stimme klang rauh, kehlig und voller Haß. »Vor meiner Zeit bin ich abberufen worden!« Die Gestalt hob eine Hand und richtete einen langen, schmutzigen Finger auf Matthias. »Deinetwegen mußte ich vor meiner Zeit diese Welt verlassen!«

Matthias holte mit dem Schwert aus. Dabei entglitt die Kerze seiner Hand, fiel zu Boden und erlosch.

Verwesungsgestank stieg Matthias in die Nase. Nackte Angst vermischte sich mit der Wut darüber, ständig verfolgt zu werden; er packte das Schwert mit beiden Händen und stürzte sich fluchend auf das Trugbild. Im selben Moment rissen Fitzgerald und Mairead die Tür auf und rannten in Decken gehüllt in den Raum. Matthias blieb stehen, rammte die Spitze seines Schwertes in die hölzernen Bodendielen, hielt sich am Griff fest und blickte wild um sich.

»Aber, aber, Jungchen ...«

Fitzgerald ging langsam auf ihn zu, während Mairead die Kerzen anzündete und die Läden öffnete.

»Komm schon, mein Junge.« Fitzgerald deutete auf Matthias' Schwert. »Laß es los. Wir sind doch Freunde.«

Mairead drängte sich an ihm vorbei, bückte sich und löste Matthias' Finger vom Schwertgriff. Matthias ließ es geschehen und sackte kraftlos in sich zusammen. Mairead schlang die Arme um ihn und wiegte ihn wie ein Kind hin und her.

»Was ist denn passiert?« flüsterte sie.

»Es war jemand hier«, erwiderte Matthias. »Merkst du denn nichts? Er verbreitete einen entsetzlichen Grabgestank.«

»Ach, das ist doch Unsinn«, gab sie zurück. »Hier ist niemand. Und was den Geruch angeht – ich dachte zuerst, du hättest eine Frau bei dir gehabt. Riechst du den Parfümduft nicht?«

»Der ganze Raum duftet wie ein Garten an einem Sommertag«, bemerkte Fitzgerald.

Matthias stand auf und blickte sich im Zimmer um. Abgesehen von der Kerbe im Holz, die von seinem Schwert stammte, und der am Boden liegenden Kerze war alles so, wie es sein sollte. Doch dann nahm auch er den schweren, süßen Rosenduft wahr.

»Es tut mir leid«, murmelte er. »Ich muß geträumt haben.«

»Nein, Jungchen, so einfach kommst du mir nicht davon.« Fitzgerald ging zum Kamin, fegte die kalte Asche beiseite, schichtete ein paar trockene Scheite auf und entfachte ein munter flackerndes Feuer. Matthias blickte zu den Kupferbecken hinüber. Die Kohle darin glühte und verbreitete eine angenehme Wärme, obwohl er sicher war, daß sie, als er die Augen aufgeschlagen hatte, längst erloschen gewesen war. Er setzte sich auf einen Stuhl vor dem Feuer. Mairead und Fitzgerald gesellten sich zu ihm, und Mairead brachte Wein.

»Du hast nicht geträumt, Matthias«, sagte sie. »Du warst hellwach, und du warst vor Furcht fast außer dir. Was war denn los?«

Ohne den Blick vom Feuer abzuwenden, erzählte Matthias ihnen langsam und stockend von den Ereignissen in Sutton Courteny, den darauffolgenden friedlichen vierzehn Jahren, von Santerre, dem Bocardo, Symonds und seiner Flucht nach Dublin. Sie hörten ihm zu, ohne ihn zu unterbrechen. Als er geendet hatte, drehte sich Matthias zu Mairead um und lächelte schief.

»Ihr haltet mich für verrückt, nicht wahr? Für einen armen Irren, der unter Wahnvorstellungen leidet.«

Mairead schüttelte den Kopf und strich ihm liebevoll über die Wange.

»Du bist in Irland, Matthias, und hier glauben wir an das Übernatürliche. Der Teufel geht in diesem Land auf Erden um, und die nebligen Täler und dunklen Wälder wimmeln von Wesen, die wir zwar nicht sehen können, die aber trotzdem ein reges Interesse an den Angelegenheiten der Menschen zeigen. Da gibt es zum Beispiel die Banshee, die Todesfee«, fuhr sie fort, »eine groteske rothaarige Frau mit entstelltem Gesicht und Fangzähnen. Sie trägt ein weißes Gewand und geistert an dunklen, einsamen Orten umher. Wenn du sie siehst oder ihr furchtbares Geheul hörst, dann ist das ein sicheres Zeichen dafür, daß jemand sterben wird.« Sie schielte zu Fitzgerald hinüber. »Angeblich hat man sie erst kürzlich in Dublin jaulen hören wie einen mondsüchtigen Wolf.« Sie schüttelte den Kopf. »Ich glaube nicht, daß Symonds' Unternehmen großer Erfolg beschieden sein wird.«

»Was ist ein Dearghul?« fragte Matthias.

Er berichtete ihnen von seinem Erlebnis am vorigen Abend. Mainread lächelte tapfer, aber Matthias bemerkte, daß sie Angst hatte, während Fitzgerald unbehaglich auf seinem Stuhl herumrutschte.

»Es sind Bluttrinker«, sagte sie dann zögernd, ohne den Blick von ihm zu wenden. »Untote. Klär ihn auf, Thomas.«

Fitzgerald räusperte sich und spie in die Flammen.

»Ich bin in Irland geboren«, begann er. »Die Dearghul, wie Mainread schon sagte, sind die Untoten. Die Geschichten, die über sie verbreitet werden, sind hauptsächlich dazu gedacht, leichtgläubige Menschen zu erschrecken und die Kinder nachts im Haus zu halten. Laut dieser Legenden sind die Dearghul Strigoi oder Vampire. Sie schlagen dir ihre Zähne in den Hals, saugen dir das Blut aus den Adern und ersetzen es durch ihr eigenes. Zunächst einmal halten dich dann alle für tot. Aber wenn die Dunkelheit hereinbricht, erwachen diese Menschen zu einem neuen, makaberen Leben und steigen aus ihren Gräbern, um sich ihre Opfer zu suchen und sich zu vermehren.« Er zuckte die Schultern. »Das sind natürlich größtenteils Ammenmärchen. Aber ich will dir eine Geschichte dazu erzählen. Vor sechzehn Jahren, als in Irland Frieden herrschte und Edward IV. sicher auf dem englischen Thron saß, ging ich nach Frankreich, aber auch dort war alles friedlich. Ich schloß mich dann den Schweizern an und kämpfte auf ihrer Seite gegen die Burgunder, und als dieser Krieg zu Ende war, zog ich weiter Richtung Osten, wo ich auf einen Trupp deutscher Ordensritter traf; Kreuzfahrer, die auf dem Weg nach Griechenland waren, um die Türken zurückzutreiben.« Er kratzte sich das Kinn und spielte mit seiner Augenklappe. »Wir überqueren die Donau und gelangen nach Transsylvanien.« Er zwinkerte Matthias zu. »Du hältst Irland vermutlich für ein finsteres Land voller unheimlicher Wälder, aber Transsylvanien besteht nur aus tiefen Tälern, die von den dunkelsten und dichtesten Wäldern umgeben sind, die ich je gesehen habe. Es ist ein wildes, rauhes Land mit reißenden Flüssen und zerklüfteten Bergen; ein Land der ewigen Nacht. Der Herrscher oder Woiwode, wie man dort sagt, war ein Mann namens Vlad Tepes, Vlad der Pfähler. Sein Spitzname lautete Dracula, der Sohn des Drachen. Er heuerte uns an.«

Fitzgerald wärmte sich die Hände an den Flammen. »Wir blieben allerdings nicht lange. Draculas Seele war so schwarz wie die Hölle. Mitleid mit Gefangenen kannte er nicht, und mit denen, die sich ihm entgegenstellten, verfuhr er mit äußerster Grausamkeit. Sein Palast in Tirgoviste war von hohen Pfählen umgeben, und auf jedem hatte er einen Menschen bei lebendigem Leibe aufgespießt; Männer wie Frauen; Türken, Christen, Griechen, Araber – kurz, jeden, der sich ihm nicht unterordnete. Mir schenkte er wenig Beachtung, aber er hegte eine ausgesprochene Vorliebe für unseren Anführer, einen jungen deutschen Ritter namens Otto Franzen. Otto war ein tapferer Krieger – er fürchtete sich vor gar nichts –, ein erstklassiger Reiter und guter Kamerad. Dracula sagte uns, wir könnten das Land verlassen, wenn wir es wünschten, nur Otto bat er, zu bleiben.« Fitzgerald nippte an seinem Becher. »Der junge Deutsche weigerte sich. Die grausamen Sitten an Draculas Hof widerten ihn an. Wir bereiteten unseren Aufbruch vor, doch dann wurde Otto krank, kein Fieber oder sonst etwas Ernstes, sondern einfach nur eine Art Schwächeanfall. Dracula schickte seine besten Ärzte. Wir allerdings wurden von ihm ferngehalten. Nun, Otto starb. Der Rückweg war zu weit, als daß wir seinen Leichnam in seine Heimat hätten überführen können. Dracula zeigte sich plötzlich hilfsbereit und zuvorkommend. Er versprach uns, Otto auf dem Friedhof hinter seiner eigenen Kapelle in Tirgoviste zu bestatten, und wir willigten ein.«

Fitzgerald drehte den Becher zwischen seinen Fingern. »Fünf Tage später verließen wir Tirgoviste. Ich erinnere mich noch genau, wie wir die schmalen, gepflasterten Straßen zu den Stadttoren hinunterritten. Unser Trupp bestand aus dreißig oder vierzig Männern; dazu kamen noch die Packpferde. Dracula hatte jedem von uns einen Beutel mit Silbermünzen und ausreichend Proviant für den Ritt mitgegeben.« Er hielt inne.

»Sprich weiter«, drängte Mairead.

»Nun, wir brachen erst spätnachmittags auf. Es war mitten im Winter, und es wurde bereits dunkel. Woiwode Dracula erwies uns die hohe Ehre, unserer Abreise persönlich beizuwohnen. Er stand am Stadttor.« Fitzgerald hob eine Hand. »Gott ist mein Zeuge, ich lüge nicht! Ich ritt am Außenrand der Gruppe, und der Pfad führte steil abwärts. Ich sah, daß die Tore bereits geöffnet waren. Zu beiden Seiten der Straße waren Draculas Truppen aufmarschiert. Überall brannten Fackeln. Von meiner Position aus konnte ich den Woiwoden selbst sehen; er war von seinen Offizieren umringt. Als ich an ihm vorbeikam, schaute ich ihn noch einmal an. Und traute meinen Augen nicht. Dracula saß auf seinem Pferd und lächelte uns zu. Der Mann neben ihm war totenblaß; unter seinen Augen lagen dunkle Schatten. Ich erkannte unseren ehemaligen Kommandanten Otto Franzen.« Er wischte sich mit dem Handrücken über den Mund. »Otto lebte und starrte uns aus seelenlosen Augen an. Ich habe ihn genau gesehen. Andere auch. Da stand ein Mann, der vor einigen Tagen gestorben, eingesargt und beerdigt worden war, das hatten wir alle mit unseren eigenen Augen beobachtet. Aber was sollten wir machen? Wir waren so verwirrt und erschrocken, daß wir erst zur Besinnung kamen, als die Tore hinter uns zufielen. Ein Jahr später erfuhren wir, daß Dracula in einen Hinterhalt geraten und getötet worden war. Angeblich hatte man seinen Leichnam auf die Insel Snagov geschafft und dort begraben. Kurz darauf entschied man sich, die Leiche an einem passenderen Ort zur letzten Ruhe zu betten, aber als das Grab geöffnet wurde, fand man es leer.« Fitzgerald holte geräuschvoll Atem. »Ich träume auch heute noch oft von dieser Zeit, und dann frage ich mich, ob Otto Franzen wohl immer noch durch diese dunklen, von Schatten erfüllten Täler reitet und zusammen mit seinen schauerlichen Kameraden dem mordgierigen, untoten Prinzen folgt. Also, Matthias Fitzosbert, ich glaube dir deine Geschichte, aber ich weiß beim besten Willen nicht, wie ich dir helfen könnte.«

»Du solltest es ihm sagen«, meinte Mairead.

Fitzgerald sah aus, als wolle er Einwände erheben.

»Was soll er mir sagen?« hakte Matthias nach.

»Zwei Dinge.«

»Dann heraus mit der Sprache!«

Fitzgerald erhob sich, schenkte Wein nach und legte Matthias eine Hand auf die Schulter.

»In der Stadt hat es mehrere Todesfälle gegeben«, sagte er. »Seltsame Morde. Die Opfer waren überwiegend junge Frauen; Huren, Schankmädchen, Dienstmägde und so weiter. An ihren Hälsen fanden sich Biß- oder Stichwunden, und die Körper waren blutleer, so als habe jemand sie ausgequetscht wie eine saftige Frucht.«

»Demnach ist der Rosendämon hier?«

»Möglicherweise«, sagte Mairead.

»Aber wer könnte es sein?« überlegte Matthias.

»Hast du schon einmal an unseren hochwohlgeborenen Edward von Warwick gedacht?« Fitzgerald ließ sich wieder auf seinen Stuhl sinken. »Oder an seinen Mentor Richard Symonds?«

Matthias schlang die Decke fester um sich. Ihm war plötzlich kalt geworden. Er war sicher, daß das Wesen, das ihn in Oxford heimgesucht hatte, sich nun hier in Dublin aufhielt. Aber was sollte er dagegen unternehmen?

»Es gibt nichts, wirklich nichts, was ich tun kann«, meinte er müde. »Wenn ich mich einem Priester anvertraue, wird man mich als Ketzer oder Hexenmeister festnehmen.« Er schaute die beiden an. »Habt ihr denn keine Angst?« fragte er voll bitteren Spotts. »Fürchtet ihr euch nicht vor mir?«

»Ich fürchte mich vor nichts und niemandem«, gab Fitzgerald zurück.

»Und was war das zweite?« bohrte Matthias weiter. »Du hast gesagt, es gäbe zwei Dinge, die ich wissen sollte.«

»Ach ja.« Fitzgerald erhob sich. »Richard Symonds redet über dich, macht dunkle Andeutungen hinsichtlich deiner magischen Kräfte. Gelegentlich erinnert er auch unseren jungen Prinzen daran, daß du ihm etwas schuldig bist. Irgendwann wird er zu dir kommen und diese Schuld einfordern.«

Fitzgerald und Mairead verließen den Raum. Matthias ließ die Kerzen brennen, bekreuzigte sich und legte sich wieder zu Bett. Er konnte im Augenblick ohnehin nichts tun, nur abwarten und beten.

Am nächsten Morgen wohnte Matthias der Messe in der Vokativkapelle der Kathedrale von Dublin bei. Der Priester, der sie las, erinnerte ihn an seinen Vater, und ihm fiel plötzlich ein, daß er irgendwann während seiner Haft oder der Flucht aus Oxford die Liste mit den Zitaten verloren haben mußte, die Osbert zusammengestellt hatte. Sowie er wieder in seiner Kammer war, nahm er ein Stück Pergament und schrieb sie aus dem Gedächtnis heraus noch einmal auf. Als er fertig war, studierte er die gekritzelten Worte. Vielleicht lag hier der Schlüssel zu dem ganzen Geheimnis verborgen. Er fragte sich auch, warum ihn in der letzten Nacht dieses gräßliche Trugbild heimgesucht hatte. War dies ein Zeichen für die Gegenwart des Rosendämons, oder sollte er sein ganzes Leben lang von derartigen Erscheinungen geplagt werden?

Matthias kehrte zu seinen Pflichten zurück. Weihnachten stand vor der Tür; das Wetter war umgeschlagen und hatte feuchte Kälte sowie Massen dunkler, tiefhängender Wolken und Dauerregen über das Land gebracht. Alle Vorbereitungen für die Invasion kamen zum Stillstand. Die irischen Lords hatten getan, was sie konnten, nun mußte Edward von Warwick bis zum Frühjahr auf die Hilfe der Exilengländer warten, die von Flandern herübergesegelt kommen sollten. Doch noch immer trafen Nachrichten aus England ein. Tudor hatte den Jungen, von dem er behauptete, er sei der wahre Edward von Warwick, erneut durch die Straßen Londons führen lassen. Symonds machte sich öffentlich über diese Maßnahme lustig und tat sie als Zeichen für die wachsende Besorgnis des Usurpators ab. Er hatte dermaßen an Zuversicht dazugewonnen, daß er sich stundenlang mit dem jungen Edward einschloß und detaillierte Pläne über dessen Zukunft in England schmiedete, nachdem er die Krone errungen habe.

Er tat auch sein möglichstes, um Matthias von dem jungen Prinzen fernzuhalten, indem er ihn ständig mit irgendwelchen Botschaften kreuz und quer durch die Stadt schickte und ihn nicht besser als einen Lakaien behandelte. Matthias erhob keine Einwände gegen diese Demütigung. Er plante ohnehin, die yorkschen Rebellen bei der erstbesten sich bietenden Gelegenheit zu verlassen.

Symonds' Macht über den jungen Prinzen trat immer deutlicher zutage. Ab dem Dreikönigsfest am 6. Januar des neuen Jahres wurde Matthias auch nicht mehr zu den Ratsversammlungen eingeladen. Fitzgerald und Mairead hatten anderswo zu tun, also blieb er zumeist sich selbst überlassen. Er vermutete, daß es sowieso nur noch eine Frage der Zeit war, bis Symonds öffentlich gegen ihn Front machte. Der Palast der Erzbischofs hatte sich zu einer Brutstätte von Intrigen jeglicher Art gewandelt. Tag und Nacht gingen maskierte, vermummte Botschafter ein und aus. An jeder Tür standen Posten; Wächter ließen das Palastgelände nicht aus den Augen. Symonds begann Briefe zu verschicken, in denen er von ›Judasanhängern‹ sprach; Spionen und Attentätern, die dem jungen Prinzen angeblich nach dem Leben trachteten.

Ende Januar war es dann soweit. Symonds befahl Matthias zu einer Unterredung in seine luxuriösen Gemächer am anderen Ende des Palastes. In Pelze gehüllt hockte er auf einem thronähnlichen Sessel und wärmte seine ringgeschmückten Hände am Feuer. Diener und Lakaien hielten sich im Hintergrund bereit, auf den leisesten Befehl hin loszulaufen und die Wünsche ihres Herrn zu erfüllen. Symonds bedeutete Matthias, ihm gegenüber Platz zu nehmen, und musterte ihn eine Weile nachdenklich. Matthias gab den Blick kühl zurück. Der Priester hatte sich in den wenigen Monaten ihres Aufenthaltes in Dublin sehr verändert.

Sein Gesicht war aufgedunsen und gerötet; eine Folge der zahlreichen Feste und Bankette, die er ständig besuchte. Die rötlichen Adern, die seine Wangen durchzogen, waren beredte Zeugen seiner nächtlichen Ausschweifungen. Symonds sog geräuschvoll an seinen Zähnen und schnippte mit den Fingern.

»Verlaßt den Raum!« befahl er seinen Dienern. »Ihr alle!«

Er wartete, bis sich die Tür hinter ihnen geschlossen hatte, dann deutete er mit dem Finger auf Matthias.

»Ich bin enttäuscht von Euch, Master Fitzosbert. Ich brachte Euch nach Dublin, weil ich der Meinung war, Ihr stündet auf Seiten des Hauses York. Ihr solltet unserer Sache helfen, aber was habt Ihr bisher getan? Ihr seid nichts weiter als ein kränkelnder Schwächling, der die meiste Zeit mit Fitzgerald und seiner Dirne verbringt.«

»Ich habe Euch nicht gebeten, mich hierherzubringen«, gab Matthias empört zurück. »Und ganz gewiß bin ich auch nicht freiwillig krank geworden. Was Master Fitzgerald und Mairead angeht – sie sind meine Freunde.«

»Tatsächlich?« Symonds beugte sich vor. »Sind sie das wirklich, Master Fitzosbert?« Er kräuselte verächtlich die Lippen. »Ihr habt hier keine Freunde! Ich brachte Euch auf Anraten dieser Morgana hierher. Im nachhinein frage ich mich, wer Ihr wirklich seid? Ein Judas vielleicht? Einer der Spione des walisischen Usurpators?«

Matthias machte Anstalten, sich zu erheben.

»Wenn Ihr jetzt geht, lasse ich Euch töten!« keifte Symonds.

Matthias nahm widerwillig wieder Platz, trommelte jedoch drohend mit den Fingern auf dem Griff seines Dolches herum. Symonds lächelte.

»In einigen Tagen beginnt der Februar«, sagte er. »Das Wetter wird umschlagen, die See sich beruhigen und der Wind nachlassen. Wir warten ungeduldig auf die Ankunft von de la Poles Flotte aus Flandern.« Er schlug mit der Faust auf die Stuhllehne. »Und die Flotte wird kommen! Die Iren sind allerdings abergläubisch.« Er hielt inne und starrte auf die Ringe an seinen Fingern. »Sie sagen, mit dem richtigen

Opfer könne man die Elemente beschwichtigen.« Bei dieser Bemerkung sah er Matthias verstohlen von der Seite an.

»Was wollt Ihr nun von mir?« fragte dieser unwirsch.

»Ich war ein Priester«, schnaubte Symonds abfällig, »aber ich glaube genausowenig an solchen Unsinn wie Ihr, Master Fitzosbert. Ihr und Eure Alpträume! O ja, ich habe davon gehört. Eure schwarze Messe wäre nicht die erste, die ich besuche.«

Matthias zuckte zusammen. Aufgrund seiner Studien in Oxford wußte er über solch blasphemische Rituale Bescheid.

»Und«, fuhr Symonds fort, »es wäre auch nicht die letzte.«

»Ihr wollt, daß ich Schwarze Magie ausübe? Die Geister beschwöre? Gibt es denn auf dieser elenden verregneten Insel noch nicht genug Hexen und Zauberer?«

»Was das betrifft, so könnte ich die ganze Kathedrale mit Scharlatanen füllen«, bellte Symonds. »Aber mit Euch verhält es sich anders, nicht wahr, mein lieber Matthias? Ich habe Euch beschatten lassen. Warum haben Euch diese Strauchdiebe nicht angegriffen? Warum hat Euch die Alte in dieser schäbigen Bierschenke von den Dearghul erzählt? Und was ist mit Euren Alpträumen, die den halben Palast aufwecken?« Symonds schürzte die Lippen und starrte Matthias finster an. »Haltet Ihr mich für so einen Narren?« zischte er. »Die Leute reden über Euch, Matthias. Wir sitzen hier in einem zugigen alten Gemäuer, die Latrinen sind eingefroren, die Binsenstreu kann nicht erneuert werden, und doch behaupten Eure Diener, in Eurem Zimmer würde es so stark nach Rosen duften wie in einem Rosengarten an einem Sommernachmittag.«

Matthias erkannte, daß Symonds ihn nicht nur ablehnte, sondern sich auch vor ihm fürchtete. Er hielt ihn für einen Meister der Schwarzen Künste und vermutete wahrscheinlich, Matthias könne seine Kräfte nutzen, um Einfluß über Edward von Warwick zu gewinnen.

»Ich werde Euch sagen, was ich mit Euch vorhabe.« Symonds blickte zu den Dachsparren empor. »Heute ist Donnerstag. Anfang Februar werde ich Euch wiedertreffen.

Am Ostende des Kathedralengeländes gibt es eine alte Ruine. Es heißt, sie wäre einst von den Druiden erbaut worden, die lange vor der Ankunft des heiligen Patrick hier lebten. Dann werden wir ja sehen, wie es um Eure Macht bestellt ist. Laßt uns den Herrn der Finsternis anrufen und sehen, ob er uns hilft.«

»Das ist doch Humbug!« protestierte Matthias.

»Nein, Master Fitzosbert, das ist Politik. Ich beabsichtige, Henry Tudor von seinem Thron zu stürzen.« Symonds' Augen glühten fanatisch. »Und eines Tages werde ich als Erzbischof von Canterbury die Krone Edward des Bekenners auf das Haupt des Prinzen setzen. Wenn ich einen Pakt mit der Hölle schließen muß, um dieses Ziel zu erreichen, dann werde ich es tun.« Er schnippte mit den Fingern. »Ihr seid entlassen!«

Matthias war schon halb zur Tür hinaus, als Symonds ihm etwas nachrief.

»Ach, Matthias«, er grinste bösartig, »vergeßt nicht, wie leicht Ihr einen Unfall erleiden könntet. Ihr solltet Euch vorsehen, sonst werdet Ihr noch von irgendeinem englischen Kaufmann entführt und nach London oder Oxford verschleppt.«

Matthias verließ die Kammer. Draußen auf dem Gang traf er Fitzgerald und Mairead, die vor kurzem in den Palast zurückgekehrt waren. Da er wegen der Unterredung mit Symonds noch vor Zorn kochte, stürmte er wortlos an ihnen vorbei und verbrachte den Rest des Tages in seinem Zimmer, um darüber nachzugrübeln, was er tun sollte. Mehrmals klopfte es an der Tür, doch er achtete nicht darauf. Später bat er einen Diener, ihm etwas zu essen zu bringen. Er trank soviel Wein, daß er darüber einschlief, und als er erwachte, war es stockfinster, und im Palast herrschte Totenstille. Er war bis auf die Knochen durchgefroren. Vor Kälte schlotternd fachte er das Feuer wieder an, entkleidete sich und ging zu Bett. Diesmal schlief er rasch ein und fand sich bald mitten in einem Traum wieder.

Etwas Vergleichbares hatte Matthias noch nie erlebt. Er wußte, daß er träumte, aber er konnte und wollte nicht aufwachen. Er stand an einer Ecke der Magpie Lane in Oxford. Es war ein strahlender Sommertag und eine muntere Menschenmenge brandete an ihm vorbei; er konnte das unablässige Geschnatter hören und die typischen Gerüche der Stadt schnuppern. Heftiges Heimweh überkam ihn, als er die Gasse hinunterschlenderte. Plötzlich änderte sich das Szenario: Jetzt stand er in einem kleinen Garten und schloß aus dem Glockengeläut, daß es Abend in Oxford sein mußte. Der Garten wurde von einer hohen roten Ziegelmauer umschlossen. Es gab Kräuterbeete und einige sauber getrimmte Rasenflächen. In einer Laube saß Richard Symonds. Ein Buch lag in seinem Schoß.

»Bleib und schau«, murmelte eine Stimme. »*Creatura bona atque parva,* bleib nur stehen und schau.«

Es wurde langsam dunkel. Sterne funkelten am Himmel wie Diamanten auf einem dunkelblauen Kissen. Symonds jedoch schien für die Schönheit des Abends unempfänglich zu sein. Er ging ungeduldig auf dem Weg auf und ab, dann öffnete er ein metallbeschlagenes Holztor und trat in eine Gasse hinaus. In den Straßen herrschte große Aufregung. Ein Mann in königlicher Livree hielt ein Banner in die Höhe, das einen feuerspeienden Drachen zeigte. Matthias erkannte die Livree als die von Henry Tudor. Symonds, dem offensichtlich unbehaglich zumute war, kehrte in den Garten zurück und schlug das Tor hinter sich zu.

Die Zeit verstrich. Die Nacht brach herein, der Mond stand hell und rund über der Stadt. Symonds saß immer noch im Garten. Er hielt einen Becher Wein in der Hand. Vor ihm stand eine mit Speisen beladene Platte. Plötzlich flog das Tor auf, und ein Mann kam in den Garten gestürzt. Er hatte sandfarbenes Haar, ein unrasiertes Gesicht und eine Schnittwunde unter dem linken Auge. Anscheinend war er auch sonst noch verwundet, denn er hinkte stark, und Symonds mußte ihm zu einem Gartenstuhl hinüberhelfen. Der Mann warf seinen braunen Soldatenmantel ab. Matthias entdeckte einen großen Blutfleck auf seinem Hemd und schlich näher. Der Unbekannte trug einen Siegelring; einen roten, sich aufbäumenden Drachen auf silbernem Grund. Er redete auf Symonds ein und hielt sich dabei die Magengegend. Allem Anschein nach bat er den Priester um Hilfe.

Symonds nickte mitfühlend. Er ging ins Haus und kam mit einem Becher Wein zurück. Der Mann hing zusammengesunken auf dem Stuhl; der Kopf war ihm auf die Brust gesackt. Er nahm den Becher und trank einen gierigen Schluck. Matthias verfolgte das Geschehen voller Entsetzen: Als der Mann den Kopf hob, um den Becher ganz zu leeren, tauchte Symonds hinter ihm auf, zückte ein langes italienisches Stilett und schlitzte dem Mann damit die Kehle auf. Matthias wandte sich ab. Als er wieder hinschaute, verblaßte die Dunkelheit allmählich, und die ersten goldenen Streifen zeigten sich am Himmel. Symonds stand in der äußersten Ecke des Gartens. Er hatte ein tiefes Loch ausgehoben und warf gerade den Leichnam seines Opfers hinein. Dann schaufelte er das Grab zu, trat die Erde fest und verwischte sorgsam alle Spuren seines Tuns.

Matthias schlug die Augen auf. Draußen auf dem Gang erklangen Schritte: Diener und Lakaien huschten hin und her, füllten Holzkohlebecken auf und bereiteten den Haushalt für den neuen Tag vor. Matthias setzte sich im Bett auf. Trotz der Unmengen Wein, die er am Abend zuvor getrunken hatte, fühlte er sich erfrischt und ausgeruht. Ein leichter Duft nach Rosen stieg ihm in die Nase. Träumte er etwa noch? War er noch immer in diesem Garten? Und warum war dieser Traum so realistisch gewesen; bis ins kleinste Detail wirklichkeitsgetreu? Ihm stand alles so klar vor Augen, als blättere er in einem Stundenbuch. Was geschehen war, war leicht zu begreifen – der warme Augusttag, die Aufregung in den Straßen und der Bote mit dem Banner Henry Tudors verrieten Matthias, daß die Szene in Oxford spielte, kurz nach Henrys Sieg über Richard III. bei Bosworth im August 1485. Aber wer war der Ermordete gewesen? Matthias stand auf. Geistesabwesend wusch und rasierte er sich, dann ging er in das Refektorium hinunter, wo Fitzgerald und Mairead beim Frühstück saßen.

»Du scheinst heute in besserer Stimmung zu sein als gestern«, bemerkte Mairead trocken.

»Ich muß euch etwas fragen.« Matthias setzte sich ihnen gegenüber auf die Bank. »Fitzgerald, du hast doch unter yorkschen Exilanten gelebt, oder?«

»Aye, das stimmt.«

»Kannst du dich an einen Lord oder Ritter erinnern, dessen Wappen einen ... ach ja ...«, Matthias kniff die Augen zusammen, »... einen roten, sich aufbäumenden Drachen auf silbernem Grund zeigt?« Er füllte seinen Becher mit Bier. »Könntest du herausfinden, wer dieses Wappen führt?«

»Das muß ich nicht erst herausfinden.« Fitzgerald grinste. »Es ist Sir Lionel Clifford, ein Ritter und Bannerherr John de la Poles, des Grafen von Lincoln.«

»Ist er tot?«

»Als ich ihn in Tournai traf, lebte er jedenfalls noch. Soff und hurte genau wie alle anderen.« Fitzgerald entging die Enttäuschung nicht, die sich auf Matthias' Gesicht abmalte. »Aber da fällt mir noch etwas ein – seinen Vater Henry umgab ein Geheimnis.«

»Inwiefern?«

»Nun, er kämpfte mit Richard III. bei Bosworth. Sir Henry Clifford war ein Anhänger des Hauses York reinsten Wassers. Wir wissen, daß er das Schlachtfeld verlassen hat und zuletzt in den Außenbezirken von Oxford gesehen wurde, aber danach ...«, Fitzgerald zuckte die Schultern, »... danach verliert sich seine Spur. Warum fragst du?«

»Es fiel mir nur gerade so ein«, wich Matthias aus. »Aber was meinst du, Fitzgerald, wie lange wir noch hierbleiben müssen?«

Fitzgerald kannte Matthias gut genug, um nicht weiter in ihn zu dringen, und so wandte sich das Gespräch der wachsenden Hoffnung auf die Ankunft der Flotte aus Flandern zu.

Bald darauf verabschiedete sich Matthias, verließ das Refektorium und begab sich auf direktem Weg zu Symonds. Der ehemalige Priester saß, gegen hoch aufgetürmte seidene Kissen gelehnt, in seinem mächtigen Himmelbett. Ein pelzverbrämter Mantel lag um seine Schultern. Als Matthias die Kammer betrat, hob er den Kopf und grinste.

»Ah, Fitzosbert, Ihr seid sicher gekommen, um mir Euren Entschluß mitzuteilen.«

»Eure Drohungen gefallen mir nicht.« Matthias nahm auf der Bettkante Platz und registrierte befriedigt, daß ein Funke der Besorgnis in Symonds' Augen aufflackerte. »Oh, an Eurer Stelle würde ich es mir gut überlegen, ob ich die Wachen herbeirufe. Ihr wollt sicher nicht, daß jemand erfährt, was ich Euch mitzuteilen habe. Nun, abtrünniger Priester«, fuhr er fort, »ich warte schon ungeduldig darauf, daß John de la Pole endlich in Dublin eintrifft. Wie ich hörte, befindet sich Sir Lionel Clifford unter seinen Gefolgsleuten.«

Symonds erbleichte.

»Ich werde Euch eine kleine Geschichte erzählen«, begann Matthias. »Sie handelt von der Flucht des Vaters von Sir Lionel aus Bosworth. Er schlug sich zum Haus eines Mannes durch, den er für einen Sympathisanten des Hauses York hielt. Dieser Mann, ein Priester namens Symonds, besaß ein kleines Haus mit Garten in der Nähe der Magpie Lane.«

Der ehemalige Priester starrte ihn furchterfüllt an.

»Ein schöner Nachmittag im August«, erzählte Matthias mit fast träumerischer Stimme weiter. »Henry Clifford ist verwundet, er sucht Hilfe, Mitgefühl, einen Ort, wo er sich verstecken kann, aber bei Symonds, einem feigen Speichellecker, ist er an der falschen Adresse. Er bietet Sir Henry Wein an und schneidet ihm dann in einem günstigen Moment die Kehle durch. Ich denke mir, daß ich, wenn ich nach England zurückkehre, die äußerste Ecke Eures Gartens umgraben lasse. Wir werden Sir Henrys sterbliche Überreste dort finden, verscharrt wie der Kadaver eines Hundes.«

Matthias erhob sich. »Ich habe alle Punkte schriftlich festgehalten«, sagte er. »Und wenn mir etwas zustoßen sollte, geht eine Abschrift an John de la Pole und eine an Sir Lionel Clifford.« Matthias grinste und verneigte sich spöttisch. »Ihr seht, Sir, ich verfüge tatsächlich über eine gewisse Macht, und ich habe sie genutzt. Also laßt mich in Zukunft mit Euren Forderungen in Ruhe!«

SIEBTES KAPITEL

Die Wintermonate verstrichen rasch. Das Wetter schlug um; die Sonne brannte vom blauen Himmel herab und trocknete die schlammigen Straßen Dublins. Die Häuptlinge und ihre Stammesangehörigen strömten in die Stadt zurück, und Matthias wurde ebenso wie Fitzgerald und Mairead in den erregten Strudel der Kriegsvorbereitungen mit hineingezogen. Schließlich traf auch die langersehnte Flotte aus Flandern ein. An Bord befanden sich die englischen Lords John de la Pole, Graf von Lincoln, und Francis Lovell, sowie Truhen voller Gold, die Margaret von Burgund geschickt hatte; zusammen mit über tausend Söldnern unter dem Kommando ihres Führers Martin Schwartz. Diese Männer boten einen wahrhaft furchterregenden Anblick. Sie trugen schwere Schallern mit Augenschlitzen, die fast das gesamte Gesicht verdeckten, sowie Brustpanzer und Gamaschen aus steifem Leder. Jeder Mann war mit Schwert, Dolch und einer Armbrust bewaffnet, deren Bolzen auch die dicksten Schilde durchschlagen konnten. Außerdem waren sie geschult im Umgang mit Spieß und Lanze und zu Fuß ebenso gewandt wie zu Pferde. Sie und die Gefolgsleute von de la Pole und Lovell lagerten nun auf dem Gelände rund um den Palast des Erzbischofs.

De la Pole war ein untersetzter, stämmiger Mann mit finsterem Gesicht und harten Augen. Kinn und Oberlippe waren stets sorgfältig rasiert. Er riß schon bald das Kommando über die in Dublin versammelten Truppen Yorks an sich. Lovell war hager und erinnerte Matthias mit seinem schmalen Gesicht und dem schwarzen, bis auf die Schultern fallenden Haar an den Sekretär Rahere. Er war ein Vertrauter Richard III. und Mitglied seines geheimen Rates gewesen. Weder er noch de la Pole kümmerten sich groß um Symonds und seinen Protegé.

»Es ist doch glasklar«, bemerkte Fitzgerald, der mit Mairead und Matthias unter einer Eiche saß, einen Krug Ale kreisen ließ und die Soldaten beobachtete, die so taten, als gehörten die Obstgärten des Erzbischofs ihnen. »Es ist doch glasklar«, wiederholte er, denn nichts liebte er mehr, als sich über militärische Fragen auszulassen, »daß unser junger Prinz nur ein Aushängeschild ist. Sowie dieses Unternehmen einen erfolgreichen Abschluß genommen hat, werden sowohl er als auch unser Freund Symonds von der Bildfläche verschwinden.« Er senkte die Stimme und nahm einen tiefen Schluck. »Ich habe ein vertrauliches Gespräch mit Lord Lincoln geführt: Henry Tudor läßt Edward von Warwick immer noch durch Londons Straßen führen.«

»Die ganze Sache gefällt mir nicht«, meinte Mairead nachdenklich. »Thomas, du, Matthias und ich, wir sollten machen, daß wir fortkommen, solange es noch geht. Laßt die Narren die Irren in die Schlacht führen. Es wird ohnehin alles in einem See aus Blut und Tränen enden.«

Fitzgerald lachte nur und widmete sich wieder seinem Ale, aber Matthias hatten Maireads Worte zu denken gegeben. Die Anhänger Lovells in ihren mit einem weißen Windhund geschmückten Livreen stolzierten ebenso wie die Gefolgsleute Lincolns, die einen goldenen Löwen auf ihrem Banner trugen, so unbekümmert durch die Gänge und Galerien des erzbischöflichen Palastes, als seien sie die Herren dort. Fitzgerald berichtete atemlos, daß de la Pole nun das Vertrauen des jungen Edwards errungen und Symonds zum bloßen Ratgeber degradiert habe. Der ehemalige Priester konnte nichts gegen ihn ausrichten. De la Pole, ein Abkömmling des Hauses York, gewann schon bald die Freundschaft der irischen Häuptlinge. Auch kontrollierte er die Verwendung des Goldes, das Margaret von Burgund geschickt hatte, und er hatte Schwartz als Berater in militärischen Angelegenheiten zur Seite. Auf rigorose Disziplin wurde nun größten Wert gelegt; Waffen wurden eingesammelt und in den Lagerhäusern unten am Hafen verwahrt; Schiffe, Koggen und Fischerboote wurden beschlagnahmt, um eine Invasionsflotte zu bilden.

Matthias hielt sich die in dieser Zeit fast völlig für sich

und sprach nur gelegentlich mit Fitzgerald und Mairead. Seit seinem Alptraum war er mit keinem anderen unerklärlichen Phänomen mehr konfrontiert worden, obwohl er dem Geschwätz der Küchenjungen und Pagen sowie Maireads Andeutungen entnahm, daß auch weiterhin merkwürdige Todesfälle in Dublin vorkamen. Immer wieder wurden blutleere Leichen mit Wunden am Hals gefunden. Matthias fühlte sich entsetzlich hilflos – der Rosendämon konnte in jeden der Menschen aus seiner näheren Umgebung gefahren sein, und außer Mairead und Fitzgerald konnte er niemandem vertrauen.

Anfang Mai 1487 wurde Warwick in der Kathedrale zu Dublin zum König gekrönt. Die Zeremonie ließ an Pracht nichts zu wünschen übrig; Kirchenschiff und Chorraum waren mit Bannern geschmückt, zwei Erzbischöfe und zwölf Bischöfe hielten die Messe ab, dann wurde die Krone auf das Haupt des jungen Mannes gesetzt. Man salbte ihn mit geweihtem Öl und rief ihn dann laut zu Edward VI., König von Irland, England, Schottland und Frankreich aus. Die im Kirchenschiff versammelte Menge, die sich aus Söldnern, den Anhängern Lincolns und Lovells sowie den irischen Stammeshäuptlingen nebst ihren Gefolgsleuten zusammensetzte, bekundete röhrend ihren Beifall. Danach wurden Bankette abgehalten und Trinksprüche ausgebracht, in denen sich die Parteien ewige Freundschaft schworen. Einige Tage später begann man damit, Waffen und Vorräte auf alle verfügbaren Schiffe, Boote und Schmacken zu verladen.

Anfang Juni ging die Armee Yorks an Bord der im Hafen vor Anker liegenden Schiffe. Matthias sicherte sich einen Platz auf dem Flaggschiff, der *Sainte Marie;* einer massiven Kogge, auf der fast alle Kommandanten fuhren. Er kam sich vor wie in einem Traum gefangen. Die kleine Flotte im Hafen war mit Flaggen und Bannern geschmückt; die goldenen Löwen de la Poles leuchteten neben den Leoparden und Lilien von England und den farbenprächtigen Fahnen der irischen Lords. Dank Schwartz lief alles reibungslos ab. Die Schiffe wendeten, glitten langsam aus dem Hafenbecken hinaus und hißten dreimal die Segel, um die Heilige Dreifaltigkeit zu ehren.

Als es zu dämmern begann, befanden sie sich schon auf der offenen See und nutzten den auffrischenden Wind, um Kurs auf Peil Castle auf der Insel Foudray vor Lancashire zu nehmen. Die Überfahrt verlief ruhig und ereignislos, und die Kommandanten waren außer sich vor Freude. Bislang hatten sie noch kein feindliches Schiff gesichtet, und so legten sie am zweiten Tag in einem natürlichen Hafen an der Küste von Lancashire an. Zuerst herrschte ein heilloses Durcheinander, als Pferde und Vorräte ausgeladen wurden und die Truppen die Schiffe verließen, doch nach zahlreichen Mißgeschicken und Unfällen formierte sich die Armee Yorks und marschierte am 7. Juni 1487 nach Lancashire hinein. Matthias ritt neben Fitzgerald, Mairead hielt sich dicht hinter ihnen.

»Sie hat einen Narren an dir gefressen.« Fitzgerald zügelte sein Pferd und grinste Matthias an. »Aber sie macht sich auch Sorgen, genau wie ich. Du warst in der letzten Zeit nicht gerade sehr redefreudig, Matthias Fitzosbert. In Dublin hast du beinahe ein Einsiedlerdasein geführt. Was ist zwischen dir und Symonds vorgefallen?«

Matthias zuckte die Schultern. »Ich traue ihm nicht, und er traut mir nicht.«

»Genau darüber wollte ich mit dir reden.« Fitzgerald lehnte sich zu ihm hinüber und deutete auf die Staubwolken, die die dahintrabenden Pferde aufwirbelten. »Es ist ein herrlicher Tag; du bist wieder in England, das Gras leuchtet sattgrün, Geißblatt, Schlüsselblumen, Gänseblümchen und Rosen stehen in voller Blüte. Und ich frage mich, warum du inmitten einer Rebellenarmee dahinreitest und Staub schluckst.« Fitzgerald packte Matthias am Handgelenk. »Du willst dich heimlich davonmachen, Jungchen, nicht wahr?«

Matthias schwieg.

»Eines Nachts wirst du dir deinen Schwertgurt umschnallen und ohne ein Wort zu mir oder Mairead verschwinden, und wenn wir dich dann vermissen, bist du schon längst über alle Berge.«

»So etwas ähnliches schwebte mir vor«, gab Matthias zu. »Thomas, du warst mir ein guter Freund, aber du bist auch ein Söldner, ein Berufssoldat. Und ich, ich bin im Grunde genommen immer noch ein Gefangener. Symonds hat mich aus dem Bocardo geholt, weil er dachte, ich könnte ihm helfen. Wenn wir gewinnen, habe ich meine Schuldigkeit getan und kann sehen, wo ich bleibe. Wenn wir unterliegen, bin ich der erste, der am Galgen baumelt.« Er packte die Zügel fester. »Aber auch ich muß mein Leben leben, und ich habe noch einige Dinge zu bereinigen.«

»Geh nicht«, warnte Fitzgerald leise, aber eindringlich.

Er dirigierte Matthias' Pferd aus der Marschkolonne heraus. Eine Weile beobachteten sie schweigend die endlose Schlange der Reiter, Karren und Packpferde. Schwartz' Männer zogen an ihnen vorüber, die Spieße geschultert, die Schallern über den Rücken gehängt. Hinter ihnen trotteten Tausende irische Krieger, die von Schwartz' Offizieren und ihren eigenen Häuptlingen mühsam in Reih und Glied gehalten wurden.

»Ich sag dir eins, Jungchen.« Fitzgerald hatte sein Pferd so nah an das von Matthias herangetrieben, daß ihre Oberschenkel sich berührten. »Bislang haben wir ein unverschämtes Glück gehabt. Die Überfahrt und das Anlegen sind problemlos verlaufen, und auch das Wetter ist uns hold.« Er deutete auf die umliegenden Felder. »Frisches, saftiges Gras, saubere Bäche und Flüsse in Hülle und Fülle. Aber laß dich davon nicht täuschen, Matthias. Wo sind die englischen Lords, die zu uns stoßen sollten? Wo sind die Bauern und die Yeomen?« Er nickte in Richtung der Iren. »Und was glaubst du, wie lange diese Horde sich noch unter Kontrolle halten läßt?«

»Was willst du damit sagen, Fitzgerald?«

Der Söldner wies in die Ferne.

»Irgendwo dort draußen lauern Tudors Truppen. Sie verfügen über Festungen, gut bewaffnete Männer, Bogenschützen und ausreichende Vorräte. Und was noch mehr zählt – sie werden von einem der besten Generäle in ganz Europa angeführt, von John de Vere, dem Grafen von Oxford, der schon gegen York kämpfte, als du noch in den Windeln gelegen hast. Bald wird es zu Plünderungen, Vergewaltigungen und Morden kommen, und dann, Matthias, wird jeder Fremde, der allein durch das Land wandert, als Rebell betrachtet werden. Die Bauern werden erbarmungslos gegen solche Vagabunden vorgehen, und wenn sie dich schnappen, dann wirst du eines qualvollen Todes sterben, der Tage, ja Wochen dauern kann. Ich kenne das, ich habe schon in solchen Kriegen gekämpft. Hast du schon einmal gesehen, wie ein Mann gefesselt und geknebelt und dann lebendig an die Wildschweine verfüttert wird? Oder wie man ihn aufspießt und langsam über einem Feuer röstet? Dann ist da noch Symonds. Der Himmel weiß, was du zu ihm gesagt hast, Matthias, aber er haßt dich und mißtraut dir. Er hält dich für einen Judas, für einen Tudor-Agenten. Du wirst schärfer beobachtet, als du ahnst. Also bleib lieber in meiner und Maireads Nähe.« Fitzgerald gab seinem Pferd die Sporen. »Und laß uns abwarten, was der nächste Tag uns bringt.«

Gegen Abend schlug die Armee auf offenem Gelände ihr Lager auf. Feuer wurden entfacht und Zelte aufgestellt, während einige Männer ausschwärmten, um rund um das Lager kleine, aus ineinander verflochtenen Zweigen gefertigte Hütten zu errichten. Man schlachtete requirierte Schweine und Schafe, und bald war die Luft erfüllt vom Duft gebratenen Fleisches, dem wesentlich unangenehmeren Geruch nach Pferdemist und dem Gestank der Latrinen, die hastig gegraben worden waren. Das Rebellenheer war guter Dinge. Zwar wurden Wachposten aufgestellt, doch innerhalb des Lagers herrschte eine Stimmung wie auf einem Jahrmarkt.

Matthias beschloß, einmal rund um das Lager zu reiten. Er schlug einen Bogen um die Außenposten und schickte sich gerade an, einen Hügel hinunterzutraben, als er hinter sich ein Geräusch hörte. Er zügelte sein Pferd, blickte sich um und entdeckte einige Reiter zwischen den Bäumen oben auf dem Hügel. Anscheinend waren sie ihm gefolgt. Matthias erinnerte sich an Fitzgeralds Warnung, machte achselzuckend kehrt und ritt wieder ins Lager zurück.

Der Marsch wurde fortgesetzt. Weiter und weiter drang die Armee in das Landesinnere vor. Fitzgeralds Worte erwiesen sich als prophetisch: Als sie sich von der Küste entfernten und auf die ersten abgelegenen Dörfer und Gehöfte stießen, begann das Plündern und Brandschatzen. Dicke schwarze Rauchwolken hingen immer häufiger am Himmel. De la Pole tat sein Bestes, um die Disziplin zu wahren, und als eine Gruppe irischer Fußsoldaten einen Bauernhof ausraubte und in Brand steckte, ließ er alle Beteiligten zur Abschreckung hinrichten. Am nächsten Tag mußte die Armee an den provisorischen Galgen vorbeimarschieren, die zu beiden Seiten der Straße errichtet worden waren. Zwei Dutzend Leichen, nackt bis auf einen Lendenschurz, schwangen in der Morgenbrise hin und her.

Schließlich erreichten sie den Rand der Penninen; offenes Moorland, wo sich Stechginster und Heidekraut in der warmen Sommersonne zartviolett färbten. Nur jagende Falken, Sturmvögel, Krähen und lauthals kreischende Raben begegneten ihnen auf ihrem Weg. Die Vorräte wurden knapp, die Spähtrupps mußten sich immer weiter vom Lager entfernen, um Lebensmittel einzutauschen oder zu beschlagnahmen, und manchmal mußten die Truppen einen ganzen Tagesmarsch zurücklegen, ohne an einem Bach oder einer Quelle ihren Durst stillen zu können. Auch die Hitze wurde immer schlimmer, das Marschtempo langsamer, und die Feldwebel sahen sich gezwungen, noch härter durchzugreifen, um die Disziplin halbwegs aufrechtzuerhalten. Die Männer legten ihre Waffen kaum noch ab – da niemand wußte, wo sich die feindliche Armee befand, mußten sie jederzeit bereit sein, sich einem Kampf zu stellen. Die Kundschafter und Spione berichteten ihren Kommandanten, daß zwei große Armeen langsam aus Richtung Norden auf sie zukamen; die eine unter dem Befehl von John de Vere, Graf von Oxford; die andere unter Henry Tudor persönlich.

Matthias ritt mit Fitzgerald und Mairead direkt hinter den Bannern der Oberbefehlshaber. Alle waren zu erschöpft, um sich zu unterhalten oder Spekulationen darüber anzustellen, was ihnen bevorstehen mochte. Schließlich hatten sie zur allgemeinen Erleichterung die Penninen überquert.

Ein Trupp Männer unter dem Kommando von Lord Scrope of Masham stieß zu ihnen. Die anderen Befehlshaber berieten sich mit ihm und beschlossen, die Stadt York anzugreifen. Von einem Pfeilhagel der Einwohner wurden sie bald in die Flucht geschlagen.

De la Pole entschied sich, weiter gen Süden zu marschieren. Seine Armee war inzwischen auf über achttausend Mann angewachsen, und stündlich überbrachten ihm Kundschafter die neuesten Lageberichte. Demnach war die Tudor-Armee ganz in der Nähe und bewegte sich auf Nottingham zu. König Henry hatte Lord Strange zum Verbündeten gewonnen, aber der Kampfgeist im königlichen Lager ließ zu wünschen übrig. De la Pole hielt es für angezeigt, den Druck zu verstärken, und am 15. Juni verbreitete sich die Nachricht, die Armeen stünden nun so nahe beieinander, daß es nur noch eine Frage von Stunden sei, bis es zum Kampf käme.

Am selben Abend bezog die Yorksche Streitmacht auf einem Hügel Stellung. Unter ihnen wand sich der Fluß Trent wie ein breites glitzerndes Band durch die Felder und an dem kleinen Dorf East Stoke vorbei weiter nach Newark. De la Pole, Schwartz und Lovell unternahmen einen Erkundungsritt, und als sie zurückkehrten, hatten sie sich ein genaues Bild von der Sachlage gemacht. De la Pole war nun zum Kampf entschlossen. Er postierte seine Truppen auf einem Hügelkamm, so daß der Trent ihm im Rücken und zur rechten Flanke hin Schutz bot. Erst spät nachts wurde das Lager aufgeschlagen.

Matthias, erschöpft und von Sorgen gequält, band nur noch sein Pferd an einem Pfahl fest, nahm seine Decken, suchte sich ein ruhiges Plätzchen und fiel sofort in einen tiefen Schlaf.

Kurz vor Tagesanbruch wurde er von Fitzgerald geweckt, der gegen seinen Stiefel trat. Mairead lächelte auf ihn hinunter.

»Der Tag der Entscheidung ist gekommen, Matthias.« Sie

verzog leicht das Gesicht. »Jetzt besorg dir etwas zu essen, und dann heißt es ...«

»Jeder Mann auf seinen Posten«, führte Fitzgerald den Satz zu Ende.

Matthias stand auf. Ihm war kalt, und seine Glieder schmerzten. Er rieb sich die Arme und blickte sich um. Dichter Flußnebel lag über dem Lager, Pferde wieherten, Waffen klirrten, die Feldwebel brüllten Befehle. Die ersten Feuer waren bereits entfacht worden, und der Duft nach Hafergrütze wehte zu ihm herüber.

»Möchtest du mit einem Priester sprechen?« fragte Mairead.

Wortlos wandte Matthias sich ab und ging davon. Er starrte auf die Nebelschwaden, die über den Trent waberten, dachte über Maireads Frage nach und spürte, wie sengende Wut in ihm aufstieg. Vielleicht war heute sein letzter Tag auf Erden – doch was hatte er von seinem Leben gehabt? Seine Kindheit war zerstört worden, seine Jugend von einem Geheimnis überschattet gewesen, welches wie eine dräuende dunkle Wolke stets über ihm gehangen hatte. Und nun war der Alptraum zurückgekehrt und hatte ihn hierhergeführt, auf ein kaltes, feuchtes Schlachtfeld, auf dem er vielleicht sein Leben lassen mußte. Was kümmerte es ihn, ob de la Pole und Symonds heute den Sieg davontrugen?

»Weißt du, Mairead«, sagte er, nachdem er sich wieder zu seinen Freunden gesellt hatte, »ich glaube ja an Gott, unseren Herrn, aber manchmal frage ich mich, ob Er mir glaubt.«

Er sah, daß Tränen in ihren Augen glitzerten. Sie schlang ihm die Arme um den Hals und küßte ihn auf beide Wangen.

»Ach komm«, flüsterte sie. »Was ist schon das Leben, Matthias? Eine reine Glückssache, wie das Würfelspiel. Und wenn wir heute sterben müssen, dann sollten wir das mit vollem Magen tun.«

Fitzgerald kam zu ihnen herüber. Mairead trat zur Seite, und der Ire ergriff Matthias' Hände.

»Wir stehen in der Mitte. Halte dich dicht bei mir, Matthias, was auch geschieht.«

Sie gingen zu einem der Feuer, wo Mairead gerade um drei Schüsseln Hafergrütze bat. Fitzgerald schlenderte davon und kehrte kurz darauf mit einem Krug Wein wieder. Nachdem er gegessen und getrunken hatte, fühlte Matthias sich besser. Zum Abschied küßte Mairead ihn noch einmal.

»Ich bleibe hinten beim Troß.« Lächelnd strich sie Matthias mit dem Finger über die Wange. Ihre Unterlippe zitterte leicht. »Wenn das Schicksal uns wohlgesonnen ist, Matthias«, flüsterte sie, »dann sehen wir uns wieder.« Und ohne ein weiteres Wort huschte sie davon.

»Sie ist schon ein Prachtmädel.« Fitzgerald hakte sich bei Matthias ein. »Wie schade, daß der Tod heute in der Luft liegt.«

Er zog Matthias zu einem der Karren mit Waffen und Rüstzeug hinüber. Der Offizier dahinter reichte ihm einen ledernen Brustpanzer und einen schweren Eisenhelm, der die obere Hälfte seines Gesichtes bedeckte.

»Trag keine Farben am Leib«, riet Fitzgerald ihm leise. »Wenn etwas schiefgeht ...«

Der Nebel löste sich allmählich auf. Trompeten und Kriegshörner erdröhnten, und die Armee setzte sich in Bewegung. Fitzgerald zog Matthias zum Rand des Abhanges, wo die Standarten Lincolns, Lovells und der Kildares aus Irland aufgestellt waren. Edward von Warwick saß auf einem Schimmel, bereits zum Kampf gerüstet. Er trug die silberne Rüstung, die ihm der Erzbischof von Dublin geschenkt hatte, und darüber einen prachtvollen, in Rot, Blau und Gold gehaltenen Wappenrock. Hinter ihm wartete Symonds in der Rüstung eines gewöhnlichen Ritters. Der ehemalige Priester war noch fetter geworden und erinnerte jetzt an eine aufgedunsene Kröte. Der Ärger darüber, von den militärischen Vorbereitungen ausgeschlossen worden zu sein, war ihm deutlich vom Gesicht abzulesen. Lincoln, Schwartz und Lovell standen etwas abseits und wurden von Offizieren und Boten umringt. Hinter ihnen nahmen die schweizerischen und deutschen Söldner ihre Positionen ein und hielten ihre langen Spieße bereit. Ihre Gesichter wurden von schweren Schallern geschützt, von denen viele mit prächtigen Federbüschen geschmückt waren.

Die Sonne gewann an Kraft. Matthias sah, daß der Rest der Armee unter Anleitung der Feldwebel, die mit ihren weißen Amtsstäben herumfuchtelten, während sie die Reihen abschritten, Stellung bezog. Feuer wurden gelöscht, Karren fortgeschoben. Matthias konnte die Erregung fast greifbar spüren, die die Männer befallen hatte. Alle bereiteten sich auf ein großes Blutvergießen vor. Pferde schnaubten, Rüstungen klirrten, gebrüllte Befehle folgen hin und her, und dazwischen erschollen immer wieder Trompetenfanfaren. Kundschafter kehrten von ihren Streifzügen zurück. Sie waren so scharf geritten, daß ihren Pferden der Schaum vor den Mäulern stand; hastig sprangen sie aus den Sätteln und eilten davon, um ihren Kommandanten zu berichten, was sie in Erfahrung gebracht hatten. Der Gegner marschierte auf sie zu. In der Ferne hörte Matthias bereits den Klang der feindlichen Trompeten.

Er folgte Fitzgerald zum Rand des Abhangs. Der Nebel hatte sich fast verzogen, und hinter den Bäumen, die die Straße nach Nottingham säumten, erhaschte er einen ersten Blick auf die Banner des Feindes.

Lincoln bestieg sein Streitroß, ein mächtiges schwarzes Tier, und ritt die Reihen ab.

»Ich habe gute Neuigkeiten!« dröhnte er. »Der Feind rückt in zwei Abteilungen vor. De Vere, der Graf von Oxford, befehligt die erste, aber zwischen ihm und den Truppen seines Herrn ist eine Lücke entstanden. Unsere Armee teilt sich in drei Abteilungen auf.« Er wies mit der Hand über die Reihen. »Rechts befindet sich meine eigene. In der Mitte steht Schwartz mit seinen Leuten, und links halten sich unsere irischen Verbündeten bereit.«

Die Iren kauerten halb geduckt am Boden; die meisten von ihnen waren lediglich mit Lendenschurz und Umhang bekleidet. Einige trugen Sandalen. Alle waren mit Schilden und breiten Schwertern bewaffnet; viele hatten überdies noch einen Dolch in ihren Lendenschurz geschoben. Lincolns Befehle hallten über das Feld.

»Jeder bleibt vorerst auf seinem Posten! Der Angriff erfolgt auf mein Kommando! Gott ist mit uns!«

Donnerndes Beifallsgebrüll folgte seinen Worten. Wieder erklangen die Trompeten, und die Reihen rückten langsam vor. Matthias starrte nach unten. Sein Magen verkrampfte sich vor Aufregung. Oxford kam ihnen rasch näher.

»Genauso ist er bei Bosworth vorgegangen«, flüsterte Fitzgerald. »Ich kann nur beten, daß de la Pole weiß, was er tut.«

»Ist Tudor weit hinter ihm?« fragte Matthias.

»Ein gutes Stück«, erwiderte Fitzgerald. »Einer meiner Freunde hat mir eben die neuesten Informationen überbracht.«

Matthias erkannte Oxfords Banner in der Mitte; eine strahlendgoldene Sonne auf blauem Grund. Die Männer bildeten drei Gefechtslinien: Bogenschützen, bewaffnete Fußsoldaten und Ritter auf mächtigen Schlachtrössern. Matthias verstand nicht viel von Kriegsstrategie. Die einzige Schlacht, die er je gesehen hatte, war die bei Tewkesbury gewesen, aber sogar er spürte, daß etwas nicht stimmte. Oxford rückte zu schnell, zu zielstrebig vor. Es gab kein Zögern, keinen Austausch von Drohungen, nur diese drei Linien, die unaufhaltsam auf sie zumarschierten. Trompeten erklangen, und große Banner wurden entrollt, die die Wappen von Tudor und von England trugen. Nach einer neuerlichen Trompetenfanfare schwenkten die Feinde zwei Fahnen, eine rote und eine schwarze. Oxfords Botschaft war nicht mißzuverstehen: Diese Fahnen besagten, daß keine Gnade gewährt, keine Gefangenen gemacht und kein Mann, der Waffen trug, am Leben gelassen würde.

Eine Gruppe von Iren konnte ihre Erregung nicht mehr länger im Zaum halten. Blindlings rannten die Männer, ohne auf die Schreie ihrer Offiziere zu achten, den Hügel hinunter und stürzten brüllend und fluchend auf die feindlichen Banner zu. Matthias sah, wie die Iren über die Grasbüschel sprangen und dabei mit ihren Schwertern durch die Luft fuchtelten. Zwölf Bogenschützen lösten sich aus den Reihen der feindlichen Streitmacht und knieten nieder. Der Wind wehte schwach einen Befehl zu Matthias hinüber, gefolgt von einem leisen Rauschen, als die Pfeile von den Sehnen schwirrten. Die Iren brachen zusammen, sie waren in Gesicht, Hals oder Brust getroffen worden. In Sekundenschnelle hatten sich diese kräftigen, lebenssprühenden Männer in stöhnende, sich im taufeuchten Gras windende menschliche Bündel verwandelt.

Wieder erklangen schrille, herausfordernde Trompetenstöße. Oxfords Männer beschleunigten ihren Schritt. Die Trompeten der Rebellenarmee antworteten mit trotzigen Fanfaren, woraufhin Oxfords Bogenschützen stehenblieben, sich zusammendrängten und ihren Bögen hoben. Einen Moment lang wurde der Himmel von einem Pfeilhagel verdunkelt, der hauptsächlich auf Schwartz und seine Söldner gerichtet war. Trotz der erhobenen Schilde fanden viele Pfeile ihr Ziel. Männer lösten sich schreiend aus ihren Reihen und umklammerten Pfeilschäfte, die aus ihren Hälsen und Beinen ragten. Blut sprudelte aus den Wunden und färbte das Gras rot. Matthias hörte Hufgetrommel. Lincoln griff mit seiner Abteilung Oxfords linke Flanke an und versuchte, die ganze Kolonne aufzurollen. Überall auf dem Hang tobte die Schlacht. Oxfords Männer kämpften wie die Löwen, doch als Lincoln sie enger in die Zange nahm, mußten die Bogenschützen feststellen, daß ihre langen Bögen ihnen keinen Nutzen mehr brachten. Hastig zogen sie ihre Schwerter und formierten sich zu Kreisen oder kämpften Rücken an Rücken. Auch Oxfords Kavallerie war von Lincolns unverhofftem heftigen Angriff überrascht worden. Inmitten der aufsteigenden Staubwolken entdeckte Matthias Lincolns Banner. Der Graf und seine Leibgarde bahnten sich mit Schwerthieben einen Weg durch das Gewirr aus Pferde- und Menschenleibern. Offensichtlich suchten sie nach de Vere und den anderen Generälen des Königs. Der Hang war bereits blutgetränkt; Pferde stürzten zu Boden, keilten wild aus und wieherten vor Schmerzen; Männer schwankten, brachen zusammen und erlagen ihren fürchterlichen Verletzungen. Der Staub machte es Matthias unmöglich, das Geschehen genau zu verfolgen. Er blickte sich nach allen Seiten um, aber Fitzgerald war verschwunden. Einer von Schwartz' Offizieren kam gerannt, gestikulierte wie wild und deutete den Hügel hinunter.

»Die Reihen lösen sich auf!« rief Schwartz. »De Veres Leute ergreifen die Flucht!«

Seine Worte gingen in einem gewaltigen Gebrüll unter. Matthias eilte zu der irischen Flanke hinüber. Die Iren, die sich nicht länger beherrschen konnten, mißachteten die Befehle ihrer Kommandanten und stürmten geschlossen hügelabwärts, um in das Kampfgeschehen einzugreifen. Schwartz schüttelte die Fäuste und verfluchte sie in allen Tonlagen, während er gleichzeitig seinen eigenen Leuten zuschrie, die Stellung zu halten. Oxfords Kolonnen wurden langsam den Hügel hinuntergetrieben, wo sie einen Teppich aus Toten, Verwundeten und abgeschlachteten Pferden hinterließen.

Matthias starrte fassungslos auf den Fuß des Hügels, wo die erbittertsten Kämpfe stattfanden. Wenn er die Augen halb schloß und sich konzentrierte, konnte er sich einreden, er würde statt Männern, die sich im Todeskampf wanden, ein Meer aus bunten Blumen sehen. Ab und an versuchte ein Pferd, sich hochzurappeln, richtete ein Mann sich mühsam auf. Eine kleine Gruppe von Oxfords Bogenschützen warf ihr Schwerter weg und wollte sich ergeben, wurde aber sofort von einer Horde Iren umringt und niedergemetzelt. Die Schreie und der Lärm waren unbeschreiblich.

Schwartz und seine Söldner verhielten sich abwartend, obwohl Matthias ihre Besorgnis spürte. Beide Flanken der Rebellenarmee waren nun außer Sicht geraten, und trotz der Botschaften von Lincoln und der Bitten seiner eigenen Offiziere weigerte Schwartz sich, vorzurücken. Botschafter zu Fuß oder zu Pferd hasteten zwischen den Abteilungen hin und her.

Plötzlich wurde einer der seltenen Momente fast völliger Stille von klaren, vibrierenden Trompetenklängen zerrissen. Schwartz winkte Matthias und seine Offiziere zu sich. Schweiß trat auf das fleischige Gesicht des Deutschen, und hoch oben auf seiner Wange begann ein Muskel zu zucken.

»Das sind die Trompeten von Tudors Armee«, erklärte er.

Matthias blickte sich um, aber der Fuß des Hügels war in eine dicke Staubwolke gehüllt, so daß er nicht erkennen konnte, wie weit Oxford vorgestoßen war.

»Wir können ja überhaupt nichts sehen«, beschwerte sich einer von Schwartz' Offizieren.

»Ich muß auch nichts mehr sehen«, gab Schwartz zurück. »Jeder Mann sofort auf seinen Posten!«

Matthias zog sich nach hinten zurück. Er konnte den Troß erkennen, wo die Diener, die Frauen und die Huren, die die Armee begleiteten, Schutz suchten. Sollte er Mairead in Sicherheit bringen, solange es noch ging? Doch als ein neuerliches Gebrüll ertönte, machte er kehrt und rannte zu Schwartz zurück.

Die Situation hatte sich dramatisch verändert. Lincolns Männer zogen sich hügelaufwärts zurück. Auch der Kampfgeist der Iren war gebrochen. Viele von ihnen waren verwundet und warfen ihre Waffen weg. Die Staubwolke verlagerte sich ein wenig, und Matthias schlug plötzlich das Herz bis zum Hals. Oxfords Männer hatten sich wieder formiert, und hinter ihnen rückten geschlossene Reihen von Fußsoldaten nach, die das Wappen Englands trugen. Von links und rechts kamen Reiter und weitere Bewaffnete näher, um die Rebellenarmee einzukreisen und ihr den Fluchtweg abzuschneiden. Schwartz jedoch, ein erfahrener Berufssoldat, verlor die Ruhe nicht. Er brüllte einen barschen Befehl, woraufhin seine Söldner mit gesenkten Spießen vorrückten; die seitlichen und hinteren Reihen verteidigten sich mit Lanzen und Schilden. Schwartz versuchte gleichzeitig, die Flüchtenden zu einem geordneten Rückzug zu bewegen, indem er mit der flachen Seite seines Schwertes auf sie einhieb, aber die Männer stießen ihn einfach beiseite und ignorierten seine Befehle. Ein Söldneroffizier rief Matthias etwas zu und bot ihm seinen Schutz an, doch Matthias schüttelte nur abwehrend den Kopf. Er konnte Fitzgerald nirgendwo entdecken und war entschlossen, sich bis zum Troß durchzuschlagen und Mairead zu retten, ehe die Niederlage der

Rebellen in einem Blutbad endete. So schnell er konnte rannte er los, ohne darauf zu achten, was um ihn herum geschah. Einer von Lincolns Männern war stehengeblieben, um seine Waffen fortzuwerfen.

»Symonds und der Prinz sind gefangengenommen worden!« schrie er. »De la Pole ist gefallen und Lovell geflohen!«

Matthias hastete weiter. Bislang war es der Rebellenarmee gelungen, den Feind einigermaßen in Schach zu halten, und der Troß schien sicher zu sein. Hinter ihm erklang das Trommeln von Pferdehufen; er fuhr herum und starrte voller Entsetzen auf die herangaloppierenden Männer. Sie gehörten nicht zu Lincolns Leuten, sondern zur Armee des Königs Henry, und sie metzelten die flüchtenden Rebellen erbarmungslos nieder. Matthias wollte zur Seite fliehen, doch in diesem Moment spürte er einen heftigen Schlag an seinem Hinterkopf und versank in schwarzer Bewußtlosigkeit.

Als er wieder zu sich kam, drohte sein Schädel zu zerspringen. Ein königlicher Bogenschütze schleifte ihn an den Armen über den Boden.

»Wasser«, keuchte Matthias.

Er wurde auf die Erde geschleudert, und jemand trat ihn in die Rippen. Er blickte auf. Zunächst konnte er nur Umrisse erkennen. Es war kalt und dunkel.

»Wasser«, bat er erneut. Sein Mund und seine Kehle brannten wie Feuer. »Um Himmels willen, habt doch Mitleid!«

Eine der Gestalten beugte sich zu ihm hinunter. »Du armes Schwein, warum sollst du nicht noch einen Schluck trinken, ehe du am Galgen baumelst. Du bist einer von den Rebellen, nicht wahr?«

»Ich bin kein Rebell«, widersprach Matthias. »Ich hatte keine andere Wahl.«

Der Bogenschütze schob sein Gesicht näher an das von Matthias. »Das sagen sie alle.«

»Was ist denn passiert?« fragte Matthias schwach.

»Die Rebellen sind geschlagen. Jetzt ist die Stunde der Abrechnung da.«

Er nahm Matthias den Wasserbecher weg und zerrte ihn auf die Füße. Ungläubig schaute Matthias sich um. Das Schlachtfeld war nun in silbernes Mondlicht getaucht. Soweit das Auge reichte war der Boden mit Leichen übersät. Die Schreie, das Stöhnen der sterbenden Männer und das erbärmliche Wiehern verwundeter Pferde gellte ihm in den Ohren. Vermummte Gestalten gingen zwischen den am Boden liegenden Männern umher und schnitten den Rebellen, die so schwer verwundet waren, daß man sie nicht fortschaffen konnte, einfach die Kehle durch. Außerdem nahmen sie den Besiegten die Waffen ab und durchsuchten ihre Taschen nach Wertsachen.

Matthias wurde hügelabwärts geschleift. Überall um ihn herum flackerten Lagerfeuer und beleuchteten die Umgebung. Matthias gefror das Blut in den Adern, als er die roh gezimmerten Galgen auf dem Schlachtfeld sah, die sich unter der Last der Gehängten fast bogen. Schlimmer noch waren die in den Boden getriebenen spitzen Pfähle, auf denen man weitere Leichen aufgespießt hatte. Matthias wußte nicht, ob man die Unglücklichen bei lebendigem Leibe gepfählt hatte oder nicht, und er hatte auch nicht vor, danach zu fragen. Doch als man ihn weiter den Hügel hinab und in das feindliche Lager zerrte, verstand er, warum die Galgen aufgestellt worden waren: An den Ästen eines jeden verfügbaren Baumes baumelten gleichfalls erhängte Rebellen.

Die Männer waren eifrig damit beschäftigt, Zelte und Hütten zu errichten oder Pechfackeln an Pfosten zu befestigen. Soldaten in voller Rüstung und mit blutverschmierten Gesichtern kreuzten Matthias' Weg. Irgendwo kreischte eine Frau, ein Kind weinte, und Matthias wurde das Herz schwer, als er an Mairead und den Troß dachte. Er wurde in die Mitte des Lagers geschleift, wo ihn eine Szenerie erwartete, die der von Tewkesbury nicht unähnlich war. Ein großer Tisch stand dort, hinter dem der Oberbefehlshaber des königlichen Heeres thronte. Das hinter ihm im Wind flatternde Banner verriet Matthias, daß es sich bei dem hageren, silberhaarigen Mann um John de Vere, den Grafen von Oxford persönlich handelte. Zu beiden Seiten saßen seine verdientesten Kommandanten. Die Gefangenen wurden vorgeführt, und ein Schreiber flüsterte de Vere jeweils ein paar Worte ins Ohr, woraufhin der Graf einen scharfen Befehl gab. Danach wurde der Gefangene entweder auf den großen Henkerskarren gestoßen oder in eines der Gefängnisse geschafft, die, wie sein Bewacher Matthias zuraunte, auf der anderen Seite von Newark an der Straße nach Nottingham lagen. Schon bald kam die Reihe an ihn. Er wurde in den Lichtkreis vor dem Tisch gestoßen, und de Vere blickte auf.

»Euer Name?«
»Matthias Fitzosbert.«
»Warum seid Ihr hier?«
»Symonds hat mich hergebracht.«
»Warum?«
»Er dachte, ich würde mit den Anhängern Yorks sympathisieren.«
»Was seid Ihr von Beruf?«
»Student.«
»Ach, tatsächlich?«

Einer der Schreiber trat vor und flüsterte de Vere etwas zu. Ein feindseliger Ausdruck trat auf das Gesicht des Grafen.

»Ihr wart in Dublin? Ihr habt zu den engsten Vertrauten dieses Hochstaplers gehört?«

»Genau wie ich. Der Junge ist unschuldig.«

Thomas Fitzgerald schlenderte zu dem Tisch hinüber. Im Gegensatz zu den anderen dort versammelten Männern trug er keine Rüstung, sondern nur ein am Hals geöffnetes Wams, Wollhosen und weiche Lederstiefel. Er grinste, als er Matthias' überraschtes Gesicht sah, und machte eine spöttische Verbeugung.

»Thomas Fitzgerald, zu deinen Diensten; seiner Gnaden dem König und dem Grafen von Oxford besser unter dem Decknamen ›Der Knappe‹ bekannt.« Sein Grinsen wurde breiter. »Der Trumpf im Ärmel seiner Majestät sozusagen: Ich war der wichtigste königliche Spion am Hof des falschen Warwick.« Fitzgerald wandte sich an de Vere. »Dieser Mann war mein fähigster Assistent. Er ist alles andere, nur kein Verräter.«

»Was ist aus Mairead geworden?«

Fitzgerald blickte Matthias traurig an. »*Oh, Creatura bona atque parva,* sie ist tot. Ich konnte nicht rechtzeitig zu ihr durchkommen.«

Matthias musterte ihn angewidert. »Du hättest sie retten können!« schleuderte er ihm voller Haß entgegen.

»Wovon sprecht Ihr eigentlich?« wollte de Vere ungnädig wissen.

»Du Bastard!« kreischte Matthias. »Ich hatte mit deinem Treiben noch nie etwas zu tun!«

Fitzgerald beugte sich vor und versetzte Matthias einen kräftigen Hieb gegen die Schläfe. Er sackte in sich zusammen, hörte noch de Veres Stimme und Fitzgeralds Gebrüll, dann überwältigte ihn der Schmerz, und er verlor das Bewußtsein.

DRITTER TEIL

1487–1489

*Für eine Rose im Winter
zahlt man einen hohen Preis.*
– Sprichwort

ERSTES KAPITEL

In einer kleinen, weißgekalkten Zelle erlangte Matthias das Bewußtsein wieder. Er schob die Decken beiseite und stand vorsichtig auf. Der Raum war so schmal, daß er beide Wände gleichzeitig berühren konnte, wenn er die Hände ausstreckte. Benommen spähte er durch das winzige vergitterte Fenster und stellte fest, daß er sich in einer Burg befand. Auf dem Burghof unter ihm brachten Stallburschen Pferde in die Stallungen oder führten sie heraus. Ein kleines Mädchen mit einem Stock in der Hand trieb eine schnatternde Gänseherde vorbei. Irgendwo stimmte ein Hund ein klagendes Geheul an. Matthias blickte an sich herunter. Er trug immer noch dieselbe Kleidung wie vor der Schlacht, nur sein Schwertgurt und seine Stiefel fehlten. Ein gesprungener Wasserkrug stand in einer Ecke auf dem Boden, eine Zinnplatte mit trockenem Brot und Käse daneben. Ratten nagten eifrig daran herum. Matthias hob den Krug, trank gierig einen Schluck Wasser und goß den Rest über die dreisten Nager.

Die Tür ging auf, und zwei Männer betraten die Zelle. Der erste hatte schütteres Haar und ging vornübergebeugt. Er hatte ein mageres, spitzes Gesicht und die zusammengekniffenen Augen eines stark kurzsichtigen Menschen. Gekleidet war er in ein graues, staubiges Gewand mit zurückgeschlagenen Ärmeln. Tintenflecke verunzierten seine langen, knochigen Finger. Sein Gefährte sah aus wie ein typischer Soldat; stämmig und muskulös, das helle Haar so kurzgeschoren, daß es aussah, als habe er eine Glatze. Er trug eine fleckige, vom Schweiß schwarz verfärbte Lederjacke, dunkelblaue Wollhosen und enge Lederstiefel mit Sporen, die bei jedem Schritt leise klirrten. Er blickte Matthias an und zwinkerte ihm flüchtig zu; sein wettergegerbtes Gesicht verzog sich zu einem Grinsen.

»John Vane«, stellte er sich vor. »Profos. Und dies ist Master Winstanley, ein königlicher Schreiber.«

»Wo bin ich?« Matthias war noch nicht ganz sicher auf den Beinen. Er ging zu seinem Lager zurück und setzte sich wieder.

»Ihr seid in Newark Castle. Letzte Nacht hat man Euch hergebracht.«

Matthias fiel der Schlag wieder ein, den Fitzgerald ihm versetzt hatte. Vorsichtig betastete er seine Schläfe.

»Ihr seid mir ein Rätsel, Master Fitzosbert.« Winstanley kam zu ihm herüber und musterte ihn nachdenklich. »Einige halten Euch für einen Rebellen, andere für einen loyalen und aufrichtigen Menschen. Jedenfalls hat Seine Gnaden, der Graf von Oxford, entschieden, daß Euch der Galgen erspart bleibt. Schriftgelehrte sind zu wertvoll, als daß man sie wie die Ratten umbringen sollte.«

»Wo ist Fitzgerald?« fragte Matthias. »Was ist eigentlich geschehen?«

»Fitzgerald, Fitzgerald.« Winstanley zuckte die Schultern. »Ich weiß weder, wer Fitzgerald ist, noch wo er sich aufhält. Die königliche Armee zieht weiter Richtung Süden. Männern wie mir und Master Vane bleibt es überlassen, das Durcheinander zu beseitigen, das sie hinterlassen hat.«

»Ihr seid begnadigt worden.« Vane drückte Matthias eine kleine Pergamentrolle in die Hand. »Allerdings unter einer Bedingung.«

Matthias entrollte den Pergamentbogen und las die in gestochener Handschrift aufgelisteten Punkte. Das Wachssiegel unten auf dem Dokument trug die Insignien des Grafen von Oxford. Seufzend schloß Matthias die Augen. Das Schreiben besagte, daß ihm, Matthias Fitzosbert, die Strafe für all seine Verbrechen erlassen würde, wenn er sich verpflichtete, drei Jahre lang als Schreiber in der Burg Barnwick in den schottischen Marschen zu dienen.

»Das ist besser, als am Galgen zu baumeln«, sagte Vane ruhig und kaute an seiner Unterlippe. »Gott weiß, daß ich so viele Hinrichtungen mitangesehen habe, daß es für zehn Leben reicht. Mein Befehl lautet, Euch nach Barnwick zu bringen und dabei gleich Geld und Vorräte für die dortige Garnison mitzunehmen.« Er beugte sich zu Matthias nieder.

»Jetzt hört mir einmal gut zu. Ich weiß nicht, wer Ihr seid oder was Ihr verbrochen habt, und es ist mir auch herzlich gleichgültig.« Er tippte auf das Pergament. »Dies ist eine zweite Chance für Euch, und ich rate Euch, sie zu ergreifen. Wir brechen in zwei Stunden auf, kurz nach Mittag. Ich könnte Euch verschnüren wie ein Schwein und Euch beim ersten Fluchtversuch« – er berührte Matthias sacht am Hals – »die Kehle durchschneiden. Aber Ihr seht nicht aus wie ein Ganove, und Ihr habt ehrliche Augen. Gebt mir Euer Wort, daß Ihr mir keine Schwierigkeiten macht, dann bekommt Ihr einen Schwertgurt und ein eigenes Pferd und werdet von uns als Kamerad behandelt.«

Matthias willigte ein.

»Gut.« Vane erhob sich und streckte ihm die Hand hin. Matthias ergriff sie und drückte sie leicht.

»Wer seid Ihr?« flüsterte er. »Seid Ihr wirklich John Vane.«

»Wer denn sonst?« Der Soldat entzog ihm seine Hand. »Ich fürchte, Ihr habt einen Schlag zuviel auf den Kopf bekommen, mein Bester. Ich bin als John Vane geboren und gedenke auch als John Vane zu sterben, aber wenn Ihr wollt, könnt Ihr mich auch für den Großkhan halten.« Der Profos rümpfte die Nase. »Übrigens – wenn Ihr mit mir reisen wollt, dann nehmt bitte ein Bad. Ihr riecht etwas streng.«

Er verließ mit Winstanley die Zelle. Kurz darauf brachte ein Diener einen Ledereimer mit warmem Wasser. Matthias entkleidete und wusch sich, trocknete sich mit einem rauhen Tuch ab und rieb sich dann mit dem Öl ein, das der Diener ebenfalls mitgebracht hatte.

Vane kehrte zurück und warf einen Haufen Kleider sowie ein Paar Reitstiefel auf das Bett. In seiner Begleitung befand sich ein kahlköpfiger Mann mit trüben Augen, der Matthias das Haar schnitt und ihm geschickt die Bartstoppeln von den Wangen schabte. Matthias stellte fest, daß die Kleider ihm ausgezeichnet paßten. Sie rochen zwar muffig, waren aber sauber. Vane gab ihm außerdem einen Schwertgurt, an dem ein Breitschwert und ein Dolch hingen.

»Jetzt seht Ihr nicht mehr wie ein Rebell aus«, lächelte er. »Kommt mit.«

Sie gingen in das Refektorium der Burg hinunter, wo Vane Matthias den restlichen Soldaten vorstellte. Es waren neun an der Zahl; ergraute Veteranen, die sich auf die Reise nach Norden freuten, weil sie eine Abwechslung von der Garnisonsroutine bot.

Sie verließen Newark ein wenig später als geplant. Vanes Kameraden ritten mit Matthias in der Mitte vor drei großen, schwerfälligen Karren her. Hinter Newark stießen drei in schmutziggrünes Lincolntuch gekleidete Bogenschützen zu ihnen, deren Aufgabe hauptsächlich darin bestand, die Karren zu bewachen. Der Rest des Tages verging unter dem gutmütigen Geplänkel zwischen ihnen und Vanes Männern.

Die Reise führte sie über schmale Straßen durch das Landesinnere. Matthias kam alles noch ein wenig unwirklich vor. Er konnte kaum glauben, daß er noch vor kurzem mit der Rebellenarmee unter derselben Sonne und demselben strahlendblauen, mit weißen Wölkchen durchsetzten Himmel dahinmarschiert war. Diese Nacht lagerten sie im Freien, auf einem kleinen Hügel, von dem aus man über ein sattgoldenes Kornfeld blickte. Einer der Bogenschützen erlegte einige Hasen und häutete sie ab, während ein anderer Kräuter sammelte. Der würzige Duft erinnerte Matthias mit einemmal an den Eremiten und die verlassene Kirche von Tenebral. Die Soldaten akzeptierten ihn ohne Vorbehalt als einen der ihren, doch als Vane erwähnte, daß Matthias mit der Rebellenarmee mitgeritten war, zeigten sie sich ausgesprochen interessiert.

»Habt Ihr wirklich gedacht, der Junge wäre der echte Edward von Warwick?« fragte einer von ihnen mit vollem Mund.

»Nein.« Matthias schüttelte den Kopf. »Wenn ich ehrlich sein soll, muß ich zugeben, daß ich überhaupt nicht groß nachgedacht habe.«

»Genau wie wir«, rief ein anderer dazwischen. »Wir ziehen in den Kampf, wenn unsere Offiziere es uns befehlen. Haben wir Glück, überleben wir die Schlacht, und dann marschieren wir wieder woanders hin.«

»Wart Ihr auch dabei?« fragte Matthias, an Vane gewandt.

»Bei der Schlacht von East Stoke? Nein. Wir mußten in Newark bleiben und die verdammte Burg schützen.«

Vane überredete Matthias, ihnen von seinen Erlebnissen zu erzählen. Matthias saß unter dem Sternenhimmel und genoß die kühle Abendbrise, die den Schweiß auf seiner Stirn trocknete, während er den blutigen Kampf noch einmal aufleben ließ. Er versuchte, möglichst nicht an Fitzgerald oder Mairead zu denken und ließ auch nichts über den wahren Grund seiner Anwesenheit im Rebellenheer durchsickern.

»Tausende sind in dieser Schlacht gefallen«, erklärte Vane. »Es heißt, das Massengrab wäre so lang und so breit gewesen wie ein Burggraben, und man hätte die Leichen wie Holzscheite darin aufgestapelt.«

»Was ist denn aus den Iren geworden?« fragte jemand.

»Ach, die armen Hunde!« Vane schüttelte den Kopf. »Habt Ihr gehört, was passiert ist, Matthias?« Ohne auf eine Antwort zu warten, sprach er weiter. »Oxfords Männer haben sie zum Trent hinuntergetrieben. Es war wie am St. Michaelstag, nur daß statt Kühen und Schafen diesmal Menschen geschlachtet wurden. Angeblich stand das Blut knöchelhoch auf den Wiesen. Die Rebellenführer wurden getötet, nur Lovell konnte entkommen. Niemand weiß, wo er steckt. Symonds wurde festgenommen und, weil er ein Priester ist, lebenslang in ein abgelegenes Kloster verbannt. Der Schwindler Lambert Simnel hat zugegeben, der Sohn eines Oxforder Zimmermanns zu sein. Der König, gerissen wie er ist, wollte ihn nicht zum Märtyrer machen und hat ihm das Leben geschenkt. Jetzt mistet Lambert die königlichen Ställe aus.«

Die Männer begannen sich über den entlarvten Betrüger lustig zu machen. Matthias stand auf und verschwand zwischen den Bäumen. Was kümmert mich das alles? dachte er. Ihm fielen die Karten wieder ein, die Lady Stratford ihnen in der Nacht vor ihrer Flucht aus Oxford gelegt hatte. Symonds hatte die gerechte Strafe ereilt, während der sogenannte ›junge Prinz‹ gezwungen worden war, der Wahrheit ins Gesicht zu blicken. Matthias lächelte. Er war froh, daß der junge Mann so glimpflich davongekommen war, und wenn man sein Geschick im Umgang mit Pferden berücksichtigte, war er in den königlichen Ställen vermutlich besser dran als unter Symonds' Fuchtel.

Er dachte auch an Dublin und an die vielen hundert Witwen, deren Männer nie mehr zu ihnen zurückkehren würden. Mairead kam ihm in den Sinn, und er schluckte hart. Wenn er doch nur den Troß rechtzeitig erreicht hätte! Er schloß die Augen und sah Fitzgerald vor sich, wie er bei de Veres Standgericht für ihn eingetreten war. Wann hatte der Rosendämon wohl völlig von ihm Besitz ergriffen? Matthias hegte keinen Zweifel daran, daß Fitzgerald schon immer ein Spion gewesen war, aber er konnte sich beim besten Willen nicht daran erinnern, eine plötzliche Veränderung in seinem Wesen oder andere verdächtige Umstände bemerkt zu haben. Zwar hatte der Söldner ihn niedergeschlagen, aber nicht in böswilliger Absicht, sondern nur, um ihn zum Schweigen zu bringen. Wenn er noch länger getobt und geschimpft hätte, wäre das vielleicht sein Todesurteil gewesen.

Matthias schlug die Augen wieder auf und starrte zu den Ästen über ihm empor. Eine Eule stieß einen lauten Klageruf aus, Nachtvögel flatterten in den Zweigen. Wo mochte Fitzgerald jetzt sein? Wo war der Rosendämon? Er blickte sich um. Vane und die anderen hatten sich vor dem Lagerfeuer ausgestreckt. Ob einer von ihnen jetzt dieses furchtbare Wesen beherbergte, das ihn so beharrlich verfolgte? Allmählich begann Matthias, einige Dinge klarer zu sehen. Der Dämon konnte ihn nicht beherrschen, aber er konnte, wenn er wollte, in sein Leben eingreifen, um ihn zu schützen. Aber warum hatte er nicht auch Mairead beschützt? Vielleicht wollte der Dämon niemanden in Matthias' Leben dulden, dem er Zuneigung entgegenbrachte. Seufzend kehrte Matthias zum Lagerfeuer zurück. Zumindest würden ihm drei Jahre in den schottischen Marschen ausreichend Zeit zum Nachdenken lassen, überlegte er trübsinnig.

Am nächsten Morgen erreichten sie die Great North Road, eine belebte Hauptstraße, die von Händlern, Hausierern, fahrenden Handwerkern, Wandermönchen, Studenten, Bettlern und Bauern gleichermaßen benutzt wurde. Außerdem zeugte sie auf grausige Weise vom Sieg der königlichen Armee bei East Stoke: Auf einer Strecke von mindestens hundert Meilen war jede halbe Meile ein Galgen errichtet worden, an dem ein verwesender Leichnam hing. Der Gestank wurde schließlich so unerträglich, daß Vane den Befehl gab, die Hauptstraße zu verlassen und über Feldwege zu reiten.

»Henry Tudor will ein für allemal verhindern, daß sich die Yorkisten noch einmal gegen ihn erheben«, bemerkte er. »Bald wird sich die Kunde von seinem Sieg im ganzen Land verbreitet haben.«

Sie setzten ihren Weg fort, und obgleich sie nur langsam vorankamen, war Vane guter Dinge.

»Je länger wir unterwegs sind, desto länger können wir unsere Freiheit genießen«, scherzte er. »Wenn wir Barnwick Ende Juli erreichen, kann es September werden, bis wir wieder in Newark sind. Wer weiß«, fügte er lächelnd hinzu, »vielleicht bleibt uns ja auf diese Weise eine weitere Schlacht erspart.«

Sie schlugen einen Bogen um die Stadt York und gelangten in ein weitläufiges Moorgebiet. Bis auf den einen oder anderen Schauer blieb das Wetter unverändert schön. Matthias nutzte die Zeit, um mit sich und seinem Gewissen ins reine zu kommen. Er kam zu dem Schluß, daß es wohl am gescheitesten war, den Dingen ihren Lauf zu lassen, nicht mit dem Schicksal zu hadern und einfach abzuwarten, ob sich der Rosendämon noch einmal offenbarte. Die Moorlandschaft, die sie durchquerten, glich einem endlosen See von Stechginster und violettem Heidekraut. Das Gras färbte sich unter der sengenden Sonne bereits braun; Schnepfen und Brachhühner flatterten darüber hinweg. Gelegentlich passierten sie ein einsames Gehöft, aber die großen, bösartig kläffenden Wachhunde hielten sie davon ab, dort haltzumachen. Manchmal kamen sie auch an winzigen Dörfern vorbei, die nur aus ein paar armseligen, um eine kleine Kirche herum angesiedelten Häusern bestanden. Hier versorgten sie sich mit frischen Lebensmitteln, aber da die Dorfbewohner sich ihnen gegenüber mißtrauisch und abweisend verhielten, schliefen sie auch weiterhin unter freiem Himmel. Als sie weiter nach Norden vordrangen, änderte sich das Wetter; ein kühler, schneidender Wind kam auf und zerrte an ihren Kleidern. Eines der Packponys brach sich ein Bein und mußte getötet werden; das Gepäck wurde auf einen Karren umgeladen. Vane zeigte sich zunehmend wachsamer.

»Wir befinden uns hier in einer Art Kriegsgebiet«, erklärte er. »James III. von Schottland und die Angehörigen des Douglas-Clans unternehmen oft Raubzüge, um Vieh zu stehlen. Dieses Moor ist ihr bevorzugtes Jagdrevier, denn hier könnte eine kleine Armee tagelang unentdeckt durch das Gelände marschieren.«

Letztendlich erwiesen sich Vanes Vorsichtsmaßnahmen jedoch als überflüssig. Eines Tages zügelte Matthias spätnachmittags sein Pferd und deutete voller Staunen auf eine lange Reihe verlassener, verfallener Gebäude; kleinen Festungen gleich, die sich Richtung Osten und Westen ins Land zogen, soweit er sehen konnte.

»Was ist das?« fragte er neugierig. »Wo beginnen diese Bauten, und wo enden sie?«

»Die Römer haben sie errichtet«, erklärte Vane. »Angeblich erstrecken sie sich von Küste zu Küste. Wir werden hier übernachten. Morgen erreichen wir dann Barnwick.«

Sie betraten eine der Burgruinen. Matthias war von dem halb verfallenen Gemäuer entzückt und bewunderte das schöpferische Genie der Erbauer. Den Pferden wurden die Vorderbeine zusammengebunden, dann durften sie draußen grasen. Wachposten wurden vor den bröckeligen Mauern aufgestellt, Feuer entfacht. Matthias hatte angenommen, daß die Männer froh sein würden, ein Dach über dem Kopf zu haben, mußte aber feststellen, daß er sich geirrt hatte. Vane erklärte ihm, daß Soldaten ebenso wie Seeleute sehr abergläubisch waren – sie fürchteten sich vor den Geistern und Dämonen, die hier umgehen sollten.

»Wie in Barnwick«, fügte er geheimnisvoll hinzu.

»Was meint Ihr damit?« fragte Matthias.

»Das werdet Ihr schon sehen.«

Vane griff nach einer Wasserflasche, schüttete sich etwas Wasser über den Kopf und wischte es mit den Händen ab.

»Ich habe in Barnwick gedient; gehörte damals dem Haushalt von Richard III. an.« Er grinste verschlagen. »O ja, ich habe unter ihnen allen gedient. Das ist wie beim Tanzen – man muß wissen, wann man am besten den Partner wechselt. Jedenfalls war ich 1482 dort – als es Schwierigkeiten mit den schwarzen Douglas-Horden gab. Ich sage Euch, hier oben weiß man oft nicht, wo einem der Kopf steht. Schottland, England, Schottland, England – in dieser Gegend gehören Diebstähle und Wilderei zur Tagesordnung, und wenn einem das Dach über dem Kopf abgebrannt wird, tut man das als unglücklichen Zwischenfall ab. Wie dem auch sei, Barnwick ist eine weitläufige Festung mit einem großen normannischen Bergfried und vier Türmen, in jeder Ecke einem. Aber besonders auf den Nordturm muß man ein Auge haben. Dort soll nämlich ein Dämon hausen.«

»Sprecht weiter«, drängte Matthias. Er lächelte, um seine wachsende Besorgnis zu verbergen. »Schließlich muß ich drei Jahre dort verbringen …«

»Nun, die Burg ist schon sehr alt. Wenn man den Gerüchten Glauben schenken darf, verlobte sich im Jahre 1320 ein gewisser Lord Andrew Harclay mit einer Frau namens Maude Beauchamp. Eines Tages ertappte er seine Verlobte zusammen mit einem jungen Edelmann im Bett; in einer Kammer hoch oben im Turm. Nun war Harclay ein durch und durch verderbter Mann, der auch als Hexenmeister gefürchtet wurde. Er zeigte keine Milde, weder gegen sie noch gegen ihn. Der Legende zufolge ließ er Maude und ihren Liebhaber im Nordturm lebendig einmauern. Es heißt, die Geister der beiden und andere unheimliche Wesen würden dort umgehen. Der Turm ist ein furchterregender Ort. Seltsame blaue Lichter wurden dort gesehen, gräßliche Schreie gehört, Kerzenschein flackert im Dunkeln, aber es gibt keine Kerzen, Schritte erklingen, aber niemand geht dort umher. Außerdem ertönt manchmal ein furchtbares Stöhnen, als ob eine Seele im Fegefeuer brennen würde.«

»Habt Ihr das alles selbst gesehen?« fragte Matthias.

»Erst habe ich die ganzen Geschichten als Ammenmärchen abgetan. Doch eine Nacht war ich selbst oben auf dem Nordturm – zusammen mit zwei Bogenschützen; schlichten, aufrichtigen Yorkshiremännern, ebenso tapfer wie dickköpfig. Ich sage Euch, nach dieser Nacht war ihre geordnete Welt vollkommen aus den Fugen geraten. Wir standen dort oben auf dem Turm und warteten darauf, daß die Schotten uns ihre blanken Ärsche zeigten. Dann hörten wir plötzlich ein Geräusch von der Treppe, es klang wie das Geheul eines Wolfes. Wir entriegelten die Falltür, konnten sie aber nicht öffnen.« Vane schlürfte aus seinem Weinschlauch. »Schließlich dachten wir, jemand würde sich einen Scherz mit uns erlauben. In der Falltür waren Risse. Einer meiner Kameraden spähte hindurch und sah ein Gesicht, das zu ihm aufblickte; eine vom Alter gelb verfärbte Fratze mit verfaulten Zähnen, Augen wie geschmolzene Münzen und blutigem Schaum auf den Lippen. Er war vor Entsetzen so außer sich, daß wir ihn festhalten mußten, sonst hätte er sich über die Brustwehr gestürzt. Wieder setzte dieses Geheul ein, dann begann sich die Falltür langsam zu heben. Wir warfen uns alle drei darauf und beteten dabei zu allen Heiligen, die wir kannten. Ein furchtbarer Gestank stieg uns in die Nase, und eine Stimme flüsterte uns leise etwas zu. Wir verstanden nur ein paar Worte, es klang wie: ›Laßt mich durch, laßt mich durch, ich möchte noch einmal die Sterne küssen!‹

Die Falltür wurde so kraftvoll hochgehoben, als würde eine ganze Armee mit vereinten Kräften dagegendrücken. Eine Hand schob sich ins Freie, eine Klaue mit langen, spitzen Nägeln und pergamentähnlicher Haut. Da wußte ich, daß es sich nicht um einen Schabernack handelte.« Vane wischte sich den Schweiß vom Gesicht. Es bereitete ihm sichtliches Unbehagen, an den damaligen Alptraum zurückzudenken. »Wir dachten, der Rest der Garnison würde den Lärm und unsere Schreie gehört haben, aber der Turm ist hoch.« Vane seufzte. »Ich bin in jener Nacht vor Angst fast gestorben, aber der zweite Bogenschütze, Ralph, verfügte zum Glück über gesunden Menschenverstand. Was auch immer sich im Turm befand, es hörte für eine Weile auf, uns zu bedrohen. Ralph nahm seinen Bogen, steckte einige Pfeile in Brand und schoß sie in die Luft. Hubert Swayne, der damalige Schloßvogt, schlug Alarm. Soldaten kamen zu uns heraufgestürmt.« Vane beugte sich vor. »Soll ich Euch etwas verraten, Matthias? Sie hörten nichts, und sie sahen nichts, sie rochen nur einen widerlichen Verwesungsgestank auf der Treppe. Das war das letzte Mal, daß Wachen auf dem Nordturm postiert wurden. Seit jener Nacht gehe ich regelmäßig in die Kirche zur Beichte und empfange das Sakrament, und wenn irgend ein Besserwisser behauptet, es gäbe keinen Gott im Himmel, dann halte ich ihm entgegen, daß dafür mit Sicherheit der Teufel in der Hölle wartet.« Er trank noch einen Schluck Wein. »Jetzt hat Barnwick einen neuen Konstabler. Er heißt Humphrey Bearsden und ist ein Berufssoldat; ein ziemlich verschlossener, aber gutherziger Mann.«

»Wer lebt denn sonst noch dort?«

»Nun, da wäre noch Pater Hubert, der Kaplan, der ist bestimmt noch da. Er weiß über den Nordturm Bescheid. Ein wahrer Heiliger ist er, unser Vater Hubert. Ach ja, und Bearsdens Verwalter Vattier darf ich nicht vergessen. Er ist gebürtiger Schotte, ein grober Klotz von einem Mann, aber einer der besten Kämpfer, die ich je gesehen habe. Da fällt mir ein – eigentlich wollte ich Euch erzählen, was ich heute alles gefunden habe.«

Um die Spannung etwas zu mildern, sprach Vane dann eine Weile über die Wildblumen, die ihm aufgefallen waren. Matthias hörte geduldig zu. Ihm gefiel die Begeisterung dieses rauhen Soldaten für die Schönheiten der Natur und für die Möglichkeiten, eine gemeine von einer Hohen Schlüsselblume zu unterscheiden oder Sumpfpimpernell für die Heilung von Wunden zu verwenden.

Er blickte zum sternenübersäten Himmel auf und sah zu, wie eine Sternschnuppe wie ein kleiner Feuerball durch die Nacht schoß. Vane war gerade dabei, ihm einen Vortrag über die Vorzüge von Johanniskraut zu halten, als unter den Wachposten Unruhe ausbrach. Die Männer forderten irgend jemanden lautstark auf, stehenzubleiben und seinen Namen zu nennen. Vane sprang auf und schnallte sich seinen Schwertgurt um.

»Alles in Ordnung!« rief ihm einer der Soldaten zu.

Ein alter Mann trat in den Feuerschein und schlug seine Kapuze zurück. Er hatte ein schmales, von Falten durchzogenes Gesicht und war bis auf einige vom Kopf abstehende Haarbüschel völlig kahl, dafür hing ihm aber ein üppiger weißer Bart bis auf die Brust. Er trug gute, feste Lederstiefel und ein Gewand aus Serge, das in der Leibesmitte von einer Kordel gehalten wurde, in der ein langer walisischer Spitzdolch steckte. In einer Hand hielt er einen dicken Stock, in der anderen eine abgenutzte Ledertasche. Ohne weitere Umstände nahm er am Feuer Platz und starrte Vane finster an.

»Was zum Teufel habt Ihr hier verloren, he? Habt Ihr vielleicht ein wenig Marmelade bei Euch? Oder Honig? Etwas Honig wäre eine angenehme Abendmahlzeit.«

»Aber sicher, solche Leckereien schleppen wir pfundweise mit uns herum.« Vane grinste. »So, Ihr wißt also nicht, wer wir sind, alter Mann? Ich will es Euch sagen. Wir sind im Auftrag Seiner Majestät des Königs unterwegs. Wer gibt Euch das Recht, einfach in unser Lager einzudringen und Honig zu verlangen?«

»Es interessiert mich einen Teufelsdreck, wer oder was Ihr seid«, versetzte der Alte unhöflich. »Ich diene allein dem Herrn des Himmels. Mein Name ist Pender, ich lebe hier – und Ihr befindet Euch in meinem Haus.« Er fuhr mit der Hand durch die Luft. »All dies ist mein Reich.«

»Seid Ihr ein Eremit?« fragte Vane.

»Ganz genau. Ich kam hierher, um Ruhe und Frieden zu finden und zu Gott zu beten, aber ich hätte genausogut in dem verdammten Durham bleiben können. Hier wimmelt es von Händlern, Handwerkern, Hausierern und Soldaten aus Barnwick, ganz zu schweigen von Schotten, Engländern, Outlaws und anderen Galgenvögeln. Alles, was Beine hat, treibt sich hier herum. Ich bin nach Castleton gegangen, um dort um Almosen zu bitten, und was habe ich bekommen? Einen Tritt in den Arsch. Also bin ich umgekehrt.« Er musterte Vane mißtrauisch. »Und nun finde ich die halbe königliche Armee hier vor.«

Matthias erhob sich, ging zum Karren mit den Vorräten hinüber, holte ein kleines trockenes Brot und einen Topf Honig, den sie in einem der Dörfer erstanden hatten, und drückte Pender beides in die Hand.

»Seid unser Gast«, sagte er freundlich.

Vane beugte sich vor und warf Pender zwei Pennymünzen vor die Füße.

»Wir zahlen auch für die Unterkunft«, scherzte er.

Eine erstaunliche Veränderung ging mit Pender vor. Ein breites, zahnloses Grinsen trat auf sein Gesicht, er ließ die Münzen in der Tasche verschwinden, riß das Leinentuch ab, mit dem der Honigtopf verschlossen war, steckte einen Finger in den goldenen Sirup und begann, ihn genüßlich abzulecken. Dabei schloß er die Augen und wiegte sich verzückt hin und her.

»Köstlich! Der Psalmist hat doch recht, wenn er sagt, daß nichts auf der Welt so süß schmeckt wie Honig.« Pender brach ein Stück Brot ab. »Gesegnet sei Gott im Himmel!« deklamierte er. »Möge Seine Herrlichkeit auch auf Euch herabstrahlen.« Er öffnete ein Auge. »Wollt Ihr mir nicht ein klein wenig Wein anbieten, um den Genuß zu krönen?«

Vane füllte einen Zinnbecher und reichte ihn dem Eremiten. Dieser bekreuzigte sich, murmelte ein kurzes Dankgebet und fuhr fort, sich den Bauch vollzuschlagen. Danach rülpste er laut und lächelte zufrieden.

»Wunderbar«, schnaufte er.

»Wie lange lebt Ihr schon hier?« erkundigte sich Vane.

»Oh, schon viele, viele Jahre.« Liebevoll tätschelte Pender die bröckelige Wand. »Dies ist mein Palast und meine Kirche zugleich.«

»Fürchtet Ihr Euch denn nie?« wollte Matthias wissen. »Vor der Einsamkeit hier?«

Der Eremit sah ihn an. »Doch, manchmal schon. Manchmal höre ich des Nachts seltsame Geräusche, Schreie und Rufe, und draußen im Heidekraut huschen dunkle Schatten umher. Tagsüber, besonders am späten Nachmittag, sitze ich oft mit dem Rücken zur Wand an einem Platz wie diesem. Dann höre ich das Klirren der Waffen, die Rufe der römischen Legionäre und die Befehle ihrer Kommandanten.«

Matthias' Nacken begann zu prickeln.

»Ich leide nicht unter zu lebhafter Einbildung«, fuhr Pender fort, wobei er Matthias nicht aus den Augen ließ. »Hier gehen Geister und Gespenster um, meine Freunde.«

»Wer hat diese Anlagen zerstört?« fragte Vane.

»Einige behaupten, das Wetter«, meinte Pender. »Aber ich habe meine Zweifel. Diese Mauern sind so massiv, daß es schon mehr als widrige Wetterumstände braucht, um sie in Ruinen zu verwandeln. Bedenkt, früher sind die römischen Legionen auf den Brustwehren auf und ab marschiert. Natürlich gibt es eine Reihe von Legenden«, fuhr er fort. »Etwas weiter unten an der Mauer steht ein verfallener Tempel. Eine große Rose ist dort in die Wand gemeißelt.« Seine Augen bohrten sich in die von Matthias, der zwar hart schluckte, dem Blick jedoch standhielt. »Außerdem sind merkwürdige Runen in das Mauerwerk eingekratzt. Manche Leute sind der Meinung, sie erzählten die Geschichte der Zerstörung des Tempels, aber niemand vermag sie zu entziffern. Eine hiesige Sage will wissen, daß die hier stationierten Soldaten nie den Befehl zum Abmarsch erhielten, als die Legionen die Gegend verließen. Sie blieben hier und taten weiter ihre Pflicht, als ob es noch ein Imperium geben würde, das sie beschützen müßten. Nun, in den alten Tagen beherrschten zwei mächtige Völker die schottischen Clans, die Pikten und die Kaledonier. Sie wurden von einem berühmten Kriegsherrn, dessen Emblem eine um einen Stab gewundene Rose war, zu einer Armee vereint.«

Matthias erstarrte. Die alte Legende schien mit seinem eigenen Leben zusammenzuhängen; mit seinen eigenen Erfahrungen mit dieser unerklärlichen Macht, die ihn seit Jahren verfolgte.

»Wenn man der Sage Glauben schenken darf«, erzählte Pender weiter, »dann verliebte sich dieser Rosenlord in eine Römerin, die Tochter eines hier stationierten Kommandanten. Er bat um ihre Hand, der Römer wies ihn ab, und der

Rosenlord führte seine mächtige Armee gen Süden und löschte die römischen Soldaten in einer einzigen furchtbaren Nacht vollkommen aus. Jeder Mann wurde getötet, die Festungen größtenteils dem Erdboden gleichgemacht. Eine Weile lebten die Pikten und Kaledonier hier und huldigten ihrem großen Führer, doch als dieser feststellen mußte, daß seine Geliebte bei dem Angriff umgekommen war, verschwand er unter rätselhaften Umständen. Seine Armee zerfiel und die Männer zerstreuten sich in alle Winde.« Pender starrte ins Feuer. »Wie gesagt, das sind alles nur Legenden. Aber«, fuhr er in sachlichem Ton fort, »nachts gehen hier immer noch die Geister der getöteten Römer um.« Er schlang seinen Umhang fester um sich. »Also hoffe ich, daß Ihr morgen früh wieder aufbrecht.«

Der Eremit wickelte sich in seinen Umhang, legte sich vor dem Feuer nieder und benutzte seine Tasche als Kopfkissen.

Vane stand auf, um noch einmal mit den Wachposten zu sprechen. Matthias legte sich nieder und blickte zu den Sternen empor. Wer war der Rosendämon wirklich? Er schaute zum Feuer hinüber. Pender starrte ihn aus weit geöffneten Augen an.

»Ihr könnt beruhigt schlafen«, murmelte er. »Ihr habt nichts zu fürchten. Ich kann überall um Euch herum die sehen, die ausgesandt wurden, um Euch zu beschützen.«

Matthias richtete sich auf.

»Es sind nur Schatten«, flüsterte der Eremit. »Mehr sehe ich nicht.« Er grinste. »Und Ihr habt nichts zu verlieren, nur Eure Seele.«

ZWEITES KAPITEL

Barnwick Castle lag oben auf einem Hügel, der sanft zu einer weitläufigen, mit Blumen, Heidekraut und Ginster durchsetzten Wiesenlandschaft abfiel, die sich bis zur schottischen Grenze erstreckte.

»Es wirkt zwar einsam und abgelegen«, bemerkte Vane, als sie das Tempo verlangsamten, »aber jede schottische Armee, die die nördlichen Marschen überfallen will, muß die Burg entweder einnehmen oder umgehen. Beides dürfte sich als schwierig erweisen, besonders ersteres.«

Während sie den weißen, staubigen Pfad entlang- und durch die mächtigen Tore in den Burghof einritten, wies Vane Matthias auf die besonderen Merkmale der Burg hin: zwei rund um das Gebäude verlaufende Mauern und einen breiten, von einer unterirdischen Quelle gespeisten Graben. Die äußere Mauer war in regelmäßigen Abständen mit kleinen Türmchen besetzt; die innere, etwas höhere, mit Zinnen bewehrt, so daß etwaige Feinde, wenn es ihnen gelingen sollte, durch das Tor zu brechen, von zwei Seiten unter Beschuß genommen werden konnten. Die hölzerne Zugbrücke, die die Gruppe überqueren mußte, war solide gebaut, die Soldaten in dem kleinen, düsteren Wachhaus gut ausgebildet. Entlang der Mauer des äußeren Burghofes zogen sich verschiedene Gebäude hin – kleine Katen, Werkstätten, eine Schmiede und mehrere Ställe. Über einen schmalen, von einer schweren Gittertür aus Holz und Stahl geschützten Torweg gelangte man in den inneren Burghof, der von einem quadratischen, drohend gen Himmel aufragenden Bergfried beherrscht wurde, der älter wirkte als der Rest der Burg. Vane bestätigte Matthias, daß er tatsächlich schon viel früher erbaut worden war.

Im inneren Burghof herrschte eine erstaunliche Ruhe. Ein paar Schweine und Gänse waren zu sehen, Hühner scharrten und pickten auf dem festgetretenen Boden, einige Soldaten dösten im Schatten. Einer kam zu ihnen, um ihnen die Pferde abzunehmen, und erklärte, der Rest der Garnisonseinheit würde sich in der Kapelle aufhalten. Matthias fiel ein, daß heute das Fest der heiligen Peter und Paul gefeiert wurde, ein strenger Fastentag also. Er fragte Vane über die Räumlichkeiten der Burg aus.

Dieser wies zu einem kleinen, zweistöckigen Gebäude am anderen Ende des Burghofes hinüber. »Dort befindet sich die Unterkunft des Konstablers«, erklärte er. »Wohnräume und Schlafgemächer oben, Halle und Bankettsaal unten.« Er senkte die Stimme. »Ihr müßt wissen, daß Sir Humphrey Bearsden ein Pedant ist, wie er im Buche steht. Er legt allergrößten Wert auf strenge Disziplin und Pflichterfüllung. Nun gut«, fügte er hinzu, »dann wollen wir auch nicht länger untätig herumstehen.«

Er wies seine eigenen Männer sowie die herumlungernden Soldaten an, die Karren zu entladen und die Packponys von ihren Lasten zu befreien. Die Vorräte wurden in die Halle geschafft, das Geld behielt Vane bei sich.

Matthias schlenderte müßig umher. Er blickte zu dem mächtigen Burgfried empor, betrachtete den Nordturm und erinnerte sich an Vanes Geschichte. Im goldenen Licht eines Sommermorgens sah der Turm alles andere als bedrohlich aus. Irgendwo im Inneren des Bergfrieds begann eine Glocke zu läuten, gefolgt von Stimmengewirr und Fußgetrappel. Die Tür zum Bergfried, die man über steile Stufen erreichte, flog auf, und eine Horde lachender, kreischender Kinder kam in den Hof gestürmt, um ihre Spiele wiederaufzunehmen. Ihnen folgten die Mütter, die restlichen Männer der Garnison und zuletzt der Konstabler und sein Gefolge. Letzterer blieb oben auf den Stufen stehen und musterte Vane und seine Männer, bis einer der Soldaten zu ihm trat und ihm erklärte, wer die Besucher waren und was sie herführte.

»Seid mir willkommen!« rief der Konstabler sodann.

Er war hochgewachsen, hatte silbergraues, im Nacken zusammengebundenes Haar und trug einen sauber gestutzten Vollbart. Rasch eilte er die Stufen hinunter und streckte Vane die Hand hin. Höflichkeiten wurden ausgetauscht, die

Männer einander vorgestellt, Fragen hinsichtlich des Reiseverlaufs beantwortet. Schließlich wandte sich Sir Humphrey an Matthias.

»Ihr seid also unser neuer Schreiber? Ausgezeichnet. Fitzwalter, Euer Vorgänger, starb am Fieber, aber er war auch schon alt und gebrechlich.« Bearsdens hellblaue Augen zwinkerten vergnügt. »Ihr seid keines von beidem, wie ich sehe. Ich möchte, daß Ihr Euch fortan als Mitglied der Familie betrachtet. Ich bin Witwer«, fuhr er fort. »Schon seit vielen Jahren.«

»Ach, Vater, breite doch nicht gleich deine ganze Lebensgeschichte vor ihm aus!«

Die Stimme klang tief und volltönend. Matthias blickte zur Treppe. Eine junge Frau schritt geschmeidig die Stufen hinunter und raffte dabei ihr dunkelblaues Samtgewand, um nicht über den Saum zu stolpern. Matthias erhaschte einen Blick auf rotbestickte Strümpfe und einen wohlgeformten Knöchel über maulbeerfarbenen Lederschuhen.

»Meine Tochter Rosamund.« Bearsden entging nicht, daß Matthias unwillkürlich zusammenzuckte. »Ein schöner Name, nicht wahr?« lachte er. »Meine Frau wollte sie eigentlich Catherine nennen, aber sie war so klein und rosig, daß ich sie Rosamund taufen ließ. Das bedeutet ›Rose der Welt‹.«

»Eine gute Wahl«, bemerkte Matthias leise.

»Wie, Sir, Ihr seid ja ein Schmeichler.«

Rosamund trat zu ihrem Vater und schob ihren Arm durch den seinen. Sie war klein und zierlich, hatte eine sehr helle, samtige Haut, dunkelblaue Augen mit langen Wimpern und einen herzförmigen Mund. Ihre Erscheinung erinnerte Matthias an eine kleine Puppe: das dunkelbraune Haar wurde von einem weißen Schleier bedeckt, eine goldene Kordel schlang sich um ihre Stirn, und an einem Handgelenk klimperte ein silbernes Armband.

»Jetzt befindet sich wenigstens ein Höfling in unserem Haushalt«, bemerkte sie mit einem unschuldigen Augenaufschlag.

Matthias änderte seine Meinung schlagartig. Hier hatte er

es beileibe nicht mit einer sittsamen Jungfer zu tun. Ein übermütiger Funke tanzte in ihren Augen, während sie ihn genau beobachtete. Matthias begriff, daß sie jede seiner Bewegungen studierte, um ihn später nachahmen zu können, also verbeugte er sich nur steif, als sich zwei weitere Personen zu ihnen gesellten. Der erste war Malcolm Vattier, der stämmige Verwalter der Burg. Mit seinem eckigen Gesicht, dem roten Bart, dem kurzgeschorenen Haar und der tiefen blutroten Narbe unter dem linken Auge wirkte der Mann geradezu furchteinflößend. Er trug ein ledernes Wams mit abgeschnittenen Ärmeln, wodurch seine muskulösen Oberarme und der Stiernacken noch stärker ins Auge fielen. Das Schwert an seinem Gürtel sah aus, als könne er damit einen Ochsen in zwei Teile spalten, doch seiner ungeschlachten Gestalt zum Trotz bewegte sich Vattier so behende und geschmeidig wie eine Katze. Er reichte Matthias nicht die Hand, sondern verneigte sich nur knapp und musterte ihn von Kopf bis Fuß. Keinerlei Gefühlsregung spiegelte sich in seinen hellgrünen Augen wider.

»Ihr seid ein Schreiber?« fragte er mit gutturaler Stimme.

»So sagt man«, erwiderte Matthias.

»Wer das behauptet, der irrt.« Vattier streckte plötzlich eine riesige Pranke aus und drückte Matthias' Schulter. »Ihr seid ein Mann des Schwertes. Kein Bogenschütze oder Lanzenreiter, sondern ein Schwertkämpfer.«

»Woher wollt Ihr das wissen, Vattier?« erkundigte sich Rosamund neugierig.

»Ich sehe es in seinen Augen.« Vattier zog die Hand weg und trat einen Schritt zurück. »In den Augen und an der Art, wie er den Kopf bewegt.«

Verlegen wandte Matthias sich ab und war heilfroh, als Sir Humphrey ihm Vater Hubert vorstellte, den Burgkaplan. Er fühlte sich sofort zu diesem kleinen Mönch mit dem freundlichen, von Falten durchzogenen Gesicht, den gütigen Augen, dem schütteren Haar und den nachlässig rasierten Wangen hingezogen. Der Mönch drückte Matthias die Hand und zwinkerte ihm verschwörerisch zu.

»Ich freue mich, daß Ihr hierbleibt, Matthias«, sagte er.

»Nun kommt mit, wir wollen essen«, forderte Sir Humphrey sie auf.

Er führte die Besucher und seine eigenen Leute über den Burghof und in die Halle, einen großen, scheunenähnlichen Raum mit geschwärzten Deckenbalken. Die Wand oberhalb der Holztäfelung war weißgekalkt, um Fliegen fernzuhalten; bunte Tücher, Banner und Wandbehänge verliehen dem düsteren Raum etwas Farbe. Die großen Fenster zu beiden Seiten standen offen, die Läden waren zurückgestoßen, um das Sonnenlicht hereinzulassen. Tische und Bänke waren sauber und auf Hochglanz poliert, der Steinfußboden gefegt, jedoch nicht von Binsen oder Matten bedeckt. Keiner der üblichen Jagdhunde lag in einer Ecke herum, nur ein Falke mit Kappe tanzte auf seiner Stange auf und ab, wobei die Fußkettchen leise klirrten. Sir Humphrey forderte seine Gäste auf, Platz zu nehmen, und brüllte den Dienern einige Befehle zu. Diese eilten zwischen der hinter Wandschirmen verborgenen Spülküche und dem Tisch hin und her und trugen Platten mit Dörrfleisch, Käse und Honig auf.

Vater Hubert sprach das Tischgebet, und die Mahlzeit begann. Matthias verhielt sich schweigsam. Sir Humphrey und die anderen redeten hauptsächlich mit Vane und fragten ihn über den König, den kürzlich überstandenen Bürgerkrieg und den königlichen Sieg bei East Stoke aus. Vane gab gutgelaunt Antwort. Offenbar stand er auf bestem Fuß mit Sir Humphrey und seinen Gefolgsleuten. Matthias hielt den Blick gesenkt und konzentrierte sich auf sein Essen. Als er einmal aufschaute, stellte er fest, daß Rosamund ihn nicht beobachtete, sondern treffsicher die Art und Weise imitierte, wie er dasaß und sich mit verdrossener Miene Bissen um Bissen in den Mund schob. Errötend leerte er seinen Humpen und sagte, er wolle ein wenig frische Luft schnappen.

Er verließ die Halle, schlenderte im inneren Burghof umher und entdeckte ein Wildgehege, einen gut gepflegten Kräutergarten, eine Backstube und ein kleines Schlachthaus. Offenbar war diese Burg eine wohlgeordnete Gemeinschaft. Matthias dachte darüber nach, daß dies für die nächsten drei

Jahre seine Heimat sein würde, und erkannte, daß ihn der Gedanke nicht störte. Nach all den Aufregungen in Oxford und Dublin und der hektischen, von Mißtrauen geprägten Atmosphäre am Hof des Prätendenten stellte Barnwick eine angenehme Abwechslung dar.

Allerdings fragte er sich, wie lange er hier wohl unbeschwert würde leben können. Wann würde der Rosendämon wieder in sein Leben treten? Gedankenverloren wanderte er um den Bergfried herum, stieg eine schmale, steinerne, gewundene Treppe empor und besichtigte das düstere Gebäude mit seinen kahlen Räumen und engen Fluren. Diener und Soldaten kamen an ihm vorbei. Einige lächelten ihm zu, andere musterten den Fremden neugierig. Nach einiger Zeit hörte er, wie Vane unten nach ihm rief.

»Gut, daß Ihr die Halle verlassen habt«, erklärte der Profos, als Matthias bei ihm angelangt war. »So hatte ich Gelegenheit, den anderen zu erklären, wer Ihr seid und warum Ihr für diesen Posten ausgesucht wurdet.«

»Werden sie mir denn trauen?« fragte Matthias.

»Oh, ich denke schon. Schaut Euch doch um, Matthias. Wo solltet Ihr schon hingehen?« Vane schlug ihm auf die Schulter und zog ihn ein Stück näher an sich heran. »Matthias, ich reise morgen früh wieder ab. Aber ich bin froh, Euch kennengelernt zu haben. Ihr wart ein angenehmer Reisegefährte und habt mir keinerlei Schwierigkeiten gemacht. Ich glaube, Ihr habt so manches Geheimnis, aber das geht mich ja nichts an. Jetzt kommt, wir wollen in die Halle zurückkehren. Sir Humphrey feiert sowohl Eure Ankunft als auch meine morgige Abreise.«

Matthias fand bald heraus, daß er als Mitglied der Garnison sofort akzeptiert wurde. Niemand schien sich daran zu stören, daß er gegen den König gekämpft hatte. Später am Tag bemerkte Vane, der dem Wein allzu reichlich zugesprochen hatte, im Zusammenhang damit nur: »Jeder von uns trägt irgendein Geheimnis mit sich herum. Wißt Ihr, daß sowohl Sir Humphrey als auch meine Wenigkeit für York *und* für Lancaster gekämpft haben?«

Am nächsten Morgen verließ Vane die Burg. Matthias

stand am Torhaus und sah ihm nach, bis er nur noch eine Staubwolke in der Ferne erkennen konnte.

Sir Humphrey kam auf ihn zu. Am vorangegangenen Abend hatte Matthias in der Halle geschlafen, nun zeigte ihm der Konstabler seine Gemächer im Ostturm des Bergfrieds: zwei geräumige, nebeneinanderliegende Kammern; ein Schlafgemach und eine Arbeitsstube. Dann führte er Matthias durch die Burg und sprach in knappen, abgehackten Sätzen auf ihn ein. Er erklärte, wann die Mahlzeiten gereicht wurden, wann die Frühmesse stattfand, was an Sonn- und Feiertagen zu tun war und daß Matthias viermal im Jahr seinen Lohn sowie zu Weihnachten und Ostern neue Kleider erhalten würde.

Matthias lebte sich rasch ein. Den geregelten Tagesablauf in der Burg empfand er als beruhigend. Aufgestanden wurde kurz nach Tagesanbruch, dann besuchten alle die Messe, begannen danach mit ihrer Arbeit und versammelten sich später in der Halle, um ihr Fasten zu brechen. Am frühen Nachmittag wurde eine weitere Mahlzeit aufgetragen, und dann bis zur Abenddämmerung weitergearbeitet. Matthias hatte verschiedene Pflichten. Manchmal saß er, über ein Schreibpult gebeugt, in seinem hochlehnigen Stuhl und kopierte für Sir Humphrey Briefe, Berichte und andere Dokumente. Dann wieder legte er Inventarlisten an, in denen er über die Vorräte der Burg genau Buch führte und die Kosten für Waffen, Löhne und Viehfutter gegen die Ernteerträge und sonstigen Einnahmen aufrechnete. Außerdem kümmerte er sich um die Manuskripte, sorgte dafür, daß die Archive in Ordnung gehalten, die Truhen regelmäßig gesäubert und gelüftet, alle Dokumente in chronologischer Reihenfolge geordnet und die anstehenden Berichte rechtzeitig zu St. Michaelis, dem Fest des hl. Hilarius am 13. Januar, zu Ostern und zur Sommersonnenwende eingereicht wurden. Diese Aufgaben ließen sich leicht bewältigen.

Bald stellte sich heraus, daß Sir Humphrey ihn immer häufiger wegen verschiedener Angelegenheiten um Rat fragte. Auch Vater Hubert erwies sich als guter Freund. Er fragte Matthias eingehend über sein Studium in Oxford und über die richtige Behandlung empfindlicher Manuskripte aus und erbat sich gelegentlich auch einmal einen Gefallen. Matthias überprüfte für ihn den Zustand des kapelleneigenen Lektionars und besserte, wenn nötig, die Kalbsledereinbände aus.

Der Rest der Garnison betrachtete ihn als das, was er war, nämlich als Vertrauten Sir Humphreys. Nur Vattier fuhr fort, ihn genau zu beobachten. Zuerst verhielt Matthias sich abweisend, weil er fürchtete, Vattier könne ihn von früher her kennen. Drei Wochen nach seiner Ankunft beugte sich der Soldat beim Essen zu ihm hinüber.

»Ihr würdet einen ausgezeichneten Schwertkämpfer abgeben, Matthias.«

Matthias hielt seinem Blick stand, ohne mit der Wimper zu zucken. »Das sagt Ihr andauernd, Master Vattier.«

»Dann könnt Ihr mir morgen früh beweisen, daß ich recht habe«, erwiderte Vattier.

Matthias blickte über den Tisch hinweg Rosamund an, die den Blick zurückgab. Ein teuflischer Funke tanzte in ihren Augen. Er schluckte hart und widmete sich wieder seiner Mahlzeit. In Gegenwart der jungen Frau fühlte er sich unbehaglich. Immer, wenn sie zusammenkamen, ertappte er sie dabei, wie sie ihn durchdringend musterte. Zuerst dachte er, sie wolle sich über ihn lustig machen, aber gelegentlich bemerkte er, wie ein trauriger Ausdruck über ihr Gesicht huschte. Dabei war Rosamund die Freundlichkeit in Person. Sie stellte ihm Blumen in sein Schlafgemach und Schalen mit wohlriechenden Kräutern in seine Kanzlei. Manchmal saß sie eine Weile bei ihm, stellte ihm die eine oder andere Frage und sprang dann abrupt auf, um aus dem Zimmer zu eilen. Matthias fragte sich, ob sie wohl über eine gewisse hellseherische Gabe verfügte. Sir Humphrey betete sie offensichtlich an; Vater Hubert nannte sie willensstark und entschlossen, betonte aber gleichzeitig, sie sei ein sehr frommes Mädchen und eine pflichtbewußte Tochter.

»Sie ist manchmal etwas eigenartig«, bemerkte der Priester eines Morgens nach der Messe.

»Wie meint Ihr das?« fragte Matthias.

»Nun, sie ist warmherzig und mitfühlend; wenn jemand krank wird oder in Schwierigkeiten gerät, ist sie die erste, die ihre Hilfe anbietet. Aber was Euch betrifft, Matthias ...«, der Priester schüttelte den Kopf, »... da werde ich aus ihr nicht schlau.«

Matthias schob seinen Teller beiseite. Er war jetzt seit drei Wochen in Barnwick. Sir Humphrey vertraute ihm, Vater Hubert auch, Vattier schien entschlossen, ihn zum Krieger auszubilden, aber Rosamund? Ahnte sie, wie es wirklich um ihn stand? Einen Moment lang verspürte er wilden Zorn, als er über das Schicksal nachdachte, das ihn hierhergeführt hatte, als Fremden unter Fremde; unfähig, sein Leben in die eigenen Hände zu nehmen.

Am nächsten Morgen, als sich die anderen Soldaten im äußeren Burghof im Umgang mit Waffen übten, auf Scheiben schossen oder mit Lanzen in der Hand auf Holzpuppen zugaloppierten, ging Matthias hinaus, um ihnen Gesellschaft zu leisten. Bei seinem Anblick trat ein breites Grinsen auf Vattiers häßliches Gesicht.

»Na endlich!«

Er warf Matthias einen ledernen Harnisch zu und wies ihn an, sich ein Rundschild und ein stumpfes Schwert zu nehmen. Dieser gehorchte, und im nächsten Augenblick griff ihn Vattier auch schon an. Eine Zeitlang verteidigte sich Matthias mit hocherhobenem Schild und drang mit seinem eigenen Schwert wild auf den Gegner ein. Am liebsten hätte er beides weggeworfen und wäre davongerannt, aber inzwischen waren noch andere Männer zu ihnen gestoßen und schauten interessiert zu.

»Beruhigt Euch«, flüsterte Vattier, ihn über den Rand seines Schildes hinweg angrinsend.

Matthias wich zurück. Vattier griff erneut an, Matthias parierte den Ausfall. Langsam wurde er ruhiger. Das Klirren der Waffen kam ihm vor wie eine seltsame Musik, der Kampf wie ein Tanz, den er zwar nicht kannte, der ihm aber dennoch gefiel. Er ließ Vattier nicht aus den Augen und prägte sich dessen Finten, Vorstöße und Paraden genau ein. Der Soldat hatte sich in seiner Vorstellungskraft in all seine Feinde verwandelt: den Gefängniswärter aus dem Bocardo, den höhnisch auf ihn herabgrinsenden Symonds, in Fitzgerald, der ihm wohlwollend auf die Schulter klopfte. Er genoß das Geräusch von Stahl, der auf Stahl prallte. Allmählich erstarben das Gelächter und die Sticheleien der Zuschauer. Matthias focht zwar verhältnismäßig ungeschickt, nutzte aber jede Unachtsamkeit Vattiers sofort aus. Schließlich hielt dieser inne und warf sein Schwert auf den Boden.

»Genug für heute«, verkündete er, dann grinste er die Soldaten an. »Ich habe meine Wette gewonnen. Er ist ein Schwertkämpfer.«

Die Fußsoldaten und Bogenschützen kamen auf ihn zugeschlurft, um ihm ihre sauer verdienten Pennies auszuhändigen, und verzogen sich murrend. Vattier wandte sich an Matthias.

»Matthias, Ihr seid vielleicht kein guter Reiter, kein guter Sänger, kein guter Schreiber oder auch nur ein guter Mensch, aber Ihr habt die Anlagen zu einem hervorragenden Kämpfer. Fragt mich nicht, warum, es ist wie beim Tanzen: Entweder hat man Talent, oder man hat es nicht. Ihr habt es. Trainiert jeden Morgen.«

Matthias befolgte den Rat. Die anstrengenden Übungen lockerten seine verkrampften Muskeln, vertrieben die Dämonen, die ihn heimsuchten, und wirkten sich positiv auf seine Gemütsverfassung aus. Er genoß es, sich mit den anderen Soldaten zu messen. Vattier brachte ihm alles bei, was er wußte, und schon bald hatte Matthias seinen Bewegungsablauf verbessert und war imstande, Hiebe zu führen, die den Gegner nach Belieben entwaffnen, verwunden oder gar töten konnten. Anfang September, als das Wetter umschlug und Heide und Grasland rund um die Burg zu verwelken begannen, hatte sich Matthias bereits einen Namen als Schwertkämpfer gemacht.

»Ihr habt einen großen Zorn in Euch«, bemerkte Sir Humphrey eines Abends beim Essen. »Das ist nicht zu übersehen, Matthias.« Der Konstabler beugte sich vor und schenkte sich Wein ein. »Ich frage mich nur, was diesem Zorn zugrunde liegt.«

Einige Tage später hielt sich Matthias in der im zweiten Stockwerk des Bergfrieds gelegenen Burgkapelle auf. Er saß mit dem Rücken an eine Säule gelehnt auf dem Boden. Vater Hubert hatte ihn gebeten, den Einband einer großen Bibel zu überprüfen und Sir Humphrey gegebenenfalls zu überreden, ihn erneuern zu lassen. Matthias jedoch beschäftigte sich wieder einmal mit den Zeilen der Genesis, die sein Vater vor so vielen Jahren auf einen Pergamentfetzen gekritzelt hatte.

»Daß Ihr ein Schwertkämpfer und ein Schreiber seid, wußte ich bereits, aber nun sehe ich auch noch einen Mann des Gebets vor mir.«

Rosamund war lautlos eingetreten und blickte auf ihn herab.

»Ihr spottet zuviel, Mylady.« Matthias blätterte die Seiten um. »Und mit Scherzen verhält es sich wie mit einem Krug Wein – irgendwann schmeckt er sauer.«

»Matthias der Märtyrer!«

Er blickte auf. Hochrote Zornesflecken loderten auf Rosamunds Wangen.

»Der finstere Fitzosbert! Warum blickt Ihr nur immer so finster drein, Fitzosbert? Warum lauf Ihr herum wie ein Mann, der die Last der ganzen Welt auf seinen Schultern trägt?« Rosamund begann, vor ihm auf und ab zu gehen.

Matthias mußte lachen, als er die perfekte Imitation seiner selbst erkannte. Sie blieb stehen.

»Nun, schmeckt der Wein wirklich schon sauer, Matthias?«

Rosamund nahm ihm gegenüber Platz, öffnete ein kleines Leinentuch und knabberte etwas Marzipan. Wieder ahmte sie sein Verhalten bei Tisch nach; schob sich die Bissen auf genau dieselbe bedächtige Weise in den Mund, wie Matthias es zu tun pflegte. Die Imitation war so treffend und ihre Miene dabei so feierlich, daß er sich vor Lachen kaum halten konnte. Mit funkelnden Augen sah sie ihn an.

»Warum gebt Ihr Euch mit mir ab, Mylady?«

»Weil ich Euch gern habe, Fitzosbert, wirklich gern! Noch nie hat mir ein Mann so gut gefallen wie Ihr!«

Matthias war zunächst sprachlos. Solch direkte Worte war er nur aus dem Mund von Schankmädchen und Huren wie Amasia gewohnt. Rosamund wich seinem Blick nicht aus.

»Ich mag Euch wirklich sehr, Matthias«, wiederholte sie. »Und Ihr könnt nichts anderes als dasitzen und mich mit treuen Hundeaugen anschauen.«

Sie steckte sich ein Stück Marzipan in den Mund. »Nun, ehe Ihr darüber nachdenkt, geschweige es ausspricht – ich bin nicht mannstoll, sondern noch Jungfrau, Virgo intacta, wie es sich gehört. Ich bin siebzehn Jahre alt, und bislang haben fünf Männer um meine Hand angehalten. Der letzte war ein Ritter, der ein Landgut in Scarsdale besaß. Er war noch jung, trat sehr elegant auf und ging ungefähr so.«

Sie sprang auf und stolzierte affektiert durch die Kapelle. Matthias lächelte, weil sie den Mann so treffsicher nachahmte – den gezierten Gang, die halb erhobene Hand mit den gespreizten Fingern. Genau dieselben Gesten hatte er oft bei den Galanen bei Hof beobachtet, und auch der Gesichtsausdruck stimmte: leicht überheblich, gelangweilt, mit halbgeschlossenen Augen und trägem Blick. Sie blieb stehen, raffte ihre Röcke und bog sich leicht nach hinten.

»Außerdem war er bestückt wie ein Zuchthengst. Ich sagte zu Vater, er solle lieber eine unserer Stuten heiraten.«

Matthias brach in schallendes Gelächter aus. Rosamund beugte sich zu ihm. Ihr Gesicht war sehr ernst geworden. Er wollte nach ihrer Hand greifen, doch sie wich aus, schob ihm ein Stück Marzipan in den Mund und tippte sanft gegen sein Kinn.

»Sagt jetzt nichts, Matthias. Sagt nichts, was Ihr nicht wirklich meint, und denkt nicht, Ihr hättet eine gefangene Prinzessin vor Euch, die alles tun würde, um endlich frei zu sein. Ich liebe meinen Vater, ich liebe diese Burg, und ich liebe die wilde Landschaft hier. Ich habe die Lieder der Troubadoure gehört und eitlen höfischen Komplimenten gelauscht; und ich kenne Männer zur Genüge, die gerne in einem lauschigen Winkel mit mir herumturteln würden. Sie reizen mich nur zum Lachen. So, und jetzt macht den Mund auf.«

Matthias gehorchte, und sie schob ein weiteres Stück Marzipan hinein.

»Also sagt nichts, ehe Ihr nicht genau wißt, daß Ihr es auch so meint«, flüsterte sie. »Ich habe Euch vom ersten Moment unserer Bekanntschaft an ins Herz geschlossen. Sicher könnte ich noch mehr dazu sagen, aber vorerst werde ich lieber schweigen.«

Dann war sie weg, und Matthias saß wie vor den Kopf geschlagen da. Er wünschte auf einmal sehnlich, daß sie zurückkommen würde. In den wenigen Minuten, die sie bei ihm gewesen war, hatte er die Vergangenheit abgeschüttelt und sich gefühlt wie ein ganz normaler junger Mann, der von einer hübschen Frau geneckt wird. Sie hatte gesagt, sie würde ihn mögen, aber Matthias war die glühende Leidenschaft in ihren Augen nicht entgangen, und er begriff plötzlich, wie wenig er doch von Frauen verstand. Er erhob sich, legte die Bibel geistesabwesend auf den Altar zurück und verließ die Kapelle. Auf der Treppe begegnete er Vater Hubert.

»Glaubt Ihr, sie sollte neu gebunden werden?«

»Ja, sie ist wirklich schön, Vater, findet Ihr nicht?«

Der Kaplan musterte ihn befremdet. Matthias wurde bewußt, daß er gar nicht richtig zugehört hatte. Er ging hinunter und wanderte dann rastlos durch die Burg. Gerne hätte er mit Rosamund gesprochen, er konnte sie jedoch nirgends entdecken, und so ging er in seine Kammer, legte sich auf das Bett und starrte zu den Deckenbalken empor, als hätte er sie nie zuvor gesehen.

An diesem Abend erschien Rosamund in einem dunkelgrünen, an Hals und Ärmeln mit Spitzen ausgeputzten Seidenkleid zum Essen. Ein duftiger weißer Schleier bedeckte ihr Haar. Matthias starrte sie wie verzaubert an. Er meinte, noch nie eine so liebreizende Erscheinung gesehen zu haben. Sie saß mit betrübter Miene da und aß langsam, doch als sich ihre Blicke einmal kreuzten, zwinkerte sie ihm zu und lächelte dann so übermütig, daß Matthias sich fragte, ob sie nur mit ihm spielte. Sein Herz krampfte sich zusammen. Er wollte sie um jeden Preis wiedersehen, wollte sogar hinnehmen, daß sie sich über ihn lustig machte, wenn sie nur in seiner Nähe blieb. Nach dem Essen erhob sie sich jedoch rasch und fuhr sich mit dem Handrücken über die Stirn.

»Mir ist heiß, und ich fühle mich ein wenig fiebrig«, flüsterte sie.

Sir Humphrey sah sie besorgt an.

»Aber morgen geht es mir sicher besser«, gurrte sie.

Und mit einem weiteren an Matthias gerichteten Augenzwinkern und einem teuflischen Lächeln schwebte Lady Rosamund Bearsden aus der Halle.

In dieser Nacht fand Matthias nicht viel Schlaf. Er konnte an nichts anderes denken als an Rosamund; ihre Schönheit, ihr offenes, direktes Wesen. Doch als ihm die Bedeutung ihres Namens, Rosamundi, wieder einfiel, überlief ihn ein Schauer. Konnte sich der Rosendämon dahinter verbergen?

Am nächsten Morgen bei der Messe bekam er ein schlechtes Gewissen, denn Rosamund empfing wie üblich das Sakrament. Nach dem Gottesdienst verwickelte Matthias seinen Lehrer Vattier in ein so heftiges Schwertgefecht, daß dieser schließlich bestürzt die Hände hob und sich geschlagen gab.

Schweißüberströmt kehrte Matthias in seine Kammer im Bergfried zurück. Die Tür stand einen Spalt offen. Das Herz schlug ihm plötzlich bis zum Hals, und er schob die Tür langsam auf.

»Es ist nicht die, die Ihr erwartet.« Vater Hubert saß auf dem Bett. »Tretet ein, Matthias.« Er deutete auf den Stuhl vor ihm. »Schließt die Tür und nehmt Platz.«

Matthias gehorchte. »Was führt Euch her, Vater?«

»Eine Frage, die Ihr mir soeben beantwortet habt. Ich sagte ›Es ist nicht diejenige, die Ihr erwartet‹, und Ihr habt noch nicht einmal gefragt, wen ich damit meine. Ich spreche von unserer Rosamund.«

»Was ist mit ihr?«

»Sie liebt Euch von ganzem Herzen, Matthias. Ich wußte es vom ersten Augenblick an, als sie Euch sah. Ist Euch nicht aufgefallen, wie blaß sie geworden ist, als Ihr ihr vorgestellt wurdet?« Der Priester beugte sich vor. Tiefe Besorgnis spiegelte sich auf seinem Gesicht wider. »Ich kenne sie seit ... nun, seitdem ich sie getauft habe. Sie kann ein eigenwilliger Plagegeist sein, aber sie ist so ehrlich und aufrichtig wie der junge Tag, und sie ist eine ungewöhnlich willensstarke Frau. Wenn sie sich etwas in den Kopf setzt, dann geschieht das auch. Sie hat mir gesagt, daß sie Euch liebt, Matthias Fitzosbert.« Der Priester schüttelte den Kopf. »Und sie weiß nicht, daß ich hier bin. Ich habe immer befürchtet, daß genau diese Situation eintritt. Rosamund ist kein törichtes, oberflächliches Geschöpf wie viele andere Frauen. Wenn sie haßt, dann haßt sie. Wenn sie kämpft, dann kämpft sie bis zum bitteren Ende. Ich habe oft gesagt, Gott helfe dem Mann, in den sie sich einmal verliebt. Aber, Matthias, Ihr dürft nicht mit ihren Gefühlen spielen. Für eine flüchtige Liebelei ist sie mir zu schade, versteht Ihr?«

Matthias unterdrückte die wilde Freude, die ihn durchzuckte, und nickte. Vater Hubert senkte den Blick und scharrte verlegen mit den Füßen.

»Ihr seid ein guter Mann, Matthias, aufrecht und ehrenhaft.« Er schaute nervös zur Tür hinüber. »Aber ich muß mit Euch noch über zwei andere Angelegenheiten sprechen.« Er hielt inne, um seine nächsten Worte sehr sorgfältig zu wählen. »Ihr kennt die Legenden, die über den Nordturm im Umlauf sind?«

»Ja, ich habe davon gehört.«

»Es sind nicht nur Legenden. In dem Turm spukt es! Sir Humphrey hält die Tür immer sorgfältig verschlossen. Einmal habe ich das Gebäude gesegnet, aber ich fürchte, es braucht mehr als einen Segen, um die furchtbare Sünde zu tilgen, die einst dort begangen wurde.«

»Aber Vater Hubert, was hat das mit mir zu tun?«

»Seht Ihr, im Turm herrschte viele Jahre Ruhe, aber vor kurzem begann der Spuk von neuem; Geräusche wurden gehört, und schwacher Lichtschein hinter den Fenstern gesehen.«

»Und?«

»Es fing in der Nacht an, als Ihr hier ankamt, und hat seitdem nicht aufgehört.«

»Warum macht Ihr mich dafür verantwortlich, Vater?«

»Ah, das bringt mich zu dem zweiten Punkt, den ich klären möchte.« Vater Hubert räusperte sich. »Erinnert Ihr Euch daran, Matthias, daß Ihr vor einigen Tagen in dem kleinen Garten hinter der Halle gesessen habt? Es war ein schöner, sonniger Nachmittag, Ihr hattet einen Pergamentbogen im Schoß und wart dabei, ihn mit einem Bimsstein zu bearbeiten. Nun, ich ging in die Halle, weil ich durstig war, bat in der Küche um einen Krug Buttermilch und trat damit ans Fenster, um Euch zu fragen, ob Ihr auch einen Becher davon wollt.«

»Natürlich, das weiß ich noch ganz genau.«

»Ihr wart aber nicht allein«, sagte der Priester. »Matthias, Ihr müßt mir glauben, ich bin kein alter Narr, der sich das alles nur einbildet. Seit meiner Kindheit habe ich jedoch das Zweite Gesicht.« Er kratzte sich seinen kahlen Schädel. »Manchmal sehe ich Dinge, die ... nun, die ich lieber nicht sehen würde. Eine vermummte Gestalt saß neben Euch. Sie trug einen nachtschwarzen Kapuzenmantel. Zuerst dachte ich, es wäre jemand von der Garnison, aber eigenartigerweise hatte ich ihn gar nicht bemerkt, als ich das erste Mal zu Euch hinüberschaute, und ich fand es auch merkwürdig, daß sich jemand an einem heißen Sommertag in einen so schweren Mantel hüllt. Ich starrte die Gestalt an, konnte aber weder Hände noch ein Gesicht erkennen. Vor Furcht bekam ich eine Gänsehaut, denn zugleich wehte ein schwerer, süßer Duft nach Rosen zum Fenster herein. Etwas Vergleichbares habe ich noch nie zuvor gerochen. Ich stellte den Milchkrug auf den Tisch und wollte nach Euch rufen, aber als ich wieder aus dem Fenster blickte, war die Gestalt verschwunden.«

Matthias erhob sich. »Ich kann Euch keine Erklärung dafür liefern, Vater. Aber glaubt mir, ich bemühe mich nach Kräften, ein guter Mensch zu sein.« Er ging zur Tür. Auf der Schwelle drehte er sich noch einmal um. »Was Rosamund betrifft, so versichere ich Euch, daß ich sie ebenso liebe wie sie mich.«

Matthias stieg die Treppe hinunter. Was er von dem Priester gehört hatte, erfüllte ihn mit Freude und Sorge zugleich. Er ging in das kleine Skriptorium, wo Sir Humphrey alle seine Schlüssel aufbewahrte; sie hingen ordentlich in Reih und Glied an kleinen Metallhaken. Der Schlüssel zum Nordturm war groß und messingfarben. Matthias nahm ihn an sich und eilte davon. Zum Glück war niemand in der Nähe. Sir Humphrey war auf die Falkenjagd gegangen, und die Soldaten gingen ihren üblichen Beschäftigungen nach. Matthias betrat den Bergfried und schloß die eisenbeschlagene Tür zum Nordturm auf. Er stieß sie zurück, trat ein und schloß die Tür wieder hinter sich, dann blieb er einen Moment stehen und blickte zu der gewundenen Steintreppe empor. Er schnupperte. Es roch nach Moder und Schimmel, und es war kälter als im übrigen Bergfried, was an der ungünstigen Lage und der Tatsache, daß sämtliche Fenster fest verschlossen waren, liegen mochte. Langsam stieg er die Treppe hoch und blieb auf jeder Etage kurz stehen. Die Türen zu den kleinen Kammern standen offen. Die Räume waren samt und sonders sauber gefegt, enthielten jedoch überhaupt keine Möbelstücke. Matthias betrat eine der Kemenaten, öffnete die Fensterläden und blickte über das wilde Heideland hinter den Burgmauern. In der Ferne sah er einen Trupp Reiter. Sir Humphreys Lieblingsfalke schwebte über ihnen am Himmel. Rasch schloß er die Fenster wieder.

»Helft mir! O bitte, helft mir doch!« rief eine leise, flehentliche Frauenstimme plötzlich.

Matthias gefror das Blut in den Adern. »Wer ist da?« krächzte er.

»*Aidez-moi!*« Die Frau verfiel ins Französische. »*Aidez-moi maintenant! Priez pour mon âme!* Helft mir jetzt! Betet für meine Seele!«

Matthias eilte zur Tür.

»Verpiß dich, Schreiber!« Diesmal war es eine gutturale Männerstimme. »Verschwinde! Laß uns in Ruhe! Warum hast du den Seigneur hergebracht?«

Matthias blieb auf der Schwelle stehen. Die halbgeöffnete Tür schwang hin und her, als wolle sie ihn zermalmen. Er sprang zur Seite. Die Tür kam abrupt zum Stillstand, als habe eine unsichtbare Hand sie festgehalten. Matthias ging langsam die Treppe hinunter. Inzwischen war es eisig kalt geworden wie an einem strengen Wintertag, aber er wollte sich um keinen Preis einschüchtern lassen.

»Betet für uns!« klagte die Frauenstimme. »Bitte, betet für uns!«

Aus dem Augenwinkel heraus sah er, wie sich etwas bewegte. Er drehte sich um und beobachtete mit weit aufgerissenen Augen, wie sich das Gesicht einer jungen Frau in der Mauer formte. Es sah aus, als würde ein unsichtbarer Steinmetz das Mauerwerk bearbeiten. Matthias erkannte hohe Wangenknochen, halbgeöffnete Lippen und große, flehende Augen. Ein zweites Gesicht erschien daneben, eine grausam verzerrte Fratze mit spitzer Nase und geifernden Lefzen. Matthias wich zurück, achtete aber trotz der Panik, die ihn überfiel, sorgsam darauf, wo er die Füße hinsetzte. Ein ekelerregender Gestank stieg ihm in die Nase und ließ ihn an einen offenen Sarg oder an einen Eimer voller Fleischabfälle denken. Hinter ihm ertönte ein Geräusch. Er fuhr herum. Ein Mann stand dort; ein Mann, dessen teigig weißes Gesicht mit vorquellenden Augen und schlaffen Lippen ihn an die Fratze an der Wand erinnerte. Er war nach Art der Priester in einen langen schwarzen Mantel gehüllt. Matthias' Hand fuhr zu seinem Dolch. Der Mann kam auf ihn zu. Er berührte den Boden nicht, sondern glitt darüber hinweg.

»Verschwinde!«

Matthias kniff sich in den Oberschenkel. Träumte er etwa? Hinter der abstoßenden, langsam dahingleitenden Gestalt lauerten noch andere: der Sekretär Rahere, der Prediger, Santerre, Amasia, Fitzgerald. Mairead allerdings fehlte, und die Gesichter der anderen Gäste aus der Hölle konnte er nicht genau erkennen. Matthias öffnete den Mund, um zu schreien, aber sein Hals war strohtrocken, die Zunge schien ihm am Gaumen festzukleben, und er brachte keinen Ton heraus. Plötzlich wurde ihm warm. Der Duft von Rosenwasser erfüllte den Treppengang, die Trugbilder wichen zurück und verschwanden wie Rauchwolken, die sich in Luft auflösen.

DRITTES KAPITEL

Innerhalb einer Woche waren Matthias und Rosamund verlobt, und am 18. Oktober, am Fest des hl. Lukas, wurden sie von Vater Hubert in der Burgkapelle getraut. Matthias hatte seine Braut stürmisch umworben. Die Liebe zwischen der Tochter des Konstablers und dem neuen Schreiber war das am schlechtesten gehütete Geheimnis in ganz Barnwick gewesen. Sowie Rosamund erfuhr, daß Matthias ihre Gefühle erwiderte, hatte sie sich offen zu ihm bekannt. Es entsprach nicht ihrer aufrichtigen impulsiven Natur, die Spröde zu spielen. Bei jeder Mahlzeit saß sie da und strahlte Matthias, dessen Augen wie verzückt an ihr hingen, hingebungsvoll an – sehr zum Verdruß von Sir Humphrey und allen anderen Anwesenden. Wo Matthias hinging, da folgte ihm Rosamund, und wenn sie das nicht tat, machte er sich auf die Suche nach ihr.

Das Erlebnis im Nordturm hatte ihm zwar zunächst einen heillosen Schrecken eingejagt, aber andererseits begann er allmählich, sich an derartige Erscheinungen zu gewöhnen. Außerdem war er wild entschlossen, sich sein neu gefundenes Glück von nichts und niemandem trüben zu lassen. Denn er war glücklich; zum ersten Mal in seinem Leben, so gestand er dem verwirrten Vater Hubert, hatte er erfahren, was Glück wirklich bedeutete, nämlich einen Zustand, in dem man mehr an den anderen dachte als an sich selbst. Rosamund erfüllte seine Gedanken vollkommen. Sie glich keinem anderen Menschen, dem er bisher begegnet war, sie war so herzlich, so offen, so völlig ohne Falsch. Wenn sie nicht bei ihm war, fühlte er sich unvollständig. Zum ersten Mal seit seiner traumatischen Kindheit war er von einem tiefen inneren Frieden erfüllt. Wen mußte er mit Rosamund an seiner Seite schon fürchten? Für sie würde er sogar frohen Mutes in die Tiefen der Hölle hinabsteigen. Er war glücklich in Barnwick, seine Arbeit machte ihm Spaß, und es gab Schlimmeres, als in den königlichen Diensten Karriere zu machen. Das sagte er auch zu Sir Humphrey, als der Konstabler sich kurz vor St. Michaelis dazu durchrang, ein klärendes Gespräch mit ihm zu führen.

Der Konstabler machte sich zwar Sorgen, war aber insgeheim über die Verbindung erfreut. Er hatte sich mit Vater Hubert beratschlagt, und beide waren übereinstimmend zu einem vernünftigen Entschluß gekommen. Zum ersten und einzigen Mal in ihrem Leben schien Rosamund wirklich verliebt zu sein. Sie war von Matthias ebenso hingerissen wie er von ihr. Der Konstabler gab zu, daß er nur wenig von diesem jungen, begabten Schreiber wußte, aber dieses wenige gefiel ihm.

»Wenn er uns verläßt«, gab er deswegen zu bedenken, »wird es Rosamund das Herz brechen. Ich kenne sie gut genug.«

Der Priester nickte ernst. »Und was noch wichtiger ist, Sir Humphrey«, erwiderte er, »wir leben hier in relativer Abgeschiedenheit, und wenn dann zwei junge, von Leidenschaft erfüllte Menschen auf so engem Raum beisammen sind ...«

»Besser freien als von Begierde verzehrt werden«, scherzte Sir Humphrey, den hl. Paul zitierend.

»Ich kann mich auch nur auf das verlassen, was mir vor Augen liegt«, erklärte der alte Priester. »Aber, Sir Humphrey, ich habe viele Jahre verstreichen sehen, ich kenne die menschliche Natur, und ich irre mich selten. Matthias Fitzosbert ist ein guter Mensch. Er mag uns ja Rätsel aufgeben, aber im Grunde seiner Seele ist er rechtschaffen und anständig. Und er liebt Eure Tochter von ganzem Herzen.«

Sir Humphrey hatte sich schließlich überzeugen lassen. Als Matthias ihm dann seine tiefe Liebe zu Rosamund gestand, saß der Konstabler unbeweglich in seinem hochlehnigen Stuhl und hörte ihm aufmerksam zu. Er gab der Verbindung seinen Segen, und als er das vor Glück glühende Gesicht seiner Tochter sah, mußte er die Tränen zurückhalten, so sehr erinnerte sie ihn in diesem Moment an ihre Mutter und sein eigenes stürmisches Liebeswerben vor so vielen Jahren.

Nach diesem Treffen schwebte Matthias auf Wolken. Jeder Tag erschien ihm noch goldener als der vorangegangene. Er konnte seiner Freude und Erregung nur Herr werden, indem er mit dem Schwert auf den armen Vattier eindrosch oder wie von tausend Teufeln gejagt über die Heide galoppierte. Die ganze Garnison teilte seinen Jubel und wünschte ihm und seiner Braut Glück. Das Wetter war strahlend schön, die Ernte versprach reich auszufallen, und der Waffenstillstand mit den Schotten schien zu halten.

Der Hochzeitstag war dann die Krönung seines Glücks. In einem rotbraunen Wams und passender Hose, Geschenken von Vattier, und einem weißen Leinenhemd, das ihm Vater Hubert überreicht hatte, erwartete Matthias seine Braut an der Tür der Kapelle. Er leistete seinen Schwur und blickte ihr tief in die Augen, ehe er ihre Hand nahm und sie zu den beiden vor dem Altar aufgestellten Betschemeln geleitete. Nach der Trauung wurde er von seiner Braut getrennt und von den Männern der Garnison unter Führung von Sir Humphrey in die Halle gezerrt, wo ein gewaltiges Trinkgelage stattfand und sehr zur Verlegenheit Vater Huberts mit zotigen Sprüchen und anzüglichen, von Augenzwinkern und Rippenstößen begleiteten Bemerkungen nicht gespart wurde.

Am Abend gab Sir Humphrey ein großes Bankett. Matthias und Rosamund saßen an einem erhöhten Tisch und wurden vom Konstabler und Vattier bedient. Der Rest der Garnison, Männer, Frauen und Kinder, waren an langen Tischen unterhalb des Podiums untergebracht und übertönten mit ihrem Geschrei sogar die Musiker, die Sir Humphrey eigens aus Carlisle hatte kommen lassen. Der Abend zog sich dahin. Matthias sorgte dafür, daß sein Wein stets reichlich mit Wasser versetzt war. Er fühlte sich so glücklich, daß er es nicht wagte, sich umzudrehen und Rosamund anzuschauen, weil er meinte, er müsse sonst zerspringen. Manchmal, wenn er die vergnügte Gästeschar beobachtete und die würzigen Düfte aus der Küche und der Speisekammer schnupperte, fürchtete er, wieder einmal in einem seiner Träume gefangen zu sein. Sicher würde er bald mit Stößen oder Fußtritten geweckt und sich in einem schmutzigen Raum oder einer stinkenden Gefängniszelle wiederfinden.

Draußen ging langsam die Sonne unter. Matthias überlegte gerade, ob er und seine Braut sich verabschieden und die Gäste ihrem Vergnügen überlassen sollten, als die Tür zur Halle aufgestoßen wurde. Zwei Soldaten kamen mit aschfahlen Gesichtern hereingestürzt, zogen Sir Humphrey beiseite und redeten leise auf ihn ein, wobei sie immer wieder zur Tür zeigten. Das Gelächter und die Unterhaltungen verstummten, auch die Musik schwieg plötzlich. Sir Humphrey trat mit ernstem Gesicht auf den erhöhten Tisch zu.

»Matthias, Vattier, Vater Hubert, ihr kommt am besten mit mir. Nein, Rosamund, du bleibst hier. Kümmere dich um unsere Gäste und sorge dafür, daß sie sich gut unterhalten.«

Der Konstabler führte die kleine Gruppe zum Bergfried hinüber. Kaum war er an der frischen Luft, verflog die Wirkung des Weines, und Matthias' Hochstimmung schwächte sich merklich ab. Sowie sie den Bergfried betraten, hörten sie die Schreie und das Stöhnen, das durch die Gänge des Nordturms hallte. Einer der Soldaten nahm eine Pechfackel aus ihrer Halterung, aber er zitterte so sehr, daß Matthias sie ihm aus der Hand riß und die anderen weiterführte. Sir Humphrey fluchte verhalten, Vater Hubert stimmte ein Gebet an. Der gemauerte Gewölbegang war eiskalt und roch nach Fäulnis und Verfall. Die Schreie und das gequälte Keuchen hinter der Tür des Nordturms ließ ihnen das Blut in den Adern erstarren.

»Vor einer Stunde hat es angefangen«, flüsterte einer der Soldaten. »Zuerst hielt ich es für einen schlechten Scherz. Hört doch nur!«

Alle lauschten angestrengt. Die Schreie verstummten.

»Herr im Himmel, steh uns bei!«

Vater Hubert packte Matthias am Arm und wies auf den Spalt unter der Tür. Ein gespenstisches blaues Licht flackerte dort.

Matthias streckte schon die Hand nach der Klinke aus,

doch Sir Humphrey stieß ihn zur Seite. Im selben Moment erklang eine Frauenstimme.

»O bitte, in Gottes Namen, nein! Tut das nicht!«

Der flehentlichen Bitte folgte ein kratzendes, hämmerndes Geräusch. Es klang, als würde jemand hinter der Tür Maurerarbeiten verrichten. Wieder ertönte das herzzerreißende Flehen der Frau, das in ein tiefes, hohles Lachen überging; das Lachen eines Menschen, der vollkommen von Sinnen war. Dieser teuflische Chor – die Bitten der Frau, das höhnische Gelächter des Mannes – schwoll an und brach hin und wieder abrupt ab, dann herrschte für einige Sekunden Stille. Matthias spitzte die Ohren. Er konnte hören, daß der Mann mit sich selbst redete, böse Verwünschungen und wilde Racheschwüre ausstieß. Der Gang war jetzt so kalt, daß Vater Hubert sich die Arme rieb, um sich zu wärmen. Einer der Soldaten konnte die Spannung nicht länger ertragen und floh Hals über Kopf aus dem Bergfried.

»Laßt mich hineingehen«, bat Matthias.

Sir Humphrey hielt ihn zurück.

»Du bist jetzt mein Schwiegersohn.« Er lächelte schwach. »Nicht heute, Matthias, nicht in deiner Hochzeitsnacht.«

»Derartige Ereignisse sind früher bereits vorgekommen«, warf Vater Hubert ein. Er blickte Matthias warnend an. »Es wird nicht das letzte Mal gewesen sein. Laßt uns also noch etwas warten.«

Matthias stimmte zu. Das Licht unter der Tür erlosch. Auch die Schreie und Geräusche verstummten, und so wandten sich die Männer ab und verließen den Bergfried.

Nachdem sie in die Halle zurückgekehrt waren, weigerte sich Matthias, Rosamund zu berichten, was vorgefallen war. Statt dessen mischte er sich unter seine Gäste, füllte ihre Becher von neuem und versuchte zu vergessen, was er soeben erlebt hatte. Er selbst trank ebenfalls ein paar Becher, und der Wein beruhigte seinen Magen und half ihm, sich zu entspannen.

Ein Trompeter blies einige lange, melodiöse Fanfarensignale, woraufhin Matthias und Rosamund aus der Halle geführt und zu ihrem riesigen Hochzeitsbett in Rosamunds

Gemach geleitet wurden. Die Laken waren bereits einladend zurückgeschlagen, die Kissen zurechtgerückt. Die Gäste brachten einen letzten Trinkspruch auf das Paar aus und zogen sich dann taktvoll zurück.

Matthias und Rosamund ließen sich auf der Bettkante nieder. Matthias legte ihr sacht den Arm um die Taille, zog sie näher zu sich heran und flüsterte ihr etwas ins Ohr. Sie machte sich lachend los, um ungeduldig an den Bändern ihres weißen Satinkleides zu zerren. Matthias packte sie, und sie fielen engumschlungen auf das Bett.

Die Festlichkeiten hielten die nächsten Tage lang an. Matthias und Rosamund lebten ganz in ihrer eigenen Traumwelt. Sie waren an einem Montag getraut worden, und Sir Humphrey hatte den Rest der Woche zu Feiertagen erklärt. Das frischvermählte Paar streifte durch die Gänge der Burg oder holte sich Pferde aus den Stallungen, um unbekümmert über das Heideland zu galoppieren. Manchmal füllten sie ihre Satteltaschen mit Brot, Käse und anderen in Leinentücher eingewickelte Speisen, nahmen sich einen Weinschlauch mit und ritten zu irgendeiner abgelegenen Lichtung, wo sie stundenlang saßen und sich unterhielten oder einfach nur engumschlungen im Gras lagen.

Am Sonntag führte Matthias seine Rosamund zu der Mauer; zu den Ruinen, wo er und Vane in der Nacht vor ihrer Ankunft in Barnwick Unterschlupf gefunden hatten. Der alte Eremit Pender ließ sich nicht blicken. Matthias rief sich dessen Worte ins Gedächtnis und inspizierte die Ruinen gründlich. Schließlich fand er, was er suchte. Über einer Feuerstelle war die Figur eines in einen Umhang gehüllten Mannes in die Wand eingemeißelt, der vor einer voll erblühten Rose stand. Unterhalb der Blume entdeckte er ähnliche Schriftzeichen und Runen wie jene, die er in der verlassenen Kirche in Tenebral gesehen hatte.

»Was hast du, Liebster?« Rosamund trat neben ihn und schloß ihre Finger sanft um seine Hand. Ihr fiel sofort auf, wie blaß ihr Mann geworden war. »Matthias, was ist mit dir?«

Matthias strich geistesabwesend mit den Fingerspitzen über die Rose. Rosamund zupfte ihn am Arm.

»Matthias Fitzosbert!«

»Ja, Rosamund Fitzosbert?«

»Was ist los mit dir?« Sie blickte ihn liebevoll an. »Matthias, ich bin keine Närrin. Ich weiß, daß du ein Geheimnis hast. Vater Hubert weiß es ebenfalls. Aber ich bin davon überzeugt, daß es nichts Schlechtes oder Gottloses sein kann.« Sie nahm sein Gesicht in beide Hände. »Hängt es mit dem Spuk im Nordturm zusammen? Vater Hubert hat mir davon erzählt. Ich weiß, daß die Erscheinungen seit deiner Ankunft verstärkt aufgetreten sind. Als du hierherkamst, warst du Matthias der Märtyrer.« Sie grinste schelmisch. »Der finstere Fitzosbert. Und jetzt bist du so glücklich wie ein Kind an einem Sommertag. Was stimmt nicht mit dir, Matthias? Warum hast du mich zu dieser Mauer gebracht? Gewiß, es ist ein schönes Fleckchen Erde, die Herbstsonne wärmt noch, und der Boden ist weich und trocken, aber in der letzten Stunde bist du hier herumgelaufen wie ein Geizhals, der irgendwo einen Beutel Gold versteckt hat und nicht mehr genau weiß, wo. Nun, da du gefunden hast, was du suchst, bist du ganz blaß geworden.« Sie wischte ihm mit der Hand den Schweiß von der Stirn. »Was ist es, Matthias Fitzosbert? Was quält dich?« Sie ließ die Hand sinken. »Im Schlaf murmelst du häufig Männernamen vor dich hin. Santerre und Rahere.« Sie zwinkerte heftig. »Auch eine Frau namens Mairead hast du erwähnt. Habe ich mich getäuscht, Matthias Fitzosbert?«

»Getäuscht? Inwiefern?«

»Ich werde nie aufhören, dich zu lieben«, fuhr sie fort. »Eher friert die Hölle zu und die Welt zerspringt in zwei Teile, als daß Rosamunds Liebe zu Matthias erlischt.« Sie drückte seine Finger. »Aber liebst du mich denn auch, Matthias? Liebst du mich so sehr, daß du mir dein großes Geheimnis anvertrauen kannst?«

Matthias küßte sie auf die Augenbraue. »Wir haben Brot und Wein dabei«, murmelte er, während er seinen Umhang auf dem Boden ausbreitete. »Setz dich und hör mir zu, Rosamund.«

Er vergewisserte sich, daß die Pferde angebunden waren, nahm ihnen die Satteltaschen ab und kam zurück. Sie sah ihn erwartungsvoll an. Matthias füllte zwei Zinnbecher, reichte ihr einen davon, ließ sich dann neben ihr nieder, den Rücken gegen die Mauer gelehnt, und starrte zu einer weißen Wolke am Himmel empor, die ungefähr die Größe einer Männerhand haben mochte.

»Ich habe dir bereits so manches aus meinem Leben erzählt«, begann er, »aber einiges wollte ich dir bislang lieber verschweigen. Also hör gut zu.« Er hielt inne. »Dann wirst du verstehen, warum ich der finstere Fitzosbert geworden bin.«

Matthias sprach über eine Stunde lang. Währenddessen gewann die faustgroße Wolke immer mehr an Umfang und füllte schließlich den Himmel über ihnen fast vollständig aus. Rosamund unterbrach ihn nicht ein einziges Mal. Manchmal machte Matthias eine kurze Pause, um einen Schluck Wein zu trinken oder um die Augen zu schließen und nachzudenken. Er tat sein Bestes, keine Einzelheit auszulassen. Ab und zu rief die Erinnerung eine unterschwellige Angst in ihm hervor; einmal warf er einen Blick auf Rosamunds Gesicht und stellte bestürzt fest, daß jegliche Farbe daraus gewichen war. Ihre Augen waren halb geschlossen, die Lippen leicht geöffnet. Als er zum Ende kam, wurde die Stille geradezu erdrückend. Rosamund rührte sich nicht.

»Jetzt kennst du die Geschichte des finsteren Fitzosbert«, scherzte er schwach.

»Ist dir nie der Gedanke gekommen, *ich* könnte dieses Wesen beherbergen?« Rosamund ordnete die Falten ihres Gewandes. »Was immer es – oder er – auch sein mag, Matthias, er liebt dich, und deswegen mußte auch Santerre sterben. Er wollte dir auf seine Weise zeigen, wieviel du ihm bedeutest. So ist es doch, nicht wahr?« fuhr sie hastig fort. »Und welch besseren Weg dazu gäbe es wohl, als von meinem Körper und meiner Seele Besitz zu ergreifen?«

»Gott ist mein Zeuge, daß dein Name mich anfangs stutzig gemacht hat«, flüsterte Matthias. »Aber ich habe nie befürchtet, daß ...«

»Und warum nicht?« unterbrach ihn Rosamund.

»Ich weiß nicht, wie ich es erklären soll«, erwiderte Matthias. »Aber der Dämon kann nur von Menschen Besitz ergreifen, die ihm sozusagen die Tür selber öffnen; Menschen, die eine moralische oder seelische Schwäche aufweisen. Vergleiche es mit einem Feind, der durch eine Lücke in der Burgmauer schlüpft. Du aber hast keine solche Schwäche, Rosamund. Du bist so rein wie eine Kerzenflamme und genauso stark. Und dann habe ich aus dem wenigen, was ich bislang über dieses Wesen herausfinden konnte, geschlossen, daß es niemals zu einer solchen List greifen würde. Der Rosendämon möchte, daß ich ihn aus freiem Willen und eigener Entscheidung heraus annehme. Er wird mich nicht dazu zwingen.«

»Aber ist es nicht genau das, was er tut?« Rosamund blickte ihn ernst an. »Er verfolgt dich, er zwingt dir seine Gegenwart und seine Zuneigung auf.«

»Da bin ich anderer Ansicht«, widersprach Matthias. »Ich habe Freundschaft mit dem Eremiten und mit Rahere aus freien Stücken geschlossen.«

»Du warst doch noch ein Kind!«

»Auch Kinder treffen Entscheidungen, Rosamund. Oft sind sie unbedacht oder falsch, aber es bleiben Entscheidungen. Dasselbe gilt auch für mein späteres Leben. Ich entschied mich, Baron Sanguis' Unterstützung anzunehmen; ich entschied mich, nach Oxford zu gehen. Ich wählte Santerre zum Freund und forderte Rokesby bewußt heraus. Ich akzeptierte Symonds' Hilfe, und ich blieb freiwillig bei den Rebellen.« In einer Geste der Verzweiflung hob Matthias die Hände und spreizte die Finger. »Manchmal allerdings habe ich das Gefühl, als hätte ich keinerlei Einfluß auf mein eigenes Leben. Aber geht es uns nicht allen so? Wärst du anders geworden, Rosamund, wenn deine Mutter länger gelebt hätte? Und vergiß nicht – wenn mir nicht all diese Dinge widerfahren wären, dann wären wir einander nie begegnet. Wenn man einmal beginnt, die Vergangenheit aufzurollen, bleibt am Ende nichts mehr übrig.« Er erhob sich. »Was weiß denn ich?« fuhr er fort. »Was wäre ohne den Rosendämon wohl aus mir geworden? Hätte ich mein Leben als illegitimer Sohn eines Dorfpfarrers gefristet und meine Tage damit verbracht, die Felder zu bestellen, mich um die Getreidepreise zu sorgen oder Löcher in meinem Dach auszubessern? Sicher, ich mache den Rosendämon für alles Übel in meinem Leben verantwortlich. Doch ein Theologe würde vielleicht dahingehend argumentieren, daß er auch der Urheber aller glücklichen Umstände ist.«

»Schließt das mich mit ein?« Rosamund strich sich eine Haarsträhne aus dem Gesicht.

»Eben nicht. Darauf wollte ich ja hinaus. Ich habe Entscheidungen getroffen, Rosamund. Ich habe dich geheiratet, weil ich dich liebe und nicht, weil irgendeine unsichtbare Macht mich dazu bewegt hat. Es ist einfach so, daß ich dich von Herzen liebe. Du bist der Mittelpunkt meines Lebens.« Er ließ sich neben ihr nieder. »Und wie steht es mit dir?«

»Wenn ich dich nicht lieben würde, Matthias, wenn ich dir nicht vollkommen vertrauen würde ...« Sie sah ihn eindringlich an, »... dann würde ich dich als Verrückten, als einen Mann mit einem kranken Geist abtun. Aber ich erkenne echten Schmerz, und ich habe die Schatten in deinen Augen wohl bemerkt.« Sie ergriff seine Hand. »Das eine sage ich dir, finsterer Fitzosbert. Weder Himmel noch Hölle noch jedwede Macht auf Erden werden mich davon abhalten, dich zu lieben.« Sacht berührte sie seine Lippen. »Ich glaube das, was ihr, du und Vater Hubert, gesagt habt. Jeder Mensch auf dieser Erde muß mit seinen eigenen Dämonen fertig werden. Und du hast recht – es ist eine Frage der Willensstärke. Manche Menschen geben schließlich nach, und andere bleiben standhaft. Was auch kommen mag, Matthias«, ihre Nägel gruben sich in seine Hand, »ich werde dir zur Seite stehen!«

»Was ich dir anvertraut habe, muß unser Geheimnis bleiben«, warnte Matthias, sie in die Arme schließend. »Niemand darf davon wissen. Dir kann ich alles erzählen, aber andere würden mich nicht verstehen.«

Er blickte zum Himmel empor. Die Wolken hatten sich vor die Sonne geschoben. Schatten huschten über die Ruinen, und der Wind war kühler geworden. Irgendwo stieß ein Vogel einen hohlen Klagelaut aus. Es klang, als betraure die Natur das nahende Ende des Jahres. Matthias drückte Rosamund fest an sich. Ihm war plötzlich ein Gedanke gekommen, den er nicht mit ihr zu teilen wagte. Jener Fürst der Finsternis, der geheimnisvolle Rosendämon, beobachtete jeden seiner Schritte. Was würde nun geschehen? Würde der Dämon Rosamund ablehnen? Und ehe er sich's versah, begann Matthias zu beten, aber nicht zu Gott, wie er nach einer Weile voller Schrecken feststellte. Er betete zu dem Rosendämon, flehte jenes unsichtbare Wesen an, sich nicht gegen die Liebe seines Lebens zu wenden und ihr kraft seiner Macht Schaden zuzufügen! Wieder einmal erinnerte er sich an Pfarrer Osbert und flüsterte leise die altvertrauten Worte: »Bedenke dies, meine Seele, und bedenke es wohl. Der Herr ist dein Gott, der Herr allein, und Er ist heilig.«

Rosamund schob ihn von sich.

»Betest du eigentlich oft, Matthias? Ich meine, wir alle schlagen das Kreuzzeichen, leiern unsere Vaterunser und Ave Maria herunter und strecken die Zunge heraus, um das Sakrament zu empfangen – aber betest du jemals intensiv und von Herzen?«

Matthias senkte den Blick. »Nein«, gestand er leise. »Möge Gott mir verzeihen, Rosamund, aber das tue ich nicht. Ich bete so, wie du es gesagt hast – ohne mit dem Herzen dabeizusein. Außerdem ergehe ich mich in Selbstmitleid, obwohl mein Los nicht schrecklicher ist als das vieler anderer Menschen. Was ist mit den vielen Soldaten von Oxfords Truppen, die am Ufer des Trent abgeschlachtet worden sind? Oder mit Mairead, die vermutlich vergewaltigt wurde, ehe man ihr die Kehle durchschnitt? Und Amasia, die wahrscheinlich einem unseligen Unfall zum Opfer fiel? Oder Agatha, die so gut tanzen konnte?« Er half Rosamund auf. »Und was ist mit all den Armen, den Kleinbauern, die zu Tausenden von ihren Lehnsherren ausgebeutet und geschunden werden?« Er ergriff ihre Hände. »Laut Aristoteles können in der Natur nur die Stärksten überleben, die Schwachen gehen zugrunde. Ich frage mich oft, warum Gott das zuläßt. Wir glauben an Ihn, aber glaubt Er eigentlich auch an uns?«

»Ich bete.« Rosamunds Antwort kam ohne Zögern. »Ich bete, und ich meine, was ich sage. Gott hält Seine Hand über uns.« Sie mußte die Tränen zurückhalten. »Wenn es keinen Gott gäbe, hätte ich dich nie kennengelernt.«

Matthias fiel keine passende Entgegnung ein. Er bückte sich und faltete die Leinentücher, in die das Brot eingewickelt gewesen war, säuberlich zusammen.

»Wir müssen aufbrechen«, mahnte er. »Das Wetter schlägt um.«

Rosamund trat hinter ihn und legte ihm die Hände über die Augen.

»Ich werde mich nie ändern«, versprach sie. »Vergiß das nie, finsterer Fitzosbert. Und ich werde für uns beide beten.«

Sie kehrten zur Burg zurück. Matthias fühlte sich nach seinem Geständnis gereinigt und geläutert. Er hatte Rosamund die Wahrheit gebeichtet und erkannt, daß sie ihn dafür nur um so mehr liebte. In den darauffolgenden Tagen vermied sie es, das Thema noch einmal zur Sprache zu bringen, zeigte sich aber entschlossener denn je, ihr Leben mit dem seinen zu verknüpfen. Sir Humphrey, ganz der ergebene Vater, sprach davon, die Halle auszubauen und neue Gemächer für Rosamund und ihren Gatten einzurichten.

Sowie die Festwoche vorüber war, widmete sich Matthias wieder seinen Pflichten. Da mußte Pergament zurechtgeschnitten, Häute bearbeitet, Schreibfedern gespitzt und Tinte gemischt werden. Außerdem hatte er Berichte zu erstellen, Briefe aufzusetzen und die Vorräte zu überprüfen. Der Wetterumschwung machte sich unangenehm bemerkbar: schwere, dunkle Wolken hingen am Himmel, und ein schneidender Wind setzte ein. Sir Humphrey verkündete, die Burg sei ausreichend mit allem Notwendigen versorgt, die Waffenruhe mit den Schotten noch von Bestand, und das Leben ging weiter wie bisher.

»Als nächstes werden wir das Allerheiligenfest begehen«, fuhr der Konstabler fort, »und in einigen Wochen naht die Adventszeit, da müssen Stechpalmenzweige und Efeu geschnitten werden, um die Burg auszuschmücken. An dieses Weihnachtsfest soll man sich noch lange erinnern.«

Matthias, der an seinem Schreibpult saß, erschrak. Um Allerheiligen herum beschlich ihn stets ein unbehagliches Gefühl. In seiner Jugend hatte er sich zu dieser Zeit von seinen Mitmenschen abgekapselt und war heilfroh gewesen, wenn jener schreckliche Jahrestag der Ereignisse von Sutton Courteny glimpflich vorübergegangen war.

Am fraglichen Tag erwachte er angespannt und beunruhigt. Es fiel ihm schwer, sich auf seine Arbeit zu konzentrieren, und er gab sich so schroff und abweisend, daß Sir Humphrey ihn befremdet musterte, wohingegen Vater Hubert fürchtete, er könne vom Fieber befallen sein. Nur Rosamund, die neben ihm an der Tafel saß, verhielt sich ruhig und streichelte nur hin und wieder seine Hand.

»Es ist nur der Wetterumschwung«, murmelte er.

»Vielleicht bist du der Ehe ja bereits überdrüssig, mein lieber Matthias«, neckte sie ihn.

Matthias bemühte sich nach Kräften, auf ihren lockeren Ton einzugehen, aber für den Rest des Tages konnte er sich der bösen Vorahnungen drohenden Unheils nicht erwehren. Statt den anderen beim Essen Gesellschaft zu leisten, zog er sich in seine Kammer zurück. Er entzündete eine Kerze unter dem an der Wand hängenden Kreuz, kniete auf einem kleinen Betschemel davor nieder und bat Gott um seinen Schutz und darum, daß er denjenigen, die vor so vielen Jahren in Sutton Courteny umgekommen waren, ewige Ruhe und Frieden schenken möge. Danach legte er sich auf das Bett und blätterte unaufmerksam in einem Stundenbuch herum, ohne die gestochenen Schriftzeichen und die exquisit gezeichneten Bilder richtig wahrzunehmen. Er war nicht sonderlich überrascht, als er nach einer Weile in der Ferne Lärm und Alarmrufe vernahm, gefolgt von schweren Schritten auf der Treppe vor seiner Kammer. Vattier, der seinen kegelförmigen Helm und das Panzerhemd trug, das er während seiner Nachtwache anlegte, stürmte erregt in den Raum.

»Master Matthias, Ihr kommt besser mit mir! Sir Humphrey und Vater Hubert warten schon draußen vor dem Nordturm!«

Matthias zog seine Stiefel an und folgte Vattier. Der Burghof lag in tiefer Dunkelheit da, nur einige Pechfackeln flackerten schwach im Wind und spendeten trübes Licht. Am Fuß der Treppe hatten sich Soldaten versammelt. Ohne auf ihr Gemurmel zu achten, schob Vattier sie zur Seite und führte Matthias die Stufen hoch in den Gang. Zuerst herrschte eine so tiefe Stille, daß Matthias schon annahm, es habe ein Mißverständnis gegeben. Sir Humphrey und Vater Hubert saßen in einer Schießscharte. Im Schein der Kerze, die Sir Humphrey in der Hand hielt, wirkten ihre Gesichter grau und verhärmt. Matthias blickte zur Tür, die zum Nordturm führte. Er spürte die eisige Kälte, konnte aber darüber hinaus weder Licht erkennen noch Fäulnisgestank wahrnehmen noch irgendeine der Erscheinungen feststellen, die für gewöhnlich mit diesem Spuk einhergingen. Schon wollte er fragen, warum man ihn gerufen hatte, als vom Turm her markerschütternde Schreie ertönten, gefolgt vom Gesang einer Männerstimme. Zuerst hielt Matthias es für einen Mönchsgesang, bis die Stimme in eine Art Raserei verfiel und eine aus Verwünschungen, üblen Kraftausdrücken und obszönen Bemerkungen bestehende Nachäffung einer heiligen Messe anstimmte.

»Vor einer Stunde hat es angefangen«, flüsterte Vater Hubert. »Ich denke, ich sollte jetzt hineingehen.«

Matthias schüttelte den Kopf. »Nein, Vater, überlaßt das mir.« Er lächelte die beiden Männer an. »Vattier kann vor der Tür Wache halten. Heute ist schließlich nicht mein Hochzeitstag.«

»In diesem Fall ...« Vater Hubert erhob sich und zog unter seinem Umhang einen kleinen silbernen Hostienbehälter hervor, der das heilige Sakrament enthielt. Die Pyxis glitzerte und schimmerte im Kerzenlicht. Ohne vorher zu fragen, schob er sie in die Wamstasche von Matthias. Dann nahm er das Holzkreuz ab, das er um den Hals trug, und hängte es Matthias um. »Es wird Euch schützen«, sagte er leise.

Matthias bekreuzigte sich und schritt den Gang entlang.

Vattier begleitete ihn, eine Fackel in der Hand, die er an Matthias weitergab, als sie die Tür erreicht hatten. Sein Gesicht war von einem feinen Schweißfilm überzogen und wirkte fiebrig erhitzt.

»Ich habe vor nichts Angst, was Schwert und Schild trägt«, meinte er heiser. »Aber, Master Matthias, was in Gottes Namen geht hier vor?«

»Ich weiß es nicht«, entgegnete Matthias knapp. »Aber verschließt die Tür hinter mir und öffnet sie nur auf meinen Befehl hin.«

Vattier schob den Schlüssel ins Schloß. Die Tür schwang auf, Matthias trat in die schmale Nische, hob die Fackel und beleuchtete die gewundene Treppe, die in die Dunkelheit führte. Es war bitterkalt, aber ansonsten fiel ihm nichts Ungewöhnliches auf. Vorsichtig stieg er die Stufen empor, wobei er ein Gebet murmelte. Er gelangte in das erste Stockwerk und betrat den leeren Raum, genau wie er es schon einmal getan hatte. Diesmal schlug die Tür sofort hinter ihm zu. Matthias fuhr herum.

»In Gottes Namen, wer bist du?« rief er.

»In Gottes Namen, wer bist du?« ertönte die spöttische Antwort. »Wie kannst du es wagen, mein Vergnügen zu stören?«

»Dies ist kein Vergnügen ...«

Diesmal handelte es sich um eine leise, erschöpfte Frauenstimme. Matthias hob die Fackel. Er konnte nichts erkennen, spürte aber die Gegenwart eines Wesens, das von Kummer und stiller Verzweiflung gequält wurde.

»Ich spreche jetzt zu der Frau«, donnerte er. »Wer bist du?«

»Maude. Mein Name ist Maude.«

»Und warum bist du hier?«

»Ich bin an diesen Ort gebunden ... Durch Sünde ... Keine Vergebung ... Keine Buße ... Keine Erlösung ...«

»Maude – und wie weiter?« Matthias beschloß, die unheimliche Atmosphäre zu ignorieren und sich so zu verhalten, als spräche er mit einer Fremden.

»Maude Beauchamp.«

»Warum wirst du hier festgehalten, Maude Beauchamp?«

»Ich habe eine furchtbare Sünde begangen. Ich war untreu – habe einen Mord verursacht ... Bin nun in der Dunkelheit gefangen.«

»Kannst du diesen Ort verlassen?«

»Zu gegebener Zeit – ja, wenn Buße geleistet wurde. Wie gerne würde ich meine Reise fortsetzen!«

»Wohin?« fragte Matthias.

»Fort von der Dunkelheit. Manchmal kann ich einen Lichtstrahl sehen, ganz schwach, wie einen Stern am Himmel ...«

»Sie fürchtet sich vor dir, du Hurensohn!« unterbrach die Männerstimme grob. Matthias bemerkte den Hauch von Angst, der darin mitschwang.

»Fürchtest du dich denn nicht?« gab er rasch zurück.

Etwas kam aus der Dunkelheit, stürzte sich auf ihn und versetzte ihm einen heftigen Stoß, so daß er gegen die Wand taumelte und beinahe die Fackel fallen gelassen hätte. Matthias rang nach Atem. Die Frauenstimme jammerte weiter:

»Ich wollte es nicht! Ich wollte es nicht! Es tut mir so leid!« Sie klang jetzt flehend und einschmeichelnd zugleich.

»Warum fürchtest du dich dann?« keuchte Matthias.

»Oh, Matthias, Creatura.« Die Männerstimme nahm einen schnurrenden Tonfall an.

»Warum nennst du mich so?«

Matthias stand stocksteif da und spähte in die Dunkelheit. Er hörte ein leises Keuchen, wie das eines Hundes, der lange Zeit rasch gelaufen ist und nun mit offener Schnauze und heraushängender Zunge vor sich hin hechelt. Das Geräusch jagte ihm einen Schauer über den Rücken.

»Du weißt, warum«, fuhr die Männerstimme weich fort. »Aber du trägst einen geheiligten Gegenstand bei dir, dessen Namen ich nicht aussprechen kann ...«

»O bitte, helft mir doch!« unterbrach die Frauenstimme klagend.

»Sie hat Angst vor dir.« Der Mann sprach lauter, als wollte er die Frau übertönen. »Sie weiß über den Fürsten der Finsternis Bescheid, und sie fürchtet, ihr könnte noch mehr Leid zugefügt werden.«

»Was muß ich tun?« fragte Matthias.

»Verschwinde einfach. Verpiß dich!«

»Messen, Gebete ...«, bat die Frau fast unhörbar.

Matthias blieb noch eine Weile stehen, aber die Stimmen waren verstummt. Der Raum wurde plötzlich warm, als habe jemand Becken voll glühender Holzkohle hereingeschoben.

»Matthias! Matthias!« Vattiers Stimme hallte durch den Gang. »Matthias, ist alles in Ordnung mit Euch?«

Matthias verließ den Raum und ging die Treppe hinunter. Vattier stand mit gezücktem Schwert auf der Schwelle. Matthias schob ihn ins Freie und warf die Tür hinter sich zu. Er ging zu dem Priester hinüber und reichte ihm das Kreuz und den Hostienbehälter. In diesem Moment begann das Gemurmel und Gestöhne im Nordturm von neuem.

»Es gibt nichts, was wir tun können«, erklärte Matthias. »Zumindest jetzt nicht. Aber in zwei Tagen ist doch Allerseelen, nicht wahr?«

Vater Hubert nickte.

»Diesen Tag hat die Kirche dazu bestimmt, für die Toten zu beten. Dann werden wir wiederkommen, Vater, wir beide, und zwar kurz nach Sonnenuntergang. Wir werden eine Messe für das Seelenheil von Maude Beauchamp lesen.«

VIERTES KAPITEL

Zwei Tage später, am Allerseelenfest, half Vattier seinem Freund Matthias dabei, in einer der Kammern des Nordturms einen provisorischen Altar zu errichten: einen Holztisch, an dessen beiden Enden Öllampen standen. Darauf befanden sich außerdem ein Kruzifix, ein Meßkännchen, ein Meßbuch, der Abendmahlskelch und der Hostienteller. Matthias ließ Pechfackeln an den Wänden befestigen und anzünden. Vattier wirkte nervös und bewegte sich fahrig, was Matthias gut verstehen konnte. Ab und zu vernahmen sie rasche Atemzüge, als stünde jemand im Schatten und beobachtete sie aufmerksam.

Rosamund hatte bei der Messe gleichfalls zugegen sein wollen, war aber bei Matthias auf heftigen Widerstand gestoßen.

»Es ist besser, wenn du fernbleibst«, erklärte er ihr. »Ich weiß nicht viel über solche Dinge, aber ich habe gelesen, daß ein derartiges Vorhaben auch schiefgehen kann.«

Vater Hubert bot bereitwillig seine Hilfe an.

»Es ist nicht mehr als recht und billig«, beharrte er. »Ich bin Priester. Diese Erscheinungen rühren von einer gepeinigten Seele her. Wie kann ich mich weigern, zu ihrer Erlösung beizutragen?«

Sir Humphrey sorgte dafür, daß der Nordturm von ausgewählten Männern unter Vattiers Kommando bewacht wurde. Matthias gab strikte Anweisung, die Tür nur dann zu öffnen, wenn entweder er selbst oder Vater Hubert sie dazu aufforderte. Kurz vor Sonnenuntergang begab er sich mit dem Kaplan zum Turm. Sie beobachteten den Himmel, und als die Sonne hinter einer dichten Wolkenwand versunken war, kleidete sich Vater Hubert für die Messe um. Die Öllampen wurden entzündet. Vater Hubert und Matthias, der als Meßdiener fungierte, gingen auf den Altar zu und verneigten sich vor dem Kruzifix.

»*In nomine Patris et Filii et Spiritus Sancti. Amen.* Brüder und Schwestern in Christi: Ich, Vater Hubert Deverell, geweihter Priester der Kapelle von Barnwick, werde nun kraft meines Amtes eine Messe für das Seelenheil von Maude Beauchamp lesen und den Herrn bitten, sich in Seiner unendlichen Güte ihrer anzunehmen und ihr den ewigen Frieden zu schenken.«

»Ach, scher dich zum Teufel, du stinkender, heuchlerischer Priester!«

Vater Hubert wich zurück.

»Achtet gar nicht darauf«, flüsterte Matthias ihm zu.

»Ich rufe den heiligen Michael, den heiligen Gabriel und den heiligen Raphael«, fuhr der Kaplan fort, »die Führer der himmlischen Heerscharen, auf daß sie uns beistehen und diese arme, gequälte Seele an einen Ort ewiger Ruhe führen. Laßt nicht zu, o ihr Heiligen, daß sie in die Hände des Feindes fällt, des Sohnes der Verdammnis!«

»Halts Maul! Verpiß dich! Laß sie in Ruhe! Warum bist du hier, Hubert? Wieso maßt du dir an, für jemanden zu beten?« Die Stimme nahm einen schmeichlerischen Ton an. »Hast du denn Ursula ganz vergessen? Weißt du nicht mehr, wie sehr es dich nach ihr gelüstet hat?«

Vater Hubert senkte den Kopf. Seine Schultern bebten, und Tränen rannen ihm über das Gesicht.

»Sie war ein Mädchen, das ich vor vielen Jahren kannte«, flüsterte er.

»Na und, Vater?« gab Matthias zurück, hob den Kopf und schnupperte: der ekelhafte Gestank war wieder da. Es roch, als habe jemand plötzlich den Deckel einer riesigen Kloake geöffnet. Die Flammen der Fackeln drohten zu erlöschen. »Fahrt fort!« zischte Matthias. »Um der Liebe Gottes willen, Vater, Ihr müßt weitermachen!«

»So will ich denn vor den Altar des Herrn treten und Seine Gnade erflehen«, intonierte der Priester. Seine Stimme gewann zunehmend an Kraft, und während er mit der Messe fortfuhr, verschwand der Gestank, und die Flammen loderten hell auf. Vater Hubert zitterte am ganzen Leib, und der Schweiß rann ihm in Strömen über das Gesicht. Immer wieder wurde er durch gebrüllte Obszönitäten, Geklirr auf der Treppe draußen und hämisches Gekicher unterbrochen, und einmal drang gar eine dunkle, schleimige Substanz aus dem Mauerwerk. Keines dieser Phänomene währte lange. Als der Priester zur Wandlung kam und Kelch und Hostie hob, ließen die Erscheinungen nach. Gelegentlich hörte Matthias eine Frau schluchzen, aber nicht vor Qual, sondern vor Glück und Dankbarkeit. Bei dem Teil des Messekanons, wo der Priester die Namen der Verstorbenen nennen mußte, schwoll der Lärm draußen auf ein nahezu unerträgliches Maß an: Schritte stampften auf und ab, Ketten klirrten, und jemand hämmerte wie wild gegen die Wand. Vater Hubert mußte eine Pause einlegen und sich hinsetzen.

»Ich fühle mich schwach und krank«, murmelte er.

Matthias schlug ihm vor, sich eine Weile auszuruhen, und verließ den Raum. Er starrte in die Dunkelheit und verspürte auf einmal das dringende Bedürfnis, den Rosendämon anzurufen und ihm um seine Hilfe zu bitten. Benommen schloß er die Augen und lehnte sich gegen die Wand. Der Wunsch war so überwältigend, daß er sich auf die Lippen beißen mußte.

»Geh fort!«

»Wohin?« rief die Männerstimme. Es klang, als käme sie hoch oben vom Turm. »Wo ist sie hingegangen? Ich bin ganz allein hier!«

»Kannst du nicht mit ihr gehen?«

Matthias schlug die Augen auf. Vater Hubert stand nun neben ihm.

»Ich kann nicht fort«, rasselte die Stimme. »Gefangen in der Dunkelheit, das bin ich! Ich werde nicht gehen! Ich werde nicht verzeihen! Ich werde nicht um Gnade bitten!«

»Also werden wir uns nie von dir befreien können?« fragte Vater Hubert.

»Erst wenn sie kommen, um mich zu holen; wenn dieser Ort vom Feuer verzehrt wird.«

Vater Hubert kehrte langsamen Schrittes in den Raum zurück und fuhr ohne weiteres Drängen von Matthias mit der Messe fort. Dann reichte er Matthias Kelch und Hostienteller. Als er geendet hatte, ließ er sich auf den kleinen Stuhl sinken und starrte zur Tür. Der Ausdruck auf dem Gesicht des Priesters erfüllte Matthias mit Sorge. Er schien gealtert und saß wie ein gebrochener Mann da. Seine Brust hob und senkte sich heftig; seine Augen schweiften ziellos durch den Raum, als könne er nicht glauben, wo er sich befand.

»Was ist, Vater?« Matthias trat zu ihm.

Der Priester lächelte müde und zupfte Matthias an einer Haarlocke.

»Ich glaube, wir hatten Erfolg, Matthias. Die eine gemarterte Seele, die hier gefangen war, ist fort. Aber die andere?« Er schüttelte zweifelnd den Kopf. »Weder Ihr noch ich können in diesem Fall etwas ausrichten.«

Die Worte des Priesters erwiesen sich als prophetisch. In den Tagen nach Allerseelen ließen die seltsamen Erscheinungen im Nordturm allmählich nach, Vater Hubert mußte jedoch einen hohen Preis dafür zahlen. Eines Morgens brach er in der Kapelle zusammen, nachdem er die Messe gelesen hatte, und wurde unverzüglich zu Bett gebracht. Matthias sah ein, daß er nichts für den alten Mann tun konnte.

»Schickt nicht nach einem Arzt«, bat Vater Hubert, nach seiner Hand greifend. »Matthias, es war von Geburt an meine Bestimmung, zum Priester geweiht zu werden. Ich habe versucht, dieser Berufung entsprechend zu leben, und ich werde auch als Priester sterben.« Sein Kopf sank in die Kissen zurück. »Ich habe meinen Frieden mit Gott gemacht und kann keine irdischen Güter mit mir nehmen.« Er hustete trocken. »Das einzige, was ich bedaure, ist, daß ich all meine Freunde zurücklassen muß.«

Matthias musterte die trüben Augen des alten Priesters, den Schweißfilm auf seiner Stirn, lauschte auf die abgehackten Atemzüge und schickte augenblicklich nach Sir Humphrey, Rosamund und Vattier. Sie erschienen nach wenigen Minuten. Sir Humphrey brachte sein Stundenbuch mit, und abgesehen von Vattier, der nicht lesen konnte, rezitierten sie abwechselnd laut Gebete und Psalme. Der alte Priester lag mit geschlossenen Augen still da. Nur der schwache Pulsschlag an seiner Halsschlagader verriet Matthias, daß er noch lebte. Die Stunden verrannen. Als die Nacht hereinbrach, riet Matthias den anderen, zu Bett zu gehen, und erbot sich, allein bei Vater Hubert zu bleiben. Sir Humphrey und Vattier verließen den Raum, Rosamund dagegen blieb. Als ihr die Augen zufielen und ihr Kopf auf die Brust sank, schickte Matthias sie gleichfalls hinaus. Sie hatte kaum die Tür hinter sich geschlossen, als Vater Hubert die Augen aufschlug, sich umdrehte und Matthias fest anblickte.

»Meine Zeit ist gekommen«, hauchte er.

Matthias machte Anstalten, sich zu erheben, doch der Priester faßte ihn am Arm.

»Bleibt bei mir, Matthias. Im Himmel werden wir uns dereinst wiedersehen. Ich will für Euch beten, Matthias. Ich habe von Euch geträumt. Euch steht ein furchtbarer Kampf bevor, aber wenn die Zeit der Prüfung kommt ...« Der Atem des Priesters rasselte hörbar. Er hielt inne. »Wenn diese Prüfung naht«, fuhr er mühsam fort, »dann werde ich bei Euch sein.«

Seine Finger lösten sich von Matthias' Arm. Er stieß einen tiefen Seufzer aus, und sein Kopf sackte zur Seite. Matthias beugte sich über ihn. Der Pulsschlag war nicht mehr zu spüren, und die Haut fühlte sich bereits kühl an. Matthias schloß die Augen, sprach ein stilles Gebet für diesen gütigen Mann und schickte dann nach den anderen.

Drei Tage später traf ein Geistlicher aus einem der umliegenden Dörfer ein. Er hielt in der Burgkapelle die Totenmesse ab, dann wurde Vater Huberts in ein Leinentuch gehüllter Leichnam auf dem kleinen Friedhof in der hintersten Ecke des äußeren Burghofes beigesetzt. Sein Tod rief Trauer und Mutlosigkeit in Barnwick hervor. Der Priester war beliebt und allseits geachtet gewesen. Noch Wochen später fanden sich immer wieder kleine Gaben auf seinem Grab. Innerhalb der Garnison wurde für ein Holzkreuz gesammelt, das Vater Huberts Namen tragen sollte. Als das Wetter sich verschlechterte, trug dies auch nicht gerade zur Verbesserung der Stimmung bei. Dunkle Wolken zogen auf, und ein bitterkalter Wind pfiff um die dicken Mauern.

Anfang Dezember, als die Garnison sich auf das Weihnachtsfest vorbereitete, setzte Schneefall ein, erst noch kleine Flöckchen, die rasch schmolzen, doch am Weihnachtsabend blieben sie erstmals liegen, und es sah nicht so aus, als würden die Wolken in absehbarer Zeit aufreißen. Matthias, Sir Humphrey und Rosamund verlebten ein ruhiges Fest. Vater Huberts Tod bedrückte sie immer noch, und es erschien ihnen nicht richtig, daß weder eine Christmette abgehalten noch Gebete gesprochen werden konnten.

»Dieses Problem tritt in jeder Burg auf«, bemerkte Sir Humphrey, als sie vor dem Feuer saßen und heißen, gewürzten Wein tranken. »Es kann Monate dauern, bis wir einen passenden Ersatz für Vater Hubert finden.« Er lächelte Matthias an. »Das bedeutet, daß du eine ganze Reihe von Briefen an die Äbte und Prioren der hiesigen Klöster aufsetzen mußt.«

»Ich wünschte, er wäre hier.« Rosamund, in ein pelzbesetztes Gewand gekleidet, drehte ihren Becher zwischen den Händen.

»Das tun wir alle.« Sir Humphrey strich ihr sanft über die Wange.

»Gerade heute hätte ich ihn gerne um etwas gebeten«, fuhr sie fort. »Am Tag von Christi Geburt.«

»Worum wolltest du ihn denn bitten?« Matthias sah Rosamund forschend an. Im Lauf der letzten zwei, drei Wochen hatte sie sich verändert, war stiller und in sich gekehrter geworden, obwohl sie nach wie vor glücklich wirkte. Nun saß sie mit verträumtem Blick da.

»Ich wollte ihn bitten«, erwiderte sie langsam, »unser Kind zu taufen.«

Matthias fiel fast von seinem Stuhl. Sir Humphrey sah aus, als hätte ihn der Blitz getroffen.

»Du bist schwanger?« Matthias konnte es kaum glauben. Ungläubig schaute er sich um, aber der Raum schien unverändert; die Flammen flackerten lustig um die Scheite, Fenster und Türen waren geschlossen, und die Luft duftete nach Kräutern, die ins Feuer und in die Holzkohlebecken geworfen worden waren. Wie an seinem Hochzeitstag stieg eine unbändige Freude in ihm auf, und er wußte nicht recht, ob er sitzen bleiben und in seinem Glück schwelgen oder aufspringen und durch den Raum tanzen sollte.

»Bemerkst du eigentlich nie, was um dich herum vorgeht?« neckte ihn Rosamund. »Weißt du nicht, daß eine Frau einmal im Monat unwohl ist und daß meine Blutungen schon zum zweitenmal ausgeblieben sind?«

»Aber wir haben doch gerade erst geheiratet!«

Rosamund warf den Kopf zurück und brach in schallendes Gelächter aus. Sie griff nach Matthias' Hand und küßte ihren verwirrten Mann auf die Wange.

»Was hast du denn erwartet?« flüsterte sie. »So ergeht es Leuten, die im Bett nicht nur schlafen, Matthias Fitzosbert.«

»Ich denke, du solltest dich um deinen Vater kümmern«, gab Matthias verlegen zurück.

Sir Humphrey starrte seine Tochter noch immer mit offenem Mund an, dann trat ein Ausdruck reinster Freude auf sein Gesicht. Er stellte seinen Becher ab, umarmte Rosamund und schüttelte Matthias' Hand so kräftig, daß dieser fürchtete, sie könne abfallen. Hinterher ging er kopfschüttelnd im Raum auf und ab.

»Ich muß irgend jemand die große Neuigkeit mitteilen«, verkündete er, machte auf dem Absatz kehrt und verschwand.

»Er wird es überall herumposaunen«, kicherte Rosamund.

Ihre Vermutung traf zu. Innerhalb der nächsten Stunde erschienen Vattier und andere Angehörige der Garnison unter fadenscheinigen Vorwänden an der Tür, strahlten vor Freude, küßten Rosamund und schüttelten Matthias die Hand, bis sie schmerzte.

Matthias selbst konnte sein Glück noch gar nicht fassen. Die restlichen Tage des Jahres ließ er seine Frau nicht aus den Augen und fragte sie immer wieder: »Bist du ganz sicher? Fühlst du dich auch wohl?«

Schließlich drohte sie ihm, schreiend durch die Burg zu rennen, wenn er nicht Ruhe gebe.

Das neue Jahr wurde mit großem Jubel begrüßt. Rosamunds gesegneter Zustand war bald in der ganzen Burg bekannt, und Sir Humphrey, großzügig wie immer, ließ sich nicht davon abbringen, immer neue Feste zu organisieren. Sogar das Wetter wurde milder, die Schneefälle ließen nach, die Wolken rissen auf. Schwache Sonnenstrahlen verwandelten den inneren und äußeren Burghof in morastige Sümpfe. Sir Humphrey und Matthias bestanden darauf, Rosamund auf Schritt und Tritt zu begleiten, wenn sie draußen spazierenging; voller Furcht, sie könne auf einer Stufe ausrutschen und stürzen. Ständig bedrängten sie sie, doch in der Burg zu bleiben und sich ans Feuer zu setzen.

Am Tag nach dem Dreikönigsfest änderte sich die Situation plötzlich. Ein Wachposten am Torweg versetzte die ganze Burg in Aufruhr, als er dreimal warnend in sein Kriegshorn stieß; das vereinbarte Signal, das eine nahende Gefahr ankündigte. Sir Humphrey und Matthias saßen gerade in der Kanzlei. Sie schnallten ihre Schwertgurte um und eilten hinaus, um zu sehen, was vorgefallen war. Vattier erwartete sie an der Tür des Torhauses.

»Reiter kommen«, sagte er. »Noch sind sie ein gutes Stück entfernt. Es sind zwar nur zwei, aber sie reiten in vollem Galopp. Ich habe befohlen, die Zugbrücke hochzuziehen und das Fallgitter herabzulassen ...«

»Nur zwei?« unterbrach Matthias.

»Es könnte sich um Kundschafter handeln«, entgegnete Vattier barsch. »Wir dürfen kein Risiko eingehen.«

Am Ende stellte sich heraus, daß die beiden Reiter Boten waren. Sir Humphrey und Matthias führten sie in die Halle.

»Wir kommen von Lord Henry Percy. Mein Name ist David Deveraux.« Der Vornehmere der beiden zog eine Pergamentrolle aus der Tasche und reichte sie Sir Humphrey, der sie an Matthias weitergab. »Und dies ist mein Knappe Bogodis.«

Matthias musterte die beiden Männer. Deveraux war hochgewachsen und hellhaarig. Er hatte ein rundliches, glattrasiertes Gesicht und wirkte zappelig und nervös.

»Meine Füße sind schon zu Eisblöcken erstarrt«, beschwerte er sich.

Sir Humphrey bedeutete den beiden, am Feuer Platz zu nehmen. Deveraux nahm seinen Umhang ab, zog die Stiefel aus und seufzte erleichtert. Bogodis war klein und dunkel, hatte ein schiefes Gesicht, in dem ein Auge viel tiefer saß als das andere, und trug ständig ein höhnisches Grinsen zur Schau. Er schien genauso unruhig zu sein wie sein Herr, unaufhörlich nestelte er am Dolch in seinem Gürtel herum. Sir Humphrey schenkte ihnen Wein ein und befahl einem Diener, aus der Küche Platten mit Brot und Fleisch zu holen.

Matthias entrollte das Pergament. Es war ein Brief von Henry Percy, Graf von Northumberland, der seinem treuen Diener David Deveraux freies Geleit zusicherte. Matthias betrachtete das rote Siegel mit dem eingestanzten Löwen, dem Zeichen der Percys. Dann warf er den Brief auf den Tisch und ging zu Sir Humphrey hinüber.

»Wir sind weit gereist und scharf geritten.« Bogodis rieb sich die klammen Füße. »Der Waffenstillstand mit den Schotten ist vorüber.«

Sir Humphrey stöhnte.

»Wie Ihr wohl wißt«, fuhr Bogodis fort, »hat der schottische König James III. Schwierigkeiten mit seinen Baronen. Sie haben seine Günstlinge in Edinburgh aufgehängt und vom König für seine Taten Rechenschaft gefordert. König James hofft jetzt, durch einen Krieg gegen den ›alten Feind‹ das Land wieder zu vereinen. Ständig erläßt er Befehle und fordert Steuern und Abgaben ein. Die mächtigsten Lords versammeln ihre Männer um sich. Innerhalb weniger Tage können sie die Grenze überschritten haben.«

»Mitten im tiefsten Winter?« fragte Sir Humphrey verwundert.

»Sie sind bereits aufgebrochen«, warf Deveraux ein. »Wir haben das Banner von James' oberstem Befehlshaber gesehen, dem Schwarzen Douglas.«

»Und was rät uns Lord Percy in dieser Lage?« erkundigte sich Sir Humphrey.

Deveraux zuckte die Schultern. »Haltet die Augen offen. Laßt die Zugbrücke nicht herunter, bemannt die Brustwehr und schickt keine Trupps hinaus in das umliegende Land, sie könnten in einen Hinterhalt geraten.«

»Und was habt Ihr weiter vor?« fragte Matthias.

Er hatte auf den ersten Blick eine tiefe Abneigung gegen die beiden Männer gefaßt, konnte sich aber nicht erklären, weswegen eigentlich, und daher fühlte er sich schuldig. Vielleicht lehnte er sie einfach nur als Eindringlinge ab. Sie gehörten nicht hierher, sie brachten schlechte Neuigkeiten in die Burg und erinnerten Matthias daran, daß es noch eine Welt außerhalb der Mauern von Barnwick gab – eine kalte, blutige, bedrohliche Welt. Bogodis blickte zu ihm hoch.

»Wir haben einen langen, harten Ritt hinter uns«, sagte er. »Wir sind erschöpft, unsere Pferde am Ende ihrer Kräfte. Sir Humphrey, wenn Ihr nichts dagegen habt, werden wir uns ein paar Tage hier ausruhen und dann unseren Weg fortsetzen.«

»Draußen befinden sich noch weitere Reitertrupps«, fügte Deveraux hinzu. »Wir haben unseren Auftrag auszuführen und wollen dann wieder zu ihnen stoßen.«

Sir Humphrey dankte ihnen und zog sich mit Matthias in die Kanzlei zurück. Der Konstabler ließ sich auf einen Stuhl sinken und rieb sich das Gesicht.

»Die Sache gefällt mir nicht«, sagte er. »Wir haben tiefen Winter, die Straßen sind schlammig und die Hochmoore schneebedeckt.«

»Kann denn ein schottischer Stoßtrupp überhaupt so schnell Richtung Süden ziehen?« fragte Matthias besorgt.

»Allerdings«, erwiderte Sir Humphrey. »Der Schnee schmilzt, und es gibt viele Nebenstraßen, die noch benutzbar sind. Sie haben es ja früher schon öfter versucht. Hast du schon einmal schottische Pferde gesehen, Matthias? Es sind kräftige kleine Tiere, die halbwild in den Glens leben. Unsere unwegsame Landschaft stellt für sie kein Problem dar. Wir können jetzt nur beten, daß es wieder heftig zu schneien beginnt und daß der Schnee möglichst hoch liegenbleibt.« Er erhob sich. »Ich werde Vattier sagen, daß er keine Patrouillen mehr ausschicken soll. Wir müssen auf der Hut sein.«

Doch innerhalb der nächsten Tage klarte der Himmel zusehends auf. Die Sonne, obwohl noch ohne Kraft, brachte den Schnee rund um die Burg zum Schmelzen. Matthias' Befürchtungen verstärkten sich, als sich der Tagesablauf in Barnwick unmerklich veränderte. Die Vorräte mußten sorgsam eingeteilt, die Waffen bereitgehalten und Tag und Nacht Wachposten aufgestellt werden. Als Matthias am Tag des hl. Hilarius mit Rosamund und Vattier das Fasten brach, ertönten in der Ferne Trompetenstöße, dann wurde Alarm gegeben. Matthias bat Rosamund, in ihre Kammer zu gehen, und folgte Vattier zum Turm des Torhauses. Er konnte auf die Erläuterungen der Wachposten verzichten; die dichte schwarze Rauchwolke am Horizont verriet ihm alles, was er wissen mußte.

»Möge Gott uns beistehen!« schnaufte Vattier. »Dort hinten steht ein Gehöft in Flammen. Die Hurensöhne kommen näher!«

Er blies kräftig in sein Kriegshorn. Die Kinder im inneren und äußeren Burghof hielten in ihrem Spiel inne und wurden alsbald von ihren schreckensbleichen Müttern davongeführt. Soldaten in voller Rüstung rannten aus ihren Unterkünften. Vattier und Matthias gingen nach unten, um sich zu vergewissern, daß die Zugbrücke hochgezogen und das Fallgitter herabgelassen war. Dann begaben sie sich auf ihre Posten, und die lange Wache begann.

Am nächsten Tag, kurz vor Mittag, entdeckte Matthias kleine dunkle Punkte am Horizont. Zuerst erinnerten sie ihn an Ameisen, die über eine weißgetünchte Wand krochen. Er lehnte sich über die Brustwehr, spähte angestrengt über das Land und stellte fest, daß es sich bei den schwarzen Punkten um Pferde und Reiter handelte. Sein Magen krampfte sich zusammen. Immer mehr tauchten in der Ferne auf. Bald war deutlich zu erkennen, daß eine gewaltige Masse von Reitern und Fußsoldaten langsam, aber unaufhaltsam auf die Burg zukam. Sie marschierten in einer Formation, die Matthias an die Hörner eines Bullen denken ließ: Reiter zu beiden Flügeln, bewaffnete Soldaten in der Mitte, dahinter die Proviantkarren und Packpferde.

Jeder verfügbare Mann in Barnwick griff zu den Waffen.

Am späten Nachmittag hatte sich der Feind vor dem zugefrorenen Burggraben versammelt. Die Truppen setzten sich aus berittenen Bewaffneten und Fußsoldaten zusammen, die teilweise recht bunt und abenteuerlich gekleidet waren. Bei ihrem Anblick mußte Matthias an die Iren denken, die, bewaffnet mit Rundschild und Spitzdolch, bei East Stoke gekämpft hatten. Langsam verteilten sich die Schotten unter den leuchtendbunten Bannern ihrer Kommandanten entlang des Grabens und schlugen ihr Lager auf. Zelte wurden aufgebaut, Hütten aus Zweigen und Holzstämmen gefertigt; letztere waren für die gemeinen Soldaten bestimmt. Man entfachte Feuer, und der Geruch gebratenen Fleisches wehte zu Matthias hinüber. Er konnte sogar die Befehle und die höhnischen Rufe der Feinde hören. Gelegentlich trat einer der Leichtbewaffneten an den Rand des Grabens und schrie Beleidigungen in einer Sprache, die Matthias nicht verstand, zu ihnen hinüber.

»Sie sind hervorragend ausgerüstet«, bemerkte Sir Humphrey. »Schau dir die Karren an, Matthias. Mit Sicherheit waren sie leer, als die Truppe Schottland verlassen hat. Zwischen Barnwick und der Grenze liegen nämlich viele abgelegene Bauernhöfe. Die haben sie geplündert, um sich Lebensmittel, Futter für ihre Pferde und Feuerholz zu verschaffen. Wenn sie weitere Vorräte benötigen, senden sie einfach Leute aus, um sich das Nötige zusammenzurauben.«

»Warum sind sie hier?« wunderte sich Matthias laut. »Barnwick wird von dicken Mauern und einem Torhaus gesichert, von der Garnison hier einmal ganz zu schweigen. Die Schotten haben keine Möglichkeit, die Burg einzunehmen. Wir brauchen nur in aller Ruhe abzuwarten, bis ihnen die Luft ausgeht.«

Sir Humphrey nahm seinen Helm ab und kratzte sich nachdenklich den Nacken.

»Ich weiß, Matthias. Genau dieser Umstand gibt mir zu denken.« Er bückte sich und zeichnete eine Linie in den schmutzigen Schnee. »Das sind die englichen Verteidigungslinien entlang der schottischen Marschen«, erklärte er. »Eine Reihe massiver Festungen und verstärkter Garnisonen. Die Schotten greifen uns nur sehr selten an, weil ihnen, wie du schon angedeutet hast, die nötigen Waffen fehlen, um eine solche Burg einzunehmen. Es besteht jedoch immer die Möglichkeit, daß es ihnen gelingt, auf irgendeine Weise doch eine Festung in ihre Gewalt zu bekommen, eine Bresche in die Verteidigungslinie zu schlagen und weiter gen Süden zu ziehen. Dann könnten sie sehr schnell die dort liegenden Ländereien überfallen, wo man am allerwenigsten mit ihnen rechnet, und sich mit ihrer Beute nach Schottland zurückziehen, ehe der Befehlshaber der nördlichen Marschen seine Truppen zusammenziehen kann.«

»Warum schlagen sie keinen Bogen um uns?« fragte Matthias.

»Das ist ihnen zu gefährlich«, mischte sich Vattier ein. »Wenn sie an uns vorbeikommen, läßt sich für uns absehen, wohin sie sich wenden. Wir könnten alle anderen warnen, und wenn die Schotten dann zurückkommen, werden sie von einer ganzen Armee erwartet, die sich aus den in den einzelnen Burgen stationierten Garnisonen zusammensetzt.«

Matthias blickte zu dem Lager hinunter, lauschte auf die schwachen Rufe und beobachtete die stärker aufflackernden Flammen der einzelnen Feuer. Die Schotten hatten bereits eine Feldwachenkette eingerichtet.

»In den anderen Festungen weiß man nicht, daß sie hier sind«, sagte Sir Humphrey. »Und selbst wenn sie es wüßten, würden sie nicht wagen, uns zu Hilfe zu kommen.« Er deutete zu den feindlichen Linien hinüber. »Vielleicht ist das nur eine Vorhut, und weitere Schotten warten weiter nördlich und hoffen, daß eine der Burgen sich einnehmen läßt.« Sir Humphrey lehnte sich über die Brustwehr. »Ich frage mich, was der dort vorhat.«

Matthias folgte seinem Blick. Ein Reiter, dessen Gesicht von einem kegelförmigen Helm beschattet wurde und um dessen Schultern ein weiter Umhang wehte, ritt langsam zum Rand des Grabens und starrte zu der Burg empor. Dann drehte er sich um, hob eine Hand und rief etwas. Sechs Bogenschützen rannten zu ihm.

»Um Himmels willen!« schrie Vattier. »Geht in Deckung!«

Sir Humphrey stieß Matthias hinter den Zinnen zu Boden. Ein schwirrendes Geräusch war zu hören, das alptraumhafte Erinnerungen an die Schlacht bei East Stoke in Matthias weckte, dann kamen die Pfeile auch schon über die Brustwehr geflogen, prallten gegen die Steine und landeten im Burghof, ohne Schaden anzurichten.

Matthias spähte über die Brustwehr. Die sechs Bogenschützen und der Reiter zogen sich zum schottischen Lager zurück. Sir Humphrey schnippte mit den Fingern, befahl Matthias und Vattier, ihm zu folgen, und ging zum Torhaus hinunter.

»Das war ja mal eine Überraschung«, grinste Vattier.

»Allerdings.«

Sir Humphrey stampfte mit dem Fuß auf und zupfte an seiner Nase, wie er es immer tat, wenn er verwirrt oder besorgt war.

»Ich begreife es einfach nicht«, murmelte er. »Erstens können die Schotten genausowenig hier eindringen, wie ich fliegen kann. Sie können nur da draußen ausharren, bis sie erfroren sind. Und zweitens sind die Schotten größtenteils miserable Bogenschützen, aber bei diesem Trupp befinden sich offensichtlich einige Meister im Umgang mit dieser Waffe, zwanzig vielleicht, oder gar dreißig.«

»Mit Langbögen und Pfeilen kann man aber keine Burg einnehmen«, gab Matthias zu bedenken.

»Nein«, seufzte Sir Humphrey, »aber sie können uns auf diese Weise ständig in Trab halten und dafür sorgen, daß wir unsere Köpfe nicht zu weit über die Mauern recken. Vattier, gebt den Männern Bescheid.«

Trotz Vattiers Warnungen traf so mancher schottische Pfeil sein Ziel; gelegentlich wurde ein Wachposten verletzt, der zu unvorsichtig gewesen war oder die Anwesenheit der Schotten einfach vergessen hatte. Am zweiten Tag der Belagerung wurde sogar ein Mann durch einen Pfeil in den Hals getötet, ein zweiter stürzte über die Brustwehr und erlag später seinen Verletzungen.

Eine düstere Stimmung senkte sich über die Burg. Die harte, festgetretene Erde des Friedhofes wurde aufgehackt, die Leichen bestattet und ein Kreuz auf jedem Grab aufgestellt. Frauen und Kinder trauerten um die gefallenen Männer. Sir Humphrey berief ständig Versammlungen ein, um die Sachlage zu erörtern, währenddessen sich die Schotten abwartend verhielten und Barnwick beobachteten.

»Vater weiß nicht, was er von alldem halten soll«, sagte Rosamund, als sie und Matthias eines Nachts im Bett lagen. »Er versteht nicht, was die Schotten eigentlich vorhaben, und er fragt sich, ob er Männer ausschicken soll, um sie zu vertreiben.«

Matthias hielt dies für keine gute Idee. Er verbrachte viele Stunden im Torhaus und starrte zu dem schottischen Lager hinunter. Bald erkannte er, daß die Anzahl der Feinde um ein Dreifaches höher war als die der Garnisonsangehörigen. Und was, wenn Vattier recht behielt und noch weitere Feinde ganz in der Nähe lauerten?

Nach der ersten Woche, die schlaflose Nächte und eine dementsprechend gereizte Atmosphäre mit sich gebracht hatte, entspannte sich Sir Humphrey ein wenig und wagte sogar einige schwache Scherze über die Absichten der Schotten.

»Im Augenblick können wir nichts tun«, meinte er, »nur abwarten. Vielleicht werden sie ja der Belagerung überdrüssig und ziehen weiter.«

Matthias teilte diesen Optimismus nicht; er spürte ganz deutlich eine drohende Gefahr ganz in seiner Nähe. Vor allem fühlte er sich unbehaglich, wenn er die beiden Boten, Deveraux und Bogodis, zu Gesicht bekam. Die Arbeit in der Kanzlei ruhte, und Matthias widmete sich fast ausschließlich der Verteidigung der Burg, übernahm Nachtwachen und ließ große Vorsicht walten, wenn er über die Brustwehr spähte, um sich zu vergewissern, daß die Schotten nicht etwa plötzlich ihre Strategie änderten. Auch zu Mariä Lichtmeß hatte er eine solche Wache übernommen. Danach kehrte er in sein Gemach zurück, entzündete eine Kerze und blickte auf Rosamund hinab, die friedlich wie ein Baby schlief, die Hände unter eine Wange geschoben. Es klopfte an der Tür. Sir Humphrey trat ein, blickte zum Bett hinüber und machte Matthias ein Zeichen, woraufhin dieser nach seinen Stiefeln griff und seinem Schwiegervater hinaus in den Gang folgte.

»Was gibt es denn?« fragte er.

»Ich weiß es nicht genau.« Sir Humphrey war sichtlich erregt.

Matthias schlüpfte in seine Stiefel, hüllte sich in seinen Umhang und ging gemeinsam mit Sir Humphrey die Stufen hinunter und quer über den inneren Burghof auf den Bergfried zu.

»Was ist geschehen?« fragte er noch einmal, Sir Humphrey am Arm packend.

Der Konstabler drehte sich um. Seine Unterlippe zitterte, und im Licht der Fackel, die er aus einer eisernen Halterung genommen hatte, wirkte sein Gesicht um Jahre gealtert.

»Es geht um Anna«, murmelte er, sich auf ein Küchenmädchen beziehend, das im Ruf stand, gerne mit den Soldaten zu schäkern.

»Um Himmels willen, was ist denn mit ihr?«

»Sie ist seit dem frühen Nachmittag verschwunden.«

»Und?«

Sir Humphrey befreite sich wortlos aus Matthias' Griff. Er schritt so schnell aus, daß Matthias Mühe hatte, Schritt zu halten. Der Konstabler betrat den Bergfried und stieg eine schmale Treppe hinunter, die in einen Irrgarten von Verliesen und Vorratskammern führte. Zwei Wachposten, jeder mit einer Fackel in der Hand, standen auf der Schwelle am Fuß der Stufen. Einer hatte sich offensichtlich gerade übergeben müssen: Er wischte sich verlegen mit dem Handrücken über den Mund. Sir Humphrey führte Matthias den eiskalten, modrigen Gang entlang zu einem Raum, in dem Fässer und Kisten gelagert wurden. Noch ehe er ein Faß zur Seite schob, erhaschte Matthias einen Blick auf ein Paar nackte Füße, die dahinter hervorragten. Sir Humphrey wies mit der Hand darauf und wandte sich ab.

Matthias kniete nieder. Er erkannte Anna sofort. Die junge Frau lag mit seltsam verdrehten Beinen da, der Rock ihres Gewandes war bis über ihre Knie hochgeschoben. Ihr Kopf war zur Seite geneigt, so daß ihr langes, dichtes Haar ihr Gesicht verdeckte. Matthias strich das Haar zur Seite und drehte den Kopf zu sich. Anna starrte blicklos zu ihm auf. Matthias untersuchte den Hals, schloß die Augen und stöhnte. Die nackten Schultern des Mädchens wiesen Prellungen und Kratzer auf, und zu beiden Seiten der Kehle klafften große, gezackte Löcher.

FÜNFTES KAPITEL

Matthias war so erschrocken, daß er keinen Ton hervorbrachte. So gab er, nachdem er sich etwas beruhigt hatte, auch keine Erklärung ab, sondern riet Sir Humphrey nur, den Leichnam fortschaffen zu lassen, und taumelte in seine Kammer zurück. Diese Nacht fand er keinen Schlaf, sondern kauerte in einem Stuhl und grübelte vor sich hin. Der Rosendämon war wieder in sein Leben getreten und hatte von irgend jemand hier in der Garnison Besitz ergriffen: Die makabren Todesfälle hatten von neuem begonnen. Die Nacht schien nicht enden zu wollen. Matthias blieb still sitzen und wartete darauf, daß Rosamund erwachte, und als sie kurz vor Tagesanbruch die Augen aufschlug, berichtete er ihr in knappen Sätzen, was er am Abend zuvor gesehen hatte. Rosamund richtete sich auf und lehnte sich gegen die Kissen. Ihr langes Haar flutete ihr über die Schultern. Sie war so ruhig und gelassen, daß Matthias sein Erstaunen kaum verhehlen konnte.

»Natürlich habe ich damit gerechnet«, erklärte sie unwirsch. »Matthias, halte mich doch bitte nicht für eine Närrin. Als du mir dort bei den Ruinen deine Geschichte erzählt hast, da wußte ich schon, daß dieses Wesen uns niemals in Ruhe lassen würde. Die Frage ist nur – wer beherbergt es? Und warum gerade jetzt?«

»Deveraux oder Bogodis?« schlug Matthias vor. »Sie sind hier fremd, und bis sie kamen, war alles ruhig.«

»Mir flößen sie auch nicht unbedingt Vertrauen ein«, erwiderte Rosamund. »Und ich weiß, daß du sie nicht magst. Sie sind schlau und verschlagen, und man sollte sicherlich ein wachsames Auge auf sie haben, aber wir werden abwarten müssen.«

Die Nachricht von Annas Tod verbreitete sich wie ein Lauffeuer in der Burg. Matthias fiel auf, daß sich das Verhalten der anderen ihm gegenüber änderte. Er fing düstere

Blicke auf, und Unterhaltungen verstummten abrupt, sowie er dazukam. Sogar Sir Humphreys Herzlichkeit war abgekühlt. Rosamund nahm kein Blatt vor den Mund.

»Matthias, Matthias.« Sie legte ihm die Arme um den Hals und küßte ihn auf die Wange. »Die Menschen vergessen nun einmal nicht so leicht. Da waren der Spuk im Nordturm, Vater Huberts Tod, das Auftauchen der Schotten und nun dies. Sie geben dir die Schuld daran, aber auch das wird sich im Lauf der Zeit wieder legen. Du wirst schon sehen!«

Doch sie sollte sich irren. Am späten Nachmittag mußte Matthias wieder Wachdienst schieben und ging zum Torhaus hinunter. Inzwischen langweilte ihn die schottische Belagerung, und so setzte er sich zusammen mit zwei anderen Wächtern mit dem Rücken zur Wand auf den Boden, um seinen Gedanken nachzuhängen. Die beiden Soldaten hatten sich zum Schutz gegen den schneidenden Wind fest in ihre Umhänge gehüllt und dösten vor sich hin. Matthias verschränkte die Arme vor der Brust und grübelte über Annas Tod nach. Er versuchte, die einzelnen Stücke zu einem Gesamtbild zusammenzusetzen und überlegte, ob er Sir Humphrey raten sollte, Deveraux und Bogodis unverzüglich wegzuschicken.

Als er Schritte auf den Stufen hörte, dachte er, ein Diener oder vielleicht eine der Soldatenfrauen würde ihnen Essen und Trinken bringen. Dann wurde sein Name gerufen, und er blickte auf. Rosamund kam auf ihn zu. Sie hielt eine kleine, in ein Tuch eingeschlagene Schüssel in der Hand, von der Dampf aufstieg. Um Rosamunds Schultern lag ein leuchtendroter Schal, der auch Nacken und Hinterkopf bedeckte. Sie lächelte ihn an und war so glücklich, ihren Mann zu sehen, daß sie nicht mehr an die Soldaten dachte. Ohne zu zögern lief sie direkt auf eine Lücke zwischen den Zinnen zu. Matthias sprang auf, wohl wissend, daß das rote Tuch eine hervorragende Zielscheibe abgab, aber noch ehe er sie warnen konnte, hörte er schon das todbringende Schwirren in der Luft. Ein langer, mit schwarzen Federn versehener Pfeil traf Rosamund mitten in die Brust. Sie blieb stehen, schloß die Augen und sank zu Boden. Die Schüssel entglitt ihren Händen. Die beiden Soldaten sprangen gleichfalls auf und spannten ihre Bögen, aber der Schaden war bereits angerichtet. Matthias konnte sich nur noch niederkauern und voller Entsetzen auf Rosamund hinabstarren, aus deren Mundwinkel ein kleiner Blutstrom rann.

»Rosamund! Rosamund!«

Ihr Gesicht schimmerte alabasterweiß. Sie hustete und schlug die Augen auf. Einer der Soldaten eilte davon und schrie nach Sir Humphrey. Matthias legte seiner Frau einen Arm unter die Schultern und hob sie hoch. Er konnte es nicht glauben, weigerte sich zu begreifen, was geschehen war.

»Rosamund.« Er zog sie an sich. Ihr Mund öffnete sich leicht. Er küßte ihre Lippen, die schon zu erkalten begannen. »Rosamund!« schrie er.

Sie sah ihn an. Ihre Wimpern flatterten wie Schmetterlingsflügel.

»Ich liebe dich, Matthias Fitzosbert. Ich habe dich immer geliebt, und ich werde dich immer lieben. Glaubst du mir das?« Sie hielt inne und hustete; ein Blutschwall strömte aus ihrem Mund. »Ich werde immer ...«, keuchte sie, »... immer ... bei dir sein.«

Ihr Körper erbebte. Als er sie ansah, waren ihre Augen halb geschlossen, die Lippen leicht geöffnet. Er fühlte nach dem Pulsschlag, konnte aber kein Lebenszeichen mehr feststellen. Auf den Stufen hallten Schritte, dann ließ sich Sir Humphrey auf alle viere fallen und begann laut zu schluchzen.

Matthias wollte sich nicht mit dem Geschehenen abfinden. Er zerrte an dem Pfeil, strich über die Handgelenke seiner Frau, und dann senkte sich eine schwarze Wolke über ihn. Er sprang auf, schüttelte die Fäuste gen Himmel, rannte zur Brustwehr und brüllte wilde Verwünschungen zu den Feinden hinüber. Verzweifelt versuchte er, einem der Soldaten die Armbrust zu entreißen, doch mehrere Männer überwältigten ihn und stießen ihn zu Boden. Ein Soldat, von dem er wußte, daß er Dickson hieß, hielt ihn fest. Der Bursche hatte nur ein gesundes Auge, das andere war eine leere Höhle. Matthias beschimpfte ihn und kämpfte gegen seinen eisernen Griff an, bis er einen Schlag auf den Kopf erhielt und das Bewußtsein verlor.

Den Rest des Tages verbrachte Matthias als Gefangener in seiner eigenen Kammer. Der Wächter vor der Tür füllte seinen Weinbecher ständig nach, weigerte sich aber, ihn hinauszulassen. Sir Humphrey kam zu ihm. Matthias sah, wie er die Lippen bewegte, konnte aber nicht verstehen, was er sagte.

Am nächsten Morgen badete er und rasierte sich, um an der armseligen Totenfeier auf dem kleinen Friedhof teilzunehmen. Regungslos sah er zu, wie die sterblichen Überreste seiner Frau der Erde übergeben wurden. Er kniete am Grab nieder, stellte aber fest, daß ihm kein Gebet über die Lippen kam, und als er aufblickte, kniete Sir Humphrey auf der anderen Seite und starrte ihn haßerfüllt an.

»Du bist verflucht, Matthias Fitzosbert«, murmelte er. »Ich verwünsche den Tag, an dem du nach Barnwick kamst. Du bist ein Sproß des Teufels! Nur Rosamunds Andenken zuliebe lasse ich dich nicht auf der Stelle hinrichten und schicke dich zurück in die Hölle, wo du hingehörst!«

Der Konstabler gelangte schwankend auf die Füße. Sein Gesicht war vom unmäßigen Weingenuß verquollen. »Einen Tag magst du noch auf Barnwick bleiben«, schnarrte er. »Morgen jage ich dich dann aus der Burg! Was die Schotten mit dir anstellen ...«, er warf den Kopf zurück und spie vor Matthias aus, »... kümmert mich nicht!«

Matthias blieb am Grab hocken. Er konnte nicht begreifen, daß dieses kleine Stück Erde nun all das beherbergen sollte, was er auf dieser Welt geliebt hatte. Dickson kam zu ihm und reichte ihm ein Getränk aus heißer Milch, Wein und Gewürzen. Matthias stürzte es gierig hinunter und taumelte dann zu seiner Kammer zurück. Jedermann schien ihn zu meiden. Die Männer gingen ihm aus dem Weg, eine Frau verfluchte ihn, und ein kleiner Bengel hob ein Stück Eis auf und warf es ihm an den Kopf.

In seiner Kammer angelangt, ging er eine Weile ruhelos

auf und ab und sprach mit sich selbst. Gelegentlich schlug er sich mit der Faust gegen die Stirn. Er lag in tiefem Schlaf, anders konnte es gar nicht sein. Alles war nur ein Alptraum, und bald würde er erwachen, Rosamund würde hereinkommen und beginnen, ihn auf ihre liebevolle Art zu necken. Je länger er durch den Raum wanderte, desto stärker wurde der Schmerz. Da lag Rosamunds Haarbürste, dort ein Schleier, den sie achtlos auf einen Stuhl geworfen hatte. Auf einem Schemel unter dem Fenster sah er ein winziges Wams, welches sie für ihr Kind angefertigt hatte. Matthias konnte es nicht länger ertragen. Er fiel auf die Knie und heulte wie ein Wolf. Dann riß er das Kreuz von der Wand und zertrat es unter dem Absatz seines Stiefels, wobei er lauthals über den Glauben seiner Kindheit spottete.

»Bedenke dies, meine Seele, und bedenke es wohl. Es gibt keinen Gott, weder im Himmel noch auf Erden!« Er steigerte sich in einen wahren Tobsuchtsanfall hinein, brüllte schreckliche Flüche und rollte sich schließlich auf dem Boden zusammen, um blicklos ins Leere zu starren.

»Bist du hier?« flüsterte er. »Bist du hier, Rosendämon? Wenn nicht, so rufe ich dich jetzt. Hörst du mich? Ich rufe dich!«

Es klopfte an der Tür. Ein Soldat steckte vorsichtig seinen Kopf herein. Matthias schrie ihn an, er solle verschwinden. Der Mann machte, daß er davonkam. Matthias raffte sich auf. Sein Kopf war klar, und er fühlte sich stark und voller Selbstvertrauen. Er schnallte sich seinen Schwertgurt um den Leib, verließ die Kammer und teilte dem Wachposten mit, daß er frische Luft schnappen wollte. Eine Weile schlenderte er im Burghof umher. Eine Glocke rief zum Abendessen, doch Matthias achtete nicht darauf. Er hielt nach Deveraux und Bogodis Ausschau, doch jeder, den er befragte, schlug die Augen nieder und schüttelte den Kopf. Einem Impuls folgend ging er in die Küche. Die Köche und Küchenmädchen wichen seinem Blick aus und arbeiteten lustlos weiter, schnitten Fleisch in Streifen, buken Brot und legten Käsestücke auf Platten. Matthias, der die Wirkung des Weins spürte, ließ sich auf einen Stuhl sinken.

»Hat einer von euch Bogodis oder Deveraux gesehen?« fragte er schroff.

Niemand gab eine Antwort. Matthias zog seinen Dolch, trat auf den Koch zu und preßte die Spitze gegen das fleischige, bebende Kinn des Mannes

»Ich habe Euch eine Frage gestellt. Die beiden Boten, Deveraux und Bogodis, wo sind sie?«

»Ich weiß es nicht«, winselte der Mann. »Sir Humphrey ...«

Matthias ließ den Dolch sinken. Er schloß die Augen und versuchte, einen klaren Gedanken zu fassen. Niemand hier würde ihm helfen. Dann schlug er die Augen wieder auf, lächelte und setzte dem Koch erneut den Dolch an die Kehle.

»Vattier wird es wissen. Wo ist es er?«

»Er wandelt auf Freiersfüßen«, murmelte eines der Küchenmädchen. »Caterina hat es ihm angetan, das Mädchen, das die Kammern säubert.«

»Ach ja.« Matthias grinste. »Und wo trifft er sich mit ihr?«

»Ich habe sie im Bergfried gesehen.«

Matthias stieß den Koch zur Seite und rannte aus der Küche. Er überquerte den vereisten Burghof und lief die Treppen zu den Verliesen unterhalb des Bergfrieds hinunter. Jemand hielt sich hier auf – die Tür stand offen, und Fackeln brannten in den zugigen Gängen.

Auf Zehenspitzen schlich Matthias weiter. Als er aus einer der Vorratskammern ein Geräusch hörte, blieb er stehen und zog Schwert und Dolch. Die Tür war offen, eine Kerze brannte auf dem Sims. Vorsichtig spähte er in das Halbdunkel und erhaschte einen Blick auf Caterinas Beine und ihr langes rotes Haar. Der Rest wurde von dem Mann verdeckt, der sich über sie beugte und ihren Hals zu küssen schien. Matthias pirschte sich lautlos an ihn heran. Der Kopf des Mannes fuhr hoch wie der eines Hundes, der Gefahr wittert.

»*Ah, Creatura bona atque parva.*«

Vattier erhob sich langsam, drehte sich um und sah ihn an.

Der stämmige Soldat wirkte genauso wie immer, soweit

Matthias das in dem dämmrigen Licht beurteilen konnte. Er trat einen Schritt zurück. Vattier folgte ihm in den Lichtschein, den eine dicke Talgkerze auf den Boden warf.

»Es ist immer dasselbe«, murmelte Matthias. »Nur die Augen sind verräterisch.«

»Der Dichter sagt, die Augen seien das Fenster zur Seele.«

»Du hast mich bis hierher verfolgt«, knurrte Matthias. »Warum?«

»Ich habe dich nicht verfolgt.«

Matthias bemühte sich, die Fassung zu wahren. Das war Vattier, der da zu ihm sprach, seine Lippen bewegten sich, und er spreizte in einer versöhnlichen Geste die Finger, aber Matthias sah ihm in die leuchtenden, forschenden Augen und erkannte darin denselben zärtlichen Ausdruck, den er in den Augen des Eremiten und Raheres gesehen hatte, wenn sie sich über ihn beugten, um ihm etwas zu erklären.

»Ich bin hier, um dich zu beschützen, Matthias. Ich kann dich nicht in dein Verderben laufen lassen. Läßt eine Mutter ihr Kind im Stich? Verläßt ein Liebhaber seine Geliebte?«

»Du hast mir immer nur Kummer gebracht«, warf Matthias ihm vor.

»Habe ich dir je etwas zuleide getan, Matthias? Hast du mich nicht gerufen? Ich bin schon hier gewesen, lange bevor du geboren wurdest. Dieser alte, schwatzhafte Eremit Pender hat es dir doch sicher erzählt?«

»Was willst du von mir?«

»Ich liebe dich, Matthias.«

»Wenn du mich liebst, warum mußte Rosamund dann sterben?«

»Matthias, ich bin nicht Gott. Ich wollte ihren Tod nicht, aber ich habe keine Macht über den Willen oder die Entscheidungen der Menschen. Ihr wurdet gewarnt, ihr alle.« Vattier schloß die Augen. »Ich habe getan, was ich konnte, Matthias. Glaube mir, ich habe getan, was ich konnte.«

Matthias wich zur Seite und spähte an ihm vorbei. Der Leichnam des Mädchens lag zusammengekrümmt am Boden.

»Caterina ist tot. Sie starb, um Leben zu geben. Ich brauchte ihr Blut – das ist der Preis, den ich zahlen muß.«

Vattier holte geräuschvoll Atem.

»Sir Humphrey ist ein Narr«, fuhr er fort. »Er hätte Deveraux und Bogodis niemals Zutritt zu der Burg gewähren dürfen, aber er weiß ja nie, was zu tun ist.«

»Was meinst du damit?«

»Es ist zu spät, Creatura. Jeder Mensch trifft Entscheidungen, verfügt über einen eigenen Willen, über Verstand und Urteilskraft. Sir Humphrey hat getan, was er für richtig hielt.«

»Warst du eifersüchtig auf Rosamund?«

Vattier trat näher. »Creatura ...«

»Nenn mich nicht so!«

»Du mußt von hier fort. Du mußt dich in Sicherheit bringen!«

»Laß mich in Frieden!« zischte Matthias, einen Schritt zurückweichend. »Sag mir, daß du mich von nun an in Frieden läßt!«

»Creatura, das kann ich nicht. Weder du noch ich können jetzt noch zurück. Der Wille ist nicht beeinflußbar. Die Entscheidungen sind gefallen.«

»Ich habe meine eigenen Entscheidungen getroffen.«

Vattier schüttelte den Kopf. »Nicht jetzt, Creatura. Jetzt ist nicht der richtige Zeitpunkt.«

Von draußen drang Lärm an Matthias' Ohr, Rufe und Schreie. Vattier streckte ihm die Hand hin.

»Komm, Creatura, komm mit mir. Sie sind alle tot.«

»Wieso? Was ist geschehen?«

Matthias eilte zur Türschwelle. Die Schreie waren verstummt, statt dessen hörte er nur das Klirren von Schwertern.

»Die Schotten sind in der Burg«, sagte Vattier leise. »Ich sagte dir doch, daß Sir Humphrey ein Narr war. Wieder und wieder habe ich versucht, Verdacht in dir zu schüren. Ich kann dich zum Nachdenken anregen, Creatura, aber ich kann keine Entscheidungen für dich treffen. Bogodis und Deveraux sind Spione«, fuhr er fort. »Sie kamen nicht als Boten von Lord Percy, sondern sie sind Verräter.«

Matthias starrte ihn entgeistert an.

»Sie sind Spione«, wiederholte Vattier. »Und während die Garnison beim Abendessen saß, haben sie die Wächter im Torhaus überwältigt. Die Zugbrücke ist heruntergelassen, das Fallgitter hochgezogen worden. Die Schotten befinden sich bereits in der Burg.«

Matthias schloß die Augen und stöhnte. Furcht stieg in ihm auf. Natürlich, Bogodis und Deveraux hatte man eingeschleust. Die Schotten waren gekommen und hatten in aller Ruhe abgewartet, bis es ihren Männern gelungen war, sich das Vertrauen des Konstablers zu erschleichen. Vattier hatte recht. Sir Humphrey hatte eine Dummheit begangen und würde dafür bezahlen müssen.

»Nun, da du mich gerufen hast, kann ich dir auch helfen. In Zukunft werde ich dir rechtzeitig Warnungen zukommen lassen.«

»Für mich gibt es keine Zukunft mehr«, flüsterte Matthias tonlos.

»Komm mit mir«, drängte Vattier.

Plötzlich überkam Matthias eine rasende Wut. Er hob sein Schwert und ging auf Vattier los. Dieser sprang zur Seite.

»Ich bringe dich um!« keuchte Matthias heiser. »Du hättest uns alle retten können!«

»Ich hatte keine Möglichkeit dazu! Erst als du mich gerufen hast, konnte ich eingreifen.« Tränen schimmerten in Vattiers Augen.

»Zieh dein Schwert«, fauchte Matthias. »Wenn du mich liebst, dann zieh dein Schwert.«

Vattier gehorchte. Matthias drang mit wütenden Schwerthieben auf ihn ein und stieß gleichzeitig mit dem Dolch zu, doch Vattier wehrte den Angriff ab und wich zurück. Draußen wurden die Schreie und Kampfgeräusche immer lauter, aber Matthias achtete nicht darauf. Rosamund war tot, seine Welt lag in Trümmern, und Vattier würde dafür büßen. Wieder griff er an. Vattier bot all seine Geschicklichkeit auf, um ihm auszuweichen. Matthias hörte, daß sich Schritte näherten, dachte jedoch gar nicht daran, den Kampf zu beenden. Vattier blickte über seine Schulter. Matthias vermied es, sich umzudrehen. Hinter ihm gellte eine Stimme: »Den nicht!« Dann ertönte ein Klicken, Vattier rannte auf ihn zu und wurde von einem Armbrustbolzen direkt in den Hals getroffen. Er brach zusammen, stieß einen lauten Seufzer aus und rollte zur Seite, wo er regungslos liegenblieb.

Matthias wirbelte herum. Bewaffnete Männer standen in der Tür und hielten ihre Armbrüste auf ihn gerichtet. Unter Führung von Deveraux stürmten sie in den Raum. Einer von ihnen riß Matthias das Schwert aus der Hand, und Deveraux versetzte Vattiers Leichnam einen Fußtritt.

»Kämpft Ihr jetzt schon gegen Eure eigenen Leute?« rief jemand.

»Wo ist Sir Humphrey?« wollte Matthias wissen.

»Er ist tot.« Ein in ein Kettenhemd gekleideter Ritter, der soeben hereingekommen war, ergriff das Wort. Sein Schwert war bis zum Heft blutverschmiert. Er nahm den schweren Helm ab, der den größten Teil seines Gesichts verdeckte. »Ich bin Lord George Douglas«, sagte er.

Matthias musterte das teigige Gesicht des Mannes unter dem Schopf brandroter Haare. Es war so bleich wie ein Fischbauch. Die gekrümmte Nase über schmalen Lippen und die starren Augen verliehen ihm einen Ausdruck von Grausamkeit. Douglas kratzte sich die unrasierte Wange und nickte seinen Leuten zu.

»Die Garnison hat sich ergeben.«

»Und Bogodis?« fragte Deveraux.

»Er ist gefallen. Sir Humphrey hat ihn getötet.« Douglas warf Matthias einen Blick zu. »Ihr seid sein Schwiegersohn?« Er ließ sich auf einer Kiste nieder. »Ich habe versucht, Sir Humphrey zu verschonen, so wahr mir Gott helfe, aber er weigerte sich, auf meine Bedingungen einzugehen und kämpfte wie von Sinnen.« Douglas blickte sich um. »Was ist hier vorgefallen?«

»Wir hatten Verräter unter uns!« fauchte Matthias.

Ein Soldat machte Anstalten, ihn am Arm zu packen, doch Douglas hielt ihn zurück.

»Raus hier, alle miteinander! Deveraux, Ihr bleibt. Sagt

den Garnisonssoldaten, sie dürfen so viel von ihrer Habe mitnehmen, wie sie tragen können, aber sie müssen sofort von hier verschwinden. Wen ich morgen früh noch in der Burg antreffe, den knüpfe ich auf.«

Douglas wartete, bis die Männer den Keller verlassen hatten, dann erhob er sich.

»Ich bin kein Räuber und Freibeuter«, fuhr er fort. »Ich stehe in den Diensten seiner Majestät König James III. von Schottland.« Ein geringschätziger Unterton schwang in seiner Stimme mit.

Matthias fielen Sir Humphreys Bemerkungen über die Unfähigkeit des im Moment auf dem schottischen Thron sitzenden Königs wieder ein. Aber Sir Humphrey war ja tot! Nun, da sich die Hitze des Kampfes allmählich legte, fühlte sich Matthias erschöpft, ausgelaugt und nicht in der Lage, seines Kummers Herr zu werden. Er setzte sich mit dem Rücken zur Wand auf den Boden und starrte zur Tür.

»Wir sind Richtung Süden gezogen.« Douglas hob einen Tuchfetzen auf, um damit sein Schwert zu säubern. »Das Wetter kam unseren Ansichten entgegen, und so wählten wir Barnwick als erstes Ziel. Ich kann Euch gegenüber offen sprechen, weil Ihr in der nächsten Zeit nirgendwo hingehen werdet. Im Kampf hätten wir Barnwick nie und nimmer einnehmen können, wohl aber durch List. Interessiert Euch eigentlich, was ich Euch erzähle, Engländer?«

Matthias hielt den Blick unverwandt auf die Tür gerichtet. »Es ist mir gleichgültig, ob ich lebe oder sterbe«, entgegnete er. »Ihr, Mylord Douglas, und Eure Absichten bedeuten mir nichts.«

»Das sollten sie aber, Freundchen. Seht Ihr, ich beabsichtige, weiter nach Süden zu ziehen und eine Pilgerfahrt zur Priorei Castleden zu unternehmen.«

»Um all Euren Verbrechen auch noch das der Blasphemie hinzuzufügen?«

Douglas grinste wölfisch. »Oh, wir werden den guten Brüdern kein Haar krümmen. Wir wollen uns nur an ihren Vorräten bedienen.«

Wieder erinnerte sich Matthias an Sir Humphrey, der einmal gesagt hatte, der Befehlshaber der nördlichen Marschen hielte in gewissen Häusern entlang der Grenze große Mengen Waffen und Schießpulver versteckt.

»Wir werden uns ausborgen, was wir brauchen«, fuhr Douglas fort, »und es für unsere eigenen Zwecke verwenden.« Er blickte zu Deveraux hinüber. »Ihr habt gute Arbeit geleistet.«

Der Verräter lächelte selbstgefällig. Douglas erhob sich.

»Ich habe Euch belogen, müßt Ihr wissen. Sir Humphrey hat Bogodis nicht getötet.«

»Wer dann?« fragte Deveraux.

»Ich selber.«

Mit diesen Worten stieß Douglas sein Schwert tief in Deveraux' Bauch, drehte es und zog es wieder heraus. Der Mann taumelte zusammengekrümmt auf ihn zu. Blut quoll zwischen seinen auf die Wunde gepreßten Händen hervor. Douglas versetzte ihm einen zweiten Hieb, der den Nacken traf. Deveraux sackte in sich zusammen.

»Es gibt Leute, denen ich grundsätzlich nicht traue.« Douglas bückte sich und wischte sein Schwert am Leichnam des Mannes ab. »Dazu gehören vor allem Söldner und Verräter.« Er grinste Matthias an. »Außerdem wußten beide zuviel über Euch. Nun gut, wir wollen abwarten, was weiter geschieht.«

Er rief seine Soldaten zurück. Matthias wurden die Hände locker gefesselt, dann stieß man ihn in den inneren Burghof hinaus, der nun einem Schlachtfeld glich. Überall lagen Tote herum. Die Soldaten schichteten bereits Holz auf, um die Leichen zu verbrennen. Matthias hielt nach Sir Humphrey Ausschau und bat Douglas, den verstümmelten Leichnam des Konstablers neben dem Grab seiner Tochter bestatten zu dürfen. Der schottische Lord erklärte sich achselzuckend einverstanden, und zwei Bogenschützen halfen Matthias dabei, die harte Erde aufzuhacken. Sir Humphreys in seinen Soldatenmantel gehüllte sterbliche Überreste wurden in das Loch gelegt und dieses wieder zugeschaufelt. Matthias starrte die zwei Erdhaufen an; die einzige Erinnerung an die glücklichsten Tage seines Lebens. Er hatte keine

Tränen mehr, doch war er froh, daß Bogodis und Deveraux tot waren. Wenn Douglas sie nicht umgebracht hätte, hätte er selbst es getan.

Die Soldaten sperrten Matthias in eines der Nebengebäude, der Rest der Garnison wurde wie eine Herde Vieh durch das Tor und über die Zugbrücke getrieben. Die Sieger schlugen mit der flachen Seite ihrer Schwerter auf die Männer ein, um sie zur Eile zu bewegen.

Am nächsten Morgen holte sich eine Gruppe Schotten unter Führung von Lord Douglas die besten Pferde aus den Ställen und galoppierte Richtung Süden davon. Der Rest blieb unter dem Kommando eines der Bogenschützen in Barnwick zurück. Der neue Anführer befahl sofort, das Fallgitter herunterzulassen und die Zugbrücke hochzuziehen, dann ließ er die Burg durchsuchen und alle Vorräte und Wertsachen zusammentragen. Matthias kam sich vor wie in einem Alptraum gefangen. Alle Spuren von Sir Humphrey, Rosamund und all den Leuten, mit denen er gearbeitet und gefeiert hatte, wurden unbarmherzig ausgelöscht. Die Schotten verhielten sich ihm gegenüber zwar nicht grausam, aber feindselig und ablehnend. Dennoch wurde er von seinen Fesseln befreit und durfte sich innerhalb der Burg frei bewegen.

»Versucht nur, zu fliehen«, höhnte der Anführer. »Entweder brecht Ihr Euch gleich den Hals, oder Ihr erfriert im Burggraben. Wir können Euch natürlich auch als Zielscheibe benutzen, wenn Euch das lieber ist, wir müssen ohnehin in Übung bleiben.«

Matthias machte sich nicht die Mühe, darauf zu antworten. Er verbrachte die meiste Zeit des Tages auf dem Friedhof, wo er, in seinen Umhang gewickelt, am Boden kauerte, auf die Erdhügel starrte und um Rosamund und ihr ungeborenes Kind trauerte. Außerdem grübelte er über das nach, was Vattier ihm erzählt hatte. Offensichtlich konnte der Rosendämon die Ereignisse nicht nach Belieben beeinflussen oder lenken. Im nachhinein erkannte Matthias auch, daß sich Sir Humphrey in der Tat höchst tölpelhaft verhalten hatte. Er hätte Deveraux und Bogodis nie Unterkunft gewähren dürfen, und er hätte Boten zu den anderen Burgen entlang der Grenze schicken müssen. Aber er hatte die beiden Spione ja noch nicht einmal verdächtigt.

Matthias kehrte in seine Kammer zurück, nur um festzustellen, daß sie geplündert worden war. Alle Truhen, Rosamunds Juwelen und ihre Kleider waren verschwunden; die Schotten begannen gerade damit, das riesige Himmelbett zu zerlegen. Alles, was irgendwelchen Wert hatte, wurde in den äußeren Burghof geschafft und auf Karren verladen.

»Was habt Ihr vor?« fragte Matthias den Anführer der Schotten.

»Oh, wir nehmen das ganze Zeug mit. Ihr habt doch wohl nicht angenommen, wir würden Barnwick so verlassen, wie wir es vorgefunden haben? Wartet nur ab.«

Matthias ging zum Nordturm des Bergfrieds hinüber. Bislang hatten die Schotten noch nicht von unheimlichen Erscheinungen dort berichtet. Matthias stieg die Stufen empor und betrat die Kammer, in der er mit Vater Hubert die Messe zelebriert hatte. Der Boden war noch immer mit Wachsflecken übersät. Matthias verspürte keinerlei Furcht mehr. Seit Rosamunds Tod gab es nichts, was ihm noch Angst einjagen konnte. Er stieß die schäbigen Fensterläden auf und blickte über die reifbedeckte Landschaft. Ein Vogel flatterte auf, und er mußte an die Drohungen des schottischen Bogenschützen denken.

»Warum eigentlich nicht?« murmelte er halblaut. »Vielleicht ist es ja am besten so.«

Er konnte sich über die Brustwehr stürzen und so allem ein Ende setzen: dem Leben, der Furcht vor dem Tod, dem Kummer und Leid. Sicherlich würde Gott diesen Entschluß verstehen. Und wenn nicht, was machte das schon? Matthias fuhr mit der Hand über den staubbedeckten Sims. Je länger er darüber nachdachte, um so mehr fühlte er sich in seiner Überzeugung bestärkt. Er hatte gerade beschlossen, den Gedanken in die Tat umzusetzen, als hinter ihm die Tür zufiel. Matthias rüttelte daran, aber sie gab nicht nach, so als hielte sie jemand von der anderen Seite zu. Matthias warf sich mit seinem ganzen Gewicht dagegen und hämmerte mit den Fäusten gegen das Holz, bis ein sengender Schmerz durch seinen Arm schoß. Schließlich ließ er sich erschöpft zu Boden sinken und starrte die blassen Sonnenstrahlen an, die durch den Sehschlitz der Tür fielen. Dann döste er ein.

Als er erwachte, erfüllte ein leichter, süßer Duft den Raum – der Duft desselben Parfüms, das Rosamund immer benutzt hatte. Er war so intensiv, als säße sie direkt neben ihm. Matthias erinnerte sich an ihre Hochzeitsnacht, ihre leidenschaftlichen Umarmungen und an die wohlriechende Salbe, mit der sie ihren Körper eingerieben hatte. Er streckte die Hände aus, um nach ihr zu greifen und sie in seine Arme zu ziehen. Das Sonnenlicht wurde heller, und die Luft roch plötzlich nach Weihrauch, wie in der Burgkapelle während der Messe.

Matthias stand auf und ging zur Tür. Diesmal ließ sie sich mühelos öffnen. Er trat auf die Treppe hinaus und erhaschte gerade noch einen Blick auf etwas Wehendes, Grünes; fast war es so, als würde Rosamund vor ihm herlaufen. So schnell er konnte eilte er die Treppen hinunter und in den Burghof hinaus, doch dort lehnten nur schottische Soldaten müßig an der Mauer und schauten ihm neugierig nach. Matthias ging zum äußeren Burghof und stieg die Stufen zur Brustwehr empor. Er verspürte nicht länger den Wunsch, sich hinunterzustürzen, aber er war neugierig. Er wollte wissen, was als nächstes geschehen würde.

Oben angelangt, riß der schneidende Wind heftig an seinem Haar. Matthias beugte sich über die Zinnen und starrte hinunter. Tief unter ihm lag der noch immer steinhart gefrorene Burggraben. Matthias hob einen Fuß. Dort war ein Vorsprung in der Mauer. Es war so einfach, auf den Rand zu klettern, ein paar Sekunden stehenzubleiben und sich dann wie ein Stein in die Tiefe fallen zu lassen.

»Matthias! Matthias!«

Mit offenem Mund fuhr er herum. Rosamund rief nach ihm, wie sie es so oft getan hatte, doch unten im Hof liefen nur Schotten umher.

»Matthias, komm herunter! Du mußt jetzt herunterkommen!«

Matthias rieb sich die Augen. Er sah, daß niemand auf ihn achtete. Die unter ihm umherhuschenden Gestalten waren zu eifrig damit beschäftigt, Vorhänge, Wandbehänge, Truhen und Kisten auf den Karren zu verstauen. Matthias blickte über die Brustwehr, bis ihm schwindlig wurde. Mit wackligen Beinen stieg er die Treppe hinunter und ging zum Friedhof zurück. Trotz des wärmenden Sonnenlichts fröstelte er. Neben Rosamunds Grab niederkniend, grub er die Finger in die Erde. Heiße, bittere Tränen rannen ihm über die Wangen.

»Bist du bei mir, Rosamund? Bist du jetzt wirklich bei mir?«

Er drehte sich um, als er ein Geräusch hörte. Nichts. Nur ein Stück Pergament, das aus einer der geraubten Truhen herausgeweht worden war, flatterte über den Boden. Matthias fing es auf. Die zierlichen Buchstaben waren verblaßt, doch er erkannte Rosamunds Handschrift sofort. Sie mußte es schon Monate, bevor sie ihm ihre Liebe gestanden hatte, niedergeschrieben haben.

»Matthias«, las er, »amo te, amo te, Matthias. Matthias, ich liebe dich. Matthias, ich liebe dich.« Dieselben Worte wiederholten sich wieder und wieder.

Auf das untere Ende des Bogens hatte Rosamund ein kläglich verzogenes Gesicht gezeichnet. Matthias lächelte, küßte das Pergamentstück, faltete es liebevoll zusammen und schob es in die Tasche seines Wamses. Dann erhob er sich und verließ den Friedhof.

Am nächsten Morgen näherten sich Lord George Douglas und seine Truppe der Burg. Sein Vertreter seufzte erleichtert auf und vollführte einen kleinen Freudentanz.

»Gott sei Dank! Dem Herrn im Himmel sei Dank!« rief er. »Wenn die Engländer geahnt hätten, was geschehen ist«, hierbei klopfte er Matthias auf die Schulter, »dann wäre der Jäger zum Gejagten geworden, und man hätte mich womöglich bis Ostern in Barnwick belagert. Lord Douglas ist ein wahrer Glückspilz.«

Das Fallgitter wurde hochgezogen, die Zugbrücke herabgelassen. Douglas und sein Trupp ritten in den Burghof ein. Sie hatten eine Reihe von Karren mitgebracht; einige leer, andere vollbeladen mit Rüstungen, Armbrüsten, Lanzen, Eimern voller Pfeile, Schwertern, Hellebarden und sogar einem Haufen Kettenhemden und ledernen Helmen. Einer der Karren war mit übereinandergestapelten, mit Leinentüchern abgedeckten Fässern voll Schießpulver bestückt.

Lord George Douglas brachte sein Pferd zum Stehen. Er warf Matthias die Zügel zu, die dieser sofort fallen ließ. Der Schotte verzog ärgerlich das Gesicht und stieg ab.

»Ich bin zwar Euer Gefangener, aber nicht Euer Diener«, verkündete Matthias bestimmt.

»Das ist allerdings wahr«, erwiderte Douglas säuerlich.

»Warum bin ich eigentlich hier? Warum hat man mich nicht mit den anderen freigelassen?«

Douglas' Augen verengten sich. Er packte Matthias am Arm und zog ihn mit sich, bis sie sich außer Hörweite der anderen befanden.

»Für Euch habe ich eine besondere Aufgabe, Fitzosbert«, murmelte er. »Deveraux berichtete mir von den seltsamen Vorfällen hier. Ein junges Mädchen wurde auf mysteriöse Weise ermordet, und im Nordturm spukt es. Seid Ihr hellseherisch veranlagt? Habt Ihr das Zweite Gesicht?«

»Ich bin ein Schreiber, ich friere, ich habe Hunger, und ich möchte von hier fort.«

Douglas' Hand fuhr zum Griff seines Dolches. »Ich habe Euch eine Frage gestellt, Engländer. Vergeßt nicht, daß ich Eurem Schwiegervater ein anständiges Begräbnis gewährt habe.«

»Ich weiß nicht, was ich bin, und ich weiß nicht, was für Kräfte ich habe«, entgegnete Matthias. »Aber der Nordturm ist wirklich verhext.« Er deutete auf die Karren mit Schießpulver. »Ihr werdet versuchen, ihn zu sprengen, nicht wahr?«

»Ja. Wir brechen noch heute nachmittag auf. Wir dürfen es nicht wagen, noch länger hierzubleiben. Am liebsten würde ich ja ganz Barnwick dem Erdboden gleichmachen, aber mir fehlt die Zeit dazu, und das Schießpulver würde auch nicht ausreichen. Also werde ich nur einen Teil der Burg zerstören. Das Torhaus wird gesprengt, einige der äußeren und inneren Mauern auch, und Euch zu Gefallen, Engländer, werde ich Schießpulver im Nordturm auslegen lassen.«

Befehle wurden gebrüllt, die restliche Beute auf die Karren verladen, dann durchsuchten die Soldaten ein letztes Mal die Burg, um sich zu vergewissern, daß sie nichts übersehen hatten. Fünf von Douglas' Begleitern kannten sich im Umgang mit Schießpulver aus, einer war sogar ein Geschützmeister. Das Pulver wurde an strategisch wichtigen Punkten verteilt: im Torhaus, im Nordturm, an zwei Seitenpforten sowie in der großen Halle. Matthias kümmerte das nicht. In gewisser Hinsicht war er froh, daß diese Räume, in denen er so glücklich gewesen war, nie wieder von anderen Menschen benutzt werden sollten.

Am späten Nachmittag brach Douglas mit seinen Leuten auf. Vorsorglich sandte er Kundschafter aus, da er fürchtete, die Engländer könnten erfahren haben, was geschehen war, und ihm jetzt ihrerseits auflauern. Ehe sie Barnwick verließen, zündete der Geschützmeister die langen Lunten, die er zuvor gelegt hatte.

In sicherer Entfernung von der Burg machten sie unter kahlen Bäumen halt. Matthias warf einen letzten Blick auf Barnwick, auf den Nordturm und das leere Torhaus, und seine Augen füllten sich mit Tränen. Wieder und wieder flüsterte er: »Rosamund! Rosamund!«

Plötzlich dröhnte eine heftige Explosion. Teile der Burg schienen wie von Geisterhand hochgehoben zu werden und stürzten dann in einer dichten Staubwolke in sich zusammen. Die Pferde wieherten, tänzelten nervös und warfen vor dem Donnergrollen die Köpfe zurück. Die Schotten jubelten, als eine riesige Flamme aus der Burg gen Himmel schoß. Matthias bekreuzigte sich. Über ihm im Geäst ertönte ein heiseres Krächzen. Er blickte auf. Zwei schwarzgekleidete Gestalten saßen im Baum und starrten voller Haß auf ihn herab: der Prediger und Rahere, beide mit totenbleichen Gesichtern und rotgeränderten Augen. Matthias zwinkerte und sah noch einmal genauer hin. Bei den unheimlichen Gestalten handelte es sich lediglich um Raben, die sich lauthals krächzend über den ungewohnten Lärm ärgerten. Nach einigen Augenblicken breiteten sie ihre großen schwarzen Schwingen aus, erhoben sich in die Lüfte und schwebten lautlos von dannen.

SECHSTES KAPITEL

Fünf Tage später traf Douglas mit seinem Trupp in Edinburgh ein. Sie hatten die wilde Heidelandschaft durchquert und waren an zahlreichen kleinen, armseligen Dörfern vorbeigekommen, wo Kinder und Hunde neugierig angerannt kamen, um sie anzustarren, während die Erwachsenen auf den Türschwellen standen und die vorüberziehenden Kämpfer mit kaum verhohlener Abneigung musterten. Schließlich wandte sich die Gruppe gen Norden, in Richtung der Küste, und ritt dann landeinwärts auf das auf einer mächtigen Klippe thronende Edinburgh zu. Aus der Ferne erschien die Stadt Matthias eindrucksvoll und majestätisch, aber sowie er die Tore passiert hatte, stellte er fest, daß sie sich nur wenig von London unterschied, das er schon einige Male besucht hatte.

Von der großen Hauptstraße zweigten in einer fischgrätenähnlichen Anordnung dunkle Gassen ab. Einige Häuser prunkten mit drei oder vier Stockwerken und verglasten Fenstern, wogegen die Katen der Armen aus Flechtwerk und Lehm erbaut und mit Stroh gedeckt waren. Sie ritten an der Kirche, dem Rathaus und dem Gerichtsgebäude vorbei und überquerten den riesigen Marktplatz, wo die verstümmelten Leichen überführter Verräter zur Schau gestellt wurden. Eine riesige Menschenmenge brandete um sie herum. Reiche Kaufleute in Samt und Damast drängten sich an einfachen Bauern vorbei, die grobe Leinengewänder und Holzschuhe an den Füßen trugen. Es gab mehrere Märkte in den verschiedenen Teilen dieser lebhaften Stadt: Hier hatten die Fischer ihre Stände aufgebaut, dort hielten Tuchmacher ihre Ware feil, und daneben standen die blutbespritzten Buden der Schlachter. Douglas und seine Leute mußten Peitschen und die flachen Seiten ihrer Schwerter zu Hilfe nehmen, um sich einen Weg durch das Gewühl zu bahnen. Genau wie in London ließen sich die Bürger aber nicht so leicht einschüchtern, und obgleich Douglas lauthals von seinem erfolgreichen Raubzug in England Kunde tat, wurde er nicht selten verwünscht oder gar angespuckt.

Schließlich ließen sie das Gedränge hinter sich und gelangten auf das Gelände des Klosters Holyrood, wo die Gärten und Felder von Laienbrüdern emsig bearbeitet wurden. Die Gruppe kam an Fischteichen, Obstgärten, Waschhäusern, verschiedenen Nebengebäuden, Schuppen und Scheunen vorbei und ritt dann über den weitläufigen gepflasterten Hof, der das Kloster von dem sich daran anschließenden kleinen Palast trennte. Hier liefen ihnen einige in schwarzes und scharlachrotes Tuch gekleidete Angehörige des königlichen Haushalts entgegen, um sie zu begrüßen. Knechte und Stallburschen hielten sich bereit, die Pferde zu versorgen.

Douglas schnippte mit den Fingern und befahl Matthias, ihm in einen gemauerten Gewölbegang zu folgen. Die Korridore und die Türen eines jeden Raumes wurden von Rittern bewacht, die das Wappenschild Schottlands trugen, einen sich aufbäumenden roten Löwen. Holyrood war ein abgeschiedener, verschwiegener Ort, eher Militärlager als Palast, obgleich die schimmernden hölzernen Wandtäfelungen, die schweren Vorhänge, die auf Hochglanz polierten Eichenmöbel, die breiten Treppen und die sauberen, gut beleuchteten Flure dies zunächst nicht vermuten ließen. Überall wimmelte es von Bewaffneten. Immer wieder wurde Douglas angehalten, und ehe er die königlichen Gemächer betreten durfte, mußte er sein Schwert und seinen Dolch zähneknirschend einem königlichen Bogenschützen aushändigen, der ihn auch nach versteckten Waffen durchsuchte. Douglas grüßte kaum jemanden, und alle, an denen er mit Matthias vorbeikam, sahen ihn entweder schief von der Seite an oder wandten den Blick ab. Sie wurden in einen kleinen, üppig mit gepolsterten Stühlen ausgestatteten Warteraum geführt, in dem noch mehr Wachposten an der Wand standen. Douglas wies Matthias an, hier zu warten, dann öffnete einer der Bogenschützen die Tür und führte den schottischen Lord vor das Angesicht des Königs.

Eine geschlagene Stunde lang harrte Matthias geduldig

aus. Niemand sonst betrat den Raum. Manchmal starrte ihn einer der Bogenschützen verstohlen an, aber die meiste Zeit achteten sie gar nicht auf ihn. Trotzdem entging es Matthias nicht, daß sie ihn als Gefangenen betrachteten: Sowohl die Tür zu den königlichen Gemächern als auch die, durch die er hereingekommen war, waren verschlossen und wurden scharf bewacht.

Schließlich flog die Tür zum Gemach des Königs plötzlich auf. Douglas kam heraus und bedeutete Matthias, vorzutreten. Der Raum, in den er nun kam, war heiß und stickig, die Fensterläden fest geschlossen. Ein großes Feuer loderte in dem gemauerten Kamin, Pechfackeln brannten an den Wänden, und der Tisch in der Mitte des Raumes war mit flackernden Kerzen übersät. Der Mann, der in einer Ecke gestanden und sanft auf einen auf seiner Stange sitzenden Falken mit Kappe eingesprochen hatte, löste sich aus dem Schatten und kam langsam näher. Douglas versetzte Matthias einen leichten Rippenstoß.

»Er mag ja nicht Euer König sein«, flüsterte er, »aber er ist der Gesalbte des Herrn.«

Matthias sank auf ein Knie. Die Hand, die sich ihm zum Kuß hinstreckte, war mit kostbaren Steinen geschmückt, fühlte sich jedoch kalt und klamm an.

»Seid mir willkommen, Engländer.« Die Stimme klang tief und vollkommen akzentfrei.

Matthias erhob sich. James III., König von Schottland, war von mittlerer Statur. Sein rotes Haar wurde von einer schwarzen Samtkappe verdeckt, an der ein riesiger Amethyst funkelte. Der König hatte ein fahles, mit Sommersprossen übersätes Gesicht und trug einen struppigen rötlichen Bart. Er hatte wäßrige blaue Augen, schlaffe Lippen und die Angewohnheit, sich ständig mit der Zunge über die Mundwinkel zu lecken. Bestimmt ein Schwächling, dachte Matthias, und er fürchtet den Douglas.

»Ich freue mich, Euch an meinem Hof begrüßen zu dürfen.«

Der König bemühte sich um einen ruhigen, höflichen Ton, doch spürte Matthias die dahinter verborgene starke

Anspannung. James musterte ihn so eindringlich, als suche er nach etwas, was er bislang noch nicht entdeckt hatte.

»Ihr seid also der englische Schreiber Fitzosbert?«

»Ja, Euer Gnaden.«

»Und Ihr verfügt über geheime Kräfte?« Der König starrte Matthias mit weit aufgerissenen Augen an, als warte er darauf, daß ihm Flügel wachsen und er durch den Raum flattern würde.

»Ich denke, das tut er, Euer Gnaden«, mischte sich Douglas ein. »Und da ich Euer Interesse für derartige Dinge kenne, hielt ich es für das beste, ihn zu Euch zu bringen.«

»Ja, ja, Ihr habt recht getan.« James winkte ab. »Und jetzt, Mylord Douglas, werdet Ihr Euch zurückziehen.«

»Euer Gnaden, ich denke, ich bleibe lieber bei Euch.«

»Ich bitte Euch!« James' Stimme nahm einen flehenden Ton an. »Der Engländer ist unbewaffnet, und man hat mir stets geweissagt« – seine Augen begannen boshaft zu funkeln, und seine Lippen verzogen sich zu einem hinterhältigen Lächeln –, »daß ich durch die Hand eines Schotten sterben werde.« Er schob den Kopf vor. »Ihr seid nicht zufällig in Schottland geboren, Fitzosbert?«

»Ich bin gebürtiger Engländer, Euer Gnaden.«

Matthias nahm zufrieden zur Kenntnis, daß Douglas, der Urheber seiner momentanen Schwierigkeiten, diesmal seinen Willen offenbar nicht durchsetzen konnte.

»Nun macht schon.« James klatschte wie ein unwilliges Kind in die Hände, und seine Stimme wurde schrill. »Ich bin nicht Euer Gefangener, Mylord Douglas.«

»Ich werde draußen warten, Sire.« Douglas kehrte dem König bewußt den Rücken zu, um ihn seine Verachtung spüren zu lassen.

Der König blickte über Matthias' Schulter und wartete, bis sich die Tür hinter Douglas geschlossen hatte. Dann packte er Matthias am Arm und schob ihn zu einem Stuhl vor dem Feuer.

»Setzt Euch, Mann.« Er ging zu einem kleinen Tisch und schenkte zwei Becher Wein ein. Einen davon reichte er Matthias, dann ließ er sich neben ihm nieder. »Ich weiß, was Ihr jetzt denkt, Engländer, aber Gott ist mein Zeuge – ich vertraue niemandem. Ich schenke mir meinen eigenen Wein ein, und ich bereite sogar meine Speisen selbst zu. Ich traue niemandem, noch nicht einmal meinem eigenen Sohn.« James nippte an seinem Wein. »Meine Königin ist tot, mein Sohn haßt mich, und was diese Edelleute angeht ...« Zu Matthias' Bestürzung begann der König zu weinen. Tränen rannen ihm über die Wangen. »Ich hatte einst einen engen Freund, den jungen Cochrane, aber sie haben ihn aufgehängt. Ließen ihn an einem seidenen Strick baumeln. Irgendwann werden sie auch mich hängen.« James wischte sich die Tränen ab. »Douglas ist der Leitwolf dieser Horde. Hat in England gute Beute gemacht, nicht wahr? Och aye.« Er nickte wissend. »Man trägt mir vieles zu, Fitzosbert. Hat große Mengen Schießpulver erbeutet, der Douglas, nicht? Und dann schleppt er mir einen Engländer an. Habt Ihr nun magische Kräfte oder nicht?«

»Nein, Euer Gnaden, die habe ich nicht.«

»Überhaupt keine?« Der König hob den Zeigefinger.

»Keine, Sire, ich bin nur ein Schreiber, ein ehemaliger Student von Oxford. Ich war in Barnwick, um ...«

»Pah, Mann, ich will doch nicht Eure gesamte Lebensgeschichte hören.« Der König winkte ab. »Ich frage Euch noch einmal.« Er stellte seinen Becher auf den Boden und zog ein langes italienisches Stilett aus dem Ärmel seines Gewandes.

Matthias erstarrte, als der Verrückte ihm unterhalb des linken Ohres leicht die Haut ritzte.

»Ihr bleibt dabei, daß Ihr keine übernatürlichen Kräfte besitzt? Wirklich gar keine?« James beugte sich vor. »Ich habe einen Spiegel, müßt Ihr wissen«, flüsterte er vertraulich. »Und wenn in diesem Raum eine schwarze Messe abgehalten und das Vaterunser rückwärts gebetet wird, kann man darin die Zukunft sehen. Könnt Ihr mir die Zukunft vorhersagen, Matthias Fitzosbert?«

»Zwei Dinge weiß ich, Sire«, entgegnete Matthias, der sich nicht zu rühren wagte.

»Über die Zukunft?«

»Ja, Sire.«

»Also könnt Ihr doch hellsehen!«

»Ich kann Euch zweierlei über die Zukunft verraten«, wiederholte Matthias. »Ihr werdet eines Tages sterben, und ich auch.«

Erst starrte der König ihn ungläubig an, dann kicherte er wie ein altes Weib und legte eine Hand über den Mund. Der Dolch verschwand wieder in seinem Ärmel. James klopfte Matthias kameradschaftlich auf die Schulter.

»Eine gute Antwort, Engländer.« Sein Lächeln erstarb. »Hättet Ihr etwas anderes gesagt, wärt Ihr gehängt worden.«

Matthias stieß einen tiefen, erleichterten Seufzer aus.

»Ihr seid also ein Schreiber ...«

Matthias beantwortete einen ganzen Schwall von Fragen und stellte bei sich fest, daß James nicht nur verrückt, sondern außerdem auch noch ein schwacher, mißtrauischer Mann mit einem regen Interesse an wissenschaftlichen und religiösen Themen war.

Eine Zeitlang unterhielten sie sich angeregt. Matthias wußte nicht recht, ob sich der König wirklich für seine Person interessierte oder ob er sich nur einen Spaß daraus machte, Douglas möglichst lange warten zu lassen. Eine Stunde verstrich. James brachte das Gespräch auf Barnwick. Als Matthias den Spuk im Nordturm und dessen anschließende Zerstörung durch Douglas erwähnte, schlug sich der König wütend mit der Faust auf den mageren Schenkel.

»Das hätte er nicht tun dürfen! Das hätte er nicht tun dürfen! Ich wollte schon immer einmal einen solchen Ort aufsuchen.« James beugte sich vor. »Es heißt, auch dieses Kloster sei verflucht«, flüsterte er. »Angeblich hat ein Mönch seine Pflichten vernachlässigt. Ich habe schon viele Nächte am Fenster gesessen und darauf gewartet, daß etwas passiert, habe aber nur Fledermäuse und Ratten zu Gesicht bekommen. Wie spät ist es?«

»Das weiß ich nicht genau, Sire. Es muß später Nachmittag sein.«

»Schon? Schon?« murmelte der König. »Dann muß ich ins Kloster gehen und meine Gebete sprechen.« Er warf Matthias einen verschlagenen Blick zu. »Cochranes Leichnam ist noch immer dort«, erklärte er, auf seinen toten Günstling anspielend. »Ich habe ihn einbalsamieren und in einen prächtigen Sarg legen lassen. Wenn ich die Messe gehört habe, erzähle ich Cochrane von all meinen Sorgen. Ich werde ihn fragen, was ich mit Euch anstellen soll. Er ist bestimmt damit einverstanden, daß ich Euch am Leben lasse. Ihr mögt den Douglas nicht, habe ich recht?« James packte Matthias am Handgelenk. »Ihr könnt bei mir bleiben.«

Der König erhob sich, schüttete den Rest seines Weines ins Feuer, ging zur Tür und öffnete sie.

»Ah, Douglas. Ich hätte nicht gedacht, daß Ihr immer noch wartet, Mann.«

Lord George kam in den Raum, gefolgt vom Hauptmann der Leibgarde. Er biß sich vor Zorn auf die Lippen.

»Nehmt den Engländer mit.« Der König wies auf Matthias. »Nein, ich will ihn nicht am Galgen sehen. Gebt ihm eine Kammer hier im Palast. Er soll pro Monat drei Mark erhalten und zu Ostern neue Kleidung. Essen kann er an der königlichen Tafel. Ich muß jetzt in die Kirche.«

Der König wandte sich zum Gehen, blieb aber auf der Schwelle noch einmal stehen.

»Ach, Douglas, was die Plünderung von Barnwick betrifft ....Ich bin Euer König, also steht mir nach dem Gesetz und nach alter Sitte die Hälfte der Beute zu.«

Douglas verbeugte sich steif, aber der König hatte sich bereits abgewandt und brüllte seinen Leibwächtern zu, ihm zu folgen.

Der königliche Offizier führte Matthias und Douglas eine breite Treppe empor. Matthias wurde eine kleine, weißgetünchte Kammer zugewiesen. Der Hauptmann machte eine allumfassende Bewegung.

»Hier werdet Ihr wohnen, Engländer.« Er faßte Matthias bei der Schulter. »Ich werde die Diener anweisen, Euch Decken und Laken zu bringen. Außerdem gebe ich Euch einen guten Rat: Verärgert niemals den König. Und widersprecht ihm ja nicht. Tut Ihr es doch«, er schnippte mit den Fingern, »dann wird er Euch hängen lassen, so wahr ich Archibald Kennedy heiße.«

Der Hauptmann verließ den Raum. Douglas schloß die Tür hinter ihm und lehnte sich dagegen.

»Nun, was haltet Ihr von unserem König?«

Matthias ließ sich auf einen Stuhl sinken und streckte die Beine von sich. Die seltsame Unterredung hatte an seinen Kräften gezehrt.

»Ein wahrhaft edler Prinz, Mylord.«

»Erspart mir Euren Sarkasmus, Engländer. Der Mann ist vollkommen verrückt. Wißt Ihr, daß er Euch töten wird?«

»Mein Leben liegt in Gottes Hand, Mylord.«

»Er wird Euch töten.« Douglas spielte mit dem Griff seines Dolches. »Eines Tages wird er sich daran erinnern, daß einer der verhaßten Männer aus dem Hause Douglas Euch hierhergebracht hat, und dann werdet Ihr sterben.«

»Warum habt Ihr mich überhaupt nach Schottland verschleppt?«

»Nun, Engländer, wenn der König Euch nicht tötet, werde ich es tun, es sei denn ...«

Matthias starrte diesen Wolf in Menschengestalt nur an.

»Es sei denn – was, Mylord?«

»Nun ...« Douglas öffnete die Tür und spähte in den Korridor hinaus.

»Ich warte, Mylord. Ihr wolltet noch etwas sagen.«

»Es sei denn, Ihr bringt den König um.«

Die Worte wurden mit sanfter Stimme gesprochen, aber Douglas' Gesicht war hart.

»Er mag ja nicht mein König sein«, erwiderte Matthias, »aber vergeßt nicht, Mylord, er ist der Gesalbte des Herrn.«

Douglas ging auf Matthias' Spott nicht weiter ein.

»Nun, der Herr hat sich von ihm abgewandt, wie Er sich einst von Saul abwandte und Seine Gunst David schenkte.«

»Und Ihr habt natürlich einen neuen David im Ärmel?« höhnte Matthias. »Den jungen Sohn des Königs, nehme ich an?«

»Der Junge hat ein umgängliches Wesen, angenehme Manieren und wird vom Adel und der Geistlichkeit gleichermaßen respektiert. James III. ist irrsinnig. Die Schatzkammern sind leer, das Reich ist geschwächt. Und der König verschwendet gutes Gold und Silber an eine wahnsinnige Unternehmung nach der anderen. Wir haben versucht, ihn auf den rechten Weg zurückzuführen. Sechs seiner Günstlinge haben wir an den Galgen gebracht, aber er bleibt starrsinnig.«

»Also habt Ihr einen Raubzug durch England unternommen«, entgegnete Matthias, »um Waffen und Pulver zusammenzutragen und dem König gleichzeitig einen Engländer mitzubringen, an dem er Interesse zeigen könnte.«

»Ihr werdet genug Gelegenheiten bekommen, Eure Aufgabe zu erfüllen.«

Matthias rieb sich über das Gesicht. Sollte dies denn nie enden? Sollte er zeit seines Lebens als Werkzeug machthungriger Männer mißbraucht werden?

»Die Ausführung des Plans überlasse ich Euch«, fuhr Douglas fort. »Nehmt ein Messer oder einen Giftbecher, ganz wie es Euch beliebt.«

»Und wenn ich es tatsächlich tue?« Matthias spie die Worte förmlich aus. »Wenn ich Euch, Lord George Douglas, helfe, der Ihr mein Leben zerstört und mich als Fremden in ein fremdes Land gebracht habt – was dann?«

»Ihr werdet mit Ruhm und Ehre überhäuft und zur Grenze zurückbegleitet werden«, versprach Douglas.

Aye, dachte Matthias, und Schweine können fliegen und Fische über das trockene Land spazieren.

»Denkt darüber nach.« Douglas rang sich ein Lächeln ab. Dann verließ er den Raum und schloß die Tür hinter sich.

Matthias starrte blicklos auf die Wand. Die Worte des Lords hatten keinen sonderlichen Eindruck auf ihn gemacht. Er forschte in seinem Inneren. Was empfand er eigentlich noch? Tiefen Zorn ob Rosamunds Tod? Ja, und einen wachsenden Haß gegen diejenigen, die ihn verursacht hatten. Reglos blieb er in der Kammer sitzen, bis Archibald Kennedy zurückkehrte.

»Der König wartet auf Euch. Er wünscht mit Euch zu speisen.«

Matthias folgte dem Soldaten in den Raum, wo er den König zum erstenmal getroffen hatte. James wirkte gelöster als zuvor. Eines der Fenster war geöffnet worden, und der

König bedeutete ihm, auf einem Stuhl zur anderen Seite des mit Platten voller Fleisch, Brot und Früchten beladenen Tisches Platz zu nehmen. Er bekreuzigte sich und schwatzte dann über seine Pläne zum Ausbau des Klosters Holyrood, während er Matthias nötigte, sich zu bedienen. Aufmerksam sah er zu, wie Matthias seinen Teller füllte und zu essen begann. Er hatte sich kaum den ersten Bissen in den Mund geschoben, als der König sich über den Tisch beugte, seine Hand wegstieß und ihm den Teller wegnahm. Matthias bekam einen neuen. Dasselbe wiederholte sich, als der Wein eingeschenkt wurde. Matthias begriff, daß der König ihn als Vorkoster benutzte, ob es ihm nun gefiel oder nicht. James musterte ihn aus schmalen Augen.

»Warum hat Douglas Euch hergebracht, Engländer?«

»Oh, aus einem ganz einfachen Grund, Euer Gnaden. Er möchte, daß ich Euch umbringe.«

James warf den Kopf zurück und stieß ein wieherndes Lachen aus, wobei ihm Krümel aus dem Mund fielen.

»Engländer, Ihr scherzt!«

»Euer Gnaden, das würde ich mir nie erlauben.«

»Och aye!« Seufzend wischte sich der König die Finger an seinem Gewand ab. »Dafür könnte ich Euch hängen lassen.« Wieder seufzte er. »Aber Ihr sprecht die Wahrheit, nicht wahr?«

Matthias blickte in die harten, verschlagenen Augen, in denen der Wahnsinn lauerte. Er streckte die Hand nach einem Stück Brot aus, doch der König schlug es ihm aus den Fingern.

»Eßt das nicht!« flüsterte er. »Es ist vergiftet.«

Matthias schluckte hart, und sein Appetit ließ merklich nach.

»Ich habe es eigenhändig vergiftet«, fuhr der König fort. »Ich weiß nämlich über Eure Unterhaltung mit dem Douglas Bescheid. Eure Kammer hat eine falsche Wand. In einem der Balken befinden sich zwei Löcher. Man kann entweder hindurchsehen oder das Ohr daran legen.«

»Archibald Kennedy hat die ganze Zeit zugehört, nicht wahr?« fragte Matthias.

»Och aye.« James lächelte. »Douglas wünscht meinen Tod.«

»Warum laßt Ihr ihn nicht hängen? Es ist Hochverrat, eine Verschwörung gegen den König anzuzetteln.«

Der König rieb die Hände aneinander. »Wie gerne würde ich das tun«, keuchte er heiser. »Wie gerne würde ich diesen arroganten roten Kopf auf einer Lanze aufgespießt sehen! Aber nicht hier und nicht jetzt. Ließe ich Douglas töten, würde sein Clan in Edinburgh einfallen, die Abtei und den Palast niederbrennen und mich in irgendeiner dunklen Grube verschwinden lassen.« Wieder spielte ein Lächeln um seine Lippen. »Wenn Ihr mir nicht die Wahrheit gesagt hättet, wäre es mir ein Vergnügen gewesen, Euch das vergiftete Brot essen zu lassen. Aber kommt, trinkt noch etwas Wein. Und erzählt mir von Oxford.«

So begann Matthias' bizarres Leben am schottischen Hof. Manchmal vergaß der König seine Anwesenheit gänzlich, und Matthias hatte Muße, durch die staubigen Gänge zu schlendern oder das große Kloster zu besuchen. Dann saß er am Fuß einer Säule, lauschte dem rhythmischen Gesang der Mönche im Chorgestühl oder schaute zu den Buntglasfenstern empor, auf denen Engel auf goldenen Trompeten bliesen, um die Toten zu erwecken, und wo Dämonen über Feuermeere tanzten. Auch die Wände des Klosters waren mit prachtvollen Szenen aus der Bibel geschmückt. Bald war Matthias mit jeder einzelnen wohlvertraut, und oft stiegen Erinnerungen an Tewkesbury, an einen goldenen Sommertag und an den Eremiten in ihm auf, der still vor einem ähnlichen Gemälde gesessen hatte, während ihm die Tränen über die Wangen liefen.

Eines Morgens wagte Matthias einen Fluchtversuch. Er schlüpfte zu einer Seitenpforte hinaus und rannte quer über die große Wiese, die sich bis zu der rund um das Klostergelände verlaufenden Mauer erstreckte. Er hatte geglaubt, unentdeckt geblieben zu sein, doch als er gerade die Hälfte der Strecke zurückgelegt hatte, hörte er ein Schwirren in der Luft, und zwei lange Pfeile schlugen zu seinen beiden Seiten in die weiche Erde ein. Matthias drehte sich um. Kennedy stand oben auf dem Hügel, und der Bogenschütze neben ihm spannte gerade erneut die Sehne. Achselzuckend gab Matthias auf und kehrte langsam zurück.

Manchmal, wenn er sich mit dem König allein unterhielt, gebärdete sich James wie ein Wahnsinniger und raste vor Zorn ob der Demütigungen, die ihm seine mächtigsten Barone zufügten. Er war sehr abergläubisch, gab sich aber trotzdem oft tiefreligiös. Ab und zu saß Matthias zu seiner Rechten, wenn in dem großen Refektorium Bankette abgehalten wurden. Noch immer mußte er einen Bissen von den Speisen und einen Schluck von dem Wein kosten, ehe der König aß und trank.

Er wurde sogar in die königliche Kapelle eingeladen, wo Cochrane, der schon lang verstorbene Günstling des Königs, einbalsamiert in einem offenen Sarg lag. James saß oft stundenlang auf einem eigens dort aufgestellten Stuhl am Kopfende des Sarges, streichelte das Gesicht seines Lieblings, spielte mit seinem Haar und sprach mit ihm über Staatsangelegenheiten. Nicht selten lauschte er danach schweigend auf das, was er als »Cochranes guten Rat« bezeichnete.

Douglas hatte den Hof verlassen, und als er zurückkehrte, mied er den Umgang mit Matthias, starrte ihn aber häufig feindselig an und tippte dabei mit den Fingern gegen den Griff seines Schwertes. Matthias pflegte sich bei solchen Gelegenheiten nur achselzuckend abzuwenden. Er fühlte sich relativ sicher und unternahm nach seinem Lauf über die Wiese nie wieder einen Fluchtversuch. Auch betete er nicht oder legte sein Schicksal in Gottes Hand. Er hatte den einfachen Entschluß getroffen, abzuwarten, ob sich eine günstige Gelegenheit ergab, und diese dann zu ergreifen.

Die Monate vergingen. Der verregnete Winter ging in einen herrlichen Frühling über, doch James verbrachte immer mehr Zeit in der Kapelle, wo er grübelnd neben Cochranes Leichnam saß und vor sich hin murmelte. Wenn er dann in seine Privatgemächer zurückkehrte, setzte er unzählige Briefe an seine ›Freunde und vertrauten Ratgeber überall in Schottland‹ auf.

Eines Tages Anfang Mai traf Matthias den König außer sich vor freudiger Erregung an.

»Es gibt Krieg!« flüsterte er ihm über den Tisch hinweg zu. »Jetzt oder nie, Engländer! Cochrane hat mir einen Rat gegeben. Ich muß in die Schlacht ziehen. Stimmt Ihr mir da zu?«

»Euer Gnaden wissen sicher am besten, was zu tun ist«, entgegnete Matthias vorsichtig.

»Ich muß nur noch einen stichhaltigen Grund finden«, erklärte der König.

Ein paar Tage später wurde ihm dieser Grund geliefert. Eine Gruppe von Douglas' Verbündeten, die Humes, wilde, an der Grenze lebende Gutsherren, trafen unter Hufgetrappel und Waffengeklirr im Palast ein und verlangten eine sofortige Audienz beim König. James empfing sie im Thronsaal, in seine prächtigsten Gewänder gekleidet und von Leibwächtern umgeben. Matthias war befohlen worden, das Geschehen von einer dunklen Ecke aus zu verfolgen. Zuerst verstand er nicht, was eigentlich vor sich ging. Die Humes, die Rüstungen trugen und denen ihr langes rotes Haar bis zur Taille reichte, bauten sich großspurig vor dem König auf und pochten auf ihre Rechte.

»Die Einkünfte der Priorei Coldingham stehen den Humes zu«, beharrte ihr Wortführer. »So will es der alte Brauch!«

»Nichts steht Euch zu, überhaupt nichts«, beschied James sie kurz und knapp.

Die Humes wiederholten ihre Forderung, woraufhin James sich gelangweilt erhob, zum Zeichen, daß die Audienz beendet sei in die Hände klatschte und aus dem Saal verschwand.

Innerhalb einer Woche standen die Humes und ihre Verbündeten, die Angehörigen des Douglas-Clans, unter Waffen. James konnte seine Aufregung kaum noch zügeln. Die auf seiner Seite stehenden Huntleys und Crawfords riefen ihre Gefolgsleute nach Edinburgh. Immer mehr Truppen trafen ein, und der König bereitete seinen Aufbruch vor: Tischwäsche, Salzfässer, Wandbehänge, Betten, Spinnräder,

Tuchballen, Kämme, Spiegel, Kisten und Truhen wurden auf Karren verladen. Der König, der sich jetzt ganz als Krieger fühlte, stolzierte ständig in einer Rüstung herum, die Mailänder Kunstschmiede eigens für ihn angefertigt hatten. James sah sich bereits als neuen Robert Bruce und redete unablässig davon, was er nach seinem großen Sieg alles anfangen wollte. Matthias erhielt ein Kettenhemd, einen Helm, einen Schwertgurt und einen Rundschild.

»Ihr werdet mein Knappe sein, Engländer«, lächelte James. »Ihr sollt mir in der Schlacht zur Seite stehen. Laßt Ihr mich im Stich, so hat mein guter Kennedy Anweisung, Euch die Kehle aufzuschlitzen.« Er packte Matthias am Arm. »So lautet Cochranes Rat.«

Matthias blickte zum Hauptmann der Leibgarde hinüber. Kennedy zwinkerte ihm zu.

»Gott allein weiß, wo das noch enden soll«, flüsterte er Matthias später zu. »Cochrane hat ihm tatsächlich geraten, in den Krieg zu ziehen!«

Ende Mai führte James auf einem weißen Zelter mit silberbeschlagenem Sattel und Zaumzeug seine Armee von Holyrood durch die engen, stinkenden Gassen Edinburghs. Auf dem großen freien Platz vor der St.-Giles-Kathedrale machten sie halt, damit die Priester sie segnen konnten. Dann zogen die Truppen weiter. James war ständig von einer Anzahl Bogenschützen und bewaffneten Fußsoldaten umgeben. Ein Teil seiner Leute war mit Pfeil und Bogen, breiten Schwertern und Dolchen ausgerüstet und in Kettenhemden gekleidet, der größte Teil aber setzte sich aus barfüßigen Clansmännern zusammen, die buntkarierte Wollplaids und safrangelbe Hemden trugen und sich mit Messern, Speeren und Schilden begnügen mußten. Was ihnen an Waffen und Ausrüstung fehlte, machten sie indes durch Mut und Entschlossenheit wieder wett. Am König und seinen Plänen lag ihnen wenig. Sie brannten darauf, zu plündern, zu brandschatzen und vor allem an ihren Todfeinden, den Humes und den Douglas', Rache zu nehmen.

Der König rückte nach Blackness an der Firth of Forth vor, einer Bucht an der schottischen Ostküste, wo er den

Feind in der Ferne bereits ausmachen konnte. Auch die gegnerische Armee führte das königliche Banner Schottlands, befand sich doch der älteste Sohn des Königs inmitten ihrer Reihen. James' Kampfgeist kühlte merklich ab. Statt sich der Schlacht zu stellen, verlegte er seine Truppen nach Süden. Kennedy berichtete Matthias, er habe vor, hinter den befestigten Mauern von Stirling Schutz zu suchen. Der Feind jedoch war schneller, und als die königliche Armee versuchte, den Fluß Sauchieburn zu überqueren, der sich durch die Ebene von Stirling schlängelte, fand sie den Weg von einer großen Rebellenstreitmacht verstellt.

James ritt mit Matthias im Schlepptau die Reihen seiner Truppen ab, ermahnte die Männer, standhaft zu kämpfen und widerrief ständig die Befehle ihrer Kommandanten. Die königliche Armee hatte noch nicht die volle Gefechtsformation eingenommen, als die Rebellen auch schon vorrückten. Matthias starrte ungläubig auf die Masse von Reitern und Fußsoldaten, die auf sie zuwogte. Dies war keine geordnete Schlacht wie die von Tewkesbury und East Stoke, sondern ein wilder Ansturm entfesselter Männer. Die meisten von James' Soldaten machten einfach kehrt und flohen, wobei die Einwohner von Edinburgh und anderen großen Städten zu den ersten gehörten, die Fersengeld gaben. Der König, der die Flucht seiner Truppen von einem nahe gelegenen Hügel aus verfolgte, geriet in Panik, warf seinen Helm fort, riß sein Pferd herum und jagte Hals über Kopf davon. Da die meisten seiner Leibwächter in vorderster Front auf dem Schlachtfeld kämpften, stellte Matthias plötzlich fest, daß nur noch Kennedy und er selbst zum Schutz des Königs übrigblieben. Während sie ihrem blindlings fliehenden Herrscher sofort nachsetzten, verebbten die Kampfgeräusche und die Schreie der sterbenden Männer langsam hinter ihnen.

Sie überquerten ein schmales Flüßchen, trieben die Pferde die feuchte, schlüpfrige Uferböschung hoch und passierten gerade eine Mühle, als James' an derartige Gewalttritte nicht gewöhnter Schimmel ausglitt, stürzte und den König abwarf. Es gelang ihm, sich aus den Steigbügeln zu befreien, aber dabei verletzte er sich die Beine. Nach Atem ringend lag er auf der Erde, brüllte nach Cochrane und trommelte mit der Faust auf den Boden wie ein verzogenes Kind, dem man sein Spielzeug weggenommen hatte. Dann stöhnte er, preßte die Hände gegen die Seite und blieb reglos liegen.

Kennedy stieg ab. »Seht nach, ob wir verfolgt werden, Engländer«, befahl er.

Während er neben seinem König niederkauerte, wendete Matthias sein Pferd und ritt zum Ufer zurück. Er nahm den Helm ab, genoß den kühlen Wind, der über sein schweißfeuchtes Gesicht strich, und nahm ab und zu einen Schluck aus dem Wasserschlauch, der an seinem Sattel hing. Das Schicksal von James kümmerte ihn nicht, und auch wegen etwaiger Verfolger machte er sich keine Sorgen. Seine Aufmerksamkeit wurde von einer kleinen weißen Wolke gefesselt, nicht größer als eine Männerhand. Eine Weile starrte er sie gedankenverloren an; der Himmel, die Wolke und die warme Sonne erinnerten ihn an jenen Tag an der verfallenen Mauer, an dem er Rosamund von seiner Vergangenheit erzählt hatte.

»Engländer, seid Ihr eingeschlafen?«

Matthias schüttelte den Kopf, spritzte sich Wasser ins Gesicht und ließ den Blick über das Heideland schweifen. Zuerst konnte er nichts Verdächtiges erkennen, dann aber entdeckte er farbige Punkte hinter einer Baumgruppe, die sich bald als ein halbes Dutzend Reiter entpuppten. Sie schwärmten fächerförmig aus und kamen direkt auf sie zu. Hinter ihnen befand sich noch ein Trupp. Matthias kniff die Augen zusammen, um besser sehen zu können. Ein grünweißes Banner kam in Sicht. Die Reiter änderten ihre Richtung, und nun erblickte er auch die schwarzgoldene Fahne von Lord George Douglas.

»Wir werden verfolgt!« rief er. »Und sie kommen schnell näher!« Er setzte sein Pferd in Bewegung. »Was sollen wir tun?«

Kennedy packte den König bei der Schulter und zog ihn vom Boden hoch. Ein feines Blutrinnsal quoll aus James' Mundwinkel. Sein Gesicht war aschfahl. Noch immer hielt er sich die Seite.

»Er hat sich eine Rippe gebrochen und wahrscheinlich innere Verletzungen erlitten.« Überraschenderweise lächelte Kennedy Matthias an. »Wer führt die Verfolger an?«
»Lord George Douglas.«
»Aye«, murmelte der König, die Augen aufschlagend. »Er hat mich zu Lebzeiten verfolgt, nun wird er mich auch bis in den Tod verfolgen.« Er packte Kennedys Arm. »Archibald, tötet ihn.« Er deutete auf Matthias. »Wir nehmen sein Pferd.«
»Sire«, der Schotte tupfte das Gesicht des Königs mit einem Lappen ab, »wir dürfen es nicht wagen, Euch von der Stelle zu bewegen.«
Der König funkelte ihn wild an. »Um Himmels willen, Mann, wenn wir hier ausharren, fordert der Douglas meinen Kopf.«
»Holt ihm Wasser«, befahl Kennedy.
Matthias hielt ihm seine kleine Lederflasche hin.
»O nein«, stöhnte der König. »Bringt mir frisches Wasser vom Fluß.«
Matthias rannte zum Ufer, bückte sich, schöpfte Wasser in seinen Helm und blickte auf. Douglas und sein Trupp rückten näher. Als sie ihn vom Wasser fortlaufen sahen, stieß einer der Verfolger einen schwachen Ruf aus. Matthias kniete neben dem König nieder, doch Kennedy riß ihm den Helm aus der Hand und goß James etwas Wasser übers Gesicht.
»Kommen Sie näher?« fragte er.
»Allerdings«, erwiderte Matthias.
»Tötet ihn«, murmelte der König. »Tötet den Engländer und holt mir einen Priester.«
Kennedy zückte seinen Dolch. Matthias zögerte; er wußte nicht, ob er ausweichen oder auf den Hauptmann losgehen sollte. Dann bemerkte er den sanften, beinahe liebevollen Ausdruck in den Augen des Schotten. Der Dolch stieß herab und schlitzte die ungeschützte Kehle von König James III. von Schottland auf, der sich würgend und hustend am Boden wand. Kennedy zog den Dolch heraus, ohne den Blick von Matthias zu wenden.

»Geh, Creatura! Bring dich in Sicherheit!«

»Warum?« fragte Matthias, sich erhebend.

»Der König hat deinen Tod befohlen, egal ob er siegt oder unterliegt. Nun gehört seine Seele uns. Geh, Creatura, reite wie der Wind.« Er deutete auf sein eigenes Pferd und den am Sattelknauf befestigten Bogen. »Ich habe mit Lord Douglas noch eine Kleinigkeit zu klären.«

SIEBTES KAPITEL

Der Chronist der außerhalb von Carlisle gelegenen Priorei Lanercost, der die lokalen Ereignisse der zweiten Hälfte des Jahres 1488 aufzeichnen sollte, wurde genau wie jeder andere von den rätselhaften Geschichten in Bann geschlagen, die ihm Reisende, fahrende Handwerker und Hausierer erzählten, wenn sie im Gästehaus der Priorei übernachteten. Bruder Simon, der jeglichem Klatsch und Tratsch stets begierig lauschte, kratzte sich dann seinen erkahlenden Schädel und überlegte lange mit gezückter Feder, wie er all die seltsamen Einzelheiten zu einem glaubwürdigen Gesamtbild verarbeiten konnte. Sicher, Anfang des Jahres war die Burg Barnwick von den Schotten nahezu dem Erdboden gleichgemacht worden. Sie hatten den Bergfried in Brand gesteckt, das Torhaus zerstört und alle hölzernen Gebäude bis auf die Grundmauern niedergebrannt. Ein Teil des mächtigen Gemäuers war später von schottischen Marodeuren abgerissen worden. Der Befehlshaber über die schottischen Marschen hatte die Ruine nie wieder aufbauen lassen, so hausten nun Raben, Eulen, Füchse, Dachse und andere Wildtiere, die das einsame Heideland zwischen Schottland und England durchstreiften, gelegentlich in der verfallenen Burg.

Ab und zu schlug ein Reisender in der Ruine sein Nachtlager auf, entfachte ein Feuer, briet sich ein Stück Fleisch und schlief dann bis zum Morgengrauen zwischen den Trümmern. Alle spürten jedoch, daß sie nicht allein waren. Sie berichteten von Schritten in der Nacht, seltsamen Geräuschen und dunklen Schatten, die sie im Mondschein flüchtig gesehen haben wollten. Am Morgen war jeder Reisende froh, wieder aufbrechen zu können. Bruder Simon hörte sich ihre Geschichten geduldig an und wob aus den einzelnen Fäden die Legende eines verwunschenen, von Geistern heimgesuchten Ortes.

Solche Ammenmärchen kamen Matthias' Absichten entgegen. Er war Anfang August 1488 wieder in Barnwick angelangt, nachdem er alle schottischen Patrouillen glücklich umgangen hatte. In den Wochen seiner Flucht vom Schlachtfeld am Sauchieburn hatte er sich sehr verändert. Er war von Männern und Hunden gejagt worden und hatte in den kleinen Dörfern und Ansiedlungen, durch die er hindurchgekommen war, in Erfahrung gebracht, daß eine hohe Belohnung auf einen Engländer ausgesetzt worden war, einen heimtückischen Verräter, der den Gesalbten des Herrn, König James III., hinterrücks erstochen haben sollte. Dieser Mann war auch für den feigen Mord an Lord George Douglas verantwortlich, der dem offiziellen Bericht zufolge seinem König zur Hilfe geeilt war. Ein geheimnisvoller Bogenschütze, kein anderer als eben jener Engländer Matthias Fitzosbert, hatte jedoch einen Pfeil in Douglas' Hals gejagt, der diesen auf der Stelle tötete. Matthias, in Verkleidung und mit langem, zotteligem Haar und einem struppigen Vollbart, der die Hälfte seines Gesichtes verdeckte, hatte sich insgeheim über diese Nachricht gefreut. An seinen Fingern klebte kein königliches Blut, aber er war sehr zufrieden, daß Lord George Douglas, der Zerstörer seines Lebensglücks, seine gerechte Strafe erhalten hatte.

Matthias war nicht auf direktem Weg zur Grenze geflüchtet, das wäre ein folgenschwerer Fehler gewesen. Statt dessen war er kreuz und quer durch Schottland gezogen und hatte sich still verhalten, bis die Suche abgeblasen wurde und der schottische Rat sich mehr für die Frage interessierte, wer in Zukunft den jungen König an die Kandare nehmen konnte, und sich kaum noch für den Tod seines schwächlichen Vaters und den eines Douglas interessierte. Schließlich hatte Matthias den Tweed überquert und war der zerklüfteten Küste Northumbrias gefolgt, ehe er sich in Richtung Westen wandte. Glücklicherweise war er gut bewaffnet und verfügte über ein ausgezeichnetes Pferd.

Gelegentlich hatte er haltgemacht, um in einem Dorf oder auf einem Gehöft zu arbeiten und sich etwas zu essen oder ein paar Münzen zu verdienen. Er wußte zunächst nicht, was er tun oder wohin er gehen sollte, doch dann zog es ihn nach Barnwick zurück, trotz allem, was geschehen war. Etwas tief in ihm war erstorben. Er war ein anderer geworden, rücksichtslos und fest entschlossen, sich nie wieder von irgend jemandem benutzen zu lassen. Doch als dann an einem Augustnachmittag die Ruinen von Barnwick vor ihm auftauchten, saß er stocksteif im Sattel und weinte um das, was hätte sein können.

Schließlich ritt er weiter. Der Burggraben war mit Steinen, Schutt und den Trümmern der eingerissenen Mauern angefüllt. Das Torhaus war zerstört. Die in der Gegend ansässigen Bauern hatten die Ruine bereits geplündert und Steine und Holz für ihre eigenen Scheunen davongeschleppt. Auch das stählerne Fallgitter war längst verschwunden, ebenso wie die Nebengebäude in den Burghöfen. Der Bergfried stand noch, der Nordturm jedoch war vollständig in Schutt und Asche gelegt worden. Wo einst Halle und Wohnräume gewesen waren, sah man nur noch rußgeschwärzte Trümmer.

Einige der in den Türmen, die sich an der inneren Mauer entlangzogen, untergebrachten Soldatenquartiere waren noch bewohnbar. Matthias stellte sein Pferd in einem davon unter. Er suchte Grünzeug als Futter für das Tier zusammen, holte Wasser von der Quelle und richtete sich häuslich ein, so gut es ging. In den Wäldern fing er mit Schlingen Hasen, und in der Heide machte er mit Pfeil und Bogen Jagd auf Wachteln und Fasane.

Die ersten zwei Tage brachte er es nicht über sich, den Friedhof zu besuchen. Als er sich dann doch überwand, stellte er erstaunt fest, daß das Grab sorgfältig gepflegt, geharkt und gejätet worden war. Das Kreuz stand noch an seinem Platz, und am Ende des kleinen Erdhügels wuchs ein Rosenbusch. Die zarten Blüten waren weiß wie Schnee. Matthias kniete nieder und schluchzte stundenlang still vor sich hin. Als er sich endlich wieder gefangen hatte, legte er sich rücklings auf den Boden, starrte zum Himmel empor und sah zu, wie der Tag zu Ende ging. Er redete sich all seinen Kummer von der Seele, gerade so, als wäre Rosamund noch am Leben und läge neben ihm. Von Schottland erzählte er ihr, von dem wahnsinnigen König dieses Landes, dessen schrecklichen Tod er hatte mitansehen müssen, vom Eingreifen des Rosendämons und von seiner eigenen langen, verzweifelten Flucht zur Grenze. Eine leichte Brise kam auf, der Duft nach Rosen stieg ihm in die Nase, und einmal, kurz ehe der Schlaf ihn übermannte, schnupperte er einen Hauch des Parfüms seiner verstorbenen Frau.

Nach diesem Zwischenfall entschloß sich Matthias, in Barnwick zu bleiben; das entbehrungsreiche Leben eines Eremiten hatte auch Vorteile. So war er frei von Pflichten und Verantwortung jeglicher Art, mußte für niemanden sorgen und war auch niemandem Rechenschaft schuldig. Er genoß die Stille und ärgerte sich über jeden, der seine Einsamkeit störte. Auch als das Wetter umschlug, der Wind schneidender wurde und der Schnee hoch auf den Burgruinen lag, hätte Matthias seinen Unterschlupf nicht gegen die wärmste und luxuriöseste Kammer irgendeines Palastes eingetauscht.

Einen Teil des Tages verbrachte er auf der Jagd. Selten besuchte er die umliegenden Höfe und Dörfer, um Brot, Mehl und andere notwendige Dinge zu erbetteln oder zu kaufen. Nach einer Weile nahm man ihn als das hin, was er zu sein vorgab: eben als einen Eremiten, wahrscheinlich ein Mann Gottes, obgleich er niemals betete. Er pflegte Rosamunds Grab, und als der Frühling kam, baute er aus Steinen und anderen Materialien, die er in der Burg fand, ein kleines Mausoleum für sie. Niemand behelligte ihn, und er blieb auch von unheimlichen Phänomenen verschont. Matthias frohlockte insgeheim. Er hatte der Welt den Rücken zugekehrt. Vielleicht hatte die Welt auch ihn vergessen? Die hiesigen Bauern erzählten ihm, es seien Geschichten im Umlauf, denen zufolge es in Barnwick spukte. Matthias lächelte grimmig und tat sein Bestes, diesen Aberglauben noch zu schüren.

Barnwick wurde von den meisten Leuten gemieden. An einem Frühlingsnachmittag jedoch wurde Matthias von gellenden Schreien von der anderen Seite der Burg her aus seinem Mittagsschlummer gerissen. Er sprang auf, schnallte sich seinen Schwertgurt um, griff nach Armbrust und Bolzen und ging dem Lärm nach, um zu sehen, was passiert war. Vorsichtig überquerte er den inneren Burghof und spähte durch eine Lücke in der Mauer, dort, wo einst das Torhaus gestanden hatte. Zuerst konnte er nicht erkennen, was eigentlich vor sich ging. Vier in Lumpen gekleidete Männer bewachten einige Gefangene. Zwei Kinder lagen, an Händen und Füßen gefesselt, am Boden. Matthias konnte nicht sagen, ob es sich um Jungen oder Mädchen handelte. Die anderen drei Gefangenen waren Erwachsene. Den Mann hatte man entkleidet, gleichfalls an Händen und Füßen gefesselt und mit einem Strick an einem starken Ast hochgezogen. Ein kleines Feuer brannte direkt unter seinen Fußsohlen. Die beiden Frauen waren ebenfalls splitternackt. Eine war mittleren Alters, die andere ein junges Mädchen, das sechzehn oder siebzehn Sommer zählen mochte. Ihre Peiniger kitzelten sie mit Dolchspitzen, um sie zum Tanzen zu bringen, während die Kinder laut schluchzten und der Mann vor Schmerz und Wut aus vollem Halse schrie.

Matthias beobachtete die Szene genau. Er zählte sechs Pferde und zwei Packponys. Das bedeutete, daß eine Gruppe von Kaufleuten, die töricht genug gewesen war, allein zu reisen, von Outlaws überfallen worden war. Die siegreichen Wegelagerer beabsichtigten nun, sich mit ihren Opfern einen grausamen Spaß zu machen. Matthias überlegte, ob er eingreifen sollte. Aber warum sich selbst in Gefahr bringen? Die Heidemoore wimmelten von Outlaws, von Männern, die weder Tod noch Teufel fürchteten. Matthias wollte sich nicht ihre Feindschaft zuziehen. Doch als einer der Banditen zu den am Boden liegenden Kindern hinüberging und sie kräftig in die Rippen trat, hielt es ihn nicht länger. Er nahm seine Armbrust, legte einen Bolzen ein und verließ sein Versteck. Ein Outlaw erblickte ihn und winkte ihm zu. Er und seine Spießgesellen waren schwer betrunken, was sie nur noch unberechenbarer machte.

»Es ist nur der Eremit!« rief ein anderer, auf Matthias zuschwankend. Sein unrasiertes Gesicht mit den grausam funkelnden Augen war vom Wein gerötet. »Kommt näher! Wir haben die Vögelchen hier in der Heide erwischt, als sie gerade am Feuer saßen und es sich gutgehen ließen.«

»Um der Liebe Gottes willen, helft uns!« Der an den Ast gebundene Mann sah Matthias flehend an. Er war noch jung, trug Haar und Bart sauber gestutzt, aber sein Gesicht war grau vor Erschöpfung und Angst, und die Augen quollen ihm fast aus den Höhlen. Die beiden Frauen klammerten sich aneinander fest, während die jämmerlichen Bündel am Boden immer herzerweichender schluchzten.

Die Outlaws betrachteten Matthias ganz offensichtlich nicht als Bedrohung.

»Das hier reicht auch für fünf.« Einer deutete auf den Kleiderhaufen, die Bündel, Satteltaschen und die beiden Packponies. »Wir werden uns ein wenig mit ihnen vergnügen«, fuhr er fort. Dann deutete er auf die Kinder. »Wenn wir fertig sind, bringen wir die Bälger zu einem Hafen und verkaufen sie dort. Die Pferde werden uns auch einen hübschen Batzen einbringen.«

Matthias musterte die Outlaws prüfend. Nur einer war alt und grau, die anderen waren jung und kräftig. Samt und sonders wirkten sie tückisch und gefährlich. Sie erinnerten Matthias an eine Horde Wiesel, die ihr Opfer eingekreist hatten und sich nun bereitmachten, es zu töten. Keiner der Männer konnte noch gerade gehen. Sie hatten dem Wein reichlich zugesprochen und fühlten sich an diesem einsamen Ort vollkommen sicher. Anscheinend beabsichtigten sie, ihre Gefangenen noch eine Weile zu quälen, bevor sie sie umbrachten. Heiße Scham stieg in Matthias auf, als er daran dachte, daß sie ihn als einen der ihren betrachteten.

»Nun kommt schon«, drängte der Anführer der Outlaws. »Es ist genug für alle da.«

Die ältere Frau riß sich plötzlich von ihrer Tochter los. Ihr langes schwarzes Haar wehte im Wind, als sie auf Matthias zurannte, sein Bein umklammerte und ihn bittend ansah.

»Helft uns!« flehte sie.

Matthias wandte den Blick ab. Die Finger der Frau gruben sich tief in seinen Schenkel.

»Um der Liebe Gottes willen, habt doch Mitleid!« bettelte sie.

Matthias schüttelte sie ab. »Sie sind vier, ich bin allein.«

Er schenkte dem Anführer der Bande, dem der hochgewachsene, schweigsame Eremit mit seiner Armbrust und dem um die Hüften geschlungenen Schwertgurt sichtlich Unbehagen einflößte, ein wölfisches Grinsen.

»Sie bittet um Mitleid«, spottete er. »Dieses Wort gibt es in meinem Sprachschatz nicht. Ich gehe, hole meinen Becher und leiste euch dann Gesellschaft.«

Er kehrte den Räubern den Rücken zu und spannte dabei unauffällig die Sehne der Armbrust. Die Outlaws verhöhnten die schreiende Frau. Sie lachten auch noch, als Matthias herumwirbelte und abdrückte. Der Bolzen traf den Anführer in den Kopf. Matthias zog Schwert und Dolch und sprang zwischen die Outlaws. Sie waren so betrunken und so überrumpelt, daß er mühelos zwei von ihnen unschädlich machen konnte. Der letzte dagegen war auf der Hut. Seine kalten, harten Augen wichen nicht eine Sekunde von Matthias, während sie sich vorsichtig umkreisten. Der männliche Gefangene schrie vor Schmerz laut auf, weil die Flammen an seinen Fußsohlen leckten. Matthias rief der Frau zu, sie solle das Feuer austreten, und diesen Moment nutzte der Outlaw, um sich auf ihn zu stürzen. Matthias wich aus, so daß der Dolch des Gegners nur sein Ohr streifte. Wieder begannen die beiden Männer, sich in halb gebückter Stellung lauernd zu umkreisen.

»Warum tust du das?« zischte der Outlaw.

»Ich habe meine Meinung geändert«, höhnte Matthias.

Der Outlaw stürzte sich auf ihn, doch Matthias sprang zur Seite, holte aus, stieß dem Mann sein Schwert unterhalb des Brustkorbes tief in den Leib, zog es sofort wieder heraus und sah zu, wie der Outlaw auf die Knie sank und schreiend die Hände gegen die schreckliche Wunde preßte. Matthias trat hinter ihn, ließ den Dolch fallen, packte das Schwert mit beiden Händen und hieb dem Mann mit einem Streich den Kopf ab. Hinter ihm kreischte die junge Frau wie am Spieß. Die beiden Kinder weinten lauthals und drückten die Gesichter in den Schmutz, um möglichst wenig von dem, was um sie herum vorging, mitzubekommen.

Matthias befreite den Mann aus seiner mißlichen Lage. Er

hatte Kratzer und Prellungen davongetragen, sich die Fußsohlen versengt und stand anscheinend unter einem schweren Schock. Weiter fehlte ihm nichts. Matthias wandte seine Aufmerksamkeit den Kindern zu, einem Jungen und einem Mädchen. Er schnitt die Fesseln durch, strich ihnen beruhigend über das Haar und versicherte ihnen, daß alles wieder gut war und daß er ihnen nichts zuleide tun würde. Dann ging er zu den Outlaws hinüber. Drei waren tot, der vierte schwer verwundet. Matthias schnitt ihm die Kehle durch und zerrte die Leichen außer Sichtweite. Die Frauen hatten inzwischen ihre Kleider an sich gerafft und waren hinter Büschen verschwunden, um sich anzuziehen, doch dem Mann, der noch immer wie ein Schlafwandler umherging, mußte Matthias beim Ankleiden behilflich sein. Danach saß er schweigend am Boden, die Arme fest um seine beiden Kinder gelegt. Die Frauen kehrten zurück, und Matthias wusch ihre Schrammen mit Wein aus. Als die Dunkelheit hereinbrach, bereitete er eine Mahlzeit zu und sorgte dafür, daß alle dem Wein reichlich zusprachen.

Ein ganzer Tag verstrich, ehe die Familie sich von dem Schreck erholte. Die Mutter fing sich als erste. Sie versammelte ihren Mann und die Kinder um sich und sprach lange beruhigend auf sie ein. Immer wieder ergriff sie Matthias' Hand und drückte sie dankbar.

»Mein Mann ist Kaufmann«, flüsterte sie. »Wir waren auf dem Weg nach York.« Nun, da sie ihr Haar gekämmt und zurückgebunden hatte, sah man, wie attraktiv sie war. »Eines Morgens wachten wir zu spät auf, wurden von unserer Gruppe getrennt und zogen allein weiter. Als wir Rast machten, um einen Happen zu essen, wurden wir von den Outlaws überfallen.«

Matthias strich ihr sanft über die Wange. »Haben die Kerle Euch oder Eurer Tochter etwas angetan?«

»Nein, sie haben sich als erstes an dem Wein vergriffen. Teufel waren es, keine Menschen.« Sie spie aus. »Dämonen aus der Hölle!«

Matthias nickte und wandte sich ab. Über Dämonen wußte er Bescheid.

Zwei Tage vergingen. Der Mann hatte sich inzwischen als Gilbert Sempringham vorgestellt und angegeben, ein wohlhabender Tuchhändler zu sein.

»Ich habe mich äußerst töricht verhalten«, gestand er. »Aber ich dachte, die Gegend wäre sicher.«

»Das ist sie eigentlich auch«, erklärte Matthias ihm. »Ihr habt nur Pech gehabt. Wenn Ihr weiterreitet, haltet Euch auf den Straßen und weicht unter keinen Umständen von ihnen ab.«

Schließlich hatten die Sempringhams ihren Schock überwunden. Die Kinder betrachteten den Überfall der Outlaws nur noch als einen furchtbaren Alptraum, den sie möglichst schnell vergessen wollten. Sempringhams Frau Margaret verfügte über ein gelassenes Wesen und einen gesunden Menschenverstand. Elizabeth, die ältere Tochter, war ein hübsches, eher schüchternes Mädchen, das die meiste Zeit damit verbrachte, Matthias so anbetend anzustarren, als sei er ein Ritter in schimmernder Rüstung und nicht ein einfacher Eremit mit ungekämmtem Haar. Matthias mußte sich eingestehen, daß er das genoß. Schließlich sagte Master Gilbert, es sei an der Zeit, die Reise fortzusetzen, und fragte Matthias, ob er sie zum nächsten Dorf begleiten würde. Dieser erklärte sich sofort einverstanden. Der Furcht, die angesichts der Vorstellung, die Familie müsse schutzlos weiterziehen, in Elizabeths Augen trat, und dem bittenden Blick, den Mistreß Margaret ihm zuwarf, hatte er nichts entgegenzusetzen.

»Was sollen wir mit den Leichen der Outlaws anfangen?« fragte der Kaufmann. Die Toten lagen noch immer da, wo Matthias sie hingeschleift hatte.

»Sie haben ein gottloses Leben geführt und einen gottlosen Tod erlitten«, gab Matthias zurück. »Sollen die Raben sie fressen.«

Er führte die Sempringhams aus Barnwick heraus und auf die Straße zum nächsten Dorf. Wieder drängte Master Gilbert Matthias, doch noch bei ihnen zu bleiben, und wieder willigte Matthias ein. Am nächsten Morgen sorgte er dafür, daß sich die Familie einer anderen Gruppe von Kaufleuten anschließen konnte, die gleichfalls Richtung Süden nach York reiste. Als er sagte, daß er sie nicht länger begleiten könne, scharten sich die Sempringhams mit tränenfeuchten Augen um ihn. Sie standen auf dem kleinen gepflasterten Hof der Taverne, in der sie übernachtet hatten.

»Am besten verlasse ich Euch hier«, meinte Matthias.

Mistreß Margaret nahm seine Hand. »Ich habe mit dem Wirt gesprochen. Er sagte mir, in Barnwick hause ein Eremit. Das seid Ihr, nicht wahr?«

»Ja, das bin ich.«

Master Sempringham drückte ihm einen Beutel mit Silbermünzen in die Hand.

»Nein«, warnte er, als Matthias Anstalten machte, abzulehnen. »Nach allem, was Ihr für uns getan habt, wäre das eine schwere Beleidigung. Bitte nehmt das Geld.«

»Wie ist eigentlich Euer Name?« fragte Elizabeth neugierig.

Matthias' Blick fiel auf das Tavernenschild: Die zwei Brüder.

»Mein Name ist Kain«, entgegnete er, wobei er seine Gefährten ansah. Sie wirkten so zufrieden, führten ein ganz normales Leben und waren einander so zugetan. »Gott hat mich verstoßen«, fügte er gedankenverloren hinzu. »Ich trage Sein Zeichen.«

»Das kann ich nicht glauben.« Mistreß Margaret schlang ihm die Arme um den Hals, stellte sich auf die Zehenspitzen und küßte ihn auf beide Wangen. »Gott wird Euch belohnen«, flüsterte sie. »Und wir werden Euch niemals vergessen.«

Matthias verabschiedete sich, holte sein Pferd und ritt in das Heidemoor hinaus. Ein feiner Nebel waberte über das Land. Er stieg ab, streichelte seinem Pferd über die Nüstern und lauschte dem Ruf eines Brachvogels. Nach Barnwick wollte er nicht zurückkehren. Er hatte über Rosamunds Grab ein kleines Mausoleum gebaut, und nach dem Angriff der Outlaws war es mit dem Frieden dort vorbei. Vielleicht kamen sogar weitere Mitglieder der Bande zu der Ruine, um den Tod ihrer Kameraden zu rächen. Außerdem hatte Matthias die Gesellschaft der Sempringhams genossen. Er wollte in die Welt der Menschen zurückkehren – aber wie? Und was sollte er mit seinem Leben anfangen? Nachdenklich blickte er die an seinem Sattelknauf hängende Ledertasche an. Er besaß Waffen und ein paar Habseligkeiten. Vielleicht würde er Richtung Süden reisen und London besuchen.

Matthias setzte seinen Weg fort, mied aber die belebten Hauptstraßen und breiten Wege. Die Reise verlief ereignislos. Zehn Tage später erreichte er Colchester, wo er sich in der Schenke ›Zum goldenen Flies‹ einmietete und einen Barbier kommen ließ, der ihn rasierte und ihm das Haar nach Art der Soldaten kurz schnitt. Dann erwarb er auf dem Markt neue Kleider – schlichte, schmucklose Sachen – und zog weiter. Zwei Tage darauf befand er sich in London.

Zuerst erschien ihm alles sehr ungewohnt. London wimmelte von den absonderlichsten Gestalten. Wahnsinnige, Bettler und Krüppel bevölkerten die Straßen. Er sah Kaufleute und Anwälte in Gewändern aus Wolle und Samt, buntbemalte Huren, in Taft gekleidete Höflinge und Raufbolde in engen Hosen mit vorstehendem Hosenlatz, die mit zusammengekniffenen Augen dahinstolzierten und dabei mit den Fingern auf den Griffen ihrer Schwerter herumtrommelten. Die Straßen waren schmutzig und überfüllt. Menschenschwärme drängten sich um die Stände der Händler, wo von spanischen Kräutern bis hin zu Tuch aus Brügge nahezu alles feilgeboten wurde. Immer wieder kam es zu Streitigkeiten. Lehrlinge versuchten Kunden anzulocken, Büttel und Herolde standen vor den Kirchentüren und riefen ihre Botschaften aus. Karren mit eisenbeschlagenen Rädern rumpelten über das Pflaster, und Begräbnisprozessionen bahnten sich einen Weg zum Friedhof.

Matthias fühlte sich so benommen, daß er absteigen mußte. Eine Weile stand er im Hof einer Schenke und trank langsam einen Krug Ale, um seinen Magen zu beruhigen. Allmählich ging es ihm besser. Ein paar Männer des Sheriffs rannten unter gellendem Geschrei: »Aus dem Weg! Aus dem Weg!« an ihm vorbei und versuchten, den Dieb zu erwischen, dem die lautstarke Verfolgung galt. An der

Ecke der St. Martin's Lane in der Nähe der Shambles wurde ein Todesurteil vollstreckt: ein Mann, der einen Ladenbesitzer umgebracht hatte, wurde am Schild vor dem Geschäft seines Opfers aufgeknüpft. Schon versammelte sich eine Menge Schaulustiger um ihn, um sich an seinen Todeszuckungen zu weiden. Matthias drängte sich durch das Gewühl. Er fragte sich, ob er irgendwem auffallen würde. Zwar war er nach der Schlacht am East Stoke begnadigt worden, hatte jedoch seine drei Jahre in Barnwick nicht abgeleistet.

Schließlich setzte er seinen Weg fort, vorbei an dem finsteren, stinkenden Gefängnis Newgate. Hinter der Cock Lane bog er rechts ab und gelangte auf den vor der Kirche St. Bartholomew gelegenen weitläufigen Platz, der Smithfield genannt wurde. Nur wenige Menschen hielten sich dort auf. Eine Gruppe von Bettlern saß unter dem mächtigen Galgen in der Mitte und unterhielt sich angeregt. Eine Frau kniete mit gefalteten Händen vor dem rußgeschwärzten Pfosten, an den die zum Tod durch den Scheiterhaufen Verurteilten gebunden wurden, und schluchzte leise in sich hinein. Zwei Männer, die beim Verkauf gefälschter Reliquien ertappt worden waren, wurden mit heruntergelassenen Hosen Rücken an Rücken gefesselt und gezwungen, bis Einbruch der Dunkelheit auf dem Platz auf und ab zu gehen, dann galt das Verbrechen als gesühnt. Ein Verrückter rannte auf Matthias zu. Weißer Schaum quoll aus seinen Mundwinkeln. Er trug ein schmutziges Leinengewand und hatte sich einen Strick um die Leibesmitte geschlungen.

»Habt ihr es alle gehört?« kreischte er. »Die Große Hure ist nach Babylon zurückgekehrt! Ihr Drachen wurde am Himmel gesehen! Der Mond wird sich in Blut verwandeln! Die Sterne werden vom Himmel fallen! Der Antichrist kommt! Habt Ihr ihn gesehen?«

Ein langer, scharfer Dolch tauchte aus dem Ärmel seines Gewandes auf.

»Habt Ihr ihn gesehen?« wiederholte der Irrsinnige.

»Ja«, erwiderte Matthias beschwichtigend. »Ich habe ihn gesehen. Er ist nach Newgate gebracht worden.«

»Habt Dank, Bruder.« Der Mann stürmte davon, den Dolch drohend vor sich haltend.

Eine Hure pirschte sich lautlos an ihn heran und streckte die Hand aus, um seinen Hosenlatz zu streicheln.

»Ein feiner Schwengel«, meinte sie. »Du solltest ihn auch gebrauchen.«

»Ich leide unter einer schrecklichen Krankheit, die dir die Därme zerfressen und dich erblinden lassen würde«, gab Matthias zurück.

Die Hure bedachte ihn mit einem obszönen Fluch und trollte sich. Matthias blickte sich um. Eine lange Reihe von Jauchekarren verließ ratternd Little Britain, das Gebiet hinter St. Bartholomew's. Anscheinend waren soeben die Senkgruben gereinigt worden. Der Wind wehte den Gestank zu Matthias hinüber, der hastig Mund und Nase bedeckte. Sein Blick fiel auf das Schild einer Schenke namens ›Bischofsmütze‹, und er ging nach kurzer Überlegung darauf zu. Er war erschöpft und von dem lauten, überfüllten London wie benebelt, also feilschte er mit dem Wirt um einen Stellplatz für sein Pferd und eine kleine, dunkle Kammer für sich selbst.

Die ersten beiden Tage in London verbrachte er mit Essen, Trinken und Schlafen. Dann ging er, einem Rat des Wirtes folgend, nach St. Paul's und stellte sich bei der *Si Quis*-Tür auf, zu der Kaufleute, Händler, Anwälte und Edelleute kamen, um Diener und Mägde anzuheuern. Der Platz wimmelte von Menschen, die darauf warteten, daß ihnen Arbeit angeboten wurde. Matthias bezahlte einen Schreiber dafür, daß dieser seinen Namen und eine kurze Beschreibung seiner Kenntnisse auf ein Stück Pergament schrieb, das Matthias sich an seine Tunika heftete. Er schlenderte um das große Grabmal von Herzog Humphrey herum, aber obgleich einige Leute Interesse zeigten, wollte ihn niemand anstellen. Er hatte keinerlei Referenzen und scheute sich, über seine Zeit in Barnwick zu reden.

Die Tage vergingen, und Matthias' Silber schwand dahin. Er mußte seine Kammer aufgeben, aber der Wirt erklärte sich bereit, ihn als Gegenleistung für kleinere Dienste in der

Schenke im Stall schlafen zu lassen. Schließlich mußte er sogar sein Pferd nebst Sattel verkaufen, seine Waffen aber behielt er. Als er des Herumlaufens vor St. Paul's überdrüssig wurde, gewöhnte er es sich an, viel Zeit auf dem Friedhof zu verbringen, wo die Diebe und Gauner Londons Schutz vor den Leuten des Sheriffs suchten.

Ungefähr einen Monat nach seiner Ankunft in London saß Matthias eines Tages mit dem Rücken an der Mauer und sonnte sich. Er grübelte darüber nach, ob er die Stadt verlassen und zu Baron Sanguis wandern sollte, als ihn jemand anstieß. Er hob den Kopf, hielt eine Hand über die Augen und blickte in das von Bartstoppeln überwucherte Gesicht eines einäugigen Mannes.

»Wenn das nicht Master Matthias Fitzosbert ist!«

Der Mann beugte sich zu ihm hinunter. Matthias musterte das zerfurchte Gesicht. In dem gesunden Auge tanzte ein boshafter Funke. Der Unbekannte trug ein schmutziges, zerschlissenes Hemd, eine abgewetzte Lederhose und zwei rechte Stiefel verschiedener Größe, aber Matthias bemerkte, daß das Schwert und der Dolch, die in seinem Gürtel staken, scharf geschliffen und gut gepflegt waren.

»Sollte ich Euch kennen, Sir?«

»Mein Name ist Dickson«, erwiderte der Mann. »Erinnert Ihr Euch nicht mehr, Master? Das Torhaus von Barnwick. Ich diente dort als Bogenschütze. Ich habe Euch an jenem Tag festgehalten ...« Das gesunde Auge verfinsterte sich. »Nun, an jenem Tag, als die junge Rosamund starb.«

Matthias schloß die Augen und seufzte. »Natürlich!« Er blickte den Mann an. »Was habt Ihr seitdem so getrieben?«

Dickson zuckte die Schultern. »Nun, nachdem wir aus Barnwick vertrieben worden sind, beschloß ich, das Soldatendasein aufzugeben. Ich reise Richtung Süden. Ein paar Kämpfe hier, ein paar Raubzüge da ...« Dickson sah ihm offen ins Gesicht; unschlüssig, ob er weitersprechen sollte. »Ich habe Euch nie vergessen, Master Fitzosbert. Noch heute erzähle ich meinen Freunden oft von dem Spuk im Nordturm. Wißt Ihr noch?«

»Allerdings.«

»Ihr scheint ziemlich viel Pech gehabt zu haben.« Dickson ließ sich neben ihm nieder.

»Ich würde sagen, das ist eine angemessene Beschreibung meiner momentanen Situation.«

Dickson klopfte ihm auf den Oberschenkel. »Ich dachte, Ihr wärt tot.« Sein gesundes Auge heftete sich auf Matthias. »Aber Leute wie Ihr sind nicht so leicht unterzukriegen, nicht wahr? Habt Ihr Geld?« fragte er dann.

Matthias zückte seine leere Geldbörse. »Ich besitze nur das, was Ihr hier seht. Und ich würde meinen rechten Arm für einen Humpen Ale und eine Fleischpastete geben.«

Dickson sprang auf. »Kommt mit«, drängte er. »Ich weiß jemanden, der Euch gern kennenlernen würde.«

Matthias blieb ungerührt sitzen. »Und wer ist das, wenn ich fragen darf?«

»Henry Emloe. Er ist ein ...« Dickson grinste. »Er ist ein Kaufmann, ein Händler. Und von ihm bekommt Ihr mehr als nur eine Fleischpastete und einen Krug Ale.«

Matthias ließ den Blick über die schlampig hergerichteten Stände und das zwielichtige Volk schweifen, das sich auf dem Friedhof tummelte. Vielleicht war es doch besser, in London zu bleiben, statt als demütiger Bittsteller zu Baron Sanguis zu gehen. Er erhob sich und folgte Dickson die Bowyers Road entlang, vorbei an Blackfriars. Sie überquerten den Fleet und gelangten in das Labyrinth aus schmalen Gassen, das das große Kloster Whitefriars umgab. Matthias war noch nie hiergewesen. Der Bezirk bildete eine kleine Stadt für sich, die von Dieben, Halsabschneidern und anderen Ganoven beherrscht wurde. Die hohen Häuser wirkten schäbig und verfallen und standen so dicht beieinander, daß kaum ein Lichtstrahl auf die schmalen Gassen dazwischen fiel. Baufällige Brücken verbanden manche Häuser miteinander. Die Schenken wimmelten von Bettlern, Männern und Frauen, die guten Grund hatten, sich vor den Gesetzeshütern zu verbergen. Nirgendwo sah man Verkaufsstände, aber Hausierer und auffallend gekleidete fahrende Händler schoben mit allerlei Waren beladene Schubkarren vor sich her. Den größten Teil des Tands, den sie feilboten, hatten sie auf den

Märkten in Cheapside gestohlen. Huren riefen ihnen anzügliche Angebote nach. Häufig wurden Dickson und Matthias angehalten und nach ihrem Begehren gefragt. Die Männer, die sich ihnen in den Weg stellten, gehörten zu den schlimmsten Schurken, die Matthias je gesehen hatte. Viele wiesen Verstümmelungen auf – die Folge früherer Strafen für ihre Verbrechen: Brandzeichen auf den Gesichtern, aufgeschlitzte Nasen und abgeschnittene Lippen. Manche trugen ihr Haar lang, um zu verbergen, daß ihnen die Ohren fehlten, manche hatten auch eine Hand oder einen Fuß verloren. Allesamt waren sie aber ausgezeichnet bewaffnet und hielten ein wachsames Auge auf jeden Fremden, der in ihren Bezirk eindrang. Dickson trug keinerlei Erkennungszeichen bei sich. Er murmelte nur Emloes Namen, und die selbsternannten Wächter zogen sich wieder lautlos in die Dunkelheit zurück.

Dickson brachte Matthias zu einem Haus am Anfang einer Gasse, die zum Fluß hinabführte. Das vierstöckige Gebäude bestand vornehmlich aus Holz. Die Farbe blätterte bereits ab und fiel gleich Schneeflocken in den kleinen, von Unkraut überwucherten Vorgarten. Dickson ging über den unebenen Pfad auf die Tür zu und betätigte den Klopfer, der einen grinsenden Totenschädel darstellen sollte. Die Tür ging auf, und Dickson bedeutete Matthias, einzutreten.

Der Gang war so dunkel, daß Matthias die Augen zusammenkneifen und sich mit der Hand an der Wand entlangtasten mußte, um sich zurechtzufinden. Die Täfelung bestand aus schimmerndem schwarzem Holz, das Mauerwerk darüber war dunkelviolett gestrichen. Ein paar ebenfalls violette Kerzen brannten in stählernen Haltern, spendeten aber nur wenig Licht.

»Kommt weiter!« flüsterte Dickson.

Matthias folgte ihm tiefer in das Haus hinein. Sie kamen an mehreren Räumen vorbei und stiegen dann eine breite, gleichfalls schwarz gestrichene Holztreppe empor. Matthias schauderte. Er spürte, daß er ein Haus des Todes betreten hatte. Die Behänge an den Wänden waren alle in dunklen Farben gehalten und manchmal mit silberner Borte eingefaßt. Trotz der schäbigen Fassade war das Haus jedoch üppig möbliert. Wollene Teppiche bedeckten den Boden und dämpften alle Geräusche. Schwere Vorhänge hingen an den Wänden und Türen. Die Tische, Stühle und Bänke waren kunstvoll geschnitzt – und schwarz gestrichen. Matthias wollte gerade seinem Unbehagen Ausdruck verleihen, als sich Dickson plötzlich umdrehte und einen Finger vor die Lippen legte.

»Hier haben die Wände Ohren«, murmelte er. »Und das meine ich genau so, wie ich es sage.«

Sie gingen weiter. Matthias blieb stehen, um ein Gemälde zu betrachten. Es zeigte einen jungen Mann, der in einem Kontor Silberstücke zählte. Neben ihm standen zwei Frauen in tief ausgeschnittenen Gewändern, die ihre vollen Brüste betonten. Matthias gab vor, das Bild zu bewundern, aber er hatte eine Bewegung bemerkt und erkannt, daß das Gemälde kleine Gucklöcher hatte, durch die ein Beobachter alle Vorgänge auf dem Gang verfolgen konnte. Wieder drängte ihn Dickson heiser, sich zu beeilen. Matthias wollte sich gerade wieder in Bewegung setzen, als sich ein Mann aus dem Schatten löste, dessen Gesicht von einer Kapuze verdeckt wurde. Unter dem Saum seines Umhangs schaute eine Schwertspitze hervor, und er hielt einen Knüppel in der Hand. Matthias verbeugte sich spöttisch vor der finsteren Gestalt und eilte weiter.

Im zweiten Stock sah es ähnlich aus. Matthias wurde in eine kleine Kammer geführt. Ein Fenster stand offen und milderte die Wirkung der schwarzen Tücher an der Wand und des silbernen Totenkopfes ein wenig ab, der auf einem glänzenden Tisch in der Mitte des Raumes stand. Matthias trat zum Fenster und schaute hinaus, während Dickson das Zimmer verließ und die Tür hinter sich schloß. Unter ihm floß die Themse gurgelnd dahin. Eine Möwe glitt träge über die Wasseroberfläche. Matthias hörte ein Geräusch und drehte sich um.

Der Mann, der auf der Schwelle stand, war sehr groß und hager. Sein schwarzes Haar war kurz geschnitten. Er hatte ein langes, schmales Gesicht mit eingefallenen Wangen, einer spitzen Nase und dünnen, blutleeren Lippen. Seine Augen wirkten so leblos wie Glasmurmeln. Er war wie ein Priester in ein langes schwarzes Gewand gekleidet und hielt die Hände in den Ärmeln verborgen. Würdevoll verbeugte er sich.

»Ich bin Henry Emloe«, stellte er sich vor. »Willkommen in meinem Haus. Wünscht Ihr etwas Wein?«

Noch ehe Matthias antworten konnte, hob Emloe die Hand und schnippte mit den Fingern, wobei er Matthias so durchdringend anstarrte, als wolle er sich seine Gesichtszüge auf ewig einprägen. Ein Diener huschte in den Raum, setzte ein silbernes Tablett mit einem Krug und zwei Bechern auf den Tisch und eilte wieder hinaus. Emloe schenkte selbst ein. Der Wein war schwer, schäumend und rot wie Blut. Er reichte Matthias einen Becher und trank ihm zu.

»Willkommen in meinem Haus, Matthias Fitzosbert.«

Emloes Augen verrieten keinerlei Gefühlsregung. Sie wirkten so starr und glasig wie die eines Toten. Er nippte an seinem Wein.

»Dickson hat mir von Barnwick erzählt.« Emloe hatte die Angewohnheit, beim Sprechen kaum die Lippen zu bewegen, als sei ihm schon diese Anstrengung zu groß.

»Dort gingen in der Tat unheimliche Dinge vor«, erwiderte Matthias.

Emloe lächelte schief und wandte das Gesicht ab. »Ihr werdet bald merken, daß auch London voller Dämonen steckt«, spottete er.

ACHTES KAPITEL

Matthias wurde in Emloes Haushalt aufgenommen. Zuerst verspürte er leichte Gewissensbisse, aber er sagte sich, daß Bettler nicht wählerisch sein dürften, und wenn Wünsche Pferde wären, würde niemand mehr zu Fuß gehen. Ihm wurde eine Kammer im Haus zugewiesen, was laut Dickson eine große Auszeichnung bedeutete, denn die meisten von Emloes Gefolgsleuten schliefen in einem Schuppen hinter dem düsteren Gebäude. Gelegentlich bewirtete Emloe Matthias auch in der kleinen Halle im untersten Stock, und dann servierten seine Köche und Küchenjungen stets die köstlichsten Mahlzeiten. Ein- oder zweimal waren sie allein, sonst leisteten ihnen Huren, stadtbekannte Kurtisanen und einige von Emloes Männern Gesellschaft.

Matthias begriff sehr schnell, daß Emloe in Whitefriars wie ein König herrschte. Jedermann fürchtete ihn. Er war an den Gewinnen der Einbrecher, Schmuggler, Taschendiebe und Fälscher beteiligt, handelte jedoch hauptsächlich mit Diebesgut, das er nicht selten gegen eine hohe Belohnung seinem rechtmäßigen Eigentümer wieder aushändigte. War dies zu gefährlich, so wurde die Ware in das Bordellviertel von Southwark geschafft und dort auf den Nachtmärkten verhökert.

Emloe versuchte nie, Matthias auszuhorchen, zumindest nicht auf direktem Wege. Ein Frage hier, eine Frage da, eine knappe Bemerkung oder ein sarkastischer Seitenhieb, und nach zwei Wochen hatte er sich einen ungefähren Überblick über Matthias' bisheriges Leben verschafft. Er sowie alle seine Leute behandelten Matthias mit ausgesuchter Höflichkeit. Manchmal jedoch wurde er auch Zeuge von Emloes ganz eigener Gerichtsbarkeit. Ein Falschmünzer, der Emloe seinen Anteil am Gewinn verweigert hatte, wurde in den Hof hinter dem Haus geführt, wo er die Hände auf einen Tisch legen mußte. Dann wurden ihm fein säuberlich drei

Finger abgetrennt und die Stümpfe mit heißem, brodelndem Pech bestrichen. Einer Kurtisane, die einen von Emloes Männern schroff abgewiesen hatte, ritzte man beide Wangen mit einem Dolch ein. Zwei Wegelagerer, die versehentlich einen von Emloes Geschäftspartnern überfallen hatten, fanden sich unverhofft im Gewahrsam des Sheriffs wieder.

Matthias hielt die Augen offen, zog aus dem, was er sah, seine eigenen Schlüsse und hielt sich ansonsten für sich. Nur mit Dickson wechselte er hin und wieder ein paar Worte. Er stellte niemals Fragen und begriff rasch, daß er nie mit Aufgaben betraut wurde, die sich mit seinem Gewissen nicht vereinbaren ließen. Er erhielt Kleidung, Kost und Logis sowie regelmäßig einige Silberstücke, die er bei einem Goldschmied in Cheapside hinterlegte. Seine Pflichten waren vergleichsweise leicht. Er stand Wache, wenn Emloe sich in der Stadt mit geheimnisvollen vermummten Gestalten traf, und er begleitete diese Männer manchmal zu Emloes Haus und wieder zurück. Oft wurde er mit Botschaften in die verschiedensten Viertel der Stadt geschickt, einmal gar bis Canterbury. Emloe schien ihm völlig zu vertrauen – nur in einem Punkt nicht. Genau wie allen seinen anderen Leuten war Matthias der Zutritt zum obersten Stockwerk des Hauses strengstens untersagt. Selbst Dickson, der Klatsch und Tratsch liebte und stets begierig war, Neuigkeiten aufzuschnappen, konnte Matthias nicht darüber aufklären, was dort oben vor sich ging.

Im Laufe der Zeit erfuhr Matthias mehr über seinen neuen Herrn. Emloe war ein ehemaliger Priester, dem wegen gewisser abartiger Praktiken das geistliche Amt entzogen worden war. Matthias hegte keinen Zweifel daran, daß Emloe jetzt weder mit der Kirche noch mit der Religion etwas zu schaffen hatte.

»Er ist exkommuniziert worden«, vertraute der ältliche Pfarrer einer benachbarten Gemeinde Matthias an. »Die Kirche hat ihn ausgeschlossen, und nun ist ihm nach seinem Tod der Einlaß in den Himmel verwehrt.« Er beugte sich näher zu Matthias. »Dasselbe gilt auch für alle seine Anhänger. Er ist ein Hexenmeister, ein Schwarzkünstler, ein Totenbeschwörer. Und er steht mit den Mächten des Bösen in Verbindung.«

Matthias, der von dem Priester angesprochen worden war, als er einen Botengang für Emloe erledigte, tat die Anschuldigung zunächst als bösartigen Klatsch ab. Dickson aber nahm kein Blatt vor den Mund.

»Er ist ein Meister der Schwarzen Künste«, flüsterte der einäugige Bogenschütze, »und er soll schon häufig auf Friedhöfen die bösen Geister beschworen haben.«

Sie saßen in einer kleinen Schenke unten an der Themse.

»Warum bleibt Ihr dann bei ihm?« fragte Matthias.

»Das habe ich nicht vor«, gestand Dickson. »Wie Ihr, Master Fitzosbert, weiß ich nicht, wo ich hingehen soll. Ich habe weder Heim noch Familie.« Der Bogenschütze leckte sich über die Lippen. »Aber das muß ja nicht immer so bleiben. Genau wie Ihr habe ich die Pennies beiseite gelegt, und wenn ich mir genug zusammengespart habe, bin ich auf und davon.«

Matthias hörte weise nickend zu. Er war sich nicht sicher, was er von Dickson halten sollte. War er ein Freund oder ein Spion? Mit kalter Belustigung registrierte er, daß Dickson ihm offenbar gefolgt war. Wie sonst hätte er wissen können, daß er Geld bei einem Goldschmied aufbewahrte?

Dies sollte das letzte Mal sein, daß Matthias Dickson lebend sah. Drei Tage später wurde sein Leichnam mit durchschnittener Kehle aus dem Fluß gefischt und auf einem Schubkarren vom Ufer in den Hof hinter Emloes Haus geschafft. Emloe selbst kam, um ihm die letzte Ehre zu erweisen. Er heuerte eine alte Frau an, die die Leiche waschen und ankleiden sollte, kaufte einen prächtigen Holzsarg und führte die Reihe bezahlter Trauergäste höchstpersönlich zur St.-Thomas-Kirche. Emloe bildete sich viel darauf ein, im Leben wie im Tod für seine Anhänger zu sorgen. Unter der Hand wurde jedoch gemunkelt, Dickson habe Gelder unterschlagen und sei dafür bestraft worden.

Mitte Oktober hatte Matthias genug. Er bemühte sich, keinerlei Verdacht zu erwecken, plante aber insgeheim, seine Ersparnisse abzuheben, sich ein gutes Pferd zu kaufen und so schnell er konnte nach Gloucester zu reiten. Emloe jedoch überhäufte ihn mit Aufträgen. Es war, als könne der ehemalige Priester seine Gedanken lesen. Eines Tages wurde Matthias unvermittelt in die Gemächer seines Herrn befohlen.

»Ich bemerke eine gewisse Unruhe an Euch«, begann Emloe brüsk. »Wollt Ihr uns verlassen, Matthias?«

»Vielleicht ist es an der Zeit, daß ich weiterziehe«, erwiderte dieser vorsichtig. »Ich habe noch Familie«, log er dann. »Auf mich warten noch andere Pflichten.«

Emloe bekundete heftig nickend seine Zustimmung. Er öffnete die kleine Truhe auf dem Tisch, entnahm ihr einige Silberstücke und drückte sie Matthias in die Hand.

»Dann geht. Ich will Euch nicht halten. Aber tut mir noch einen Gefallen, Matthias. Bleibt bis zur ersten Novemberwoche, bis die Monatsabschlüsse fertig sind. Danach«, er lächelte sarkastisch und schlug das Kreuzzeichen in Matthias' Richtung, »könnt Ihr mit meinem Segen Eurer Wege gehen.«

Matthias erklärte sich damit einverstanden. Trotzdem war er auf der Hut, als Allerheiligen näherrückte, da er sich an das erinnerte, was ihm der Priester und Dickson erzählt hatten. Zum heidnischen Samhainfest gingen Hexen und Zauberer ihren unheiligen Bräuchen nach; gehörte Emloe wirklich zu ihnen, so würde er an diesen Praktiken teilnehmen. Unwillkürlich kamen ihm die Ereignisse in Sutton Courteny und Barnwick wieder in den Sinn. Matthias war froh, daß Emloe ihn an dem fraglichen Tag ständig mit kleineren Aufträgen beschäftigt hielt. Er beschloß, den Abend möglichst weit weg von dem ausgestoßenen Priester in einer Taverne oder Bierschenke zu verbringen. Als er jedoch den letzten Befehl ausgeführt und einen Schmied aufgesucht hatte, der Emloe Geld schuldete, warteten draußen auf der gepflasterten Straße sechs von dessen Gefolgsmännern auf ihn. Alle waren in schwarzes Leder gekleidet und bis an die Zähne bewaffnet. Ihr Anführer, ein Portugiese namens Roberto, stand breitbeinig da und schlug mit seinen schweren Lederhandschuhen gegen seine Schenkel.

»Matthias, Ihr kommt jetzt mit uns.«

»Warum?« Matthias drückte sich mit dem Rücken gegen die Wand.

Robertos Männer bildeten sofort einen Halbkreis um ihn.

»Ihr sollt mit dem Meister zu Abend speisen.« Das hagere Gesicht des Portugiesen verzog sich zu einem Lächeln. »Ihr seid sein Ehrengast.«

»Zufällig habe ich aber andere Pläne für den Abend.«

»Die können warten.« Das Lächeln erstarb. »Nun, Matthias ...« Der Portugiese stolperte über den Namen, was ihm höhnisches Gekicher seitens seiner Kameraden eintrug. Roberto errötete. Seine Hand fuhr drohend an den Griff seines Schwertes. »Kommt Ihr freiwillig mit, oder müssen wir Euch zwingen?« Er zuckte die Schultern. »Mir ist es einerlei.«

»Wie kann ich eine so höflich vorgebrachte Einladung ausschlagen?« Matthias verneigte sich spöttisch und eilte dann so schnell die Gasse hinunter, daß Roberto und seine Männer Mühe hatten, mit ihm Schritt zu halten.

Emloe erwartete ihn in der Halle. Der Tisch war mit silbernen Tellern, goldenen Kelchen und juwelenbesetzten Salzfäßchen erlesen gedeckt. Matthias wurde ein Platz zugewiesen, und dann trafen weitere Gäste ein; Emloes Vertraute, unter ihnen auch Roberto und ein paar Männer, die Matthias noch nicht kannte. Das Mahl wurde schweigend eingenommen. Danach führte Emloe seine Gäste die Treppe empor bis in den obersten Stock. Überall standen bewaffnete Wachposten. Eine Tür wurde geöffnet, und Matthias betrat ein langes, niedriges, düsteres Zimmer. Die Wände waren mit violetten Behängen bedeckt, Fußboden und Decke wie im übrigen Haus schwarz gestrichen. Die Kerzen in den Wandhaltern bestanden aus reinem Bienenwachs und verbreiteten einen angenehmen Duft. Am anderen Ende des Raumes stand ein kleines Podest, darauf ein mit schwarzen und silbernen Tüchern verhängter Altar. Als Matthias' Augen sich an die Dunkelheit gewöhnt hatten, erkannte er, daß das Kreuz auf dem Altar umgedreht worden war.

Er versuchte zur Tür zurückzuweichen, aber Emloes Leute verstellten ihm den Weg. Der exkommunizierte Priester hatte seine schwarze Robe inzwischen abgelegt; darunter trug er Alba und Chorrock eines für die Messe gekleideten Zelebranten, nur daß seine Gewänder aus dunkelviolettem, mit goldenen Sternen und silbernen Drudenfüßen besticktem Tuch gefertigt waren.

»Mein lieber Matthias, Ihr werdet noch bleiben.« Emloe nahm Matthias' Kinn zwischen Daumen und Zeigefinger und drückte leicht zu. »Ihr verfügt über besondere Kräfte, ob Ihr es nun zugebt oder nicht. Ich, der ich mich in derlei Dingen auskenne, habe das sofort gespürt. Ihr gehört zu den Auserwählten.« Mühsam unterdrückte Erregung schwang in seiner Stimme mit, und seine Augen erwachten plötzlich zum Leben. »Heute ist der große Tag. Wenn wir unser Opfer darbringen, werden wir dank Eurer Gegenwart den Dämon beschwören können.«

Matthias setzte sich heftig zur Wehr, konnte aber nicht verhindern, daß ihm die Hände mit einer seidenen Schnur auf den Rücken gebunden wurden. Er mußte niederknien und zuschauen, wie man weitere Fackeln anzündete und Emloe mit dem blasphemischen Ritual begann. Matthias vernahm gemurmelte Beschwörungen und erhaschte einen Blick auf die violetten Kerzen, die zu beiden Seiten des Altars brannten. Er senkte den Kopf, und zum ersten Mal seit vielen Monaten kam ihm wieder ein kurzes Gebet über die Lippen. Ein Hahnenschrei ertönte, dann erfüllte der Geruch von frisch vergossenem Blut, Weihrauch und schwerem Wein den Raum. Endlich war das Ritual beendet. Emloes Leute kauerten am Boden, sangen monoton vor sich hin oder gaben angemessene Antworten, wenn eine Frage an sie gerichtet wurde.

Matthias schlug die Augen auf. Seine Gesichtsmuskeln und sein Nacken schmerzten. Er schnitt eine Grimasse und versuchte, sich ein wenig zu strecken, um die Krämpfe zu lindern. Obgleich sich die Temperatur im Raum merklich abgekühlt hatte, war er in Schweiß gebadet. Die eisige Kälte erinnerte ihn an den Nordturm von Barnwick. Emloe und seine Männer machten einen erregten, erwartungsvollen Eindruck. Die blutigen Überreste des Hahns, die auf einer silbernen Platte vor dem Altar lagen, wurden hastig entfernt. Jemand beklagte sich über die Kälte und wies darauf hin, daß einige Kerzen erloschen waren. Kohlebecken wurden gebracht und an den Wänden aufgestellt. Sie verströmten eine wohlige Wärme, dennoch zitterte Matthias noch immer am ganzen Leib. Der Altar wurde mit frischen Tüchern bedeckt, dann brachte man einen herrlich gearbeiteten, etwa zwei Fuß hohen und ebenso breiten Spiegel herein, dessen Rahmen aus sich windenden goldenen Schlangen bestand. Er wurde auf dem Altar aufgestellt. Das Licht der Kerzen und Kohlebecken fing sich darin und ließ ihn förmlich erglühen.

Emloe verteilte Weihrauch im Raum, wobei er leise vor sich hin sang. Danach kniete er auf einem roten, mit Goldquasten verzierten Kissen vor dem Altar nieder, legte den Kopf in den Nacken und starrte wie gebannt zu dem Spiegel empor, während er ein gotteslästerliches Gebet anstimmte, in das die anderen einfielen. Matthias wollte die Augen schließen, aber es gelang ihm nicht. Der Spiegel zog ihn geradezu magnetisch an, und er stellte fest, daß er allmählich in eine Art Trancezustand versank, während er die Lichter betrachtete, die in dem Glas tanzten. Einen Augenblick lang herrschte Stille, dann begann Emloe erneut mit seinem monotonen Singsang. Diesmal rief er Satan und die höllischen Heerscharen an. Das Licht im Spiegel wurde schwächer; kleine Rauchwolken kräuselten sich plötzlich darin. Matthias' Kehle war so ausgedörrt, daß er kaum schlucken konnte. Verzweifelt zerrte er an seinen Fesseln. Auf einmal ertasteten seine Finger einen lockeren Knoten, und er nestelte vorsichtig daran herum, bis es ihm gelang, die Schlinge zu lösen. Der Spiegel schimmerte jetzt wieder glasklar: Lichter funkelten darin, und dann schien er mit einem Mal kleine Wellen zu schlagen wie die Oberfläche eines Sees, wenn ein Stein hineingeworfen wird. Emloe hielt mit seinem Gesang inne und hob eine Hand, um seinen Leuten, die das Geschehen atemlos verfolgten, absolutes Schweigen zu gebieten. Matthias hatte sich inzwischen von seinen Fesseln befreit, hielt die Hände aber trotz der Schmerzen in Armen und Schultern auch weiterhin hinter dem Rücken verschränkt.

»Le Seigneur hat uns erhört!« Emloes Stimme überschlug sich fast vor Aufregung. »Le Seigneur geruht, auf uns herabzublicken!«

Wieder setzte der Gesang ein. Der Spiegel verdunkelte sich so schlagartig, als habe jemand einen schwarzen Umhang darübergeworfen. Matthias wandte den Blick nicht davon ab. Im Glas begann es zu wabern. Ein hocherhobener Kopf formte sich in der Dunkelheit; ein garstiges Gesicht mit glühenden Augen und einem halb geöffneten Maul, aus dessen Winkeln feine Blutfäden rannen. Matthias schloß erschauernd die Augen, als er den Prediger erkannte. Andere, ähnlich furchterregende Fratzen tauchten auf – der Sekretär Rahere, dessen arrogante Züge nun lüstern verzerrt waren; Santerre mit seinen spöttisch funkelnden Augen; Fitzgerald, um dessen Lippen ein höhnisches Grinsen spielte. Emloe und seine Kameraden hockten sprachlos am Boden und beobachteten die unheimlichen Ereignisse ungläubig. Die rumpflosen Köpfe mit den sich lautlos bewegenden Lippen und den Augen voller Bosheit wirkten in der Tat so abstoßend, daß ihnen das Blut in den Adern gefror.

Nur Emloe, der sich bereits als mächtigen Magier sah, murmelte freudig erregt unverständliche Worte vor sich hin. Matthias dagegen erkannte die Anzeichen von Gefahr. Der Rosendämon machte sich bemerkbar. Plötzlich prasselte es in den Kohlebecken, und ein Funkenschwarm stob auf. Matthias riß den Blick vom Spiegel los. Die Funken vereinigten sich in der Luft zu kleinen Feuerbällen, die rasch größer wurden. Einer traf den Spiegel, der in tausend Stücke zerschellte, andere schwirrten kreuz und quer durch den Raum. Ein Feuerball zischte knapp vor Matthias' Augen vorbei; in seiner Mitte entdeckte er das gequälte Gesicht von Amasia. Emloe erhob sich und breitete die Arme aus. Er verlieh seinem Triumph immer noch kreischend Ausdruck, als ein Funken einen der Wandbehänge in Brand setzte. Innerhalb von Sekunden loderten die Flammen hell auf und breiteten sich mit rasender Geschwindigkeit aus. Auch Emloes Männer blieben nicht verschont. Viele versuchten verzweifelt, ihre brennenden Kleider zu löschen.

Matthias nutzte das allgemeine Durcheinander, sprang auf, rannte zur Tür und floh in den Gang hinaus. Die Wachposten versuchten ihn aufzuhalten, aber er stieß sie grob zur Seite, und als er die Treppe erreicht hatte, wurden sie von dem Feuer so abgelenkt, daß sie die Verfolgung aufgaben. Matthias hastete in seine eigene Kammer, raffte seinen Schwertgurt und die dort versteckten Münzen an sich und setzte seine Flucht fort. Der hinter ihm aufkommende Lärm verriet ihm, daß sich das Feuer auch weiterhin rasch ausbreitete. Er huschte durch die Küche, verließ das Haus durch eine Seitentür und schlüpfte in die Gasse hinaus. Die Glocke hatte schon längst die Sperrstunde eingeläutet. Vom Kirchturm von St. Mary Le Bow schimmerte ein schwaches Licht herüber. Matthias lief die Gasse entlang. Niemand behelligte ihn. Zwar lösten sich hier und da Gestalten aus dem Schatten, doch als sie in Matthias einen von Emloes Gefolgsleuten erkannten, ließen sie ihn weiterziehen, ohne Fragen zu stellen.

Er verbrachte die Nacht unter freiem Himmel. Erst am nächsten Morgen kehrte er zur ›Bischofsmütze‹ zurück, wo er eine kräftige Mahlzeit zu sich nahm und sich wieder in seiner alten Kammer einmietete.

Erst dort, als er, in Decken gehüllt, auf seinem schmalen Lager lag, vermochte Matthias die furchtbaren Ereignisse voll und ganz zu erfassen. Er fiel in einen unruhigen Schlaf, in dem es ihm von abgedunkelten Räumen, brennenden Pfeilen, Männern, die sich in menschliche Fackeln verwandelten, düsteren Gestalten, der spöttischen Stimme des Eremiten und den Gesichtern träumte, die er in den Feuerbällen gesehen hatte. Spät am Nachmittag stand er wieder auf. Er fühlte sich schwach und benommen, und ihm war flau im Magen. Inzwischen war ihm klargeworden, was während der satanischen Messe am vorangegangenen Abend geschehen sein mußte. Wie so mancher selbsternannte Hexenmeister hatte auch Emloe gemeint, die Mächte der Finsternis kontrollieren zu können, während sie in Wirklichkeit seine kümmerlichen Bemühungen verlachten. Die Geister all jener, von denen der Rosendämon einst Besitz ergriffen hatte, hielten sich immer noch in Matthias' Nähe auf und nutzten jede sich bietende Gelegenheit, um sich in die Angelegenheiten der Menschen einzumischen und Angst und Schrecken zu verbreiten.

»Ich bin nicht allein«, flüsterte Matthias trostlos. »Das darf ich nie vergessen. Ich bin niemals allein!«

Er ging in den Schankraum hinunter, warf einen Blick auf die Stundenkerze in der Nische über dem Kamin und stellte erschrocken fest, daß es weit später war, als er angenommen hatte, nämlich schon zwischen vier und fünf Uhr nachmittags. Eilig verließ er die Schenke und drängte sich durch die Menschenmenge auf dem Markt bis hin zum Haus seines Goldschmieds, das ganz in der Nähe des Hospitals St. Thomas von Acon lag. Er hatte vor, all sein Geld abzuheben, sich ein neues Pferd zu kaufen und dann so viele Meilen zwischen London und sich selbst zu bringen, wie nur irgend möglich. Trotzdem ging er mit äußerster Vorsicht vor. Er zog sich in den Eingang des Hospitals zurück und beobachtete die vorüberwogende Menge. Ein irrer Bettler, der behauptete, Johannes der Täufer zu sein, hüpfte an ihm vorbei. In einer Hand hielt er ein hölzernes Kreuz, in der anderen eine brennende Fackel. Unablässig verkündete er mit schriller Stimme, Satan ginge in der Stadt um, und die Bürger sollten wie einst im alten Ninive ihre Sünden bereuen und sich zum Zeichen der Buße in Sack und Asche kleiden. Die Menge teilte sich und bildete eine Gasse, um ihn durchzulassen. Matthias' Herz sank. Jetzt sah er, daß das Haus des Goldschmieds von mindestens sechs von Emloes Handlangern bewacht wurde.

Matthias verwünschte seine eigene Dummheit. Wie hatte er sein Geld nur so lange dort liegenlassen können? Er machte kehrt und bog in eine schmale Gasse ein. An dem Wirtshaus in der Paternoster Row gleich neben der St.-Paul's-Kathedrale machte er halt. Der Zorn über sich selbst und die Hindernisse, die ihm ständig in den Weg gelegt wurden, nagten an ihm. Emloe mußte die vorige Nacht überlebt haben, und ihm war anscheinend so viel daran gelegen, Matthias wieder in seine Gewalt zu bekommen, daß er die Schäden an seiner düsteren Behausung als zweitrangig ansah.

Matthias trank weit mehr, als er beabsichtigt hatte. Als er leicht schwankend die Schenke verließ, war es bereits dunkel. Die Stände waren abgebaut worden, nur noch einige Hausierer lungerten zwischen den Häusern herum und versuchten, ihm ihren Krimskrams anzudrehen. Huren riefen ihm obszöne Angebote nach. Irgendwo weinte ein Kind, und zwei Frauen kamen kreischend aus einer Haustür gestürzt und begannen, aufeinander einzuschlagen. Matthias schlenderte am Friedhof von St. Paul's vorbei und blieb einen Moment stehen, um einem Knabenchor zu lauschen, der das ›Christus Vincit‹ anstimmte. Nachdem die reinen, süßen Stimmen verklungen waren, warf er ihnen einen Penny zu, ging die Pie Lane entlang und hielt plötzlich inne. Weiter unten auf der Straße waren mehrere Männer in einen Kampf verstrickt. Einer riß sich von seinem Angreifer los.

»Ich bin Franziskanermönch!« rief er. »Ich sammle Almosen für die Armen und bin ein treuer Diener des Herrn!«

Die drei Strolche, die es auf den Beutel an seinem Gürtel abgesehen hatten, achteten nicht auf sein Gezeter, sondern rückten erneut bedrohlich näher. Der Mönch, ein kleines, drahtiges Männchen, schlüpfte an ihnen vorbei, rannte auf Matthias zu und packte ihn am Arm. Sein nußbraunes Gesicht glänzte vor Schweiß.

»Ich bin Mönch«, keuchte er. »Und ich bin unbewaffnet.« Dann fügte er hoffnungsvoll hinzu: »Außerdem bin ich ziemlich klein.«

Matthias, dem das Ale die Sinne benebelte, grinste ihn gutmütig an.

»Verschwinde!« Die drei Ganoven bauten sich vor ihm auf.

Matthias starrte sie nur an.

»Du sollst verschwinden!« wiederholte der in der Mitte barsch.

Matthias' Hand schloß sich um den Griff seines Schwertes. Er musterte die schmutzigen, verschlagenen Gesichter, und seine ganze Wut auf Emloe übertrug sich auf einmal auf diese drei Spitzbuben, die es wagten, sich ihm in den Weg zu stellen.

»Sieh an, sieh an.« Er trat einen Schritt zurück und zog den Franziskaner mit sich. »Drei so häßliche Anwärter für den Galgen sind mir noch nie begegnet.«

Seine Gegner griffen an. Matthias zog Schwert und Doch und versetzte dem Anführer der Bande einen tödlichen Hieb in den Hals. Die beiden anderen rückten näher. Matthias' Schwert traf den einen in den Oberschenkel, während er gleichzeitig mit dem Dolch auf den anderen einstach. Er hörte den Franziskaner schreien und fuhr gerade rechtzeitig herum, um sich einem vierten Gegner zu stellen, der aus dem Nichts aufgetaucht war und sich mit gezücktem Dolch auf ihn stürzte. Matthias duckte sich und wehrte ihn mit dem Schwert ab, konnte aber nicht verhindern, daß die Dolchspitze ihn in die Schulter traf. Der Schmerz raubte ihm den Rest seiner Selbstbeherrschung, und er stürmte wie ein wütender Stier auf die verbleibenden Schurken los.

»Sie sind fort! Sie sind fort!«

Matthias beruhigte sich ein wenig. Der sengende Schmerz in seiner Schulter wurde nahezu unerträglich. Er lehnte sich gegen eine Hauswand und rang keuchend nach Atem. Zwei seiner Gegner lagen in großen Blutlachen tot am Boden.

»Die anderen haben sich aus dem Staub gemacht«, sagte der Franziskaner. »Eine Zeitlang habt Ihr gegen imaginäre Feinde gekämpft.« Er half Matthias auf. »Habt Dank für Eure Hilfe.«

Er wand Matthias Schwert und Dolch aus der Hand und schob sie in ihre Scheiden zurück. Matthias schwankte. Die Welt schien sich plötzlich um ihn zu drehen, und der Schmerz in seiner Schulter strahlte bis in den Nacken. Ihm war schwach und elend zumute.

»Ihr kommt am besten mit mir«, murmelte der Franziskaner.

Er legte sich Matthias' Arm um die Schultern und hinkte mit seiner Last die Gasse entlang, am Chancellor's Inn vorbei und weiter nach Greyfriars.

»Mein Name ist Vater Anthony«, keuchte er, während er Matthias durch eine kleine Seitenpforte zerrte und ihn durch einen dunklen, süß duftenden Garten bis zum Klostergebäude führte. »Ich bin Infirmarius und Almosenpfleger.«

Matthias blieb stehen und blickte auf seinen Wohltäter hinab. Das runde, freundlich Gesicht des Mönchs sah besorgt aus.

»Ihr bleibt besser erst einmal hier«, schlug Vater Anthony vor. »Wenn diese Klinge schmutzig war, kann sich die Wunde entzünden.«

Er schleppte Matthias einen gemauerten Gang entlang und betätigte eine kleine Glocke, woraufhin ein paar schlaftrunkene Brüder erschienen. Sie halfen Vater Anthony, Matthias durch den Kreuzgang in eine kleine, weißgetünchte Kammer zu schaffen. Dort zogen sie ein Laken über eine niedrige Pritsche und ließen Matthias darauf niedergleiten. Stiefel, Wams und Hemd wurden ihm ausgezogen, dann hielt ihm einer der Brüder einen Becher an die Lippen. Er trank die bittersüße Flüssigkeit bis auf den letzten Tropfen aus und fiel alsbald in einen tiefen Schlaf.

Als er erwachte, war die Kammer in helles Sonnenlicht getaucht. Ein stumpfgesichtiger Laienbruder blickte auf ihn nieder und murmelte etwas. Seine Stimme drang wie aus weiter Ferne an Matthias' Ohr. Wieder wurde ihm ein Becher an die Lippen gesetzt. Er trank, dann tastete er nach seiner Schulterwunde. Sie fühlte sich taub an. Sein Blick fiel auf das Kruzifix an der gegenüberliegenden Wand. Aus irgendeinem Grund meinte er, wieder in der Kirche seines Vaters in Sutton Courteny zu sein, ehe der Schlaf ihn von neuem übermannte. Diesmal träumte er, aber der Traum jagte ihm keine Angst ein. Er scheuchte eine Gans über die Hauptstraße des Ortes. Sie rannte in den ›Hungrigen Mann‹, wo Agatha Merryfeet barfuß auf dem Tisch tanzte. Matthias sah sich um und entdeckte zahlreiche Gemeindemitglieder seines Vaters unter den Gästen.

»Ich muß heimgehen«, erklärte er. »Vater und Mutter werden sich Sorgen um mich machen.«

»Tu, was du tun mußt«, entgegnete John, der Büttel.

»Lauf wie der Wind!« rief ihm der Pflüger Piers aus seiner Ecke zu. »Lauf, so schnell du kannst, Matthias. Dein Vater wartet schon.«

Fulcher, der Hufschmied, begleitete ihn zur Tür, und der Wirt Joscelyn drückte ihm ein Stück süßes Brot in die Hand. Matthias rannte die Straße entlang und den Pfad zu seinem Elternhaus hoch. Die Tür stand offen, aber die Küche lag dunkel und kalt da. Die Fenster waren zerbrochen, und durch die Löcher im Dach sah man den Nachthimmel. Pfarrer Osbert saß, in einen Kapuzenmantel gehüllt, in seinem Lieblingsstuhl.

»Vater!« Matthias lief auf ihn zu.

Pfarrer Osbert hob den Kopf. Ein trauriger Ausdruck lag auf seinem gütigen Gesicht; die Augen schienen auf den Grund von Matthias' Seele zu blicken.

»Vater, was tust du hier?«

»Ich bin tot, Matthias.«

Matthias kauerte neben ihm nieder.

»Vater, schläft man, wenn man tot ist?«

Pfarrer Osbert schüttelte den Kopf. »Nein, man schläft nicht, Matthias, man unternimmt eine Reise.«

»Wo bist du gewesen, Vater? Ich habe dich vermißt. Ich habe Christina vermißt. Ich will meine Mutter sehen!«

Osbert lächelte. »Sie ist vorausgereist, Matthias. Ich kann sie noch nicht einholen.«

»Warum nicht? Wo bist du denn gewesen, Vater?«

»Ich habe jede Kirche und jedes Kloster in der ganzen Welt besucht und dort vor dem Altar gekniet, um für dich und mich zu beten.«

»Warum denn, Vater? Was ist denn nicht in Ordnung?«

»Du wirst es bald wissen, Matthias.«

Sein Vater erhob sich und ging zur Tür.

»Komm zurück! Komm doch zurück!« jammerte Matthias verzweifelt.

Er wollte Osbert folgen, konnte sich jedoch nicht rühren. Jemand hielt ihn fest. Er schlug die Augen auf. Vater Anthony sah auf ihn hinunter. In seinen braunen Augen lag ein Lächeln.

»Ihr habt geträumt, Matthias«, sagte er leise.

Matthias sank in die Kissen zurück.

»Wie lange habe ich geschlafen?«

»Drei Tage.« Vater Anthony zog sich einen Stuhl heran und nahm neben dem Bett Platz.

Matthias bewegte die verletzte Schulter. Sie schmerzte kaum noch.

»Macht Euch deswegen keine Sorgen.« Der Mönch tätschelte seine Hand. »Sie war zwar tief, aber nicht gefährlich. Wir haben sie gesäubert und verbunden.« Er nagte an seiner Unterlippe. »Wir haben Euch auch einen Schlaftrunk eingeflößt, dachten aber zuerst, es wäre zuviel gewesen. Ihr wolltet gar nicht wieder aufwachen. Zwar hattet ihr den Bauch voll Ale, aber Ihr müßt darüber hinaus auch furchtbar erschöpft gewesen sein.«

Matthias streckte die Beine aus. »Dafür bin ich jetzt sehr, sehr hungrig«, grinste er.

Der Mönch verließ den Raum und kam kurze Zeit später mit einem Tablett zurück. Darauf standen eine Schüssel dampfender Brühe, ein Teller mit Brotstücken, ein Gemüsegericht und ein Becher Wein. Bei dem würzigen Duft lief Matthias das Wasser im Mund zusammen. Er schlang die Mahlzeit gierig hinunter und bat dann verschämt um einen Nachschlag.

»Natürlich!«

Weitere Speisen wurden gebracht, und Matthias aß alles auf. Danach fühlte er sich schläfrig und döste eine Weile. Als er erwachte, war er schon fast wieder bei Kräften, blieb aber trotzdem die nächsten zwei Tage liegen. Ständig mußte er an den seltsamen Traum von seinem Vater denken. Vater Anthony schien von ihm fasziniert zu sein. Wann immer es seine Pflichten erlaubten, schlüpfte er zu Matthias in die Kammer, um mit ihm über Klosterangelegenheiten zu schwatzen. Ganz allmählich begann er auch, Matthias über seine Herkunft und sein bisheriges Leben auszufragen.

»Ihr hattet merkwürdige Träume, Matthias. Die Dinge, über die Ihr im Schlaf gesprochen habt ...«

Matthias zuckte lächelnd die Schultern.

»Seid Ihr Soldat?« fragte der Franziskaner.
Matthias erzählte ihm von Barnwick.
»Was ist mit Rosamund?«
Matthias schwieg und versuchte vergeblich, die aufsteigenden Tränen zurückzuhalten.
»Sie ist tot, nicht wahr?«
»Ja, Vater, sie ist tot.«
Matthias lehnte den Kopf gegen die Wand, richtete den Blick auf das Kruzifix und erzählte dem Franziskaner seine ganze Geschichte. Vater Anthony hörte aufmerksam zu. Gelegentlich kratzte er sich seinen weißen Bart oder strich sich gedankenverloren mit dem Finger über die Nase.
»Ihr hört gerade meine Beichte, Vater.«
»Ja, das weiß ich.«
Matthias fuhr fort. Der Franziskaner unterbrach ihn ab und zu, um ihm immer wieder dieselbe Frage zu stellen: Was hatte Matthias in dieser oder jener Lage, im Umgang mit Emloe beispielsweise oder während des blutigen Kampfes mit den Outlaws in Barnwick wirklich gewollt? Warum hatte er sich so oder so entschieden? Matthias mußte manchmal innehalten, um in seinem Gedächtnis zu forschen.
»Ihr erinnert mich an den Eremiten«, meinte er halb im Scherz. »Er pflegte auch zu sagen, es käme nur auf den Willen an; auf die Entscheidungen, die man aus freien Stücken trifft, und nicht allein auf das, was man tut.«
»Er hatte recht«, stimmte Vater Anthony zu. »Glaubt Ihr an Gott, Matthias? Glaubt Ihr an unseren Herrn Jesus Christus?«
»Ich weiß es nicht«, erwiderte Matthias langsam. »So wahr ich lebe, Vater, ich weiß es nicht, und manchmal kümmert es mich auch nicht. Ich, Matthias Fitzosbert, bin eines Pfarrers Sohn. Ich wurde zum Schreiber ausgebildet und habe als Soldat gedient. Als Mensch liebe ich Bücher und Manuskripte, grüne Felder, gutes Essen und guten Wein. Ich würde gern wie jeder andere zum Fischen gehen oder über die Wiesen spazieren, möchte Freunde und ein eigenes Heim haben. Ich bin ein ganz gewöhnlicher Mann und wünsche mir nichts weiter, als ein ganz gewöhnliches Leben zu

führen, aber der Rosendämon läßt es nicht zu. Ich will frei sein von all diesen Schatten, die ständig um mich sind.« Matthias barg das Gesicht in den Händen. »Ich versuche, mich von all dem zu befreien, aber ich werde jedesmal zurückgezerrt. Also, Vater ...«, er blickte den Mönch ernst an, »das war meine Beichte. Wie lautet meine Buße?«

Vater Anthony hob die Hand, sprach die Worte der Absolution und schlug über Matthias' Kopf das Kreuzzeichen.

»Eure Buße ist Euer Leben, Matthias«, murmelte er. »Und Ihr könnt ihm nicht entfliehen.«

NEUNTES KAPITEL

Vater Anthony sah Matthias eindringlich an.

»Eines Tages müßt Ihr eine Wahl treffen«, sagte er. »Ihr könnt entweder den Rosendämon und die Folgen, die seine Liebe zu Euch hat, akzeptieren, oder Ihr könnt Euren Kampf fortsetzen, den schweren Kampf gegen Bitterkeit, Kummer und Herzeleid.« Er lächelte schwach. »Bisher scheint Ihr mit Eurer Wahl richtig gelegen zu haben, aber zu einem bestimmten Zeitpunkt an einem bestimmten Ort müßt Ihr Eure endgültige Entscheidung treffen.«

»Bin ich denn nur zu diesem einen Zweck auf der Welt?« Matthias spie die Worte förmlich aus.

»Ja. Den Schreiber, Ehegatten und Vater Matthias Fitzosbert wird es nie geben, genausowenig wie den Bücherfreund, den Gelehrten oder den Mann, der gerne angelt oder Äpfel vom taufeuchten Gras eines Obstgartens aufklaubt. Sicher, Ihr werdet essen, trinken und schlafen, Ihr werdet Euch vielleicht verlieben oder noch einmal in eine Schlacht ziehen, aber Euer eigentlicher Lebensinhalt wird immer dieser furchtbare Kampf bleiben.«

»Warum nur?« Matthias richtete sich im Bett auf und hob die Hände. »Warum gerade ich?«

»Warum nicht?« gab Vater Anthony zurück. »Meint Ihr denn, Ihr wäret allein? Ist Euch noch nie der Gedanke gekommen, daß auch ein Mann wie ich gerne Vater, Liebhaber, Dichter oder Barde wäre? Wißt Ihr, wie es ist, früh am Morgen aufzuwachen und ganz allein zu sein? Gutes zu tun und zum Dank dafür auf offener Straße überfallen zu werden? In der Dunkelheit zu beten und nie eine Antwort zu erhalten?«

Matthias beugte sich vor und strich dem Mönch sacht über die Wange.

»Es tut mir leid«, entschuldigte er sich.

»Diese Art von Selbstmitleid ist keine Sünde«, erwiderte

der Mönch. »Sogar Christus beklagte bitterlich, kein Heim sein eigen zu nennen und kein Kissen zu besitzen, um sein müdes Haupt darauf zu betten. Die Sünde beginnt erst, wenn man sich in diesem Selbstmitleid suhlt und sein ganzes Leben danach ausrichtet.«

»Was soll ich denn nun tun?« fragte Matthias.

»Jeden Tag so nehmen, wie er kommt, und trotzdem versuchen, Pläne für die Zukunft zu schmieden. Eure Verbindung mit dem Rosendämon scheint bei den Hospitalitern zu beginnen. Der Eremit behauptete, zu ihnen gehört zu haben, und Ihr sagtet ja, er habe in Tewkesbury einen weiteren Hospitaliter getroffen, der für das Haus Lancaster kämpfte.«

»Das ist richtig.«

»Nun«, fuhr Vater Anthony fort, »auf der anderen Seite von Smithfield liegt die Priorei St. John of Jerusalem, das Mutterhaus des Hospitaliterordens. Ich werde Euch ein Empfehlungsschreiben für Sir Edmund Hammond mitgeben, den amtierenden Großmeister. Er ist ein kluger und vertrauenswürdiger Mann. Erzählt ihm Eure Geschichte. Gott weiß, welche Geheimnisse die Priorei sonst noch bergen mag.«

Matthias willigte ein.

»Ich kann Euch mit neuen Kleidern versehen«, bot Vater Anthony an. »Außerdem habe ich einen Blick in Eure Börse geworfen. Ihr besitzt nicht viel Geld.«

»Ich habe einhundertzwanzig Pfund Sterling bei einem Goldschmied in Cheapside liegen«, erklärte Matthias. »Leider wird das Haus von Emloes Bande bewacht.«

»Dieses Problem können wir lösen.« Der Mönch erhob sich. »Ich werde Euch Pergament und Schreibzeug bringen. Ihr setzt einen Brief auf, in dem Ihr alles, was bei Eurem Goldschmied liegt, unserem Kloster überschreibt.« Er lächelte verschmitzt. »Im Gegenzug werden wir unsere Schatzkammern plündern und Euch eben diese Summe aushändigen, wenn Ihr uns verlaßt.«

Zwei Tage später begleitete Matthias, neu eingekleidet und mit einem um die Taille geschlungenen ledernen Geldgürtel versehen, Vater Anthony über das Klostergelände zu einer kleinen Kapelle, die wie eine weißgetünchte Zelle aussah. Ein kleiner Altar war an der hinteren Wand aufgebaut. Zur einen Seite davon stand eine Statue der Heiligen Jungfrau, zur anderen eine lebensgroße Figur des hl. Antonius von Padua mit dem Jesuskind auf dem Arm.

»Dies ist eine Vokativkapelle«, erklärte der Mönch. »Hier lese ich die Messe, wenn meine Pflichten es mir nicht gestatten, mich meinen Brüdern in der Kirche anzuschließen.«

Er verneigte sich vor dem Kruzifix, nahm Matthias am Arm und trat auf die Madonnenstatue zu, vor der er niederkniete und eine Kerze anzündete, ehe er sich dem hl. Antonius zuwandte.

»Er ist mein Schutzpatron«, bemerkte Vater Anthony. »Antonius von Padua gehörte zu den ersten Jüngern des hl. Franziskus, eines großen Predigers und Gelehrten. Er war gut zu Mensch und Tier; ein Mystiker, erfüllt von einer großen Liebe zu Gott. Er vollbringt Wunder. Alles, worum Ihr ihn bittet, wird er Euch gewähren.«

Matthias blickte in das heitere, gelassene Gesicht dieses berühmtesten aller Franziskaner. Der Steinmetz hatte den Heiligen als jungen Mann mit engelhaften Zügen, einer sauber rasierten Tonsur und unendlich gütigen Augen dargestellt. Matthias fiel es schwer zu glauben, daß ein Gebet vor dieser Statue seine Probleme lösen könnte, aber Vater Anthony zuliebe kniete er eine Weile nieder, bekreuzigte sich dann und erhob sich wieder.

»Ich muß gehen«, sagte er knapp. »Habt nochmals Dank für Eure Freundlichkeit.«

Der Mönch hielt ihn am Ärmel fest. »Ich werde jeden Tag bei der Messe an Euch denken, Matthias. Und jeden Abend werde ich herkommen und mit dem hl. Antonius über Euch sprechen. Ich weiß, daß Ihr kein frommer Mensch seid, Matthias, aber wenn die Zeit der Prüfung gekommen ist und Ihr Euch Euren Glauben bewahrt, wenn Ihr den gerechten Kampf kämpft, dann wird Hilfe nahen.«

Ein paar Minuten später verließ Matthias, Vater Anthonys Segenswünsche noch in den Ohren, Greyfriars. Über Seitenstraßen und kleine Gassen gelangte er zu den großen

Toren der Priorei St. John of Jerusalem. Bereits jetzt vermißte er die harmonische Atmosphäre, die bei den Franziskanern geherrscht hatte. Er versuchte, die Menschenmassen zu meiden, die sich um die Marktstände drängten oder Richtung Smithfield strömten, denn es war Hinrichtungstag, und die zum Tode verurteilten Verbrecher wurden in Karren zum Galgenplatz gefahren. Immer wieder blieb Matthias stehen und blickte sich wachsam um, aber niemand schien ihm zu folgen. Der wachhabende Soldat am Tor der Priorei winkte ihn durch, und ein Diener, der im Garten saß und die letzten Strahlen der Herbstsonne genoß, nahm Vater Anthonys Brief entgegen. Er warf einen kurzen Blick darauf, dann geleitete er Matthias über einen eingefriedeten Hof, in dem Springbrunnen plätscherten, durch ein Gewirr von gefliesten Gängen und schließlich eine breite Holztreppe empor, die zu den Gemächern des Großmeisters führte.

Matthias mußte in einem kleinen Vestibül warten. Er lehnte den mit Wasser versetzten Wein und andere Erfrischungen ab, die ihm angeboten wurden, trat zum Fenster und blickte über die Hecken und die sauber gejäteten Kräutergärten der Priorei. Ihm fiel auf, daß die Bäume bereits begannen, ihre Blätter abzuwerfen, und plötzlich wurde ihm bewußt, wie wenig er noch auf die Jahreszeiten achtete. Bald würde der Herbst in den Winter übergehen, und Matthias fragte sich müßig, welche Schrecken ihn bis zum Jahresende wohl noch erwarten mochten. Er bezweifelte, daß die Hospitaliter ihm helfen konnten und beschloß, seine wenigen Habseligkeiten aus der ›Bischofsmütze‹ abzuholen und zu Baron Sanguis zurückzukehren. Vielleicht würde sein alter Gönner ja ...

»Matthias Fitzosbert?«

Er drehte sich um. Der Mann, der auf der Schwelle stand, war von mittlerer Statur. Sein silbernes Haar trug er aus der Stirn gekämmt und schulterlang, sein Bart war nach militärischer Art kurz gehalten. Matthias konnte sein Alter nicht bestimmen. Der durchdringende Blick des Mannes heftete sich auf sein Gesicht.

»Matthias Fitzosbert?« wiederholte er, seinen schweren, pelzverbrämten Umhang enger um sich ziehend.

»Ja, Sir.«

Der Hospitaliter lächelte und streckte ihm die Hand hin.

»Ich bin Sir Edmund Hammond.« Er klopfte auf seinen Umhang. »Ihr wundert Euch sicher, daß ich so dick eingemummelt bin wie ein Baby, aber ich habe den größten Teil meines Lebens auf Zypern und Malta verbracht. Das Londoner Klima bringt mich noch um.«

»Ihr scheint mich zu kennen, Sir«, sagte Matthias mit einiger Verwunderung.

Der Hospitaliter öffnete schon den Mund, um ihm eine Antwort zu geben, besann sich aber und bat ihn statt dessen in eine kleine Kammer mit holzvertäfelten Wänden. Die Fensterläden waren geschlossen, ein gewaltiges Feuer prasselte im Kamin, und zahlreiche Becken voll glühender Kohle waren überall im Raum verteilt. Ein Diener kam herein und rückte auf Sir Edmunds Geheiß zwei hochlehnige Stühle vor das Feuer, stellte einen kleinen Tisch dazwischen auf und brachte einen Krug Weißwein und zwei Becher herein. Sir Edmund wartete, bis sich die Tür wieder hinter dem Mann geschlossen hatte.

»Ich weiß, es ist furchtbar heiß«, lächelte er. »Legt Euren Schwertgurt und Euer Wams ab, wenn Ihr wollt, Matthias, und setzt Euch zu mir.«

Matthias gehorchte. Eine Zeitlang nippte der Großmeister nur schweigend an seinem Wein und drehte den Becher in den Händen.

»Ich kenne Euch nicht, Matthias Fitzosbert«, begann er dann. »Aber ich weiß über Euch Bescheid. Ich weiß von der Hinrichtung Sir Raymond Grandisons in Tewkesbury vor achtzehn Jahren und von dem anschließenden Blutbad in Sutton Courteny, ganz zu schweigen vom Flammentod Ottos, des Bruders von Sir Raymond. O ja«, fuhr er fort, als er Matthias' erstaunten Blick auffing, »sie waren Brüder, beide Hospitaliterritter. Als junge Männer wurde ihnen eine heilige Aufgabe zugewiesen, die sie ausführen sollten, bevor Konstantinopel in die Hände der Türken fiel. Sie versagten.

Durch ihre Schuld fand dieser Rosendämon, den Vater Anthony in seinem Schreiben erwähnt, wieder Einlaß in die Welt der Menschen. Sir Raymond verbrachte den Rest seines Lebens damit, ganz Europa nach ihm abzusuchen. Er erfuhr, daß sich der Rosendämon aller Wahrscheinlichkeit nach in England aufhielt, also verknüpfte er sein Schicksal mit dem von Margaret von Anjou und dem Haus Lancaster.« Der Hospitaliter trank einen Schluck Wein. »Ihr wißt ja, was mit ihm geschah. Sein Bruder Otto entschloß sich, als Buße für seinen Fehler als Eremit auf dem Felsen von Masada über dem Toten Meer in Palästina zu leben. Von einem Tag auf den anderen verschwand er von dort. Später wurde er in England gesehen, aber es besteht kein Zweifel daran, daß er zu diesem Zeitpunkt schon von dem Rosendämon besessen war. Otto war jener Eremit, den die Einwohner von Sutton Courteny auf dem Scheiterhaufen verbrannten.« Er seufzte. »Ich vermute, der königliche Sekretär Rahere war ebenfalls besessen.«

Matthias setzte seinen Weinbecher ab. Freudige Erregung stieg in ihm auf. Zum erstenmal sprach er mit jemandem, der die Existenz des Rosendämons als Tatsache hinnahm und sich der großen Gefahr bewußt war, die von ihm ausging.

Der Hospitaliter beobachtete Matthias aufmerksam. »Ich habe Euch nur das wenige erzählt, was ich selbst weiß. Der Rosendämon und alles, was mit ihm zusammenhängt, gehört zu den bestgehüteten Geheimnissen unseres Ordens. Es gibt einen Menschen, der Euch mehr darüber sagen kann, aber nicht jetzt. Erst einmal möchte ich Eure Geschichte hören, und zwar vom Anfang bis zum Ende.«

Matthias vergaß die stickige Wärme im Raum. Diesmal erzählte er seine Lebensgeschichte in allen Einzelheiten und ließ nicht das kleinste Detail aus. Er beschrieb manche Szenen so unbeteiligt, wie er ein Bild beschrieben hätte. Hin und wieder legte er eine Pause ein, um an seinem Wein zu nippen oder eine eingeworfene Frage zu beantworten. Nachdem er geendet hatte, saß Sir Edmund mit auf die Lehne seines Stuhles gestützten Ellbogen da und rieb sich mit einem

Finger über die Schläfe. Er blickte nicht auf. Matthias spürte, daß der Hospitaliter von Furcht ergriffen worden war, so, als habe Matthias etwas von ungeheurer Bedeutung gesagt, ohne es selbst zu wissen.

»Ihr solltet dorthin zurückgehen.« Der Großmeister erhob sich. Sein Gesicht hatte sich aschgrau verfärbt, und seine Stimme klang rauh. »Ihr solltet unbedingt nach Sutton Courteny zurückkehren.«

»Warum?« fragte Matthias. »Ihr sagtet doch, es gäbe jemanden, der mir helfen könnte?«

»Das stimmt, aber dazu ist jetzt keine Zeit. Ihr werdet sie später kennenlernen.« Sir Edmund ging zum Tisch hinüber, um seinen Becher von neuem zu füllen. Nach kurzem Zögern schenkte er auch Matthias nach, dem es so vorkam, als wolle der alte Soldat möglichst großen Abstand zu ihm wahren. »Ein großes Geheimnis liegt über dem, was Ihr mir erzählt habt. Nun sagt mir eines – hat Pfarrer Osbert jemals so etwas wie ein Tagebuch geführt?«

Matthias dachte an das kleine schwarzgoldene Stundenbuch, das sein Vater stets bei sich getragen hatte. Manchmal hatte er sich darin Notizen gemacht, Themen für seine Predigten ausgearbeitet oder den einen oder anderen Gedanken darin festgehalten. Matthias rieb sich über den Mund. Merkwürdig, er konnte sich nicht daran erinnern, daß sein Vater nach dem Tod der Mutter das Buch noch einmal zur Hand genommen hatte.

»Ihr sagtet auch, der Eremit habe Runen und seltsame Schriftzeichen in die Wand der verlassenen Kirche von Tenebral eingeritzt.«

»Ja«, bestätigte Matthias.

»Geht dorthin zurück und kopiert sie«, befahl der Hospitaliter. »Ihr seid ja Schreiber, also sollte Euch das nicht schwerfallen. Nehmt Tinte und Pergament mit und malt diese Runen so sorgfältig wie möglich ab, und wenn Ihr das getan habt, kommt hierher zurück. Versucht unbedingt, irgendwelche Hinweise auf die Vergangenheit Eures Vaters zu finden.« Sir Edmund blickte Matthias prüfend an. Er schien nicht recht zu wissen, was er von ihm halten sollte.

»Leider kann ich Euch sonst auch nicht weiterhelfen«, schloß er. »Zumindest im Moment nicht.«

Er vermied es geflissentlich, Matthias zum Abschied die Hand zu schütteln. Offenbar konnte es der Hospitaliter kaum erwarten, ihn wieder loszuwerden. Matthias war verärgert und auch ein wenig verlegen, aber er beschloß trotzdem, Sir Edmunds Rat zu befolgen. Seine eigenen Pläne wurden dadurch nicht beeinträchtigt.

Die Sonne ging bereits unter, als er Smithfield überquerte und den staubigen, düsteren Schankraum der ›Bischofsmütze‹ betrat.

Er teilte dem Wirt mit, daß er die Stadt noch vor dem Abendläuten verlassen wollte, beglich seine Rechnung und folgte dem Mann hinaus in den Hof, wo die Ställe lagen. Dort prüfte er die untergestellten Pferde und führte ein kräftiges, rotbraunes Tier hinaus, das einen kerngesunden Eindruck machte. Im Hof untersuchte er Maul und Hufe und war zufrieden, vermied es aber wohlweislich, den Wirt eingehender nach der Herkunft des Pferdes zu befragen. Nach längerem Feilschen konnte er auch Sattel und Zaumzeug zurückerwerben, die er dem Wirt direkt nach seiner Ankunft in der Stadt verkauft hatte. Der Mann, der sich über den vorteilhaften Handel hocherfreut zeigte, bot Matthias eine kostenlose Mahlzeit und ein Nachtlager an.

»Ihr könnt morgen früh aufbrechen«, drängte er. »Es ist viel zu gefährlich, des Nachts über dunkle Straßen zu reiten.«

Matthias erklärte sich einverstanden. Er führte sein neues Pferd einmal in dem gepflasterten Hof herum, um sich davon zu überzeugen, daß er sein Silber gut angelegt hatte, überprüfte Sattel und Zaumzeug und kehrte in den Schankraum zurück. Mit den anderen Gästen zusammen speiste er an der gemeinsamen Tafel, dann ging er nach oben in seine Kammer und packte seine Satteltaschen, ehe er sich auf das Bett legte und sofort in einen tiefen, traumlosen Schlaf fiel. Als er spät am nächsten Morgen erwachte, fühlte er sich erfrischt und ausgeruht und beschloß, so schnell wie möglich aufzubrechen. Im Schankraum aß er etwas Brot und Käse, besorgte sich dann eine Rasierklinge und einen Krug heißes Wasser und ging wieder in seine Kammer zurück. Der Wirt verhielt sich ihm gegenüber weniger zuvorkommend als am Abend zuvor, doch Matthias achtete nicht darauf. Er rasierte sich sorgfältig und wollte sich gerade das Gesicht abtrocknen, als das Wasser in der Schüssel plötzlich kleine Wellen zu schlagen begann. Wie gebannt starrte Matthias auf die Szene, die vor seinen Augen entstand. Er erkannte den Stall unten im Hof. Das rotbraune Pferd stand darin, das er am Tag zuvor gekauft hatte, Sattel und Zaumzeug hingen an einem Haken an der Wand. Zwei Männer sprachen gerade mit dem Wirt. Als sie sich umdrehten, schlug Matthias' Herz schneller: Es waren Roberto und ein weiterer Gefolgsmann Emloes. Beide hatten Schwertgurte umgeschnallt. Der Wirt sagte etwas, die beiden nickten, trennten sich, und jeder verbarg sich in einer dunklen Ecke des Stalls. Matthias berührte die Wasseroberfläche, und das Bild verschwand. Er trocknete sich Gesicht und Hände ab, legte seinen eigenen Schwertgurt um und griff nach seinen Satteltaschen und der kleinen Armbrust.

Der Wirt konnte ihm nicht in die Augen sehen, als er den Schankraum durchquerte. Matthias trat ins Freie. Er warf Satteltasche und Umhang auf den Boden, legte einen Bolzen in die Armbrust, spannte die Sehne und ging dann in den dämmrigen Stall. Rechts von sich hörte er ein Geräusch, und schon stürzte der erste Angreifer auf ihn zu. Matthias drückte ab, und der Bolzen traf den Mann direkt in die Brust. Er taumelte zurück, prallte gegen die Stallwand und sackte zu Boden. Die aufgeschreckten Pferde bäumten sich wiehernd auf. Matthias drehte sich um und schleuderte die Armbrust in Richtung des von der anderen Seite leise auf ihn zuschleichenden Roberto. Der Portugiese wich geschickt aus. Matthias zog Schwert und Dolch und trat einen Schritt zurück.

»Verschwinde«, riet er seinem Gegner. »Ich will dich nicht töten, Roberto. Geh zurück und sag Emloe, daß ich mit ihm fertig bin.«

»Master Fitzosbert, Ihr wißt, daß ich das nicht tun kann. Befehl ist Befehl.«

»Bitte!« flehte Matthias.

Roberto zückte gleichfalls Schwert und Dolch und griff an. Matthias parierte die Hiebe. Eine Weile drangen sie unter Waffengeklirr aufeinander ein, aber der Portugiese erwies sich als schlechter Schwertkämpfer. Matthias hielt ihn sich mühelos vom Leib und stieß ihm schließlich mit einer gewandten Bewegung den Dolch tief in den Bauch. Als er ihn wieder herauszog, taumelte Roberto nach vorn, hustete einen Schwall Blut aus und sank dann stöhnend zu Boden. Matthias hob die Armbrust auf, holte seinen Umhang und seine Tasche und sattelte sein Pferd. Als er den Stall verließ, kam der Wirt in heller Aufregung auf ihn zugelaufen.

»Im Namen des Allmächtigen!« kreischte er. »Was ist hier vorgefallen?«

»Ihr seid ein Lügner«, erklärte Matthias, sich in den Sattel schwingend, und nahm die Zügel auf. »Schickt nur nach dem Sheriff, aber bedenkt, daß er fragen könnte, warum zwei Mörder in Eurem Stall gelauert haben. Ihr könnt auch einen Boten zu Master Emloe senden, aber der wird wissen wollen, wer mir verraten hat, daß zwei seiner Männer auf mich warten. Alles in allem«, Matthias wendete sein Pferd, »steht Euch ein ereignisreicher Tag bevor.«

Er verließ die Stadt. Hinter Charterhouse wurde die Besiedlung immer spärlicher, und gegen Mittag befand er sich auf dem offenen Land. Er schlug die Straße Richtung Westen ein, ritt scharf und schnell und machte nur Rast, um sich auszuruhen und sein Pferd zu füttern und zu tränken. Die Nächte verbrachte er in am Weg gelegenen Wirtshäusern, in Klöstern und einmal auch in einem kleinen Wäldchen unter freiem Himmel.

Fünf Tage nach seiner Abreise aus London sah er in der Ferne den Kirchturm des Klosters Tewkesbury auftauchen. Kurz darauf trabte er mit seinem Pferd bereits über Wege, die ihm seit seiner Kindheit vertraut waren. Bittersüße Wehmut überkam ihn, wenn viele Dinge links und rechts von ihm Erinnerungen an Osbert und Christina zurückbrachten. Sutton Courteny und Tenebral umging er, wofür er einen Umweg in Kauf nehmen mußte, und stand schließlich vor

Baron Sanguis' Herrenhaus. Das Gut wirkte heruntergekommen. Die Mauer wies zahlreiche Lücken auf, die Tore hingen schief in den Angeln, keine Gefolgsleute standen davor Wache. Matthias entdeckte auch nur wenige Diener. Die Nebengebäude und Scheunen waren verfallen, die Wege zum Haupthaus von Unkraut überwuchert, die Gärten ungepflegt. Sämtliche Fensterläden waren geschlossen, und von der Eingangstür blätterte die Farbe ab. Auf Matthias' Klopfen hin öffnete ein Diener die Tür, und Matthias fragte nach Taldo, dem Majordomus.

»Er ist tot«, erwiderte der alte Mann traurig. »Sie sind alle tot.«

»Und Baron Sanguis?«

»Wer seid Ihr denn?«

»Ein Freund aus London.«

»Dann tretet ein. Baron Sanguis hat nicht mehr viele Freunde.«

Der alte Lehnsherr saß zusammengesunken auf einem Stuhl vor dem Feuer. Die einst so prächtige Halle wirkte schäbig, und Sanguis' Aussehen entsetzte Matthias. Sein Gesicht war von tiefen Falten durchzogen, die Augen blickten trübe, und das Haar fiel ihm in fettigen Locken auf die Schultern. Eine Weile starrte er Matthias schweigend an, und der fragte sich, ob der alte Mann wohl nicht mehr ganz bei Sinnen sei.

»Ich bin Matthias Fitzosbert«, wiederholte er. »Erinnert Ihr Euch nicht, Mylord? Pfarrer Osberts Sohn. Als Junge war ich oft hier. Ihr habt mir immer Süßigkeiten gegeben.«

Der alte Mann legte einen zittrigen Finger vor die Lippen.

»Ist der Teufel wiedergekommen?« fragte er, Matthias aus leeren Augen anstierend. »Es heißt, der Teufel wäre nach Sutton Courteny gekommen und hätte das ganze Dorf ausgelöscht. Mein Land und meine Familie sind verflucht. Mein Junge ist bei Bosworth gefallen, und der neue König in London hat mir nie verziehen.« Seine gichtigen Finger krallten sich um die Stuhllehne. »Ich war immer ein treuer Diener des Königs«, sagte er wie zu sich selbst. »Ich kämpfte unter Yorks Banner.« Er kratzte sich das unrasierte Kinn.

»Dann suchte der Satan Sutton Courteny heim, und mein Glück wandelte sich. Ihr behauptet, Ihr wäret Matthias Fitzosbert? Das kann nicht sein. Er starb mit den anderen. Sie sind alle tot.«

Matthias verneigte sich stumm und ging zur Tür.

»Wartet!«

Matthias drehte sich um. Der alte Baron war aufgestanden und streckte die Hände aus.

»Geht nicht dorthin«, warnte er. »Haltet Euch von Sutton Courteny fern. Dort wimmelt es von Dämonen.«

Der alte Diener erwartete ihn draußen vor der Halle.

»Ist sein Geist verwirrt?« fragte Matthias.

»Manchmal«, erwiderte der Mann betrübt. »Aber er spricht dennoch die Wahrheit. Es ist bekannt, daß der Satan Sutton Courteny heimgesucht und sich danach alles zum Schlechten gewendet hat. Baron Sanguis hat recht. Ich hörte, wie er Euch warnte. Ihr solltet nicht dorthin gehen.«

Matthias holte sein Pferd und verließ das Gut. Er verirrte sich prompt, doch dann erinnerte er sich wieder an die alten Waldwege und fand den Pfad, der ihn nach Tenebral führte. Spät am Nachmittag kam er dort an. Erinnerungen überwältigten ihn. Die Natur war dabei, wieder von dem Dorf Besitz zu ergreifen. Die Häuser sahen noch verfallener aus als vor Jahren; einige waren gar ganz verschwunden. Gestrüpp und Dornenranken überwucherten Türen und Fenster und krochen über die Mauern, um sich in den Gärten auszubreiten.

Matthias stieg ab und band sein Pferd an. Er suchte nach dem Platz, wo der Eremit ihn hingeführt hatte, um ihm die jungen Füchse zu zeigen, aber dort war alles von Brombeeren und Stechginster bedeckt. Matthias kehrte auf die ehemalige Hauptstraße zurück und ging zu der Kirchenruine hoch. Ein Teil der Mauer war in sich zusammengestürzt, das Friedhofstor verschwunden, aber am Gebäude selbst hatte sich kaum etwas verändert. Matthias schritt langsam den Pfad entlang, blieb stehen und schaute über seine Schulter. Hier hatte Pfarrer Osbert an jenem schrecklichen Morgen gestanden, als sie Tenebral erreicht hatten. Und er hatte geglaubt, sein Vater wolle ihn töten.

»Es tut mir leid«, murmelte er. »Es tut mir wirklich leid, Vater.«

Er betrat die Kirche und ging zum Altarraum. Eigentlich hatte er damit gerechnet, die Rose stark verblaßt vorzufinden, aber die Farben leuchteten noch so frisch, als sei die Blume erst am Tag zuvor gemalt worden. Matthias stieß einen überraschten Laut aus, als ihm einmal mehr die volle Schönheit des Werkes des Eremiten bewußt wurde. Die große Rose schimmerte tiefrot, die Mitte strahlendgolden, und dem grünen Stengel haftete die Frische eines Frühlingsmorgens an. Matthias bückte sich, um die unterhalb der Rose eingemeißelten Runen zu studieren. Er fragte sich, was sie wohl bedeuten mochten. Warum hatte der Eremit soviel Zeit und Sorgfalt daran gewandt?

Er ging hinaus, um sein Pferd zu holen, doch als er das Tier über den verwilderten Friedhof und in die Kirche führte, wurde es mit einemmal widerspenstig, schnaubte und zerrte an den Zügeln. Matthias mußte es streicheln und beruhigend auf das Tier einsprechen, bevor es sich beruhigte. Er warf ihm einen Haufen Gras als Futter hin, sattelte es ab und nahm Sattel, Zaumzeug und Tasche mit in den Altarraum.

Seiner Schätzung nach blieben ihm noch ein paar Stunden Tageslicht. Er begann, die Runen so sorgfältig zu kopieren, wie er nur konnte, und hielt sich nicht damit auf, über die Bedeutung nachzudenken, die dieser Ort für ihn hatte; wie sein Leben hier verändert und letztendlich zerstört worden war. Seiner Meinung nach hatte er das schon viel zu lange getan. Abgesehen von der Zeit mit Rosamund hatte er seit seiner Flucht aus Oxford sein ganzes Leben mit fruchtlosen Grübeleien verschwendet. Was er brauchte, waren Antworten und Hilfe. Wenn er die Abschrift dieser Zeichen zu den Hospitalitern brachte, fand er dort vielleicht Trost oder zumindest eine Erklärung.

Sich auf den Boden kauernd, benutzte er den Sattel als Pult und verteilte seine Pergamentbögen darauf. Rasch zeichnete er die Rose ab und kopierte dann mit äußerster Gewissenhaftigkeit weitere Runen, bis seine Arme steif wurden, die Beinmuskeln sich verkrampften und er eine Pause einlegen mußte.

Er starrte zu dem sich verfärbenden Himmel empor und dachte über das nach, was geschehen war, ehe er London verlassen hatte. Einmal mehr war ihm der Rosendämon gerade rechtzeitig zu Hilfe gekommen. Ohne jene Vision in der Wasserschüssel hätten Emloes Männer ihn überrascht und entweder gefangengenommen oder getötet. Matthias stand auf und wanderte in der Kirche auf und ab, um die Krämpfe in seinen Beinen zu lindern. Er ging zur Tür und schaute nachdenklich hinaus. Das Licht wurde schnell schwächer, der Wind kühler. Er blickte über das verfallene Dorf hinweg, sah, daß in der Ferne ein feiner Nebel aufkam und entschied sich, hier zu übernachten.

Hastig sammelte er Zweige und Gestrüpp zusammen, machte Feuer und holte die Vorräte aus der Tasche, die er auf seiner Reise nach Sutton Courteny gekauft hatte. Ein zweites Feuer unterhalb der Runen spendete ihm das nötige Licht. Eine Zeitlang arbeitete er konzentriert weiter, doch als er fürchtete, aufgrund der immer schwächer werdenden Beleuchtung Fehler zu machen, beschloß er, seine Aufgabe am nächsten Morgen zu beenden. Er sah noch einmal nach seinem Pferd. Das Tier schien seine anfängliche Furcht überwunden zu haben.

Plötzlich hörte er ein Geräusch und fuhr herum. Zwei in graue Umhänge mit Kapuzen gehüllte Gestalten standen in der Tür. Er konnte weder ihre Gesichter erkennen noch sonstwie erraten, wer sie waren.

Ohne die geringste Furcht zu verspüren, zog er sich tiefer in die Kirche zurück. Da er nicht wußte, ob es sich bei den Gestalten um bloße Trugbilder oder wirklich um Menschen handelte, zog er sein Schwert. Die beiden Gestalten drehten sich um, und erst jetzt begriff er, daß sie ihm den Rücken zugekehrt hatten. Sie kamen auf ihn zu; glitten lautlos über den verwitterten Boden. Matthias hob sein Schwert. Als sie beinahe bei ihm angelangt waren, trennten sie sich. Ihre von den Kapuzen fast verdeckten Gesichter schimmerten fahlweiß. Schwarze Ränder lagen unter den Augen. Matthias erkannte einen der Männer, den er in der Schenke getötet hatte, drehte sich auf dem Absatz um und blickte in das Totengesicht von Roberto. Ein kalter Windhauch brachte Verwesungsgestank mit sich. Als Matthias wieder klar denken konnte, waren die Phantome verschwunden.

Matthias blieb in der Mitte der Kirche stehen. Seine Brust hob und senkte sich heftig. Er wischte sich den Schweiß von der Stirn und blickte sich um, konnte aber nichts Ungewöhnliches sehen oder hören. Sich an die Wand lehnend rang er nach Atem und zwang sich mit aller Kraft zur Ruhe. Der Vorfall erinnerte ihn an eine Begebenheit aus seiner Jugend, an den Ritt von Tewkesbury nach Sutton Courteny. Damals hatte er vor dem Eremiten auf dem Pferd gesessen und eine Reihe geisterhafter Gestalten auf sich zukommen sehen. Die Abenddämmerung hatte gerade eingesetzt, genau wie jetzt. Von den Trugbildern war jedoch keinerlei Bedrohung ausgegangen, und abgesehen von haßerfüllten Blicken hatten sie ihm keinen Schaden zugefügt. Matthias ließ sich auf die zerbröckelnden Stufen zum Altarraum sinken. Eine Vorlesung fiel ihm wieder ein, die er in Oxford besucht hatte. Der Lehrer hatte die Theorie vertreten, daß die Toten nach ihrem Dahinscheiden immer noch eine Weile unter den Lebenden weilten. Aber warum hatte gerade er solche Visionen? Und würde er noch von weiteren Phantomen verfolgt werden?

Matthias schürte das Feuer, um besseres Licht zu bekommen. Er hatte sich nun doch entschlossen, mit seiner Arbeit fortzufahren, wollte sich aber Zeit lassen, damit sich keine Fehler einschlichen. Nach einer Weile hielt er inne und schluckte hart. Er hatte inzwischen erkannt, daß die Zeichen sich zu Worten zusammensetzten, zwischen denen stets eine Lücke gelassen worden war. Auch vermutete er, daß er mehrmals seinen eigenen Namen kopiert hatte, aber jetzt war er ganz sicher, auch Rosamunds Namen auf das Pergament übertragen zu haben – neun Zeichen insgesamt, hinter die der Eremit eine kleine Blume eingeritzt hatte. Soweit Matthias das im schwachen Licht beurteilen konnte, handelte es sich um eine Rose. Er legte Pergament und Schreibfeder zur Seite, deckte das Tintengefäß ab und aß ein wenig Brot und getrocknetes Fleisch. Dazu trank er große Schlucke aus seinem Weinschlauch.

»Wie kann das sein?« fragte er sich laut. »Wie kann der Eremit von Rosamund gewußt haben?« Er blickte auf. Der Himmel war dunkel, weder Mond noch Sterne waren zu sehen. »Wie kann das sein?« murmelte er erneut. »Als diese Zeichen in die Wand gemeißelt wurden, war ich noch ein Kind!« Er warf mehr Holz ins Feuer und sah zu, wie die hoch aufflackernden Flammen es gierig verzehrten.

»Matthias, bist du das?«

Er sprang erschrocken auf. Die Stimme kam vom anderen Ende der Kirche her, als stünde der Sprecher unschlüssig auf der Schwelle. Matthias nahm einen brennenden Ast vom Feuer und ging dorthin.

»Matthias, bist du das? Warum quälst du mich so?«

Er blieb stehen und leuchtete mit seinem Ast soviel von seiner Umgebung ab, wie er konnte.

»Matthias!«

Die Stimme klang immer drängender. Es handelte sich unzweifelhaft um eine Frau. Matthias' Mund wurde trocken. Das leichte Stottern vor dem Buchstaben M verriet ihm alles, was er wissen mußte.

»Amasia!« rief er erstaunt.

»Kümmere dich nicht um sie.« Direkt hinter ihm ertönte eine zweite Stimme.

Matthias wirbelte herum, hielt die Fackel hoch und erhaschte einen flüchtigen Blick auf das grinsende Gesicht von Santerre. Matthias ging zum Feuer zurück, legte mehr Holz auf und saß eine Weile mit gegen die Ohren gepreßten Händen da. Er mußte ungefähr eine Stunde so verbracht haben, während Stimmen aus seiner Vergangenheit, die Stimmen derer, die in das tödliche Spiel seines Lebens verstrickt gewesen waren, immer wieder seinen Namen durch die Dunkelheit riefen.

ZEHNTES KAPITEL

Gegen Mitternacht verstummten die Stimmen. Matthias schlief friedlich bis zum nächsten Morgen, und als er erwachte, lag dichter Nebel über der Kirchenruine. Er schürte das Feuer, verzehrte die kargen Reste seiner Abendmahlzeit und kopierte dann die restlichen Runen von der Wand. Nachdem er seine Arbeit beendet hatte, sattelte er sein Pferd und ritt zum Herrenhaus zurück, um sich mit frischen Vorräten zu versorgen. Der Diener, der ihm am Tag zuvor die Tür geöffnet hatte, wickelte großzügig bemessene Portionen in Leinentücher ein.

»Wir haben nur selten Gäste hier.« Seine wäßrigen Augen blinzelten. »Baron Sanguis weiß immer noch nicht, wer Ihr seid.«

»Wie soll es mit ihm weitergehen?« Matthias blickte sich in der schmutzigen, verwahrlosten Küche um.

»Ich bezweifle, daß der alte Baron den Winter überlebt. Und die königlichen Anwälte liegen schon auf der Lauer. Er wird in seinem Grab noch nicht kaltgeworden sein, wenn die Beamten des Schatzamtes kommen und all seinen Besitz für die Krone beschlagnahmen.«

Matthias dankte ihm und verließ das Gut. Er schlug den Pfad nach Sutton Courteny ein. Immer noch hing dichter Nebel über dem Land und dämpfte jegliches Geräusch. Bald befand er sich im Wald. Erinnerungen überfluteten ihn. Hier hatte er als Kind immer gespielt, ehe der Eremit aufgetaucht war, hier hatten ihn die Soldaten überfallen und der Eremit ihn befreit, und hier war er auch mit fast berstenden Lungen entlanggerannt, um den Eremiten von den bösen Absichten der Dorfbewohner in Kenntnis zu setzen.

Ehe er sich's versah, war er auch schon in Sutton Courteny angelangt. Der mächtige Galgen stand noch an seinem Platz. Ein Strick mit ausgefransten Rändern tanzte in der Morgenbrise. Matthias ritt weiter. Vor der Schenke ›Zum

Hungrigen Mann‹ zügelte er sein Pferd, stieg ab und spähte durch das klaffende Loch, dort, wo einst die massive Eingangstür gewesen war. Er konnte die Tränen nur mühsam unterdrücken. Zum letzten Mal war er in jener fürchterlichen Nacht hiergewesen, in der der Sturm losgebrochen war. Matthias nahm sein Pferd am Zügel und ging weiter, wobei er sich vorkam wie ein Geist, der durch eine Totenstadt wandert. Er konnte sich deutlich an das Dorf erinnern, wie es einst gewesen war, und nun sah er trotz des Nebels mit grausamer Klarheit, was daraus geworden war. Da stand das Haus des Hufschmieds, daneben seine inzwischen baufällige Schmiede. Dem prächtigen Wohnsitz des Büttels John fehlte das Dach, der Garten war verwildert. Nur das Klappern der Hufe und das Knarzen des Zaumzeugs durchbrachen die gespenstische Stille. Wenn das Pferd auf dem schlammigen Pflaster einmal ausglitt, hallte das Geräusch über die ganze Hauptstraße. Fast rechnete Matthias damit, jemand werde aus einem Haus kommen und ihn begrüßen. Doch wo er auch hinschaute, überall sah er Verwahrlosung und Verfall. Unkraut hatte sich auf der Straße ausgebreitet, und Matthias fragte sich, was wohl aus den wenigen Überlebenden geworden sein mochte.

Als er sich der Kirche näherte, verflog seine Wehmut und machte einem Anflug von Furcht Platz. Die Stille war geradezu bedrückend. Keine Tür knarrte, kein Vogel zwitscherte. Vor dem Friedhofstor blieb er stehen. Die Grabsteine und Kreuze lagen noch genauso wild verstreut da wie in der Nacht des Massakers. Die Kirche jedoch wirkte unangetastet, nicht einmal die Dachziegel waren gestohlen worden. Das hölzerne Portal hing immer noch ein wenig schief in den Angeln. Nichts hätte ihm deutlicher vor Augen führen können, daß die Menschen der Umgebung Sutton Courteny als Brutstätte des Bösen betrachteten und sich daher scheuten, die Gebäude zu plündern.

Matthias band sein Pferd an und ging auf sein Elternhaus zu. Alles war so, wie es sein sollte. Sicher, das Ölpapier vor den Fenstern war schon längst zerfallen, einige Dachziegel fehlten, der Garten war vollkommen verwildert, aber ihm war, als müsse sich der Nebel jeden Augenblick lichten, die Sonne hervorkommen, und dann würde er Christina in der Speisekammer antreffen oder seinen Vater dösend im Stuhl vor dem Feuer vorfinden.

Als er das Haus betrat, fand er es jedoch kahl und verlassen. Die Möbel waren fort, wahrscheinlich hatten Überlebende des Blutbades alles Brauchbare mitgenommen. Matthias hockte sich vor dem Kamin nieder und berührte mit dem Finger die kalte, feuchte Asche. Dies waren vermutlich die Überreste des letzten Feuers, welches sein Vater entfacht hatte. Er blickte zu der Nische hinüber, in der der Totenschädel gelegen hatte. Nur noch Knochensplitter waren übriggeblieben. Es sah aus, als hätte jemand einen Knüppel genommen und den Schädel mit aller Gewalt zerschmettert. Vorsichtig stieg er die Treppe empor. Auch im oberen Stock waren die Kammern vollkommen leer. In seiner kleinen Stube hatte jemand Feuer gelegt, die Wände waren schwarz verrußt; auch die Schlafkammer seiner Eltern war ausgeräumt worden. An der Wand prangte ein rotes Kreuz, daneben waren die Worte ›Jesus misere‹ gemalt worden. Matthias spürte förmlich den Gefühlsaufruhr, in dem sich der unbekannte Schreiber befunden haben mußte. War es das Werk seines Vaters, oder hatte einer der Überlebenden das Haus betreten, sich genommen, was er wollte, und dann dieses Mahnzeichen hinterlassen, um alle Welt daran zu erinnern, daß Gott sich von diesem Ort abgewandt hatte?

Am liebsten hätte Matthias ob seines zerstörten Lebens laut geschrien, aber er beherrschte sich. Er ging wieder hinunter und setzte sich mit dem Rücken zur Wand auf den Boden. Wenn er doch nur die Zeit zurückdrehen könnte! Die Worte des Hospitaliters fielen ihm ein, und er versuchte, sich auf die Frage zu konzentrieren, wo sein Vater sein Stundenbuch, sein Brevier oder vielleicht einen Brief versteckt haben könnte, der Licht in das Dunkel der Tragödie brachte, die sich in den letzten Stunden seiner Kindheit hier zugetragen hatte. Matthias schloß die Augen. Wo würde sein Vater derartige Dokumente verbergen? An jenem furchtbaren Allerheiligenfest war er in die Kirche gegangen, um die Gemeindemitglieder zu trösten, die dort Zuflucht gesucht hatten. Matthias strengte sein Gedächtnis an. Er konnte sich nicht daran erinnern, daß sein Vater etwas in der Hand gehalten hatte. Er sah nur Pfarrer Osberts Gesicht mit den gütigen Augen vor sich.

Matthias ging auf den alten Friedhof hinaus, sah kurz nach seinem Pferd, das er dort zurückgelassen hatte, und lief dann zum Totenhaus hinüber. Es war mit Flechten und Moosen überwuchert. Matthias spähte durch das kleine Fenster und hätte beinahe vor Schreck aufgeschrien – dort drinnen im Dunkeln stand der Prediger und blickte ihn haßerfüllt an. Er trug dieselben Lumpen, in denen man ihn gehängt hatte. Matthias wich zurück. Als er wieder hinschaute, war die Erscheinung verschwunden. Achselzuckend ging er quer über den Friedhof auf die Kirche zu.

»Matthias! Matthias!« zischte eine Stimme ihm zu.

Matthias blieb stehen. Der Prediger stand jetzt unter den überhängenden Ästen einer Eibe. Er war von Kopf bis Fuß in Schwarz gekleidet, sein Gesicht schimmerte fahlweiß, die Augen glichen dunklen Seen voll von abgrundtiefem Haß. Das Trugbild fletschte wie ein zum Angriff bereiter Hund die Zähne und stieß zischend den Atem aus. Matthias blieb wie angewurzelt stehen. Seine Hand fuhr an seinen Dolch. Er konnte den Blick nicht von der Gestalt abwenden. Aus den Augenwinkeln heraus sah er weitere graue Schatten überall auf dem Friedhof auftauchen. Obgleich er mittlerweile mit solchen Phänomenen wohlvertraut war, konnte Matthias seiner aufkeimenden Furcht kaum Herr werden. Erschauernd schloß er die Augen. Als er sie wieder aufschlug, waberten nur noch feine Nebelschwaden über die Grabstätten. Irgendwo in einem Baum begann ein Vogel zu zwitschern. Matthias lief zur Kirchentür. Sie klemmte, er stieß sie gewaltsam auf, schlüpfte in die Kirche und zog die Tür hinter sich zu.

Mühsam nach Atem ringend ging er durch das Kirchenschiff. Es war finster wie in einem Grab, nur durch die schmutzigen kleinen Fenster drang ein wenig trübes Licht herein. Matthias blieb stehen und lehnte sich gegen eine Säule. Die Kirche hatte sich sehr verändert. Jemand hatte den Lettner in Brand gesetzt. Der Altar war verschwunden, die Kanzel umgestürzt worden. In einem Querschiff lagen aufeinandergestapelte Holzscheite. Anscheinend hatte irgend jemand zu einer Axt gegriffen und die Bänke in Stücke gehauen. Keine Statue stand mehr da, kein Kreuz hing mehr an der Wand. Die Kirche sah aus wie eine alte, brachliegende Scheune, die sowohl von Gott als auch von den Menschen aufgegeben worden war.

Matthias sammelte einige Holzscheite, brachte sie in den Altarraum und machte dort ein Feuer. Eine Weile wärmte er sich daran auf, dann nahm er ein brennendes Scheit und schritt noch einmal das Hauptschiff ab. Sorgfältig untersuchte er Boden und Pfeiler. Überall fanden sich Kratzer und andere Beschädigungen; Wände und der Boden wiesen überdies zahlreiche dunkle Flecken auf. Matthias hielt sie für Blutspuren, grausige Zeugen des damaligen Massakers. Er stampfte mit den Füßen auf und rieb sich die klammen Hände. In der Kirche war es viel kälter, als er zunächst angenommen hatte. Er ging zum Feuer zurück, wo ihm einfiel, daß er seine Satteltaschen im Haus vergessen hatte, also lief er los, um sie zu holen. Diesmal überquerte er den Friedhof im Laufschritt, entdeckte die Taschen auf der Schwelle des Priesterhauses, packte sie und rannte zurück.

In der Kirche konnte er nichts Außergewöhnliches entdecken, nur einige der dunklen Flecken schimmerten nun feucht, was zuvor nicht der Fall gewesen war. Matthias starrte auf die Blutrinnsale, die über den gemauerten Boden des Hauptschiffes rieselten, und begriff, daß es ihm nicht vergönnt sein würde, diesen von Geistern heimgesuchten Ort völlig ungeschoren zu verlassen. Langsam ging er zum Altarraum zurück, fest entschlossen, zumindest nicht mit leeren Händen von hier fortzugehen. Er aß ein paar Bissen und trank einen Schluck Wein. Dann versetzte er sich im Geist wieder in seine Kindheit zurück, sah seinen Vater vor sich, wie er hier in dieser Kirche die Messe zelebrierte.

»Doch«, sagte er laut in die Dunkelheit hinein, »es gab einen Platz, wo er bestimmte Dinge versteckte. Die kleine silberne Pyxis zum Beispiel, die er immer benutzte, wenn er Kranken die Letzte Ölung verabreichte. Er bewahrte auch Öle und Salben darin auf, die er für Taufen und Trauungen benötigte.« Er trank noch einmal aus seinem Weinschlauch. »Das ist es. Vater hat sich immer darüber beklagt, daß Diebe so häufig in Kirchen einbrechen und solche wertvolle Gegenstände stehlen.«

Christina hatte ihn dann stets ausgelacht und gefragt, warum er die Pyxis dann nicht lieber im Haus in Sicherheit bringe. Pfarrer Osbert hatte nur den Kopf geschüttelt und darauf bestanden, daß diese heiligen Dinge auch an einem heiligen Ort aufbewahrt werden müßten. Matthias erhob sich. Langsam schlenderte er im Altarraum umher, untersuchte schließlich das in die Wand eingelassene kleine Lavarium, in dem sich sein Vater während der Messe die Hände zu benetzen pflegte, ehe er das heilige Sakrament berührte. Nichts. Dann tastete er in der Hoffnung, einen losen Ziegel zu finden, die ganze Wand ab, ehe er niederkniete und die Augen schloß.

»Bitte!« betete er. »Gib mir ein Zeichen!«

Das Tageslicht wurde schwächer, die Kirche immer dunkler. Matthias' Verzweiflung wuchs. Er kroch auf allen vieren über den Boden und versuchte, die Steinplatten zu lockern, aber nicht eine gab nach. Ihm fiel ein, daß sein Vater einmal gesagt hatte, es gäbe keine Krypta unterhalb der Kirche. Seine Hände und Knie begannen zu schmerzen, seine Augen brannten. Er ging zum Feuer zurück und biß in den Käse, den er dem alten Gutsverwalter abgekauft hatte, stellte aber fest, daß ihm der Appetit vergangen war. Flüchtig durchzuckte ihn der Gedanke, ob er sich mit dieser Suche wohl selbst in Gefahr brachte. Er betrachtete den Fußboden, wobei er sich bemühte, die glänzenden Blutlachen zu ignorieren. Wo sonst könnte sein Vater etwas versteckt haben? Mit einem brennenden Scheit als Fackel schritt er durch das Hauptschiff und öffnete die Tür zum kleinen Glockenturm. Die Stufen waren feucht und mit Schimmel bedeckt. Irgendwo mußte ein Riß in der Mauer sein, durch den über die Jahre hinweg immer wieder Regen und Schnee eingedrungen waren.

Matthias stieg vorsichtig die Treppe empor und erreichte die kleine Empore, auf der sein Vater immer gestanden hatte, um die Gemeinde zur Messe zu rufen. Das Glockenseil war längst verrottet. Matthias hob seine provisorische Fackel und musterte die hölzernen Haken, um die das Seil früher geschlungen worden war. Versuchsweise zerrte er daran, doch sie bewegten sich nicht.

Resigniert gab er auf und wollte gerade die Stufen wieder hintersteigen, als sein Blick auf ein unten in die Wand eingebautes Gitter fiel. Matthias bückte sich und löste es mit Hilfe seines Dolches aus dem Mauerwerk. Er hielt die Fackel so, daß sie ihm ein wenig Licht spendete, schob die Hand in die Öffnung und tastete darin herum. Was von außen wie ein ganz gewöhnliches Abflußloch ausgesehen hatte, erwies sich bei genauerer Untersuchung als recht großer Hohlraum. Matthias keuchte, als seine Finger auf etwas Hartes trafen. Er zog die jetzt schmutzüberkrustete silberne Pyxis hervor, danach zwei Phiolen, die geweihtes Salböl enthielten. Wieder schob er die Hand in die Höhlung, und wieder ertastete er etwas Hartes. Er beförderte es ans Licht und sah, daß er einen vor Schmutz starrenden Lederbeutel mit ausgefranster Kordel in den Händen hielt. Rasch schnitt er ihn auf – und hielt seines Vaters Stundenbuch in den zitternden Fingern. Matthias packte seinen Dolch und rannte, alles andere zurücklassend, die Stufen zum Kirchenschiff hinunter. Er fachte das Feuer kräftig an, kauerte sich daneben nieder und begann, die Seiten umzublättern.

Das Buch bestand aus zusammengenähten steifen Pergamentbögen, die von zwei dünnen, mit Leder überzogenen Holzdeckeln gehalten wurden. Es enthielt Psalmen und Texte aus der Heiligen Schrift. Auf einigen Seiten waren die sorgsam gemalten Buchstaben verblaßt und die kleinen bunten Miniaturen kaum noch zu erkennen. In viele Zwischenräume hatte Pfarrer Osbert mit gestochener Handschrift eigene Anmerkungen geschrieben, und auch die leeren Seiten am Ende des Buches waren mit Notizen übersät. Matthias überflog sie kurz; bemüht, die aufkeimenden Erinnerungen zu unterdrücken, die sich wie von selbst einstellten. Ganz am Ende fand er schließlich den Eintrag, den er suchte; er trug das Datum des Tages der Kreuzeserhöhung, den 14. September 1471. Zunächst dachte Matthias, sein Vater habe einfach nur das ›Confiteor‹ kopiert, das jeder Priester vor Beginn der Messe rezitierte. Die Worte waren hastig und ohne Sorgfalt hingeworfen worden. Dann hielt Matthias das Buch ins Licht und begann zu lesen:

> Ich, Osbert, Gemeindepfarrer von Sutton Courteny, gestehe vor Gott dem Allmächtigen, der Heiligen Jungfrau Maria, vor allen Engeln und Heiligen und vor euch, meine Brüder und Schwestern, daß ich in Worten, Gedanken und Taten gesündigt habe. Ich habe gegen die Gebote Gottes und der Kirche verstoßen, indem ich einer Frau beiwohnte. Ich habe geschworen, ein Leben in Keuschheit zu führen, und ich habe diesen Schwur gebrochen. Aber Gott hat mich für meine Vergehen bestraft. Mein Weib Christina ist tot. Der Junge, den sie gebar, ist nicht von meinem Fleisch und Blut. Sie selbst beichtete mir, bei dem Mann gelegen zu haben, an dessen Tod ich die Mitschuld trage: dem Eremiten von Tenebral. Dennoch betrachte ich seine Hinrichtung als gerechte Strafe; nicht nur für seine schrecklichen Sünden, sondern dafür, daß er sie dazu verleitete, mir untreu zu werden.

Hier wurde die Schrift unleserlich. Matthias klappte das Buch zu und krampfte die Finger darum. Er konnte nicht mehr klar denken, sah nur noch seinen Vater vor sich, wie er ihn anschrie, ihn verwünschte, ihn zurückstieß. Nun verstand er auch Christinas seltsames Benehmen, ihre plötzliche Krankheit an dem Tag, an dem der Eremit hingerichtet worden war. Ein unkontrolliertes Zittern überfiel ihn. Von draußen drangen Geräusche an sein Ohr. Reiter näherten sich der Kirche, doch er blieb unbeweglich am Feuer sitzen, die Arme um den Körper geschlungen.

»Fitzosbert! Matthias Fitzosbert!«
Er reagierte nicht.
Wieder: »Matthias! Matthias Fitzosbert!« Die Stimme klang barsch.
Matthias blickte zum Fenster hoch. Die Dunkelheit war hereingebrochen. Die Reiter waren jetzt fast bei der Kirche angelangt. Ein Pferd wieherte, dann ertönten Rufe und das Geklirr von Schwertern. Jemand hämmerte an das Hauptportal, aber Matthias achtete nicht darauf. Wieder erklangen Schreie, jetzt deutlich von Furcht erfüllt, die Pferde wieherten entsetzt auf, dann herrschte Stille. Matthias rührte sich nicht. Ihn kümmerte nicht, was draußen vor sich ging. Als die grauen Schatten, die er schon auf dem Friedhof gesehen hatte, sich in den hinteren Teil der Kirche drängten und auf ihn zuglitten, schaute er ihnen nur trotzig entgegen. Das Feuer erstarb, und in der Kirche wurde es eisig kalt. Die verlorenen, erdgebundenen Seelen der toten Dorfbewohner, deren Gesichter so grau wirkten wie die Leichentücher, in die sie gehüllt waren, materialisierten sich und verschwanden wieder wie Nebelschwaden. Matthias verspürte keinerlei Angst. Warum auch? Sein Vater hatte in seinem Geständnis durchklingen lassen, wo der Grund für Christinas Zusammenbruch und seinen eigenen ohnmächtigen Zorn lag. Christina war von dem Eremiten verführt worden, und sowohl sie als auch Osbert glaubten, er, Matthias, sei die Frucht dieser ehebrecherischen Liaison.

»Was bin ich?« rief Matthias in die Dunkelheit hinein. »Mensch oder Dämon?«

Hatte er deshalb das Zweite Gesicht? Brachte er deshalb nur Kummer und Leid über alle, die in sein Leben traten? Seinetwegen waren seine Eltern gestorben, seinetwegen war das ganze Dorf ausgelöscht worden. Santerre, Amasia – eine ganze Kompanie von Toten pflasterte seinen Weg. Draußen erklang ein monotoner Gesang. Ein gespenstischer Chor hatte sich in der Dunkelheit versammelt. Matthias erkannte die Worte des ›Dies Irae‹: »Tag des Zornes, Tag der Trauer. Des Propheten Warnung erfüllt sich; Himmel und Erde zerfallen zu Asche.« Dann ertönte überall an Wänden und Türen ein geisterhaftes Klopfen, und hohle Stimmen riefen seinen Namen. Matthias trank in großen Schlucken von seinem Wein. Eine Strophe des 91. Psalm hatte sich in sein erschöpftes Hirn gebrannt:

> Daß du nicht erschrecken mußt vor dem Grauen der
> Nacht,
> vor den Pfeilen, die des Tages fliegen,
> vor der Pest, die im Finstern schleicht,
> vor der Seuche, die am Mittag Verderben bringt.

Matthias rappelte sich hoch und stand trunken schwankend da.

»Ich fürchte sie nicht!« brüllte er. »Denn ich bin sie! Ich bin das Grauen der Nacht! Ich bin der Pfeil, der des Tages fliegt! Die Pest, die im Finstern schleicht! Die Seuche, die am Mittag Verderben bringt!«

Seine Worte hallten in der Kirche wider. Draußen kehrte Stille ein. Der Gesang verstummte, das unheimliche Klopfen ebbte ab. Im trüben Licht des glimmenden Feuers sah Matthias, daß die Blutlachen langsam trockneten.

»Mehr kann ich nicht tun«, murmelte er.

Dann rollte er sich wie ein Kind auf dem Boden zusammen und fiel in einen trunkenen Schlaf.

Steif und durchgefroren erwachte er am nächsten Morgen. Seine Glieder schmerzten, in seinem Kopf hämmerte es, und sein Mund war strohtrocken. Er taumelte zum Fenster und spähte hinaus. Der Nebel hatte sich verzogen, und das reifüberzogene Gras glitzerte in der schwachen Novembersonne. Matthias ging zur Tür und öffnete sie. Ein Leichnam lag zu seinen Füßen: Der Mann war mit dem Kopf gegen die eisernen Beschläge der Tür geschmettert worden. Matthias tastete nach seinem Hals, spürte aber keinen Puls mehr. Er drehte den Toten um und sah blicklose Augen, eine gräßliche Wunde an der Schläfe und große Blutlachen vor der Tür und auf der Treppe.

»Einer von Emloes Männern«, brummte Matthias halblaut.

Beinahe hätte er schallend aufgelacht. Emloes Leute mußten ihm bis hierher gefolgt sein. Sicher hatte der ehemalige Priester vorhergesehen, daß Matthias nach Sutton Courteny zurückkehren würde. Matthias stolperte über den Friedhof. Ein weiterer Leichnam hing wie eine zerbrochene Puppe über einem Grabstein. Der Kopf war so unnatürlich verdreht wie der eines Gehenkten. Es sah aus, als habe sich jemand hinter ihn geschlichen und ihm das Genick gebrochen. Am Friedhofstor lag eine dritte Leiche, zu einem blutigen Haufen zertreten. Matthias wußte nicht, wie die beiden anderen zu Tode gekommen waren, aber dieser dritte war sicherlich angewiesen worden, bei den Pferden zu bleiben. Irgend etwas hatte die Tiere in helle Panik versetzt, woraufhin sie nach allen Seiten ausgekeilt und den Mann schließlich unter ihren Hufen zermalmt hatten. Jetzt herrschte wieder Frieden. Kein Laut zerriß die Stille. Von den Pferden konnte Matthias keine Spur entdecken.

Er kehrte zu seinem Elternhaus zurück. Sein eigenes Reittier stand wohlbehalten in dem verfallenen Stall, wo er es am Abend zuvor untergestellt hatte. Matthias streichelte ihm über die Nüstern, löste den Strick und führte es auf die Straße hinaus.

»Lauf«, sagte er, ihm einen Schlag auf die Kruppe versetzend. »Lauf zu, ich brauche dich nicht mehr.«

Das verwirrte Pferd blieb unschlüssig stehen. Matthias zog seinen Dolch und ritzte ihm leicht das Fell.

»Nun lauf schon!« brüllte er. »Lauf!«

Das Pferd setzte sich erschrocken in Bewegung, galoppierte ein Stück die Straße entlang und blieb von neuem stehen. Matthias, der inzwischen einen Entschluß gefaßt hatte, begab sich in den kleinen Kräutergarten. Eine Weile blickte er sich nur um und versuchte, wieder einen klaren Kopf zu bekommen. Hier hatte Christina ihre Kräuter gezogen: Kamille, Fieberklee, Schwarzwurz, Hundszunge, Sauerampfer, Basilikum und Thymian. Der Garten war von Unkraut überwuchert, aber in der hintersten Ecke fand Matthias, was er suchte. Seine Mutter hatte ihn immer vor der Tollkirsche gewarnt, jenem großen, grünen, winterharten Gewächs mit den glockenförmigen Blüten. Christina und andere Dorfbewohner hatten Extrakte dieser Pflanze in sehr kleinen Dosen benutzt, um Magenbeschwerden zu lindern, aber in größerer Menge eingenommen führte sie unweigerlich zum Tod. Matthias schnitt ein paar Stengel ab, nahm sie mit in die Kirche und zerquetschte sie gründlich. Dann goß er den Rest des Weines in den Metallbecher, den er stets bei sich führte, gab das Gift hinzu und rührte mit dem Finger um. Er konnte kaum noch denken. Die Situation erschien ihm so unwirklich, als hätte er sich von seinem Körper gelöst und würde sich selbst bei seinem Tun beobachten. Er wollte nicht mehr weiterleben. Wie sollte er auch? Wie konnte er je akzeptieren, daß er die Schuld an so viel Leid und Entsetzen trug; daß er so viele Menschenleben auf dem Gewissen hatte? Er blickte sich in der Kirche um und dachte an das Blutbad unter den Dorfbewohnern.

»Wenn sie hier wären, würden sie für meinen Tod stimmen«, flüsterte er.

Vor seinem geistigen Auge sah er die gütigen Gesichter Vater Huberts und Vater Anthonys, dann Rosamund, wie sie ihm Essen zum Torhaus brachte. Nur Sekunden später hatte der tödliche Pfeil sie getroffen.

»Auch daran trage ich die Schuld«, stöhnte er, hob den Becher zu einem stillen Trinkspruch und nippte daran. Ein beißender Geschmack breitete sich in seinem Mund aus. »Nicht hier!« keuchte er. »Ich werde dorthin gehen, wo alle Verbrecher enden!«

Er taumelte aus der Kirche und schleppte sich, den Becher fest umklammernd, über die Straße in Richtung des mächtigen Galgens. Ab und an blieb er vor einem verlassenen Haus stehen.

»Keine Angst«, brüllte er. »Das Urteil ist gefällt worden und wird sogleich vollstreckt. Bald bin ich bei euch!«

Er erreichte den Galgen, setzte sich zu seinem Fuße nieder und blickte über die Straße. Dort stand sein Pferd und sah ihn fragend an. Er schaute in die andere Richtung, zu dem Pfad, der nach Tenebral führte. In der Ferne tauchten Reiter auf.

»Wenn das Emloes Leute sind«, sagte er leise zu sich selbst, »dann mögen sie mit meinem Kadaver verfahren, wie ihnen beliebt.«

Er hob den Becher und trank ihn in einem Zug aus. Als er die Augen schloß, hörte er Hufgetrappel. Jemand rief seinen Namen. Rasch schüttete er die letzten Tropfen in den Mund. Die ersten Magenkrämpfe stellten sich gerade ein, da wurde er plötzlich unsanft hochgezerrt. Er schlug die Augen auf und blickte in das schöne Gesicht von Morgana. Ihr rotes Haar hatte sie unter einer pelzverbrämten Kapuze versteckt.

»Mach den Mund auf!« Ihre Augen funkelten hart wie Glas. »Mach den Mund auf, du Schafskopf!«

Jemand legte ihm von hinten den Arm um den Hals und drückte zu. Matthias rang nach Atem. Morgana schob ihm etwas in den Mund, das sich wie eine Feder anfühlte, und kratzte damit in seinem Rachen herum. Matthias' Brust und Magen brannten wie Feuer, als er begann, sich heftig zu übergeben. Er riß sich los und kroch auf allen vieren wie ein Hund über den Boden, während die Krämpfe ihn schüttelten. Wieder wurde er hochgezerrt, wieder kitzelte die Feder seinen Rachenraum. Der Schmerz in Brust und Magen wurde nahezu unerträglich. Jemand zwang ihn, die Lippen zu öffnen und eine süße, klebrige Flüssigkeit zu trinken. Damit er auch wirklich schluckte, wurde sein Kopf nach hinten gezogen. Wieder mußte er würgen, wieder wurde ihm der Becher an den Mund gehalten, und gerade als er dachte, es nicht länger ertragen zu können, glitt er in eine gnädige Bewußtlosigkeit hinüber.

Manchmal erwachte er kurz. Er hing auf seinem Pferd. Morgana ritt vor ihm, jemand anderer direkt an seiner Seite. Matthias' Glieder fühlten sich bleischwer an. Seine Kehle war ausgedörrt, und er wurde von einem furchtbaren Durst gepeinigt. Schon bald verlor er erneut das Bewußtsein.

Als er das nächstemal erwachte, befand er sich in einem Raum. Er lag unter sauberen weißen Laken, zu seinen Füßen wärmten vorgeheizte Steine das Bett, und als er die Hände bewegte, stellte er fest, daß er Handschuhe trug. Sein Körper war schweißüberströmt.

»Trink einen Schluck hiervon.« Morgana hob seinen Kopf und ließ ihn an einem Becher mit köstlich klarem Wasser nippen.

Wieder fiel er in einen unruhigen Schlaf, aus dem er ständig mit wild klopfendem Herzen hochschreckte. Eine hochgewachsene Frau mit ernstem Gesicht, cremiger Haut, großen, seelenvollen Augen, vollen roten Lippen und rabenschwarzem Haar saß neben ihm und fütterte ihn wie einen Säugling mit Haferschleim, Suppe und zu Brei zerstoßenem Fleisch; dazu flößte sie ihm mit Wasser versetzten Wein ein.

Als Matthias das Bewußtsein vollständig wiedererlangte, war es dunkel. Er blickte sich um. Die Kammer war sauber und gemütlich. Er lag in einem großen Himmelbett. Zu beiden Seiten davon standen Tische, und mehrere Truhen und Kisten waren im Raum verteilt. Dicke wollene Vorhänge vor den Fenstern ließen kaum einen Lichtstrahl herein. An einer Wand hing ein prachtvoller Gobelin, der Adam und Eva im Garten Eden zeigte. Matthias richtete sich auf. Er fühlte sich entsetzlich schwach und begann sofort zu frösteln. Irgendwo bellte ein Hund, dann hörte er Schritte auf der Treppe, die Tür ging auf, und die große schwarzhaarige Frau betrat den Raum. Sie trug ein dunkelrotes Gewand, und um ihre Schultern lag ein leuchtendblauer Umhang. Ihr Gesicht war von der Kälte gerötet, aber sie lächelte und klatschte vor Freude in die Hände.

»Endlich seid Ihr wach, Matthias!«

»Wie lange bin ich schon hier?«

»Wißt Ihr das nicht mehr?« Die Frau trat zu ihm, ließ sich auf der Bettkante nieder und nahm seine Hand. Matthias begriff, daß sie ihn nicht nur trösten wollte, sondern zugleich prüfte, ob er noch Fieber hatte. »Ende November wurdet Ihr hierhergebracht. Inzwischen hat ein neues Jahr begonnen.«

Matthias schnappte ungläubig nach Luft.

»Heute schreiben wir den 12. Januar 1490«, lachte sie. »Und Ihr, Matthias, seid sehr krank gewesen.« Sie beugte sich vor und tippte ihm gegen die Schläfe. »Sowohl am Körper als auch an der Seele.«

»Wo ist Morgana?«

»Fort.«

»Wer ist sie?«

»Nun, sie ist eine Dienerin des Meisters, genau wie ich auch.«

»Und wer ist dieser Meister?«

»Aber Matthias.« Sie schenkte ihm ein wissendes Lächeln. »Der Seigneur ist der Eine, den wir verehren.«

»Seid Ihr eine Hexe?«

»Ja. Wäret Ihr ein Vertreter der Geistlichkeit, dann würdet Ihr mich als Hexe bezeichnen. Ich bin aber auch eine Heilerin – und außerdem eine sehr gute Köchin, wie Ihr bald feststellen werdet.«

»Habe ich wirklich zwei volle Monate geschlafen?« fragte Matthias ungläubig.

»Was habt Ihr denn erwartet?« gab sie zurück. »Die Tollkirsche gehört zu den giftigsten Pflanzen überhaupt. Habt Ihr geträumt?«

Matthias schüttelte den Kopf. »Ich weiß nicht«, murmelte er. »Ich kann mich jedenfalls an keinen Traum erinnern.«

»Gut«, meinte sie und drückte seine Hand ein wenig fester. »Matthias, das Gift der Tollkirsche wirkt tödlich, und der Körper braucht lange, um sich davon zu erholen. Ihr littet allerdings noch an einem anderen Fieber. Irgend etwas in Euch ist zerrissen. Wenn ich Euch nicht mittels bestimmter Tränke in Schlaf versetzt hätte, dann hättet Ihr vielleicht den Verstand verloren.« Sie erhob sich. »Und nun, da Ihr wach seid, werde ich Euch wieder zu Kräften bringen.«

»Wie lautet Euer Name?« fragte Matthias.

Sie beugte sich über ihn und küßte ihn leicht auf die Braue.

»Ich habe viele Namen«, flüsterte sie. »Aber Ihr könnt mich Eleanor nennen. Hier gibt es nur mich und meine Magd Godwina. Ihr befindet Euch auf einem kleinen Gehöft unweit der Straße von Tewkesbury nach London.« Sie trat einen Schritt zurück. »Meine Befehle sind unmißverständlich. Ihr dürft diesen Ort erst verlassen, wenn Ihr wieder vollkommen gesund seid. Dann aber steht es Euch frei, zu gehen, wohin Ihr beliebt.«

»Habt Ihr den Meister schon einmal getroffen?«

Sie zuckte die Schultern. »Wie Ihr, Matthias, kommt und geht er, wie er will. Welche Gestalt er annimmt, bleibt allein ihm überlassen.«

Matthias verbrachte drei Monate auf dem Hof und kam jeden Tag mehr zu Kräften. Schließlich war er imstande, ins Freie zu gehen und die warme Frühlingssonne zu genießen. Sein Pferd stand im Stall und wurde offenbar gut versorgt, seine Satteltaschen enthielten noch all seine Habseligkeiten, auch die Abschrift der Runen, die er in der Kirche von Tenebral angefertigt hatte. Matthias erkannte, daß der Anfall geistiger Umnachtung verflogen war. Während seines Aufenthaltes bei Eleanor lernte er, die Tragödie zu akzeptieren, die zum Tod seiner Eltern geführt hatte, und er hatte auch begriffen, daß er keine Schuld daran trug. Der Gedanke an die Bemühungen seines Vaters, in jener furchtbaren Nacht eine Versöhnung mit seinem Sohn herbeizuführen, gab ihm zusätzlich Kraft.

War er allein, wurde er weder von Träumen noch von Trugbildern oder Visionen geplagt. Eleanor versuchte mehrfach, ihn zu verführen, schickte sogar einmal die junge, vollbusige Godwina zu ihm, aber Matthias wies beide Frauen zurück. Er mußte ständig an Rosamund denken und konnte sich nicht vorstellen, sich in der Liebe zu einer anderen Frau zu verlieren.

Zugleich plagten ihn auch Ängste, die er niemandem anzuvertrauen wagte. Wenn er, Matthias, der Sohn des Rosendämons war, die Frucht der Vereinigung zwischen seiner Mutter und einem Inkubus, wie war es dann um seinen eigenen Samen bestellt? Er fragte sich, ob Eleanor wohl sein Geheimnis kannte. Preßte sie deshalb ihren warmen, kräftigen Körper gegen den seinen, schlang ihm die Arme um den Hals und suchte seine Lippen? Sie nahm ihm die Zurückweisung nicht übel, aber zwischen ihnen tat sich mit der Zeit eine wachsende Kluft auf.

Als Matthias kurz nach Ostern beschloß, seinen Weg fortzusetzen, machte sie keine Anstalten, ihn festzuhalten. Matthias brannte darauf, nach London zurückzukehren, allerdings verschwieg er Eleanor den wahren Grund. Er wollte unbedingt noch einmal mit dem Großmeister des Hospialiterordens sprechen.

VIERTER TEIL

1490–1492

Bedenke, daß eine Rose in voller Blüte bereits dem Tode
geweiht ist.
Altes spanisches Sprichwort

ERSTES KAPITEL

Der Chronist von St. Paul's in London schüttelte immer wieder den Kopf, während er die Ereignisse des Jahres 1490 festhielt. Wahrlich, Gott strafte die Bürger der Stadt hart für ihre Sünden. Das Schweißfieber suchte London heim und traf die Armen wie die Reichen, die Jungen wie die Alten, die Starken wie die Schwachen. Die Hospitäler der Stadt konnten die Masse der Kranken kaum mehr bewältigen. Pausenlos ratterten Totenkarren durch die Straßen. Das Alltagsleben kam fast völlig zum Erliegen; wer konnte, verließ die Stadt, und diejenigen, denen das nicht möglich war, verbarrikadierten sich in ihren Häusern. Bei Charterhouse und im Nordwesten Londons wurden große Massengräber ausgehoben. Straßen wurden gesperrt und von maskierten, von Kopf bis Fuß in weite Umhänge gehüllten Soldaten bewacht. Auf allen verfügbaren freien Flächen brannten riesige Feuer, weil die Ärzte glaubten, der Rauch würde die Stadt reinigen.

Matthias hörte von alldem, als er auf seinem Weg nach London Epping durchquerte. In dem kleinen Dörfchen Leighton legte er eine mehrtägige Rast ein, ehe er weiterritt. Er mietete sich in einem Gasthaus in Clerkenwell ein und wurde am nächsten Tag in der Priorei St. John of Jerusalem vorstellig. Sir Edmund gab sich ein wenig umgänglicher als bei ihrer letzten Unterredung. Er führte Matthias in seine Gemächer, wühlte in einer Truhe herum und förderte ein poliertes Metallstück zutage, das als Spiegel diente.

»Master Fitzosbert, es mag ungehörig sein, daß ich mich so in Eure Angelegenheiten mische, aber Ihr seht aus wie ein Mann, der dem Leibhaftigen begegnet ist.« Er drückte Matthias den Spiegel in die Hand.

Matthias hielt ihn hoch und musterte sein Spiegelbild. Seine Haut hatte sich die olivfarbene Tönung bewahrt, aber er entdeckte tiefe Falten um seine Mundwinkel herum, feine Linien verliefen unter seinen Augen, und obgleich er erst sechsundzwanzig Jahre zählte, wies sein Haar erste graue Strähnen auf. Lächelnd reichte er Sir Edmund den Spiegel zurück.

»Meine Reise führte mich nicht nur zu einem bestimmten Ort, Sir, sondern in die Vergangenheit zurück.«

»Eine erschütternde Erfahrung, gewiß.« Sir Edmund gebot ihm mit erhobener Hand Schweigen, als ein Diener den Raum betrat, um Brot und Wein zu servieren.

Sowie der Mann die Tür hinter sich geschlossen hatte, berichtete Matthias von seinem Besuch bei Baron Sanguis, dem Auftauchen von Emloes Leuten und ihrem ebenso rätselhaften wie grausamen Tod.

»Ich habe mir schon so etwas gedacht«, unterbrach Sir Edmund. »Unseren Laienbrüdern fiel auf, daß kurz nach Eurem Aufbruch die Priorei offenbar überwacht und die eine oder andere Frage gestellt wurde.« Er hob die Hände und spreizte die Finger. »Ehe ich es verhindern konnte, hatten einige Brüder bereits auf vermeintlich harmlose Fragen geantwortet.« Sir Edmund deutete mit dem Daumen auf das hinter ihm liegende Fenster. »Meiner Meinung nach lungern Emloes Leute – Bettler, Hausierer, fahrendes Gesindel – immer noch vor der Priorei herum, seid also vorsichtig.«

Matthias erzählte ihm, daß er eine Kammer in einer Schenke in Clerkenwell gemietet habe und die Stadt so schnell wie möglich wieder verlassen wolle. Er holte das Stundenbuch seines Vaters aus der Satteltasche, suchte die Seite, auf der Pfarrer Osbert sein dramatisches Geständnis niedergeschrieben hatte, und reichte es Sir Edmund. Der Hospitaliter las die Zeilen langsam. Er bemühte sich sichtlich, ein unbeteiligtes Gesicht zu wahren, doch Matthias spürte die unterschwellige Erregung, die den Großmeister bei dieser Lektüre überkam.

»Ihr sagtet«, tastete Matthias sich vorsichtig vor, »hier gäbe es jemanden, der mir vielleicht helfen könnte. Ihr habt versprochen ...«

Sir Edmund gab ihm das Stundenbuch zurück.

»Ich kann Euch leider nicht helfen.« Tiefe Trauer spiegelte sich in seinen Augen wider. »Ich kann für Euch beten,

Master Fitzosbert, aber ich kann Euch Euer Kreuz nicht abnehmen. Es stimmt, bei uns lebt eine Frau, eine fromme Klausnerin. Ihr Name ist Emma de St. Clair.« Er lächelte dünn. »Sie ist schon sehr alt. Die letzten fünfzig Jahre hat sie in einer Zelle hier in der Priorei verbracht. Sie betet, meditiert und büßt für ihre Sünden und die ihrer Mitmenschen. Sie ist es, mit der Ihr reden solltet.«

»Weiß sie über den Rosendämon Bescheid?« fragte Matthias.

Sir Edmund erhob sich. Obwohl der Tag warm und sonnig war, schloß er die Fensterläden und verdunkelte den Raum, der dadurch noch stickiger wirkte.

»Wartet hier«, befahl er.

Er verließ das Kabinett, zog die Tür hinter sich zu und blieb über eine Stunde lang weg. Matthias döste in seinem Stuhl vor sich hin, lauschte träge den Geräuschen der Priorei und überlegte, inwiefern ihm eine alte Klausnerin wohl helfen könne. Seine Lider wurden schwer.

Gerade als ihm der Kopf auf die Brust sank, spürte er, wie ihn jemand auf die Schläfe küßte. Einen Augenblick lang dachte er, es sei Christina. Er blickte auf. Das Gesicht der Frau, die sich über ihn beugte, verriet ihr Alter, aber ihre Augen funkelten jung und voller Leben. Emma de St. Clair hatte den Raum lautlos betreten, und Sir Edmund schloß soeben die Tür hinter ihr und verriegelte sie. Nun stand sie ruhig und gelassen mit gefalteten Händen vor ihm. Sie trug ein langes weißes Gewand, das ihr vom Kinn bis zu den mit Sandalen bekleideten Füßen reichte, dazu einen weißen Schleier. Eine grüne Kordel schlang sich um ihre Taille. In den Händen hielt sie einen Rosenkranz, dessen Perlen sie unaufhörlich durch die Finger gleiten ließ. Matthias fand keine Worte. Er schaute sie nur schweigend an.

»Seid Ihr so erschöpft, Matthias? Oder verschlägt Euch mein Alter die Sprache?«

»Madam ...« Matthias rutschte unbeholfen von seinem Stuhl herunter.

Als Zeichen des Respekts kniete er nieder und berührte ihren Handrücken mit den Lippen. Sie strich ihm über das

Haar und über die Wange. Ihre Hand fühlte sich kühl und sanft an.

»Es ist schon sehr lange her, seit zum letzten Mal ein Mann vor mir gekniet ist, Matthias Fitzosbert.« Sie kicherte so fröhlich wie ein junges Mädchen, legte eine Hand unter Matthias' Kinn und blickte lächelnd auf ihn hinab. »Ich weiß, was Ihr jetzt denkt, Matthias. Sir Edmund hat viel von Euch gesprochen, seit Ihr vor einiger Zeit hier wart. Er hat mir auch von Eurer Reise nach Sutton Courteny und dem, was Ihr dort herausgefunden habt, erzählt.« Ihr Gesicht wurde ernst. »Ihr seid ein guter Mensch, Matthias Fitzosbert, das sehe ich an Euren Augen. Ihr habt zwar viel Leid erfahren, aber Euer Herz ist rein und Eure Seele Gott zugewandt. Ihr kämpft, Ihr strauchelt, aber Ihr steht immer wieder auf.« Sie zwinkerte ihm schelmisch zu. »Und genau das solltet Ihr auch jetzt tun.«

Matthias tat, wie ihm geheißen. Er mochte diese alte Frau mit ihren jungen Augen und der sanften Stimme auf Anhieb, denn er fühlte, daß sie über große seelische Kraft verfügte; sofort war ihm klar, daß er in ihr einen Freund gefunden hatte. Auch wenn sie ihm nicht helfen konnte, so vermochte sie vielleicht doch, ihm zu erklären, welchen Sinn ein Leben in dieser kalten, grausamen Welt noch hatte. Sie setzte sich in Sir Edmunds Stuhl und sah ihn an. Dabei spielte sie mit einem kleinen Messer, das auf dem Tisch lag.

»Nun«, meinte sie, »Sir Edmund erzählte mir, Ihr wäret gerade erst aus Sutton Courteny zurückgekehrt.«

Matthias reichte ihr das Stundenbuch seines Vaters. Sie hielt es sich dicht an die Augen, las den bewußten Eintrag sorgfältig, klappte das Buch zu und gab es Matthias achselzuckend zurück.

»Ich werde Euch nicht auffordern, mir Eure Lebensgeschichte zu erzählen, Matthias. Gott weiß, daß Ihr das bestimmt schon unzählige Male getan habt, und obwohl es vielen Menschen hilft, sich solche Dinge von der Seele zu reden, bringt es uns doch nicht weiter. Also erlaubt mir, daß ich zur Abwechslung Euch eine Geschichte erzähle. Wenn sie zu Ende ist, werdet Ihr begreifen, warum ich mein Leben hier in der Abgeschiedenheit dieser Priorei beschließe und warum ein ganz bestimmtes Band zwischen uns beiden besteht.« Sie lehnte sich in ihrem Stuhl zurück und fixierte einen Punkt oberhalb von Matthias' Kopf. »Wie viele andere Frauen auch habe ich eine große Schwäche – die Eitelkeit«, bemerkte sie. »Das war schon immer so, und auch heute noch genieße ich es trotz meines hohen Alters, wenn man mir Komplimente macht.« Sie schloß die Augen, lächelte und schlug sie wieder auf. »Neunzig Jahre zähle ich jetzt, Matthias. Ich war fünfzehn, als Henry bei Agincourt die Franzosen besiegte. Kurz nach meinem dreißigsten Lebensjahr wurde die Jungfrau in Rouen verbrannt. Für Euch jedoch ist nur ein kurzer Teil meines Lebens von Bedeutung – die Zeit von Sommer bis Winter 1426.«

Sie holte tief Atem. »Mein Geburtsname lautet Emma de St. Clair. Mein Vater besaß Ländereien entlang der walisischen Marschen. Ich hatte noch zwei Brüder, William und Martin, ein Zwillingspaar. Sie wurden Hospitaliter, weil sie von dem Wunsch beseelt waren, die Feinde Gottes hier auf Erden zu bekämpfen. Meine Mutter starb, als ich noch klein war. Ich wurde geliebt, verwöhnt und angebetet, jeder Wunsch wurde mir von den Augen abgelesen. Ich sagte, ich wolle nur aus Liebe heiraten, und mein Vater beeilte sich, damit einverstanden zu sein. Als meine Brüder, die damals noch nicht in den Hospitaliterorden eingetreten waren, beschlossen, eine große Pilgerfahrt durch Rußland bis nach Konstantinopel zu unternehmen, da bettelte, weinte und flehte ich so lange, bis mein armer erschöpfter Vater einwilligte, sie zu begleiten und mich mitzunehmen.« Sie hielt inne und nestelte an ihrem Rosenkranz herum. »Es war eine herrliche Zeit, Matthias«, murmelte sie. »In Frankreich tobten Schlachten, also reisten wir durch Holland, Belgien und Luxemburg und überquerten dann den Rhein. Wir setzten über Flüsse, die so tief und wild waren wie das Meer, ritten durch nachtschwarze Wälder und zwischen Kornfeldern hindurch, die sich wie ein goldener Teppich über das Land erstreckten, so weit das Auge reichte. Wir besuchten Köln, Trier und all die großen Städte entlang der Donau. Häufig schlossen wir uns anderen Pilgern, Rittern oder Abenteurern an, die alle gleichfalls auf dem Weg zum Goldenen Horn und der mächtigen Stadt Konstantinopel waren.

Eines Tages stieß ein deutscher Ritter zu uns, Ernst von Herschel. Er war so schön wie ein Engel Gottes: groß, mit goldblondem Haar und einem schmalen, edlen Gesicht, ein exzellenter Reiter. Er machte mir den Hof, und ich ging darauf ein. Ich schwebte wie auf Wolken. Wir kamen nur langsam voran, übernachteten in Tavernen, Wirtshäusern und Klöstern, und wir genossen jeden Tag dieses goldenen Sommers – bis wir von den Todesfällen hörten. In jedem Dorf, jeder Stadt, wo wir haltmachten, starb jemand. Die Leichen von jungen Männern oder Frauen wurden stets draußen in den Feldern oder an sonst einem abgelegenen Ort gefunden. Sie wiesen immer tiefe Löcher am Hals auf, die wie Bißwunden aussahen, und hatten keinen Tropfen Blut mehr in den Adern; gerade so, als wären sie ausgesaugt worden wie ein Weinschlauch.« Sie verstummte, als Matthias scharf den Atem einsog. »Wir erfuhren von diesen Vorfällen erst, als Beamte uns aufhielten und befragten. Es bestand kein Zweifel daran, daß der Mörder zu unserer Gruppe gehörte – aber wer war es?« Sie schloß die Augen und wiegte sich leise vor und zurück.

»Schließlich erreichten wir Konstantinopel«, fuhr sie fort. »Der Kaiser empfing uns freundlich. Man wies uns ein Haus mit einem wunderschönen Garten in einem Vorort der Stadt zu. Auch die anderen Pilger wurden zuvorkommend behandelt. Nun, langer Worte kurzer Sinn – die kaiserlichen Spione verhafteten Ernst von Herschel als mutmaßlichen Urheber all dieser gräßlichen Morde.« Sie schüttelte den Kopf. »Mir sind nur wenige Einzelheiten bekannt. Er gab die Taten nie zu, sondern verkündete nur bis zu allerletzt, er könne nicht sterben. Wie dem auch sei, ihm wurde der Kopf abgeschlagen, auf eine Lanze gespießt und öffentlich zur Schau gestellt.

Für den Rest des Jahres blieb alles ruhig. Mein Vater und meine Brüder freundeten sich mit einer adeligen Familie an, den Alexiads, entfernten Verwandten des Kaisers. Ihre

Tochter Anastasia war eine der schönsten Frauen, die ich je gesehen habe. Trotz ihres bezaubernden Äußeren und ihrer exquisiten Manieren machte sie aber gerne Unfug, lachte viel und war stets bereit, das Leben von der lustigen Seite zu nehmen. Wir wurden enge Freundinnen, standen uns bald so nah wie Schwestern. Anastasia sprühte nur so vor Lebhaftigkeit; eine Eigenschaft, die ich bei keinem anderen Menschen je wiedergefunden habe.« Sie wischte sich ein paar Tränen von den Wangen. »Die unheimlichen Morde begannen von neuem. Diesmal waren die Opfer nur junge Männer. Die Beamten des Kaisers schnüffelten überall herum, und die Stadt wurde streng bewacht.«

»Hatte der Rosendämon nun von Anastasia Besitz ergriffen?« fragte Matthias.

»Leider ja. Ich konnte es nicht glauben. Auch als man sie festnahm und vor das Angesicht des Kaisers führte, hatte sie für ihre Häscher nur Hohn und Spott übrig. Die Todesstrafe wurde über sie verhängt, und man sperrte sie unter strengster Bewachung in eine Zelle. Die Alexiads baten um ihr Leben, und ich unterstützte sie dabei. Im Palast gab es einen wichtigen Offizier namens Johannes Nikephorus. Er hatte das Ohr des Kaisers und Macht über Leben und Tod. Ich ging zu ihm, um für meine Freundin zu bitten. Nikephorus war ein Lüstling – nur auf die Freuden des Fleisches aus.« Ihre Stimme zitterte. »Er sagte, er hätte noch nie mit einer fränkischen Frau geschlafen.« Sie hielt inne und wand sich die Perlenschnur um die Finger. »Möge Gott mir vergeben«, flüsterte sie, »aber ich legte mich zu ihm, um Anastasias Leben zu retten. Und ich erreichte einiges: Es würde keine öffentliche Hinrichtung, keine Demütigung für sie geben. Der kaiserliche Leibarzt wurde zu Rate gezogen. Er versetzte Anastasia in einen tiefen Schlaf. Ihr Körper wurde in einen Sarkophag gelegt und dieser versiegelt. Die Alexiads gaben ein Vermögen dafür aus, eine Kammer unterhalb des Blachernenpalastes eigens herrichten zu lassen.«

»Warum das?« unterbrach Matthias.

»Die Alexiads behaupteten, Anastasia würde vom Schlaf in den Tod hinübergleiten; ohne Schmerzen und ohne Blutvergießen. Sie wollten ihr jegliches Leid ersparen, sie war ja ihre geliebte Tochter, also wurden keine Kosten gescheut. Doch ein Priester namens Eutyches, ein heiliger Mann, lehnte ihr Vorhaben ab. Er sagte, Anastasia müsse sofort sterben. Wenn nicht, dann sollte die Kammer, in der sie ruhte, nicht nur durch dicke Mauern und massive Türen, sondern zusätzlich noch durch heilige Reliquien geschützt werden. Damals wußten wir noch nicht, was er damit bezweckte.« Sie seufzte. »Ich dachte, mit der Versiegelung der Kammer wäre die Sache erledigt.«

»Aber Anastasia starb nicht?« folgerte Matthias.

»Nein, sie starb nicht. Ich werde Euch die Umstände gleich näher erklären. Eines habe ich jedenfalls aus alldem gelernt: Der Rosendämon verfügt über ungeheure Macht. Aber wenn er von einem Menschen Besitz ergreift, dann muß er in dieser Hülle verharren, bis der Betreffende stirbt.« Sie spreizte die Finger. »Das ist Euch ja bekannt. Der Eremit, Amasia, Fitzgerald – sie alle starben, und der Rosendämon bemächtigte sich seines nächsten Opfers.«

Die Dame erhob sich, füllte zwei Becher mit Wein und reichte Matthias einen davon. Dann ließ sie sich wieder auf ihren Stuhl sinken und trank einen kleinen Schluck.

»Anastasia blieb am Leben. Nachdem ich nach England zurückgekehrt war, begann ich, eigene Nachforschungen anzustellen. Jegliche Lebensfreude war mir abhanden gekommen. Allmählich dämmerte mir, daß ich etwas Furchtbares getan hatte. Meine Brüder wurden Hospitaliter. Da ich gesündigt hatte, indem ich um Anastasias Leben bat, wollte ich Buße tun, also kam ich ein Jahr nach meiner Rückkehr hierher, um mein Leben als Klausnerin in dieser Priorei zu fristen.« Sie setzte den Becher ab. »Meine Tat verfolgte mich Tag und Nacht, und im Jahr 1453 wurden meine schlimmsten Befürchtungen Wirklichkeit. Ich habe oft von jener unterirdischen Kammer und von Anastasia in ihrem Sarg geträumt, und als ich hörte, daß die Türken Konstantinopel belagerten, ging ich zum Großmeister und gestand ihm alles. Meine Brüder, die damals noch lebten, schworen bei allem, was ihnen heilig war, daß ich die Wahrheit sagte. Der

Großmeister glaubte mir. Einer von zwei Brüdern – Otto und Raymond Grandison – angeführte Schwadron Hospitaliterritter wurde nach Konstantinopel entsandt; vorgeblich, um dem Kaiser zur Seite zu stehen. Ihre eigentliche Aufgabe bestand jedoch darin, den Sarg und das, was auch immer er enthalten mochte, zu zerstören. Auch der Kaiser kannte das schreckliche Geheimnis. Kurz vor dem Fall der Stadt erhielten die Brüder Grandison zusammen mit dem alten Priester Eutyches den Auftrag, den Sarg zu verbrennen. Sie weigerten sich, und Anastasia konnte entkommen. Einmal mehr war es dem Rosendämon gelungen, Zugang zur Welt der Menschen zu finden.« Sie sah Matthias eindringlich an. »Den Rest kennt Ihr. Von nun an ist es Eure Geschichte, nicht meine.«

»Aber was hat das alles zu bedeuten?« fragte Matthias. »Und wo soll es enden?«

»Mir wurde das Vorrecht gewährt, alles zu studieren, was je über Engel und Dämonen geschrieben wurde«, erwiderte Emma de St. Clair. »Was ich Euch gleich erzählen werde, ist kein Hirngespinst, sondern eine Legende, die vom jüdischen in den christlichen Glauben übergegangen ist. Soweit ich weiß, hat Euch Euer Vater in der Nacht, in der er starb, ein Schriftstück hinterlassen?« Sie streckte die Hand aus. »Habt Ihr es bei Euch?«

Matthias griff in sein Wams und holte zwei Pergamentstückchen hervor. Eines davon trug Rosamunds Handschrift, es war jenes, das er in Barnwick gefunden hatte. Er küßte es flüchtig, schob es in die Tasche zurück und händigte das andere der Dame aus. Sie faltete es auseinander, las die Worte und nickte verstehend.

»Euer Vater war ein gebildeter Mann«, bemerkte sie. »Nun will ich diese Zeilen in den richtigen Zusammenhang rücken. Stellt Euch eine Schöpfungsform vor, Matthias, die schon existierte, ehe die Welt erschaffen wurde. Damals gab es nur Gott und seine Engel – wobei letztere aus purem Licht und Intelligenz bestanden.« Sie tippte sich spielerisch gegen das Handgelenk. »Ich darf nicht vergessen, daß Ihr in Oxford studiert habt, Matthias. Aber für das, was ich Euch jetzt sage, findet sich kein Beweis in der Heiligen Schrift.« Sie nahm das Messer in die Hand. »Ich spreche von einer rein geistigen Welt. Die Engel sind Wesen voller Macht, Intelligenz und Willenskraft. Gott legt ihnen einen Plan dar. Er will eine sichtbare Welt schaffen und Menschen nach Seinem Ebenbild formen. Und was noch wichtiger ist – Gott will Mensch werden. Er selbst will Menschengestalt annehmen. Ihr habt doch sicher schon von dieser Theorie gehört?«

»Allerdings«, erwiderte Matthias. »So stellt zum Beispiel Anselm von Canterbury in seiner Abhandlung *Cur Deus Homo* – Warum Gott Mensch geworden – eine gewagte Behauptung auf. Er sagt, daß die Fleischwerdung von Gott in Christus von Anfang an vorbestimmt war, unabhängig davon, ob der Mensch bei Gott in Ungnade fällt oder nicht.«

»Ganz richtig«, stimmte die Dame zu. »Aber dieser Entschluß traf im Himmel auf massiven Widerstand. Eines der mächtigsten Geschöpfe dort, der Erzengel Luzifer, erhob sich gegen Gott. Er wollte dessen Plan nicht kampflos hinnehmen. Der Legende zufolge stürzte er vom Himmel hinab und riß andere mit sich. Aus der Genesis wissen wir, daß Luzifer, den wir heute ›Satan‹ nennen, die Menschen in seinen allumfassenden, nie endenden Kampf gegen Gott verstrickt hat.« Sie verzog das Gesicht. »Was ja auch das Hauptthema zahlreicher Predigten ist.« Energisch tippte sie auf das Pergament, das Matthias ihr gegeben hatte. »Befassen wir uns nun mit diesem seltsamen Vers aus dem sechsten Kapitel der Genesis: ›Da sahen die Gottessöhne, wie schön die Töchter der Menschen waren, und sie nahmen sich zu Frauen, welche sie wollten.‹ Wenn man einer im Buch Enoch niedergeschriebenen jüdischen Legende Glauben schenken darf, dann verbündete sich einer der gefallenen Engel, der Erzengel Rosifer, seiner Liebe zu Eva wegen mit Luzifer. Er stahl eine goldene Rose aus den himmlischen Gärten; eine mystische, magische Blume, und stieg zur Erde hinab, um Eva zu verführen.«

»Warum?« fragte Matthias.

»Weil Eva so schön war«, entgegnete Emma de St. Clair langsam. »Und weil Rosifer gleichfalls das Vorhaben Gottes in die Tat umsetzen wollte – er wollte einen Sohn. Ihr wißt ja, als die Jungfrau Maria Gott annahm, empfing sie Christus.«

»Und Rosifer wollte es Gott gleichtun?«

»Ja, aber nicht nur als Akt der Auflehnung, sondern auch aus Liebe.« Sie zuckte die Schultern. »Manche Theologen vertreten die Ansicht, daß dies der wahre Grund für den Fall Luzifers und aller Engel war. Sie wollten in jeder Hinsicht wie Gott sein, wollten selbst Menschengestalt annehmen.« Wieder griff sie nach dem Pergament. »Das würde auch die Worte des Propheten Jesaja erklären, die Euer Vater hier aufgeschrieben hat. Einige Gelehrte glauben, daß der Prophet sich auf den mächtigen König von Babylon bezieht, andere meinen, die Zeile ›Ich will meinen Thron über die Sterne Gottes erhöhen‹ gelte Luzifer und seinem Bruder Rosifer, die entschlossen waren, es Gott in allen Dingen gleichzutun. Versteht Ihr, was ich Euch sagen will, Matthias?«

»Ja, aber was hat das alles mit mir zu tun?«

»Immer wieder im Verlauf der Geschichte hat Rosifer versucht, ein Kind zu zeugen. Im dritten Kapitel des Buches Tobias wird beschrieben, wie die junge, schöne Jüdin Sarah zum Objekt von Rosifers Begierde wurde, jenes Wesens, das wir lieber den Rosendämon nennen wollen. Im Jüdischen heißt er Aschmodai. Er war so eifersüchtig auf jeden, dem Sarah ihre Gunst schenkte, daß er alle Männer tötete, die bei ihr liegen wollten.«

»Und jener letzte Vers?« fragte Matthias. »Die Worte Christi: ›Wer mich liebt, der wird auch von mir geliebt werden, und mein Vater wird ihn lieben. Und mein Vater und ich werden kommen und Wohnung bei ihm machen.‹«

»Das werde ich Euch gleich erklären, Matthias. Erst einmal müßt Ihr es als gegeben hinnehmen, daß Rosifer Eva und alle ihre Töchter geliebt hat und noch liebt. Einige, wie zum Beispiel Sarah, bedeuten ihm mehr als andere. Eure Mutter Christina war jedoch diejenige, auf die seine endgültige Wahl gefallen ist.«

»Aber bin ich wirklich sein Sohn?« wollte Matthias wissen.

»Das kann ich Euch nicht sagen. Aber bedenkt, Matthias, daß im Reich Gottes nur der Geist und der Wille zählen. Wir Menschen haben das erkannt. Ich kann Euch zum Weinen oder zum Lachen bringen, Matthias, ich kann Euch Kummer oder Freude bescheren, aber ich kann Euch nicht zwingen, mich zu lieben. Rosifer liebt Euch. Er betrachtet Euch als Inkarnation seiner selbst. Ob dies stimmt oder nicht, ist unwichtig. Für den Rosendämon zählt nur, daß Ihr wißt, wer er ist, daß Ihr ihn als den akzeptiert, der er ist, und daß Ihr seine Liebe erwidert.«

»Was ist mit all den Todesfällen?« rief Matthias erzürnt. »All diesen Gewalttaten?«

»Ist denn Euer Leben so verschieden von dem anderer Menschen, Matthias? Seht Euch doch auf den Straßen Londons um. Jeden Tag sterben Männer, Frauen und Kinder auf grausamste Art. Der Rosendämon sieht dies als Teil des Lebens an.«

»Aber warum tötet er?«

»So schön sein Antlitz auch sein mag«, erwiderte Emma de St. Clair langsam, »so viel Macht er auch hat, was er auch sagt oder tut – der Rosendämon ist und bleibt ein Geschöpf, das sich von Gott losgesagt hat. Er läßt sich von niemandem Einhalt gebieten, und er duldet nicht, daß sich ihm jemand in den Weg stellt. Wenn Menschen dies versuchen und seinen Unmut auf sich ziehen, so wie die Bewohner von Sutton Courteny, dann straft er sie.«

»Warum trinkt er das Blut seiner Opfer?« bohrte Matthias weiter.

»Auch dadurch verspottet er Gott. Christus erlöste uns von unseren Sünden und gab dafür sein Blut. Der Rosendämon kehrt dies ins Gegenteil um. Wenn er von einem Menschen Besitz ergreift, dann braucht er das Blut anderer als Nahrung, um sich seine Kräfte zu erhalten.«

»Ist er wirklich dazu imstande?« fragte Matthias. »Kann er von einer Hülle in die nächste schlüpfen?«

»Natürlich. Wenn die Tür zur Seele eines Menschen offensteht, kann er hindurchgehen. Lest das Evangelium, Matthias. Denkt daran, wie Judas Christus verriet, an die Worte, die dort gebraucht werden.« Sie schloß die Augen. »Ja, so lauten sie: ›Und Satan fuhr in Judas.‹ Wir alle können es ihm gleichtun, Matthias. Das meinte Euer Vater, als er das Zitat über Christus und Gottvater niederschrieb, die kommen und bei uns Wohnung machen. Wenn Gott, der Schöpfer aller Dinge, in eine menschliche Seele eindringen kann, warum sollte es dann anderen Wesen nicht auch möglich sein? Wenn wir Christus lieben, wenn wir unseren Nächsten lieben, dann kommt Gott zu uns. Weihen wir aber unser Leben dem Bösen, dann sprechen wir damit sozusagen eine Einladung aus, die die Mächte des Bösen annehmen können.«

»Warum fährt der Rosendämon dann nicht einfach in mich?« erkundigte sich Matthias.

»Vermutlich aus zwei Gründen. Erstens, Matthias, ist Eure Seele bei allem, was Ihr getan habt, Gott zugewandt geblieben. Rosamund wußte das, sie hat das Gute in Euch sofort erkannt. Solange Ihr aus freiem Willen das Gute wählt, seid Ihr in Sicherheit. Und zweitens möchte der Rosendämon um seiner selbst willen geliebt werden. Ihr könnt Euch zwar gewaltsam Zutritt zum Haus eines Mannes verschaffen, Matthias, aber Ihr könnt schwerlich erwarten, daß der Eigentümer Euch willkommen heißt.«

»Aber schaut mich doch an«, sagte Matthias leise. »Ich bin sechsundzwanzig Jahre alt. Mein Leben ist ein einziger Scherbenhaufen, meine Eltern, meine Freunde und Nachbarn, meine geliebte Frau, sie alle sind eines grausamen Todes gestorben. Mir haftet der Hauch des Bösen an. Wie kann der Rosendämon da hoffen, mich jemals auf seine Seite zu ziehen?«

»Das tut er aber, Matthias.« Die Dame zeigte auf das Kruzifix an der Wand. »Studiert das Evangelium. Wir wissen, daß Satan wenigstens zweimal Christus in Versuchung geführt hat. Nachdem Christus vierzig Tage in der Wüste gefastet hatte, hielt Satan ihn für so verwundbar an Körper, Geist und Seele, daß er dachte, er würde ohne Zögern auf sein Angebot eingehen. Christus weigerte sich natürlich.«

»Und das zweite Mal?«

»Ich denke, das war im Garten von Gethsemane, kurz

nachdem er verraten worden ist, aber das ist nur eine Vermutung meinerseits. Jesus war erschöpft, entmutigt und voller Zorn über Judas' Verrat. Ich bin sicher, Satan wartete auch da im Olivenhain auf ihn, um ihn erneut in Versuchung zu führen.«

»Und das gleiche soll nun mir geschehen?« fragte Matthias hoffnungslos.

Emma de St. Clair zwinkerte, um ihre Tränen zurückzuhalten. Tiefes Mitleid schimmerte in ihren Augen.

»Ja, Matthias. Zu gegebener Zeit an einem bestimmten Ort werdet auch Ihr vor die endgültige Entscheidung gestellt werden. Man wird Euch ein Angebot unterbreiten, das in etwa so lauten könnte: ›Blick auf dein elendes Leben zurück, Matthias. Verleugne alles, woran du geglaubt hast, und wende dich mir zu.‹« Sie beugte sich vor und ergriff seine Hand. »Ob Euch das gefällt oder nicht, junger Mann, dieser Konflikt ist es, auf den Euer ganzes Leben hinausläuft. Und ehe Ihr fragt – ich weiß weder, ob dies schon einmal vorgekommen ist, noch, ob es sich wiederholen wird.« Sie drückte liebevoll seine Finger und zog ihre Hand fort. »Einen Rat gebe ich Euch. Zermartert Euch nicht das Hirn darüber, wer Ihr seid oder woher Ihr kommt, damit quält Ihr Euch nur unnötig. Wichtig ist nur, was Ihr tut und was Ihr in Zukunft zu tun beabsichtigt.«

»Was ist denn mit all den anderen?« fragte Matthias. »Mit Morgana und der Hexe Eleanor?«

Emma de St. Clair winkte ungeduldig ab. »Sie zählen nicht mehr als Rauch im Wind. Alles Anhänger und Helfer des Rosendämons. Sie sind einzig dazu da, ihm zu helfen, seinen Willen durchzusetzen. Von ihnen geht nur dann Gefahr für Euch aus, wenn Ihr selbst es zulaßt.« Emma de St. Clair ließ die Perlen ihres Rosenkranzes zwischen den Fingern hindurchgleiten. »Aber Ihr seid ja kein passiver Beobachter, Matthias. Ist Euch noch nie bewußt geworden, daß Ihr schon oft Gelegenheit hattet, Euch der Dunkelheit zuzuwenden? Euch für das Böse zu entscheiden? Doch Ihr habt es nicht getan, und darauf kommt es an.«

»Aber muß ich wirklich tatenlos abwarten?« protestierte

Matthias. »Kann ich nicht mein Leben irgendeiner edlen Sache weihen? Mich in einem Kloster vergraben?« Er lächelte. »Oder in den Hospitaliterorden eintreten?«

»Matthias, ich bin nur eine Klausnerin; eine Frau, die versucht, im Gebet Frieden zu finden und Gutes zu tun. Ich bin keine Prophetin. Aber ich fürchte, Ihr könntet bis ans Ende der Welt fliehen oder Euch auf dem Mond verbergen und doch Eurem Schicksal nicht entkommen. Ihr müßt beten, daß die Zeit der Prüfung nicht allzu lange auf sich warten läßt. Ich weiß, daß jeder Mensch nur eine bestimmte Bürde tragen kann, und«, fügte sie sanft hinzu, »Gott der Herr weiß das auch.« Sie hielt inne und nippte an ihrem Wein. »Seid Ihr in Tenebral gewesen und habt die Schriftzeichen kopiert?«

Matthias wühlte in seiner Satteltasche und brachte die zerknitterte, vergilbte Pergamentrolle zum Vorschein, die er in Tenebral beschrieben hatte. Emma de St. Clair überflog sie, dann stand sie auf, wobei sie sich über die Schmerzen in ihren Gelenken beklagte, und nahm ein Augenglas von einem Tisch an der Wand. Erneut studierte sie das Manuskript.

»Etwas Vergleichbares habe ich noch nie gesehen«, murmelte sie. »Das ist ein Gemisch aus angelsächsischen Runen und altirischem Ogham.« Sie hob den Kopf. »Bei letzterem handelt es sich um sehr alte keltische Schriftzeichen.«

Matthias berichtete ihr von seinem Fund bei dem alten römischen Wall.

»Das kann stimmen«, meinte sie. »Im Verlauf der Geschichte sind immer wieder Hinweise auf den Rosendämon aufgetaucht. Ich will Euch einige Beispiele nennen. Habt Ihr schon einmal von der Artussage gehört? Master Caxtons gebundene Ausgabe hat sowohl hier als auch bei Hof viel Aufsehen erregt, denn gerade die Ritter lieben es, derartige Werke zu verschlingen. Kennt Ihr die Legende von Uther Pendragon und der Empfängnis des sagenumwobenen Königs Artus? Manchmal frage ich mich, ob auch das ein Werk des Rosendämons war. Ich habe ähnliche Geschichten gehört, die Ritter aus den östlichen Marschen oder aus der sengenden Wüste Nordafrikas mitbrachten. Alle handeln sie von einem mysteriösen Prinzen, der über ungeheure Macht verfügt, und seine Liebe zu einer ganz bestimmten Frau.« Emma de St. Clair legte das Augenglas weg. »Stellt Euch Satan und seine Heerscharen nur ja nicht als kleine schwarze Teufelchen vor, Matthias. Der hl. Thomas von Aquin lehrt uns, daß es sieben Gruppen von Engeln gibt, eine immer strahlender als die vorige. Angeführt werden sie von fünf Erzengeln. Drei davon kennen wir: Michael, Gabriel und Raphael. Ich vermute, in der Hölle herrscht eine ähnliche Hierarchie: Luzifer ist der Herrscher, der Rosendämon und der Engel der Zerstörung, den die Menschen Achitophel nennen, sind seine ranghöchsten Fürsten. Danach kommen die Barone, Grafen und andere Führer der höllischen Heerscharen.«

»Habt Ihr eine Ahnung, was diese Zeichen bedeuten könnten?« Matthias wies auf das Pergament.

»Nein, aber ich kenne einen Mann, der Euch vielleicht weiterhelfen kann, einen Abt und Gelehrten. Sein Name ist Benedikt Haslett; er steht dem Kloster St. Wilfrid's in Dymchurch in den Marschen von Romney vor. Das ist ein Benediktinerkloster, ein abgelegener, einsamer Ort, umgeben von Mooren und Heideland, das sich bis zur Küste erstreckt.« Sie nippte an ihrem Wein. »Ich werde einen Brief aufsetzen lassen, den Ihr ihm geben könnt. Abt Benedikt ist ein weiser Mann, aber er ist alt, und die Entschlüsselung dieser Zeichen kann einige Zeit dauern. Doch das Kloster in Dymchurch bietet Euch einen idealen Unterschlupf, Matthias. Dort habt Ihr Zeit, über alles nachzudenken und Eure nächsten Schritte zu planen.«

»Werde ich denn dort sicher sein?« fragte Matthias.

»Traut niemandem ganz und gar«, erwiderte sie. »Weder mir noch Abt Benedikt noch sonst jemandem. Verlaßt Euch nur auf Euch selbst, Matthias«, mahnte sie eindringlich. »Haltet Euer Herz rein, geht zur Messe und empfangt das Sakrament. Der Rosendämon selbst kann die Hostie nicht entgegennehmen, aber unglücklicherweise kann er jene benützen, die dazu imstande sind, obgleich sie dem Herrn nur mit den Lippen und nicht mit dem Herzen dienen.« Sie stand auf, ging um den Tisch herum und beugte sich über ihn. »Ich werde für Euch beten, Matthias«, fuhr sie fort. »Ich werde Euch nie vergessen, aber ich muß Euch warnen. Ich lebe abgeschieden in meiner Zelle, aber der Klatsch, der auch in einer Gemeinschaft wie dieser nicht schweigt, ist für eine geschwätzige alte Frau wie mich von großem Interesse.« Ihr Lächeln verblaßte. »Wir wissen über Emloe Bescheid, er ist ein grundschlechter, verdorbener Mann. Das Schweißfieber mag ja in der Stadt wüten, aber er hat sicher von Eurer Ankunft erfahren. Eine alte Frau, die um Almosen bettelt, ein Straßenbengel, der in einem Hof spielt – das sind die Spione, die er bevorzugt.« Sie ergriff Matthias' Hand und drückte sie. »Ich werde Euch bei den Reisevorbereitungen helfen. Eine gute Mahlzeit und ein Lager für die Nacht, und dann braucht Ihr noch dieses Empfehlungsschreiben. Kann ich sonst noch etwas für Euch tun?«

»Ja, Madam. Ritzt meinen Namen und den von Rosamund in die Wand Eurer Zelle, verbindet sie mit einem Herzen und betet für mich.«

ZWEITES KAPITEL

Sogar im Sommer wirkte das inmitten der Moorlandschaft – die von Dymchurch bis zur Südküste reichte – erbaute Kloster St. Wilfrid's düster und abweisend. Der zum Haupttor führende Pfad war mit Kieseln aus den umliegenden Bächen bestreut, die unter den Hufen von Matthias' Pferd knirschten. Vor dem großen Tor zügelte er das Tier und starrte zu dem mächtigen Kieselsandsteingebäude empor, ehe er die Glocke betätigte. Eine kleine Seitenpforte öffnete sich. Matthias stieg ab und führte sein Pferd in den gepflasterten Hof. Schwarzgekleidete Mönche huschten an ihm vorbei, da die Kirchenglocke zum Gottesdienst gerufen hatte. Keiner lächelte oder hob grüßend die Hand. Nur Bruder Paul, der Gästemeister, hieß ihn freundlich willkommen. Er war ein korpulenter kleiner Mann mit fröhlichem rotem Gesicht, kurzgeschnittenem hellbraunem Haar und schlechtrasiertem Kinn. Matthias war sicher, daß der Gästemeister gerade heftig dem Ale zugesprochen hatte, als er ans Tor gerufen worden war.

»Abt Benedikt ist in der Kirche«, erklärte Bruder Paul, nachdem Matthias sich vorgestellt hatte. Er deutete auf die in graue Gewänder gehüllten Laienbrüder, die schweigend hinter ihm standen. »Sie werden Euer Pferd absatteln und versorgen. Während Ihr wartet, kann ich Euch ja schon einmal das Kloster zeigen.«

Sie machten bei der Speisekammer halt, um sich mit zwei Krügen schweren, würzigen Ales und mit in geschmolzenem Käse getauchten Brotstücken zu versorgen. Nachdem sie diese verzehrt hatten, leckte sich Bruder Paul die Finger ab und führte Matthias über das weitläufige Klostergelände. Die Gebäude waren rund um einen großen Hof herum angeordnet. Im Norden lag die Klosterkirche, im Westen die Dormitorien. Im Süden befand sich der Speisesaal, auch Refektorium genannt, darunter gab es weitere Kammern und mehrere Küchen. In der südöstlichen Ecke lagen die Gemächer des Abtes, im Osten das Domkapitel, die Empfangsräume und die Bibliothek. Matthias bemerkte, daß rund um das Gelände kleine Bäche dahinplätscherten. Bruder Paul erklärte ihm, daß sie das Kloster mit Frischwasser versorgten und die Latrinen und Senkgruben reinigten. Dann führte er Matthias im Klostergebäude herum. In die Wände der vier Hauptgänge waren überall kleine Nischen eingelassen, so daß die Mönche das Tageslicht zum Lesen oder Schreiben nutzen konnten. Der keuchende und schnaufende Bruder Paul, dem der Schweiß in Strömen über das Gesicht rann, zog Matthias vom Hauptgebäude weg und deutete auf ein niedriges graues Ziegelgebäude, das ganz für sich in einer Ecke der massiven Mauer errichtet worden war, die rund um das Kloster herum verlief.

»Haltet Euch von dort fern«, warnte er. »Das ist die Zelle von Bruder Roger. Wir müssen ihn zu seiner und unserer Sicherheit wie einen Gefangenen halten.« Er tippte sich an die Stirn. »Er ist irrsinnig.« Gerade als er noch etwas hinzufügen wollte, begann die Glocke zu läuten.

»Kommt«, sagte er. »Abt Benedikt wird schon warten.«

Die Gemächer des Abtes bestanden aus mehreren ineinander übergehenden Räumen mit verglasten Fenstern, geschnitzten Holzdecken und roten Behängen an den Wänden. Auf den Truhen und Schränken standen goldene und silberne Becher, Teller und Schalen. Abt Benedikt saß auf einem thronähnlichen Stuhl hinter einem mächtigen Tisch. Ein kleines Feuer brannte im Kamin neben ihm. Als Matthias eintrat, erhob er sich. Der Abt war groß und hager; ein weißer Haarkranz umgab seinen gewölbten Schädel. Sein ernstes Gesicht war von tiefen Falten durchzogen, aber die Augen blickten gütig, und der Griff seiner blaugeäderten Hand war überraschend kräftig und warm. Er bedankte sich bei Bruder Paul, und als der Gästemeister den Raum verlassen hatte, bedeutete er Matthias, Platz zu nehmen und bot ihm eine Erfrischung an. Matthias lehnte höflich ab – das Ale, das er so hastig hinuntergestürzt hatte, benebelte ihm bereits die Sinne.

Eine Weile unterhielten sie sich über Matthias' Reise. Abt Benedikt umriß kurz die Klostergepflogenheiten und fragte dann nach dem Grund für Matthias' Besuch. Dieser händigte ihm den Brief aus, den Emma de St. Clair aufgesetzt hatte, ehe er die Priorei verließ. Abt Benedikt griff nach einem Paar Augengläser, schob sie sich auf die Nase, brach das Siegel auf und las den Brief gründlich durch. Gelegentlich hielt er inne und starrte Matthias an, als wolle er sich seine Gesichtszüge auf ewig einprägen.

»Eure Reise verlief ohne Zwischenfälle?« Abt Benedikt rollte den Brief wieder zusammen.

Matthias fielen die beiden Bettler wieder ein, die bei seiner Abreise aus Clerkenwell an der Ecke St. John Street gestanden hatten, ihm dann eine Weile gefolgt waren und ihn aufmerksam beobachtet hatten, ehe sie in einer Seitenstraße verschwanden. Er hatte mit einem Hinterhalt gerechnet, war aber zu seiner Überraschung unbehelligt geblieben und hatte sein Ziel sicher erreicht.

»Emma de St. Clair befürchtete, daß Ihr in Schwierigkeiten geraten könntet«, erklärte der Abt.

»Nein, Vater. Ich glaube, der Herr hat mir einen Schutzengel mit auf den Weg gegeben.«

Abt Benedikt tippte auf den Brief. »Wenn nur die Hälfte von dem wahr ist, was hier steht – und daran hege ich keinen Zweifel –, dann braucht Ihr eine ganze Legion von Schutzengeln, Matthias Fitzosbert.« Er schob das Pergament beiseite. »St. Wilfrid's ist ein seltsamer Ort, Matthias. In unserer Kapelle bewahren wir eine Reliquie dieses großen Heiligen auf. Er wirkte und predigte hier in dieser Gegend. Wir gehören dem Benediktinerorden an und haben uns verpflichtet, zu beten, zu arbeiten und die Schriften zu studieren, aber ...«, er rieb sich über die Braue, »... das Dasein eines Mönchs bewahrt uns nicht vor weltlichen Versuchungen. St. Wilfrid's ist kein gewöhnliches Kloster, sondern Teil eines Ordens, der in Schottland, Frankreich, Spanien und anderen Ländern vertreten ist. In einer so großen Gemeinschaft«, fuhr er langsam fort, »gibt es Heilige, und es gibt Sünder.« Er lächelte grimmig. »St. Wilfrid's ist einer der Orte, wohin – wie soll ich es ausdrücken? – unser Mutterhaus jene hinschickt, die gesündigt oder ihre Gelübde gebrochen haben. Es ist meine Aufgabe und die meines Priors Jerome, diese verlorenen Seelen auf den rechten Weg zurückzuführen und ihnen ein besseres Verständnis für das Leben eines Mönches zu vermitteln.« Er schnalzte mit der Zunge. »Ich erzähle Euch das, weil Ihr das Verhalten einiger meiner Mitbrüder vielleicht etwas – exzentrisch finden werdet. Nun, Ihr könnt noch heute eine Kammer unseres Gästehauses beziehen. Ihr dürft Euch auf dem Klostergelände frei bewegen. Wie ich dem Brief entnehme, seid Ihr Schreiber von Beruf. Bruder John Wessington, unser Bibliothekar, wäre Euch für Eure Hilfe sehr dankbar.«

Der Abt betätigte eine kleine Glocke, woraufhin ein Laienbruder erschien. »Sagt Prior Jerome, daß ich ihn zu sehen wünsche«, befahl Benedikt.

Einige Minuten später betrat Prior Jerome Deorhan den Raum. Matthias erhob sich, um ihn zu begrüßen, und faßte augenblicklich eine tiefe Abneigung gegen diesen hochgewachsenen, stämmigen Mann. Jerome bedachte ihn mit einem schlaffen Händedruck. Seine schmalen Augen verrieten Unmut, und sein sauertöpfisches Gesicht verzog sich voller Ablehnung. Abt Benedikt erklärte ihm, Matthias sei ein Bote, ein ausgebildeter Schreiber, der einige Zeit als Gast im Kloster verweilen werde. Prior Jerome zeigte sich von dieser Aussicht wenig angetan. Er kratzte sich seine lange Nase, und die blutleeren Lippen verzogen sich zu einem falschen Lächeln.

»Warum um alles in der Welt sollte jemand ausgerechnet nach Romney kommen?« knurrte er. »Unsere Bibliothek ist eher bescheiden zu nennen, und unser Kloster steht weder in dem Ruf besonderer Gastfreundschaft noch übermäßiger Frömmigkeit.«

»Matthias ist mein Gast«, rügte der Abt scharf und musterte den Prior finster.

Matthias entging die Feindseligkeit zwischen den beiden Männern nicht.

»Dann sollte man ihm jetzt eine Kammer im Gästehaus zuweisen.«

Der Abt trommelte mit den Fingern auf dem Tisch herum. »Ich möchte noch unter vier Augen mit ihm sprechen, Prior Jerome, und ich wäre Euch dankbar, wenn Ihr draußen warten würdet.«

Prior Jerome, den die Abfuhr sichtlich verdroß, verneigte sich spöttisch, verließ den Raum und schlug die Tür mit einem vernehmlichen Knall hinter sich zu.

»Möge Gott mir vergeben, Matthias, aber dieser Mann ist ein Stachel in meinem Fleisch.« Abt Benedikt barg den Kopf in den Händen. »Ich habe als Buße für meine unfreundlichen Gedanken gebetet und gefastet, und ich wünsche ihm auch nichts Böses, aber ich kann den Prior einfach nicht ausstehen. Er ist vom Ehrgeiz zerfressen, aber ihm fehlen die nötigen Fähigkeiten, um seine Ziele zu verwirklichen. Er traut niemandem über den Weg. Sein größter Wunsch ist es, hier das Amt des Abtes zu bekleiden. Er behält alles, was er einmal gehört oder gelesen hat, nur wirklich gelernt hat er nichts.« Der Abt bemerkte den Ausdruck von Verwirrung, der über Matthias' Gesicht huschte. »Prior Jerome hat ein kleines Kloster in Salisbury geleitet«, erklärte er. »Er hielt sich fanatisch an die Regeln und bestrafte jeden, der sie übertrat, mit äußerster Härte. Einige Brüder hat er sogar geschlagen. Ein alter Mönch wäre beinahe daran gestorben. Deswegen kam Prior Jerome auch hierher. Er ist gefährlich, und Ihr solltet vor ihm auf der Hut sein. Erzählt ihm nicht, was Euch hergeführt hat.« Er lächelte. »Morgen werde ich mir diese Runen anschauen, die Emma de St. Clair erwähnt. Mein Augenlicht läßt zu wünschen übrig, und auch mein Verstand arbeitet nicht mehr so schnell wie früher. Wenn man älter wird, erkennt man, daß das wenige, was wir Menschen wissen, verwehen kann wie Staub im Wind.« Mit einer Handbewegung entließ er Matthias. »Prior Jerome wartet.«

Matthias war dem Abt für seine Warnung dankbar. Kaum waren sie außer Hörweite, da begann der Prior auch schon, ihn auszufragen. Wie lautete sein Name? Wo kam er her? Was wollte er hier? War er ein Mönch? Oder ein Laienbruder?

Matthias versuchte, die Fragen so wahrheitsgetreu und

diplomatisch wie möglich zu beantworten, aber als Prior Jerome ihn in der kleinen Kammer im Gästehaus, die ihm zugeteilt worden war, allein ließ, wußte er, daß er sich einen Feind geschaffen hatte.

Matthias packte seine Satteltaschen aus und verstaute die Kleider, die er in London erstanden hatte, in der kleinen Truhe in einer Ecke des Raumes. Umhang und Schwertgurt hängte er an einen Wandhaken, wusch sich Gesicht und Hände und brach dann zu einem Rundgang auf dem Klostergelände auf. Zuerst besichtigte er die Ställe, fand sie in mustergültiger Ordnung und schlenderte zur Kirche hinüber. Eine Weile ging er in dem verlassenen Kirchenschiff auf und ab, dann kniete er vor dem Altarraum nieder und blickte zu dem großen Kruzifix empor, das den Altar und die zu beiden Seiten davon aufgestellten Kirchenstühle beherrschte. Über ihm begann eine Glocke zu läuten. Matthias sah zu, wie die Mönche durch eine Seitentür in die Kirche strömten, um ihre Gebete zu verrichten. Viele der Brüder waren ganz offensichtlich nicht mit dem Herzen bei der Sache. Der Gesang war unzusammenhängend; einige Mönche dösten vor sich hin, andere kratzten sich ungeniert oder bohrten in der Nase. Viele unterhielten sich leise und lachten, bis Prior Jerome, der den Platz des Abtes eingenommen hatte, mit seinem weißen Stab auf die Bank vor ihm schlug und die Übeltäter drohend anblickte.

Der Gottesdienst dauerte nur eine halbe Stunde. Matthias wollte gerade die Kirche verlassen, als Bruder Paul auf ihn zueilte und ihm zuflüsterte, er habe dafür gesorgt, daß ihm eine Mahlzeit in seiner Kammer serviert werde. Matthias verstand den Wink. Den Brüdern gefiel es nicht, daß er allein durch das Kloster streifte, also kehrte er ins Gästehaus zurück und verzehrte ein schmackhaftes Mahl aus Fisch in weißer Sauce, Brot, einer Schüssel Gemüse und einem Becher Wein.

Danach legte er sich eine Weile auf das Bett und nickte alsbald ein. Er erwachte erst spät am Tag wieder und begab sich sofort in die Kirche, wo sich die ganze Gemeinschaft versammelt hatte, um die Abendandacht abzuhalten. Matthias setzte sich in den hinteren Teil des Hauptschiffes und lehnte sich mit dem Rücken an einen Pfeiler. Abt Benedikt, gekleidet in seine prächtige Amtstracht, hielt den Gottesdienst persönlich ab. Diesmal konzentrierten sich die Mönche voll und ganz auf den Gesang und die Gebete. Aufmerksam lauschte Matthias den Psalmen, in denen Gott angefleht wurde, die Menschen nach Anbruch der Nacht vor den Mächten des Bösen zu schützen. Doch bald schweiften seine Gedanken ab und beschäftigten sich mit den Gefahren, die ihn erwarteten. Er hatte sich mit dem abgefunden, was Emma de St. Clair ihm auseinandergesetzt hatte. Seine Angst war verflogen, und er fühlte sich so ruhig und gelassen wie ein Soldat vor der Schlacht. Bald würde der Nebel sich lichten und der Feind sich ihm zeigen. Dennoch beherzigte er Emma de St. Clairs Warnungen. Wann würde es soweit sein? Jetzt schrieb man Ende Juni des Jahres 1490. Wenn doch nur Barnwick nicht gestürmt worden wäre! Würde Rosamund noch leben, dann wäre ihr Kind jetzt schon auf der Welt. Matthias schloß die Augen. Dann hätte er jetzt jemanden, den er Reiten und Fischen lehren könnte. Wie gern würde er eine kleine Hand in der seinen halten! Bei dieser Vorstellung stiegen erneut Erinnerungen an die Vergangenheit in ihm auf ... Er war noch ein kleiner Junge und ging mit Osbert und Christina über ein Feld. Osbert hielt seine eine, Christina seine andere Hand. Sie wollten zu einem Teich, um dort am Ufer Rast zu machen. Ab und zu hoben die Eltern ihn hoch und schwangen ihn durch die Luft. Rosamund und er hätten dasselbe mit ihrem Kind tun können!

Matthias holte einmal tief Luft. Wenn sie doch nur noch am Leben wäre! Wieder versank er in Erinnerungen: Rosamund, die ihn neckte, die jede seiner Bewegungen imitierte. Er spürte, wie jemand gegen seinen Fuß tippte, und schlug die Augen auf. Abt Benedikt blickte auf ihn herab.

»Seid Ihr müde, Matthias? Kommt.« Der Abt half ihm auf. »Die Vesper ist zu Ende. Bald werden die Kerzen gelöscht.« Er schaute sich in der Kirche um. »Dann liegt hier alles im Dunkeln.«

Matthias erschauerte. Obgleich er diesen alten, weltklugen Abt sehr schätzte, wünschte er doch tief in seinem Herzen, er wäre anderswo. Dies war nicht seine Welt.

»Geht zu Bett, Matthias«, riet ihm der Abt freundlich. »Morgen beginnen wir mit der Arbeit.«

Am nächsten Morgen überreichte Matthias dem Abt das Pergament mit den Runen von Tenebral. Abt Benedikt sagte, er könne sie entziffern, aber es werde einige Zeit dauern.

»Ich bin ein vielbeschäftigter Mann, Matthias«, erklärte er. »Das Entschlüsseln dieser Symbole kann Wochen, ja Monate in Anspruch nehmen. Aber bis dahin«, er hob die Hände, »bis ich fertig bin, seid Ihr mein Gast.«

Trotz seiner anfänglichen Vorbehalte begann Matthias, sich an die eintönige Routine des Klosterlebens zu gewöhnen; sie verhinderte, daß er sich fruchtlosen Grübeleien hingab: Frühmette kurz nach Mitternacht, gefolgt von der Prim, dem Gottesdienst und dem Hochamt des Abtes am Mittag. Nachmittags half Matthias dann aus, wo immer er gebraucht wurde; oft war er im Skriptorium beschäftigt, oder er nahm dem Cellerar, dem Sakristan oder dem Mönch, der für die kleine Kapelle zuständig war, in der die Reliquie des hl. Wilfrid aufbewahrt wurde, etwas Arbeit ab. Schließlich legte er sogar die Tracht eines Laienbruders an und arbeitete auf den Feldern oder im Obstgarten. Solange er sich ablenken konnte, bot ihm St. Wilfrid's ein willkommenes Refugium.

Matthias stellte schon bald fest, daß Abt Benedikts Bemerkungen über die anderen Mönche Hand und Fuß hatten. Im großen und ganzen waren sie eine fröhliche Bande von Spitzbuben. Einige waren leidenschaftliche Spieler, andere, wie Bruder Paul, zu sehr dem Wein und Ale zugeneigt. Die Vergangenheit mancher von ihnen wies dunkle Punkte auf, anderen fiel es schwer, sich an die strengen Regeln zu halten. Für diese stellte Prior Jerome die fleischgewordene Nemesis dar. Er legte allergrößten Wert auf Disziplin und war stets bereit, zu bemängeln und zu kritisieren. Wo er ging und stand verbreitete er Schrecken, und wenn er durch die Gänge oder durch die Schlafsäle schritt, bemerkte Matthias nacktes Entsetzen in den Augen einiger Brüder. Ihm gegenüber hielt sich der Prior jedoch zurück und ließ ihn, von gelegentlichen haßerfüllten Blicken einmal abgesehen, weitgehend in Ruhe.

Eines Nachmittags, als Matthias mit Bruder Paul bei einem Humpen Ale in der Speisekammer saß, beugte sich der Gästemeister vor und tippte sich gegen seine fleischige Nase.

»Ich muß mit Euch sprechen, Matthias.« Bruder Paul blies ihm seinen alegeschwängerten Atem ins Gesicht. »Prior Jerome verdächtigt Euch, ein Spion zu sein, den das Mutterhaus hierhergeschickt hat.« Er lehnte sich zurück und lachte glucksend. »Euer Latein ist so gut, daß Jerome glaubt, Ihr wäret in Wirklichkeit ein Mönch und würdet die Führung dieses Klosters übernehmen, falls Abt Benedikt etwas zustoßen sollte.« Er hob seinen Humpen und schielte Matthias über den Rand hinweg an. »Seht Euch lieber vor, Matthias. Jerome ist ein Sohn Kains. In seinen Augen steht Mord geschrieben.«

Matthias nahm sich den Rat zu Herzen und hielt sich von dem Prior fern. Außerdem war er ständig auf der Hut und beobachtete die ganze Gemeinde im Hinblick auf den Rosendämon. Besonderes Augenmerk legte er auf das Sakrament und darauf, wer den Leib und das Blut Christi empfing. Er konnte jedoch niemanden entdecken, der die Hostie verweigerte oder versuchte, die Einnahme mit List vorzutäuschen. Abt Benedikt war derweilen damit beschäftigt, die Runen zu entziffern. Matthias mußte sich in Geduld fassen. Der Abt hatte Kuriere nach Oxford und Westminster geschickt und gebeten, sich einige kostbare Bücher ausleihen zu dürfen, die ihm seine Aufgabe erleichtern sollten. Während sie auf die Ankunft dieser Schriften warteten, begann Matthias, dem Abt seine Lebensgeschichte zu erzählen. Dieser lauschte wie gebannt. Er zeigte sich keinesfalls abgestoßen, sondern tat im Gegenteil sein Bestes, Matthias seine Ängste auszureden.

»Ihr seid der, der Ihr seid«, beschied er ihn knapp. »Nicht der, der Euch gezeugt hat. Jede Seele auf Erden ist von Gott geschaffen, Matthias, vergeßt das nicht. Ich möchte nur wissen, welche Rolle diese Runen im Geheimnis um euer Leben spielen. Etwas Vergleichbares habe ich noch nie gesehen.« Sein Gesicht wurde ernst. »Ich muß Euch warnen, Matthias – es kann Monate dauern, die Symbole zu entschlüsseln; ganz zu schweigen davon, daß wir dann noch herausbekommen müssen, was der Eremit gemeint hat.«

Matthias mußte sich in das Unvermeidbare fügen. Die Wochen wurden zu Monaten, das Wetter schlug um: Eiskalte Winde, Graupelschauer und Schneeregen beraubten die Bäume ihrer Blätter und ließen die Moore rund um das Kloster noch unwirtlicher wirken. Dichter, feuchter Nebel zog vom Meer her auf, kroch über das Klostergelände und drang durch alle Ritzen.

Schließlich nahte der Advent, die Gänge und Kammern wurden festlich geschmückt und der Altar mit roten Tüchern bedeckt; ein Zeichen dafür, daß die Zeit bis zum Weihnachtsfest mit Fasten und Enthaltsamkeit verbracht werden sollte. Das Fest selbst wurde mit viel Aufwand begangen. Die Regel des hl. Benedikt, die schon an den besten Tagen des Ordens wenig Beachtung fand, wurde in den zwölf Tagen zwischen Weihnachten und dem Dreikönigstag vollkommen ignoriert.

Am Ende dieser Feiertage verkündete Abt Benedikt stolz, er habe einige der Symbole entschlüsselt.

»Jedes Symbol steht für einen Buchstaben«, erklärte er Matthias, als sie vor dem flackernden Feuer saßen. »Bald werde ich sie zu Worten zusammensetzen können.«

Matthias' Erregung wuchs. Er konnte seine Neugier kaum noch zügeln und brannte förmlich darauf, den Abt bei jeder sich bietenden Gelegenheit zu treffen. Bruder Paul warnte ihn, daß er durch sein Verhalten Prior Jeromes Verdacht noch schüre, bis Matthias den Abt nur noch nachts aufsuchte.

Das Wetter wurde freundlicher, der Frühling kam und machte den schneidenden Winden und dem eisigen Regen ein Ende. Einige Brüder reisten zu den Seehäfen Rye und Winchelsea, um Vorräte einzukaufen: Leder, Pergament, Samen für die Frühsaat, Material für das Skriptorium und die Bibliothek, Fässer mit Wein aus der Gascogne. Bruder Paul forderte Matthias auf, ihn zu begleiten, doch dieser lehnte ab. Er fürchtete, Emloe und seine Leute könnten immer noch nach ihm suchen. Seine schlimmsten Befürchtungen bewahrheiteten sich, als Bruder Paul ihn nach seiner Rückkehr aus Rye zu einem Spaziergang in den Klostergärten einlud.

»Ihr habt keine Familie hier in der Gegend?« begann er. »Auch keine Freunde und Bekannten? Nicht hier und nicht in Rye?«

Matthias schlug das Herz bis zum Hals. Er blieb stehen und sah dem Gästemeister fest ins Gesicht.

»Ich bin hier fremd, Bruder Paul, und Ihr wißt das.«

»Aber nicht in Rye«, entgegnete Bruder Paul. »Robert Peascod – ein Pergamenthändler und Kerzengießer – fragte mich, ob ich einen Mann namens Matthias Fitzosbert kennen würde.« Bruder Paul kratzte sich nachdenklich die Nase. »Ich sagte, mir wäre niemand dieses Namens bekannt und fragte, warum er das wissen wollte.«

Er nahm Matthias am Arm, und sie setzten ihren Weg fort. »Der alte Peascod war mir gegenüber ganz offen. Er sagte, er und die anderen Kaufleute der Stadt seien von fahrenden Händlern aufgesucht worden, die ihnen trotz ihrer scheinbaren Armut gutes Silber angeboten hätten, um Informationen über Euch zu bekommen. Ihr seht, Matthias, die Außenwelt ist immer noch an Eurem Wohlergehen interessiert. Ach, übrigens«, fuhr er fort, »Prior Jerome beginnt, Gerüchte über Euch in die Welt zu setzen. Er spricht von einer Verbindung zwischen Euch und Bruder Roger. Ihr wißt ja, unserem irrsinnigen Mitbruder.«

Matthias wandte sich ab, um seinen Schrecken und sein Unbehagen zu verbergen. Dem Klosterklatsch hatte er entnommen, daß Bruder Roger für unzurechnungsfähig erklärt worden war und wie ein Gefangener gehalten wurde, weil er eine Gefahr für sich und andere darstellte. Bruder Paul hatte angedeutet, daß Bruder Roger weniger verrückt als vielmehr von einem bösen Geist besessen sei. Matthias war stets darauf bedacht gewesen, sich von ihm fernzuhalten.

Während seines Aufenthaltes in St. Wilfrid's war er zwar von keinen mysteriösen Phänomenen heimgesucht worden, aber er betrachtete diesen besessenen Mönch mit Mißtrauen und mied das graue, abweisende Gebäude innerhalb der Klostermauern.

Eines Tages schlüpfte er kurz nach Einbruch der Dunkelheit in die Gemächer des Abtes und erzählte ihm von seinen Befürchtungen.

»Mir ist nichts Derartiges zu Ohren gekommen.« Der Abt schüttelte den Kopf. »Aber da ich Prior Jerome kenne, traue ich ihm eine solche Vorgehensweise durchaus zu. Trotzdem – habt keine Bedenken, Matthias. Dies ist heiliger Boden. Wenn der arme Bruder Roger ein Problem für Euch darstellt, oder, was eher wahrscheinlich ist«, er hob den Zeigefinger, »wenn Bruder Jerome ein Problem daraus macht, dann habt Ihr meine Erlaubnis, Euch dagegen zu wehren.« Er bat Matthias, Platz zu nehmen. »Aber hier ist auch eine gute Nachricht für Euch, Matthias. Ich habe begonnen, die Botschaft zu übersetzen, die Ihr von der Kirchenwand in Tenebral abgeschrieben habt.« Er hob eine Hand. »Nein, bei weitem noch nicht alles. Das Ganze ist in einer logischen Reihenfolge niedergeschrieben. Verschiedene Symbole wurden benutzt, und man muß jedes einzelne entschlüsseln, ehe man zum nächsten übergehen kann. Der Verfasser ist sehr geschickt vorgegangen. Er hat nicht nur angelsächsische Runen benutzt, sondern ein Gemisch aus alten Zeichen, die in längst verschwundenen Zivilisationen gebraucht wurden. Er spielt Katz und Maus mit jedem, der seinen Text zu entziffern versucht. Außerdem hat er bewußt einige Symbole umgedreht oder, um Verwirrung zu stiften, solche verwendet, die in unserem Alphabet einem, zwei oder gar drei Buchstaben entsprechen können. In anderen Sätzen ist er ins Griechische übergewechselt, sowohl in das klassische als auch in das aus der Zeit des Hellenismus, das Koine. Auch lateinische und hebräische Worte tauchen auf. Weit bin ich noch nicht gekommen, aber ich denke, dies hier wird Euch etwas sagen.« Er nahm ein Pergamentstück vom Tisch und reichte es Matthias.

Dieser studierte es sorgfältig, und das Blut gefror ihm in den Adern.

1471: Schlacht bei Tewkesbury, der Hospitaliter stirbt. Matthias sieht es mit an. 1471: die geliebte Christina ist krank. Matthias, mein Sohn, und der Prediger sind gekommen. Das Feuer brennt, aber ich kehre zurück. 1471: Der Sekretär bringt Rache, aber dem geliebten Matthias geschieht nichts.

Für die Folgejahre 1472, 1473 und 1474 gab es weitere Einträge, die auflisteten, wo Matthias sich aufhalten und was er genau tun würde. Matthias blickte auf.

»Er konnte in die Zukunft sehen. Er konnte sehen, was geschehen würde.«

Abt Benedikt sah ihn über den Tisch hinweg betrübt an.

»Ich glaube nicht, daß er die Zukunft kannte, Matthias, und ganz bestimmt konnte er sie nicht manipulieren – kein Geschöpf auf Gottes Erdboden ist dazu imstande. Aber ich glaube, er konnte vorhersagen, was geschehen würde, so wie ein Kapitän die Untiefen ahnt und sein Schiff sicher durch felsige Passagen lenkt.«

»Warum hat er all das aufgeschrieben?« fragte Matthias.

Abt Benedikt zuckte die Schultern. »Vielleicht aus Hohn und Trotz. Als eine Art letzten Willen, der sich in diesem Fall allerdings auf die Zukunft bezieht. Aber vielleicht wußte er auch, daß Ihr eines Tages zurückkehren und versuchen würdet, die Zeichen zu entschlüsseln. Der Rosendämon will Euch begreiflich machen, daß er Euch nie verlassen wird.«

»Könnt Ihr Euch nicht etwas beeilen?« drängte Matthias.

Abt Benedikt schüttelte den Kopf. »Ich habe Euch doch schon gesagt, daß diese Aufgabe viel Zeit in Anspruch nimmt. Sie gleicht dem Schälen einer Zwiebel, man muß die obersten Schichten zuerst abziehen. Geht man nach einer anderen Methode vor, verliert man sich in einem Verwirrspiel von Möglichkeiten, Matthias. Ich weiß Eure Geduld wirklich zu schätzen. Lange wird es nicht mehr dauern.«

Am nächsten Morgen wartete Prior Jerome draußen vor

der Kirche auf Matthias. Ein gehässiger Ausdruck lag auf seinem Gesicht.

»Ihr müßt augenblicklich mit mir kommen, Master Matthias.«

»Prior Jerome, ich muß nirgendwo hingehen, am allerwenigsten mit Euch.«

Der Prior trat näher. Im Morgenlicht wirkte sein Gesicht fahl, und sein Atem stank schal.

»Bruder Roger hat nach Euch verlangt«, flüsterte er. Bosheit glitzerte in seinen Augen. »Er sagt, er hat Neuigkeiten von Euren Freunden Amasia und Santerre. Was sind das für Leute, Bruder Matthias?« Er legte den Kopf zur Seite. »Ich sehe, die Namen sagen Euch etwas. Nun frage ich mich doch, was ein achtbarer Mann wie Ihr mit einem irrsinnigen, besessenen Mönch gemein hat. Und was noch merkwürdiger ist – woher weiß ein solcher Mönch soviel über Euch?« Er trat zurück und schob die Hände in die weiten Ärmel seines Gewandes. »Entweder kommt Ihr jetzt mit mir, oder ich trage Bruder Rogers Wunsch vor der Kapitelversammlung vor.«

»Dann laßt uns gehen«, schlug Matthias vor. »Ich habe nichts zu fürchten.«

Sie schritten über das taufeuchte Gras. Matthias ließ sich sein Unbehagen nicht anmerken, als sie sich dem grauen Gebäude näherten: Die eisenbeschlagene Tür war verriegelt, die Fenster bloße Schlitze und so schmal, daß ein Mann kaum eine Hand hindurchschieben konnte. Matthias hörte, wie er beim Namen gerufen wurde.

»Tretet näher, Matthias Fitzosbert. Die Hölle wartet schon. Diejenigen, die uns in die ewige Dunkelheit vorausgegangen sind, verlangen eine Antwort!«

Matthias blieb vor der Tür stehen. Prior Jerome schob die kleine hölzerne Klappe zur Seite. Angewidert wandte sich Matthias ab, als ihm ein entsetzlicher Gestank in die Nase stieg.

»Nun seid doch nicht so.« Die Stimme klang sanft, doch in den tief in ihren Höhlen liegenden Augen des Mannes flackerte der Irrsinn. Bruder Roger preßte die Lippen gegen das Gitter in der Tür und leckte an den kalten Eisenstäben. »Ich habe Nachrichten für Euch, Matthias. Santerre steht hier in der Dunkelheit, zusammen mit Amasia, Fulcher, dem Büttel John, Fitzgerald und vielen anderen. Auch ein König ist unter ihnen; James Stewart, dessen Blut am Sauchieburn vergossen wurde. Wie Kinder sind sie, verloren in der Nacht. Sie wollen, daß Ihr sie erlöst. Sie schreien in das Dunkel hinein, daß sie unschuldig vor ihrer Zeit aus dem Leben gerissen und unvorbereitet in die ewige Nacht geschickt worden sind. Ich habe auch eine Rose gezeichnet«, flüsterte er. »Eine wunderschöne Rose, rot wie die Morgenröte, mit einem langen grünen Stengel. Prior Jerome hat mir die Farben gegeben. Jedes Blatt steht für einen Eurer Freunde.« Das schmutzige, verzerrte Gesicht verschwand, und lange, gelbliche Fingernägel kratzten an den Stäben. »Kommt herein, Matthias. Kommt herein und begrüßt Eure Freunde.«

Matthias schloß die Klappe und wandte sich ab.

»Ihr müßt hereinkommen! Ihr müßt hereinkommen!« Die Stimme überschlug sich beinahe. »Es sind Eure Freunde, und sie lassen mir keine Ruhe. Sie verfolgen mich des Nachts!«

Matthias achtete nicht auf ihn, sondern stapfte unbeirrt über das Gras. Prior Jerome eilte ihm hinterher.

»Was hat das alles zu bedeuten?« Er griff nach Matthias' Arm. »Aber, aber, Bruder!«

Matthias packte den Prior bei seiner Tunika, zog seinen Dolch und setzte ihn Jerome an die Kehle. Furcht verdrängte die Bosheit in den eng beieinanderstehenden Augen des Mannes.

»Faß mich nicht an, du Hurensohn!« fauchte Matthias. »Steckt Eure Nase nie wieder in meine Angelegenheiten, Prior Jerome!« Er deutete auf die Zelle, in der Bruder Roger sich noch immer wie von Sinnen gebärdete. »Und laßt diese arme Kreatur in Ruhe.« Er stieß den Prior weg. »Wegen unseres guten Abtes braucht Ihr Euch keine Sorgen zu machen. Er weiß alles über mich, und er wird auch von diesem Vorfall erfahren.«

Abt Benedikt ging gerade mit seinem Cellerar die Abrechnungen durch. Er warf einen Blick auf Matthias' Gesicht und bat den Mönch, den Raum zu verlassen.

Matthias setzte sich und berichtete dem Abt kurz und knapp von Bruder Rogers Benehmen.

»Warum?« fragte er dann gequält. »Warum verfolgen mich diese Toten immer noch? Ich trage keine Schuld an ihrem Ende, und ich habe auch den Rosendämon nicht gebeten, von ihren Seelen Besitz zu ergreifen. Ihr Blut klebt nicht an meinen Händen.«

»Beruhigt Euch, Matthias.« Der Abt stand auf, ging um seinen Schreibtisch herum und beugte sich über ihn. »Diese Menschen sind völlig unvorbereitet mitten aus dem Leben gerissen worden. Unsere Vorstellung von einem Leben nach dem Tod ist so begrenzt, daß man sie in zwei, drei Sätzen zusammenfassen kann. Vielleicht läßt sich der Tod am ehesten mit einer Geburt vergleichen. Ein Kind möchte den Mutterschoß nicht freiwillig verlassen, und wenn es zur Welt kommt, geschieht dies unter Blut und Schmerzen. Nach der Geburt ist es dann völlig verwirrt und findet sich nicht zurecht. So ist es auch diesen Toten ergangen. Sie sind ohne Vorwarnung in die ewige Dunkelheit gestoßen worden und wissen jetzt nicht, wo sie sind oder was eigentlich geschehen ist. Sie geben Euch die Schuld an ihrem Los, Matthias, und sie bleiben bei Euch, weil im Leben ein starkes Band zwischen ihnen und Euch entstanden ist. Was nun Prior Jerome angeht ...« Der Abt hieb mit der Faust auf den Tisch. »Ich denke, es ist an der Zeit, daß jetzt ein anderes Kloster in den Genuß seiner außerordentlichen Fähigkeiten kommt.«

Zwei Tage später wurde Matthias von Glockengeläut geweckt, aber nicht von dem ruhigen Klang des Aufrufs zum Gebet oder zu anderen Pflichten, sondern von einem wilden Alarmgeläut. Er wollte die Tür aufreißen, mußte jedoch feststellen, daß sie von außen verschlossen worden war. Draußen auf dem Gang konnte er das Schlurfen von Sandalen und die erregten Rufe der Mönche hören. Er ging zum Fenster, konnte aber nichts erkennen, also setzte er sich auf die Bettkante und versuchte, die Panik zu unterdrücken, die ihn zu überwältigen drohte. Den größten Teil des vorangegangenen Tages hatte er in der Bibliothek zugebracht, wo er sich mit Studien von dem Gedanken an den tobenden Bruder Roger ablenkte und nicht der kalten Bosheit Prior Jeromes ausgesetzt war. Die Abendmahlzeit hatte er allein in seiner Kammer eingenommen. Von Bruder Paul, der ihm das Tablett gebracht hatte, war ihm zugeflüstert worden, was mittlerweile das ganze Kloster wußte: Prior Jerome war zum Abt bestellt worden.

»Die Brüder sind außer sich vor Freude«, hatte der Gästemeister frohlockend gesagt. »Der Cellerar hat gehört, wie der Abt sagte, Ende der Woche müsse Prior Jerome gehen.«

Matthias überlegte, was wohl geschehen sein mochte. Er ging durch die Kammer, nahm seine Kleider von dem Wandhaken und stellte dabei fest, daß sein Schwertgurt verschwunden war. Jemand war nachts in seine Kammer geschlichen und hatte ihn fortgenommen. Der Schlüssel drehte sich im Schloß. Matthias fuhr herum. Prior Jerome stürzte in den Raum. Vier stämmige Laienbrüder, die alle Knüttel in den Händen hielten, begleiteten ihn. Der Prior grinste zynisch und stieß Matthias auf das Bett zurück.

»Mörder!« keifte er, mit dem Finger vor Matthias' Gesicht hin und her fuchtelnd. »Mörder und Ausgeburt des Teufels!«

Matthias wollte aufspringen, doch zwei der Laienbrüder packten ihn an den Armen und drückten ihn wieder auf das Bett.

»Was ist eigentlich los?« fragte er wütend.

»Letzte Nacht wurde Bruder Roger getötet«, zischte Prior Jerome. »Eine unsichtbare Kraft packte ihn und schleuderte ihn mit solcher Wucht gegen die Wand, daß sein Schädel zerbarst. Und was noch schlimmer ist – Abt Benedikt ist gleichfalls tot. Wir fanden ihn leblos auf dem Boden seiner Kammer.«

»Gott schenke ihm ewigen Frieden«, flüsterte Matthias. »Aber ...«

»Sein Herz hat versagt«, fauchte Prior Jerome. »Aber was mag wohl der Grund dafür gewesen sein ...? Seid Ihr ein

Hexenmeister, Fitzosbert? Habt Ihr Bruder Roger und Abt Benedikt zum Schweigen gebracht?« Er trat einen Schritt zurück. »Die Abtei St. Wilfrid's unterliegt ihrer eigenen Gerichtsbarkeit. Nun, da Abt Benedikt nicht mehr am Leben ist, geht sein Amt vorläufig auf mich über. Ihr, Matthias Fitzosbert, werdet Euch für Eure furchtbaren Verbrechen vor Gericht verantworten müssen!«

DRITTES KAPITEL

Matthias wurde in seiner Kammer eingesperrt. Er durfte keine Besucher empfangen und erhielt als Verpflegung nur Wasser und Brot. Die Zelle wurde von drei Laienbrüdern streng bewacht; Matthias durfte sie nur verlassen, um die Latrine am anderen Ende des Gästehauses aufzusuchen. Die Laienbrüder gaben auf seine Fragen keine Antwort, aber Bruder Paul kam zu ihm, sobald er konnte. Der Gästemeister hatte all seine Fröhlichkeit eingebüßt. Seine Augen waren vom Weinen rot verschwollen. Er hatte sich den Zutritt zu Matthias' Zelle dadurch verschafft, daß er ihm seine Ration Brot und Wasser selbst brachte und sich für die karge Kost entschuldigte.

»Das ganze Kloster befindet sich in heller Aufregung«, schnaufte er. »Zwei Todesfälle in einer Nacht! Bruder Roger wurde wohl das Opfer seines Irrsinns, und Abt Benedikts Herz muß versagt haben.« Bruder Paul beugte sich zu ihm. »Matthias, Eure Lage ist äußerst prekär. Prior Jerome ist vorläufig der amtierende Abt und hat dieselbe Macht über Leben und Tod wie ein Lehnsherr. Er behauptet, Ihr wäret mit den bösen Mächten im Bunde; ein Hexenmeister, der den Tod unseres guten Abtes und des armen Bruder Roger herbeigeführt hat.« Er stieß geräuschvoll den Atem aus. »Beide werden heute nachmittag beerdigt.«

»So bald schon?« fragte Matthias. »Sie sind doch erst vor zwei Tagen gestorben. Bruder Jerome scheint es ja sehr eilig zu haben, sie unter die Erde zu bringen.«

Bruder Paul blickte ihn mit zusammengezogenen Brauen an. »Was wollt Ihr andeuten, Matthias?«

»Nichts, soweit es Bruder Rogers Tod betrifft. Aber ich finde es doch sehr eigenartig, daß Abt Benedikt just an jenem Tag starb, an dem er beschloß, Prior Jerome in ein anderes Kloster zu schicken. Es gibt viele Gifte, Bruder Paul, die das Herz eines alten Mannes zum Stillstand bringen können.«

»Glaubt Ihr das wirklich?« fragte der Gästemeister skeptisch.

»Abt Benedikt war mein Freund; ein weiser, gebildeter Mann, der mir dabei helfen wollte, ein schreckliches Problem zu lösen.« Matthias griff nach dem harten Roggenbrot und knabberte daran.

Bruder Paul erhob sich. »Solche Probleme sind nichts im Vergleich zu dem, was Euch morgen bevorsteht«, flüsterte er. »Prior Jerome beruft eine volle Kapitelversammlung ein. Ihr werdet wegen Hexerei und Ausübung Schwarzer Magie verurteilt werden.«

»Unsinn!« Matthias sprang auf. »Er hat keinerlei Beweise!«

»Braucht er die denn?« erwiderte Bruder Paul. »Könnt Ihr den Brüdern erzählen, warum Ihr hier seid? Warum Ihr den Abt des Nachts besucht habt? Was war denn so ungeheuer wichtig? Und warum hat Bruder Roger Euch zu sehen verlangt? Woher weiß ein irrer Mönch über einen Gast unseres Klosters Bescheid?« Er packte Matthias' Hand. »Das sind nur einige der Fragen, die Jerome in seiner Bosheit unter den Brüdern verbreitet. Er hat eine tödliche Saat gesät, Matthias. Morgen könntet Ihr die Früchte ernten.«

Nachdem Bruder Paul gegangen war, ließ sich Matthias wieder auf das Bett sinken. Allmählich wurde ihm das volle Ausmaß der Gefahr bewußt, in der er schwebte. Er hatte gehofft, daß Prior Jerome nur allzugern bereit sein würde, ihn aus dem Kloster zu weisen. In diesem Fall hätte er das Pergament mit den Runen und Abt Benedikts unvollständige Übersetzung an sich genommen, seine Sachen gepackt und wäre seiner Wege geritten. Doch er hatte Jeromes Heimtücke unterschätzt. Der Prior besaß Macht über Leben und Tod. Aber würde er sie auch anwenden? Würde Matthias' unseliges Leben in diesem kalten, feuchten Kloster mitten im Moor enden?

Matthias versuchte zu beten, aber ihm kam kein Wort über die Lippen. Der Tag verstrich, und allmählich begann er, die Folgen der kargen Ernährung zu spüren. Er fühlte sich schwach und erschöpft. Gegen Mittag kehrte Bruder

Paul mit einer Schüssel Fleisch und gewürztem Gemüse zurück. Matthias schlang die Mahlzeit gierig hinunter und trank rasch einen Becher Wein dazu. Danach döste er ein und wurde vom Läuten der Totenglocke geweckt. Von seiner Zelle aus hörte er schwach ein paar Strophen der Messe und den Gesang der Mönche. Matthias stand auf, setzte sich an sein Schreibpult und versuchte, eine Verteidigungsstrategie gegen Prior Jeromes Anschuldigungen zu entwerfen. Schließlich warf er die Schreibfeder resigniert zu Boden. Was konnte er schon zu seinen Gunsten vorbringen? Und wer würde ihm glauben?

Spät am Abend kam Bruder Paul mit einem Tablett voll Speisen zu ihm.

»Ich habe darauf bestanden«, erklärte er, konnte Matthias aber nicht in die Augen sehen. »Ich sagte, Ihr wäret so lange unschuldig, bis Eure Schuld bewiesen ist.«

Matthias dankte ihm und zog den Gästemeister zu sich heran.

»Bruder Paul, ich bin wirklich unschuldig«, flüsterte er. »Aber ich kann den Brüdern nicht sagen, warum ich hier bin. Selbst wenn ich es täte, würden sie mir nicht glauben, und meine Lage würde sich noch verschlimmern. Ihr aber wißt, daß ich unschuldig bin!«

»Ich werde tun, was in meinen Kräften steht«, erbot sich Bruder Paul. »Jerome ist allgemein verhaßt. Aber wie dem auch sei, er ist jetzt an der Macht, und das läßt er die Brüder auch spüren. Es werden nur wenige zu Euren Gunsten aussagen, Matthias.«

»Sagt ihnen, sie sollen lieber schweigen.« Ärger schwang in Matthias' Stimme mit. »Aber wenn Ihr könnt, erweist mir einen Freundschaftsdienst, Bruder Paul. Geht in Abt Benedikts Gemach und sucht dort nach zwei Manuskripten. Eines ist mit seltsamen Symbolen beschrieben, auf dem anderen steht Abt Benedikts Übersetzung. Bringt sie nicht hierher, sondern paßt nur darauf auf.«

»Prior Jerome könnte sie bereits gefunden haben.«

Matthias dachte an den schweren ledergebundenen Band, in dem Abt Benedikt die Pergamentstücke versteckt hatte. Er beschrieb ihn dem Gästemeister, der versprach, sein Möglichstes zu tun.

Am nächsten Morgen nach dem Hochamt öffneten vier Laienbrüder Matthias' Zelle, banden ihm die Hände auf den Rücken und führten ihn in das Domkapitel. Sämtliche Mönche hatten sich dort versammelt und saßen erwartungsvoll auf den Steinsitzen, die sich an der Wand entlangzogen. Prior Jerome hatte den Platz des Abtes eingenommen. Sein Gesicht verhärtete sich zu einer starren Maske, als Matthias zu dem Tisch gebracht wurde, an dem die Schreiber saßen. Die Türen wurden geschlossen. Prior Jerome stimmte ein Gebet an, dann eröffnete er die absurde Gerichtsverhandlung.

»Matthias Fitzosbert!« Er erhob sich, schritt die Stufen herunter und blieb am anderen Ende des Tisches stehen, um Matthias ins Gesicht sehen zu können. »Matthias Fitzosbert, aus welchem Grund seid Ihr in das Kloster St. Wilfrid's gekommen?«

»Das geht Euch nichts an«, erwiderte Matthias. »Es war eine vertrauliche Angelegenheit zwischen Abt Benedikt und mir. Außerdem bin ich kein Mitglied dieses Ordens und dieser Gemeinschaft. Ihr habt kein Recht, über mich zu richten.«

»Eine vertrauliche Angelegenheit?« Prior Jerome blickte mit gespielter Verwunderung in die Runde.

Matthias folgte seinem Blick. Viele Mönche saßen mit gesenktem Kopf und niedergeschlagenen Augen da; ganz offensichtlich über den Lauf der Dinge nicht sehr erfreut, doch Matthias' aufflackernde Hoffnung wurde zunichte gemacht, als Prior Jerome mit großer Geste einen Pergamentbogen aus den Ärmeln seines Gewandes zog.

»Eine vertrauliche Angelegenheit!« rief er mit lauter, klingender Stimme. »Aber dies, liebe Brüder in Christi, ist ein von einer in London lebenden Klausnerin verfaßter Brief. Sie läßt darin anklingen, daß der Überbringer, Matthias Fitzosbert ...« Prior Jerome deutete mit dramatischer Geste auf Matthias, »... von einem Dämon heimgesucht wird.«

»Ihr deutet ihre Worte falsch«, erwiderte Matthias hitzig.

»Emma de St. Clair ist meine Freundin und Ratgeberin, genau wie Abt Benedikt mein Vertrauter war.«

»Werdet Ihr von einem Dämon heimgesucht?« fragte Prior Jerome ölig. »Legt Eure Hand auf die vor Euch liegende Bibel und schwört, daß dem nicht so ist.«

Matthias starrte ihn nur an.

»Warum sagt Ihr uns nicht, was Euch nach St. Wilfrid's geführt hat?«

»Weil es eine vertrauliche Angelegenheit ist.«

»Das ist es eben nicht«, beharrte Prior Jerome. »Diese Klausnerin und unser verstorbener Abt waren eingeweiht. Warum beantwortet Ihr meine Fragen nicht? Warum schwört Ihr nicht unter Eid, daß Ihr nicht von einem Dämon behelligt werdet? Ich frage Euch noch einmal: Warum seid Ihr nach St. Wilfrid's gekommen? Woher kannte der arme Bruder Roger Euch? Warum behauptete er, Nachrichten von Euren längst verschiedenen Freunden für Euch zu haben? Kommuniziert Ihr mit den Geistern, Master Fitzosbert?« Seine Stimme steigerte sich zu einem Kreischen. »Steht Ihr mit den dunklen Mächten in Verbindung?«

»Unsinn!« brüllte Matthias zurück und zerrte an den Stricken an seinen Handgelenken. »Ich habe kein Verbrechen begangen! Ich habe weder Bruder Rogers Tod noch den von Abt Benedikt auf dem Gewissen!«

»Da bin ich anderer Ansicht.« Prior Jerome setzte ein falsches Lächeln auf und ging zu seinem Platz zurück. »Ich glaube, Master Fitzosbert, daß Ihr ein Hexenmeister seid.«

»Unsinn!« wiederholte Matthias. »Die guten Brüder kennen mich. Ich gehe jeden Tag zur Messe, und ich empfange das Sakrament.«

»Wenn Ihr nun ein so guter Christ seid«, Prior Jerome drehte sich um, »warum leistet Ihr dann nicht den Eid und gebt ehrliche Antworten auf ehrliche Fragen?«

»Weil es Euch nichts angeht«, erklärte Matthias bestimmt.

»Und ob es das tut! Und ob es das tut!« Prior Jerome kam eilig auf ihn zu. »Ich beschuldige Euch, Matthias Fitzosbert, Eure teuflischen Kräfte dazu benutzt zu haben, Bruder Roger zum Schweigen zu bringen.« Er lächelte böse. »Und da Ihr wußtet, daß der Abt sich deswegen Gedanken machte, habt Ihr ihn verflucht und so seinen Tod herbeigeführt.«

Matthias starrte ihn finster an. Prior Jerome hatte ihn in die Enge getrieben. Seine Anschuldigungen ergaben keinen Sinn, aber weil er, Matthias, nicht darauf antworten konnte, saß er in der Falle.

»Ich denke, die Sachlage ist eindeutig.« Jerome breitete die Arme aus. »Hier haben wir einen Mann, der sich weigert, uns zu verraten, warum er bei uns ist. Der mit Bruder Roger offensichtlich auf vertrautem Fuß stand, uns aber den Grund dafür nicht erklären kann. Und dann sterben in einer einzigen Nacht sowohl Bruder Roger als auch unser guter Abt.«

»Ihr habt kein Recht, über mich zu Gericht zu sitzen!« schrie Matthias.

Prior Jerome ließ die Arme sinken und lächelte. »O doch. Es gibt eine von der Krone anerkannte Regel, der zufolge jeder Mann, der länger als sechs Monate in einem Kloster lebt und sich den Gepflogenheiten dieser Gemeinschaft unterwirft, auch unter die Gerichtsbarkeit dieses Klosters fällt.«

Einige ältere Mönche nickten zustimmend.

»Wer hält diesen Mann für schuldig?«

Starr vor Entsetzen stand Matthias da, als einige Mönche die Hand hoben und »Aye!« murmelten. Andere schoben zwar demonstrativ die Hände in die Ärmel ihrer Gewänder, aber dennoch hatte Prior Jerome die Mehrheit auf seiner Seite. Er lächelte zufrieden und setzte sich wieder.

»Das Urteil wird sofort gefällt werden!« verkündete er. »Kraft meines Amtes ...«

»Wartet!« Bruder Paul sprang auf. »Vater Prior, bei allem schuldigen Respekt, es liegt nicht der geringste Beweis vor, daß dieser Mann mit dem tragischen Tod von Bruder Roger und Abt Benedikt zu tun hat. Sicher, es gab Zufälle«, Bruder Paul kam die Stufen herunter und blieb direkt vor dem Prior stehen, »aber Zufälle sind noch lange keine Beweise. Bruder Matthias hat sich heimlich mit unserem Vater Abt getroffen, aber woher wollen wir wissen, daß sie nicht wirklich vertrauliche Dinge besprochen haben? Nicht ein einziges Mal haben ich oder einer unserer Brüder gehört, daß Abt Benedikt geringschätzig von unserem Gast hier sprach.«

Ein zustimmendes Raunen ertönte. »Und außerdem«, fuhr Bruder Paul trotzig fort, »habt Ihr, Prior Jerome, in dieser Angelegenheit keineswegs die Macht über Leben und Tod. Unsere Regeln besagen ganz klar, daß zwischen dem Hinscheiden eines Abtes und der Ernennung eines neuen die Verhandlung gegen jeden Mönch, der eines Kapitalverbrechens beschuldigt wird, bis zum Eintreffen des neuen Abtes vertagt werden muß.«

Diesmal war der Chor der Zustimmung noch lauter. Matthias schloß die Augen und schickte ein stilles Dankgebet gen Himmel. Da sich diese Gemeinschaft aus Männern zusammensetzte, die sich nur widerwillig an strenge Regeln hielten, waren sie nur allzugern bereit, die Autorität eines Vorgesetzten in Frage zu stellen; besonders wenn dieser Vorgesetzte so unbeliebt war wie Prior Jerome. Nun hatten sie in Bruder Paul einen Wortführer gefunden.

»Dann wäre da noch etwas«, fügte Bruder Paul hinzu. »Als ich den Gefangenen in seiner Kammer aufsuchte, fiel mir auf, daß sein Schwertgurt fehlte.« Er zwinkerte Matthias verstohlen zu.

»Was hat denn das mit der Anklage zu tun?« Prior Jerome, der seinen Zorn kaum noch bezähmen konnte, beugte sich vor und schlug sich mit der geballten Faust auf das Knie.

»Matthias«, fragte Bruder Paul, »wo ist Euer Schwertgurt?«

»Ich vermisse ihn seit dem Morgen, an dem Abt Benedikt tot aufgefunden wurde. Meine Tür war von außen verriegelt, mein Schwertgurt verschwunden.«

»Das geschah auf meinen Befehl hin«, unterbrach Prior Jerome hastig. »Ich hielt es für sicherer.«

»In diesem Fall«, erwiderte Bruder Paul knapp, »habt Ihr unseren guten Bruder schon für schuldig befunden, ehe Ihr ihn überhaupt zu dem Geschehenen befragt habt.« Er trat einen Schritt vor und pflanzte sich breitbeinig vor dem Prior auf. Sein ganzer Körper bebte vor Entrüstung. »Abt Benedikt ist tot«, erklärte er. »Gemäß unseren Regeln habt Ihr, Prior Jerome, vorerst die Leitung dieses Kloster inne, aber Eure Abneigung gegen diesen Mann ist allgemein bekannt. Und Ihr seid von seiner Schuld bereits überzeugt. Ich kenne die Gesetze ebensogut wie jeder andere hier. Ihr müßt mit der Vollstreckung eines Urteils warten, bis uns das Mutterhaus einen neuen Abt schickt. Was sagt ihr dazu?« Er blickte auffordernd in die Runde.

Ein vielstimmiges ›Aye‹ beantwortete seine Frage.

Prior Jerome sprang auf und eilte die Stufen hinunter.

»In diesem Punkt habt Ihr recht.« Es fiel ihm schwer, Ruhe zu bewahren. »Aber kraft meines augenblicklichen Amtes kann ich zumindest folgende Entscheidung treffen: Matthias Fitzosbert wird in Bruder Rogers ehemalige Zelle gesperrt. Er darf keinen Besuch empfangen und erhält außer Wasser und Brot keinerlei Nahrung.«

Das Lächeln auf den Gesichtern der anderen Mönche erstarb. Prior Jerome klatschte in die Hände.

»So lautet mein Urteil, und so soll es geschehen!«

Matthias wurde ins Freie gezerrt. Die Laienbrüder packten ihn an den Armen und führten ihn durch die Gänge und über das Klostergelände. Bruder Paul folgte ihnen eilig.

»Ihr habt gehört, was der Prior gesagt hat!« fertigte ihn einer der Männer barsch ab. »Niemand darf mit ihm sprechen!«

Bruder Paul nahm Matthias' Gesicht zwischen die Hände.

»Achtet darauf, was Ihr eßt und trinkt!« flüsterte er. »Nur Mut. Wartet einfach ab.«

Er trat zur Seite, und die Laienbrüder zogen Matthias weiter. Die Tür zu dem kleinen Gefängnis wurde aufgerissen, und man stieß ihn in den kahlen, quadratischen Raum. Der Schmutz, den Bruder Roger hinterlassen hatte, war inzwischen beseitigt worden, doch der faulige Gestank hing immer noch in der Luft. Ausgestattet war die Zelle lediglich mit einer schmalen Pritsche, einem kleinen Tisch und einem wackeligen Stuhl. In einer Ecke befand sich eine Vertiefung, von der eine schmale Furche nach draußen führte: die Latrine. Die spaltähnlichen Fenster ließen kaum Licht hindurch, und als die Tür hinter Matthias zugeschlagen und verriegelt wurde, herrschte fast völlige Finsternis.

Eine Weile saß Matthias reglos am Boden. Er zitterte am ganzen Leibe, während er Gott für Bruder Paul dankte: Wenn Prior Jerome seinen Willen durchgesetzt hätte, dann wäre er von den vier Laienbrüdern auf einen Karren geworfen und zu dem riesigen Galgen geschafft worden, der sich über der Moorlandschaft erhob. Trotzdem war ihm klar, daß er sich noch immer in großer Gefahr befand. Es konnte Monate dauern, bis ein neuer Abt eintraf und die Dinge wieder ins Rollen kamen. Außerdem fragte er sich, ob Abt Benedikt wohl wirklich vergiftet worden war. Als die Tür aufflog und jemand einen Zinnbecher mit Wasser und eine Holzschale voll Brotstückchen auf den Boden stellte, beschloß er, die Speisen nicht anzurühren. Er stand auf und ging langsam im Raum umher. Der Boden war mit Steinen gepflastert. Die weißgetünchten Wände starrten vor Schmutz. Neben der Pritsche entdeckte er Bruder Rogers Zeichnung.

Die Rose war nur grob umrissen, der grüne Stengel reichte bis zum Boden. Über jedem der glockenförmigen Blätter stand ein Name: Santerre, Amasia, der Prediger und einige, die Matthias nicht kannte. Alle anderen Spuren des verstorbenen Mönches waren beseitigt, Matratze und Decken ausgetauscht und die Latrine gesäubert worden. Es gab weder Bücher noch sonst etwas, wodurch er sich hätte ablenken können. Wieder wurden ihm Brot und Wasser gebracht. Matthias, der einen tückischen Anschlag seitens Jeromes fürchtete, zerkrümelte das Brot und warf es aus dem Fenster. Das Wasser goß er in die Latrine. Am Morgen des dritten Tages fühlte er sich so schwach, daß er die meiste Zeit auf dem Bett lag und von gräßlichen Alpträumen aus seiner Vergangenheit gequält wurde.

Später an diesem Tag wurde Matthias von einem Klopfen an der Tür geweckt. Bruder Paul schob das übliche Tablett mit Brot und Wasser in die Zelle, danach aber noch ein zweites, auf dem eine Schüssel mit heißem, scharf gewürztem Fleisch stand, das in einer dicken, sämigen Sauce schwamm, dazu Brot, ein Krug Wein und ein Stück Marzipan in einem Leinentuch. Matthias machte sich gierig darüber her. Obwohl er sich danach etwas besser fühlte, kehrte die Panik zurück. Wie lange sollte das noch so weitergehen? Wenn Jerome wirklich die Macht an sich gerissen hatte, würde es nicht mehr lange dauern, bis er sich Bruder Paul vom Hals schaffte. Und Matthias wollte weder langsam verhungern noch qualvoll an irgendeinem tödlichen Gift sterben.

Am nächsten Morgen zuckte er jedoch überrascht zusammen, als die Tür aufgestoßen wurde. Bruder Paul betrat in Begleitung zweier Laienbrüder das Gefängnis. Einer von ihnen war mit Matthias' Habseligkeiten beladen: seinen Kleidern, der Satteltasche und dem Schwertgurt. Er schichtete sie auf der Schwelle zu einem Haufen auf, und Bruder Paul drückte Matthias einen kleinen Beutel Münzen in die Hand. Draußen stand sein Pferd gesattelt und aufgezäumt bereit.

»Ihr könnt jetzt gehen, Matthias«, erklärte der Gästemeister. »Gott selbst hat sein Urteil gefällt.«

Matthias starrte ihn verwirrt an.

»Prior Jerome hatte heute morgen einen Unfall«, warf einer der Laienbrüder ein. »Er ist auf den Kirchturm gestiegen, auf dem Rückweg ausgerutscht und die Treppe hinuntergestürzt. Dabei hat er sich das Genick gebrochen.«

»Die Brüder halten seinen Unfall für ein Gottesurteil«, sagte Bruder Paul. »Prior Jeromes Anschuldigungen gegen Euch entsprachen nicht den Tatsachen, dennoch möchten die anderen Brüder nicht, daß Ihr hierbleibt. Ihr müßt sofort aufbrechen. Keine Sorge«, er wies auf die Satteltaschen, »ich habe die Pergamentbögen, nach denen Ihr gefragt habt, in Abt Benedikts Gemach gefunden. Es ist alles in bester Ordnung. Doch jetzt solltet Ihr gehen. Einige der älteren Brüder sprechen davon, den Sheriff hinzuzuziehen.« Er blickte zur Tür. »Drei Todesfälle innerhalb einer Woche, und alle unter rätselhaften Umständen.« Er klopfte Matthias auf die Schulter. »Der Sheriff könnte Euch hier festhalten, bis er mehr über Eure Vergangenheit weiß. Also ist es besser, wenn Ihr jetzt verschwindet.«

Matthias kleidete sich hastig um. Bruder Paul half ihm, seine Habseligkeiten zu einem Bündel zu schnüren und es hinter den Sattel zu schnallen.

Matthias drückte dem Gästemeister die Hand.

»Ich kann Euch gar nicht genug danken, Bruder Paul.«

»Das ist auch nicht nötig.« Der Gästemeister winkte lächelnd ab. »Vier unserer Laienbrüder werden Euch ein Stück begleiten.« Er hob die Hand. »*Au revoir*, Matthias.«

Kurz darauf verließ Matthias in Begleitung von vier kräftigen Laienbrüdern das Kloster St. Wilfrid's. Er fühlte sich hohl, wie ausgebrannt und wußte nicht, was er jetzt anfangen sollte. Als sie eine Kreuzung erreichten, zügelten die Laienbrüder ihre Pferde und blickten erwartungsvoll zu ihm herüber.

»Rye oder Winchelsea?« fragte einer.

Matthias erinnerte sich an Bruder Pauls Bemerkung über Leute, die sich in Rye nach ihm erkundigt hatten, also lenkte er sein Pferd auf die Straße Richtung Winchelsea.

»Ach ja.« Der Laienbruder überreichte ihm eine kleine, versiegelte Pergamentrolle. »Bruder Paul bat mich, Euch dies zu geben. Ihr müßt jetzt weiterreiten«, fügte er mit ausdrucksloser Stimme hinzu. »Wir haben darauf zu achten, daß Ihr nicht zurückkommt.«

»Da macht Euch nur keine Sorgen«, versicherte Matthias ihnen.

Er gab seinem Pferd die Sporen und galoppierte den einsamen Weg entlang, der sich zwischen weitläufigen Kornfeldern hindurch nach Winchelsea wand. Sowie er außer Sicht war, zügelte er sein Pferd, aß ein paar Bissen und trank von dem Wein, den man ihm mitgegeben hatte, dann öffnete er den Brief des Gästemeisters.

> Bruder Paul an Matthias Fitzosbert: Sei gegrüßt. Ich habe nicht mehr lange zu leben. Mein Körper verfällt. Behalte die Abschrift der Worte von Tenebral. Sie haben keine große Bedeutung. Aber sie sind mein Vermächtnis an dich, *Creatura bona atque parva*. Bruder Paul.

Matthias rollte das Manuskript zusammen und blickte einem Vogel nach, der am blauen Himmel schwebte.

»Wann?« murmelte er. »Wann hat der Rosendämon eingegriffen?« Er lächelte in sich hinein. Jetzt begriff er auch, warum Bruder Paul Prior Jerome so kühn die Stirn geboten hatte; begriff seine unermüdliche Bereitschaft, ihn, Matthias, zu verteidigen, die Tabletts mit den Mahlzeiten und natürlich auch Prior Jeromes Sturz. Es war beileibe kein Unfall gewesen. Die Stufen im Kirchturm waren steil und hatten scharfe Kanten. Wenn man einen Mann von hinten anstieß, würde er schwerlich das Gleichgewicht halten können und sich beim Sturz in die Tiefe alle Knochen brechen, so wie Prior Jerome.

Matthias schob das Pergament in die Tasche und setzte seine Reise fort.

Spät am Abend traf er in Winchelsea ein. Noch ehe er in die Stadt selbst gelangte, roch er den salzigen Duft des Meeres und den Geruch nach Fisch und Teer. Winchelsea mit seinen gewundenen Straßen und Gassen war eine wohlhabende Stadt mit einem lebhaften Handelshafen; ein idealer Ort, dachte Matthias, für einen Mann, der in der Menge untertauchen wollte. Er brachte sein Pferd in einen Mietstall und mietete sich selbst eine Kammer in der Schenke ›Kriegskogge‹ direkt an der Stadtmauer. Immerhin verfügte er über eine beachtliche Summe in Silber und begann, Pläne für seine Zukunft zu schmieden.

Da er sich weitgehend sicher fühlte, verbrachte er die erste Woche damit, die Stadt zu erkunden. Ganz besonders interessierte er sich für die zahlreichen Soldatenfähnlein, die draußen vor der Stadtmauer ihre Lager aufgeschlagen hatten. Eines Abends sah er sich dort genauer um. Ein Banner erregte seine Aufmerksamkeit. Es zeigte einen goldenen Engel auf blauem Grund, der einen Schild in der einen und ein Schwert in der anderen Hand hielt. Fasziniert trat Matthias näher, um das Banner zu bewundern.

»Interessiert Ihr Euch für mein Banner?« Eine Gestalt löste sich aus der Dunkelheit.

Die Standarte war ein Stück entfernt von einer Gruppe

von Männern aufgestellt worden, die sich um ein Feuer scharten. Einer drehte langsam einen Spieß. Der köstliche Duft gerösteten Hasenfleisches erfüllte die Luft.

»Es gefällt mir sehr gut«, erwiderte Matthias.

»Ich habe es selbst ausgewählt«, sagte der Mann stolz. »Es ist ein Bild des hl. Raphael.« Er streckte Matthias die Hand hin. »Mein Name ist Sir Edgar Ratcliffe. Ich stamme aus Totton in Yorkshire.«

Matthias schüttelte die ihm dargebotene Hand. Ratcliffe war ein junger Mann mit einem angenehmen Gesicht, dessen jungenhafte Züge er hinter einem üppigen Schnurrbart zu verbergen suchte. Er trug eine am Hals geöffnete Ledertunika und eine schwarze Soldatenhose, die er in lederne Reitstiefel gestopft hatte. Die daran befestigten Sporen klirrten fröhlich.

»Hier lagern viele verschiedene Fähnlein«, stellte Matthias fest.

»Aye.« Ratcliffe kratzte seinen kurzgeschorenen Kopf. »Es ist schon seltsam, wie die Aussicht auf eine Schlacht immer so viele Abenteurer anzieht.« Er spielte mit seiner ledernen Armschiene und lachte in sich hinein. »Ich bin der zweite Sohn eines zweiten Sohnes.« Er blickte zu dem in der Abendbrise flatternden Banner empor. »Kriege wird es so schnell nicht mehr geben, da muß man die Dinge nehmen, wie sie kommen. Wie ist Euer Name?«

»Matthias Fitzosbert.«

»Kriege wird es so schnell keine mehr geben«, wiederholte Ratcliffe. »König Henry ist ängstlich bestrebt, mit jedermann Frieden zu halten. Die Türken kontrollieren jetzt Konstantinopel und Jerusalem, also bleibt für Leute wie uns nur Spanien.«

»Spanien?« fragte Matthias verständnislos.

In St. Wilfrid's hatte er Gerüchte vernommen, denen zufolge der Tudor-König immer engeren Kontakt zu diesem mächtigen Reich und seinen kriegerischen Majestäten Ferdinand von Aragon und Isabella von Kastilien pflegte. Die beiden träumten davon, ihre Länder zu vereinen, was Spanien zur größten europäischen Macht aufsteigen lassen würde.

»Habt Ihr denn nichts davon gehört?« fragte Ratcliffe verwundert. »Wo habt Ihr Euch nur die letzten Monate vergraben?«

»In einem Kloster«, erwiderte Matthias. »Und das ist kein Scherz.«

Wieder blickte Ratcliffe zu dem Banner empor. Ein entrückter Ausdruck trat auf sein Gesicht.

»Es ist der letzte Kreuzzug, Matthias! Ferdinand und Isabella haben eine riesige Armee zusammengezogen und marschieren gen Süden, um Granada zu belagern. Wenn die Stadt fällt, werden die Mauren für immer aus Spanien vertrieben sein. Also habe ich das Fähnlein St. Raphael auf die Beine gestellt.« Er drehte sich um und deutete auf das Lagerfeuer. »Zwanzig Reiter, zehn Fußsoldaten und noch einmal so viele Bogenschützen, obwohl ich keine Ahnung habe, wo diese faulen Burschen stecken. Wahrscheinlich vertrinken sie ihren Sold in der nächstbesten Schenke.« Ratcliffe stieß Matthias leicht gegen die Brust. »Ihr scheint mir ein erfahrener Kämpfer zu sein, ich sehe das an Eurer Brust und Euren Armen. Wollt Ihr Euch uns anschließen? Der Sold ist zwar miserabel, ein Schilling pro Monat, aber dafür gibt es genug zu essen, Kameradschaftsgeist und einen gerechten Anteil an der Beute, die wir unterwegs machen.« Er streckte die Hand aus. »Nun? Schlagt Ihr ein?«

Matthias lachte. »Sir Edgar, wenn ich mich entschließen sollte, nach Spanien zu gehen, dann nur mit Euch unter dem Banner von St. Raphael.« Er blickte die Standarte an. »Es erscheint mir durchaus passend, unter dem Schutz eines von Gottes mächtigsten Erzengeln in den Kampf zu marschieren.«

Er wandte sich zum Gehen. Sir Edgar rief ihm nach, sie würden noch hier lagern, bis alle versammelt seien, und dann nach Rye aufbrechen. Zum Zeichen, daß er verstanden hatte, hob Matthias die Hand und ging langsam zur ›Kriegskogge‹ zurück. Die Aussicht, mit dieser Truppe nach Spanien zu ziehen, gefiel ihm. Ein solches Unternehmen unter christlichem Banner würde es ihm ermöglichen, ein Land zu verlassen, in dem er nicht länger erwünscht war. Tewkesbury, Gloucester, Sutton Courteny, Oxford – all diese Orte waren für ihn gefährlich. Er bezweifelte, daß Emma de St. Clair noch am Leben war, und er war sich auch nicht sicher, welchen Empfang ihm die Hospitaliter bereiten würden. Unterhalb des knarrenden Wirtshausschildes blieb er stehen. Emloe und seine Bande würden in London auf ihn warten – und anderswo wahrscheinlich auch. Ja, er würde an diesem Kreuzzug teilnehmen und für Kreuz und Kirche kämpfen. Ratcliffe hatte den Eindruck eines ehrenwerten Mannes gemacht, und Matthias war seiner Einsamkeit überdrüssig.

Er überquerte den Hof der Schenke und stieg die Stufen zu seiner Kammer empor. Kaum hatte er die Tür geöffnet, als ihn auch schon unsichtbare Hände in den Raum hineinzerrten. Sofort wurde die Tür hinter ihm zugeschlagen und verriegelt. Eine Kerze flackerte auf. Matthias' Hand fuhr zum Griff seines Dolches.

»Keine Bewegung! Bleibt ganz ruhig stehen!«

Der Raum wimmelte von schattenhaften Gestalten. Emloe trat vor, schlug seine Kapuze zurück und schob die Ärmel seines Gewandes hoch. Ein breites Lächeln trat auf sein Totenschädelgesicht.

»Matthias! Wir haben viele Wochen auf Euch gewartet.«

Matthias blickte sich um. Er hatte mindestens sechs Männer gegen sich. Zwei trugen Armbrüste. Er sah Stahlklingen aufblitzen und hörte das Klirren von Kettenhemden.

»Woher wußtet Ihr, daß ich hier bin?«

»Matthias, viele Monate lang haben meine Spione an den Häfen nach Euch Ausschau gehalten. Ihr wißt ja, daß ich meine Finger in vielen Unternehmen habe und mich sehr dafür interessiere, wer unser schönes Land besucht und wer es verläßt. Ihr wart kaum eine Stunde in Winchelsea, als sich auch schon ein Bote auf den Weg nach London machte.«

»Was wollt Ihr von mir?«

»Muß ich es Euch vorkauen wie einem Kleinkind? Denkt an die Nacht in meinen geheimen Gemächern.« Emloe trat näher. »Noch nie zuvor habe ich eine solche Macht, eine so starke Materialisation gesehen.« Er zuckte die Schultern. »Sicher, das Haus brannte ab, aber ein Haus kann man ersetzen. Für Euch, Matthias, gibt es dagegen keinen Ersatz. Ihr seid für mich wertvoller als der kostbarste Diamant.« Emloes Stimme nahm einen spöttischen Tonfall an. »Und wo haben wir nicht überall nach Euch gesucht! Was ist eigentlich mit den Männern passiert, die ich nach Gloucestershire geschickt habe? Erst nach Monaten entdeckte ich ihre verwesten Leichen draußen vor der alten Kirche.« Emloes Augen glitzerten. »Was ist geschehen, Matthias? Habt Ihr Eure Macht spielen lassen?« Er drohte ihm mit dem Finger. »Und dann Eure Besuche bei den Hospitalitern in Clerkenwell. Sehr verdächtig. Wir konnten leider nicht wagen, Euch dort zu greifen. Die guten Ritter lassen sich weder bestechen noch sonstwie zur Kooperation bewegen. Und sie neigen dazu, erst zuzuschlagen und hinterher zu fragen.«

Matthias zog seinen Umhang fester um sich und funkelte Emloe finster an. Er verspürte keine Angst, sondern schäumte nur innerlich vor Wut. Emloe und all die anderen – James von Schottland, Fitzgerald, Prior Jerome –, er haßte diese Männer, die ihn nur für ihre Zwecke benutzen wollten. Und nun? Sollte er gefesselt und geknebelt wie ein Schwerverbrecher nach London zurückgebracht werden? Matthias tastete nach dem zweiten Dolch, den er eng am Körper trug. Zu seiner Erleichterung ließ sich die Waffe mühelos aus der Scheide ziehen. Emloe genoß die Situation sichtlich.

»Nun, wie lautet Eure Entscheidung, Matthias? Kommt Ihr freiwillig mit, oder müssen wir Euch einen Schlag auf den Schädel geben und Euch in einem Karren aus Winchelsea fortschaffen? Kommt mit mir nach London! Dort könnt Ihr leben wie ein Lord! Wein, Gold, ein prächtiges Haus, jede Frau, die Ihr begehrt! Wollt Ihr ein Amt bei Hofe?« Er grinste tückisch. »Ich habe Nachforschungen anstellen lassen, Matthias. Gegen Euch liegen immer noch Haftbefehle vor. Da ist diese Sache in Oxford, und Euer Name steht auf der Liste der Rebellen, die bei East Stoke gefangengenommen wurden. Und was ist in Barnwick geschehen? Wer hat denn die Schotten in die Burg gelassen?«

Matthias überlegte flüchtig, ob dies wohl die endgültige Konfrontation war, von der Emma de St. Clair gesprochen hatte. War der Rosendämon hier? Emloe lächelte höhnisch. Er fühlte sich offenbar ganz als Herr der Lage.

»Ich werde mit Euch kommen«, erklärte Matthias. »Aber wollt Ihr vorher einen sichtbaren Beweis für meine Macht, Meister Emloe?«

Der ehemalige Priester nickte.

»Ihr wollt sehen, wie sich die Dämonen erheben? Nun gut, Euer Wunsch soll in Erfüllung gehen. Hier habt Ihr meine Hand darauf.«

Matthias trat vor und riß dabei die Hand blitzschnell hoch. Noch ehe Emloe reagieren konnte, stieß er dem verhaßten Gegner seinen Dolch tief in den Bauch.

»Fahrt zur Hölle«, flüsterte er. »Dort warten die Dämonen schon auf Euch!«

Er stieß den keuchenden, Blut hustenden Emloe zu Boden und wandte sich angeekelt ab.

Mehrere Gestalten stürzten sich aus der Dunkelheit auf ihn, doch Matthias stieß sie zur Seite, sprang mit einem Satz zur Tür, schob den Riegel zurück und rannte die Treppe hinunter.

»Mörder!«

Ein Küchenjunge, der ihm entgegenkam, wurde grob zur Seite gestoßen.

»Haltet ihn!« rief eine Stimme hinter ihm. »Er ist ein Mörder!«

Als Matthias den gepflasterten Hof erreichte, hörte er bereits die »Aus dem Weg! Aus dem Weg!«-Rufe; die übliche Warnung bei der Verfolgung eines flüchtigen Verbrechers. Matthias rannte die Gasse entlang. Am anderen Ende blieb er kurz stehen, um sich umzusehen, und seine Hoffnung schwand. Die Fackeln seiner Verfolger kamen immer näher. Flüchtig dachte er an Sir Edgar Ratcliffe, aber er sah ein, daß dessen Lager zu weit entfernt lag. Also lief er weiter, auf den Marktplatz zu, und verschwand durch eine offenstehende Tür in einer düsteren Kirche.

VIERTES KAPITEL

Matthias schlug die Tür hinter sich zu und blickte sich um. Fackeln brannten in Metallhaltern an den Pfeilern, Kerzen und Öllampen warfen ein schwaches Licht auf die Statuen in den Nebenkapellen. Die »Aus dem Weg! Aus dem Weg!«-Rufe kamen immer näher. Hastig schob er den Riegel vor und eilte durch das Hauptschiff zum Altarraum. Kaum war er dort angelangt, da trat auch schon ein kleiner Mann mit schütterem Haar, der das Gewand eines Priesters trug, durch eine Seitentür. Er hob seine Pechfackel und musterte Matthias prüfend.

»Was wollt Ihr hier, junger Mann?«

Matthias hielt sich an der Seite des Altars fest.

»Mein Name ist Matthias Fitzosbert, Schreiber und Sekretär. Ich bitte die heilige Mutter Kirche um Asyl.«

Der Priester ließ seufzend die Fackel sinken.

»O nein, nicht hier.«

Matthias nahm ein Silberstück aus seinem Geldbeutel.

»Vater, Ihr kennt das Gesetz ebensogut wie ich. Ich habe ein Recht auf kirchliches Asyl.«

Beim Anblick des Silbers änderte sich das Benehmen des Priesters schlagartig. Rasch strich er die Münze ein.

»Ihr könnt dort drüben schlafen«, meinte er, auf eine kleine Nische deutend. »Ich werde Euch gleich Brot, Wein und ein paar Decken bringen.« Er kratzte sich seine pockennarbige Nase. »Ihr sagt, Ihr kennt das Gesetz? Nun, ich kenne es auch. Der Bürgermeister wird mit einigen Bütteln herkommen. Ihr könnt Euch freiwillig in ihre Hände begeben und Euch vor Gericht verantworten.« Er hielt kurz inne. »Oder Ihr könnt vierzig Tage hierbleiben und dann darum bitten, in die Verbannung geschickt zu werden. Was für ein Verbrechen habt ihr denn begangen? Mord?«

Matthias nickte.

»Das alte Lied«, seufzte der Priester. »Und gleich werdet Ihr mir weismachen, Ihr hättet in Notwehr gehandelt.«

»Ich habe den Tod des Mannes nicht gewollt.«

»Nun gut.« Der Priester streckte die Hand aus. »Ich bin Vater Aidan. Macht es Euch im Altarraum bequem.« Er zeigte auf eine Seitentür. »Ich wäre Euch sehr dankbar, wenn Ihr Euch nicht in der Kirche erleichtern würdet. Draußen gibt es eine kleine Latrine, die von einem unterirdischen Bach gespeist wird. Vergeßt nicht, dies ist ein Gotteshaus, das Tor zum Himmel, also benehmt Euch dementsprechend.«

»Da wäre noch etwas, Vater.«

Der Priester drehte sich um. Matthias hielt ein weiteres Silberstück zwischen den Fingern. »Ihr könnt Euch noch eine Münze verdienen, wenn Ihr mir zwei Dienste erweist. Erstens: Wärt Ihr wohl so nett, mein Gepäck aus der ›Kriegskogge‹ zu holen? Einem Priester wird es der Wirt sicher aushändigen.«

»Und zweitens?«

»Ich möchte nicht, daß mir ein – Unfall zustößt«, erklärte Matthias. »Niemand darf heimlich in die Kirche hinein- und wieder heraushuschen.«

»Das würden sie nicht wagen!«

»O doch, Vater. Diese Männer fürchten weder Gott noch den Teufel, und ich habe ihren Anführer getötet.«

»Wie Ihr meint.« Vater Aidan deutete zur Tür. »Wenn ich die Messe lese, werde ich das Hauptportal öffnen, aber nachdem ich gegangen bin, könnt ihr alle Türen von innen verriegeln.« Er schob die Silbermünze in seine Tasche. »Euch und Euren Habseligkeiten wird nichts geschehen.« Er hielt inne, als er den Aufruhr vor der Tür hörte. »Jetzt werde ich unseren draußen versammelten Brüdern erst einmal das Asylgesetz erklären. Sollten sie die Kirche stürmen, werden sie exkommuniziert.« Er winkte ab. »Ich weiß, ich weiß. Ich habe wohl verstanden, was Ihr gesagt habt. Sie fürchten weder Gott noch den Teufel, aber wenn sie gewaltsam in meine Kirche eindringen, dann werden sie am städtischen Galgen tanzen.«

Vater Aidan mochte ja geldgierig und bestechlich sein, aber er hielt Wort, und die Menge draußen vor der Tür löste sich auf. Bald darauf brachte er Matthias' Gepäck, das er aus der ›Kriegskogge‹ geholt hatte, und machte es seinem ungebetenen Gast so bequem wie möglich.

Am nächsten Morgen kurz nach der Messe trafen der Bürgermeister und mehrere Büttel ein. Sie blieben am Eingang zum Lettner stehen, während der Stadtamtmann mit monotoner Stimme Matthias' Rechte herunterleierte. Nachdem er geendet hatte, trat der Bürgermeister vor.

»Ihr habt in der Schenke ›Kriegskogge‹ einen Mann getötet. Ich weiß, ich weiß«, er hob die Stimme, »Ihr sagt, es war Notwehr, aber leider behauptet eine ganze Reihe von Zeugen das Gegenteil. Ihr habt die Wahl, mein mordlustiger Freund. Ihr könnt Euch ergeben, dann werdet Ihr vermutlich am Galgen baumeln, oder Ihr könnt einen Eid schwören, daß Ihr vom nächstgelegenen Hafen aus das Land verlaßt. Unter normalen Umständen wäre dies der Hafen von Winchelsea, aber ich finde, dies reicht als Strafe für Euch nicht aus. Ihr, mein Freund«, fuhr er mit volltönender Stimme fort, »werdet nach Rye gehen. Ihr dürft nicht reiten, sondern müßt den Weg zu Fuß zurücklegen und müßt dabei ein Kreuz vor Euch hertragen, das Ihr von uns bekommt. Wenn Ihr die Hauptstraße verlaßt, dann seid Ihr vogelfrei und könnt von jedermann getötet werden.« Er zuckte die Schultern. »Allerdings fürchte ich, daß die Freunde des Mannes, den Ihr getötet habt, ohnehin kurzen Prozeß mit Euch machen werden.«

»Ich weiß, daß ich kein Pferd reiten darf«, gab Matthias zurück, »aber das Gesetz verbietet mir nicht, eines am Zügel zu führen.«

Der Bürgermeister starrte ihn an und verzog ob solch feinsinniger Auslegung des Gesetzes leicht die Lippen.

»Warum nicht? Wer kümmert sich schon darum? Pferd und Sattel gehören schließlich Euch.«

Die Beamten verließen die Kirche. Matthias setzte sich in die Nische und überlegte, was er tun sollte. Er hatte nicht die Absicht, vierzig Tage zu warten, bis er eine Entscheidung traf. Vater Aidan erschien ihm vertrauenswürdig genug, aber je länger er blieb, desto mehr Zeit hatte Emloes Bande, um Pläne zu schmieden und neue Mitglieder anzuwerben. Sir Edgar fiel ihm ein, der mit seiner Kompanie ja nach Rye marschierte ... Sofort faßte er einen Entschluß und betätigte die kleine Glocke, die Vater Aidan ihm gegeben hatte. Nach einigen Minuten klopfte der Priester an die Seitentür. Er war schwer betrunken und hielt immer noch ein abgenagtes Hühnerbein in der Hand. Matthias ließ ihn ein. Die Augen des Priesters begannen gierig zu funkeln, als Matthias ein weiteres Silberstück in die Höhe hielt. Er warf das Hühnerbein zur Tür hinaus, als der ersten eine zweite Münze hinzugefügt wurde.

»O nein, noch nicht.« Matthias zog die Hand zurück. »Vater, ich beabsichtige, morgen früh gleich nach Tagesanbruch aufzubrechen. Ich wäre Euch dankbar, wenn Ihr den Bürgermeister davon in Kenntnis setzen würdet.«

Der Priester lächelte.

»Ich möchte zudem zwei Eurer kräftigsten Gemeindemitglieder anheuern. Sie sollen sich gut bewaffnen und hinter mir herreiten, bis ich sicher in Rye angelangt bin.«

»Ich werde mich darum kümmern«, nuschelte Vater Aidan. »Um ganz ehrlich zu sein – auch ich bin froh, wenn ich Euch von hinten sehe. Also, morgen bei Tagesanbruch. Sorgt dafür, daß Ihr rechtzeitig bereit seid. Ich werde Euch gleich noch etwas Huhn und Wein bringen. Für diesen Fußmarsch braucht Ihr all Eure Kraft, junger Mann.«

Sowie der Priester die Kirche verlassen hatte, kehrte Matthias in den Altarraum zurück. Er packte seine Sachen zusammen und sah den Inhalt seiner Satteltaschen durch. Dabei fiel ihm das mit Rosamunds Handschrift beschriebene Pergamentstück in die Hände, das er in Barnwick gefunden hatte. Er führte es kurz an die Lippen, ehe er es in die Tasche seines Wamses steckte. Mit einemmal fiel ihm auf, wie schmutzig und verschlissen seine Kleider inzwischen waren. Er rieb sich über sein unrasiertes Kinn.

»Sei's drum«, murmelte er. »Wenn man wie ein Halsabschneider aussieht, wird man eher in Ruhe gelassen.«

Eine Weile döste er vor sich hin und träumte von Rosamund. Als er erwachte, spürte er, daß sie ihm ganz nah war.

»Bleib bei mir«, flüsterte er. »Was auch geschieht – verlaß mich nicht.«

Wieder wühlte er in der Satteltasche und stieß auf den Pergamentbogen, an dem Abt Benedikt gearbeitet hatte. Es war nur wenig Neues hinzugekommen. Der alte Gelehrte hatte das Jahr 1486 erreicht; die Worte ›Santerre‹, ›Exeter Hall‹ und ›Amasia‹ waren entschlüsselt. Dann hatte Abt Benedikt, der geahnt zu haben schien, daß der Tod nicht mehr lange auf sich warten lassen würde und daß Matthias mehr an zukünftigen Ereignissen interessiert wäre als an solchen aus der Vergangenheit, mehrere Zeilen übersprungen. Matthias sah Rosamunds Namen. Was Barnwick und James Stewart anging, so war Abt Benedikt sich nicht ganz sicher gewesen; hinter beiden Worten prangte ein Fragezeichen. Fitzgerald hatte er mit ›Fitzpatrick‹ übersetzt. Die nächsten Eintragungen waren noch ungenauer; eine bloße Anhäufung von Buchstaben und Worten: Kastilien? Alhambra? Isabella? Und dann ein merkwürdiger Satz: ›Gen Westen, zu den blühenden Inseln.‹ Matthias vermutete, daß der alte Abt seinen Wunsch, nach Spanien zu reisen, vorausgeahnt hatte. Auf das untere Ende des Bogens hatte Benedikt eine Reihe von Daten mit Zahlen in Klammern dahinter geschrieben: ›1471 (7)? 1478 (14)? 1485 (21)? 1492 (28)?‹ Matthias lehnte sich zurück und starrte zu dem flackernden roten Altarlicht empor.

»Was hat das nun wieder zu bedeuten?« murmelte er.

Plötzlich kam ihm die Erleuchtung. In Oxford hatte er gelernt, daß die Sieben als heilige Zahl galt. Auch markierten die Sieben und ihre Vielfachen bedeutende Wendepunkte im Leben eines Mannes. Im Alter von sieben Jahren billigten die Theologen einem Jungen Vernunft zu, mit vierzehn wurde er als junger Mann betrachtet, und mit einundzwanzig war er erwachsen.

Matthias erhob sich. »Kurz nach meinem siebten Geburtstag habe ich den Eremiten kennengelernt«, murmelte er. »Mit vierzehn wurde ich auf die Klosterschule geschickt, und mit einundzwanzig begannen meine Schwierigkeiten in Oxford.«

Er hielt in seinem rastlosen Umherwandern inne. Jetzt zählte er siebenundzwanzig Jahre; es war Mitte Juli 1491. Im Februar 1492 konnte er seinen achtundzwanzigsten Geburtstag feiern. Würde dann die Entscheidung fallen? Würde ihn der Rosendämon vor die endgültige Wahl stellen? Aber wo? Und wie?

Nach einer Weile gab Matthias die fruchtlosen Grübeleien auf und beschäftigte sich wieder mit dem morgigen Tag. Vater Aidan kam zurück und brachte ihm etwas zu essen. Er berichtete Matthias, daß der Bürgermeister sich bereit erklärt hatte, sich am folgenden Morgen bei Tagesanbruch in der Kirche einzufinden. Er hatte auch zwei Männer ausfindig gemacht, die Matthias gegen ein kleines Entgelt nach Rye eskortieren wollten.

Am folgenden Morgen lag die Kirche noch im Dunkeln, als Vater Aidan Matthias zum Hauptportal hinausgeleitete. Der Bürgermeister wartete draußen auf den Stufen. In einiger Entfernung saßen zwei stämmige Männer auf ausgemergelten Kleppern. Sie führten Matthias' aufgezäumtes und gesatteltes Pferd zwischen sich. Vater Aidan lud ihm das Gepäck auf. Der Bürgermeister drückte Matthias ein grob geschnitztes Kruzifix und eine Pergamentrolle in die Hand, dann stellte er sich in Positur und rasselte seinen Text herunter.

»Ihr, Matthias Fitzosbert, werdet zu Fuß zur nächstgelegenen Hafenstadt, in diesem Fall Rye, marschieren. Ihr dürft nicht von der Hauptstraße abweichen. Haltet Ihr Euch daran, seid Ihr vor heimtückischen Überfällen sicher. Ihr habt das Kruzifix die ganze Zeit in der Hand zu tragen. Innerhalb von fünf Tagen müßt Ihr ungeachtet etwaiger widriger Wetterumstände die Stadt Rye erreicht haben. Dort habt Ihr Euch beim Bürgermeister zu melden, ihm das Dokument zu überreichen, das ich Euch gegeben habe, und binnen drei Tagen an Bord eines Schiffes zu gehen. Ohne einen königlichen Gnadenerlaß ist es Euch nicht gestattet, jemals nach England zurückzukehren. Tut Ihr es dennoch, werdet Ihr umgehend hingerichtet. Beschlossen und verkündet zu Winchelsea am 22. Juli des Jahres 1491.«

Der Bürgermeister stieß Matthias die Stufen hinab.

»Nun verpißt Euch!« knurrte er. »Und laßt Euch ja nie wieder hier sehen.«

Trotz der groben Behandlung rief Matthias Vater Aidan noch einen Abschiedsgruß zu. Der Priester hob die Hand, und Matthias ging über den Marktplatz und dann die schmale Gasse hinunter, die zum Stadttor führte. Alles war noch ruhig. Die Sonne ging langsam auf, aber das Markthorn war noch nicht geblasen worden, und so lagen die Häuser, an denen er vorbeikam, mit geschlossenen Fensterläden in tiefer Stille da. Hier und da kläffte ein Hund; Huren und Bettler lösten sich aus dunklen Ecken. Ein verschlafener Wächter öffnete das Tor, und eine Stunde später befand sich Matthias bereits auf dem offenen Land. Seine beiden Leibwächter, Männer mit groben Gesichtszügen und rauhen Stimmen, trotten hinter ihm her. Sie hatten ihre liebe Not mit Matthias' widerspenstigem Pferd.

Matthias schritt rasch und entschlossen aus. Er war froh, der muffigen Kirche entronnen zu sein. Der Tag versprach strahlend schön zu werden. Über ihm zogen Vögel ihre Kreise am Himmel, und zu beiden Seiten der Straße erstreckten sich goldene Kornfelder bis hin zum Horizont. Nach einigen Stunden war Matthias erschöpft und hungrig. Er und seine Begleiter legten eine kurze Pause ein, um aus einem Bach zu trinken und ein wenig von dem Brot und dem Käse zu verzehren, den Vater Aidan ihnen mitgegeben hatte. Die beiden Männer verhielten sich wortkarg und abweisend. Erst als Matthias jedem von ihnen einen Schilling versprach, sowie sie in Rye wären, hellten sich ihre Gesichter auf. Sie setzten ihre Reise fort und einer der beiden Männer meinte, sie könnten Rye noch am selben Tag erreichen, und Matthias stimmte ihm zu. Der Himmel war blau, die Sonne brannte, und der Boden war angenehm zum Wandern. Matthias dankte Gott, daß jetzt Sommer war, denn bei Regen verwandelten sich derartige Wege in morastige Sümpfe.

Matthias legte ein hohes Tempo vor und versuchte, die Schmerzen in seinen Beinen und seine ausgedörrte Kehle zu ignorieren. Er dachte an Rosamund und an den Tag, den sie bei dem Römerwall verbracht hatten. Es war noch gar nicht lange her, und doch erschien es Matthias wie eine Ewigkeit. Bei dem Gedanken, England und all die Leute, die ihn als Werkzeug für ihre üblen Zwecke benutzen wollten, hinter sich zu lassen, stieg prickelnde Erregung in ihm auf. Eine ähnliche Stimmung wie damals vor der Schlacht bei East Stoke überkam ihn – er verspürte keinerlei Furcht, nur eine ungewisse Erwartung. Er hatte auch keine Angst vor dem Tod. Sein ganzes Leben hatte ihm immer nur Kummer beschert. Welche Schrecken mochte es wohl noch für ihn bereithalten? Er fragte sich, ob der Rosendämon ihn jemals verlassen würde. Könnte er dann endlich ein normales Leben führen, und wenn ja – was sollte er damit anfangen? Als Schreiber arbeiten? Als Soldat dienen? Kaufmann oder Gelehrter werden? Würde er je eine andere Frau lieben können? Niemand konnte Rosamunds Platz einnehmen, aber das Leben war einsam, und Matthias war es leid, keinen Menschen an seiner Seite zu haben.

Sie überquerten einen schmalen Fluß, und Matthias machte kurz halt, um Gesicht und Hände im Wasser zu baden. Die Landschaft veränderte sich; die weitläufigen Felder wichen dichten Wäldern zu beiden Seiten der Straße. Kaum ein Sonnenstrahl fiel durch das dichte Blattwerk, und selbst das Vogelgezwitscher war nur noch schwach zu vernehmen. Matthias empfand den kühlen Schatten als wohltuend, bezweifelte aber langsam, daß sie Rye wirklich noch vor Einbruch der Dunkelheit erreichen würden. Bewundernd betrachtete er auf seinem Weg die durch das Licht hervorgerufenen verschiedenen Grüntöne und blieb stehen, um eine am Wegesrand blühende wilde Rose zu pflücken. Plötzlich hörte er ein schwirrendes Geräusch, gefolgt von einem erstickten Aufschrei. Er drehte sich um und sah, wie seine beiden Leibwächter von ihren Pferden stürzten. Pfeilschäfte ragten ihnen aus der Brust. Dunkle Schatten sprangen von den Bäumen herab. Ehe Matthias eine Bewegung machen konnte, zückten die Gestalten Messer und schnitten den verletzten Männern die Kehlen durch. Matthias wirbelte herum. Mehrere maskierte und vermummte Figuren kamen über den Pfad auf ihn zugeschlichen und bildeten einen Ring um ihn. Matthias hielt sein Kreuz hoch, wohl wissend, daß es ihm keinen Schutz bieten würde. Sofort wurde es ihm aus der Hand geschlagen, er selbst auf sein Pferd gebunden und unter die mächtigen Äste einer alten Eiche geführt. Trotz seiner Gegenwehr wurden ihm die Hände auf den Rücken gebunden. Ein Reiter preschte auf ihn zu. Seine Augen glitzerten hinter der Maske.

»Ihr habt Emloes Tod zu verantworten«, schnarrte er. »Also werdet Ihr so sterben, wie es sich für einen Mörder geziemt.«

Jemand stülpte Matthias einen Sack über den Kopf und legte ihm eine Schlinge um den Hals. Matthias stieß dem Pferd die Sporen in die Flanken, und das Tier scheute und stieg vorne hoch. Matthias klammerte sich krampfhaft fest, während Emloes Männer versuchten, das Pferd zu beruhigen, um die Hinrichtung durchführen zu können. Voller Angst setzte sich Matthias mit aller Kraft zur Wehr. Männer riefen durcheinander, Stahl klirrte, dann bäumte sich sein Pferd im Todeskampf noch einmal auf und brach unter ihm zusammen. Matthias baumelte in der Luft, der Strick schnitt tief in seinen Hals. Wie aus weiter Ferne hörte er das Dröhnen von Hufen – dann wurde das Seil durchgeschnitten, er fiel in die Tiefe und landete auf einem weichen Gegenstand, der auf der Straße lag. Der Sack wurde ihm vom Kopf gezogen, der Strick um seinen Hals gelöst. Eine Weile lag er keuchend und würgend da, bis er wieder normal atmen konnte. Er erkannte, daß es sich bei dem weichen Gegenstand unter ihm um den Kadaver seines Pferdes handelte.

»Elende Bastarde!« fluchte er. »Es war so ein tapferes Tier!«

»Aye«, stimmte eine Männerstimme zu. »Wenn das Pferd sich nicht so heftig gesträubt hätte, wären wir zu spät gekommen.«

Matthias rollte sich herum und blickte in das lächelnde

Gesicht von Sir Edgar Ratcliffe. Mühsam kniete er sich hin. Die Leichen von Emloes Männern lagen auf dem Weg verstreut, und den Geräuschen nach zu urteilen, die aus dem Wald herüberdrangen, wurden die anderen verfolgt und gleichfalls niedergemacht.

»Den Jungs tut ein wenig Übung ganz gut«, grinste Ratcliffe, als er Matthias auf die Beine half.

Eine Weile ließ sich dieser widerstandslos umsorgen. Einer von Ratcliffes Gefolgsleuten rieb ihm Nacken und Handgelenke mit kühlem Wein ein, ein anderer führte ihn unter einen ausladenden Baum und zwang ihn mit sanfter Gewalt, sich darunter niederzulassen. Von dort aus sah er zu, wie sein Pferd abgesattelt und dann fortgeschafft wurde. Bald tauchte auch der Rest von Ratcliffes Männern mit blutverschmierten Schwertern und Dolchen wieder aus den Wäldern auf. Sir Edgar kam auf Matthias zu und hockte sich vor ihm nieder.

»Es tut mir leid, daß wir nicht früher kamen«, entschuldigte er sich. »Wir sind geritten, so schnell wir konnten. Eure Botin sagte uns, sie wüßte, daß Ihr heute abreisen wolltet, und sie hätte Angst, es könnte Euch etwas zustoßen.« Ratcliffe zog seinen Geldbeutel aus der Tasche und entnahm ihm drei glänzende Goldmünzen. »Ein hübsches Gesicht und eine Handvoll Gold lassen jedes Ritterherz schwach werden.« Er drehte sich zu seinen Gefährten um. »Habt ihr die Kerle erledigt?« fragte er.

Ein blonder Mann mit mürrischem Gesicht kam, die Daumen in seinen Schwertgurt gehakt, auf ihn zu. Er trug ein schwarzes Lederwams und eine rote Hose. Auf einem Auge schielte er, was ihm einen Ausdruck von Verschlagenheit verlieh.

»Stadtschläger«, schnaubte er abfällig. »Sie hätten sich besser an die dunklen Gassen Londons gehalten. Zwei oder drei sind uns entwischt, aber der Rest ...«, er deutete hinter sich, wo die anderen Männer gerade damit beschäftigt waren, den Toten sämtliche Wertgegenstände abzunehmen. »Der Rest ist ebenso mausetot wie die da. Übrigens, wer ist denn dieser Bursche hier?«

»Ich sagte es Euch bereits«, entgegnete Ratcliffe mild. »Ein Freund von mir. Er ist derjenige, den die junge Frau meinte.«

Der Mann zog die Nase hoch und spie aus, dann stolzierte er davon, um sich seinen Anteil an den Habseligkeiten der Toten zu sichern. Ratcliffe sah ihm mit schmalen Augen nach.

»Das ist Gervase Craftleigh, mein Leutnant«, sagte er. »Er wäre selbst gern Kommandant dieser Truppe. Ein guter Kämpfer, aber leider auch ein heimtückisch und cholerisch veranlagter Mensch.«

»Wovon hat er eigentlich geredet?« fragte Matthias. »Und was für eine junge Frau meint Ihr?«

»Ach so.« Ratcliffe schob seinen schweren Helm zurück und wischte sich den Schweiß aus dem Gesicht. »Uns sind Gerüchte über Eure Schwierigkeiten in Winchelsea zu Ohren gekommen. Nun gut, dachte ich, das war's dann, wir haben einen vielversprechenden Rekruten verloren. Doch heute morgen kurz vor Tagesanbruch kam eine bildhübsche rothaarige Frau in unser Lager.« Ratcliffe schnalzte anerkennend mit der Zunge. »Eine echte Schönheit, Matthias: Haare wie flüssiges Feuer, eine Haut wie Sahne, Augen voller Leben. Sie kam in Begleitung eines Mannes, aber da es dunkel war, konnte ich seine Gesichtszüge nicht erkennen. Nun, jedenfalls sagte sie, daß Ihr Winchelsea heute verlassen würdet, daß sie aber um Eure Sicherheit fürchte. Langer Rede kurzer Sinn: Sie gab mir einen kleinen Beutel Gold, küßte mich auf beide Wangen, und dann brachen wir unser Lager ab und marschierten los, so schnell wir konnten. Schon von weitem sahen wir dann, in welch mißlicher Lage Ihr Euch befandet.« Er deutete auf die Straße. »Ihr könnt Gott für Euer Pferd danken. Es ist gestiegen und hat nach allen Seiten ausgekeilt, bis diese Hurensöhne den armen Gaul töteten. Warum haben die Männer Euch überhaupt angegriffen?«

Matthias berichtete ihm von Emloe und seiner Bande, stellte die Angelegenheit jedoch als Blutrachefehde dar. Ratcliffe hörte ihm schweigend zu und stand dann auf.

»Na gut«, seufzte er, »ich habe meine Aufgabe erfüllt.« Er

blickte zum Himmel empor. »Heute nacht werden wir im Freien kampieren. Bleibt doch bei uns, wenn Ihr wollt.«

»Wollt Ihr mich immer noch in Eure Kompanie aufnehmen?« fragte Matthias.

Ratcliffe zog ein langes Gesicht. »Matthias, wir alle haben einen Vertrag unterschrieben und sind nun eine verschworene Gemeinschaft. Keine Entscheidung kann ohne die Zustimmung aller getroffen werden. Ich denke, wir sollten heute abend darüber beratschlagen.«

Matthias erhielt eines der Pferde, die Emloes Handlangern gehört hatten. Die Soldaten schafften die Leichen vom Weg, da Ratcliffe darauf bestanden hatte, sie zumindest halbwegs anständig zu begraben. Als sie endlich damit fertig waren, war die Dunkelheit hereingebrochen. Die Gruppe setzte ihren Ritt durch die Wälder fort und lagerte schließlich im Schatten eines kleinen Hügels. Eine Zeitlang waren alle eifrig damit beschäftigt, die Pferde zu versorgen, Latrinen zu graben und Lagerfeuer anzufachen. Ein paar Männer gingen unterdessen auf die Jagd und kehrten mit einem Fasan und einigen Hasen zurück, die sofort ausgenommen und geröstet wurden. Weinkrüge machten die Runde, die Männer ließen sich am Feuer nieder und beglückwünschten sich gegenseitig zu ihrem erfolgreich verrichteten Tagewerk. Sie schienen äußerst zufrieden zu sein, hatten sie ja nicht nur Morganas Gold – denn nur sie konnte die rothaarige Frau gewesen sein – in der Tasche, sondern hatten sich überdies noch an den Pferden, Waffen und Kleidern der getöteten Gegner bereichern können, ganz zu schweigen vom Inhalt ihrer Geldbörsen.

»Nun, Gentlemen«, Ratcliffe erhob sich und klatschte in die Hände. »Der Mann, den wir heute gerettet haben, möchte sich uns anschließen. Ich hatte ihm schon einen Platz in unserer Truppe angeboten, ehe wir Winchelsea verlassen haben. Morgen um diese Zeit könnte er schon gemeinsam mit uns an Bord unseres Schiffes gehen und nach Spanien segeln.«

Allgemeine Zustimmung ertönte.

»Wir alle haben heute gute Arbeit geleistet und Erfolg gehabt. Also ist es nur recht und billig, wenn wir, bevor wir fortfahren, Gott und unserem Schutzpatron St. Raphael unseren Dank aussprechen.«

»St. Raphael! St. Raphael! St. Raphael!«

Der Ruf wurde dreimal begeistert wiederholt. Dann betete Sir Edgar erst ein Vaterunser, dann ein Ave Maria und stimmte schließlich mit seiner reinen Tenorstimme eine Hymne an den Erzengel Raphael an, der vor Gottes Thron stehen durfte. Der Rest der Gemeinschaft fiel ein, und Matthias lauschte wie gebannt dem kraftvollen, melodischen Gesang. Er erkannte, daß er sich im großen und ganzen unter anständigen, gottesfürchtigen Männern befand, die sich als Soldaten Christi verstanden. Die Augen schließend betete er inbrünstig darum, in ihren Kreis aufgenommen zu werden.

»Nun«, begann Sir Edgar, als sie die Hymne beendet hatten, »ist Matthias Fitzosbert ein Mitglied unserer Truppe oder nicht? Ich stimme dafür!«

Die meisten Männer murmelten ein zustimmendes ›Aye‹, und Matthias hoffte schon, damit wäre die Sache erledigt, als plötzlich Gervase Craftleigh aufsprang.

»Nein!« rief er laut.

Seine Gefährten blickten ihn schweigend an.

»Ich bin dagegen!«

»Warum?« erkundigte sich Ratcliffe.

»Wir sind alle Soldaten und erfahrene Krieger«, erklärte Craftleigh streitlustig. »Wir kennen uns gegenseitig recht gut und wissen, daß wir einander vertrauen können, aber wie steht es denn mit diesem Fitzosbert? Er ist ein Verbrecher. Er hat in Winchelsea einen Mann getötet und dann in einer Kirche um Asyl gebeten. Und wir haben einstimmig beschlossen«, übertönte er das einsetzende Geraune, »daß wir niemals einen Verbrecher in die Kompanie St. Raphael aufnehmen werden.« Er bedachte Ratcliffe mit einem tückischen Lächeln. »Hier gibt es keinen Platz für ihn. Zum Glück haben wir bei diesem Kampf heute keinen unserer Kameraden verloren. Ach, übrigens, wann wird denn das Gold verteilt, das die rothaarige Frau gebracht hat?«

»Wenn ich es sage«, beschied Ratcliffe ihn ruhig.

»Warum nicht jetzt?«

»Unserer Satzung gemäß wird sämtliche Beute einmal im Monat verteilt«, erinnerte Ratcliffe ihn. »Vergeßt nicht, ich bin ein Ritter und kämpfe im Dienste Gottes, Master Craftleigh. Ich bin kein Dieb!«

Craftleigh zeigte sich wenig beeindruckt.

»Ich stimme aus zwei Gründen gegen Fitzosbert«, sagte er. »Erstens ist er ein Fremder, und zweitens ein Mörder.«

»Ich habe in Notwehr gehandelt!« verteidigte sich Matthias empört.

»Und warum habt Ihr Euch dann nicht vor Gericht verantwortet?« Craftleigh nahm wieder Platz.

»Ihr kennt den Grund«, mischte sich Ratcliffe ein. »Der Tote war der Anführer der Schurken, die wir heute getötet haben.«

»Warum habt Ihr diesen Mann umgebracht?« Craftleigh starrte Matthias finster an.

»Das ist eine lange Geschichte«, entgegnete dieser. »Und sie geht Euch entschieden nichts an.«

»Seid Ihr da so sicher?« fragte Ratcliffe leise.

Matthias erhob sich. »Dann stimmt doch jetzt gleich ab«, schlug er vor.

Er schlenderte zu einem nahe gelegenen Bach hinunter, um sein erhitztes Gesicht zu kühlen. Vom Lager her wehten Gesprächsfetzen zu ihm herüber, dann herrschte auf einmal Stille. Matthias bückte sich, um sich noch mehr Wasser in das Gesicht zu spritzen. Als er Schritte hinter sich hörte, drehte er sich um. Sir Edgar Ratcliffe kauerte neben ihm nieder. Seine Lippen verzogen sich zu einem Lächeln, doch seine Augen blickten traurig.

»Die Männer haben gegen Euch gestimmt, Matthias. Sie waren an und für sich bereit, Euch aufzunehmen, aber Craftleigh, dieser Unruhestifter, hat sie aufgehetzt. Ständig pocht er auf unsere Satzung, und außerdem …«, er zuckte die Schultern, »… außerdem haben mich noch nicht alle als Anführer akzeptiert.« Er klopfte Matthias auf die Schulter und stand auf. »Aber Ihr könnt das Pferd behalten, und wir bringen Euch noch nach Rye. Es tut mir leid, daß ich nicht mehr für Euch tun kann.«

Matthias starrte zum sternenübersäten Himmel empor. Der Mond tauchte die Wiesen und Hügel in ein silbernes Licht. Das kühle Wasser wirkte einladend. Ein Fisch glitt geschmeidig durch das Schilf. Matthias' Lider wurden schwer, er legte sich rücklings ins Gras und schlief ein.

Augenblicklich fand er sich in einem Traum wieder. Er lag bei den anderen im Lager. Das Feuer brannte nur noch schwach. Ihm gegenüber, im rötlichen Schein der Glut, schlief Sir Edgar Ratcliffe mit zurückgelegtem Kopf und offenem Mund so friedlich wie ein satter Säugling. Matthias bemerkte einen Schatten, der auf ihn zuhuschte. Er griff nach seinem Dolch, einem dünnen italienischen Stilett, das er immer bei sich trug, doch die Scheide an seinem Gürtel war leer. Im ersterbenden Lichtschein sah er, wie Craftleigh einen Dolch hob – es war Matthias' vermißtes Stilett – und ihn dem schlafenden Ratcliffe mit aller Kraft in die Brust stieß.

»Nein!« Matthias schrak hoch.

Der Abendwind war kalt geworden. Matthias blickte über seine Schulter und sah, daß Ratcliffe und seine Truppe Anstalten machten, sich zur Ruhe zu begeben. Er rappelte sich hoch und ging zum Feuer zurück. Sein Sattel und seine sonstigen Besitztümer waren auf einen Haufen gestapelt worden; er griff nach seinem Schwertgurt und stellte fest, daß das Stilett fehlte. Er blickte auf. Ratcliffe musterte ihn neugierig.

»Sir Edgar, kann ich Euch kurz unter vier Augen sprechen?« Er nahm den Ritter am Arm und zog ihn außer Hörweite der anderen. »Mein Dolch ist verschwunden.«

Ratcliffe zuckte die Schultern. »Matthias, ich habe Euch das Leben gerettet. Ich kann nicht auch noch für jede einzelne Eurer Habseligkeiten geradestehen.«

»Der Dolch wurde gestohlen«, flüsterte Matthias heiser. »Ich hatte eben einen Traum, Sir Edgar. Heute abend wird Craftleigh Euch töten, und zwar mit meinem Dolch. Ihr werdet sterben und ich hängen. Dann hat er sowohl das Gold als auch die Führung der Kompanie St. Raphael.«

Ratcliffes Gesicht verzerrte sich vor Wut. Er stieß Matthias grob zur Seite.

»Ihr seid ein Lügner!« zischte er. »Vielleicht hat Craftleigh ja doch recht. Ihr habt Euren Dolch verloren, und nun wollt Ihr den guten Namen eines Mannes deswegen mit Schmutz bewerfen und seinen Ruf in Frage stellen.«

»Sir Edgar, hört mir doch zu ...«

Doch Ratcliffe hatte sich bereits abgewandt und war in der Dunkelheit verschwunden. Matthias kehrte zum Lagerfeuer zurück, nahm seine kleine Armbrust und legte einen Bolzen ein. Jemand drückte ihm einen Becher Wein in die Hand. Er nippte daran und fand ihn ein wenig bitter, trank den Becher aber trotzdem leer; dann stellte er ihn weg und streckte sich aus. Sein Sattel diente ihm als Kopfkissen. Er fühlte sich merkwürdig benommen, und obwohl er gegen die Müdigkeit ankämpfte, gelang es ihm nicht, die Augen offenzuhalten.

Ratcliffe weckte ihn ziemlich unsanft. Das ganze Lager befand sich im Aufruhr. Matthias schob Ratcliffe zur Seite und richtete sich halb auf. Es war immer noch dunkel. Männer rannten aufgeregt umher und riefen sich gegenseitig etwas zu. Auf der anderen Seite des Feuers lag ein Leichnam, zwischen dessen Schulterblättern ein Armbrustbolzen steckte. Ratcliffe half Matthias auf. Jemand warf mehr Holz auf das Feuer, und Matthias erkannte, daß es sich bei dem Toten um Gervase Craftleigh handelte. Er starrte blicklos ins Leere, und aus einem Mundwinkel rann eine feine Blutspur. Direkt neben seinen gespreizten Fingern lag Matthias' verschwundener Dolch. Ratcliffe ergriff seine Hand.

»Wie konntet Ihr das wissen?« fragte er.

Matthias' Kopf war schwer wie Blei, der Mund trocken, die Kehle rauh.

»Ich wollte unbedingt wach bleiben«, murmelte er. »Jemand gab mir einen Becher Wein ...«

»Das war ich.« Ein Bogenschütze trat vor. »Craftleigh hat ihn gefüllt und mir aufgetragen, ihn Euch zu bringen. Er sagte, der Wein würde Euch helfen, Eure Sorgen zu vergessen.«

»Ich habe gesehen, wie Ihr den Wein getrunken habt«, warf Ratcliffe ein. »Und dann seid Ihr innerhalb weniger Minuten eingeschlafen. Ich rief Euch beim Namen, ich versuchte sogar, Euch wachzurütteln.« Er grinste. »Genausogut hätte ich versuchen können, einen Toten wieder zum Leben zu erwecken. Langsam kam mir das Ganze seltsam vor. Der Becher stand noch neben Euch. Wie ist es möglich, fragte ich mich, daß ein Mann erst eine so schwere Anschuldigung erhebt, dann in aller Ruhe einen Becher Wein trinkt und sofort darauf in einen so tiefen Schlaf fällt? Also bat ich einen meiner Männer, sich im Dunkeln zu verbergen und aufzupassen. Er sollte sofort schießen, falls mir irgendeine Gefahr drohen würde.«

»Ich sah eine Gestalt heranhuschen.« Der Armbrustschütze trat in den Feuerschein. »Craftleigh bewegte sich lautlos wie ein Tier. Dann blitzte Stahl auf, und so drückte ich ab.« Er spie in die Flammen. »So ein hinterhältiger Hundesohn!«

»Kameraden«, Ratcliffe legte Matthias den Arm um die Schultern, »ich möchte Euch jetzt das jüngste Mitglied unserer Truppe vorstellen – Matthias Fitzosbert!«

Lautes Beifallsgebrüll erscholl. Sir Edgar schüttelte Matthias die Hand.

»Ihr könnt Craftleighs Rüstung und Waffen nehmen. Sein Pferd ist auch nicht übel. Thomas!« rief er einem Bogenschützen zu. »Schafft Craftleighs Leiche weg und verscharrt sie unter den Bäumen. Und ihr anderen solltet versuchen, noch ein wenig Schlaf zu bekommen.«

Auch Matthias legte sich wieder auf sein provisorisches Nachtlager nieder.

Am nächsten Morgen fühlte er sich erheblich besser und war auch imstande, die Dankesbeteuerungen von Ratcliffe und den anderen entgegenzunehmen. Gegen Mittag erreichten sie Rye und ritten durch die gewundenen, gepflasterten Gassen des Städtchens hinab zum Kai. Ratcliffe war sich bereits mit dem Kapitän der Kogge *St. Anthony* einig geworden. Später am Tag wurde das ganze Fähnlein samt den Pferden mit einer Barke auf das wartende Schiff gebracht. Kurz vor Einbruch der Dämmerung gab der Kapitän Befehl, den Anker zu lichten. Das Schiff wendete langsam, die mächtigen Segel blähten sich im Wind. Dreimal wurde zu Ehren der Dreifaltigkeit die Flagge gehißt und gesenkt, während Sir Edgar und seine Männer die Hymne an St. Raphael anstimmten. Matthias stand im Heck und schaute ein letztes Mal auf die weißen Klippen Englands. Tief in seinem Herzen wußte er, daß er dieses Land nie wiedersehen, nie wieder einen Fuß auf die heimatliche Erde setzen würde.

FÜNFTES KAPITEL

»Drei Huren sind während des letzten Monats hier ermordet worden!«

Der kastilische Hauptmann kniete nieder und bedeckte den Leichnam eines Mädchens, dessen schwarzes Haar fächerförmig um ihren Kopf gebreitet lag. Das Laken starrte vor Schmutz, aber es schützte sie wenigstens vor den Fliegen, die trotz des Winters die vor der Maurenstadt Granada lagernde riesige katholische Armee erbarmungslos plagten.

Matthias murmelte ein Gebet und ging die Straße entlang zurück, vorbei an den Ställen, die tausend Pferden Platz boten, bis hin zum Rand des weitläufigen Niemandslandes, der Vega, einem Stück braun versengter Erde, das sich vom Lager Ferdinands und Isabellas bis hin zu den mächtigen Mauern und den massiven Toren der Stadt Granada erstreckte. Matthias versuchte, seine durcheinanderwirbelnden Gedanken zu ordnen. Er blickte zu der Stadt empor: Über den hochaufragenden Mauern erhob sich die Alhambra, der riesige Maurenpalast; ein Ort voller Rätsel und das Zentrum der maurischen Macht. Matthias hatte schon viel von den prächtigen Gärten, den Springbrunnen, den herrlichen Wandmosaiken und den kunstvoll gefliesten Böden gehört. Die Räume sollten so riesig sein, daß sie von einem sonnendurchfluteten Innenhof zum anderen reichten.

Matthias setzte sich mit dem Rücken gegen einen Baum, um in Ruhe nachzudenken. Sir Edgar und er hielten sich schon seit fast vier Monaten in Spanien auf. Jetzt schrieb man Dezember 1491. Matthias konnte noch immer kaum glauben, daß er wirklich so weit weg von seiner Heimat war; Teil einer ungeheuren Armee, die sich aus Kreuzrittern aus Kastilien, Aragon, León, Frankreich, Belgien und Holland zusammensetzte. Sir Edgar und er hatten sich einer anderen englischen Truppe unter dem Kommando eines gewissen Lord Rivers angeschlossen: Alle waren sie von einem

Ideal beseelte Männer, fest entschlossen, das silberne Kreuz Kastiliens auf die Zinnen von Granada zu setzen und die Mauren für immer aus Spanien zu vertreiben.

Die ersten Wochen hatte Matthias wie gebannt alles verfolgt, was um ihn herum geschah. Sowohl König Ferdinand als auch Königin Isabella waren zu der Armee gestoßen: Er hatte sie durch das Lager reiten oder auf ihren Thronsesseln vor dem großen Altar sitzen sehen, wenn sonntags und an Feiertagen die heilige Messe gelesen wurde. Matthias hatte sich von dem glühenden Eifer anstecken lassen, der diese Kreuzritter antrieb. Die katholischen Monarchen waren so überzeugt davon, Granada einnehmen zu können, daß sie vor den Toren eine eigene kleine Stadt errichtet hatten, um ihre Armee zu beherbergen. So war das Lager des heiligen Glaubens, Santa Fé, entstanden; eine ständige Mahnung an die Mauren, daß die Belagerer erst aufgeben würden, wenn Granada in ihren Händen war.

Matthias war oft Zeuge des Kampfes auf Leben und Tod zwischen den Anhängern der katholischen Monarchen und ihren maurischen Gegnern und den damit verbundenen waghalsigen Unternehmungen geworden. Einer der herausragendsten muslimischen Schwertkämpfer, ein Maure namens Jarfel, war einmal direkt in das kastilische Lager galoppiert und hatte einen Speer in Richtung der königlichen Unterkünfte geschleudert. Daran war eine beleidigende und obszöne Botschaft für Königin Isabella befestigt gewesen. Um den Frevel zu rächen, hatte der kastilische Soldat Puljar daraufhin fünfzehn Männer durch eine schlecht bewachte Seitenpforte in Granadas größte Moschee geführt. Dort hatten die Ritter die Moschee mit geflüsterten Worten der Jungfrau Maria geweiht und mit einem Dolch eine dementsprechende Notiz an das Hauptportal geheftet, die mit den Worten ›Ave Maria‹ schloß.

Matthias war inzwischen an die Lagerroutine gewöhnt, nachdem er und seine Kameraden sich schon bald von der anstrengenden Reise den Golf von Biscaya hinunter und dem anschließenden Fußmarsch von Cadiz durch Südspanien bis hin zum katholischen Feldlager erholt hatten.

Kurz nach Allerheiligen waren Matthias dann beunruhigende Gerüchte zu Ohren gekommen: Junge Frauen, zumeist Huren, die den Truppen folgten, waren auf barbarische Weise ermordet worden. Ihre Hälse wiesen tiefe Wunden auf, die Körper waren blutleer. Matthias hatte keinerlei Bemerkung dazu gemacht, aber der Leichnam, den er heute morgen angeschaut hatte, war ganz in der Nähe der Unterkünfte der Engländer gefunden worden. Ein Blick hatte genügt, um Matthias davon zu überzeugen, daß der Rosendämon zurückgekehrt war.

»Wieder in Tagträumen versunken, Matthias?«

Sir Edgar beugte sich über ihn. Sein Gesicht war von der spanischen Sonne dunkelbraun gebrannt, sein Bart wirkte noch üppiger als früher. Doch immer noch versprühte er den jungenhaften Charme und strahlte die Aura gutmütiger Kameradschaft aus, aufgrund derer Matthias sich von Anfang an zu ihm hingezogen gefühlt hatte.

»Habt Ihr die tote Hure gesehen?«

»Ja, allerdings«, erwiderte Matthias.

Sir Edgar seufzte und ließ sich neben ihm nieder.

»Ich kannte sie.« Er fing Matthias' scharfen Blick auf. »Nein, nein, nicht im fleischlichen Sinne.« Ratcliffe grinste. »Aber sie war ein lebenslustiges kleines Ding und konnte tanzen wie eine Zigeunerin.«

Matthias nickte und starrte über die Vega hinweg zu dem grünen, silbergesäumten Banner, das über den Toren von Granada im Wind wehte. Er wußte immer noch nicht recht, ob er Sir Edgar trauen konnte. Andererseits hatten sowohl der junge Ritter als auch er selbst erst gestern während einer Messe, die Lord Rivers' Kaplan abgehalten hatte, das Sakrament empfangen.

»Wartet Ihr auf ihn?« fragte Ratcliffe plötzlich. »Er müßte jetzt gleich kommen.«

Matthias schaute ihn verwundert an.

»Jarfel natürlich!« rief Ratcliffe.

»Ach so, der.« Matthias nickte. »Ich finde wirklich, jemand sollte seine Herausforderung annehmen.«

Er musterte die schwerbewachte Seitentür, die in einen

der Türme neben dem Haupttor von Granada eingelassen war. Jeden Morgen erscholl von dort eine Trompetenfanfare, und der riesige maurische Kämpe kam, angetan mit Pickelhaube, Kettenhemd und einem wehenden roten Umhang auf seinem mächtigen schwarzen Schlachtroß zum Tor herausgeritten und forderte die Feinde zu einem Zweikampf auf. Das Ganze hatte vor ungefähr einem Monat begonnen. Zuerst waren die Herausforderungen bereitwillig angenommen worden. Immer wieder hatte sich ein spanischer Ritter mit hocherhobener Lanze, an der sein Wimpel flatterte, zum Kampf gestellt, und immer wieder war Jarfel siegreich daraus hervorgegangen. Dank seiner vorzüglichen Reitkunst und seinem Geschick im Umgang mit Waffen hatte er jedesmal mit dem auf seine Lanze gespießten Kopf seines Gegners im Triumph nach Granada zurückreiten können. Die Gebote der Ritterlichkeit verboten es, ihn in einen Hinterhalt zu locken oder mit mehreren Männern zu überwältigen. Seine permanenten Verhöhnungen und die Leichtigkeit, mit der er seine Gegner besiegte, hatten die spanische Armee jedoch so sehr demoralisiert, daß Königin Isabella allen unter Androhung der Todesstrafe untersagt hatte, seine Herausforderung anzunehmen. Der Befehl verbot es den Männern sogar, dem Mauren auch nur zuzuschauen, wenn er sich vor den Toren der Stadt präsentierte, doch Matthias kümmerte sich nicht darum.

Jeden Morgen fand er sich an derselben Stelle ein und beobachtete den maurischen Kämpen genau: seine Körperhaltung, die Art, wie er sein Pferd mit den Knien lenkte und die Behendigkeit, mit der er sein Schwert gebrauchte. Seine Waffen schienen ebensosehr Teile seines Körpers zu sein wie seine Arme und Beine. Matthias prägte sich all dies sorgfältig ein.

So verstrichen die Tage, und allmählich verfiel Matthias wieder in die alten Grübeleien. Er war von Ratcliffes Leuten in ihre Gemeinschaft aufgenommen worden und genoß die Kameradschaft, die im Lager herrschte. Auch Spanien faszinierte ihn: die eisigen Nächte, die sengende Tageshitze, die prächtige Aufmachung der Edelleute, die schwüle Schönheit ihrer Frauen, der schwere Wein, die leidenschaftlichen Tänze und die Zigeunermusik, die das Blut zum Sieden brachte, wenn sie durch die Nacht drang.

»Ein Land voller Felsen und Heiligen«, so beschrieb Lord Rivers Spanien.

Dennoch vergaß Matthias nie, weshalb er hier war. Während die Wochen vergingen, fragte er sich immer häufiger, wohin ihn seine großartigen Vorstellungen von Rittertum hinführen würden. Er hatte von großen Schlachten, dem Erstürmen zinnenbewehrter Mauern und blutigen Kämpfen von Mann zu Mann geträumt, aber die Wirklichkeit war hinter seinen Erwartungen zurückgeblieben. Statt sich auf dem Schlachtfeld zu bewähren hatte er sich in dem eintönigen Alltagstrott des Lagerlebens gelangweilt – bis Jarfel aufgetaucht war und den Spaniern buchstäblich den Fehdehandschuh hingeworfen hatte. Matthias hatte lange hin und her überlegt. Sollte dies der Ort sein, wo er sterben würde? Zwischen Granada und dem katholischen Lager, beim Versuch, das christliche Kreuz und die Ehre einer spanischen Königin zu verteidigen?

Ein schriller Fanfarenstoß riß ihn aus seinen Träumereien. Ferdinands und Isabellas Befehlen zum Trotz versammelten sich Ritter, Knappen und Soldaten an den Toren oder kletterten auf die Brustwehre der provisorischen Mauern, die das Lager umgaben. Das Seitentor in der Stadtmauer öffnete sich. Ein weiterer Fanfarenstoß erklang, dann kam der maurische Kämpe herausgeprescht. Die Morgensonne ließ seine Rüstung und seinen Helm aufblitzen. Sein weiter Umhang bauschte sich hinter ihm, als er bis auf Schußweite an das spanische Lager heranritt und mit seiner Tirade begann. Er bediente sich dabei der Lingua franca, die jeder Soldat verstand, und nannte die Gegner Feiglinge, Söhne räudiger Hündinnen und Weiber in Männerkleidern. Isabella bezeichnete er als gelbhaarige Schlampe und verhöhnte sie als neue Jezabel, Hexe und Mannweib. Die spanischen Soldaten sparten ihrerseits nicht mit Beschimpfungen, über die Jarfel jedoch nur lachte, während er sein Pferd tänzeln ließ.

»Ein Wunder, daß ihn noch niemand erschossen hat«,

murmelte Matthias. »Einem guten Bogenschützen würde es sicher gelingen, ihn in den Hals oder seinen Körper durch eine Masche in seinem Kettenhemd zu treffen.«

»Und er würde damit Schande über uns alle bringen!« fauchte Ratcliffe empört. »Das wäre feiger, hinterhältiger Mord! Ein Ritter tötet seinen Gegner nur im ehrlichen Kampf, Matthias!« Voller Entrüstung drehte er sich zu dem jungen Engländer um, mußte jedoch erstaunt feststellen, daß Matthias verschwunden war.

Sir Edgar zuckte die Schultern und fuhr fort, den auf und ab reitenden Mauren zu beobachten. Ratcliffe wurde aus Fitzosbert nicht schlau – diesem ruhigen, melancholischen Mann, der ständig in seine eigenen Gedanken versponnen schien. Aber er war ein guter Christ, betete regelmäßig, besuchte die Messe, empfing das Sakrament und ging jede Woche zur Beichte. Doch obwohl sie gemeinsam eine lange, gefährliche Seereise und einen kräftezehrenden Marsch durch Staub und Hitze hinter sich gebracht hatten, war Matthias für Sir Edgar noch genauso ein Rätsel wie an dem Tag, an dem sie sich kennengelernt hatten.

Der englische Ritter wandte seine Aufmerksamkeit wieder dem maurischen Krieger zu. Mit widerwilliger Bewunderung vermerkte er, wie sicher der Mann sein Pferd beherrschte. Erregte Rufe und das Trommeln von Hufen hinter ihm lenkten ihn ab. Er drehte sich um und starrte verblüfft auf den herangaloppierenden Matthias. Er trug Helm und Kettenhemd, hatte sich die Zügel um das Handgelenk geschlungen und hielt in der einen Hand seinen Schild, in der anderen ein hocherhobenes Schwert. Spanische Soldaten rannten zu beiden Seiten neben ihm her und unternahmen einen halbherzigen Versuch, ihn aufzuhalten. Matthias zügelte sein Pferd und lächelte dem verwirrten Ratcliffe zu.

»Ich habe mich gestern dazu entschlossen«, sagte er.

Ratcliffe packte das Pferd beim Halfter und bedeutete den Spaniern ärgerlich, sich zurückzuziehen.

»Dieser Mann ist Engländer!« brüllte er. »Er steht unter meinem Kommando!«

Die Spanier wichen unschlüssig zurück.

»Um Himmels willen, Matthias!« Ratcliffe krallte die Finger in Matthias' Knie. »Eure ganze Ausrüstung besteht aus einem hölzernen Schild, einem Schwert, einem Kettenhemd, das eindeutig schon bessere Tage gesehen hat, und einem Helm, den ich nicht einmal als Nachttopf benutzen würde.«

Matthias nahm Schwert und Schild in eine Hand, zog sich den Helm vom Kopf und ließ ihn klirrend vor Ratcliffes Füßen zu Boden fallen.

»Sir Edgar, Ihr habt recht. Wenn mich der Maure nicht tötet, dann bringt mich der Gestank dieses verrosteten Eisentopfes mit Sicherheit um.«

»Jarfel ist ein meisterlicher Kämpfer«, flüsterte Ratcliffe heiser. »Und Ihr kennt doch den königlichen Erlaß. Jeder, der die Herausforderung annimmt, wird hingerichtet.«

Matthias tätschelte Ratcliffe freundschaftlich die Hand.

»Begreift Ihr nicht, daß ich es tun muß, Sir Edgar? Ich muß genauso mit dem Tod rechnen wie jeder andere Mensch.« Er schenkte Ratcliffe ein schiefes Lächeln. »Seht Euch den Kerl genau an, Sir Edgar!«

Ratcliffe heftete den Blick auf Jarfel, der ungeachtet des Lärms vor den Toren ruhig auf seinem Pferd saß und zu ihnen herüberstarrte.

»Er wird Euch töten«, meinte Ratcliffe.

»Habt Ihr die Heilige Schrift nicht gelesen?« lächelte Matthias. »David lehnte sich gegen Goliath auf, und der Herr war mit ihm.«

»Aber ist der Herr auch mit Euch?« Ratcliffe grub seine Finger fester in Matthias' Knie.

»Ich weiß es nicht. Aber ich werde es gleich herausfinden.«

Matthias gab seinem Pferd die Sporen, galoppierte die kleine Böschung hinunter und erreichte das weite, offene Plateau. Wie im Traum hörte er die aufgeregten Rufe im spanischen Lager, wo sich die Nachricht in Windeseile verbreitet hatte. Tausende von Männern strömten bereits neugierig herbei. Er drehte sich um. Ratcliffe war jetzt von mehreren königlichen Offizieren umringt. Von Granada her erscholl eine Trompetenfanfare, und er blickte auf. Überall auf der Brustwehr und den Türmen drängten sich die Mauren wie die Ameisen zusammen, um den lebensmüden Christen zu sehen, der es gewagt hatte, die Herausforderung ihres besten Kriegers anzunehmen. Matthias hörte Gelächter und Hohnrufe. Er wußte selbst, daß er in seinem ramponierten Kettenhemd und mit seinen einfachen Waffen nicht gerade einen imposanten Anblick bot, aber er kümmerte sich nicht darum, sondern packte sein Schwert fester und beruhigte sein nervöses Pferd. Eine Weile beachtete Jarfel ihn überhaupt nicht. Er lenkte sein Schlachtroß auf die entlang der Lagerbefestigung versammelten Spanier zu und sprach schnell auf sie ein. Matthias konnte die Worte des Mauren nur mühsam verstehen, reimte sich aber zusammen, daß Jarfel sich über ihn lustig machte und die Spanier verspottete, weil sie anscheinend keinen besseren Gegner gegen ihn ins Feld schicken konnten. Dann richtete er sich in den Steigbügeln auf und geruhte endlich, von Matthias Notiz zu nehmen. Er deutete mit der Spitze seines Schwertes auf ihn und rief immer wieder ein und dasselbe Wort, das von seinen Landsleuten begeistert wiederholt wurde. Schließlich begriff Matthias auch die Bedeutung. Die Mauren verhöhnten ihn als Vogelscheuche. Steine und Unrat flogen in seine Richtung. Die Werfer konnten nicht hoffen, ihn auf diese Entfernung zu treffen; die Geste sollte wohl eher die Verachtung der Soldaten ausdrücken als ihn ernsthaft verletzen.

Matthias schloß die Augen und dachte an Rosamund. Sie waren allein in ihrer Kammer. Rosamund saß in ihrem Stuhl, neckte ihn und versuchte dabei, ein möglichst unbeteiligtes Gesicht zu machen, während der Schalk in ihren Augen tanzte. Sie hielt ein Buch in der Hand; eine jener Ritterromanzen, die sie so gerne las, um sich hinterher darüber lustig zu machen. Ein flackerndes Feuer brannte im Kamin. Draußen fiel Schnee. Matthias war sich Rosamunds Gegenwart plötzlich so stark bewußt, daß er meinte, er brauche sie nur in die Arme zu schließen, und dann wäre er wieder sicher und geborgen in ihrer Kammer in Barnwick und nicht mehr unter der sengenden Sonne Spaniens, wo er wahrscheinlich gleich dem Tod ins Auge schauen mußte.

»Das war die schönste Zeit meines Lebens«, flüsterte er, mühsam die Tränen zurückhaltend. »Oh, Rosamund, ich vermisse dich so. Ohne dich fühle ich mich so furchtbar einsam. Ich kann einfach nicht mehr.«

Lauter Jubel veranlaßte ihn, die Augen wieder aufzuschlagen. Er blickte zum spanischen Lager hinüber. Die Armee hatte sich dort fast vollständig versammelt, um den Kampf zu verfolgen; er entdeckte auch Wimpel und Banner des königlichen Hofes. Bislang hatte noch kein Spanier den Mut aufgebracht, auf das Feld zu reiten, um ihn von seinem Vorhaben abzubringen, und Matthias wußte, daß auch niemand einen solchen Schritt wagen würde. Tief in seinem Herzen wünschte ein jeder Spanier, daß einer der ihren Jarfels Herausforderung annahm, und Matthias' Schicksal kümmerte sie wenig. Der maurische Kämpe wendete sein Pferd, hob sein Schwert und grüßte damit in Richtung der Stadttore. Matthias, dessen Gedanken noch immer um Rosamund kreisten, sah unbewegt zu, wie Jarfel in leichtem Galopp auf ihn zukam. Matthias beruhigte sein Pferd und senkte sein Schwert. Der Maure tat es ihm nach. Matthias trieb sein Pferd langsam vorwärts. Der Maure schob das Visier seines Helmes hoch. Er hatte olivfarbene Haut, schöne dunkle Augen und volle, sinnliche Lippen, die von einem sauber gestutzten Bart umrahmt wurden. Langsam begann er, in spanischer Sprache auf Matthias einzureden. Dieser schüttelte nur verständnislos den Kopf.

»Wie lautet Euer Name?« Der Maure verfiel in die Lingua franca.

»Matthias Fitzosbert. Ich bin Engländer.«

»Matthias Fitzosbert?« Ein Lächeln trat in die Augen des Mauren, als er über den ungewohnten Namen stolperte. »Ihr seid sehr weit weg von Eurer Heimat, Inglés. Ist es Euch bestimmt, unter fremder Sonne zu sterben?«

»Mein Schicksal liegt in Gottes Hand«, erwiderte Matthias. »Mich kümmert es nicht, ob ich lebe oder sterbe.«

Kaum waren die Worte heraus, da hätte er sich am liebsten die Zunge abgebissen. Der Maure lenkte sein Pferd näher an das von Matthias. Sein Gesicht verzog sich besorgt.

»Ihr fürchtet Euch nicht vor dem Tod?«

Matthias senkte den Blick und sah zu, wie Sonnenstrahlen auf dem Schwert des Mauren glitzerten.

»Es tut mir leid.« Er hob den Kopf. »So habe ich es nicht gemeint. Es ist nicht unbedingt so, daß ich den Tod herbeisehne. Aber es macht mir auch nichts aus, dieses Leben hinter mir zu lassen.«

»Seid Ihr aus diesem Grund hier?« Jarfel rückte seinen Helm zurecht. Beide Männer waren sich des Lärms kaum bewußt, der von den jeweiligen Lagern aufbrandete.

»Ich weiß es nicht«, gab Matthias zurück. »Es ist Gottes Wille.«

»Allah il Allah«, stimmte Jarfel zu. »Unser Schicksal ist vorherbestimmt.«

Er packte die Zügel fester und galoppierte gut fünfzig Meter zurück, ehe er anhielt, sich umdrehte, sein Schwert hob und ein letztes Mal zu den roten Mauern von Granada hinübersalutierte. Matthias nahm ebenfalls die Zügel auf. Sein linker Arm schmerzte unter dem Gewicht des Schildes, also ließ er es ungeachtet der bestürzten Rufe aus dem katholischen Lager achtlos zu Boden fallen. Aufmerksam beobachtete er, wie Jarfel sich zum Kampf bereit machte. Die Kraft der Sonne nahm stetig zu; leichte Hitzeschleier zogen bereits über das offene Feld.

Jarfel kam in leichtem Galopp auf ihn zu. Matthias bekreuzigte sich und trieb seinerseits sein Pferd vorwärts. Beide Männer rüsteten sich zum Angriff. Matthias, die Zügel in der linken Hand und sein Schwert halbhoch vor sich, hielt den Blick unverwandt auf den Mauren gerichtet. Er nahm die sengende Sonne nicht mehr wahr, nicht den harten Untergrund, nicht die leichte Brise, die über seine schweißfeuchte Haut strich: Seine ganze Welt war auf den Mann zusammengeschrumpft, der nun auf ihn zujagte. Matthias dachte an alles, was er während seiner Ausbildung gelernt hatte. Jarfel rechnete damit, daß er in einer Staubwolke und unter Schwertergeklirr dicht an ihm vorbeireiten würde. Matthias jedoch hatte andere Absichten. Er ließ die Zügel fahren, dirigierte sein Pferd mit den Knien und packte das

Schwert jetzt mit beiden Händen. Wie erwartet ritt Jarfel auf Matthias' rechte Seite zu, und dieser folgte der Bewegung, so daß sein Pferd gegen das des Mauren prallte. Matthias wurde im hohen Bogen aus dem Sattel geschleudert und schlug so hart auf dem Boden auf, daß er meinte, sich sämtliche Knochen gebrochen zu haben, doch es gelang ihm, sich zur Seite zu rollen. Ohne auf den brennenden Schmerz in seinem linken Bein zu achten, rappelte er sich hoch und hob sein Schwert. Auch Jarfel hatte sich nicht im Sattel halten können. Der Maure hatte seinen Helm verloren, aber ansonsten war ihm anscheinend nichts geschehen. Mit gezücktem Krummschwert stand er breitbeinig da und wartete darauf, daß Matthias angriff.

Als sich die Staubwolke verzogen hatte und die Zuschauer sahen, was geschehen war, erhob sich lauter Jubel im spanischen Lager. Bislang war Jarfel noch nie vom Pferd gestoßen worden, im Gegenteil, zumeist hatte er seinen Gegner bereits nach wenigen Minuten töten können. Matthias schritt langsam auf ihn zu. Der Maure beobachtete ihn genau. Matthias murmelte leise ein Gebet, erkannte jedoch plötzlich, daß er nicht Gott, sondern Rosamund anrief. Ihm war, als befände er sich nicht mehr auf spanischem Boden, sondern im äußeren Burghof von Barnwick Castle, wo er alle Kniffe und Listen eines professionellen Schwertkämpfers erlernt hatte. Er hustete und ließ den Kopf sinken, als habe er Staub in die Augen bekommen. Sofort griff Jarfel an. Matthias wich seitlich aus, schwang sein Schwert und fügte dem Mauren einen tiefen Schnitt in den rechten Arm zu. Jarfel wich nach hinten aus. Matthias drang mit weiteren wuchtigen Hieben auf ihn ein und trieb den maurischen Meisterkämpen immer weiter zurück. Trotz der Hitze, des Staubes und der Schmerzen in seinem Bein fröstelte er. Auf Jarfels Schwert achtete er nur am Rande; diese gebogene, in der Sonne blinkende Stahlklinge hatte er nicht zu fürchten. Statt dessen konzentrierte er sich voll und ganz auf die Augen des Mauren. Jarfel blickte zur Seite, nur den Bruchteil einer Sekunde lang, und diesen Moment nutzte Matthias, um auf ihn loszustürmen. Jarfel riß sein Schwert hoch, um Matthias den Brustkorb aufzuschlitzen, doch statt seitlich auszuweichen sprang dieser zurück, so daß der Maure das Gleichgewicht verlor. Matthias hatte schon andere denselben Fehler begehen sehen: Ein zu kräftig oder vorschnell geführter Hieb bewirkte, daß die rechte Seite des Halses ein paar Sekunden lang ungeschützt blieb. Sein Schwert pfiff durch die Luft und grub sich tief in die Kehle des Mauren. Der Kampf war beendet. Das Gesicht des Mauren verzerrte sich in Todesqual, er taumelte zurück, und seine Knie gaben unter ihm nach. Er unternahm den vergeblichen Versuch, ein paar Worte hervorzubringen, dann verdrehte er die Augen, ein Blutschwall quoll aus seinem Mund, und er brach leblos zusammen.

Matthias verspürte keinerlei Triumphgefühl. Ungläubig starrte er den besiegten Gegner an. Es war so rasch, so mühelos gegangen. Irgendwie erschien ihm das nicht richtig. Er blickte zu den Mauern von Granada hinüber, und augenblicklich brach das gesamte katholische Lager in einen ohrenbetäubenden Jubel aus. Männer rannten mit hocherhobenen Schilden und Schwertern auf ihn zu, Trompetenstöße verkündeten seinen Sieg. Schon bald war er von einer riesigen Menschenmenge umgeben, die ihn nahezu erdrückte. Einige Kreuzritter traktierten Jarfel mit Fußtritten, bis Matthias wütend Protest einlegte. Sir Edgar Ratcliffes Gesicht tauchte vor ihm auf; ein Freund inmitten einem Meer von Fremden. Matthias bat ihn, dafür zu sorgen, daß Jarfels Leiche mit Respekt behandelt wurde, und der Engländer erklärte sich einverstanden. Er sprach in dem hier sehr gebräuchlichen Französisch auf einen hinter ihm stehenden spanischen Offizier ein, der zustimmend nickte. Matthias begann zu taumeln. Er schob sein Schwert in die Scheide zurück und sah sich nach seinem Pferd um.

»Ich sollte wirklich weiterreiten«, murmelte er. Kalter Schweiß brach ihm aus. »Ich habe hier nichts mehr verloren.« Er trat einen Schritt vor, doch plötzlich schien sich die ganze Welt um ihn zu drehen, und Ratcliffe fing ihn auf, als er das Bewußtsein verlor.

Als Matthias erwachte, befand er sich in einem Zelt. Draußen war es dunkel. Männer standen herum und unterhielten sich angeregt auf spanisch. Er richtete sich vorsichtig auf. Ratcliffe löste sich aus dem Schatten, legte ihm einen Arm um die Schultern und setzte ihm einen Weinschlauch an die Lippen.

»Willkommen im Land der Lebenden, mein Junge.«

Die Worte erinnerten Matthias an Fitzgerald. Er blickte Ratcliffe scharf an, doch Sir Edgar lächelte nur.

»Macht Euch keine Sorgen, Matthias. Als Ihr vom Pferd gestürzt seid, habt Ihr Euch heftig den Kopf angeschlagen. Habt Ihr das nicht gemerkt?«

»Nein.«

»Ihr habt den besten Kämpfer der Mauren besiegt«, flüsterte Sir Edgar, half Matthias, sich aufzusetzen, und stopfte ihm ein paar Kissen in den Rücken. »Und das auch noch so schnell. Ich wußte nicht, daß wir einen wahren Lanzelot unter uns haben.«

Eine Gestalt erschien im Zelteingang und sagte etwas auf spanisch. Ratcliffe antwortete ihm, der Mann trat vor und beugte sich zu Matthias hinunter.

»Ich bin der Herzog von Medina-Sidonia«, begann er in schwerfälligem englisch. »Und ich beherrsche Eure Sprache.« Sein verwittertes Gesicht verzog sich zu einem Lächeln. »Ich lernte sie, als mich eine diplomatische Mission in Euer nebelverhangenes Land führte.« Er öffnete seinen Beutel, entnahm ihm ein kleines, juwelenbesetztes Kreuz und hängte es Matthias um den Hals. »Ihr habt den Befehl Ihrer Majestäten mißachtet und die Herausforderung des Mauren angenommen, aber Gott war mit Euch. Ihre Majestäten in ihrer Güte haben Euch verziehen und schicken Euch dies als Zeichen ihrer Wertschätzung.« Dann überreichte er Matthias eine kleine Pergamentrolle und eine schwere, klirrende Geldbörse. »Dies ist ein Paß, der es Euch gestattet, zu gehen, wohin Ihr beliebt. Er befiehlt allen Offizieren der Krone, Euch alle erdenkliche Unterstützung zuteil werden zu lassen. Ihr werdet von nun an hier in Spanien als treuer Untertan Ihrer Majestäten betrachtet.« Der Mann erhob sich und verneigte sich steif. »Wenn Granada fällt – und es wird fallen, glaubt mir –, dann werdet Ihr zusammen mit anderen Angehörigen des Hofes im Triumph in die Stadt einreiten.«

Die nächsten Tage verbrachte Matthias damit, sich von seinen Verletzungen zu erholen. Ratcliffe umsorgte ihn wie eine Glucke und achtete sorgsam darauf, daß alle, die den englischen Champion besuchen wollten, nicht zu lange blieben. Das Zelt, in dem Matthias lag, war ein Geschenk des spanischen Bischofs. Weitere Gaben trafen ein: seidene Kleider, Früchte, köstliche Mahlzeiten und erlesene Weine. Matthias bat darum, all dies unter den Männern der Kompanie St. Raphael verteilen zu dürfen.

Nach einer Weile legte sich der Wirbel um seine Person. Gerüchte kursierten im Lager, denen zufolge die Herrscher von Granada, die fürchteten, die Stadt könne ausgehungert oder im Sturm genommen werden, Boten ausgeschickt hatten, um über eine ehrenvolle Kapitulation zu verhandeln.

Matthias blieb viel sich selbst überlassen. Er bemerkte, daß sich Ratcliffes Verhalten ihm gegenüber allmählich änderte. Wenn Matthias seine Waffen überprüfte oder mit den anderen am Lagerfeuer saß, ertappte er Sir Edgar immer häufiger dabei, wie er ihn aus den Augenwinkeln heraus nachdenklich musterte. In der Nacht nach Weihnachten ging Matthias wie üblich zu seinem Lieblingsplatz außerhalb des Lagers, blickte zu den Sternen empor und überlegte, was er als nächstes tun sollte. Er schaute zu den Lichtern auf den Brustwehren Granadas hinüber. Die Stadt würde fallen; die spanischen Majestäten würden diese letzte maurische Hochburg einnehmen. Und er? Wohin sollte er sich dann wenden? Ratcliffe sprach davon, seine Männer Richtung Norden nach Frankreich und dann vielleicht gen Osten zu führen, um sich den Deutschordensrittern oder gar den Hospitalitern anzuschließen. Hinter ihm knackte ein Zweig und riß ihn aus seinen Gedanken. Matthias fuhr herum.

»Ich bin es nur.« Ratcliffe ließ sich neben ihm nieder. »Es heißt, Granada wäre eine wunderschöne Stadt.« Er deutete auf die mächtigen Mauern. »Und eine reiche Schatzkammer.«

»Warum seid Ihr gekommen, Sir Edgar?«

Ratcliffe kaute auf seiner Unterlippe herum.

»Ich habe Euren Kampf gegen Jarfel aufmerksam verfolgt, Matthias«, erwiderte er langsam. »Möge Gott mir vergeben, aber ich habe bereits ein Requiem für Euch gebetet.«

Matthias spürte, daß er lächelte.

»Dann sah ich Euren Angriff. Euer Pferd prallte mit dem des Mauren zusammen. Alles war in eine große Staubwolke gehüllt, und als diese verflog, sah ich Euch mit gezücktem Schwert und kampfbereit dastehen. Da dachte ich: Gott muß mit diesem Mann sein.«

»Und?«

»Es ging so schnell«, fuhr Ratcliffe fort. Er pflückte einen trockenen Grashalm ab und schob ihn sich zwischen die Lippen.

»Worauf wollt Ihr eigentlich hinaus, Sir Edgar?« fragte Matthias argwöhnisch.

Der englische Ritter sah ihm voll ins Gesicht. Seine Augen blickten nicht länger freundlich, sondern hart und entschlossen.

»Begreift Ihr denn nicht, Matthias? Ihr seid nichts weiter als ein gewöhnlicher englischer Soldat, seid auf einem jämmerlichen Klepper, ohne Helm und ohne Schild in einen Zweikampf gezogen und habt trotzdem den besten Kämpen der Mauren getötet; einen Mann, der im offenen Kampf viele der besten Ritter von Kastilien und Aragon besiegt hat. Ihr habt ihn so schnell und mühelos erledigt, wie ein Bauer ein Schwein schlachtet.«

»Ich wurde selbst dabei verletzt«, erwiderte Matthias mürrisch. »Und jeder Soldat kann einmal Glück haben.«

»Ich habe nicht vergessen, wie Ihr mich damals auf der Straße nach Rye vor Craftleigh gewarnt habt«, bemerkte Ratcliffe. »Damals dachte ich, Ihr hättet so eine Art Vorahnung gehabt.«

»Und jetzt?«

»Als Ihr das Bewußtsein verlort und zum Lager zurückgebracht wurdet, ließen die Spanier Jarfel ebenfalls fortschaffen. Ihr habt ihn nicht direkt getötet.« Er hielt inne, und

Matthias gefror das Blut in den Adern. »Er wurde zur Santa Hermandad geschafft. Ihr kennt doch diese heilige Bruderschaft, Matthias, den militärischen Zweig der Inquisition? Zu ihm gehören Ärzte, Wissenschaftler und Gelehrte, und sie werden von einem der mächtigsten Männer Spaniens angeführt, dem Dominikaner Thomas de Torquemada. Er ist der Beichtvater Königin Isabellas. Jarfel hat noch einmal das Bewußtsein wiedererlangt und etwas sehr Merkwürdiges gesagt. Erst rief er Euren Namen, Matthias, und dann fügte er ein paar lateinische Worte hinzu.«

Matthias erstarrte.

»Der Maure flüsterte ›*Creatura bona atque parva*‹, zweimal hintereinander. Einen Atemzug später war er tot.« Ratcliffe knabberte an dem Grashalm. »Torquemada suchte mich auf. Er hat an Jarfels Sterbelager gesessen, weil er hoffte, ihm Informationen über den Zustand der Garnisonen in Granada entlocken zu können. Von mir wollte er wissen, warum ein Maure kurz vor seinem Tod Euren Namen rufen konnte und was die lateinischen Worte zu bedeuten hätten. Torquemada«, fuhr Ratcliffe langsam fort, »ist ein gefährlicher Mann; ein leidenschaftlicher Verfechter der *limpieza de sangre,* der Reinheit des spanischen Blutes. Er betrachtet ganz Spanien als ein einziges katholisches Königreich. Wie Lord Rivers mir erzählte, streitet er permanent mit Ihren Majestäten über die Frage, wie sich nach dem Fall Granadas eben diese Reinheit des spanischen Blutes erhalten läßt. Spanien soll von allen Moriscos – das sind die zum Christentum konvertierten Moslems –, Juden, Abtrünnigen, Ketzern und …«, er blickte zum sternenübersäten Himmel empor, »… auch von allen Anhängern Schwarzer Magie gesäubert werden.«

»Wollt Ihr mich etwa der Hexerei bezichtigen?« fauchte Matthias und sprang empört auf.

»Keinesfalls, Matthias. Ich möchte Euch nur warnen.« Ratcliffe erhob sich ebenfalls. »Bleibt nach dem Fall Granadas nicht mehr allzu lange in Spanien. Solltet Ihr die Aufmerksamkeit Master Torquemadas bereits auf Euch gelenkt haben, dann rate ich Euch dringend, das Land so schnell wie möglich zu verlassen – solange Ihr noch könnt.«

»Ich hatte eigentlich vor, mit Euch zu gehen.« Matthias merkte selbst, wie wenig überzeugend seine Worte klangen.

Ratcliffe hob eine Hand. »Hattet Ihr das wirklich vor, Matthias?« fragte er milde. »Wollt Ihr mit uns kommen? Ihr seid ein Mann, der den Tod sucht, Matthias. Gott allein weiß, welche Alpträume Euch plagen, und Gott allein weiß auch, was bei diesem schrecklichen Kampf wirklich passiert ist. Ihr seid im wahrsten Sinne des Wortes ein ungewöhnlicher Mann. Ich glaube nicht, daß Euer Schicksal irgendwie mit mir oder dem Fähnlein St. Raphael verknüpft ist.« Er ließ die Hand sinken. »Wir werden Euch auf jeden Fall noch bis zur spanischen Grenze begleiten, aber danach ...« Achselzuckend wandte er sich ab und verschwand in der Dunkelheit.

Matthias starrte zum Himmel empor.

»Der Rosendämon muß geahnt haben, was ich vorhatte«, murmelte er. »War er mir denn so nah?«

Hinter ihm raschelte es. Matthias drehte sich um und sah, wie eine Gestalt hastig davonhuschte. Im schwachen Licht der Fackel erkannte er die schwarzweiße Tracht eines Dominikanermönches.

SECHSTES KAPITEL

Alle Chronisten Europas waren sich darin einig, daß sich Gott am 2. Januar 1492 der Christenheit gnädig gesonnen zeigte. An diesem Tag übergab der letzte Maurenkönig Boabdil seine Stadt an Ferdinand und Isabella und verließ seinen Palast heimlich durch die Tür der Sieben Seufzer. Das Haupttor der Stadt wurde geöffnet, und die katholische Armee zog mit wehenden Bannern und unter Fanfarenstößen in Granada ein.

Matthias Fitzosbert ritt auf einem schabrackengeschmückten Schlachtroß inmitten der prächtig ausstaffierten Abordnung von Ferdinands und Isabellas Hofstaat. Die Sonne war gerade erst aufgegangen, und doch waren alle Einwohner der Stadt – Christen, Mauren und Juden – herbeigeströmt, um ihre neuen Herrscher zu begrüßen. Die katholischen Könige hatten den Bürgern Leben und Freiheit zugesichert und den Soldaten strengstens untersagt, Häuser zu plündern oder Hand an einen der Einwohner Granadas zu legen.

Matthias ritt neben Sir Edgar Ratcliffe. Seine eigenen Sorgen waren vergessen, als er voller Bewunderung dieses Juwel von einer Stadt betrachtete: kühle, mit Säulengängen versehene Basiliken, marmorne Villen, parkartige Flächen mit fröhlich plätschernden Springbrunnen, gepflegte Gärten hinter terrassenförmigen Mauern. Über all dem lag ein Gemisch aus schweren Düften – den kostbaren Ölen, die im Viertel der Parfümeure hergestellt wurden, den appetitanregenden Gerüchen aus den Garküchen und Schenken; doch alles wurde von dem durchdringenden Weihrauchduft überlagert, der den Gefäßen entströmte, die die neben den Kolonnen herschreitenden Priester eifrig schwenkten. Die Sonne stieg höher, und bald begann Matthias unter seiner Lederrüstung stark zu schwitzen.

Der Zug schlängelte sich einen Hügel empor und erreichte endlich die prachtvolle Alhambra. Vielen Angehörigen des Hofes blieb der Zutritt verwehrt, doch Matthias und Sir Edgar durften den Monarchen in die Halle der Gerechtigkeit folgen. Matthias bewunderte die hohen Decken, die bemalten Wände und glänzenden Kuppeln, die in leuchtenden Farben gehaltenen Fliesen und kunstvollen Mosaiken. Es gab zahlreiche ineinander übergehende Höfe, alle mit feinstem Marmor ausgelegt und von elfenbeinfarbenen Säulen und geschwungenen Bögen eingefriedet.

In der Mitte dieses Palastes wurde das *Te Deum* gesungen. Zum erstenmal hatte Matthias Gelegenheit, die beiden spanischen Monarchen aus der Nähe zu betrachten. Ferdinand hatte eine lange Nase, ausgeprägte Gesichtszüge und dunkles Haar. Er ähnelte einem verschlagenen Fuchs. Isabellas alabasterweiße Haut schimmerte im Fackelschein; ihr hellblondes, von grauen Strähnen durchzogenes Haar hatte sie unter einem eleganten Spitzenschleier verborgen. Mit ihren regelmäßigen Zügen, den hohen Wangenknochen, den halbgeschlossenen Augen und bescheiden im Schoß gefalteten Händen erinnerte sie Matthias an ein Bild der Jungfrau Maria, das er einst in einer Oxforder Kirche gesehen hatte. Erinnerungen an England stiegen in ihm auf, und hier, in einem Säulengang des Löwenhofes, überkam Matthias zum ersten Mal seit langer Zeit eine Welle von Heimweh. Diese Welt war ihm fremd; eine Welt aus strahlendem Sonnenschein, wilden, faszinierenden Landstrichen, geheimnisumwobenen Menschen, goldenen Hallen und mit Silber ausgeschlagenen Kammern. Hier gab es alles im Überfluß: blutroten Wein, eine Vielfalt an Fleisch und goldene Platten voll exotischer Früchte. Matthias schloß die Augen und mahnte sich, daß dies zugleich auch ein Ort voller Rätsel und Gefahren war. Hier in der Alhambra, so hatte man ihm berichtet, gab es den berüchtigten Raum der Geheimnisse, ein architektonisches Wunderwerk, das alle Geräusche verstärkte und vielfach widerhallen ließ. Lord Rivers zufolge hatte dort einmal ein Sultan zwei in Ungnade gefallene Prinzen enthaupten lassen und dann seine Füße in dem Blut gebadet, das über den Marmorfußboden floß.

Matthias schlug die Augen wieder auf. In der großen Löwenhalle drängten sich nun Soldaten und Priester im Halbkreis hinter Ferdinand und Isabella, die auf Kissen knieten. Aller Augen ruhten auf zwei Mönchen, die ein schlichtes schwarzes Kreuz mit einem aus Elfenbein geschnitzten Christus vor der Marmorwand aufstellten. Allmählich kehrte Ruhe in die Halle ein – die dann mit einem Mal von einem Fanfarenstoß zerrissen wurde. Sämtliche Anwesenden brachen in ein lautes Jubelgeschrei aus. Das Signal bedeutete, daß das mächtige Silberkreuz Kastiliens nun endlich auf dem höchsten Turm der Alhambra aufgestellt worden war. Die Haushofmeister und königlichen Bannerherren begannen damit, die Halle zu räumen. Matthias blickte sich um. Trotz des Tumultes und des Durcheinanders aus unzähligen verschiedenen Sprachen wurde er das Gefühl nicht los, daß jemand ihn beobachtete. Sein Blick schweifte durch den Raum und blieb an einem Dominikanermönch am anderen Ende hängen. Der Mann war klein und untersetzt und hatte sein Haar zu einer Tonsur ausrasiert. In dem fleischigen Gesicht mit der Habichtsnase brannten zwei fanatische Augen. Obgleich sie so weit voneinander entfernt standen, kam es Matthias so vor, als könne der Dominikaner ihm auf den Grund seiner Seele blicken.

»Wer ist das?« flüsterte er beklommen.

Ratcliffe folgte seinem Blick. »Der ehemalige Prior von Segovia«, murmelte er. »Eben jener Beichtvater Königin Isabellas, von dem ich Euch erzählt habe. Wie Ihr vielleicht wißt, hat er Euch während der letzten Tage scharf beobachten lassen.«

Schließlich war die Reihe an Matthias und Ratcliffe, die Halle zu verlassen. Der englische Ritter faßte Matthias am Ellbogen und führte ihn, nachdem sie die Alhambra hinter sich gelassen hatten, zu einer kleinen Weinschenke. Dort wimmelte es von lärmenden, angetrunkenen Soldaten. Sie gingen in den kleinen Garten hinaus und ließen sich dort im Schatten nieder. Ein kleiner, in zerschlissene Hosen und ein schmutziges Hemd gekleideter Junge kam dienstfertig auf sie zugesprungen und plapperte fröhlich auf sie ein.

Ratcliffe lachte, warf ihm ein Geldstück zu und verlangte Wein.

»Kein Wasser!« rief er dem davoneilenden Jungen nach. »*Nualla aqua!*«

Ein paar Minuten später brachte ihnen eine korpulente Frau zwei Zinnbecher mit dunkelrotem Wein und eine Platte voll braunem, mit Butter und Honig bestrichenem Brot. Sie bediente sie rasch, ohne dabei den Kopf zu heben, nahm die Münze, die Ratcliffe ihr reichte, und watschelte davon.

»Sie wissen nicht, ob sie froh oder traurig sein sollen.« Ratcliffe lehnte sich gegen die harte Ziegelmauer und streckte die schmerzenden Beine aus.

»Ist es ihnen denn nicht lieber, daß Granada nun unter spanisch-katholischer Herrschaft steht?« fragte Matthias.

»Granada war eine Art Oase inmitten von Spanien«, erklärte Ratcliffe. »Eine wohlhabende, im Luxus schwelgende Stadt, in der man keine Sorgen kannte. Wenn da nicht eine kleine Gruppe von Fanatikern gewesen wäre, dann hätte Boabdil sich schon ergeben, sowie die ersten katholischen Standarten auf dem Hügel aufgetaucht sind. Granada ist ein Ort, Matthias, wo Christen, Juden, Mauren und auch Angehörige anderer Religionsgemeinschaften, von denen Ihr wahrscheinlich noch nie gehört habt, in Frieden miteinander gelebt haben. Nun hat sich alles geändert. Granada ist katholisch, und jetzt gibt es hier die Santa Hermandad, die Inquisition – und vor allem Thomas de Torquemada. Die Luft schwirrt vor Gerüchten. Ferdinand und Isabella sind praktisch denkende Menschen; sie wissen, daß sie die maurischen Handwerker brauchen und von den jüdischen Geldverleihern abhängig sind.«

»Und was sagt Torquemada dazu?« erkundigte sich Matthias neugierig.

»Ach ja.« Ratcliffe dämpfte die Stimme und bedeutete Matthias, es ihm gleichzutun. »Seid vorsichtig, Matthias. Es heißt, Torquemada würde sogar Vögel, Mäuse und Ratten bezahlen, damit sie ihm Informationen zutragen. Torquemada ist ein glühender Fanatiker. Er will nicht nur ein vereinigtes katholisches Spanien, sondern, wie ich schon sagte, ein von Mauren und Juden gesäubertes Land. Er hat Ferdinand und Isabella schon öffentlich beschuldigt, die Kirche zum Preis von Frieden und Wohlstand zu verkaufen, so wie Judas einst Christus verkauft hat.«

»Das hat er wirklich gesagt?« rief Matthias ungläubig aus.

»Torquemada und seine Inquisitoren sind nur Gott allein Rechenschaft schuldig. Sogar der Papst in Rom fürchtet ihn. Er hat Isabellas Seele in der Tasche und weiß, wie er damit umgehen muß.«

»Und?«

Ratcliffe nippte an seinem Wein und kostete den schweren, süßen Geschmack genüßlich aus. »Entschieden besser als der Essig, den wir im Lager haben«, bemerkte er. »Lord Rivers ist die ehrenvolle Aufgabe übertragen worden, einige hochrangige Edelleute von Granada nach Madrid zu begleiten. Er hat mich gebeten, ihm mit meinem Fähnlein Geleitschutz zu geben. Ich habe eingewilligt. Morgen beim ersten Tageslicht brechen wir auf.« Er klopfte sich etwas Staub von seiner Jacke. »Wenn Ihr wollt, kommt doch mit uns. Ich würde es Euch jedenfalls dringend raten.«

Matthias blickte in den Garten hinaus. Irgendwo in der Schenke grölte ein Mann einen unanständigen Gassenhauer. Matthias begriff durchaus, daß er in Gefahr schwebte, wenn die Heilige Bruderschaft es für nötig hielt, ihn über Wochen hinweg beobachten zu lassen, doch es kümmerte ihn wenig. Jarfels letzte Worte hatten ihm erneut bewiesen, daß er einem Schwimmer in einem reißenden Fluß glich: Wie sehr er sich auch anstrengen mochte, er mußte letztendlich der Strömung folgen. Er schloß die Augen. Sein Leben lang war er auf der Flucht gewesen – aus Oxford, aus Barnwick, aus Schottland, aus London, aus St. Wilfrid's und vor Emloes Bande. Entschlossen öffnete er die Augen wieder.

»Ich bleibe hier«, erklärte er.

»In diesem Fall schlage ich vor, daß Ihr Euch in der Stadt eine Unterkunft sucht.« Ratcliffe setzte seinen Becher ab, stand auf und zeigte auf das Kreuz, das die spanische Königin Matthias geschickt hatte. »Ihr habt eine königliche Voll-

595

macht und könnt kommen und gehen, wie Ihr wollt. Ich werde alles, was wir Euch noch schulden, bei einem spanischen Kaufmann namens Hidalbo hinterlegen. Er besitzt ein Haus in der Nähe der Stadttore von Santa Fé.«

Matthias erhob sich ebenfalls. »Ich möchte nichts haben, Sir Edgar.« Als sich gelindes Erstaunen auf dem Gesicht des Mannes abzeichnete, fuhr er fort: »Mein Pferd steht in einem Stall der Alhambra. Ich bezahle einen Stallburschen dafür, es zu versorgen und auf meine Satteltaschen aufzupassen. Sie enthalten alles, was ich brauche, den Rest könnt Ihr unter Euch aufteilen.«

Obwohl Matthias den englischen Ritter liebgewonnen hatte, wußte er doch, daß jegliche Hoffnung auf eine tiefe, dauerhafte Freundschaft nun auf immer dahin war. Er streckte die Hand aus.

»Ich werde heute nacht nicht ins Lager zurückkehren. Gott schütze Euch, Sir Edgar.«

»Das war es dann also, nicht wahr, Matthias?«

»Ja, Sir Edgar. Ihr seid ein guter Soldat und ein treuer Freund. In den letzten Monaten wart Ihr mir wie ein Bruder. Aber ich kann Euch weder von meiner Vergangenheit erzählen noch von den Geistern, die mich heimsuchen, daher ist es das beste, wenn ich alleine weiterziehe. Das Fähnlein St. Raphael braucht mich nicht, und ich brauche Euch nicht.«

Sir Edgar schüttelte ihm die Hand und umarmte ihn. Sie tauschten den Friedenskuß, dann drehte sich Sir Edgar um, durchquerte den Garten und verschwand in der Schenke, ohne sich noch einmal umzublicken.

Matthias setzte sich auf die Bank, griff nach seinem Weinbecher und kämpfte gegen das Selbstmitleid an, das ihn zu überwältigen drohte. Er schloß die Augen.

»Warum?« flüsterte er. »Warum kommst du nicht, Rosifer? Warum nicht jetzt?«

Die Sonne brannte warm auf seinem Gesicht. Matthias lehnte sich zurück und döste ein. Wieder versank er in Träumen von Barnwick und Rosamund; dies geschah in der letzten Zeit immer häufiger, und die Träume wurden immer intensiver. Jemand rüttelte ihn wach, und er schlug die Augen auf. Der kleine Junge starrte ihn an, zeigte auf seinen Becher und schnatterte etwas. Matthias schüttelte den Kopf.

»Nein, ich habe genug Wein getrunken.«

Er drückte dem Jungen eine Münze in die Hand, erhob sich und ging zur Alhambra zurück, um sein Pferd zu holen. Die Stadt wimmelte von Soldaten, doch es herrschte allgemein eine fröhliche Stimmung. An jeder Ecke standen Bogenschützen, die das silberne Kreuz Kastiliens trugen. Sie wurden von Rittern des Königs überwacht, und ihre einzige Aufgabe bestand darin, für Ruhe und Ordnung zu sorgen. Die Weinschenken waren voll; manche Männer schliefen im Schatten der Bäume ihren Rausch aus, andere zogen ihre Stiefel aus und kühlten die Füße in den Teichen und Springbrunnen. Immer wieder galoppierten königliche Kuriere und Herolde auf schaumbedeckten Pferden durch die Straßen oder verlasen ihre Proklamationen.

Matthias schlenderte mit dem Pferd am Zügel durch das jüdische Viertel, überquerte einen großen Marktplatz und gelangte in einen der wohlhabenderen Bezirke der Stadt. Hier hatten sich die Offiziere der königlichen Armee – Engländer, Franzosen, Spanier und Deutsche – bevorzugt einquartiert. Matthias zog sein Pferd herum, um zu der Schenke zurückzukehren, die er soeben verlassen hatte, doch in diesem Moment kam eine Frau aus einem Haus und trippelte die Stufen hinunter. Matthias blickte ihr verdutzt nach. Sie trug einen mit Brokatbändern verzierten dunkelroten Samtrock. Eine passende Mantilla mit Sternenmuster lag um ihre Schultern, und auf dem Kopf saß zum Schutz gegen die sengende Sonne ein breitkrempiger schwarzer Hut, an dem eine weiße Feder tanzte. Matthias sah sie nur von der Seite, aber er erkannte den Schwung der Wangen- und Mundpartie und das flammendrote Haar, das unter dem Hut hervorlugte.

»Morgana!« rief er. »Morgana!«

Einige vorbeieilende Soldaten blieben stehen und starrten ihn erstaunt an. Matthias, der sich von seiner Überraschung erholt hatte, eilte der Frau hinterher, sein Pferd mit sich ziehend. Er gelangte auf einen quadratischen, grob gepflasterten Platz, der zu allen vier Seiten mit Mietställen gesäumt war. Rasch stieg er auf sein Pferd, stellte sich in den Steigbügeln auf, blickte über die Köpfe der Menge hinweg und entdeckte die Gesuchte, die am anderen Ende des Platzes am Anfang einer Gasse unter dem Schild einer Goldschmiede stand. Matthias hastete weiter. Er mußte erneut absteigen und sich einen Weg durch das Gewühl bahnen. Um ihn herum drängten sich zahlreiche Händler und ihre Kunden. Ein Hausierer rannte ihm nach und bot ihm ein juwelenbesetztes Wehrgehänge an. Matthias stieß ihn beiseite.

Bei dem Schild des Goldschmieds angelangt, blieb er stehen und sah sich um. Morgana konnte er nirgends entdecken. Er ging die Gasse entlang und erhaschte gerade noch einen Blick auf ihren Umhang, der in einer Schenkentür verschwand. Matthias folgte ihr. Ein schmaler Pfad führte zu den neben der Schenke gelegenen Ställen. Matthias zog sein Pferd in den Hof, warf dem herbeieilenden Stallburschen, der zuvor friedlich in der Sonne gedöst hatte, die Zügel zu, drückte ihm ein Geldstück in die Hand und erklärte ihm, daß er ein zweites erhalten würde, wenn er das Pferd gut versorgte. Dann betrat Matthias die Schenke. Innen war es angenehm kühl. Der große Schankraum hatte eine hohe Decke. Weinfässer standen in Reih und Glied neben der Küchentür, der Rest des Raumes wurde von grob gezimmerten Tischen und Bänken eingenommen. Schinken und andere Fleischstücke hingen zum Trocknen von den Balken herab und verbreiteten einen würzigen Duft. Die anderen Gäste blickten auf, als Matthias auf der Schwelle stehenblieb und die Augen zusammenkniff, um im dämmrigen Licht besser sehen zu können.

»Morgana!« rief er.

Der Wirt, ein kleines, dickes Männchen, kam auf ihn zu und wischte sich die blutverschmierten Hände an seiner schmutzigen Schürze ab. Matthias bediente sich der Lingua franca, um ihn zu fragen, ob er eine rothaarige Frau habe hereinkommen sehen. Der Wirt spreizte abwehrend die Finger und schüttelte den Kopf.

Matthias blickte sich um. Eine Treppe führte in das obere

Stockwerk, aber ein anscheinend stockbetrunkener Soldat blockierte den Weg. Der Becher, den er im Schoß hielt, war umgekippt, und Weinflecken besudelten seine Hose. Matthias war sicher, daß Morgana hier hineingegangen war. Er drehte sich zur Eingangstür um. War sie vielleicht hereingeschlüpft und zu einer anderen Tür wieder hinausgelaufen?

Er gab auf und lief zu den Ställen zurück. Der Junge hielt sein Pferd noch immer am Zügel, aber er wirkte jetzt, als sei er vor Furcht zur Salzsäule erstarrt.

»Was ist los mit dir, Bürschchen?«

Matthias drehte sich um. Eine Gruppe von Reitern versperrte nun den Eingang zum Hof. Sie waren von Kopf bis Fuß in tiefes Schwarz gekleidet. Gleichfarbige Masken bedeckten ihre Gesichter. Alle waren gut bewaffnet, und auf das Gewand eines jeden war ein prächtiges silbernes Kreuz gestickt. Wie eine Schar Raben saßen sie unbeweglich da. Matthias drückte dem Jungen die versprochene Münze in die Hand.

»Lauf zu, Freundchen«, murmelte er.

Der Junge ließ sich nicht zweimal bitten. Angstschlotternd flüchtete er sich in die Schenke. Matthias schwang sich in den Sattel und wollte losreiten, doch die Männer machten keine Anstalten, zur Seite zu weichen.

»Aus dem Weg, meine Herren!« Matthias griff in seinen Beutel und zog die Pergamentrolle hervor, die Isabella ihm geschickt hatte. »Ich habe eine Vollmacht der Königin – *la reina Isabella*!«

Einer der schwarz gewandeten Reiter trieb sein Pferd vorwärts.

»Ihr seid Matthias Fitzosbert?« Eine schwarz behandschuhte Hand riß ihm die Pergamentrolle weg. Die Stimme des Mannes klang hinter der Maske gedämpft. Er sprach die Lingua franca. »Ihr seid Matthias Fitzosbert?« wiederholte er.

»Der bin ich. Tretet zur Seite!«

»Matthias Fitzosbert, wir sind Soldaten der Heiligen Inquisition. Ihr steht unter Arrest.«

»Weshalb?«

»Das werdet Ihr schon noch erfahren.«

Noch ehe Matthias die Zügel aufnehmen konnte, bildeten die anderen Reiter einen Kreis um ihn. Hände tasteten an seinem Schwertgurt herum und zogen Schwert und Dolch aus ihren Scheiden. Die unheimlichen schwarzgekleideten Männer nahmen Matthias in ihre Mitte, einer von ihnen ergriff die Zügel seines Pferdes, und langsam ritt die kleine Gruppe durch die Straßen Granadas zurück.

Der Platz, den Matthias noch vor kurzem überquert hatte, war jetzt wie leergefegt. Händler und Kunden waren beim Anblick der Inquisitoren Hals über Kopf geflüchtet. Am anderen Ende wurden sie von einer weiteren Reitergruppe erwartet. Zwei der Männer trugen riesige schwarze Banner, die mit silbernen Kreuzen bestickt waren. Gemeinsam setzten die beiden Abordnungen ihren Weg fort, vorbei an der Alhambra und durch gepflasterte Gassen immer tiefer in das Herz der Stadt hinein. Matthias erkundigte sich, wo sie eigentlich hinwollten, erhielt aber keine Antwort. Die Gruppe kam mühelos voran. Obwohl Granada gerade erst eingenommen worden war, hatten sich die Schauergeschichten über die Inquisition in Windeseile verbreitet. Die Einwohner der Stadt hatten sich in ihren Häusern verschanzt, und auch die Soldaten und die ausländischen Söldner machten eilig Platz, wenn die maskierten Inquisitoren nahten.

An einer Kreuzung machten die Reiter halt. Ehe Matthias protestieren konnte, wurde ihm eine schwarze Kapuze über den Kopf gezogen. Einer der Männer band seine Hände mit einer Seidenschnur am Sattelknauf fest, dann setzte sich die Gruppe wieder in Bewegung. Matthias bekam unter der Kapuze kaum Luft, und gerade als er dachte, es nicht länger ertragen zu können, hörte er, wie Tore geöffnet wurden, Hufe klapperten über Pflaster, und dann wurde er ziemlich unsanft aus dem Sattel gezerrt. Seine Häscher schleiften ihn ein paar Stufen empor, stießen ihn durch eine Tür und nahmen ihm dann die Kapuze ab.

Matthias hatte damit gerechnet, sich in einem Verlies wiederzufinden, aber zu seiner Überraschung stand er in einem weitläufigen, luftigen Raum mit einem Fenster, das zu einem gepflegten, schattigen Garten hinausging. Es war groß genug, um Sonnenlicht und frische Luft in den Raum zu lassen, aber zu klein, als daß ein Mann sich hätte hindurchwinden können. Matthias' Handfesseln wurden durchgeschnitten, dann verließen die Inquisitoren die provisorische Zelle und verriegelten die Tür von außen. Matthias blickte sich um. Er konnte sich nur wundern. Die Wände waren frisch gekalkt worden, um Fliegen und andere Insekten fernzuhalten. Der Fußboden bestand aus poliertem Holz und war mit Teppichen bedeckt, das Bett war groß und bequem, die Kissen weiß wie Schnee, und die Laken knisterten vor Sauberkeit. Auf einem Tisch stand ein Krug Sorbet und eine Schüssel mit Früchten, von denen Matthias einige noch nie gesehen hatte. Links von der Tür befand sich ein gut gefülltes Bücherregal. Matthias ging hinüber und musterte den Inhalt: eine Kopie der Bibel, Traktate, einige Abhandlungen berühmter Theologen, vornehmlich Bonaventura und Albertus Magnus.

Er ließ sich auf dem niedrigen gepolsterten Stuhl nieder, der unter dem Fenster stand. Jetzt nahm er auch den Duft nach Harz, Sandelholz und Weihrauch wahr, der in der Luft hing. Langsam ging er zum Tisch hinüber und schenkte einen Zinnbecher mit juwelenbesetztem Rand voll. Der Sorbet schmeckte köstlich, wusch den Staub aus seinem Mund und floß kühl die Kehle hinunter.

Der Riegel wurde weggeschoben, und ein kleiner Mann mit buschigen Augenbrauen betrat den Raum. Er trug ein graues Gewand mit einer Kordel um die Taille.

»Mein Name ist Miguel Vincessors.« Er sprach langsam in der Lingua franca. »Ich bin Euer Diener. O je!« Seine Hand fuhr an die Lippen. Er eilte hinaus und kehrte mit einem Kruzifix zurück, das er an einen Haken an der Wand hängte. »Habt Ihr es auch bequem …?« Er plapperte weiter, ohne eine Antwort abzuwarten.

Matthias mußte über diesen kleinen mausähnlichen Mann mit der ständig zuckenden Nase und den zwinkernden Augen unwillkürlich lächeln.

»Vor Sonnenuntergang bringe ich Euch etwas zu essen. Mögt Ihr Fleisch? Lammstreifen vielleicht?« Er wies auf die

Obstschale. »Die Granatäpfel sind ganz frisch. Ihr müßt sie aufschneiden, aber eßt die Schale nicht mit. Ach herrjeh, Ihr habt ja gar kein Messer zur Verfügung.«

Der kleine Mann huschte davon und ließ einen benommenen Matthias zurück. Er ging zum Bett und legte sich darauf. Ein Spruch kam ihm in den Sinn, den die spanischen Soldaten ständig auf den Lippen führten: »Was geschehen soll, geschieht. Das Schicksal eines Mannes steht im Buch des Lebens geschrieben.« Matthias überlegte, wie gefährlich seine Lage wohl sein mochte. Im Lager war er so sehr mit seinen eigenen Problemen beschäftigt gewesen, daß er es versäumt hatte, sich mit der Kultur, der Geschichte und den Gewohnheiten Spaniens zu beschäftigen. Über die Inquisition allerdings waren ihm einige gräßliche Geschichten zu Ohren gekommen. Nachdenklich blickte er zu dem prächtigen Baldachin über dem Bett empor. Nein, dies war kein Bocardo, kein schmutzstarrendes, rattenverseuchtes Verlies. Er räkelte sich behaglich und war gerade im Begriff, in den Schlaf hinüberzugleiten, als sich die Tür von neuem öffnete. Zwei Dominikaner kamen in den Raum. Der jüngere, ein Mann mit auffallend dunkler Haut, blieb an der Tür stehen und schob die Hände in die Ärmel seines Gewandes. Der andere war Torquemada. Lächelnd trat er an das Bett und blickte zu Matthias hinunter, der sich aufgerichtet und auf die Bettkante gesetzt hatte. Der Generalinquisitor war kleiner, als Matthias gedacht hatte, aber kräftig gebaut, sein Gesicht war glattrasiert, der Mund voll, und die Augen blickten freundlich.

»Habt Ihr es bequem hier, Matthias Fitzosbert?« Er lächelte entschuldigend, schnippte mit den Fingern und bedeutete Matthias, sitzen zu bleiben, während der jüngere Dominikaner sich beeilte, seinem Herrn einen Stuhl heranzurücken.

»So.« Torquemada schnaufte geräuschvoll. »Ich bin sehr müde. Meine Knochen schmerzen, und ...« Er brach ab. »Ich spreche leider kein Englisch.« Er wechselte von der Lingua franca ins Lateinische. »Ihr seid ein Gelehrter? Habt in Oxford studiert?«

Matthias nickte.

»Ihr versteht Latein?«

»Fast ebensogut wie Englisch«, erwiderte Matthias.

Torquemada schaukelte vor und zurück und klatschte dabei leicht in die Hände. Dabei kicherte er leise, und in seinen Augen tanzte ein vergnügter Funke.

»Ich wollte schon immer einmal nach England reisen«, meinte er. »Das Band zwischen unseren beiden Königreichen wird immer stärker, wie Ihr wißt. Aber es heißt, England wäre ein kaltes, feuchtes Land, und der Nebel würde sich in die Knochen fressen. Wahrlich eine schöne Insel!«

Matthias beobachtete ihn aufmerksam.

»Und eine seltsame dazu. Es wird behauptet, die Engländer hätten Schwänze.«

»Es wird viel behauptet, Vater.«

»Sicher, sicher.«

Torquemada nestelte an dem schlichten Kreuz herum, das er an einer Schnur um den Hals trug, und starrte zu einem Ölbild an der Wand hinüber. Matthias folgte seinem Blick. Bislang hatte er dem Gemälde keine sonderliche Beachtung geschenkt, aber jetzt erkannte er, daß es eine Szene aus dem Alten Testament darstellte: Sauls Besuch bei der Hexe von Endor, die den Geist von Samuel beschwor. Das Bild war in dunklen Farben gehalten, nur das Feuer in der Mitte schien förmlich zu glühen, erfüllte die Szene mit einem unheimlichen Licht und betonte das gespenstische Antlitz Samuels, Sauls schreckensstarre Augen und die grausame Fratze der Hexe noch mehr. Torquemada sah Matthias wieder an.

»Stimmt es, daß es in England Hexen gibt?«

»Vater, mir ist nichts derartiges bekannt.«

Torquemada tappte mit dem Fuß auf den Boden.

»Ich bin schon ein paar Minuten hier«, sagte er. »Aber Ihr habt nicht ein einziges Mal gefragt, warum Ihr hierhergebracht worden seid.« Mit einem pummeligen Zeigefinger fuchtelte er vor Matthias' Gesicht herum. »Ihr habt keinerlei Einwände erhoben«, fuhr er fort, »und dafür möchte ich doch gerne den Grund wissen. Ihr seid Engländer, Ihr genießt den besonderen Schutz unserer Königin, und doch laßt Ihr widerstandslos zu, daß man Euch aus Eurem geordneten Leben herausreißt, fesselt, Euch die Augen verbindet und Euch dann zu einem Ort verschleppt, den Ihr nicht kennt.« Torquemadas Gesicht wirkte noch immer freundlich; er sprach langsam und betonte jedes Wort. »Daraus schließe ich«, er rieb sich die Hände, »daß Ihr entweder ein schweres Verbrechen begangen habt oder daß es Euch gleichgültig ist, was mit Euch passiert. Nur … Warum sollte Euch Euer Schicksal gleichgültig sein?« Sein Blick wanderte zum Fenster. »Seid Ihr wie ein Blatt, das sich von jedem Wind davontragen läßt? Und wenn ja, weshalb?«

»Was geschehen soll, geschieht.« Matthias zitierte den beliebten Aphorismus der Soldaten. »Und das Schicksal eines Mannes steht im Buch des Lebens geschrieben.«

»Tatsächlich?« Torquemada ließ die Hände sinken. »Ich denke, das Schicksal eines jeden Menschen liegt in Gottes Hand.«

»Wenn dem so ist, Vater, dann habe ich nichts zu fürchten.« Matthias stand auf und ging zum Fenster hinüber, wobei er Torquemada den Rücken zukehrte. »Ich bin Engländer und Soldat, Vater. Ich kam nach Spanien, um für Gott und die Kirche zu kämpfen, und ich habe mir in diesem Land nichts zuschulden kommen lassen. Aber welchen Sinn hat es, sich gegen Leute zur Wehr zu setzen, die einen festnehmen, ohne einen Grund dafür zu nennen?«

Er hörte ein glucksendes Geräusch und drehte sich um. Torquemada lächelte.

»Ihr seid ein merkwürdiger Mann, Fitzosbert. Ihr habt einen maurischen Meisterkämpfer getötet, der Euch allem Anschein nach kannte. Was wollte er mit den Worten ›*Creatura bona atque parva*‹ sagen?« Seine Augen wurden schmal. »Es wird sich wohl kaum um eine Verschwörung handeln. Was könnte ein englischer Söldner mit einem maurischen Ritter wie Jarfel zu schaffen haben? Dennoch kommt mir die Sache seltsam vor. Und dann sind da noch all diese Todesfälle.«

»Was für Todesfälle?« fragte Matthias.

»Die jungen Frauen, die mit durchbohrten Hälsen aufgefunden wurden. Ihr habt sicher davon gehört.«

Matthias nickte.

»Das Morden begann, als Sir Edgar Ratcliffe mit seiner Truppe vor den Toren Granadas eintraf. Ist das ein Zufall?«

»Ich kann Euch nichts dazu sagen.«

»Könnt Ihr nicht oder wollt Ihr nicht? Kommt mit mir, Matthias.«

Torquemada erhob sich. Der andere Dominikaner öffnete die Tür, und gemeinsam gingen sie einen langen Korridor entlang. Die bogenförmigen Fenster zu beiden Seiten führten auf quadratische Rasenflächen mit einem weißen Marmorspringbrunnen in der Mitte hinaus. Blumen blühten in gepflegten Beeten und erfüllten die Luft mit ihrem süßen Duft. Überall waren Nischen in die Wand eingelassen, in denen Soldaten der Inquisition standen. Die silbernen Kreuze auf ihren schwarzen Livreen schimmerten im Sonnenlicht. Matthias hörte ein Geräusch hinter sich, drehte sich um und sah, daß ihnen zwei mit schwarzen Kapuzen maskierte Soldaten schweigend folgten. Torquemada watschelte voraus und brabbelte dabei unaufhörlich leise vor sich hin.

Sie verließen das Haus und stiegen eine Außentreppe hinunter, die zu einem großen unterirdischen, von Pechfackeln erleuchteten Raum führte. Matthias bemerkte mehrere Gestalten, die um Becken mit glühenden Kohlen herumstanden. Als seine Augen sich an die Dunkelheit gewöhnt hatten, sah er, daß sie halbnackt waren. Sie unterhielten sich leise miteinander, während sie Feuerhaken in den Kohlebecken erhitzten.

Am anderen Ende des Raumes war ein Pfahl in den Boden getrieben worden. Daran hing ein bis auf ein Lendentuch nackter Mann. Über Brust, Bauch und Beine verliefen feste Stricke, die Hände waren ihm auf den Rücken gefesselt worden. Torquemada bedeutete Matthias, näher zu treten. Dieser gehorchte und wich gleich darauf angeekelt zurück: Der Körper des Mannes war überall dort mit roten, nässenden Blasen übersät, wo ihm seine Folterer die glühenden Eisen ins Fleisch gedrückt hatten.

»Wir müssen rasch handeln«, murmelte Torquemada entschuldigend. »Ihre Majestäten haben mir dieses Haus zur Verfügung gestellt. In Granada wartet viel Arbeit im Namen Gottes auf uns.«

Er streckte eine Hand aus und hob das bärtige Gesicht des Gefangenen an. Matthias hatte Mühe, die aufkeimende Übelkeit zu unterdrücken. Dort, wo einst das rechte Auge gewesen war, starrte ihn nur noch eine blutige Höhle an, und die Züge des Mannes waren unter all den Wunden und Verbrennungen kaum noch zu erkennen. Blut rann ihm aus beiden Mundwinkeln.

»Das ist Juan Behada«, erklärte Torquemada. »Juan war – oder ist – Kaufmann. Wir wissen, daß er alles darangesetzt hat, Boabdil davon abzuhalten, Ihren Majestäten Granada auszuliefern. Er ist ein Verräter und Ketzer. Wir haben Juan immer wieder gefragt, wer sonst noch zu dem Verschwörerzirkel gehört, aber er will es uns einfach nicht verraten.« Torquemada zuckte die Schultern. Seine Augen schwammen in Tränen. »Juan lehnt die Gnade der heiligen Mutter Kirche ab und hat sich durch seine Taten selbst ihres Schutzes beraubt. Matthias, sagt mir, was wir mit solchen Männern tun sollen. Wie sollen sie für ihre Sünden büßen?«

Torquemada schrie den Folterknechten etwas auf spanisch zu und erhielt kurze, knappe Antworten. Er seufzte, als er sich die Tränen trocknete.

»*Fiat, fiat*«, murmelte er. »Wir wollen ein Ende machen.« Er wandte sich an seinen schweigsamen Gefährten. »Bruder Martin, nehmt diesem Mann die Beichte ab«, sagte er sanft. »Und dann sorgt dafür, daß er erdrosselt wird.«

Torquemada forderte Matthias auf, ihm zu folgen, verließ den Raum und begab sich, eskortiert von den beiden Soldaten, wieder in Matthias' Gefängnis zurück. Er schloß die Tür hinter sich und bedeutete Matthias, Platz zu nehmen. Dann füllte er zwei Becher mit Sorbet. Einen reichte er Matthias, an dem anderen nippte er ständig, während er kopfschüttelnd im Raum auf und ab ging.

»Juan war eine verstockte Seele.« Abrupt blieb er stehen.

»Was habt Ihr vor, Vater?« Matthias sprang auf. »Glaubt

Ihr, mir Angst einjagen zu müssen? Meint Ihr, die Folterknechte würden die Wahrheit aus mir herauspressen? Wessen klagt Ihr mich überhaupt an?«

»Das weiß ich noch nicht«, erwiderte Torquemada. Sein Gesicht spiegelte aufrichtige Besorgnis wider. »Ich weiß es wirklich nicht, Matthias. Ich habe Nachforschungen über Euch anstellen lassen, aber Ihr bleibt mir ein Rätsel. Sir Edgar Ratcliffe weiß kaum etwas über Euch, er erzählte mir nur, er habe Euch das Leben gerettet – und Ihr ihm das seine. Dann ist da die Angelegenheit mit Jarfel. Und wie ich hörte, wart Ihr auf der Suche nach einer Frau, als Ihr festgenommen wurdet.« Er stellte den Becher auf den Tisch. »Was für eine Frau war das, Matthias? Ihr seid als Eigenbrötler bekannt. Woher solltet Ihr eine in Granada lebende Frau kennen? Ich frage Euch frei heraus, Engländer: Seid Ihr ein Schwarzkünstler? Ein Hexer?« Sein Gesicht wurde ernst. »Gehört Ihr vielleicht einem Geheimbund an?«

»Ich bin Engländer, ich bin unschuldig, und ich stehe unter dem besonderen Schutz der Königin«, gab Matthias erbost zurück.

»Richtig, ich vergaß.« Torquemada ging zur Tür. Auf der Schwelle drehte er sich noch einmal um, schlug das Kreuzzeichen und verließ leise den Raum.

Matthias setzte sich wieder. Er zitterte am ganzen Leibe. So sehr er sich auch bemühte, er wurde das Bild des gefolterten Mannes unten im Verlies einfach nicht los. Er konnte sich lebhaft vorstellen, wie der Gefangene mit heiserer Stimme die Beichte ablegte, ehe ihm seine Peiniger den Strick um den Hals zogen und ihn erwürgten. Lustlos griff er nach einigen Früchten und knabberte daran. Alles, was er im Augenblick tun konnte, war dasitzen und abwarten.

Kurz nach Sonnenuntergang wurde die Tür aufgerissen. Die schwarz maskierten Soldaten packten ihn und zerrten ihn aus dem Raum. Matthias kämpfte gegen die eisige Furcht an, die ihn ergriff, als die Männer ihn durch die nur von Kerzen und an Wandhaken befestigten Laternen erhellten Gänge führten. Doch statt in das grauenhafte Verlies brachte man ihn in eine kleine Halle. Fackeln spendeten ein flackerndes

Licht. Die Wände waren mit schweren Behängen bedeckt; ein dicker Teppich dämpfte jegliches Geräusch, die Fenster waren geschlossen, und die Luft im Raum heiß und stickig. Es roch nach Weihrauch. Auf einem Podest am anderen Ende saßen sieben Männer hinter einem langen Eichentisch. Außer Torquemada, der den Platz in der Mitte innehatte und wohlwollend auf ihn herablächelte, trugen alle anderen Männer Kapuzen und Masken. Die Mauer hinter Torquemada war mit einem dunkelroten Wandbehang geschmückt, in dessen Mitte das Wappen von Kastilien prangte. An einem Balken über dem Tisch hing ein schlichtes schwarzes Kruzifix. Ein Schreiber erhob sich von seinem vor dem Podest aufgestellten Schemel und betätigte eine kleine Glocke.

Die Soldaten stießen Matthias nach vorn. Er mußte sich auf einen Stuhl vor dem Tisch setzen und war so gezwungen, zu Torquemada aufzublicken. Matthias wußte nicht, ob er träumte oder wach war. Die Szene wirkte alptraumhaft. Der Generalinquisitor lächelte wie ein gütiger Onkel, doch die anderen Richter erschienen ihm wie Gestalten aus der Apokalypse. Sie saßen schweigend und unbeweglich da und führten ihm auf diese Weise unerbittlich die geballte Macht der Inquisition vor Augen. Matthias erhob schwache Einwände gegen die Art, wie er behandelt worden war, berief sich auf seine Nationalität und auf den Schutzbrief der Königin und beteuerte schließlich, sich keines Verbrechens schuldig gemacht zu haben. Torquemada winkte ab.

»Es wurde auch noch keine Anklage gegen Euch erhoben.« Er beugte sich vor. »Ihr mögt durchaus unschuldig sein, und Ihr genießt auch immer noch den Schutz unserer Königin.« Er lehnte sich in seinem mit dunkelrotem Samt ausgeschlagenen thronähnlichen Sessel zurück. »Und wenn Ihr unschuldig seid, habt Ihr auch nichts zu fürchten.«

Das Verhör begann. Es wurde in lateinischer Sprache geführt. Alle Richter sprachen mit weicher, leiser Stimme und verfielen nur dann in die Lingua franca, wenn sie sich über einen bestimmten Punkt Klarheit verschaffen wollten. Die Fragen wiederholten sich ständig. Wer war er? Warum hielt er sich in Spanien auf? Was hatte der maurische Kämpe Jarfel mit seinen letzten Worten gemeint? Hatte Matthias einige der Frauen gekannt, die auf so grausame Weise in der Nähe des englischen Lagers ermordet worden waren? War er ein wahrhaftiger Sohn der heiligen Mutter Kirche?

Matthias' Antworten fielen klar und knapp aus. Er hatte Jarfel nicht gekannt. Er war Christ und kämpfte für die Kirche. Er war als Katholik geboren und wollte auch als solcher sterben. Das Blut der ermordeten Frauen klebte nicht an seinen Händen. Und was war mit der Frau, die er in Granada gesucht hatte?

»Sie hat mich an jemanden erinnert«, erklärte Matthias. »An ein Mädchen, das ich einst in England liebte«, log er dann. »Ich war müde und benommen, und der Verstand spielt einem manchmal Streiche.«

Matthias musterte Torquemada verstohlen. Er konnte nicht erkennen, welche Wirkung seine Antworten auf die anderen Richter hatten, aber der Generalinquisitor schien ehrlich verwirrt. Matthias streckte sich: Die Rückenschmerzen, die ihn seit seinem Sturz vom Pferd plagten, wurden stärker. Er erklärte Torquemada dies, woraufhin dieser entschuldigend die Hände hob und ihm gestattete, aufzustehen und im Raum umherzugehen. Erfrischungen wurden gebracht: kühler Weißwein und gezuckerte Feigen, dann ging die Verhandlung weiter. Schließlich klatschte Torquemada in die Hände und gebot Schweigen.

»Was meint ihr, liebe Brüder?« fragte er, wobei er die Finger wie zum Gebet verschränkte. »Schuldig oder nicht schuldig?«

Einer der Richter am Ende des Tisches erhob sich und blickte Torquemada fest an.

»Ehrwürdiger Vater«, sagte er, seine Worte sorgfältig abwägend, »Matthias Fitzosbert scheint mir in jeder Hinsicht unschuldig zu sein. Sein Leben ist ein Rätsel; es gleicht einer Rose vor Sonnenaufgang, deren Blüten noch geschlossen sind ...«

Matthias erstarrte. Der Richter sprach lateinisch, aber da schwang etwas in seiner Stimme mit, was ihm vertraut vorkam. Und dann die Anspielung auf die Rose ...

»Ihr schweift ab«, unterbrach Torquemada. »Was schlagt Ihr also vor, Bruder Benjamin?«

»Matthias Fitzosbert steht unter dem persönlichen Schutz der Königin?« fragte der schwarz maskierte Ritter.

»Ja.«

»Wenn er den Schutz der Königin genießt, ist er demnach als ihr Untertan zu betrachten?«

»Natürlich!« versetzte Torquemada barsch. »Deswegen haben wir ja auch das Recht, ihn zu befragen.«

»Er scheint mir ein ausgesprochen mutiger Mann zu sein«, fuhr der Richter fort.

Jetzt wußte Matthias, daß sich der Rosendämon im Raum aufhielt.

»Ihre Majestäten suchen verzweifelt gute Offiziere«, fügte der anonyme Richter hinzu. »Ich denke da an diesen Genueser Kolumbus und seine geplante Expedition über den fernen Ozean gen Westen – Fitzosbert würde einen hervorragenden Mann für ein solches Unternehmen abgeben.«

Der Richter nahm wieder Platz. Torquemada erhob sich. Sein Gesicht verzog sich zu einem breiten Lächeln.

»Matthias Fitzosbert«, verkündete er, »was sagt Ihr dazu?«

Matthias starrte ihn nur an.

»Ihr habt Euch auf Gott berufen«, bemerkte Torquemada. »Also lassen wir Gott entscheiden. Ihr habt die Wahl. Entweder unterwerft Ihr Euch auch weiterhin dem Verhör der Inquisition, oder Ihr begleitet diesen Kolumbus in den Diensten der Heiligen Bruderschaft auf seiner Reise.«

»Ich werde gehen.«

»Gut.« Torquemada setzte sich wieder. »Bis der Genueser aufbricht, seid Ihr unser Gast.«

Matthias drehte sich um und musterte den unbekannten Richter, der sich für ihn eingesetzt hatte. Im Kerzenschein konnte er jedoch lediglich dessen hinter der Maske glitzernde Augen erkennen.

SIEBTES KAPITEL

Am 3. August 1492 verließen die *Santa Maria* und die beiden kleineren Karavellen *Niña* und *Pinta* eine halbe Stunde vor Sonnenaufgang den südspanischen Hafen Palos. Sie sollten gen Westen, in bis dato unbekannte Gewässer segeln, um eine schnellere und einfachere Route nach Cathay und Cipango ausfindig zu machen. Alle drei Schiffe waren mit ausreichenden Wasservorräten, Weißwein, Schiffszwieback, Olivenöl, Salzfleisch und Trockenfisch versehen; dazu kamen noch portugiesische Linsen, Kichererbsen, Mandeln, Rosinen und Reis, um die karge, eintönige Kost zu bereichern.

Christoph Kolumbus' Flaggschiff, die *Santa Maria,* war ein schwerfälliger Dreimaster mit einem gerundeten, bauchigen Rumpf und Aufbauten an Bug und Heck. Die *Niña* und die *Pinta,* die unter dem Befehl der Brüder Martín und Vicente Pinzón standen, waren ähnlich ausgerüstet, aber schneller und wendiger.

Matthias Fitzosbert, Schiffsprofos an Bord der *Santa Maria,* allerdings ohne auf der Besatzungsliste aufgeführt zu sein, stand im Heck und sah zu, wie die weißen Gebäude des kleinen spanischen Hafens Palos allmählich in der Ferne verschwanden. Zu seiner Rechten und Linken (Matthias brachte die Begriffe ›Backbord‹ und ›Steuerbord‹ noch immer durcheinander) glitten die *Pinta* und die *Niña* mit ihren in der Morgenbrise geblähten viereckigen Segeln majestätisch dahin. Die drei Schiffe boten einen imposanten Anblick, als sie den Fluß Saltes hinunterglitten, vorbei am Kloster La Rábida, wo die Glocke gerade die Franziskaner zur Prim rief.

Matthias lockerte sein ledernes Wams und spreizte die Beine etwas weiter. Erste rote Streifen zeigten sich am Himmel; der Wind wehte nur mäßig. Matthias war Ende Juni an Bord gekommen und begann nun langsam, sich an das ständige Schwanken zu gewöhnen. Die Monate davor hatte er als unfreiwilliger Gast der Inquisition verbracht. Nach der dramatischen nächtlichen Verhandlung war er weitgehend sich selbst überlassen worden, obgleich er den Verdacht hegte, daß seine Kammer mit verborgenen Gucklöchern ausgestattet war, durch die Torquemada und seine Offiziere ihn unter ständiger Beobachtung hielten.

Zuerst hatte Matthias mit seinem Schicksal gehadert. Zwar kam ihm das Urteil des Gerichts nicht ungelegen; er war erleichtert, nicht in einem der berüchtigten Verliese der Inquisition enden zu müssen, aber er ertrug die Langeweile kaum, die jeder Tag mit sich brachte. Ihm standen zwar Bücher zur Verfügung, und er durfte auch jeden Tag im Garten spazierengehen, aber darüber hinaus geschah überhaupt nichts. Es war, als habe die Welt ihn vergessen. Gelegentlich schaute ein Arzt vorbei, um sich von seinem Wohlergehen zu überzeugen. Wenn der Diener Miguel nicht gewesen wäre, hätte Matthias seine Tage damit verbracht, mit sich selbst zu reden oder die frommen Traktate zu lesen, die ihm Torquemadas Männer regelmäßig brachten. Miguel hatte ihn vor dem Schlimmsten bewahrt. Er mochte ja ein Spion der Inquisition und sicherlich Torquemadas Geschöpf sein, aber er hatte recht zynische Ansichten und informierte Matthias über alles, was in der Stadt vor sich ging.

Ende Februar war er dann auch zu Matthias' Lehrer geworden. Zuerst brachte er ihm die Grundbegriffe der spanischen Sprache bei, dann, als sein Schüler allmählich sicherer wurde, unterwies er ihn im korrekten Gebrauch der Sprache, bis Matthias schließlich soweit war, daß er in Spanisch denken konnte. Ihm fiel auf, daß Miguel das Gespräch immer wieder geschickt auf Themen lenkte, die Matthias vermeiden wollte, hauptsächlich auf die Verhandlung gegen ihn und die damit verbundenen Anschuldigungen. Matthias jedoch versuchte nach Kräften, der Außenwelt das Bild eines strenggläubigen Christen zu vermitteln. Sonn- und feiertags empfing er in einer kleinen Kapelle das heilige Sakrament, und er zeigte bewußt wenig Interesse für Miguels Geschichten über Aberglauben und Hexerei in Spanien. Es war wie bei einem Schachspiel; Miguel lenkte das Gespräch in bestimmte Bahnen, und Matthias wich immer wieder aus. Das Thema, das ihm im Verlauf der Wochen am meisten am Herzen lag, war Kolumbus. Was für ein Mensch war er, und wie sahen seine Pläne aus? Miguel pflegte dann jedesmal den Kopf zu schütteln.

»Kolumbus ist ein Genueser, ein Träumer«, erklärte er. »Er behauptet, im Besitz geheimer Karten zu sein und hat Ihre Majestäten und die heilige Mutter Kirche bedrängt, eine Expedition zu finanzieren. Er glaubt wirklich, daß er, wenn er gen Westen segelt, eine kürzere Route ins Reich des Großkhans findet und so den Weg für einen lukrativen Handel mit Gold und Gewürzen ebnet. Aber der Mann ist ein Narr.«

»Liegt denn überhaupt noch Land weiter im Westen?« fragte Matthias, dem Abt Benedikts Anspielung auf die ›Blühenden Inseln‹, einfiel.

»Es gibt Gerüchte über Inseln, die von seltsamen Menschen und mystischen Ungeheuern bewohnt werden.«

»Was denkst du denn, Miguel?«

»Ich glaube nicht, daß die Erde eine Scheibe ist«, erwiderte Miguel. »Jedermann weiß, daß sie eine Kugel bildet, sonst könnte man ja nicht die Spitze eines Kirchturms am Horizont aufragen sehen, wenn man eine Straße entlanggeht.« Ein triumphierendes Lächeln trat auf sein Gesicht, erstarb aber sofort wieder. »Manche Leute halten Kolumbus für einen Hexenmeister.«

Matthias gähnte absichtlich, als Torquemadas ulkige kleine Kreatur erneut versuchte, das leidige Thema anzuschneiden.

Nachts mußte er noch mehr auf der Hut sein. Er träumte häufig von seiner Vergangenheit und fürchtete ständig, er könnte im Schlaf reden und so seinen Bewachern unfreiwillig neue Informationen liefern. Mitte Juni suchte ihn jedoch Torquemada höchstpersönlich auf. Der Generalinquisitor war gestiefelt und gespornt; ganz offenbar zum Aufbruch bereit, und er verhielt sich Matthias gegenüber gleichgültig bis gelangweilt. Er händigte seinem englischen Gefangenen eine Börse voll Silber aus.

»In wenigen Tagen werdet Ihr freigelassen«, erklärte er, nachdem er Matthias seinen Segen gegeben hatte. »Soldaten werden Euch nach Palos begleiten.« Er zuckte die Schultern. »Danach seid Ihr dann auf Euch allein gestellt.« Er machte Anstalten, den Raum zu verlassen, drehte sich aber an der Tür noch einmal um. »Ihr könnt natürlich desertieren, aber das wäre sehr töricht. Wenn Ihr gefaßt werdet – und es ist nicht schwer, einen Engländer in Südspanien aufzustöbern –, dann sehen wir uns unweigerlich wieder, und dann fällt die Begegnung weniger angenehm für Euch aus. Also lebt wohl, Engländer.« Mit diesen Worten schlug er die Tür hinter sich zu.

Zwei Wochen später traf spätabends ein Offizier der Santa Hermandad ein und verkündete, daß sie am nächsten Morgen aufbrechen würden. Matthias solle seine Sachen packen und sich bereit halten. Zunächst war Matthias überglücklich, doch seine Freude ließ während der strapaziösen Reise in sengender Hitze zum kleinen Fischerhafenstädtchen Palos merklich nach. Dort angekommen, wurde er der Obhut von Kolumbus' Geschäftspartnern, den Brüdern Pinzón, übergeben, die ihn mit kalter, abweisender Höflichkeit behandelten. Matthias erkannte, wie geschickt Torquemada alles eingefädelt hatte. Beide Männer hielten ihn ganz offensichtlich für einen Söldner, für einen Handlanger der Inquisition.

Kolumbus selbst, der nun den Titel eines Generalkapitäns führte, verhielt sich noch unnahbarer. Der Genueser war ein hochgewachsener, kräftig gebauter Mann mit offenem Gesicht und schweren Lidern unter buschigen, geschwungenen Brauen. In vieler Hinsicht erinnerte er Matthias an Torquemada; auch er war ein Mensch, der für einen Traum lebte. Als die Brüder Pinzón ihm Matthias vorstellten, blickte Kolumbus nur flüchtig von den auf dem Tisch vor ihm verstreuten Seekarten auf, reichte Matthias eine schlaffe Hand, knurrte, er möge nur ja keine Vergünstigungen erwarten und entließ ihn wieder.

Matthias lehnte sich gegen die Reling. Ihm war klipp und klar gesagt worden, wie er sich an Bord zu verhalten hatte.

Mit dem Hissen der Segel, der Navigation und den anderen Aufgaben, die auf einem Schiff anfielen, hatte er nichts zu tun. Im Falle eines Angriffs sollte er die vierzöllige Bombarde bedienen, mit der runde Granitkugeln abgefeuert wurden, oder sich eine Armbrust nehmen. Matthias nagte an seiner Lippe, während er die Besatzungsmitglieder beobachtete, die über das Deck huschten. Die meisten waren barfuß und trugen zerschlissene Hemden zu grauen oder braunen Wollhosen. Anscheinend waren sie alle erfahrene Seeleute. Trotz der glitschigen Planken und der Gischt, die von den großen viereckigen Segeln mit dem prächtigen roten Kreuz darauf bis hin zu den kleinen Beibooten einfach alles durchnäßte, bewegten sie sich so geschickt und geschmeidig wie die Katzen. Matthias kannte kaum einen von ihnen. Er war dem königlichen Notar und Sekretär der Flotte, Rodrigo de Escobedo, vorgestellt worden und unterhielt sich des öfteren mit einem freundlichen konvertierten Juden namens Luis de Torres, der über ärztliches Geschick verfügte und überdies mehrere Sprachen beherrschte. Der Rest der Besatzung betrachtete ihn jedoch als Außenseiter.

»Kommt Zeit, kommt Rat«, hatte de Torres ihm versichert. »Ich bin auch nur hier, um ihre Wunden zu versorgen und für Kolumbus beim Großkhan den Dolmetscher zu spielen.« Ein vielsagendes Zwinkern begleitete seine Worte. Er glaubte ebensowenig wie die anderen Besatzungsmitglieder daran, daß Kolumbus diesem mächtigen König je von Angesicht zu Angesicht gegenüberstehen würde.

»Kolumbus ist ein Träumer«, hatte de Torres hinzugefügt, »und jeder Mann an Bord unserer drei Schiffe ist nur hier, weil er in Palos angeworben wurde. Wären die Brüder Pinzón nicht gewesen, dann hätte Kolumbus in das Unbekannte hinaus rudern müssen!«

Trotz all dieser widrigen Umstände war Matthias froh gewesen, Torquemada entronnen zu sein. Zwar behielten die Pinzóns ihn stets im Auge, aber er hatte durch die Tavernen und Weinschenken streifen dürfen, die den belebten Kai säumten. Kolumbus' Unternehmen hatte alle in Aufregung versetzt. Viele zweifelten daran, daß das Vorhaben gelingen könne, träumten aber insgeheim doch von goldenen Städten und reichen Silberminen, die Wohlstand über das ganze Land bringen würden. Matthias hielt die Augen offen und achtete darauf, ob jemand von seltsamen Vorfällen berichtete. Auch wußte er immer noch nicht, ob die Frau, die er in Granada gesehen hatte, wirklich Morgana gewesen war.

So verstrichen die Tage, bis Matthias am 1. August mitgeteilt wurde, er habe sich auf der *Santa Maria* einzufinden, und zwar diesmal nicht nur zu Übungszwecken. Vielmehr sollte er die Bombarden überprüfen und sich vergewissern, daß die Sehnen der Armbrüste noch geschmeidig waren. Kolumbus war entschlossen, die Ostwinde zu nutzen, um zu unbekannten Landen aufzubrechen.

»Fitzosbert! Fitzosbert!«

Matthias schrak aus seinen Tagträumen hoch. De Torres stand auf den Stufen zur Back und winkte ihm zu.

»Der Generalkapitän wünscht Euch zu sehen.«

Matthias sah den kleinen, affenähnlichen Mann mit den freundlichen Augen und dem ständig lächelnden Mund an. De Torres kratzte sich am Kopf.

»Er hat ausgesprochen schlechte Laune«, warnte er ihn. »Paßt gut auf, was Ihr sagt.«

Kolumbus' kleine holzgetäfelte Kabine lag im hinteren Deckaufbau. Sie enthielt lediglich eine schmale Pritsche, einen zusammenklappbaren Tisch, einen Sessel und zwei Stühle. Kolumbus saß auf einem davon und studierte eine über seinen Schoß gebreitete Seekarte. Er trug ein am Hals offenes hellblaues Hemd, hatte die Stiefel ausgezogen und tappte mit einem nackten Fuß ungeduldig auf den Holzfußboden.

»Setzt Euch! Setzt Euch!« Er wischte sich den Schweiß von der Stirn, rollte die Karte wieder zusammen und tippte Matthias dann sacht gegen die Wange, ihn so auffordernd, den Kopf zur Seite zu neigen. »Den Brüdern Pinzón ist das sofort aufgefallen.«

»Was denn?« fragte Matthias verwirrt.

»Na, die Spuren eines Strickes an Eurem Hals.«

Matthias betastete die Narbe. Sie war von der rauhen Behandlung durch Emloes Männer auf der Straße von Winchelsea nach Rye zurückgeblieben.

»Seid Ihr ein Verbrecher, Engländer? Ein Galgenvogel?«

»Ich bin Soldat«, erwiderte Matthias knapp. Sein Leben ging niemanden etwas an, am allerwenigsten diesen Genueser, der ihn so feindselig musterte.

»Ich weiß überhaupt nichts von Euch.« Kolumbus beugte sich vor. »Aber Euer Gesicht erscheint mir ehrlich genug. Ich erhielt einen Brief von der Inquisition, der mir mitteilte, daß Ihr an Bord kommen und im wesentlichen die Aufgaben eines Schiffsprofos übernehmen würdet. Ihr steht allerdings nicht auf meiner Besatzungsliste und werdet auch nicht im Bordbuch erwähnt. Die meisten Männer an Bord sind Seeleute aus Palos; nur zwei oder drei kommen aus anderen Teilen des Landes, und dabei handelt es sich um Menschen, die die spanischen Behörden loswerden wollten: je weiter weg, desto besser. Zu diesen zählt Ihr. Ich bin Generalkapitän und habe in dieser Flotte die Macht über Leben und Tod. Ihr habt meine Befehle auszuführen, das ist alles. Mich kümmert es nicht, wo Ihr herkommt und warum Ihr wirklich hier seid. Wenn wir nach Spanien zurückkehren, wünscht Torquemada Euch zu sehen. Bis dahin erwarte ich von Euch, daß Ihr meinen Anweisungen Folge leistet. Habt Ihr mich verstanden?«

»Ja, Sir.«

»Ausgezeichnet. Eure Pflichten sind nicht schwer. Klettert aber nicht in die Takelage oder auf den Mast, Ihr könntet leicht über Bord gehen, und ich habe keine Zeit, nach Euch suchen zu lassen. Aber Ihr könnt einen Teil der Wache übernehmen. Jeder Mann leistet vier Stunden ab, manchmal tagsüber, manchmal nachts. Ich erwarte, daß Ihr wach seid, wenn ich meine Runde mache.«

»Wonach halten wir eigentlich Ausschau, Generalkapitän? Ich meine, wir segeln ja in unbekannten Gewässern ...«

Kolumbus lächelte schief. »Wir halten Kurs auf die Kanarischen Inseln, das ist nicht gefährlicher, als einen Fluß hinabzusegeln. Aber wenn wir von dort wieder ablegen«, er hob eine Hand, »dann kann es sein, daß die Portugiesen mir auflauern. Deren Karavellen muß ich umgehen. Sind wir erst einmal auf dem Ozean«, er schob sein Gesicht näher an das von Matthias heran, »dann achtet auf Land, versteht Ihr, Fitzosbert?« Matthias' Name kam ihm nur mühsam über die Lippen. »Der Mann, der zuerst Land sichtet, erhält eine lebenslängliche Pension von der Krone.«

Matthias war entlassen. Später wurde ihm ein Schlafplatz im Vorderdeck zugewiesen, und er mußte seine Habseligkeiten zusammen mit denen der anderen verstauen. Es gab keine Matratzen, nur fadenscheinige, muffig riechende graue Decken.

In den darauffolgenden Tagen gewöhnte sich Matthias an den eintönigen Trott auf einem Schiff. Zu seiner Erleichterung gingen erste Anfälle von Seekrankheit rasch vorüber, und als er begann, regelmäßig seinen Pflichten nachzugehen, wurde er auch von den anderen Besatzungsmitgliedern allmählich akzeptiert. Sie bezogen ihn in ihre Unterhaltungen mit ein, die sich hauptsächlich darum drehten, was sie alles mit den Frauen auf den Kanarischen Inseln anstellen wollten. Auch über Kolumbus und das, was sie in der Ferne erwarten mochte, wurde viel gesprochen. Jeder Mann hatte seine ganz eigenen Träume und Hoffnungen mit an Bord gebracht. Insgesamt waren sie eine Gruppe harter, von sich selbst überzeugter Burschen, die wenig Respekt vor ihren Vorgesetzten zeigten, auch nicht vor dem Generalkapitän selbst.

»Er muß seine Fähigkeiten erst unter Beweis stellen«, erklärte Alonso Baldini, ein Fischer aus Palos, der auch schon auf einem Piratenschiff gefahren war. »Ich kann es kaum erwarten, die Frauen der Kanaren zu Gesicht zu bekommen.« Er senkte die Stimme. »Wißt ihr, daß die Jungfrauen dort vor der Hochzeit mit Sahne gemästet werden, bis ihre Haut so samtig ist wie die eines Pfirsichs? Die Männer dieser Inseln bevorzugen mollige Frauen.« Er leckte sich über die Lippen. »Sowie ein Mädchen genug Fett angesetzt hat, wird es dem Bräutigam gezeigt.« Er dämpfte seine Stimme bis auf ein Flüstern, da er Kolumbus' Verbot unmoralischer und gottloser Unterhaltungen nur allzugut kannte. »Sie wird splitternackt vorgeführt«, murmelte er. »Wie eine Kuh auf dem Viehmarkt.«

Andere Besatzungsmitglieder beteiligten sich an dem Gespräch, machten zotige Andeutungen darüber, was sie auf den Kanaren vorhatten, und rieten Matthias, die Dienste einer Hure in Anspruch zu nehmen, da die Frauen im Reich des Großkhans für Spanier zu schmal gebaut seien und deren sexuelle Wünsche nicht erfüllen könnten.

Matthias hörte nur mit halbem Ohr zu. Er ließ den Blick über das vom Mondlicht beschienene Deck wandern und überlegte müßig, ob einer der Männer wohl schon seine Seele verloren haben mochte. War der Rosendämon unter ihnen? Bislang waren ihm noch keine verdächtigen Umstände aufgefallen, und er dachte an die alten Geschichten, die er in Oxford gehört hatte – konnten Dämonen überhaupt größere Gewässer überqueren? Und wenn sie wirklich wohlbehalten Land erreichten, würde er dann endlich Frieden finden? Einen Zufluchtsort vor jener finsteren Macht, die ihn fast sein ganzes Leben lang verfolgt hatte?

Sechs Tage, nachdem sie Palos verlassen hatten, schlossen die *Pinta* und die *Niña* zur *Santa Maria* auf, folgten dem Schein der Glut in dem am Heck des Flaggschiffes befestigten Eisenbecken und liefen in den Hafen von San Sebastián auf der Kanarischen Insel Gomera ein.

Den Rest des Tages verbrachte die Besatzung damit, die Schiffe nebeneinander im Hafenbecken festzumachen. Die Brüder Pinzón kamen herüber, um sich mit Kolumbus zu beratschlagen, während die Männer auf weitere Befehle warteten. Spät am Nachmittag verkündete Kolumbus schließlich, daß die *Pinta* aufgrund eines Schadens am Steuerruder zurücksegeln werde, er hingegen beabsichtige, auf Gomera zu bleiben, um Beatriz de Bobadilla, der verwitweten Gouverneurin der Insel, seine Aufwartung zu machen. Die Besatzung erhielt die Erlaubnis, an Land zu gehen.

Matthias gefiel die friedliche Insel Gomera mit den weißen, in der Sonne glänzenden Häusern, den kleinen, kühlen Weinschenken, den Gärten und Weinbergen und den weitläufigen Grünflächen, die sich bis zum Rand eines erloschenen Vulkans hoch erstreckten. Die Insulaner waren umgängliche, sorglose, fröhliche Menschen, die die Ankunft der Schiffe und die Neuigkeiten, die sie mit sich brachten, sehr begrüßten.

Am 12. August waren sie auf Gomera gelandet. Matthias verbrachte die ersten Tage damit, im Hafen umherzuschlendern, dann drang er weiter ins Landesinnere vor, um die mächtigen Drachenbäume mit der roten Rinde und den seltsam geformten Ästen zu besichtigen. Sie produzierten ein rötliches Harz, das als Arznei sehr begehrt war.

Anfangs schloß sich Matthias den anderen Mannschaftsmitgliedern an, aber nach einer Weile war er es leid, die Tage und Abende in den Schenken zu verbringen und mit Huren herumzutändeln. Lieber unternahm er auf eigene Faust ausgedehnte Spaziergänge, erklomm die steilen Klippen und Böschungen und rastete im Schatten der Bäume. Unter ihm lag San Sebastián, und von seinem Platz aus konnte er die *Santa Maria* und die *Niña* gut erkennen. Kolumbus ließ gerade die Segel austauschen. Er wollte auch die schwächste Brise nutzen können, wenn er wieder in See stach.

Häufig unterhielt sich Matthias mit de Torres oder dem kleinen Fischer Federico Totonaz und lauschte ihrem Gerede über ihre Familien, ihre Frauen und Freundinnen und sonstigen Klatsch, den sie verbreiteten. Sie behaupteten, Kolumbus wäre wahnsinnig, ein verkappter Jude und würde über geheime Informationen verfügen. Angeblich wußte er, was sie erwartete, wenn sie den unbekannten Ozean überquert hatten. Würden sie wohl ins Nichts segeln? Und wenn es dort wirklich Land gab – ob die Frauen wohl hübsch und willig waren? Matthias verglich ihre Sorgen mit seinem eigenen Leben. Er fühlte kein Verlangen mehr nach Frauen. Wann immer er das Bedürfnis verspürte, weiche Haut zu streicheln oder sein Gesicht in duftendem Haar zu vergraben, mußte er unweigerlich an Rosamund denken, und seine Begierde erstarb. Gelegentlich, besonders aber während der letzten Wochen seiner Gefangenschaft in Granada, hatte sich Matthias wieder mit dem Problem auseinandergesetzt, das seine Seele verdunkelte. War er der Sohn Pfarrer Osberts oder der Sproß eines Dämons? Und wenn letzteres zutraf – war er dann schon vor seiner Geburt zum ewigen Fegefeuer verdammt gewesen? Aber warum dann diese ständigen Konfrontationen? Was stand auf dem Spiel? Was sollte letztendlich bezweckt werden?

Am Fest Mariä Himmelfahrt des Jahres 1492 saß Matthias wieder einmal auf einem Hügel und beobachtete Kolumbus' Schiffe. Trotz des schroffen Wesens des Genuesers fühlte Matthias eine gewisse Seelenverwandtschaft mit ihm. Auch der Generalkapitän war ein Außenseiter, ein Fremder, ein Mann, der nur von seinem brennenden Ehrgeiz angetrieben wurde. Während der Reise von Palos nach Gomera hatte Matthias den Gesprächen der Mannschaft aufmerksam zugehört und Kolumbus beobachtet. Der Mann wurde von einem einzigen Gedanken beherrscht – von dem Wunsch, einen neuen Weg nach Indien zu finden und die Schätze von Cathay und Cipango Ferdinand und Isabella zu Füßen zu legen. Matthias zog sich tiefer in den Schatten eines Drachenbaumes zurück. Was würde geschehen, wenn sie wirklich unversehrt von der Reise zurückkehrten? Matthias wollte um nichts in der Welt noch einmal in Torquemadas Hände fallen, aber ihm schien, als könne selbst Königin Isabella ihn nicht vor der Inquisition schützen. Und was, wenn die Reise nicht den gewünschten Erfolg brachte? Würde man ihn, Matthias, dann dafür verantwortlich machen? Ihn in ein finsteres Verlies werfen, foltern und dann erdrosseln? Matthias fröstelte vor Unbehagen. Sollte er diese Reise überhaupt fortsetzen? Kolumbus wollte ablegen, sobald alles bereit war. Matthias wußte, daß auch andere Schiffe Gomera ansteuerten. Er konnte nach Lissabon segeln, wo ihn der Arm der Inquisition nicht erreichen würde, und von dort aus nach Frankreich und später vielleicht nach Italien weiterziehen.

Matthias erhob sich und schlenderte langsam den Hügel hinunter. Er war so in Gedanken versunken, daß er weder das Getriller der Vögel noch die leuchtendbunten Schmetterlinge wahrnahm, die in Schwärmen von einem Büschel Blumen zum anderen flatterten. Bald hatte er die Straßen von

San Sebastián erreicht. Es war noch früh am Nachmittag, und da ihn der Fußmarsch durstig gemacht hatte, kehrte er in einer kleinen Schenke ein, bat um einen Krug kühlen Wein und setzte sich damit in eine Ecke. Langsam nippte er an seinem Glas, während er überlegte, welchen Weg er einschlagen sollte. Wieder drifteten seine Gedanken ab: Manchmal war er in Barnwick, dann wartete er im Geist bei East Stoke auf dem Hügel auf den Beginn der Schlacht.

Jemand berührte sacht seine Hand, und ihm stieg der Duft eines betörenden Parfüms in die Nase. Er blickte auf. Morgana saß ihm gegenüber. Ihr prachtvolles rotes Haar fiel wie ein Schleier um ihr schönes Gesicht, die grünen Augen blitzten. Sie hielt ihm ihren leeren Becher hin.

»Oder trinkst du lieber alleine?«

Matthias starrte diese außergewöhnliche, zauberische Frau sprachlos an. Sie trug ein tief ausgeschnittenes schlichtes Gewand mit Goldstickerei, das den schönen Schwung ihres Halses und die vollen runden Brüste betonte. An ihren Ohrläppchen tanzten kleine grüne Kugeln, in denen sich das Licht brach. Er füllte ihren Becher und blickte sich in der Schenke um. Die anderen Gäste schauten neugierig zu ihnen herüber.

»Achte nicht auf sie, Matthias«, murmelte Morgana, deren grüne Augen katzenhafter wirkten als je zuvor. Sie senkte den Kopf und tupfte die Schweißtropfen ab, die zwischen ihren Brüsten glitzerten, doch sie wandte den Blick dabei nicht von Matthias.

»Wo kommt Ihr her?« fragte Matthias. »Wie seid Ihr hierhergelangt?«

»Ich bin wie der Wind«, lächelte sie. »Ich komme und gehe, wie es mir beliebt.«

»Und wo ist Euer Gefährte? Der Mann, der Euch ständig begleitet?«

»Oh, er ist in deiner Nähe, Matthias. Er ist an Bord der *Santa Maria*, um dich zu beschützen. Seeleute sind ein abergläubisches Völkchen. Sie mögen keine Fremden und keine Leute, die sich benehmen, als stünde ihr Leben unter einem bösen Fluch.« Ihr Lächeln wurde breiter. »Hast du in der

Heiligen Schrift nichts über das Schicksal von Jonas gelesen? Wir können doch nicht zulassen, daß dir dasselbe geschieht.«

»Wer seid Ihr?« wollte Matthias wissen. »Warum nennt Ihr Euch Morgana?«

»Ich bin eine Dienerin des Meisters«, erwiderte sie. Ihr Lächeln erstarb, während sie an dem Weißwein nippte, den Matthias ihr eingeschenkt hatte. »Ich gehe dorthin, wo er mich hinschickt, und ich tue, was er mir befiehlt. Jetzt habe ich den besonderen Auftrag, dich im Auge zu behalten.«

»Das ist mir auch schon aufgefallen«, gab Matthias sarkastisch zurück. »Ich werde wie ein Hund von einem Ort zum anderen gejagt, festgenommen, ins Gefängnis geworfen, mißhandelt und bedroht. Wenn Ihr wie der Wind seid, Morgana, dann bin ich ein trockenes Blatt ohne eigenes Leben.«

»Bist du das?« neckte sie ihn. »Bist du das wirklich, Matthias? Dann erkläre mir doch einmal, was dich von den Männern unterscheidet, die auf der *Santa Maria* Dienst tun. Oder von denen, die bei Tewkesbury, East Stoke, in Barnwick und am Sauchieburn umgekommen sind.« Ihre Augen wurden hart. Sie erinnerten an wunderschöne, aber kalte und leblose Smaragde. »Hast du vor, jetzt hier zu sitzen und dich in Selbstmitleid zu ergehen, Matthias? Woher willst du denn wissen, ob dein Leben unter anderen Umständen ganz anders verlaufen wäre? Vielleicht wäre es kürzer gewesen, oder von noch mehr Tragödien überschattet.«

»Andere Menschen wissen, warum sie auf der Welt sind. Sie haben ein Lebensziel.«

»Einige sicher«, erwiderte sie. »Aber hast du das nicht auch, Matthias?« Sie beugte sich über den Tisch und drückte sacht seine Hand.

»Bin ich sein Sohn?« fragte Matthias unvermittelt.

Ihr Gesicht wurde weich. »Du wirst geliebt, Matthias. Er liebt dich. Er will dich. Er will deine Liebe. Er will, daß du ihn als das akzeptierst, was er ist.«

»Wie lange muß ich noch warten?«

»In der Liebe dreht sich alles ums Warten, Matthias. Ist

dir das noch nie klargeworden? Es gibt immer einen bestimmten Zeitpunkt und einen bestimmten Ort, um Liebe zu entwickeln, um Liebe zu erwidern und um in der Liebe aufzugehen. Auch für dich wird die Zeit kommen.«

»Was passiert, wenn ich einfach gehe?« erkundigte sich Matthias. »Was, wenn ich zu fliehen versuche?«

»Was geschehen soll, geschieht. Das Schicksal eines Mannes steht im Buch des Lebens geschrieben«, zitierte Morgana, sich im Raum umblickend. »Wir befinden uns hier auf der Insel Gomera. Wenn du möchtest, Matthias, kannst du nach Sutton Courteny zurückkehren, in den Feldern sitzen und dem Gesang der Nachtigallen lauschen. Es gibt viele Wege, die in die Heimat zurückführen. Verschiedene Wege, auch seltsame Wege, aber am Ende wird jede Reise dort enden, wo dich dein Herz hingeführt hat. Du, Matthias, trägst deine Welt in dir. Du kannst dich von Torquemada befreien, du kannst alle abschütteln, die dich verfolgen, aber du kannst dich nicht von deinem innersten Selbst befreien.«

Am anderen Ende des Raumes brach plötzlich ein Tumult aus. Matthias sah sich um. Einige junge Männer, die zuvor geräuschvoll miteinander gewürfelt hatten, starrten nun zu ihnen herüber und riefen sich gegenseitig etwas zu. Ihn selbst musterten sie angewidert, die zotigen Bemerkungen und lüsternen Blicke galten samt und sonders Morgana. Einer von ihnen, ein junger, überheblicher Bursche, dessen Gesicht und Hals zahlreiche Narben aufwiesen, löste sein langes, schwarzes, öliges Haar und stolzierte wie ein Gockel durch den Schankraum. Dann legte er eine Hand auf Morganas Schulter, die andere an den Griff des Messers, das in seiner zerschlissenen Schärpe steckte, sagte etwas zu Matthias und spie auf den mit Binsen bedeckten Boden. Matthias machte Anstalten, sich zu erheben, aber Morgana drückte warnend seine Hand.

»Sieh ihn an, Matthias«, flüsterte sie. »Sprich ihn auf spanisch an. Sag ihm, er soll ganz ruhig zu seinem Platz zurückkehren. Sag ihm, er kann froh sein, daß er noch lebt. Heute morgen ist er nämlich über Bord seines Fischerbootes gefallen. Wenn er sich nicht augenblicklich wieder hinsetzt, wird er morgen ertrinken. Sag ihm das, und weiche seinem Blick dabei nicht aus.«

Matthias gehorchte und wiederholte Morganas Worte langsam.

Der junge Mann zwinkerte. Sein Gesicht verzerrte sich vor Furcht, er wich zurück und rannte dann aus der Schenke. Seine Kameraden verfolgten das Geschehen verwundert, dann liefen sie ihm hinterher.

»Wir sollten lieber gehen«, sagte Morgana. »Der Tag neigt sich dem Ende zu. Bald wird es kühl.« Sie griff nach dem kleinen Weinschlauch, den sie bei sich trug, und schlang sich die Kordel um die Hand. »Laß uns ein Stückchen wandern, Matthias. Zurück zu dem Drachenbaum, unter dem du vorhin gesessen hast.«

Matthias folgte ihr ins Freie. Sie nahm seine Hand, als wären sie ein Liebespaar, und führte ihn durch die schmalen Straßen hinaus auf das offene Land.

»Ich habe Euch in Granada gesehen, nicht wahr?« fragte Matthias.

»Ja«, gab sie zu. »Mir wurde befohlen, dort zu sein.«

»Und Euer Begleiter?« bohrte Matthias weiter. »Um welches Mitglied der Mannschaft handelt es sich bei ihm?«

»Nicht doch, Matthias«, lachte sie. »Du machst dir zu viele Gedanken. Ich habe dir doch gesagt, daß Seeleute ein abergläubisches Völkchen sind. Er ist an Bord, um dich zu beschützen, um Tag und Nacht über dich zu wachen. Wer er nun eigentlich ist, muß dich nicht interessieren.«

»Wie lange seid Ihr schon ...«

»Wie lange ich schon so bin, wie ich bin, meinst du?« Morgana blieb stehen und sah ihn an. Der Wind zerzauste ihr leuchtendrotes Haar. Matthias musterte sie bewundernd. Noch nie hatte er eine so schöne Frau gesehen. Sie lächelte ihn an. »Ich bin älter, als du denkst«, neckte sie ihn. »Gefalle ich dir denn nicht, Matthias?«

»Doch«, versicherte er ihr rasch. »Natürlich gefallt Ihr mir.« Sein Blick wanderte über das Gras und die wilden Blumen am Wegesrand. »Aber Ihr gleicht einem Schmetterling;

Ihr seid ständig in Bewegung. Nie bleibt Ihr still an einem Ort.«

»Heute schon«, versetzte sie mit einem schalkhaften Lächeln.

Sie lief mit weit ausgreifenden Schritten vor ihm her, warf ihm jedoch immer wieder über die Schulter hinweg lockende Blicke zu. Unter fröhlichem Geplänkel verließen sie den Weg, erklommen den Hügel und ließen sich im weichen Gras unter den weit ausladenden Ästen des mächtigen Drachenbaumes nieder. Morgana zog den Stopfen aus dem Weinschlauch und brachte Matthias dazu, den Mund zu öffnen, dann ließ sie ihn den köstlichsten Wein trinken, den er je gekostet hatte; schwer, süß und samtig. Erst als er sich verschluckte und hustete, zog sie ihm lachend den Weinschlauch weg und hob ihn selbst an die Lippen. Während sie trank, blinzelte sie ihn verführerisch von der Seite an. Schließlich legte sie den Weinschlauch fort, schob eine Hand unter seinen Kopf, küßte ihn gierig und massierte dabei mit den Fingern seinen Nacken. Matthias reagierte zunächst voller Leidenschaft, doch dann mußte er unwillkürlich an den Tag denken, den er mit Rosamund bei den Ruinen des alten Römerwalls verbracht hatte. Er machte sich los, starrte zu der Baumkrone über ihm empor und beobachtete einen bunten Vogel, der im Geäst herumhüpfte.

»Bist du müde, Matthias?« murmelte Morgana. Sie richtete sich auf und strich ihm mit den Fingerspitzen über das Gesicht. Ihre Berührung war kühl wie Seide. »Schlaf«, flüsterte sie. »Schlaf und vergiß all die quälenden Gedanken.« Ihre Stimme klang warm und beruhigend.

Matthias entspannte sich allmählich. Verträumt blickte er dem Vogel nach, während Morgana ihn auf Ohr und Wange küßte und ihm mit den Fingern durch das Haar fuhr. Langsam sank er in einen traumlosen Schlaf. Als er erwachte, wurde es bereits dunkel, und der Wind hatte sich merklich abgekühlt. Er drehte sich um. Morgana lag mit dem Rücken zu ihm im Gras. Er streckte die Hand aus und rollte sie herum. Ihre Augen waren weit geöffnet, ihr Gesicht so weiß wie Schnee, und zu beiden Seiten der Luftröhre klafften zwei große, blutverkrustete Löcher. Matthias sprang auf. Erschrocken tastete er nach seinem Dolch. Er steckte noch in der Scheide. Matthias blickte sich um. Der Himmel verfärbte sich, die Vögel über ihm stimmten ein spöttisches Gezwitscher an. Matthias ballte die Fäuste.

»Ist da jemand?«

Er erhielt keine Antwort. Nur Morgana starrte mit blicklosen Augen zu ihm auf. Matthias umklammerte seinen Dolch fester und floh in die Nacht hinaus.

ACHTES KAPITEL

»Nichts im Norden! Nichts im Süden!« Die Worte des Mannes im Ausguck wurden vom Wind davongetragen.

Matthias stand auf dem Vorderdeck der *Santa Maria* und sah den großen Wellen zu, die gegen die Schiffswand schlugen. Zu beiden Seiten von Kolumbus' Flaggschiff glitten die *Niña* und die *Pinta* im Ostwind rasch dahin. Matthias hörte, wie Kolumbus vom Heck her antwortete. »Nach Westen, immer nach Westen! Steuermann, haltet den Kurs!«

Neben Kolumbus drehte Rafael Murillo gerade das Stundenglas um. Matthias blickte auf. Der Himmel verfärbte sich bereits, bald würde die Nacht hereinbrechen. Kolumbus würde Befehl geben, im Heck eine Laterne zu schwenken und eine der Bombarden abzufeuern. Dies war das Signal für die Brüder Pinzón, für die Nacht zu ihnen aufzuschließen. Matthias war nicht sicher, ob Kolumbus fürchtete, seine beiden Kapitäne aus den Augen zu verlieren oder ob er verhindern wollte, daß sie des Nachts Tempo zulegten und ihm zuvorkamen, wenn Land in Sicht war. Sie hatten die Kanaren hinter sich gelassen und befanden sich nun, wie der Generalkapitän sagte, ganz in Gottes Hand. Alles hing jetzt von Kolumbus, seinen Plänen und Seekarten und vor allem von seinem Astrolabium und dem Quadranten ab. Diese Instrumente benutzte er, um mittags die Höhe der Sonne und nachts den Stand des Polarsterns zu messen und so zu bestimmen, in welchen Breiten sie kreuzten.

Matthias staunte immer wieder über die Präzision, mit der Kolumbus anhand dieser einfachen Mittel ihren Kurs errechnete. Er glaubte aber auch den Behauptungen der Mannschaft, denen zufolge der Generalkapitän sich zumeist auf seinen Instinkt verließ – und damit fast immer recht behielt.

Sich gegen die Reling lehnend, versank Matthias in Erinnerungen. Nachdem er Morgana tot an seiner Seite aufgefunden hatte, war er schnurstracks zum Hafen zurückgelaufen. Am nächsten Tag war er dann zu dem Hügel zurückgekehrt, hatte aber weder ihren Leichnam noch den Weinschlauch noch irgendwelche Blutspuren gefunden. Es gab kein Anzeichen dafür, daß Morgana und er je dort gewesen waren. Matthias hatte erst einmal abgewartet. Vielleicht hatten Regierungsbeamte ja die Leiche gefunden und fortgeschafft. Er war mit seinen Kameraden durch die Schenken gezogen oder hatte am Kai gesessen und sich mit den Fischern unterhalten. Niemand schien etwas von dem Mord zu wissen, nur einige seiner Kumpane hatten erfahren, daß er mit einer schönen, rothaarigen Frau zusammengewesen war und zogen ihn nun ständig damit auf. Matthias fragte sich, wer Morgana wohl getötet hatte. War ihnen jemand gefolgt? Hatte der Rosendämon sie auf dem Gewissen, oder jemand anderes? Matthias schüttelte den Kopf. Letzteres hielt er für äußerst unwahrscheinlich. Er hatte die Besatzungsmitglieder genau beobachtet. Morgana hatte gesagt, einer von ihnen wache über ihn, aber wer?

Matthias erkannte, welch raffiniertes Spiel mit ihm getrieben wurde. Es war ihm nicht möglich, den Betreffenden ausfindig zu machen. Kolumbus hatte es seinen Leuten selbst überlassen, wann und wo sie die Messe besuchten, und da sie auf den drei Schiffen auf sehr begrenztem Raum lebten, war jegliche Diskussion über religiöse Fragen oder sonst ein verfängliches Thema strikt untersagt. Und Morgana? Matthias überlegte, warum sie wohl ihr Leben so widerstandslos hingegeben hatte. Dies konnte doch nicht der Dank sein, den der Rosendämon seinen Dienern zuteil werden ließ. Sie war ermordet worden, ohne sich zur Wehr zu setzen oder auch nur zu schreien. Ihr Mörder war zu ihr gekommen wie ein Dieb in der Nacht.

Am Mittwoch, dem 5. September, dem Tag, bevor sie in See stechen sollten, hatten Baldini, Murillo und noch einige andere Matthias überredet, an einer wilden, ausgelassenen Feier teilzunehmen, die in einer schäbigen Schenke etwas abseits des Kais stattfand. Der Wein floß in Strömen, es gab reichlich frischen Fisch und Fleisch, das über einem Holzkohlengrill geröstet und mit einer dicken Gemüsesauce übergossen worden war. Auf jedem Teller lag überdies ein Stück weiches Weißbrot. Es wurde gesungen und getanzt wie immer bei einer solchen Abschiedsfeier unter Seeleuten. Matthias hatte mehr getrunken, als ihm guttat. Ein junges Mädchen hatte sich an ihn herangemacht, doch er hatte sie nur unwillig beiseite geschoben. Schließlich waren die Pinzóns mit anderen Offizieren gekommen, um die Männer wieder zum Schiff zu bringen. Matthias folgte den anderen zur Tür hinaus, die Männer riefen den Mädchen Abschiedsgrüße zu und warfen ihnen Kußhände nach. Inmitten des Tumults hörte Matthias, wie jemand seinen Namen rief.

»Leb wohl, Matthias. Gib auf dich acht, Creatura.«

Die Worte wurden auf englisch gesprochen. Matthias starrte die Frau durch einen trunkenen Schleier an. Sie war ihm zuvor überhaupt nicht aufgefallen. Sie hatte olivfarbene Haut, langes schwarzes Haar, das ihr hübsches Gesicht umrahmte, einen schön geschwungenen Mund und kecke Augen. Als sie Matthias zuzwinkerte, eine nackte Schulter hob und winkte, wurde sein Kopf für einen Moment wieder klar, und er begriff, daß, egal wie das Mädchen sich auch nannte, Morganas Geist jetzt in ihr wohnte. Verwirrt kehrte er zum Schiff zurück. Standen noch andere Geschöpfe in den Diensten des Rosendämons? Zugleich mußte er Morganas Raffinesse bewundern: Durch ihren plötzlichen Tod hatte er seine Chance zur Flucht vertan, und nun war er mit Leib und Seele an Kolumbus' waghalsiges Unternehmen gebunden und mußte sich mit dem abfinden, was ihn jenseits dieses rätselhaften, unbekannten Ozeans erwarten mochte.

Matthias ging auf dem Vorderdeck auf und ab. Gelegentlich blieb er stehen, um einen Blick auf das Stundenglas zu werfen und es umzudrehen, wenn der Sand durchgelaufen war. Bis Mitternacht hatte er noch Wache, dann würde man ihn ablösen. Inzwischen war es dunkel. Sterne funkelten am Himmel; sie erschienen ihm näher und heller als an Land. Matthias fragte sich, wie weit sie wohl schon gekommen sein mochten. Kolumbus hatte erklärt, sie müßten insgesamt etwa siebenhundertfünfzig Meilen zurücklegen. Die Mannschaft hatte ihn beim Wort genommen, und nun wurde jeden Tag sorgsam nachgemessen, wie viele Meilen sie schon geschafft hatten. Die Erregung darüber, sich auf offener See zu befinden, war merklich abgeflaut, und das harte, primitive Leben an Bord zeigte erste Wirkung. Das Wasser war brackig geworden, der Wein sauer, Zwieback und Brot steinhart, und das Fleisch schmeckte versalzen. Die Männer traten sich gegenseitig auf die Füße; kaum einmal bekam jemand Gelegenheit, mit sich und seinen Gedanken allein zu sein. Trotz aller Gegenmaßnahmen stank das ganze Schiff inzwischen nach Fäulnis. Immer wieder erkrankten manche Männer, übergaben sich an Deck oder rannten, die Hände gegen die Magengegend gepreßt, zur Reling, wenn sich ihre Eingeweide in Wasser zu verwandeln drohten. Jeden Tag wurden die Kleider ausgewaschen und eimerweise Seewasser geschöpft, um die Planken zu scheuern. Jede Ratte wurde erbarmungslos gejagt und getötet. Doch je länger die Fahrt dauerte, desto sehnsüchtiger dachte die Mannschaft an das angenehme Leben auf den Kanaren zurück – und zählte die zurückgelegten Meilen noch eifriger.

»Matthias, Matthias Fitzosbert!« Die Stimme kam direkt aus der Dunkelheit.

Matthias trat zur Reling und blickte hinunter. Unter ihm kräuselte sich die schwarze Wasseroberfläche. Er schaute sich auf Deck um – im schwachen Licht der Laternen sah er jedoch nur seine in Decken gehüllten Kameraden, die jede freie Ecke als Schlafplatz nutzten.

»Matthias! Matthias!« Die Stimme klang hohl, als spräche ihr Besitzer durch ein Rohr. »Hör mir zu!«

Matthias krallte die Finger um die Reling. Hörte er wirklich eine Stimme, oder spielte seine Fantasie ihm einen Streich?

»Hör mir zu! Nichts im Norden, nichts im Süden! Immer nach Westen! Immer nach Westen! Wir begegnen uns wieder!«

»Seht doch!«

Matthias schrak zusammen. Die Männer an Deck richteten sich auf und zeigten aufgeregt zum Himmel. Ein Meteor schoß flammengleich am Nachthimmel entlang. Weitere Besatzungsmitglieder, Kolumbus und seine Offiziere eingeschlossen, gesellten sich zu Matthias auf das Vorderdeck.

»Was ist das?« fragte einer.

»Eine Sternschnuppe«, bemerkte Escobedo.

»Ein Komet«, meinte ein anderer.

»Es ist ein Zeichen«, fügte Kolumbus hinzu, der jede Gelegenheit nutzte, sein Tun zu rechtfertigen. »Ein Zeichen Gottes! Unsere Reise wird erfolgreich verlaufen!«

»Sieht es nicht wie eine Rose aus?« De Torres wies gen Himmel. »Schaut doch. Das ist die Blüte, und das dort der Stengel.«

Matthias war der Bahn des Meteors genau gefolgt und dachte an die rätselhafte Stimme, die ständig wiederholt hatte, welchen Kurs sie nehmen sollten.

In den folgenden Tagen begriff er, wie wichtig diese Stimme gewesen war. Die Schiffe segelten nun über einen endlos erscheinenden Ozean dahin; unter einem Himmel, der keinen Horizont erkennen ließ. Am 19. September wurde die Wassertiefe ausgelotet, aber auch nach zweihundert Faden stieß man noch nicht auf Grund. Dies rief besorgte Blicke und geflüsterte Bemerkungen hervor, aber Kolumbus beruhigte seine Leute, als zwei Pelikane über das Schiff hinwegflogen und sich dann auf dem Mast niederließen. Voller Zuversicht verkündete er, daß sich solche Vögel nie sehr weit vom Land entfernten. Die Männer hielten dem entgegen, daß sie weit genug gesegelt wären und immer noch kein Land gesichtet hätten. Bald darauf glitten die Schiffe tagelang durch einen Teppich aus grünem, schleimigem Seetang, der so dicht war, daß er sich vor ihnen öffnete und hinter ihnen wieder schloß.

Am 23. September gerieten sie in eine Flaute, die die Reise erheblich verzögerte, bis eine große Welle den Rumpf anhob, frische Winde die Segel blähten und sie wieder rascher vorwärtskamen. Gelegentlich meldeten die Matrosen im Ausguck, die ständig mit den Blicken den Horizont absuchten, weil sie darauf brannten, sich die versprochene Belohnung zu verdienen, Land in Sicht, aber jedesmal erwies sich dies als bloßes Produkt ihrer Einbildung. Die Mannschaft verlangte immer häufiger zu wissen, welche Strecke genau sie schon hinter sich gebracht hatten und, was noch wichtiger war, wie viele Meilen noch vor ihnen lagen. Die Brüder Pinzón kamen an Bord der *Santa Maria*, um die Karten von Kolumbus zu studieren und ihn in hitzige Debatten zu verwickeln. Der Generalkapitän jedoch blieb bei seinem ursprünglichen Befehl: »Nach Westen, nach Westen! Keine Umwege, keine Abweichungen! Außerdem«, fügte er hinzu, als die Mannschaft zu murren begann, »muß sich jeder einzelne Mann dem Zorn unserer königlichen Gönner Ferdinand und Isabella stellen, wenn wir mit leeren Händen nach Spanien zurückkehren.«

Die Mannschaft beruhigte sich; die Männer vergaßen vorübergehend das brackige Wasser, die von Ungeziefer verseuchten Vorräte, den Gestank an Bord und die unerträgliche Langeweile, die eine solche Reise mit sich brachte. Der September verging. Im Oktober verschlechterte sich die Stimmung an Bord erneut. Kolumbus hatte gesagt, sie würden auf der Reise nach Cathay und Cipango die Insel der Seligen passieren, die der irische Heilige und Seefahrer St. Brendan entdeckt hatte. Als keine Insel in Sicht kam, wurden die Männer unsicher – war Kolumbus in diesem Fall einem Irrtum unterlegen, hatte er sich vielleicht auch in allen anderen Punkten geirrt.

Am 8. Oktober wurden Vögel gesichtet, die in Richtung Südwesten flogen. Die Mannschaft bestand darauf, daß Kolumbus den Kurs änderte. Alle Männer versammelten sich an Deck und beriefen sich darauf, daß man diesen Tieren folgen müsse, da sie sicherlich landeinwärts flögen. Die Kapitäne der *Niña* und der *Pinta* kamen herüber und schlossen sich dieser Forderung an. Es wurde abgestimmt. Nur zwei Männer waren gegen eine Kursänderung: Kolumbus und Matthias.

»Wieso wollt Ihr den Kurs halten, Engländer?« rief Kolumbus überrascht.

»Nichts im Norden, nichts im Süden«, wiederholte Matthias die Anweisungen der geheimnisvollen Stimme. »Immer nach Westen, Generalkapitän. So lautete Euer Befehl, und daran sollten wir uns halten.«

Kolumbus lächelte schief, doch der Rest der Mannschaft unter Führung der Pinzóns bestand auf einer Kursänderung. Kolumbus mußte schließlich nachgeben.

In dieser Nacht fühlten die Männer sich in ihrem Entschluß bestärkt, als sie hörten, wie weitere Vögel über das Schiff hinwegflogen. Vier Tage später meldete der Mann im Ausguck treibende Gegenstände im Wasser. Schilf, ein Ast und ein Stück Holz, an dem Gras hing, wurden aufgefischt. Beim Anblick des Holzkeils wuchs die Erregung der Mannschaft, denn er sah aus, als wäre er mit einem Messer bearbeitet worden. Die Stimmung hob sich. Auch der Wind frischte auf. Escobedo verkündete, daß sie mit einer Tagesgeschwindigkeit von sieben Knoten reisten. Matthias wurde erbarmungslos gehänselt, weil er gegen die Kursänderung gestimmt hatte. Doch eines Abends, kurz nach Sonnenuntergang, als Matthias die erste Wache hatte, hörte er die mysteriöse Stimme erneut:

»Nichts im Norden, nichts im Süden! Ihr müßt immer gen Westen segeln! Haltet nach dem Licht Ausschau!«

Matthias blickte sich um. Auf dem Vorderdeck hielt sich nur ein junger Segelmacher auf. Er kauerte am Boden und stichelte an einem Stück Leinwand herum, ohne aufzublicken.

»Nichts im Norden, nichts im Süden! Immer nach Westen! Schaut nach dem Licht! Sag Kolumbus, er soll auf das Licht achten!«

»Alles in Ordnung?«

Matthias zuckte zusammen und drehte sich um. Kolumbus stand oben auf den Stufen und musterte ihn neugierig.

»Wieso habt Ihr gegen die Kursänderung gestimmt, Engländer?«

»Ich weiß es nicht«, log Matthias, ohne dem Blick des Generalkapitäns auszuweichen. »Aber ich glaube immer noch, daß es ein Fehler war, der Mannschaft nachzugeben.«

Kolumbus nickte und blickte zum Nachthimmel auf.

»Ich denke, Ihr habt recht.« Ohne ein weiteres Wort wandte er sich ab und stieg die Stufen hinunter.

Matthias hörte, wie eine Bombarde abgefeuert wurde. Füße schlurften über das Deck, Laternen wurden angezündet und Signale zur *Niña* und zur *Pinta* hinübergeschickt. Auf Kommando des Generalkapitäns wendete die *Santa Maria* und ging wieder auf ihren ursprünglichen Kurs Richtung Westen.

Matthias vergaß seine Vorbehalte. Die Planken erzitterten unter ihm, das Schiff schwankte, dann hörte er, wie etwas gegen den Rumpf prallte. Er blickte ins Wasser hinunter. Es war ein Stück Holz, ein Ast oder Stamm, aber es wirbelte so schnell vorbei, daß Matthias nicht erkennen konnte, worum genau es sich handelte. Er kehrte auf seinen Wachposten zurück und starrte lange Zeit so angestrengt in die Dunkelheit, daß seine Augen brannten. Und dann erblickte er tatsächlich ein winziges Licht in der Ferne. Es sah aus, als würde jemand eine kleine Wachskerze auf und ab bewegen. Matthias zwinkerte und schaute noch einmal hin. Er war sicher, daß er sich nicht getäuscht hatte. Das war kein Stern, keine Fata Morgana, keine Reflexion des Wassers! Wieder tanzte das Licht auf und ab. Matthias verließ seinen Posten, rannte das Deck hinunter und hämmerte an Kolumbus' Kabinentür. Der Generalkapitän kam herausgestürmt, warf einen Blick auf Matthias' Gesicht und rannte dann die Stufen empor. Auf dem Bugspriet blieb er stehen und hielt sich an den Seilen fest.

»Habt Ihr etwas gesehen, Fitzosbert?«

»Schaut nach vorne«, erwiderte Matthias. »Nichts im Norden, nichts im Süden, sondern geradeaus, im Westen!«

»Ihr irrt ... Nein, jetzt sehe ich es auch!«

Kolumbus sprang auf die Planken, und schon bald drängten sich die anderen Offiziere auf dem Vorderdeck. Auch der Rest der Mannschaft war aufgewacht und gesellte sich zu ihnen. Der Knall einer Bombarde dröhnte über das Wasser; auch auf der *Pinta* war das Licht bemerkt worden. Alle drei Schiffe lagen nun nah beieinander. Die Segel wurden eingeholt und strikter Befehl gegeben, die Position zu halten. Die ganze Mannschaft wartete wie eine zum Gebet versammelte Gemeinde andächtig auf das Morgengrauen. Gebete wurden gesprochen und das Salve Regina gesungen, während die drei Karavellen unter halb gerefften Segeln vor diesem unbekannten Ufer lavierten. Kolumbus schien wie besessen. Die Männer, die ihre Ungeduld kaum mehr bezähmen konnten, drängten ihn, näher an die Küste heranzusegeln, doch als der Tag anbrach, zeigte sich, daß die Vorsicht des Generalkapitäns berechtigt gewesen war. Jetzt sah man nämlich eine weiße Küstenlinie, hoch aufragende Bäume hinter dem Strand und Gischt, die über ein messerscharfes Korallenriff wehte. Die Schiffe wären unweigerlich von vorne bis hinten aufgeschlitzt worden, hätte Kolumbus versucht, geradewegs auf die Küste zuzuhalten.

Sobald es hell war segelten die drei Schiffe langsam an der Küstenlinie entlang und suchten nach einem Ankerplatz. Schließlich fanden sie eine geeignete Bucht und glitten hinein. Die Handloter gaben ständig die Wassertiefe an, bis Kolumbus befahl, den Anker auszuwerfen. Die Männer drängten sich an Deck und rissen verwundert die Augen auf. Vor ihnen lag ein weißer Sandstrand und grüne Hügel, und sogar die Luft roch nicht mehr streng und salzig, sondern der Wind wehte den süßlichen Duft nach Früchten und üppiger Vegetation zu ihnen herüber. Ab und zu lösten sich braune Gestalten aus dem Schatten der Bäume und verschwanden gleich wieder.

»Wilde«, berichtete Navarette, der Mann mit den schärfsten Augen, von seiner Position auf halber Höhe des Hauptmastes aus. »Nackt wie am Tag ihrer Geburt.«

Die Beiboote aller drei Schiffe wurden zu Wasser gelassen. Kolumbus, der jetzt seine prächtige Rüstung und einen weiten Umhang trug, hielt die königliche Standarte Kastiliens in der Hand, als er in das Boot kletterte. Die Pinzóns schlossen sich ihnen an. Sie trugen die Banner der Expedition bei sich; ein grünes Kreuz, zu dessen beiden Seiten die Initialen der Herrscher prangten. Auch Matthias sollte mit an Land gehen und sprang guten Mutes in ein Beiboot.

Innerhalb weniger Minuten erreichten sie die Küste. Matthias verspürte ein seltsames Gefühl, als er wieder festen Boden unter den Füßen hatte. Der schimmernde weiße Sand, die gleißende Sonne und die fremdartigen Gerüche, die der tiefgrüne Wald hinter dem Strand verströmte, erschienen ihm irgendwie unwirklich. Er half Baldini, das Boot aus dem Wasser zu ziehen. Kolumbus und seine Offiziere rammten unterdessen bereits die Standarten Spaniens in den heißen Sand, ehe sie niederknieten, ein Dankgebet sprachen und das Land im Namen König Ferdinands und Königin Isabellas in Besitz nahmen.

Eine Gruppe dunkler Gestalten tauchte zwischen den Bäumen auf und kam auf sie zu. Matthias hatte schon die verschiedensten Geschichten über die Untertanen des Großkhans gehört. Angeblich waren sie klein, gelb, verhutzelt und hatten Schlitzaugen oder hundeähnliche Gesichter. Die Menschen jedoch, die sich ihnen jetzt näherten, besaßen olivfarbene Haut und jettschwarzes Haar, das ihnen bis auf die Schultern fiel, waren gut gebaut und hatten angenehme Gesichtszüge. Sie kamen Matthias vor wie Kinder, so neugierig betrachteten sie den Generalkapitän und seine Gefährten. Einige Frauen trugen Schmuckreifen aus Muscheln und Elfenbein um den Hals und an den Handgelenken. Sie hatten dunkle Augen, hohe Wangenknochen und wagten anscheinend nicht, den fremdartigen Neuankömmlingen voll ins Gesicht zu sehen. Eine der Frauen hielt sich kichernd die Nase zu. Matthias lächelte. Der Wind kam vom Meer her, und der Geruch, den Kolumbus und seine Männer verbreiteten – vom Gestank der Schiffe ganz zu schweigen –, mußte für diese Menschen äußerst unangenehm sein. Sie hatten Geschenke bei sich, Früchte und Speisen, die Matthias noch nie gesehen hatte, sowie Kalebassen mit Wasser. Ihr Anführer, ein stämmiger junger Mann, faßte sich schließlich ein Herz und ging auf Kolumbus zu. Er berührte Gesicht und Kleidung des Generalkapitäns und blickte verwundert zu den Fahnen hinüber, die im Wind flatterten.

Kolumbus flüsterte de Torres etwas zu, der daraufhin die Schultern zuckte und die Eingeborenen nacheinander auf englisch, spanisch, arabisch, französisch, hebräisch und aramäisch ansprach. Der Anführer starrte ihn nur verständnislos an. Endlich antwortete er. Seine Stimme klang tief und guttural. Er deutete erst zum Himmel und dann auf de Torres, der lachend den Kopf schüttelte.

»Ich kann nicht alles verstehen, Sir«, sagte er zu Kolumbus. »Aber sie glauben, wir kämen vom Himmel.«

Wieder begann der Mann zu sprechen. Matthias, der sich näher herangeschlichen hatte, um die Menschen genauer zu betrachten, sah, wie der freundliche Ausdruck vom Gesicht des Mannes verschwand und sich Furcht darauf abmalte. Der Anführer wiederholte das Wort ›Kaniben‹ und zeigte Richtung Süden. Seine Gefährten schnatterten aufgeregt durcheinander. De Torres begriff allmählich, was sie meinten, und schüttelte den Kopf.

»Keine Kaniben! Keine Kaniben!« versicherte er.

Diesmal bediente sich der Mann der Zeichensprache, um sich verständlich zu machen, und trotz der Hitze spürte Matthias, wie ihm ein eisiger Schauer über den Rücken lief. Die Gesten dieses jungen Untertanen des Großkhans ließen an Deutlichkeit nichts zu wünschen übrig. Matthias ahnte, was de Torres Kolumbus übersetzen würde.

»Er möchte ganz sicher sein, daß wir keine Kaniben sind«, erklärte dieser. »Das sind anscheinend die ärgsten Feinde dieses Volkes.« Er brach ab, als der Indianer sich wild gestikulierend einmischte. »Er sagt, sie kommen in großen Kanus hierher«, übersetzte de Torres langsam. »Sie nehmen seine Leute gefangen, schneiden ihnen die Kehle durch, trinken ihr Blut und verzehren ihr Fleisch.«

»Sie sind nicht bewaffnet«, meldete sich Martin Pinzón zu Wort. »Habt Ihr das bemerkt, Sir? Sie tragen keine Waffen.«

Pinzón hatte recht. Matthias sah bei keinem der Eingeborenen Bogen, Pfeile, Schwerter, Dolche, Knüttel oder Äxte. De Torres zog seinen Degen und hielt ihn so, daß sich das Sonnenlicht darin fing. Die Eingeborenen starrten ihn bewundernd an. De Torres hielt die Waffe dem Anführer hin, doch statt sie am Heft zu fassen, griff der Mann nach der Klinge und schnitt sich in den Finger. Bestürzt schaute er auf das Blut, das aus der kleinen Wunde quoll.

»Sie scheinen keine Waffen zu kennen«, flüsterte Escobedo. »Aber Marco Polo erwähnt in seinen Aufzeichnungen, daß die Untertanen des Großkhans sehr gut bewaffnet sind.«

De Torres schob seinen Degen wieder in die Scheide. Als er mit einer Armbrust einen Vogel vom Himmel holte, warfen sich die Eingeborenen vor Schreck in den Sand. Matthias begann, sich Gedanken zu machen. Hatten sie wirklich Cathay oder Cipango erreicht? Oder befanden sie sich anderswo? Wer waren diese naiven, unschuldigen Menschen? Hatten sie ein Paradies entdeckt? Aber wenn ja, wer waren die Kaniben? War dies ein Ort, wo sowohl Engel als auch Dämonen lebten? Matthias dachte an die geheimnisvolle Stimme. Wer von diesen Menschen mit den kindlichen Gesichtern und den vertrauensvollen Blicken mochte Kolumbus wohl hierhergeführt haben, indem er am Abend zuvor das seltsame Licht entzündete? Der Generalkapitän schien sich diese Frage nicht zu stellen. Er hatte die kleinen Goldpflöcke entdeckt, die manche der Eingeborenen in Nase und Ohren trugen. Aufgeregt zeigte er darauf und fragte de Torres, wo das Gold herstamme. Der Häuptling, der Kolumbus' Erregung anscheinend nicht verstehen konnte, zuckte die Schultern, zog den Schmuck ab und reichte ihn dem Fremden. Dann deutete er nach Süden und sagte etwas in seiner eigenen Sprache. Kolumbus blickte sich um, ohne auf de Torres' Übersetzung zu warten.

»Wir befinden uns am Rand von Cathay«, erklärte er. »Die Minen und Gruben, aus denen dieses Gold kommt, müssen weiter südlich liegen.« Er schnippte gebieterisch mit den Fingern.

Baldini öffnete eine kleine Truhe, und Kolumbus verteilte Geschenke: Glasperlen, Münzen, Tücher und rote Mützen. Die Eingeborenen nahmen die Gaben so aufgeregt entgegen wie Kinder und waren nur allzugern bereit, im Gegenzug ihre goldenen Schmuckstücke herzugeben. Kolumbus gab strikten Befehl, keinem dieser Menschen etwas zuleide zu tun.

»Sie sind jetzt Untertanen Ihrer Katholischen Majestäten«, verkündete er.

Nachdem sie zu den Schiffen zurückgekehrt waren, beschrieben diejenigen, die den Generalkapitän hatten begleiten dürfen, ihren Kameraden das, was diese nur von weitem hatten verfolgen können. Kolumbus erklärte, er habe Ostindien gefunden und wolle nun gen Süden weiterreisen. Später am Nachmittag kamen jedoch mehrere Eingeborene in langen Einbäumen, um die drei Schiffe zu bestaunen. Sie brachten weitere Geschenke mit, seltsam geformte Früchte und kleine Schnitzereien. Kolumbus erlaubte einigen von ihnen, an Bord zu kommen, wo sie sich voller Staunen umsahen. Als der Generalkapitän Befehl gab, eine Bombarde abzufeuern, lösten sie allgemeine Heiterkeit aus, weil sie vor Schreck über Bord sprangen, aber sowie sie begriffen hatten, daß der Knall ihnen keinen Schaden zufügte, planschten sie lachend wie die Kinder im Wasser herum.

Kolumbus schickte eine weitere Abordnung an Land, die Baumwolle, bunt gefiederte Papageien und aus Fischgräten gefertigte Angelhaken mit zurückbrachte. Die Männer beschrieben seltsame Pflanzen und Bäume und sprachen von Süßwasserseen im Landesinneren, von Vogelschwärmen, die so groß wären, daß sie die Sonne verdunkelten, Hütten aus Palmenblättern, riesigen Schlangen und anderem merkwürdigen Getier. Matthias hörte wie gebannt zu. Die Landgänger hatten in Erfahrung gebracht, daß die Insel Guanahaní hieß, doch Kolumbus taufte sie in San Salvador um. De Torres gelang es nicht, die Sprache der Eingeborenen genau zu bestimmen, aber er legte eine Liste der gebräuchlichsten Wörter an und verständigte sich im übrigen mittels Zeichensprache. Kolumbus fand heraus, daß es entlang der Küste noch zwei größere Inseln namens Colba und Bohío gab und entschloß sich sofort, sie zu besuchen. So segelten die *Santa Maria* und die beiden Karavellen in den nächsten Tagen langsam die Küstenlinie entlang.

Auch weiterhin hielt Kolumbus eiserne Disziplin aufrecht. Die Männer im Ausguck mußten den scharfen Riffen vor der Küste besondere Beachtung schenken, denn schon ein einziger Fehler hätte unweigerlich den Verlust eines oder mehrerer Schiffe zur Folge gehabt. Doch der Generalkapitän erwies sich als ausgezeichneter Navigator. Er steuerte seine Flotte unbeschadet durch die Riffe und in die natürlichen Häfen der beiden Inseln, die sie anliefen und die Isabela und Hispaniola getauft wurden. Auch hier waren die Eingeborenen freundlich, unbewaffnet und sehr darauf bedacht, den Fremden zu Diensten zu sein. Kolumbus nahm einige von ihnen mit, um sie als Kundschafter zu benutzen. Er war überzeugt, daß sie ihn schließlich in das Reich des Großkhans führen würden.

Matthias empfand vieles auf dieser Reise als ungewohnt; den strahlendblauen Himmel, die weißen, flauschigen Wölkchen, den warmen Wind und den ständigen Sonnenschein. Er dachte daran, daß in England nun der Herbst dem Winter weichen würde, der schneidenden Wind, Graupelschauer, eisige Kälte und grauen Himmel mit sich brachte. Noch immer hatte er keine Ahnung, warum der Rosendämon und seine Anhänger – wie zum Beispiel Morgana – alles darangesetzt hatten, ihn hierherzulocken.

Sogar dem Generalkapitän kam allmählich der Verdacht, daß er sich geirrt hatte und doch nicht in Ostindien gelandet war. Sorgfältig untersuchte er die Früchte, Vögel und die anderen Tiere, die er zu Gesicht bekam. Einige wurden getötet und präpariert, um nach Spanien geschafft zu werden, aber Kolumbus träumte auch weiterhin von Gold, Silber und anderen Schätzen.

Schließlich erreichten sie Colba, das Kolumbus in Kuba umbenannte; eine Insel mit hohen Bergen, die gen Himmel ragten, und mächtigen Palmen, wie sie keiner der Männer je zuvor gesehen hatte. Die Eingeborenen unterschieden sich überhaupt nicht von denen, die sie bisher getroffen hatten. Sie brachten ihnen geflochtene Hängematten, kleine goldene Figuren, Harpunen und Früchte. Geduldig lauschten sie Kolumbus' nicht enden wollenden Fragen über das goldene Cathay, nickten und deuteten wie die anderen auch in Richtung Süden. Alle verhielten sich überaus freundlich und zeigten keine Angst vor Kolumbus und seiner Gruppe, bis das Wort ›Kaniben‹ fiel.

In Kuba kam die Tochter eines Häuptlings an Bord, und

de Torres befragte sie ausführlich. »Die Kaniben«, erläuterte er dann, nachdem er der jungen Frau aufmerksam zugehört hatte, »leben weiter südlich von hier. Sie bemalen sich die Gesichter mit roter Farbe und umwickeln sich Arme und Beine mit Schnüren. Sie kommen in langen Kanus und überfallen diese Inseln«, übersetzte er weiter. »Dann nehmen sie Gefangene, um sie zu verspeisen. Das Fleisch von Säuglingen betrachten sie als besonderen Leckerbissen. Sie kennen kein Mitleid und keine Gnade.«

Kolumbus, der auf seinem Stuhl thronte, befahl de Torres, dem zu seinen Füßen kauernden Mädchen zu sagen, sie brauche keine Angst mehr zu haben. Er werde die Kaniben mit seinen Bombarden vernichten. Die junge Frau hörte aufmerksam zu, ihr ebenmäßiges Gesicht verlor jedoch den besorgten Ausdruck nicht. Langsam gab sie ihm eine Antwort, wobei sie mit den Fingern Bilder in die Luft malte.

»Ihr könnt sie nicht töten«, erklärte de Torres Kolumbus und dem Rest der Mannschaft. »Sie sind so zahlreich wie die Sandkörner, und sie fürchten nichts und niemanden.«

Einige Tage später gelangten sie zu der Insel Bohío. Der junge Häuptling oder Kazike, wie er dort hieß, ein junger Mann, der sich Guacanagarí nannte, zeigte Kolumbus und seinen Gefährten ein anschauliches Beispiel für die Grausamkeit der Kaniben. Der Kazike, der vielleicht zwanzig Jahre zählen mochte, kam ihnen am Strand entgegen und brachte ihnen neben den üblichen Früchten auch den Saft des Mastixstrauches, den Kolumbus für wertvoll hielt; er hoffte, einige Exemplare dieser Pflanze unbeschadet nach Spanien bringen zu können. Das Gespräch verlief in ähnlichen Bahnen wie die vorangegangenen. De Torres dolmetschte, während Kolumbus vom Ruhm Spaniens schwärmte, von der Macht Ferdinands und Isabellas und der Kraft seiner Bombarden. Dann fragte er wieder, wo Cathay und Cipango lägen. Der Kazike hörte ruhig zu, dann zeigte er zu Kolumbus' Verzweiflung weiter nach Süden, machte jedoch gleichzeitig durch Handzeichen klar, daß sie dort nicht hingehen sollten. Auch er erwähnte die Kaniben, und zum Beweis, wie gefährlich dieses Volk wäre, ließ er drei seiner Untertanen holen. Alle wiesen häßliche Wunden an Armen und Beinen auf, die aussahen, als hätte ein Hund ihnen das Fleisch aus dem Leib gebissen, obwohl sie schon im Heilen begriffen waren. Der Kazike erklärte, diese Männer wären den Kaniben in die Hände gefallen, die damit begonnen hätten, sie bei lebendigem Leibe zu verspeisen; glücklicherweise sei seinen Leuten die Flucht gelungen. Kolumbus und seine Gefährten starrten ihn ungläubig an. Nachdem sie auf ihre Schiffe zurückgekehrt waren, diskutierten die Brüder Pinzón und der Generalkapitän darüber, ob sie weiter gen Süden segeln oder den Kurs lieber ändern sollten. Ein Streit brach aus, der damit endete, daß Martin Pinzón am Tag darauf mit seiner Mannschaft in See stach, um auf eigene Faust auf Entdeckungsreise zu gehen. Er hielt es nicht für nötig, Kolumbus davon zu unterrichten.

Kolumbus setzte seine Fahrt fort. Eines Morgens, es war Ende November, erreichte er eine kleine Insel und feuerte eine Bombarde ab, denn die Nachricht von ihrer Anwesenheit hatte sich mittlerweile im ganzen Archipel verbreitet. Er rechnete damit, daß ihn die Eingeborenen wie immer am Strand erwarten würden, diesmal wurde ihm jedoch kein solcher Empfang zuteil. Der Strand war leer, und die dahinter aufragenden Bäume bildeten eine dunkle, bedrohliche Linie.

»Fitzosbert! Baldini!« befahl Kolumbus. »Nehmt das Boot und setzt zum Ufer über!«

Zwei Soldaten sollten sie zu ihrem Schutz begleiten. Alle vier Männer waren mit Armbrüsten, Schwertern und Dolchen bewaffnet. Sie legten am Strand an und zogen das Boot an Land. Die beiden Soldaten blieben als Wache zurück, während Matthias und Baldini in den Wald vordrangen. Inzwischen hatte sich Matthias an diese Art von Wald gewöhnt; an die Palmen, die denen ähnelten, die er auf den Kanaren gesehen hatte, an die bunten Vögel, die seltsamen Gerüche, die Geräusche des Dschungels um ihn herum. Sie stießen auf einen schmalen Pfad. Baldini ging voran. Gelegentlich blieben sie stehen und markierten einen Baum, um später den Rückweg wiederzufinden. Sie waren schon einige Zeit unterwegs, und je tiefer sie in den Dschungel vorstießen, desto unbehaglicher wurde es Matthias zumute. Er hatte das Gefühl, beobachtet zu werden und war sicher, daß er hier und da dunkle Gestalten durch das Dickicht hatte huschen sehen.

»Wir sollten lieber umkehren.« Er blieb stehen.

Vorsichtshalber spannte er seine Armbrust. Im selben Moment erscholl von der *Santa Maria* her das Donnern einer Bombarde; das vereinbarte Zeichen dafür, daß etwas nicht stimmte. Ohne auf Baldinis Einverständnis zu warten, drehte Matthias sich um und eilte den Pfad zurück. Einmal hielt er in seinem Lauf inne und blickte über die Schulter. Baldini folgte ihm. Doch Matthias bemerkte noch etwas anderes. Inmitten der Bäume blitzte es rötlich auf.

»Wir werden verfolgt!« rief er laut und rannte weiter.

Da sie sich auf dem ausgetretenen Pfad befanden, hoffte er, sie würden rascher vorankommen als ihre Verfolger. Bald war Matthias in Schweiß gebadet. Immer wieder blickte er nach links und nach rechts, da er fürchtete, die Gegner könnten sie einkreisen und ihnen den Fluchtweg abschneiden. Endlich tauchte hinter einer Biegung der Strand und in der Ferne die *Santa Maria* vor ihm auf. Die beiden Soldaten hatten das Boot ins seichte Wasser geschoben und warteten auf sie. Matthias drehte sich um, um Baldini zur Eile anzutreiben, sah aber zu seinem Entsetzen, daß der junge Spanier stehengeblieben war. Seine Brust hob und senkte sich heftig. Er betrachtete Matthias mit einem seltsamen Lächeln.

»Nun kommt schon!« drängte Matthias.

»Warum, *Creatura bona atque parva*?« Die Worte wirkten in diesem exotischen, feuchten Dschungel merkwürdig fehl am Platz und beschworen Erinnerungen an die sattgrüne Landschaft von Gloucester und die kühle Dunkelheit der Kirche von Tenebral herauf. »Das sind unsere Freunde, Matthias. Meine Untertanen. Ich werde sterben, um einer von ihnen zu werden, aber du hast nichts zu fürchten.«

Hinter Matthias ertönte ein Schrei. Er fuhr herum, und seine Augen weiteten sich vor Schreck. Zwei Eingeborene standen auf dem Pfad und versperrten ihm den Weg. Es waren hochgewachsene Männer mit dunklerer Haut als die der Indianer, die er bislang gesehen hatte. Jeder trug einen Knüppel und eine Axt bei sich. Ihre Gesichter glichen gespenstischen Fratzen; sie hatten sich die Augen mit rotem Ocker ummalt und Wangen und Mund weiß gefärbt. Blaue und goldene Kakadufedern steckten in ihrem zottigen Haar. Matthias trat einen Schritt vor. Beide Männer schauten an ihm vorbei auf Baldini. Es schien, als würden sie ihn kennen.

»Kaniben!« Matthias spie das Wort förmlich aus.

Der Anführer sprang vor, öffnete den Mund und entblößte scharfe, unregelmäßige Zähne. Matthias hob die Armbrust und drückte ab. Der Bolzen traf den Mann mitten in die Brust. Sein Begleiter stürzte sich auf ihn, doch Matthias schmetterte ihm die Armbrust über den Schädel und rannte dann, so schnell er konnte, den sonnigen Waldweg entlang. Hinter ihm erklang ein markerschütternder Schrei.

Der ganze Wald erwachte auf einmal zum Leben. Matthias wandte sich nach links. Dunkle Schatten huschten durchs Gestrüpp auf ihn zu, kamen aber wegen des Unterholzes nicht so schnell voran wie er. Als er den Strand erreichte, hörte er das Donnern einer Bombarde, sah eine Rauchwolke aufsteigen, und eine Granitkugel schlug hinter ihm im Dschungel ein. Matthias jagte auf das Boot zu. Vom Wald her erscholl erneut ein gräßlicher Schrei; ob er von Baldini kam oder von seinen Verfolgern, das konnte Matthias nicht sagen. Seine Lungen brannten, und seine Beine wurden immer schwerer. Er stürzte sich in das kalte Wasser, streckte die Arme aus und ließ sich an Bord des Bootes hieven. Einer der Soldaten schrie auf. Matthias hörte das Sirren einer Armbrustsehne, dann platschten Ruder im Wasser, und das Boot legte ab.

Keuchend kniete Matthias sich hin und blickte ungläubig zum Strand hinüber. Dort wimmelte es jetzt von mit Speeren und Knüppeln bewaffneten Kaniben, deren üppige bunte Kopfputzfedern im Wind tanzten. Sie sprangen im seichten Wasser herum, stießen Kriegsrufe aus und schwangen ihre Speere. Einer der Soldaten fluchte leise. Das Boot war klein und schmal, und es bestand die Gefahr, daß es umkippte.

»Achtung, dort links!« rief der andere.

Matthias blickte sich um. Die Kaniben ließen Kanus zu Wasser, aber das kleine Beiboot war bereits bei der *Santa Maria* angelangt, wo der Generalkapitän Befehl gab, die Bombarden erneut abzufeuern. Die drei Männer kletterten an Bord, das Beiboot wurde an der Schiffswand festgemacht, der Anker gelichtet, und die *Santa Maria* glitt auf die offene See hinaus.

NEUNTES KAPITEL

Einige Wochen später, am Heiligen Abend, kauerte sich Matthias am Fuß des Mastes nieder. Die *Santa Maria* schaukelte sacht unter ihm. Tiefe Stille herrschte um ihn herum. Matthias versank in Träumen von früheren Weihnachtsfesten. Er war wieder ein kleiner Junge in Sutton Courteny. Es schneite, und er eilte mit Christina den Pfad zur Kirche hoch. Sie wollten seinem Vater helfen, in der Marienkapelle eine Krippe aufzubauen und die Querschiffe und den Lettner mit Stechpalmenzweigen und Efeu zu schmücken. Die Kirchenglocke läutete. Matthias war aufgetragen worden, das Jesuskind zu nehmen und vor dem Hochaltar niederzulegen; es sollte erst am Weihnachtstag in die Krippe gebettet werden. Dann war er auf einmal in Oxford und sang mit Santerre im Chor ›O, puer natus‹. Bilder von Barnwick entstanden vor seinem geistigen Auge. Rosamund kniete in ihrer Kammer vor dem Kamin und wärmte Wein auf, während sie Matthias neckte und behauptete, er werde nie erraten, was er von ihr zu Weihnachten bekäme.

Matthias schlug die Augen auf und blickte zu dem sternenübersäten Himmel empor. Das Jahr neigte sich seinem Ende zu. Seit dem Angriff der Kaniben war nichts Außergewöhnliches mehr vorgefallen. Von Baldini hatte man keine Spur gefunden, und Matthias hatte dem Generalkapitän weisgemacht, sein Gefährte sei sofort von den Kaniben getötet worden. Kolumbus hatte nur die Lippen zusammengepreßt und genickt. Baldinis Schicksal und der brutale Angriff der Kaniben hatten allen klar vor Augen geführt, daß sie sich nicht im Paradies befanden. Viele Besatzungsmitglieder behaupteten nun auch öffentlich, dies sei gar nicht Cathay, und Kolumbus zeigte sich ebenfalls zunehmend besorgt. Sie kreuzten schon seit fast drei Monaten zwischen diesen Inseln, und er hatte zwar exotische Früchte, Pflanzen und Tiere gesammelt, war aber auf enttäuschend wenig Gold und Silber gestoßen.

Martin Pinzóns *Pinta* war in einiger Entfernung in Küstennähe gesichtet worden, und der Generalkapitän fragte sich, ob Pinzón wohl mehr Erfolg gehabt hatte. Er plante, seinen ehemaligen Kapitän suchen zu lassen, sowie Weihnachten vorüber war. Bislang hatte die *Santa Maria* die Gewässer vor Bohío nicht verlassen. Der lokale Kazike Guacanagarí gab sich immer noch freundlich und zuvorkommend und schürte Kolumbus' Gier nach Reichtum, indem er ihm immer wieder kleine, wertvolle Geschenke machte: Statuen und Masken aus reinem Gold. Überdies sprach der junge Häuptling häufig von weiter südlich gelegenen Ländern, wo die Paläste und sogar die Straßen angeblich aus purem Gold bestehen sollten.

Matthias holte tief Atem und erstarrte plötzlich. Er hatte sich an den schweren Geruch gewöhnt, der über diesen Inseln lag; den süßen Duft exotischer Blumen, der sich mit dem verrottender Pflanzen vermischte, und dem salzigen Aroma des Meeres. Doch einen Augenblick lang hatte er jetzt gemeint, den köstlichen Wohlgeruch eines englischen Rosengartens an einem Sommertag wahrzunehmen. Er lehnte sich zurück und lächelte über seine allzu lebhafte Fantasie. Doch dann schnupperte er erneut. Es roch tatsächlich, als habe jemand Rosenwasser an Deck verschüttet.

Matthias erhob sich fröstelnd. Irgend etwas stimmte hier nicht. Er blickte zum Heck hinüber. Es schien menschenleer. Dann rumpelte die *Santa Maria* plötzlich; es klang, als würde etwas Hartes von unten am Rumpf kratzen. Matthias tastete nach der Alarmglocke und betätigte sie. Das schleifende, kratzende Geräusch wurde lauter. Matthias blickte nach Steuerbord: Dort blinkten die Lichter der *Niña* auf. Die Mannschaft begann sich zu rühren. Kolumbus stürzte an Deck. Laternen wurden angezündet. Auch Juan Delcrose kam vom hinteren Deckaufbau herunter und rieb sich die schlafverquollenen Augen.

»Was in Gottes Namen geht hier vor?« brüllte Kolumbus.

Die Männer spähten über die Schiffswand, während Delcrose jammernd auf die Knie fiel und gestand, daß er während seiner Wache eingeschlafen war. Escobedo kam aus dem Frachtraum geklettert.

»Wir sind auf ein Riff gelaufen!« schrie er. »Langgezogene scharfe Felsen direkt unterhalb der Wasseroberfläche!«

»Wo?« fragte Kolumbus erregt.

»Am Bug!«

Das Beiboot wurde zu Wasser gelassen, und die Männer unternahmen mit vereinten Kräften verzweifelte Anstrengungen, die *Santa Maria* wieder flottzumachen. Der auffrischende Wind vereitelte jedoch diese Bemühungen und bewirkte, daß die *Santa Maria* nur noch weiter auf das Felsplateau mit den sägezahnähnlichen Zacken getrieben wurde. Die Seeleute, die den Rumpf des Schiffes untersuchten, meldeten, daß Wasser durch mehrere Lecks in das Innere drang. Bei Tagesanbruch gab Kolumbus dann Befehl, das Schiff zu verlassen. Die Mannschaft hatte eigentlich für den Weihnachtstag ein großes Fest geplant, sah sich statt dessen aber gezwungen, auf Kolumbus' mit schneidender Stimme hervorgezischte Anweisungen hin alle beweglichen Gegenstände von der nicht mehr zu rettenden *Santa Maria* entweder an Land oder hinüber zur *Niña* zu schaffen.

Zwei Tage später hielt Kolumbus vor den versammelten Besatzungsmitgliedern beider Schiffe eine Ansprache. Der Generalkapitän stand, die Hände in die Hüften gestemmt, auf einer großen Seekiste. Sein Gesicht war grau vor Erschöpfung. Er schien in wenigen Tagen um Jahre gealtert zu sein, doch seine Stimme klang noch immer überraschend kräftig, und er hatte das Kinn entschlossen vorgeschoben.

»Die *Niña* kann nicht alle von euch aufnehmen«, begann er und machte eine kurze Pause, um seinen Worten mehr Gewicht zu verleihen. »Wir sind weit gekommen und haben viel erreicht. Es ist an der Zeit, nach Spanien zurückzukehren.« Er fuhr mit der Hand durch die Luft. »Ihr habt gesehen, wie wenig Zeit es uns gekostet hat, hierherzugelangen. Der Heimweg wird sogar noch kürzer werden.« Er hielt inne. »Aber nicht alle von uns werden ihn antreten können.«

Mit einer Handbewegung gebot er Schweigen. »Kraft meines Amtes habe ich nach eingehender Beratung mit meinen Offizieren beschlossen, hier eine Kolonie zu gründen. Zu Ehren des Weihnachtstages soll sie Villa de Navidad heißen. Ich betrachte die Tatsache, daß die *Santa Maria* just am Tag der Geburt Seines Sohnes auf Grund gelaufen ist, als ein Zeichen Gottes. Es ist Sein Wille, daß auf dieser Insel eine Stadt in Seinem Namen erbaut wird.« Er holte tief Atem. »Die Männer, die hierbleiben, werden die Suche nach Gold und Silber fortsetzen. Ich werde ausreichend Lebensmittel, Waffen und Munition hierlassen.« Ein schwaches Lächeln spielte um seine Lippen. »Es ist kein allzu hartes Los, hier auszuharren. Das Klima ist angenehm, auf den Inseln gibt es genug Fleisch, Gemüse und Früchte, die Eingeborenen sind freundlich, und die Frauen ...« Kolumbus ließ die letzten Worte in der Luft hängen. Er war klug genug zu wissen, daß viele Männer ein so verlockendes Angebot einer anstrengenden Heimreise auf der überfüllten *Niña* vorziehen würden.

»Und wie sehen Eure Pläne aus?« fragte einer der Männer.

»Ich beabsichtige, in den nächsten Tagen mit der *Niña* in See zu stechen. Erst werde ich mich auf die Suche nach Pinzón machen, dann nach Spanien zurückkehren und innerhalb von sechs Monaten mit neuen Schiffen, frischen Vorräten und einer neuen Mannschaft wiederkommen. Ehe wir aufbrechen, werden wir hier eine Festung bauen. Der Kazike und seine Männer sollen uns helfen, genug Hütten innerhalb der Palisaden zu errichten. Diejenigen, die hierbleiben, haben mein Wort darauf, daß ihnen keine Nachteile entstehen, wenn Ihre Majestäten in Spanien Belohnungen und Ehrenämter verteilen.« Kolumbus sprach jetzt betont langsam. »Vierzig Männer werden in Navidad bleiben, und zwar unter dem Kommando der folgenden Offiziere: Diego de Harana, Pedro Guitiérrez und des Engländers Matthias Fitzosbert.« Kolumbus sprang von der Kiste herunter. »Wer meldet sich freiwillig?«

Viele Männer erhoben sich eifrig. Matthias, der mit dem Rücken an einer Palme lehnte, schloß die Augen und stöhnte leise. Er wußte, daß der Untergang der *Santa Maria* kein Unfall gewesen war. Sogar Kolumbus witterte Sabotage, obgleich er nicht wagte, öffentliche Anschuldigungen zu erheben. Delcrose war einer der wenigen, die ihn rückhaltlos unterstützten, ein ausgezeichneter Seemann und Mitinhaber der *Santa Maria*. Er hatte zugegeben, eingeschlafen zu sein, und behauptet, sich noch nie zuvor in seinem Leben so erschöpft gefühlt zu haben. Offensichtlich war er nicht mehr in der Lage gewesen, darauf zu achten, daß sich die *Santa Maria* auf einer Linie mit der *Niña* hielt, und so war sie auf dem Korallenriff aufgelaufen.

Matthias wußte es besser. Er dachte an den schweren Rosenduft und erkannte resigniert, daß er keinen Einfluß auf den Lauf der Ereignisse hatte.

Kolumbus nutzte die letzte Woche des Jahres, um auf einem Vorsprung vor dem Korallenriff eine Palisade errichten zu lassen; als Material benutzte man Bäume und Holzteile von dem Wrack. Unterdessen halfen die Männer des Kaziken den Offizieren dabei, innerhalb der Umfriedung Hütten zu bauen. Zwei kleine Tore wurden in die Palisade eingelassen. Eines lag direkt neben einer Quelle, das andere ging zum Wald hinaus und war mit den Bombarden der *Santa Maria* gesichert. Daneben wurden zwei kleine Hütten aufgestellt, in denen Waffen, Munition und Vorräte lagerten. Auch eine provisorische Brustwehr, ein tiefer Graben und ein kleiner Turm fehlten nicht.

Kolumbus rief seine Leute zusammen, verkündete noch einmal feierlich den Namen der neugegründeten Kolonie und gab de Harana und Guitiérrez letzte Anweisungen. Dann verabschiedeten er und seine Mannschaft sich von dem Kaziken und gingen an Bord der *Niña*. Die Eingeborenen versammelten sich am Strand, und die Spanier standen auf dem Vorsprung, als Kolumbus Befehl gab, eine Bombarde auf das Wrack der *Santa Maria* abzufeuern – ein Abschiedssalut an die neugegründete Kolonie und zugleich eine an die Eingeborenen gerichtete Demonstration der Macht Spaniens. Dann legte die *Niña* ab.

Am 4. Januar verließ Kolumbus Navidad, ohne noch einmal das Wort an Matthias zu richten oder ihm gar zu erklären, warum gerade er auserkoren worden war, in diesem fremden Land zu bleiben. Aber Matthias ahnte den Grund dafür. Kolumbus traute ihm nicht. Er war dem Generalkapitän von der Inquisition aufgedrängt worden ... und er hatte in der Nacht, in der sie auf Land gestoßen waren, als erster dieses Licht gesehen. Dann war er mit Baldini unterwegs gewesen, dem einzigen Mann, den Kolumbus während der ganzen Reise verloren hatte. Und er hatte sich an Deck aufgehalten, als die *Santa Maria* auf Grund gelaufen war.

Matthias kam Kolumbus' Entscheidung nicht ungelegen. Was würde ihn nach seiner Rückkehr nach Spanien wohl erwarten? Und wenn er zu desertieren versuchte, würde Kolumbus vielleicht die Gelegenheit nutzen, um an ihm ein Exempel zu statuieren. Mit den beiden Offizieren de Harana und Guitiérrez wurde er allerdings nicht warm. In den Tagen nach Kolumbus' Abreise unterließen sie es geflissentlich, Matthias zu ihren Beratungen hinzuzuziehen. Tatsächlich schienen beide mehr daran interessiert zu sein, es sich gutgehen zu lassen, als in der neugegründeten Kolonie die Disziplin aufrechtzuerhalten. Sie ließen die Dinge schleifen, und bald mußten sich die Männer weder regelmäßig im Gebrauch ihrer Waffen üben, noch wurden irgendwelche Dienstpläne aufgestellt, ob es nun darum ging, Wachen einzuteilen oder die kleine Kolonie sauberzuhalten. Innerhalb einer Woche stank es im Lager bestialisch, und die meisten Männer gewöhnten sich an, in den Dörfern der Eingeborenen oder im Dschungel zu übernachten. Immer häufiger kam es zu Streitigkeiten, hauptsächlich wegen der Frauen, die von den Neuankömmlingen, den ›Männern vom Himmel‹, fasziniert schienen. Matthias prangerte die Mißstände an, aber de Harana zuckte nur die Schultern.

»Lieber Himmel, Engländer!« Er füllte seinen Weinbecher von neuem und musterte Matthias aus trüben Augen. »Wir haben genug zu essen und zu trinken, und die Eingeborenen verhalten sich friedlich.«

»Wir sollten zumindest Kundschafter ausschicken«, beharrte Matthias.

»Ach ja.« De Harana schlürfte seinen Wein. »Eure Freunde, die Kaniben! Eine Schande, das mit dem armen Baldini, nicht wahr?« Er rappelte sich hoch und blies Matthias Weindunst ins Gesicht. »Ihr seid doch unser Profos«, nuschelte er. »Und Ihr seid ein guter Läufer. Das konnten wir an dem Tag sehen, an dem Baldini starb.«

»Das war nicht meine Schuld!« fauchte Matthias.

»Nun, meine erst recht nicht«, höhnte de Harana. »Wie ich schon sagte, Ihr seid der Profos, und ich bin Euer vorgesetzter Offizier. Also gebe ich Euch hiermit den Befehl, loszugehen und die Umgebung zu erkunden!«

Später am Tag nahm Matthias eine Wasserflasche, einige in einen Tuchfetzen gewickelte Vorräte, seinen Schwertgurt und eine Armbrust, verließ die Kolonie und wanderte an der Küste entlang.

Es ging ihm vor allem darum, mit sich und seinen Gedanken allein zu sein, auf mögliche Gefahren achtete er nur am Rande. Er spürte zwar, daß etwas geschehen würde, hatte sich aber damit abgefunden, kaum etwas dagegen ausrichten zu können. Langsam ging er weiter, immer so, daß das Meer zu seiner Rechten lag.

Als die Nacht hereinbrach, lagerte er in einer kleinen Höhle am Rande des Waldes, von der aus er das Wasser überblicken konnte. Er sammelte etwas trockenes Holz, machte Feuer, setzte sich daneben nieder und starrte in die Dunkelheit hinaus. In dieser Nacht träumte er einmal mehr von Barnwick, und als er erwachte, fühlte er sich steif und fröstelte, weil das Feuer ausgegangen war. Matthias ging zum Höhleneingang, streckte sich und schnappte dann vor Schreck nach Luft. Letzte Nacht war das Meer ziemlich bewegt gewesen; die Wellen hatten sich donnernd am Korallenriff unterhalb der Höhle gebrochen. Jetzt lag es ruhig und schimmernd da, doch auf seiner Oberfläche wimmelte es von langen Kanus, die auf das Ufer zuhielten. Matthias bückte sich und kniff die Augen zusammen. Er schätzte die Anzahl der Kanus auf ungefähr sechzig, und jedes war mit zwanzig bis dreißig Kanibenkriegern bemannt, deren bunter Federschmuck im Morgenwind tanzte. Sie glitten an ihm vorbei; offenbar wollten sie weiter nördlich an der Küste anlegen. Matthias begriff, daß sie sich auf einem regelrechten Kriegszug befanden. So schnell er konnte eilte er nach Navidad zurück, kam am späten Nachmittag dort an und verlangte, unverzüglich mit de Harana und Guitiérrez zu sprechen. Beide Männer hörten ihm mit sichtlicher Verachtung zu.

»Die Kaniben wissen, daß Kolumbus fort ist«, schloß Matthias. »Die Schiffe sind ja nicht mehr da. Das ist geradezu eine Einladung für sie. Wir müssen sofort sämtliche Männer alarmieren und die Festung verstärken. Nur so können wir sie zurücktreiben!«

»Wenn wir alle Männer mobilisieren, können wir einen Angriff abwehren«, nuschelte Guitiérrez begriffsstutzig. »Ich stimme Euch zu, Engländer. Die Eingeborenen fürchten nichts so sehr wie spanischen Stahl oder eine Bombardenkugel, die sie in Fetzen reißt. Morgen früh führe ich einen Trupp Männer ins Landesinnere. De Harana hier meint auch, daß die Burschen Beschäftigung brauchen. Wir müssen unsere Vorräte aufstocken, und die Indianer haben gesagt, es gäbe weiter im Süden Gold.« Seine Augen funkelten in dem teigigen Gesicht. »Die Minen liegen landeinwärts. Wir werden die Schätze so hoch anhäufen, daß der Generalkapitän bei seiner Rückkehr kein Leuchtfeuer mehr braucht.«

Matthias protestierte, aber de Harana und Guitiérrez blieben fest. Sie langweilten sich, es konnte Monate dauern, bis Kolumbus zurückkehrte, und die Offiziere waren ebenso fest entschlossen wie ihr Admiral, als wohlhabende Männer in Spanien anzukommen.

Am folgenden Morgen machte Guitiérrez die vierzig Männer marschbereit, und Matthias erhielt Befehl, sie zu begleiten. Seine Zuversicht schwand, als er sah, wie mangelhaft der Marsch organisiert worden war. Den Männern war sogar gestattet worden, ihre einheimischen Frauen mitzubringen, und Matthias hegte den starken Verdacht, daß viele der Wasserflaschen Wein enthielten. Guitiérrez hatte es auch nicht für nötig gehalten, Kundschafter vorauszuschicken.

Kurz nach Tagesanbruch brachen sie auf. Matthias hielt sich im hinteren Teil der Kolonne und verließ gelegentlich den Pfad, um den Dschungel zu erkunden, entdeckte aber nichts, was seine Befürchtungen, die Kaniben könnten sie verfolgen, bestätigt hätte.

Gegen Mittag machten sie am Beginn eines kleinen Tales halt, eines hübschen Fleckchens Erde, das von den Bewohnern eines nahe gelegenen Dorfes bewirtschaftet wurde. In der Ferne stiegen Rauchwolken von den Hütten auf. Während die Männer Rast machten, ging Matthias auf eigene Faust weiter. Er folgte dem schmalen Bach, der sich durch die Talsohle wand. Die Felder lagen verlassen da. Matthias blieb stehen und beobachtete den undurchdringlichen dunklen Dschungel zu beiden Seiten. Alles schien ruhig. Die Truppe setzte ihren Marsch fort. Matthias erwartete, daß einige Dorfbewohner sie begrüßen würden, aber nichts rührte sich. Selbst Guitiérrez schien die Sache nicht mehr geheuer zu sein.

»Um der Liebe Gottes willen!« drängte Matthias. »Schickt doch wenigstens Kundschafter aus!«

Guitiérrez zuckte die Schultern, starrte ihn finster an und wandte sich dann ab, um seinen Männern hinterherzueilen. Matthias blieb am Bach zurück, öffnete sein Wams und kühlte sich Gesicht und Nacken mit dem klaren Wasser. Als er einen lauten Schrei hörte, schrak er hoch. Die Gruppe war stehengeblieben. Zu ihrer Rechten hatte sich eine Gruppe Kaniben aus dem Schatten der Bäume gelöst und marschierte nun schweigend und bedrohlich den Abhang hinunter und auf die Talsohle zu. Immer mehr Krieger tauchten aus dem Dschungel auf. Die Spanier starrten diese Phalanx von Eingeborenen, die sich so sehr von denen unterschieden, denen sie bislang begegnet waren, fassungslos an. Alle waren mit Knütteln und Äxten bewaffnet und trugen aus leuchtendbunten Papageienfedern gefertigte Kopfbedeckungen. Matthias richtete sich auf und legte einen Bolzen in seine Armbrust ein. Guitiérrez schrie seinen Männern Befehle zu, doch die waren so überrumpelt, daß sie nicht reagierten. Einige Indianerfrauen kreischten laut auf, zupften ihre vermeintlichen Beschützer am Ärmel und wiesen in die Richtung, aus der sie gekommen waren.

»Alle Mann zurück!« brüllte Matthias.

Zu seinem Entsetzen ertönte von den Bäumen hinter ihm her gellendes Kriegsgeschrei. Er wirbelte herum. Eine zweite Horde Krieger stürmte nun von links aus dem Dschungel hervor. Die Gruppe zu Matthias' Rechten erhob ihrerseits ein wüstes Geschrei und rannte auf die kleine spanische Truppe zu. Ein heilloses Durcheinander brach aus. Keiner der Spanier achtete mehr auf irgendwelche Befehle. Guitiérrez versuchte, seine Männer zu einem Kreis zu formieren, doch die stürzten Hals über Kopf auf Matthias zu, stießen sich gegenseitig beiseite und trampelten über ihre Gefährten hinweg. Einige warfen auf ihrer übereilten Flucht sogar Speere und Schwerter weg. Matthias zog sein Schwert und versuchte, die Deserteure aufzuhalten, wurde jedoch unsanft zur Seite gedrängt. Die Gruppe, die bei Guitiérrez ausgeharrt hatte, wurde rasch überwältigt. Die Kaniben metzelten sie mit Äxten, Keulen und ihren kurzen Speeren erbarmungslos nieder. Angewidert mußte Matthias mitansehen, wie einer der Krieger ein junges Indianermädchen wegzerrte, ihr die Kehle durchschnitt, sich niederkniete und sein Gesicht in der klaffenden Wunde vergrub.

Einige Spanier wurden nicht sofort getötet, sondern niedergeschlagen, an Händen und Füßen gefesselt und davongeschleift. Der Rest verteidigte sich mit Schwertern, Speeren und Armbrüsten erbittert, aber die Kaniben schienen keine Furcht zu kennen. Sie überwältigten fast alle der Überlebenden und setzten dann denen nach, die die Flucht ergriffen hatten. Matthias hielt stand; er verschanzte sich hinter einer Palme und schoß mit seiner Armbrust auf jeden Kaniben, der ein halbwegs sicheres Ziel bot. Einige Spanier gesellten sich in der Hoffnung, ihren flüchtenden Kameraden Rückendeckung geben zu können, zu ihm, doch der Kampf erwies sich als hoffnungslos. Matthias blickte abwechselnd nach rechts und links. Ein Teil der Kaniben schlug sich in den Dschungel, um ihn zu umzingeln, die anderen verfolgten die Spanier, die versuchten, sich in die Festung Navidad zu retten. Matthias vermutete, daß dieser Zufluchtsort trotz der dort aufgestellten Bombarden bald überrannt sein würde.

Das Massaker in der Mitte des Tales ging zu Ende. Die Kaniben formierten sich neu und rückten auf die Palme zu, hinter der Matthias und das letzte armselige Häufchen Spanier sich immer noch nach Kräften gegen den übermächtigen Feind wehrten. Unermüdlich spannte Matthias seine Armbrust, schoß sie ab und lud nach. Die Kaniben kesselten ihn allmählich von allen Seiten ein und verstrickten ihn in einen grausamen Kampf Mann zu Mann. Matthias preßte sich mit dem Rücken gegen die Palme und ließ sein Schwert durch die Luft sausen. Er war in Schweiß gebadet, seine Arme schmerzten, doch er blieb merkwürdig kühl und gelassen. Diesen Kampf schien er sein ganzes Leben lang gekämpft zu haben, nur daß er diesmal dem Feind von Angesicht zu Angesicht gegenüberstand und Gleiches mit Gleichem vergelten konnte. Die Luft war erfüllt von den Schreien und dem Stöhnen seiner sterbenden Kameraden. Sie hatten gesehen, was einigen anderen widerfahren war, und keiner wollte dem Feind lebend in die Hände fallen.

Matthias fiel etwas auf. Obwohl er nun von mindestens dreißig Kaniben umringt war, die ihn leicht hätten töten können, hatte er bislang noch nicht einmal einen Kratzer davongetragen. Wieder und wieder drangen die Krieger auf ihn ein. Sie schienen mehr darauf bedacht zu sein, ihn zu entwaffnen, als ihm den Todesstoß zu versetzen. Schließlich mußte Matthias der Übermacht nachgeben und wurde vom Baum weggedrängt. Die Kaniben packten ihn trotz seiner heftigen Gegenwehr an Armen und Beinen, etwas Hartes traf ihn am Kopf, die Palme über ihm begann sich zu drehen, und er verlor das Bewußtsein.

Als er erwachte, lag er auf einer kleinen Lichtung. Ein Kanibe mit furchterregender Kriegsbemalung säuberte seine Kopfwunde und sprach dabei leise auf ihn ein. Matthias wollte sich aufrichten, aber augenblicklich erschienen weitere Krieger und drückten ihn wieder zu Boden. Matthias blickte sich um. Er konnte hinter den Bäumen das Tal erkennen, wo die Kaniben gerade damit beschäftigt waren, die

Toten wegzuschaffen. Sein Magen drehte sich beinahe um, als ihm der Geruch nach verkohltem Holz, vermischt mit dem sehr viel unangenehmeren süßlichen Gestank verbrannten Fleisches in die Nase stieg. Er schaute zu dem Krieger empor.

»Töte mich doch!« flüsterte er.

»Caonabo! Caonabo!« erwiderte dieser und bohrte Matthias einen Finger in den Bauch. »Kazike Caonabo!«

Er kniff die Augen zusammen, und Matthias begriff trotz seiner Kopfschmerzen, daß er zu ihrem Häuptling, dem Kaziken Caonabo, gebracht werden sollte. Der Krieger gestattete Matthias, etwas Wasser aus einer Kalebasse zu trinken und sich den Rest über das Gesicht zu gießen. Matthias blieb gottergeben liegen. Jedesmal, wenn er sich aufrichten wollte, wurde er sacht, aber nachdrücklich daran gehindert. Schaute er sich um, sah er nur die Beine und Füße seiner Häscher. Gelegentlich kam einer der Kaniben, um staunend auf ihn hinabzustarren. Weitere Krieger trafen ein, auch einige Häuptlinge, unschwer an ihrem prachtvollen Federschmuck und den Halsketten aus polierten Korallen zu erkennen. Matthias wurde auf die Füße gezerrt und in das Tal hinuntergeschleift. Überrascht blieb er stehen; die ganze Talsohle wimmelte nun von Kaniben, die in kleinen Gruppen entlang des Abhanges lagerten. Von den Spaniern und ihren Frauen war nichts zu sehen. Alle Leichen waren verschwunden, sämtliche Waffen ebenso. Nur Blutflecken im Gras, Kleiderfetzen oder Teile einer Rüstung zeugten noch von dem verzweifelten Kampf, der hier stattgefunden hatte.

Die indianischen Häuptlinge faßten Matthias an den Armen und führten ihn am Ufer des Baches entlang. Sie kamen an einer Gruppe Kaniben vorbei, die gerade eine indianische Gefangene vergewaltigten. Die Frau lag mit einem Knebel im Mund der Länge nach ausgestreckt auf dem Boden, während sich ihre Peiniger nacheinander an ihr vergingen. Wieder stieg Matthias der Gestank verbrannten Fleisches in die Nase, und er sah, daß am anderen Ende des Tales schwarze, fettige Rauchsäulen von den Lagerfeuern aufstiegen. Er nahm an, die Häuptlinge würden ihn dort hinbringen, doch statt dessen schoben sie ihn eine kleine Böschung hoch und in den Dschungel hinein. Sie gelangten auf einen Pfad, der zu einer weiteren Lichtung führte. Dort lagen sämtliche Besitztümer von Guitiérrez' Truppe hoch aufgestapelt auf dem Boden: Armbrüste, Schwerter, Dolche, Speere, Rüstungen, Kleider, Stiefel und Schwertgurte. Am Ende der Lichtung, unter den Blättern einer mächtigen Palme, saß der Kazike Caonabo auf einem kleinen Holzschemel. Zu beiden Seiten davon kauerten die Stammesältesten. Matthias wurde nach vorne gestoßen und gezwungen, vor dem Kaziken niederzuknien. Caonabo war ein junger, kräftig gebauter Mann mit einem länglichen Gesicht, einer gekrümmten Nase und stechenden schwarzen Augen. Im Gegensatz zu den anderen Kriegern, die in unheilverkündendem Schweigen im Halbkreis hinter ihm saßen, trug er keine Kriegsbemalung; nur eine einzige weiße Feder zierte seinen Kopfputz. Der Reißzahn eines Raubtiers hing an einer Schnur um seinen Hals, und in beiden Nasenflügeln steckte ein kleiner Goldpflock.

»Wo sind meine Kameraden?« sprach Matthias ihn auf spanisch an. »Warum sind wir überfallen worden?«

Caonabo beugte sich vor, blickte Matthias durchdringend an, und lächelte dann; seine Gesichtszüge entspannten sich, und seine Augen begannen zu funkeln.

»Machst du dir wirklich Gedanken um die anderen, *Creatura bona atque parva*?« antwortete der Kazike auf spanisch. »Was bedeuten sie dir schon, Matthias?« Nun wechselte er ins Englische über.

Ein erstauntes Gemurmel durchlief die Reihen seiner Krieger. Alle blickten voller Ehrfurcht auf ihren Anführer, der nicht nur die ›Männer vom Himmel‹ besiegt hatte, sondern auch noch ihre Sprache beherrschte. Caonabo erhob sich von seinem Stuhl. Wie die anderen auch war er bis auf ein Lendentuch nackt. Er setzte sich mit untergeschlagenen Beinen auf den Boden und bedeutete Matthias, es ihm gleichzutun. Seine Krieger verfolgten die Szene mit feierlichem Ernst. Sie begriffen zwar nicht, warum ihr Kazike einem besiegten Gegner eine solche Ehre erwies, aber im Verlauf der letzten Wochen war mit ihm ohnehin eine erstaunliche Veränderung vorgegangen. Wenn er mit diesem jungen Mann besondere Pläne hatte, so war das allein seine Sache. Matthias setzte sich, und Caonabo zischte einen Befehl, woraufhin einer seiner Krieger Matthias eine Kürbisflasche in die Hand drückte.

»Trink, Matthias«, forderte Caonabo ihn auf. »Wir haben diesen Wein Guitiérrez abgenommen.«

Matthias kostete. Der Wein war ausgezeichnet, spülte den schlechten Geschmack aus seinem Mund und wärmte seinen Magen. Caonabo nahm eine ähnliche Flasche entgegen und nippte vorsichtig daran. Er wandte den Blick nicht einen Augenblick von Matthias ab.

»Da wären wir also, Matthias.« Er setzte die Flasche ab. »Du hast einen langen Weg zurückgelegt.«

»Warum das alles?« fragte Matthias. »Warum hast du mich mein ganzes Leben lang verfolgt? Wer bist du?«

»Ich bin Rosifer«, antwortete Caonabo. »Purer Geist, Intelligenz und Wille.« Ein abwesender Blick trat in seine Augen. Plötzlich erinnerte er Matthias an den Eremiten in der Kirche von Tenebral. »Vor der Erschaffung der Welt«, fuhr Caonabo fort, »vor dem Beginn jeglichen Seins gab es nur die Engel, Matthias. Nur sie bewohnten das Paradies und blickten in das Antlitz Gottes. Das war ganz am Anfang. Nur Luzifer, Michael, Gabriel, Raphael und ich, wir Erzengel, die Führer der himmlischen Heerscharen. Dann wurde eine neue Schöpfung geplant.« Er hielt inne und lächelte. »Ich werde mich der Worte bedienen, die in euren Büchern stehen, denn menschlichen Herzen ist es nicht möglich, die Schönheit zu begreifen, die einst existierte. Gott schuf also sein Ebenbild in Fleisch und Blut, dem wir dienen sollten. Dann enthüllte er uns seinen Plan. Gott selbst wollte Mensch werden, ein Teil Seiner eigenen Schöpfung, in dem sich alles Sichtbare und Unsichtbare, was Er geschaffen hatte, vereinen würde. Luzifer und andere lehnten sich dagegen auf, wandten sich vom Himmel ab und schufen ihr eigenes Reich.«

»Und du bist mit ihnen gefallen?« fragte Matthias.

»Was ich tat, steht nicht in euren Büchern«, erfolgte die

knappe Antwort. »Aber der Plan Gottes gefiel mir: ein Geschöpf aus Fleisch und Blut zu schaffen und dieses Geschöpf zu lieben.« Seine Stimme erstarb. »Ein anderes Wesen zu schaffen, Matthias. Wie Gott zu sein, das war mein Traum.« Caonabo brach ab und schloß kurz die Augen. »Als ich Eva sah, wurde dieser Traum zu einem unstillbaren Hunger, zu einer verzweifelten Begierde, dieses fleischgewordene Ebenbild Gottes zu lieben und durch sie *meine* Ebenbilder zu schaffen.« Caonabo pflückte einen Grashalm ab und drehte ihn zwischen den Fingern. »Ich, der Rosenheger, Gottes Gärtner, der Wächter des Paradieses, ich verlieh meiner Begierde in Form einer Rose Ausdruck, die ich vom Himmel stahl und Eva anbot, um sie zu verführen und ihr die Kraft zu geben, mit mir eins zu werden.« Caonabo schlug die Augen auf und starrte durch das Geflecht von Ästen hindurch zum Himmel empor. »Darin bestand meine Sünde«, bekannte er. »Ich habe mich nicht nur der Sünde der Rebellion, sondern auch der der verbotenen Liebe und des Strebens nach etwas, das mir nicht zustand, schuldig gemacht. Als Eva fiel, fiel ich mit ihr durch Zeit und Raum.« Er ließ den Grashalm sinken. »Gott hat mir immer wieder ewige Vergebung angeboten, und ich habe sie immer wieder zurückgewiesen. Ich liebe die Töchter der Menschen, und mein Verlangen, mit ihnen zu verschmelzen und neues Leben zu schaffen, ist stärker denn je.« Caonabo hielt inne und nippte an seinem Wein. »Ich möchte wie Gott sein«, flüsterte er. »Ich möchte Fleisch, möchte Mensch werden.«

»Und genau das bleibt dir verwehrt«, erwiderte Matthias bitter. »Du kannst nur von Körpern Besitz ergreifen, deren Bewohner dir Einlaß gewähren; wie denen des Predigers, Santerres, Raheres und all der anderen. Leere Hüllen!«

»Leere Hüllen«, stimmte Caonabo zu. »Gegen ihren Willen hätte ich niemals ihre Seelen auslöschen können.« Er beugte sich vor und strich Matthias leicht über die Wange. »Ich mußte es tun, um in deiner Nähe bleiben zu können, Matthias, mein geliebter Sohn.«

Matthias' Magen krampfte sich zusammen. Vorsichtig schob er Caonabos Hand beiseite.

»Ich bin nicht dein Sohn«, widersprach er. »Ich bin der Sohn von Pfarrer Osbert und seiner Frau Christina.«

»Du bist mein Sohn, und ich liebe dich«, gab Caonabo zurück. Seine Augen glänzten. »Christina war meine zweite Eva. In ihr fand ich Erfüllung; sie empfing meinen Sohn. Liebe und Willen vereinten sich zu einem neuen Wesen, und dieses Wesen, Matthias, bist du. Du bist ein Teil von mir.«

Matthias blickte ihn entgeistert an. »Das glaubst du doch nicht wirklich, oder?« Er schüttelte den Kopf. »Es ist eine Lüge! Du kannst deinen Samen nicht weitergeben! Du hast nicht die Macht, neue Seelen zu erschaffen!«

Caonabo holte tief Atem. Seine Nasenflügel bebten.

»Und hast du wirklich gedacht, ich würde deine Liebe erwidern?« fragte Matthias. »Hast du dort an der Wand der alten Kirche von Tenebral mein Leben schon vorausgeplant?«

»Die Zukunft gleicht einem Fluß«, deklamierte Caonabo. »Du, Matthias, kannst nur beide Ufer sehen. Ich sehe, wohin er fließt.«

»Aber warum?« keuchte Matthias. »Schau mich doch an! Ich bin aus meiner Heimat verbannt worden, wurde verfolgt, gejagt, bedroht und gehaßt!«

»Ist das meine Schuld?« gab Caonabo zurück. »Habe ich dir nicht wieder und wieder vor Augen geführt, wie wenig sich dein Leben von dem vieler Menschen unterscheidet? Ich mußte dich gehenlassen, Matthias. Ich mußte dich aus dem Becher des Lebens trinken lassen.« Er beugte sich vor. Seine Augen glitzerten. »Nun denke einmal über dein Leben, über deine Welt nach. Worin siehst du irgendeinen Sinn? Die Reichen werden immer reicher, die Starken vernichten die Schwachen, der Jäger tötet den Gejagten. Was hat das mit dem Willen Gottes und Seinen Geboten zu tun? Ich mußte dich am Leben teilhaben lassen, Matthias, um dich zum Nachdenken anzuregen und dich bis zu dem Punkt zu bringen, wo du selbst erkennst, wie vergänglich der Ruhm auf der Welt ist, wie hohl der Pomp und die Pracht der Fürstenhöfe, wie heuchlerisch die Lehre der Kirche und wie grausam und gierig die menschliche Rasse ist.«

»Warum?« fragte Matthias erneut.

»Damit du mich akzeptierst, *Creatura bona atque parva.* Damit du mich als das akzeptierst, was ich nun einmal bin.« Er streckte eine Hand aus. »Damit du mich so liebst, *wie ich bin.*«

»Und wenn ich mich weigere?«

»Ich werde dir dasselbe Angebot machen, das der große Luzifer einst Christus bei Gethsemane unterbreitete«, erwiderte Caonabo. »Sage dich von den Menschen los, überlasse sie ihren Machtkämpfen und der Dunkelheit, die sie sich selbst schaffen. Kehre der Welt der Menschen den Rücken. Ich biete dir mehr«, fuhr er fort. »Komm mit mir, Matthias, werde ein Teil von mir, trinke das Blut des ewigen Lebens und reise mit mir über das Angesicht der Erde. Nie wirst du den Tod erleben, nie mehr verfolgt oder gepeinigt werden. Du sollst für immer herrlich und in Freuden leben.« Er brach ab und machte eine allumfassende Handbewegung. »Schon bald können wir Richtung Süden aufbrechen, Matthias, zu großen Königreichen, von denen du noch nie gehört hast und wo wir wie Götter empfangen werden, du und ich, Rosifer und sein geliebter Sohn.«

»Und wenn ich mich weigere?« wiederholte Matthias.

»Es kommt die Zeit, Matthias, wo Liebe auf Liebe trifft, so unausweichlich wie zwei Straßen sich kreuzen. Dann muß die endgültige Entscheidung getroffen werden. Für dich ist dieser Zeitpunkt jetzt da, hier, an diesem Ort, den der Narr Kolumbus für das Paradies hält. Hier und jetzt mußt du dich entscheiden.«

»Du mußt doch meine Entscheidung kennen«, entgegnete Matthias.

Caonabo schüttelte den Kopf. »Ich kann dich über die Straße gehen sehen und sagen, welche Richtung du einschlagen wirst. Ich kann die Gedanken der Menschen erahnen und die Motive, die sie zu ihrem Handeln treiben. Aber dein Wille, Matthias, gehört dir ganz allein. Ich habe keinen Einfluß darauf, ebensowenig wie auf deine Liebe.«

Matthias senkte den Kopf und schloß die Augen. Rosifer hatte ihm vieles bestätigt, was er schon vermutet hatte. Er war hierhergebracht worden, um seine Wahl zu treffen, nachdem er die Welt mit all ihren Freuden und Kümmernissen kennengelernt hatte. Insgeheim bewunderte er das raffinierte Vorgehen Rosifers. Matthias hatte von dem Wein des Lebens gekostet, und er hatte ihm bitter geschmeckt. Bilder entstanden vor seinem geistigen Auge: Emloes höhnisches Gesicht; Ratcliffes kühle Zurückweisung; Symonds, von Ehrgeiz und Stolz zerfressen. Das Schlachtfeld bei East Stoke; die kalte Grausamkeit Torquemadas. Überall, wo er sich auch hingewandt hatte, war Rosifer beschützend bei ihm gewesen. Die Bilder verblaßten. Matthias dachte plötzlich an Barnwick, aber so sehr er es auch versuchte, es gelang ihm nicht, sich Rosamunds Gesicht ins Gedächtnis zu rufen.

»Wo bist du?« flüsterte er.

Mit einem Mal befand er sich wieder in Sutton Courteny. Es war ein herrlicher Sommertag, er war noch ein Kind und sprang an der Hand seiner Eltern über eine Wiese. Sie wollten zu einem Teich gehen und dort den Tag verbringen, bis die Schatten länger wurden. Osbert und Christina lachten, wenn sie ihn hoch in die Luft schwangen. Dann ließen sie ihn los. Er rannte über die Wiese, aber jetzt war er ein Mann, kein Kind mehr. Jemand kam auf ihn zu: Rosamund, mit offenem Haar und im Wind wehenden Kleid. Ein Kind, dessen Züge er nicht erkennen konnte, lief neben ihr her; beide riefen laut seinen Namen. Die Szene änderte sich, er saß mit Vater Hubert daheim in der Stube, vor einer Statue des hl. Antonius, und der Mönch lehrte ihn das Gebet, das er jeden Abend vor dem Zubettgehen aufzusagen pflegte. Matthias schlug die Augen auf. Caonabo beobachtete ihn gespannt.

»Wie lautet deine Antwort, Matthias?«

»Bedenke dies, meine Seele, und bedenke es wohl.« Matthias sah Caonabo fest in die Augen. »Der Herr ist dein Gott, der Herr allein, und Er ist heilig. Du sollst den Herrn, deinen Gott, lieben von ganzem Herzen, von ganzer Seele und mit all deiner Kraft.«

»Das ist keine Antwort, Creatura.«

»Es ist die einzige, die ich dir geben kann«, flüsterte Matthias. »Als ich noch ein Kind war und dich in Tenebral besuchte, da zeigtest du mir die Füchse, und wir aßen geröstetes Hasenfleisch. Du hieltest meine Hand. Nie zuvor habe ich eine solche Wärme, eine solche Zuneigung erfahren. Aber wenn man ein Kind ist, dann denkt man auch wie ein Kind.«

»Ich habe dich schon damals geliebt, Creatura, und tue es auch heute noch.«

»Aber sobald man ein Mann ist«, fuhr Matthias erbarmungslos fort, »betritt man eine andere Welt.«

»Deswegen habe ich auch gewartet, Creatura.«

»Erst durch Rosamund habe ich erfahren, was Liebe wirklich ist«, sagte Matthias leise. »Ich habe sie geliebt, ich liebe sie immer noch, und ich werde sie immer lieben. Hätte ich sie nie gekannt«, fügte er nachdenklich hinzu, »wäre meine Antwort vielleicht anders ausgefallen.«

»Creatura ...« Caonabo streckte bittend die Hände aus.

»Ich liebe dich nicht«, erklärte Matthias fest. »Und du hast recht. Ich habe vom Wein des Lebens gekostet, und er hat mir Übelkeit verursacht. Laß mich gehen«, bat er. »Gib mich frei.«

Caonabo schaute ihn an. Matthias verhärtete sein Herz, als er den flehenden Ausdruck in seinen Augen sah.

»Wenn du mich wirklich liebst«, beharrte er, »dann laß mich gehen!«

Caonabo senkte den Kopf. Als er ihn wieder hob, standen Tränen in seinen Augen.

»Die Herren der Lüfte sagen, daß die Zeit gekommen ist«, flüsterte er. »Die Forderung wurde gestellt, die Antwort gehört.« Er schüttelte den Kopf. »Oh, Creatura ...«

Er wandte sich ab und murmelte einem seiner Krieger etwas zu. Dieser erhob sich und brachte ihm eine kleine, mit Wein gefüllte Kürbisflasche. Caonabo schnupperte daran, dann reichte er sie Matthias.

»Trink, Creatura«, wisperte er. »Erinnerst du dich an jenen Tag in Tenebral?«

Matthias hob die Flasche an die Lippen und trank in tiefen Zügen, um sich zu stärken. Er wußte nicht, was noch auf ihn zukam und fürchtete, sein Körper könne ihn im Stich lassen. Caonabo musterte ihn mit einem seltsam entrückten

Blick. Matthias spürte, wie der Wein und das, was darin enthalten war, durch seine Adern kreiste. Er beugte sich vor. Eine furchtbare Taubheit breitete sich von seinem Magen her in seinem Körper aus.

»Ich sterbe!« keuchte er, eine Hand ausstreckend. »Aber nicht allein, bitte!«

»Oh, Creatura.« Caonabo schluchzte. Er ergriff Matthias' Hand. »Geh, Creatura«, flüsterte er. »Lauf wie der Wind. Keine Einwände sind erhoben worden.«

Aber Matthias konnte ihn nicht mehr hören. Die Kürbisflasche entglitt seinen gefühllosen Fingern. Sein Körper wurde steif, das Atmen fiel ihm schwer, und er fühlte sich entsetzlich müde. Er schloß die Augen, und sein Kopf kippte nach vorne. Jetzt lag er wieder im Gras an dem alten Römerwall. Rosamund beugte sich über ihn, schüttelte ihn, küßte sein Gesicht. Matthias seufzte, bäumte sich ein letztes Mal auf, dann vereinigte sich seine Seele mit der ihren.

Später an diesem Tag saß der mächtige Kazike Caonabo auf einem Felsvorsprung und sah zu, wie die Strahlen der untergehenden Sonne das Wasser blutrot färbten. Hinter ihm, in der zerstörten Festung Navidad, taten sich seine Krieger an dem Fleisch ihrer besiegten Feinde gütlich. Gelegentlich blickten sie zu ihrem Anführer hinüber, der diesmal nicht an dem Festmahl teilnahm, und tauschten geflüsterte Bemerkungen über seine neue Macht und seine Liebe zu dem weißen Mann aus, der den vergifteten Wein hatte trinken und so schnell und schmerzlos sterben dürfen. Der Leichnam dieses jungen Weißen war nicht geschändet worden. Caonabo hatte ihn in ein Kanu gelegt, darin einen Scheiterhaufen errichtet, dann hatten seine Krieger das Kanu auf das offene Meer hinausgeschoben. Caonabo sah zu, wie das Feuer den Leichnam und das Kanu langsam verzehrte, bis die Reste schließlich auf den Grund des Ozeans sanken. Die ganze Zeit rannen ihm die Tränen über die Wangen. Er weinte um Matthias, um sich selbst, um das, was hätte sein können, und um die auf immer verlorenen himmlischen Rosengärten.

NACHWORT

Die historischen Ereignisse, auf die in diesem Roman eingegangen wird, basieren auf Tatsachen: der Schlacht bei Tewkesbury und den Unstimmigkeiten zwischen den Befehlshabern des Hauses Lancaster. In der Kathedrale finden sich auch heute noch Spuren des verzweifelten Überlebenskampfes der Anhänger Lancasters, die dort Zuflucht gesucht hatten. Der Prior des Hospitaliterordens gehörte zu denjenigen, die der Massenhinrichtung auf dem Marktplatz von Tewkesbury zum Opfer fielen, denn die Yorkisten waren entschlossen, das Haus Lancaster bis zur Wurzel auszurotten. 1485 gewann der letzte ernstzunehmende Bewerber Lancasters um den Thron, Henry Tudor, die Macht zurück, mußte sich aber innerhalb der nächsten zwei Jahre mit dem Prätendenten Lambert Simnel auseinandersetzen, was schließlich zu der blutigen Schlacht von East Stoke führte.

James III. von Schottland war, wie im Roman beschrieben, ein Schwächling, der eine ungesunde Vorliebe für Schwarze Magie und das Übernatürliche hegte. Der als König wie auch als Soldat gleichermaßen unfähige James starb unter mysteriösen Umständen am Sauchieburn. Er wurde von einem Mann erstochen, den er für einen Priester hielt.

Der Fall Granadas im Januar 1492 machte Spanien zu einer der führenden Mächte des damaligen Europa. Dabei wurde gleichfalls der Weg für die Schrecken der Inquisition unter Torquemada geebnet, der fest entschlossen war, das neue spanische Königreich von allen ketzerischen Elementen zu säubern.

Die Grundlage meiner Beschreibung von Kolumbus' Reise in die Neue Welt ist eine überarbeitete Version seines *Bordbuches*. Kolumbus berichtet darin tatsächlich von einem seltsamen Licht, ähnlich einer auf und ab geschwenkten Kerze, das er in der Nacht gesehen haben wollte, als das Schiff zum erstenmal auf Land stieß. Seine Reise rund um die Inseln San Salvador, Kuba und Haiti diente ihm hauptsächlich zur Bestätigung seiner Behauptung, auf dem richtigen Kurs nach Cathay und Cipango zu sein. Die Kaniben, die die dortigen Eingeborenen in Angst und Schrecken versetzten, waren ein tapferes, kriegerisches Volk, das schließlich von den spanischen Kolonialisten ausgelöscht wurde. Als Kolumbus 1493 in diesen Teil der Welt zurückkehrte, existierte die Kolonie Navidad nicht mehr, was unzweifelhaft auf einen Überfall eben jener Kaniben zurückzuführen ist.

Die Rose ist eines der wichtigsten Symbole der mittelalterlichen Kunst, Literatur und Architektur. Dieser Blume haftete von jeher eine mystische Aura an. Auch die Vorstellung, Menschen könnten von bösen Dämonen besessen werden, spielte in der Gesellschaft des Mittelalters eine bedeutende Rolle. In dem Rosendämon oder Rosifer symbolisiert sich lediglich die Weiterentwicklung dieses Aberglaubens.

Paul Doherty

Der hauptberufliche Historiker Paul Doherty besticht als Schriftsteller mit packenden historischen Krimis.

Die mysteriöse Geschichte um Mord, schwarze Magie und einen gefallenen Engel in ›Der gefallene Engel‹ ist ebenso blendend recherchiert und lebendig geschrieben wie sein spannender Ägyptenroman ›Die Maske des Ra‹ über den Tod eines Pharao.

Der gefallene Engel
01/13072

Die Maske des Ra
01/13003

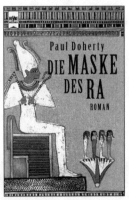

01/13003

HEYNE-TASCHENBÜCHER

Eine Auswahl:

Frühstück nach Mitternacht
01/8618

Die Frau in Kirschrot
01/8743

Die dunkelgraue Pelerine
01/8864

Die roten Stiefeletten
01/9081

Ein Mann aus bestem Hause
01/9378

Der weiße Seidenschal
01/9574

Schwarze Spitzen
01/9758

Mord im Hyde Park
01/10487

Der blaue Paletot
01/10582

Das Mädchen aus der Pentecost Alley
01/10851

Die Rettung des Königs
01/13060

Anne Perry

Ihre spannenden Kriminalromane lassen das viktorianische Zeitalter wieder lebendig werden. Ein Muß für jeden Liebhaber der englischen Krimi-Tradition!

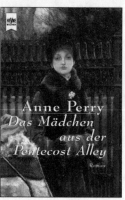

01/10851

HEYNE-TASCHENBÜCHER

Celia L. Grace

»Das England des 15. Jahrhunderts in all seiner Farbigkeit.«
PUBLISHERS WEEKLY

Die Heilerin von Canterbury
01/9738
Auch als leserfreundliche Großdruck-Ausgabe lieferbar.

Die Heilerin von Canterbury sucht das Auge Gottes
01/10078

Die Heilerin von Canterbury und das Buch des Hexers
01/10944

01/10944

HEYNE-TASCHENBÜCHER

Ellis Peters

Neue Herausforderungen für den Detektiv in der Mönchskutte.

Im Namen der Heiligen
01/6475

Die Jungfrau im Eis
01/6629

Des Teufels Novize
01/7710

Der Rosenmord
01/8188

Der geheimnisvolle Eremit
01/8230

Lösegeld für einen Toten
01/7823

Bruder Cadfael und das fremde Mädchen
01/8669

Bruder Cadfael und der Ketzerlehrling
01/8803

Bruder Cadfael und das Geheimnis der schönen Toten
01/9442

Bruder Cadfael und die schwarze Keltin
01/9988

Bruder Cadfaels Buße
01/13030

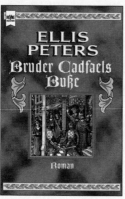

01/13030

HEYNE-TASCHENBÜCHER